CEO와 직장인을 위한
스트레스 솔루션

스트레스 솔루션
CEO와 직장인을 위한

ⓒ 들녘미디어 2004

초판 1쇄	2004년 4월 20일		
초판 6쇄	2021년 12월 29일		

지은이	닥 췰드리·하워드 마틴		
옮긴이	하영목		

출판책임	박성규	펴낸이	이정원
편집주간	선우미정	펴낸곳	도서출판 들녘
편집	이동하·이수연·김혜민	등록일자	1987년 12월 12일
디자인	김정호	등록번호	10-156
마케팅	전병우	주소	경기도 파주시 회동길 198
경영지원	김은주·나수정	전화	031-955-7374 (대표)
제작관리	구법모		031-955-7381 (편집)
물류관리	엄철용	팩스	031-955-7393
		이메일	dulnyouk@dulnyouk.co.kr
		홈페이지	www.dulnyouk.co.kr

ISBN   978-89-8663-205-7 (13840)

이 도서의 국립중앙도서관 출판예정도서목록(CIP)은 서지정보유통지원시스템 홈페이지(http://seoji.nl.go.kr)와
국가자료공동목록시스템(http://www.nl.go.kr/kolisnet)에서 이용하실 수 있습니다.

값은 뒤표지에 있습니다. 잘못된 책은 구입하신 곳에서 바꿔드립니다.

Well-being!

THE

CEO와 직장인을 위한

스트레스 솔루션

HEARTMATH
SOLUTION

들녘미디어

이 책을
마음과 심장을 하나의 기관처럼
연동시키는 비결을 익혀 삶의 행복지수를 높이려는
보통사람들에게 바친다.
또한 급변하는 경영환경 속에서
더 많은 성과를 내면서도 스트레스를 덜 받기를 원하는
직장인들에게 바친다.

이 책을 읽는 독자들에게

1. 이 책은 전문적인 내용을 토대로 쓰여졌지만 의학 전문서적이 아니다. 이 책은 웰비잉(well-being: 통속적으로는 '건강', 철학적으로는 '삶의 질'을 의미함―역자주)에서 심장이 차지하는 역할의 중요성에 관한 그동안의 연구결과를 독자들과 공유하기 위한 것이다.
2. 이 책에 실린 연구결과들은 후속 연구나 조사에 이미 광범위하게 인용되어왔다. 그래서 가장 정확하고 신뢰할 수 있는 최신의 정보를 신기 위해 노력하였다.
3. 이 책에서 언급하거나 암시하고 있는 기법이나 치료법, 생활습관 변화에 관한 제안들은 자격을 갖춘 의사나 치료사 또는 건강 관련 전문가의 도움을 받아 실행되어야 한다. 이 책에서 제시하는 아이디어나 제안 또는 기법은 제대로 된 의학적 요법이나 권고, 처방을 대신하여 쓰일 수 없다.
4. 옮긴이의 설명이 필요한 경우는 각주로 처리하였다.
5. 작품 제목이나 프로그램명은 「 」표시하였고, 책 제목은 『 』로 표시하였다.
6. 인용이나 대화는 " "로 표시하였고, 강조는 ' '로 표시하였다.
7. 지은이가 두 명인 관계로 인해 화자가 바뀔 때에는 괄호 안에 화자명을 밝혀두었다.
8. 일반적으로 '웰빙'으로 표기하는 것을 이 책에서는 외래어 표기법상 '웰비잉'으로 표기한다.
9. 용어설명은 본문 뒤에 상세히 밝혀두었다.
10. 분문 내의 〔 〕 표시에 들어간 숫자는 참고문헌과 관련되어 표시된 것이다.
11. 인명에 대한 표기는 참고문헌에서 확인할 수 있다.

차례

PART *1*
심장에도 지능이 있다

PART 2
웰비잉은 심장지능의 활용으로 가능하다

PART 3
심장지능과 삶의 지혜

21세기 직장인을 위한 스트레스 관리 매뉴얼

우리가 사는 세상은 스트레스로 가득하다. 그래서 유엔 산하의 국제노동기구(ILO)에서는 "스트레스는 세계적인 신종 전염병이다"라고 선포한 바 있다. 미국의 경우 의사를 찾는 환자의 80퍼센트가 스트레스와 관련된 질병을 앓고 있다. 국내에서도 95퍼센트의 한국 근로자들이 스트레스에 시달리고 있다고 조사된 바가 있다. 그러나 그들이 받는 스트레스의 심각성에 비해서 우리의 대책은 미미했던 것이 사실이다.

스트레스란 우리가 살아 있기에 받는 모든 종류의 자극을 말한다. 살아 있는 생물은 감각기관이 있기 때문에 외부적 환경에서 오는 모든 자극에 노출되어 있다. 이렇게 스트레스가 외부적인 요인에 의해 발생하므로, 누구나 똑같이 스트레스를 받아야 할 것 같지만 그렇지 않다. 어떤 사람은 스트레스 상황에서도 마음의 평정을 잃지 않고, 어떤 사람은 업무성과가 떨어지고 스트레스성 질병으로까지 발전한다. 그 이유는 스트레스 내성이 사람마다 다르기 때문이다. 그러나 제대로만 관리한다면 누구나 스트레스로 인한 폐해를 줄일 수 있고, 예방도 할 수 있다.

스트레스 관리에는 크게 두 가지의 접근법이 있을 수 있다. 스트레스를 받은 다음에 오는 증상을 완화하기 위한 대책과, 스트레스를 소화하고 흡수하도록 하여 스트레스를 받지 않도록 하는 근원적인 대책이 있을 수 있다.

대증요법(對症療法)으로는 지금까지 많은 방법들이 개발되고 실행되어 왔지만, 근원적인 대책을 다룬 스트레스 관리법은 하트매스연구소에서 개발한 방법이 가장 앞서 있다. 이 방법은 스트레스를 받았을 때 우리 인체가 보이는 생리학적인 반응을 스스로 조절하는 능력을 내면에 기르도록 하는 데 중점을 두고 있다. 그러기 위해서 정서의 관리센터라고 할 심장의 역할에 주목하고, 심장의 도움으로 긍정적인 정서를 유지했을 때 생기는 우리 몸의 호르몬 균형을 이용한다는 점에서 다른 스트레스 관리법과는 완전히 다르다.

스트레스에 노출이 되면 우리 인체는 코티솔이라는 스트레스 호르몬을 분비하게 되는데, 이때에 모든 호르몬의 원조 호르몬이라고 할 DHEA는 동시에 떨어지게 된다. 반대로 우리가 행복하고 즐겁게 무엇을 하고 있을 때는 DHEA가 증가하고 코티솔은 감소하게 된다. 마치 둘이 시소를 타듯 오르락내리락한다. 코티솔이 증가했을 때는 저항력과 집중력이 떨어지고, 반대로 DHEA가 높을 때는 저항력과 집중력이 증가한다. 물론 창의력과 생산성도 함께 움직인다. 그래서 개인의 삶의 질을 높이기 위해서 뿐만 아니라, 조직의 생산성을 높이고 사고를 예방하기 위한 차원에서도 여기에 관심을 가질 필요가 있다고 생각한다.

미국의 하트매스연구소는 이 방법을 여러 가지 실제상황에 적용할 수 있도록 책으로 펴내고, 이 기법을 보급하는 교육프로그램도 운영하고 있는데, 나도 직접 참여할 기회를 가졌었다. 산업체에서의 스트레스 관리의 필요성을 인식하여 국내에서는 처음으로 스트레스 클리닉을 운영해온 이 분야의 전문가로서 나는 이 프로그램이 과학적인 접근을 하고 있다는 사실을 발견하고, 직장인들을 위한 스트레스 관리 매뉴얼로서 이 책을 추천하게 되었다. 직장인뿐만 아니라 일반 개인들에게도 똑같이 적용될 수 있는 기법이다.

이 책에서 강조하는 '긍정적인 정서'의 힘은 바로 인간이 참되게 살아가는 도리이기 때문에 적용하기가 쉽다는 장점을 또 가지고 있다. 긍정적인 정서를 일깨움으로 해서 스트레스에 찌든 현대인들의 삶이 웰 비잉으로 전환되기를 바란다.

우종민

정신과 전문의, 인제대학교 서울 백병원 스트레스 클리닉 운영책임자

'몸'과 '마음'이 하나임을 보여주는 심장의 신비

한 문제에 대한 해법이 그 이면의 문제에도 유효하게 적용되는 경우는 참으로 드문 일인데, 하트매스의 발전하는 연구결과는 두고두고 유용하게 쓰였다.

오늘날 우리는 '심장'(Heart: 경우에 따라서 '가슴' 또는 '마음')이라는 말을 많은 다른 맥락에서 쓰고 있다. 예를 들면, 우리는 '가슴'으로 사랑을 느끼거나, '마음'으로 통하거나(매우 친밀한 관계일 때), '마음'을 다해 일하거나, 칭찬이나 비판을 '가슴'으로 받아들인다고 쓴다. 용기는 '심장'으로부터 나온다고도 하고, 동정심은 '마음'에서 우러나오는 것이라고도 한다. 그렇다면 '심장'이란 도대체 무엇을 의미할까. 분명한 것은 이 단어가 의사로 수련하는 과정에서 쓰던 용어, 즉 '혈액을 통해 산소와 영양분을 우리 몸 구석구석의 세포로 운반하기 위해 끊임없이 펌프질을 해대는 인체의 내부기관'을 의미하는 것만은 아니라는 것이다.

전통적인 서양의학에서 심장은 오직 생리적인 기능을 하는 내부기관을 의미한다. 이러한 서양의학의 정의에서 보면, 심장이란 '근육으로 둘러싸여 있고 전기적인 회로로 뒤얽힌 여러 개의 방을 가진 내부기관'에 불과하다. 그래서 심장은 종종 펌프로, 동맥은 파이프로 묘사된다.

이러한 묘사는 우리가 심장에 대해 정서적으로 가지고 있는 감정과 분명한 대조를 이룬다. 그래서 문자 그대로의 (신체적인) 심장과 비유적인 (정서적인) 심장 사이에 어떠한 연관성이 있지 않을까 하는 의문을 가지게 된다. 이러한 의문에서 하트매스 솔루션의 연구가 시작되었고, 그 연구결과는 우리의 건강과 삶의 질의 향상에 지대한 영향을 미칠 수 있게 되었다.

인체의 심장과 정서적 심장의 차이는 그 정의상에서 볼 때, 오늘날 설득력을 얻고 있는 '하나가 되어야 할 우리의 몸과 마음은 분리되어 있다'는 의학적 주장에 근거를 두고 있다. 우리는 우리의 생각과 일상적인 스트레스가 하는 역할과 이것들이 몸에 미치는 영향을 별개로 생각해왔다. 의사들은 의학교육을 통해 박테리아와 신진대사작용, 독소, 기타 질병의 원인들에 대해 배워왔지만, 우리의 생각과 감정이 인체에 미치는 영향에 대해서는 대부분 무시해왔다. 이러한 의학적 시각은 오직 인체의 질병원인에만 치중하여 정신적인 측면을 경시하게 만들었고, 결국 정신과 육체를 분리할 수 없는 하나로 보는 인간적인 접근법에서 멀어지게 하였다.

'몸과 마음을 분리해서 볼 수 없다'는 주장에 대한 의학계의 반응은 심신의학, 행동의학, 최근에는 심리신경면역학 같은 분야의 발전을 가져왔다. 몸과 마음이 분리되어 있다는 시각을 고치기 위해서 '전체적인' 또는 '상보적인' 또는 '통합적인' 요법들이라고 불리는 새로운 시도들이 나왔고, '몸'과 '마음' 그리고 '영혼'을 통합된 하나로 다루기 위해 노력해왔다. 이러한 시도에 하트매스연구소가 기여한 바는 이러한 이론을 단순화시키면서도 깊이 있게 만들었다는 점이다.

의사로서 나는 시간(시간 부족이 스트레스의 원인이라는 관점에서의 시간)과 건강의 상관관계에 매료되어왔다. 현대를 살고 있는 대부분의 우리들은 언제나 부족한 시간 속에서 살아간다. 이것이 원인이 되어 화를 내고 다투게 되며, 이러한 스트레스가 우리에게 심각한 질병과 심신의 부조화를 일으킨다. 우리가 시간이라는 틀 속에서 생활의 리듬을 형성해나간다면 우리들이 질병을 앓는 것은 리듬이 깨어졌기 때문이고, 건강을 유지하는 것은 섬세한 리듬의 균형을 유지하고 있기 때문이다. 우리의 삶이 혼돈과 리듬의 부조화로 점철되어 있다면 정상적인 리듬을 되찾고 건강을 회복시킬 수 있는 대책이 절실하다. 닥 췰드리와 하워드 마틴은 이 책을 통해 인체 내부의 리듬과 패턴을 바꾸는 획기적인 방법을 보여주고 있다. 또한 심장이 단지 혈액을 펌프질하는 장기 이상의 역할을 하고 있다는 사실을 이해하여 건강을 회복하도록 돕고, 몸 안의 리듬이 어떻게 '사랑'(이라는 긍정적인 정서)에 의해 조절되는지를 알려준다.

이 책은 심장이 우리 인체에서 하는 역할이 어떻게 핵심적인지, 그리고 우리의 생각과 감정(정서)에 중요한 영향을 미치는지를 심도 있게 다루고 있다. 이러한 (심장을 중심으로 한) 해법은 심장이 신체기관이면서도 동시에 리듬을 가진 기관이고, 사랑 그 자체를 의미한다는 발견에서부터 나왔다. 또한 심장이 우리 몸의 리듬을 형성하는 힘의 진원지라는 것을 깨닫게 하고, 우리의 생각과 정서를 관리하기 위해 (심장과 마음이 통일성을 유지할 때 나오는) 사랑의 힘을 어떻게 사용해야 할지를 보여준다. 마치 잔잔한 연못에 조약돌이 떨어져 파문을 일으키듯이, 심장에서 나오는 사랑과 긍정적인 정서의 힘은 우리 몸 구석구석에 건강과 행복을 퍼뜨리는 리듬을 만들어낸다. 현대의학은 이것을 쉽게 이해하려 하지 않는다. 왜냐하면 우리는 물질과 정신, 감정과 육체가 서로 연결되어 있다고 믿기보다는 이들을 서로 분리하고 구별하려는 경향이 있기 때문이다.

처음 하트매스를 접했을 때 나는 경이로운 과학적 연구결과와 정서에서 나오는 지혜의 절묘한 결합에 충격을 받았다. 나는 명상을 하거나 좋은 것을 생각하는 것만으로도 기분이 좋아지고, 억눌렸던 기가 되살아나고, 더 건강해질 수 있다는 연구결과들을 이미 잘 알고 있었다. 그러나 이러한 연구들은 '정신과학(Soft Science)'의 영역에 속한다. 그러던 차에 나는 심장박동률의 패턴과 혈액의 화학적 성질에 큰 변화를 가져올 수 있는 연구결과를 만났다. 하트매스는 참다운 사랑과 연민, 감사하는 마음과 같은 긍정적 정서가 신체적 건강 위에서 어떠한 상승작용을 하는지에 대한 통합적 관점을 제공해주었다. 하트매스에서 제안하는 해법들을 활용함으로써 우리는 자신의 건강에 큰 영향을 끼칠 수 있고, 우리들이 생각하고 느끼고 함께 일하며 살아가는 방식에도 긍정적인 영향을 끼칠 수 있다는 것을 이 책의 연구결과가 보여주고 있다.

만약 우리가 이 책의 내용을 진지하게 받아들인다면, 우리는 우리 자신과 주변 사람들과 주변 세상을 앞으로 영원히 과거와는 다르게 보게 될 것이다. 하트매스의 연구결과는 우리가 지금까지 직관적으로 이해해왔던 심장의 기능을 믿을 만한 과학의 수준으로 끌어올렸으며, 심장으로부터 나온 전자기장이 우리 주변에 있는 전자기장에 영향을 미친다는 것을 설명해주고 있다. 하트매스의 도구들과 기법들은 우리가 어떻게 단선적인 생각에서 (폭넓은) 직관적인 느낌으로 옮겨갈 수 있는지를 보여줌과 아울러, 현재와 미래의 과제들에 대한 보다 지적이고 창의적인 대안들을 제공해준다.

하트매스의 해법들은 과학을 종교처럼 신봉하고, 어떤 연구방법을 신뢰하기까지 과학적인 접근법과 숫자로 나타난 결과를 요구하는 사회에 하나의 희망을 던진다. 하트매스의 강점은 바로 과학적 연구와 사랑이 주는 지혜, 그 모두에 깊이 뿌리박고 있다는 데 있다. 그리고 그것은 우리가 이해하는 심장이 마땅히 가져야 할 모든 기능과 역할에 관해 새롭지만 어쩌면 친숙한 의미를 우리에게 제공할 것이다.

스테판 렉트스카펜
의학박사, 『Time Shifting』의 저자, 오메가연구소 회장

높은 수준의 웰비잉을 돕는 하트매스 솔루션

하트매스 솔루션의 모태가 된 하트웨어 시스템은 닥 췰드리에 의해 개발되었다. 그는 스트레스 연구가이자 저자이고, 비즈니스계와 과학, 의학 분야의 리더들에게 컨설팅도 해왔다. 하트매스는 심리학과 생리학, 그리고 현대 사회의 능률적인 삶을 위한 새 모델을 제시하는 인간의 잠재력 분야에서 혁신적인 관점을 제공한다.

닥 췰드리는 그가 어른이 된 이후의 삶 대부분을 하트매스 시스템을 연구하고 개발하는 데 바쳤다. 이 시스템을 통해서 그가 이루려고 하는 목표는 사람들이 새로운 지식과 더 많은 사랑, 더 자비로운 감정을 나눔으로써 그들이 삶에서 직면하게 되는 많은 도전을 유연하고 여유있게 이겨낼 수 있도록 돕는 것이다. 이러한 목적에서 닥 췰드리는 1991년 다양한 재능과 경험, 전문기술을 가진 소수의 전문가 그룹을 모아 비영리연구 및 교육기관인 하트매스연구소를 창설하였다. 이 연구소의 연구는 신경과학 · 심장학 · 심리학 · 생리학 · 생화학 · 생체전기학 · 물리학 분야에서 선구자적인 역할을 하였다. 그들은 연구의 객관성을 높이기 위해 위에 언급한 분야의 리더들로 구성된 자문위원단을 만들어 지도와 평가를 받았다. 이러한 노력의 결과로 이 책에서 선보이는 새롭고 흥미로운 발견들이 이루어졌다.

과학적으로 검증된 하트매스 시스템의 기법들은 세미나나 컨설팅을 통해서, 연구소의 허가를 받은 종합훈련기관인 하트매스 LLC를 통해서, 그리고 전 세계에 있는 유자격 퍼실리테이터들에 의해서 전파되고 적용되고 있다. 오늘날 하트매스 시스템은 4대 대륙의 다양한 회사와 정부기관, 보건의료기관, 교육기관에서 공식적으로 교육되고 있다.

나는(하워드) 30여 년간 이 시스템의 개발에 동참하여 왔으며, 개발 단계별로 많은 역할을 하였다. 지난 8년 동안은 주로 사업운영을 위해 힘쓰는 한편, 하트매스의 대변인과 트레이너로서 힘써 일했다. 현재는 하트매스 시스템을 기초로 하여 만들어진 출판물과 제품을 마케팅하는 회사인 하트매스 LLC 부사장이자 창조성책임자(Chief Creativity Officer)로 일하고 있다. 이러한 역할들 덕분에 나는 하트매스가 하는 많은 일의 중심에서 일할 수 있었다. 나는 심장과 사람들, 그리고 그동안 경험을 통해서 배워왔던 많은 것들을 이 책에 기여할 수 있는 기회를 얻었다. 그리고 내가 그렇게 할 수 있었다는 것과 그러한 기회를 가졌음에 대해 감사한다.

심장에 대한 나의 발견 작업은 내가 캘리포니아 북부에서 젊은 록 음악가로 활동했을 때부터 시작되었다. 온통 혼란스럽다고밖에 표현할 수 없는 삶에서 내가 분명한 의미를 찾으려고 노력하고 있었을 때 나는 나의 마음(심장)으로부터 들려오는 소리를 듣기 시작하였다. 나는 그것이 중요한 결정을 내릴 때 종종 신뢰할 만한 지침을 제공한다는 사실을 발견하였다. 그것은 내가 심장에 대해 더 많은 관심을 가지기에 충분한 동기가 되었다. 운이 좋게도 나는 닥 췰드리와의 친분을 맺고 함께 일하게 되어 많은 것을 배울 수 있는 기회를 가졌다. 젊었을 때에 심장지능에 대한 경외심을 발전시킨 것이 이제까지 나의 인생 성공에 가장 결정적인 기여를 하였다.

이 책의 의도는 독자들이 어쩌면 이미 알고 있을지도 모르는 진실, 즉 심장이 우리 자신과 사람들과 우리의 삶을 이해하는 데 연관되어 있다는 사실을 확인시키는 것이다. 독자들이 자신이 읽은 내용을 가슴으로 받아들이고 이를 적용하기 위해 작지만 진실한 노력을 기울인다면,

우리의 지각과 감정에 깊은 변화가 일어나는 것을 경험하게 될 것이다. 우리가 변하게 되면 우리의 삶도 따라서 변하게 된다. 하트매스 솔루션을 사용하여 이득을 얻기까지는 그리 오랜 시간이 걸리지 않는다. 사실 마음에서 심장으로 주의를 전환하는 것처럼 가까운 길을 두고 우리가 몇 년을 허송세월하는 것을 방지해줄 것이다. 오늘날 우리들은 더욱 지적으로 되고, 더 많은 이들을 돌보기 위해 노력할 만큼 충분한 시간 여유가 없다. 따라서 현재와 미래의 도전을 이겨나가려면 우리는 더욱 빠른 속도로 변할 수 있는 내면의 자원을 발견하고 이용해야 한다. 하트매스 솔루션의 간단한 시스템을 이용하면 우리는 직관적인 지성의 원천인 심장과 순간적으로 연결하는 법을 배우게 된다. 사람들이 이 지능을 발전시킴에 따라 그들은 마음과 감정을 관리할 수 있게 되고, 사회에서의 긍정적인 변화를 더 많이 일으키기 위한 강한 힘을 얻게 된다.

하트매스 솔루션은 세 가지 유형의 정보를 제공한다. 첫째 개념, 둘째 도구와 기법들, 셋째 생물의학적·심리학적·사회과학적인 연구결과가 그것들이다. 이러한 요소들을 결합하게 되면 우리는 내면에 잠재된 능력을 계발하고, 개인과 대인관계, 그리고 사회 발전을 이루기 위해 필요한 포괄적인 시스템을 제공받을 수 있다.

오늘날 세상의 많은 사람들은 과학과 기술을 믿으며, 여기에서 소중한 지식과 영감과 안락함을 얻고, 과학이 가져다주는 삶의 질적 향상을 얻는다. 한편 다른 사람들은 과학에 대한 믿음에는 한계가 있으며, 인간이 정신적으로 성취하기 위해서는 과학 이상의 그 무언가가 더 필요하다는 것을 직관적으로 알아차린다.

21세기 초에 흥미 있게 보이는 양상 중의 하나는 사람들이 과학의 세계와 정신의 세계가 통합될 가능성을 지각하고 있다는 점이다. 독자들이 이 책에서 보게 되겠지만, 수많은 연구와 실험 및 경험이 말해주는 바는 바로 심장이 이러한 통합으로 가는 출입구라는 것이다.

연구소의 연구와 함께 다른 사람들의 연구를 통해서 우리는 심장이 정말로 우리의 지각에 영향을 미치는 지능을 가지고 있다는 확실한 실례를 발견할 수 있었다. 우리에게 가장 도전적이었던 연구과제는 철학적인 또는 비유적인 심장(가슴)과 인체 내부의 한 기관으로서의 (유형적) 심장이 서로 영향을 끼치고 있느냐 하는 것이었다. 우리는 그들이 실제로 상호 영향을 끼치고 있고, 그것도 아주 다양한 방법으로 영향을 준다는 것을 발견하였다. 그러나 우리가 지금까지 한 발견만큼 인상적인 것은, 거기엔 우리가 배워야 할 더 많은 것이 있다는 점이었다. 왜냐하면 현재 사용 가능한 과학적 장치가 심장의 모든 영향을 측정하는 데는 아직 충분하지 않기 때문이다. 전체적인 그림은 아직 완성되지 않았지만, 신경심장학자와 다른 과학자들은 이제 심장이 어떻게 우리의 뇌와 신호를 주고받는지에 대해 이해를 하고 그 커뮤니케이션 통로를 그리기 시작하는 중이다.

우리가 과학을 통해 증명할 수 있었던 것은 한계를 뛰어넘는 것이지만, 우리의 이론은 인간의 정신과 인간성이 융합되는 직관적인 영역을 통해 심장이 상위의 지능(사고의 영역)과 연결된다는 것이다. 이 직관적인 영역의 크기는 인간의 지각 능력이 이제까지 상상할 수 있었던 것보다 더 큰 어떠한 것이다. 그러나 우리는 현인들과 철학자들이 우리에게 오랫동안 일러준 것, 즉 "마음(심장)의 지혜에 귀 기울이고 이를 따르라"는 말을 실천함으로써 이러한 지각하는 능력을 발전시킬 수 있다.

우리는 과학으로부터 많은 것을 배울 수 있다. 그러나 심장지능과 지혜에 우리가 다가가기 전에 과학이 먼저 모든 것을 증명해주기를 기다릴 필요는 없다. 많은 사람들은 직관적으로 이러한 접근이 가능하다는 것을 감지하고 있고, 사실 그것이 어떻게 이루어지는지는 몰라도 그들은 그것을 기다리고 있다. 그들이 오랫동안 기다려온 방법은 바로 '믿을 만한 방법'이다.

하트매스 솔루션은 사람들이 자신의 심장의(이 주관하는) 직관적인 지능을 개발시킬 수 있도록 단계별 접근법을 제공한다. 비록 인간의 마음과 정서의 균형을 맞추도록 하고 우리를 심장의 직관과 연결하는 방식(시스템)에는 하트매스 솔루션만 있는 것은 아니지만, 이것은 제대로 작동하는 시스템이다. 하트매스 솔루션은 우리가 그들의 지각 능력을 증진시키기 위해 제공한 도구와 기술을 체계적으로 사용하는 수천 명의 사람들에 의해 성공적으로 실행되고 있다.

세상에 스트레스가 증가함에 따라 사람들은 그들의 삶에 더 많은 정신적 · 정서적 균형을 찾기 위해 여러 가지 방법을 찾고 있다. 사람들이 새로운 가능성에 눈을 뜨면서 그들이 이때까지 피해왔거나 또는 어떻게 다루어야 할지 몰랐던 영역에서 정신적으로나 정서적으로 그들 자신을 더 잘 관리하기 위해 스스로 동기를 부여하게 되었다. 이러한 사람들은 다른 사람들을 위해 토대를 다지는 개척자가 된다.

이러한 연구결과를 공유하는 일을 하면서 나의 소망은 사람들이 높은 수준의 정신적 · 정서적 웰비잉과 확장된 인식능력, 고양된 성취감을 경험할 수 있도록 돕는 데 있다. 내가 하트매스를 실생활에 적용하면서 한 가지 배운 점은 성취감이란 내면으로부터 먼저 시작되어 우리가 가장 잘 측정할 수 있는 외부세계로 분명하게 드러난다는 것이다.

만약 내가 기대 이상의 성취감을 얻을 수 있었다면 당신도 그렇게 될 수 있다. 나는 진실로 심장에 귀 기울이고 이 메시지에 따르는 방법을 배웠기 때문에 내 삶에서 좋은 것들이 다가왔다고 믿는다. 하트매스 솔루션은 여러분에게도 그 방법을 보여준다. 저자들을 대표해서 여러분들이 이것을 즐기게 되기를 바란다.

하워드 마틴

PART 1

심장에도 지능이 있다

하트매스 솔루션은 당신이 심장지능에 접근하는데 필요한 정보와 도구와 기술을 제공하는 포괄적 시스템이다. CHAPTER 1은 하트매스 솔루션에서 첫걸음이라 할 수 있는 '심장지능을 인정'하기 위해 첫발을 내딛는 데 필요한 기초를 제공한다.

제1부에서는 심장지능에 대해 묘사하고, 그것이 어떻게 작용하는지를 설명하고, 왜 그것이 그렇게 중요한지를 토론할 것이다. 심장 안에 있는 지능을 알리고, 심장이 어떻게 뇌와 우리 몸의 다른 부분과 커뮤니케이션을 하는지 알도록 하기 위해 많은 연구결과를 제공할 것이다. 지금까지의 연구는 심장지능을 작동시킬 때 혈압을 낮추고, 신경 시스템과 호르몬의 균형을 유지하며, 뇌의 기능을 촉진시킨다는 것을 밝혀주었다.

우리의 마음과 정서 그리고 신체가 최고의 상태에서 작동하기 위해서는 심장과 두뇌가 서로 조화를 이루어야 한다. '통합되어 있지만 분리된 지능의 두 가지 근원'을 어떻게 하면 한 방향으로 연동되게 하는지를 배우는 것이 제1부의 또 다른 목적이다.

제1부에서 당신은
⋯▸ 심장이 가지고 있는 지능의 중요성을 깨닫게 될 것이다.
⋯▸ 심장과 두뇌 그리고 몸의 다른 부분 간의 생물학적 신호 전달을
   이해하게 될 것이다.
⋯▸ 두뇌와 심장지능의 차이를 구별하게 될 것이다.

1

심장은 지적이고 강력하다

1995년 2월 6일, 목요일 새벽 5시 45분이었다. 우리는 캘리포니아의 보울더 크릭에 있는 하트매스의 비즈니스 센터에 있었다. NBC 방송의 「투데이쇼」의 의료 부문 편집자인 도나 윌리스 박사가 그 전날 오후에 우리에게 전화를 걸어서 우리가 하고 있는 일의 일부분을 방송에 내보내기로 결정했다고 먼저 알려준 바가 있었다. 그들은 그 프로를 「사랑과 건강」이라고 부를 예정이었다. 윌리스 박사는 '심장에 의해 발생되는 전기적 에너지에 대한 하트매스 연구의 개관을 소개함으로써 방송을 시작하려고 했었다. 그런 다음 그녀는 브라이언트 검벨과 시청자들에게 우리의 마음과 정서[1]를 관리하는 심장의 힘(전기적 에너지)을 사용하는 '프리즈-프레임(FREEZE-FRAME)' 기법에 대해 계속 이야기할 예정이었다.

---

[1] 마음이 두뇌와 관계된다면, 정서는 심장과 관계된다. 마음이 어디로 가야 할지 방향을 알려준다면, 정서는 그곳으로 가는데 필요한 힘을 공급해주는 역할을 한다. 그래서 마음과 정서의 공조는 두뇌와 심장의 공조로 이루어진다.

윌리스 박사는 이렇게 말했다.

"우리는 당신네들의 전화번호를 몇 초밖에 시청자들에게 보여주지 않을 것입니다. 그러나 만약의 경우에 대비해서 당신 연구소 사람들은 전화 앞에 대기하고 있겠죠?"

준비할 수 있는 시간이 얼마 없었지만 우리는 직원들이 빨리 출근해서 걸려오는 전화를 받을 수 있도록 비상조치를 취했다. 우리는 정말로 운 좋게도 그것을 해내었다. 전화번호가 화면에 나타나자마자 전화 교환대에 불이 들어오기 시작했다. 그 시간 이후로 그날 밤까지 줄곧, 그리고 다음날에도 하루 종일, 우리는 거의 쉴 틈도 없이 전화를 받아야 했다. 시간대가 다른 지역에서 그 방송이 나갈 때마다 또 한 차례 전화벨이 울려댔다.

우리는 과학과 의학계, 기업과 교육계, 종교계의 리더들로부터 대도시의 빈민가에 사는 익명의 부모들까지 전국의 수천 명에게서 걸려오는 전화에 답변을 하였다. 그것이 끝이 아니었다. 다음에는 다른 나라에서 전화가 걸려오기 시작하였다. 4분짜리 전국 방송에 단 5초 동안 전화번호가 나갔을 뿐인데도 놀라운 결과였다. 심장에 관한 그 짧은 언급이 왜 세계인들의 관심을 불러일으킨 것일까?

우리에게 전화를 했던 사람들은 본능적으로 심장이 우리의 전체적인 웰비잉에 중요한 역할을 한다는 것을 알고 있었다. "나는 그것을 오래 전부터 알고 있었어요"라고 그들은 이야기했다. 그리고 지금 그들은 더 많은 것을 알기를 열망했다. 그들은 자신들의 생각과 감정이 정신적·정서적·신체적 건강을 증진시키기 위해 어떻게 쓰일 수 있는지를 알고 싶어했다. 그리고 심장을 사랑과 연관해서 생각하는 사람들은 삶에 '심장'이 더 많은 영향을 미칠 수 있도록 하기 위해 그들이 무엇을 할 수 있는지 궁금해했다.

이 즉각적인 반응은, '사람들은 이미 자신들의 삶에서 심장이 중요한 역할을 하도록 할 준비가 되어 있다'는 우리의 오랜 믿음을 확신시켜주었다. 자세한 것을 알지 못해도 그들은 '사랑하고 긍정적으로 느끼는 것이 어느 정도 건강과 연관되어 있다'고 느끼고 있었고, 이러한 감정들을 그들의 삶에서 더 고무시키기 위해 최선을 다했다.

대부분의 사람들은 화를 내거나 우울해하기보다는 사랑하고 감사하는 감정을 느끼기 원한다. 그러나 우리 주변의 세상은 온통 통제를 잃은 채 돌아가고 있는 듯하다. 우리의 이러한 좋은 의도에도 불구하고, 스트레스를 유발하는 상황에 매일 또는 매시간 노출되면 우리는 정서적인 균형을 유지하기가 어렵다.

우리는 한 번쯤 "당신의 마음(심장)에 따르라"는 이야기를 들었을 것이다. 그리고 그것은 원칙적으로 위대한 생각처럼 들린다. 그러나 문제는, 우리가 자신의 마음(심장)을 따르고 우리 자신을 포함해서 사람들을 사랑하는 것은 말처럼 쉽지가 않다는 데 있다. 우리는 어디에서 시작해야 하는가? 많은 사람들이 마음(심장)을 따르라고 말을 하지만 어느 누구도 어떻게 해야 하는지 방법을 알려주지 않았다. 마음(심장)을 따른다는 것은 정말로 어떤 의미일까? 그리고 어떻게 우리 자신을 사랑할 수 있을까? 사랑은 기분 좋은 것이라는 것을 제외하고 나면, 왜 우리는 다른 사람들을 사랑해야만 하는지 그 이유를 알고 있는가? 우리는 이러한 질문에 대답하는 실제적이고 체계적인 접근법을 보여줄 것이다. 그리고 그렇게 함으로써 얻게 되는 막대한 혜택의 윤곽을 그려줄 것이다.

지난 20년 동안 과학자들은 우리가 상상했던 것보다 심장이 훨씬 더 복잡하다는 것을 깨닫게 해주는 새로운 정보들을 발견했다. 지금 우리는 심장이 우리의 삶을 관리하는 것을 돕기 위해 정서적이고도 직관적인 신호를 보낸다는 과학적 증거를 가지고 있다. 단순하게 피를 펌프질하는 것에 그치지 않고 심장은 우리 몸의 많은 시스템을 지휘하고 정렬시켜 그것들이 다른 것과 서로 조화롭게 기능할 수 있도록 한다. 그리고 심장은 두뇌와 지속적인 신호교환을 하며 움직이기도 하지만, 심장이 스스로 많은 결정을 하고 있다는 것을 이제 우리는 안다.

이러한 새로운 증거들 때문에, 우리는 "마음(심장)을 따르라"는 말을 받아들이는 우리의 전체적인 자세에 대해 다시 생각해야 한다. 하트매스연구소(IHM)의 과학자들은 심장이 우리에게 메시지를 줄 수 있는 능력이 있고 이제까지 우리가 생각했던 것보다 더 많은 도움을 우리에게 줄 수 있는 능력을 가졌다는 것을 알아냈다. 이 책을 통해서 우리는 심장지능이 지닌 힘에 관한 새로운 증거를 제공하는 연구결과를 공유할 것이다. 그리고 어떻게 그 지능이 의사결정, 건강문제, 업무에서의 생산성, 아이들의 학습능력, 가족들과 우리 전체의 삶의 질에 중대한 영향을 미치는지 보여줄 것이다.

이제 심장을 재검토해봐야 할 시간이다. 사회적으로 우리는 심장의 개념을 종교와 철학에 묶어둘 것이 아니라 그것을 가장 필요로 하는 현실 세상에 꺼내놓을 필요가 있다. 하트매스 솔루션은 당신에게 심장지능에 관한 정보와 새로운 도구, 기술, 그 지능에 접근하는 훈련법이며, 당신의 삶의 질을 개선하기 위해 이것을 어떻게, 그리고 언제 적용할 것인지에 대한 방법과 예를 제공하는 포괄적 시스템이다.

이 책에서 보여주는 생물의학과 심리학 그리고 사회과학의 연구가 하트매스 솔루션을 지지해준다. 이 시스템을 배우고 적용함으로써 당신은 문제에 대한 해결책과 새로운 안목, 당신 자신과 이웃, 사회 그리고 삶 자체에 대해 폭넓게 이해하게 될 것이다.

심장은 감상적이지 않다. 그것은 지적이며 강력하다. 그것은 인류가 다음 단계로 발전하는 것과 세상의 생존에 관한 약속을 하고 있다고 믿는다.

새 천년으로 들어서면서 나날이 확대되는 지구촌 사회는 위압적인 도전들을 직면하고 있다. 세상의 힘의 구조가 바뀌고 있고, 지도자들은 신뢰를 상실하고 고전하고 있다. 인공위성 텔레비전과 인터넷을 통해 세계가 하나로 연결되면서 기술은 우리에게 기회와 도전거리를 동시에 제공한다. 많은 국가들이 핵을 보유할 수 있게 되었고, 테러로부터의 위협과 세계적인 기상이변, 불확실성 등이 세상을 지배하고 있다. 안전과 질서유지를 위해 우리가 의지하는 많은 중요한 기관과 시스템은 무질서에 빠져 있다.

주로 이러한 변화 때문에 스트레스는 최고조에 달해 있다. 아인슈타인이 오래 전에 지적했듯이, '오늘날 우리가 직면하는 주요 문제들은 그 문제들이 만들어진 시대 수준의 생각으로는 풀리지 않는다.' 오늘날처럼 스트레스가 만연하고 끊임없이 변하는 세상에서는 삶의 도전을 다루는 능력을 계발하는 것은 다른 어떤 때보다 중요하다. 발전의 부산물로 오는 모든 혼돈 속에서, 행복하고 건강하게 살기 위해서는 새로운 아이디어를 찾아야 한다.

수백 년 전만 하더라도 지구가 평평하다고 누구나 믿었다. 우리가 볼 수 있는 한도 내에서 지구는 평평하게 보였기 때문에 그러한 관찰 결과를 받아들였다. 그러나 우리가 더 멀리 날아가 더 넓은 시야를 가지는 것이 가능해졌을 때 모든 것은 달라졌다. 15세기에 콜럼버스와 마젤란은 코페르니쿠스가 이미 수학적으로 계산했었던 것, 즉 "보기와는 달리 지구는 둥글다"는 사실을 탐험을 통해 세상에 증명했다. 그런 다음 갈릴레오가 코페르니쿠스의 이론, 즉 "태양이 지구 주위를 돈다"는 이론이 아닌 "지구는 태양 주위를 돈다"는 이론이 진실임을 입증했다. 몇십 년이라는 짧은 시간 만에 세상은 완전히 뒤바뀌어버렸다.

심장과학의 영역에서 마젤란과 같은 탐험가들이 새로운 땅에 대한 이상한 소식을 들고 돌아왔다. 그들은 우리에게 "지금까지의 전통적인 모델은 부분적 정보에 의존해왔다"고 말한다.[1] 지금 우리가 혼돈에 빠져 있어도 우리 자신을 그 문제에서 분리시키고 자아성취라는 새로운 경험을 할 수 있도록 우리를 인도하는 조직적이고 중추적인 지능이 있다는 것이 속속 밝혀지고 있다. 그것은 매우 빠르고 직관적인 지혜와 명석한 지각의 원천임과 동시에 정신적·정서적 인식을 넓히고 촉진하는 지능이다. 우리는 이것을 '심장지능'이라고 부른다.

심장지능은 인식과 통찰력의 지적인 흐름이며, 우리의 마음과 정서[2]가 자발적인 과정에 의해 균형과 통일을 찾게 될 때 경험하는 것이다. 이러한 지능의 형태는 우리 자신과 다른 사람들에게 유익한 생각과 감정을 가지게 될 때 나타나는 직접적이면서도 직관적인 지식이다.

하트매스 솔루션은 이 심장지능을 의식적으로 활성화하고 발전시키는 체계적인 방법을 제공한다. 이 해법으로 우리는 우리의 인식을 넓힐수 있으며, 우리의 삶에 새로운 통일성을 가져올 수 있다. 한마디로 우리는 두뇌의 영역 뒤편에까지 도달하게 된다.

고대 동서양에서는 심장을 어떻게 생각했는가

내가(닥) 1991년에 하트매스연구소를 처음 설립했을 때 동료들과 나는 심장에 관한 논문과 연구결과들을 주의 깊게 연구하기 시작했다. 심장(의 메시지)에 귀 기울이고 따르는 수련을 통해 삶이 크게 발전하는 경험을 한 우리는 어떻게 그리고 왜 그렇게 되는지에 대해 호기심을 가졌다. 우리는 우리 자신에게 물어보았다. "심장이 단순하게 두뇌의 지시에 의해 움직이는가, 아니면 그것이 우리의 마음과 정서에 영향을 미칠 수 있는 일종의 지능을 지니고 있는 것인가?" 우리는 인체의 일부인 심장이 어떻게 우리의 몸과 교신을 하는지, 어떻게 우리의 전체 시스템에 영향을 미치는지 이해하고 싶었다.

비록 '심장(Heart)'과 '수학(Math)'이 함께 쓰이는 일은 드문 일이지만, 이 (생각을 자극하는) 단어의 결합은 우리가 해온 작업에 중요한 두 측면을 잘 반영한다고 느꼈다. 물론 '심장'이라는 단어는 거의 모두에

---

2) 개인이 가지고 있는 감정상태를 말하며, 다른 행동의 원인이 되기도 하므로 중요하다. 정서에는 긍정적인 것(감사·사랑)과 같은 부정적인 것(걱정·두려움)이 있는데, 여기에서는 긍정적인 정서의 힘에 중점을 둔다.

게 의미심장한 단어이다. 우리가 '심장'이라고 했을 때는 신체적인 심장뿐만 아니라 지혜, 사랑, 동정, 용기, 강인함과 같은 더 높은 차원의 인간적인 측면을 의미한다. 수학이라는 단어 역시 (정밀하고 과학적인 의미에서) 많은 사람들에게 공감을 준다. '하트매스(HeartMath)'라는 용어를 '심장이 하는 질적 역할을 계획적으로 조정하는 너트와 볼트 같은 역할'에 비유할 수 있다. 또한 심장의 엄청난 잠재력에 접근하고 계발하기 위한 생리적이고 심리적인 방정식에 비유할 수도 있다. 하트매스란 용어를 쓴 것은 심장에 관한 우리의 탐험에서 뜨거운 '열정'과 '정밀함'이 중요하다는 것을 나타내기 위해서이다.

몇 세기 동안 시인과 철학자들은 심장이 우리 삶의 중심에 있다는 것을 인지하고 있었다. 아마도 우리 시대의 가장 소년 같은 작가로 떠올릴 성 엑쥐페리는 그의 책에서 "지금 여기에 나의 비밀이 있다. 그것은 간단한 비밀, 사람이 가장 올바르게 볼 수 있는 것은 오직 심장을 통해서다. 왜냐하면 가장 소중한 것은 눈에는 보이지 않기 때문이다"라고 말하였다.[2]

세상에는 '심장(가슴)'이란 단어로 만들어진 관용어구가 수두룩하다. 그것들을 살펴보면 심장이라는 단어를 인간의 고상한 특질을 표현하기 위해 쓴다는 것을 본능적으로 알 수 있다. 사람들이 진실할 때, 우리는 종종 "가슴(심장)으로 말한다"고 한다. 그들이 자신의 일에 전력투구할 때, "그들이 마음(심장)을 다해 일한다"고 한다. 그들이 호의를 배신으로 갚았을 때도 우리는 그들이 "가슴(심장)으로가 아닌 머리로만 생각한다"고 한다. 그리고 그들이 절망에 처할 때는 "가슴이 내려앉았다"고 쓴다. 우리의 제스처조차도 우리가 심장을 얼마나 중요하게 여기는지를 보여준다. 자신을 가리킬 때 손가락으로 자기 심장을 가리키는 것이다.

우리는 탐구과정에서 '심장'이란 단어에 단순한 은유 이상의 의미가 있는지 궁금해하며 역사 속에서 이야기되고 쓰여진 심장에 관한 모든 것을 깊이 있게 연구했다. 만약 우리(미국)의 문화만이 '심장(가슴)'을 높은 수준의 정서를 표현하기 위한 상징어로 쓰고 있다면, 그것은 단지 우리 조상으로부터 전해 내려온 한 관용어구에 불과하게 된다. 그러나 몇 세기 동안 심장(가슴)이란 단어는 거의 모든 문화권에서 지성과 감성의 근원으로 쓰였다. 그리고 많은 종교에서 심장을 영혼이 자리한 곳 또는 영혼과 인간성 사이의 연결 장소로 일컫는다.

심장을 탐구하는 과정에서 우리의 흥미를 가장 많이 돋운 것은, 여러 시대를 통해서 심장은 미덕의 근원으로서 뿐만 아니라 지성의 근원으로도 언급되었다는 점이다. 고대의 전통과 영감을 불러일으키는 저술에서, 인간 조직 내의 지성의 원천으로서 심장의 역할은 가장 인기 있는 주제였다. 파스칼은 "우리는 이성뿐만 아니라 마음(심장)으로도 진실을 알 수 있다"고 했고, 로드 체스터필드는 "심장은 우리 자신을 위해 어떤 일을 할 만한 가치가 있는지를 이해하는 데 굉장한 영향력을 가지고 있다"고 썼다. 그리고 카알라일은 "우리의 머리가 이해하기 전에 언제나 심장이 먼저 이해한다"고 했다.

메소포타미아, 이집트,[3] 바빌로니아, 그리스를 포함한 많은 고대 문화권에서 우리 조상들은 감정과 도덕성 그리고 의사결정 능력에 영향을 미치고 방향을 제시하는 능력이 있는 중요기관이 심장이라고 믿었다. 따라서 그들은 심장의 움직임에 커다란 정서적 · 도덕적 의미를 부여했다.

비슷한 관점들이 히브리어와 기독교 성경, 중국어, 힌디어, 이슬람의 전통에서도 발견되었다. 구약성서의 「잠언」 23장 7절에서는 "그 마음에 어떤 생각을 품고 있느냐가 그가 누구인가를 말해준다"고 하고 있으며, 「누가복음」 5장 22절에서는 "너희 마음(심장)에 무슨 의논을 하느냐?"라고 하고 있다. 이외에도 성서에는 수많은 예가 있다. 고대 유대의 전통에서도 '에너지 센터' 중의 하나로 알려진 '심장의 센터'는 아름다움,

---

3) 고대 이집트인들은 인간의 영혼이 내장과 심장에 깃들어 있으며, 영혼은 피를 따라 순환한다고 믿었다.

균형, 조화의 센터로도 알려졌다.

카발라(kabbalah)[4]에선 심장을 중심영역이라고 믿으며 "다른 10개의 영역으로 접근하는 오직 하나"로 묘사한다. 그리고 심장이 활기찬 건강과 기쁨, 행복으로 가는 비밀 열쇠를 지니고 있다고 생각한다. 균형과 신체적인 평형에 도달하는 데 심장이 하는 역할은 '심장이 우리 삶의 중심이며 개인의 의식이 사는 곳'이라고 인식하는 요가의 전통에서도 드러난다. 요가의 수련에서 신체적인 심장은 말 그대로 혹은 상징적으로 안내자 또는 내면의 '지도자'로 간주된다. 이러한 목적에서 요가의 수련에서는 자신의 심장박동을 스스로 인식할 수 있도록 수련한다.

전통 중국 한의학에서 심장(心臟)[5]은 정신과 육체가 만나는 곳이며, 그 둘을 연결시키는 다리를 놓아주고 있다고 여긴다. 심장의 혈액은 '센(Shen)'[6]을 수용하는데, 센은 '마음(mind)'과 '영혼(spirit)'으로 번역될 수 있다. 그래서 마음이나 영혼은 심장에 자리잡고 있고, 혈관은 피를 통해서 생기가 넘치는 심장의 메시지를 몸 전체에 전달하여 모든 기관이 연동되게 한다. 그렇다면 중국 한의학에서 신체 각 기관의 기능과 몸 전체의 상태를 심장의 박동만으로 측정[7]한다는 것은 놀랄 만한 일이 아니다.

서구에서는 '생각'이 단지 두뇌의 기능이라고 여기지만, 중국어 글자만으로도 다른 관점을 보여준다. 즉 생각[想], 사고[思], 뜻[志], 듣기

---

4) 히브리어로 '전통, 전승'이란 의미이다. 고대 사회에서 출발하여 '유대 카발라'라는 밀교사상으로 발전하였다. 하트매스와 관련되는 점은 카발라 철학에서는 '모든 사물은 눈에 보이는 것이 전부가 아니며 모든 존재하는 것에는 숨은 의미가 있다'고 믿었다는 것이다.

5) 심장의 뜻을 글자 그대로 해석하면 '마음의 장기'로서, 영혼이 머무는 곳이라는 고대 동서양의 공통된 믿음에서 붙여진 이름이다.

6) 참선을 통해서 스스로 진정한 자아에 도달하려는 선(Zen)과는 달리 전문가가 손의 기를 이용하여 환자를 정서적으로 이완시키고 병의 치료를 돕거나 고통을 덜어주는 이완요법의 하나이다.

7) 심장의 메시지를 전달하는 커뮤니케이션 통로를 혈관으로 보기 때문에 진맥만으로 신체 각 부문의 기능과 몸의 건강이나 질병상태를 알아내는 맥진을 의미한다.

〔廳〕, 그리고 사랑〔愛〕 등의 글자에는 모두 심장〔心〕이라는 글자가 포함되어 있다. 고대 중국 사전은 뇌와 심장이 비단실로 연결되어 있다고 기술하고 있다. 일본어에서는 심장을 묘사하는 데 있어 두 개의 단어가 구분되어 쓰인다. '신쭈'라는 단어는 육체적 기관을 의미하고, 반대로 '고꼬로'는 '가슴속의 마음'을 나타낼 때 쓰인다.〔2a〕

이 모든 개념들은 심장에 대한 공통적인 관점을 공유하고 있다. 즉 심장이 뇌와 연결되어 교신을 하지만 두뇌와는 독립적으로 움직이는 지능의 원천이라는 것이다. 지능을 이해하는 데 있어서 아직 과학적으로 정교하게 다듬어져 있지는 않지만 이러한 관점을 공유하는 모든 문화가 단지 잘못된 것이라고 말할 수 있을까?

심장은 스스로도 움직인다

심장이라는 단어를 사용하여 세상의 다양한 은유들이 만들어지지만 우리는 대부분 심장이란 그저 온몸에 피를 공급하고 우리가 죽기 전까지 혈액순환을 유지하는 10온스짜리 근육덩이라고 배웠다. 어디가 잘못되면 고장난 부분을 고치기 위해 의사라는 기술자를 부른다. 만약 더욱 더 악화된다면 방금 죽은 다른 사람의 심장을 이식한다. 이러한 생물학적인 관점에서는 심장을 '독립적인 지능이나 감정을 가지지 않은, 움직이는 하나의 부품'으로 본다.

생물학적으로 보더라도 심장의 능률은 놀랍다. 심장은 70년에서 80년 동안 쉬지도 않고, 손질과 청소, 수리와 교체 없이도 움직인다. 70년이라는 기간 동안 하루에 10만 번씩 박동하며, 1년에 약 4천만 번, 그리고 평생 동안 30억 번 박동을 한다. 분당 2갤런의 혈액을 펌프질하고, 시간당 1백 갤런의 혈액을 6천 마일(혈관의 총연장 길이로 지구를 두 바퀴 돌고도 남는 거리)이나 순환시킨다.

심장은 두뇌가 생기기 전 태아 때부터 뛰기 시작한다. 과학자들은 무엇이 심장을 뛰도록 자극하는지 아직도 알지 못한다. 그러나 '자율적인 리듬'(Autorythmic)이라는 단어를 써서 심장이 안에서부터 (오는 신호에 의해) 스스로 작동한다고 묘사한다.

뇌가 생기기 시작하면 거꾸로 자란다. 가장 원시적인 뇌의 부분인 뇌간이 생기고, 감정을 주관하는 부분인 소뇌편도와 해마가 생긴다. 사고를 담당하는 뇌는 감정적인 뇌로부터 자라나기 시작하는 것으로 뇌 연구가들에게 잘 알려져 있다. 이는 생각과 감정의 관계를 잘 설명해주고 있다. 태아에게 감정적인 뇌가 이성적인 뇌보다 훨씬 먼저 생기고, 심장은 두 가지 두뇌가 생기기 오래 전부터 박동한다.

심장박동의 근원은 심장 자체 안에 있지만, 박동 간격은 두뇌의 자율신경을 통해 통제받는다고 생각된다. 그러나 아주 놀랍게도, 심장은 계속 박동하기 위해 뇌와의 확실한 연결을 필요로 하지 않는다. 예를 들면, 사람이 심장이식을 받았을 때 뇌로부터 연결되는 신경은 끊어진다. 그리고 의사들은 그 신경을 어떻게 연결해야 하는지 아직 모른다. 그러나 신경이 연결되지 않았다고 심장의 박동은 멈추지 않는다. 심장을 이식한 후 새로운 사람의 가슴 안에서 박동하도록 의사들이 자극을 주기만 하면, 심장은 뇌와의 신경망으로 연결되지 않아도 뛰기 시작한다.

심장에도 지능이 있다!

최근 몇 년 동안 신경과학자들은 매우 흥미로운 발견을 하였다. 그들은 심장이 '심장에 존재하는 뇌'라고 일컫는 독립적이고 매우 복잡한 신경 시스템을 가지고 있다는 것이다. 심장에는 두뇌의 다양한 피질 하부 센터에서 발견되는 뉴런(신경세포)의 숫자와 비슷한, 적어도 40,000개의 뉴런[8]이 있다.[4] 심장 자체의 뇌와 신경 시스템은 심장의 정보를 두개골 안의 뇌로 보내서 심장과 두뇌 사이의 쌍방향 교신을 가능하게 한다. 심장에서 뇌로 보내진 신호는 편도체(amygdala)[9]와 시상(thalamus)[10] 그리고 대뇌피질(cortex)[11]과 같은 다양한 영역의 기능에 많은 영향을 미친다.

편도체는 뇌의 감정처리 시스템의 내부에 깊이 박혀 있는 아몬드처럼 생긴 것이다. 이 부분이 강한 정서적 기억을 주로 맡는다. 대뇌피질은 학습과 사고기능이 일어나는 곳이다. 그래서 우리가 문제를 해결하거나 옳고 옳지 않은 것을 구별할 수 있게 도와준다. 편도체와 시상 그리고 대뇌피질은 매우 밀착되어 함께 일한다. 새로운 정보가 들어왔을 때 편도체는 그것의 정서적 중요도를 파악하기 위해 접속한다. 그리고 새로 들어온 정보와 정서적인 기억을 비교하여 연관성이 있는 것이 있는지를 찾는다. 그런 다음 그것에 대해 어떠한 행동을 취하는 것이 적합한지를 결정하도록 하기 위해 대뇌피질로 정보를 보낸다.[5]

심장이 자체의 신경 시스템을 가지고 있고 소뇌편도와 시상 그리고 대뇌피질에 영향을 미치는 '뇌'를 가지고 있다는 발견은 펠스연구소(Fels Research Institute)의 생리학자 존 레이시와 비트리스 레이시가 1970년대에 깨달은 것을 설명하는 데 도움을 준다. 1970년대에도 몸의 신경 시스템이 뇌와 심장을 연결한다고 알고 있었다. 그러나 과학자들은 뇌

---

8) 뉴런(neuron)은 신경계를 구성하는 세포의 이름이다. 우리의 뇌는 약 300억에서 1,000억 개의 뉴런으로 구성되어 있다. 뉴런의 역할은 정보의 전달기능이다. 뉴런은 그 기능에 따라 감각을 뇌나 척수 등 중추신경계로 보내는 감각 뉴런, 뇌나 척수로부터의 정보를 근육이나 분비선으로 보내는 운동 뉴런, 이 둘 사이에서 교량 역할을 해주는 게재 뉴런으로 나눈다. 심장이 이렇게 많은 뉴런을 가지고 있다는 것은 심장이 자체적으로 정보를 만들어 송출하고 있다는 것을 의미한다.
9) 편도체는 우리 몸의 비상벨 역할을 한다. 정서 중에서도 특히 위험을 인지하는 주된 역할을 한다. 위험한 자극이 들어왔다고 판단하면 몸을 긴장시키고 방어태세를 갖추게 한다.
10) 오감(눈, 코, 귀, 피부, 입)을 통해서 들어오는 자극을 종합하여 생각 기능을 하는 대뇌피질로 보낸다.
11) 인간만이 고도로 발달한 영역, 주로 미래에 대한 예측, 과거에 대한 기억, 상상, 운동, 언어 기능 등을 관장한다.

가 모든 결정을 내린다고 생각하였다. 레이시의 연구는 다른 뭔가가 일어났다는 것을 알려주었다.

레이시 부부는 뇌가 신경 시스템을 통해 심장으로 명령들을 보내면 심장이 그 명령에 자동적으로 복종하는 것이 아니라는 것을 발견했다. 대신에 심장은 마치 자신만의 독특한 논리를 가지고 있는 것처럼 반응했다. 즉 뇌가 자극에 반응하여 몸에 각성하라는 신호를 보냈을 때 심장의 박동은 때때로 신호에 따라 증가했다. 그러나 두뇌가 흥분 반응을 보냈는데도 심장은 박동을 늦출 때도 자주 있었다. 이와 같이 심장이 선택적으로 반응하다는 것은 심장이 단순히 뇌로부터 온 신호에 기계적으로 반응하지는 않는다는 것을 보여준다. 오히려 지금 하고 있는 일의 성격과 그 일을 처리하기에 적합한 정신적 처리과정을 선택하는 것처럼 보인다.

더욱 흥미를 끄는 것은 심장도 두뇌에 신호를 보내는데, 그 신호를 두뇌가 이해할 뿐만 아니라 복종하는 것 같다는 점을 레이시 부부가 발견했다는 점이다. 그리고 이러한 심장으로부터의 메시지가 사람의 행동에 실제적으로 영향을 미치는 것처럼 보였다는 것이다.[6]

레이시 부부와 다른 연구자들은 우리의 심장박동이 단지 근면한 펌프의 기계적인 진동이 아니라, 우리가 세상을 어떻게 받아들이고 어떻게 반응해야 하는지에 중요한 영향을 미치는 지능적인 언어라는 것을 발견했다. 후속 연구들은 심장의 리드미컬한 박동 패턴이 신경 자극으로 변환되어 인식과 감정의 처리에 연관된 상뇌의 전기적인 활동에 직접적으로 영향을 미친다는 것 또한 발견했다.[7-9]

1970년대에는 레이시 부부의 생각이 논쟁의 여지가 있는 것으로 간주되었다. 그러나 그때에도 앞을 내다보는 사람들은 심장에 관한 이러한 시사점의 깊이와 넓이를 감지했었다. 1977년 당시 국립정신건강연구소의 소장이었던 프란시스 왈드롭 박사는 레이시 부부의 연구에 대해 평가한 바 있다. 그는 한 기사에서 "그들의 연구는 결국 우리 각자를 완전한 사람으로 만드는 방법에 대해서 많은 것을 말해주고, 고뇌에 지친 사람들에게 건강을 돌려줄 수도 있는 기술들을 제시할 수 있을 것이다"라고 썼다.[10]

하트매스 솔루션을 연구하면서 우리의 목표 중 하나는, 우리가 레이시 부부의 연구를 계속 발전시키는 것이었다. 그들은 어떤 환경에서 심장이 '스스로 생각하는' 능력을 가지고 있다는 것을 확고히 하였다. 그 다음 우리는 '어떻게 심장이 자신의 논리적인 판단에 이르고 그것이 어떻게 행동에 영향을 미치는지'를 이해하기를 원했었다.

정서지능이란 무엇인가

수십 년 동안 연구자들은 지능의 특성을 이해하려고 노력해왔다. 최초의 IQ검사[12]는 20세기 초에 인지능력과 지력을 측정할 목적으로 개발되었다. 그리고 우리의 학교 교육시스템은 이 두 가지 능력을 개발시키도록 돕는 데 매진해 왔다. 왜냐하면 IQ지수는 유치원 때나 성인이 되어서나 크게 변하지 않기 때문이다. 그래서 많은 교육을 받더라도 지능은 선천적인 것이지, 바뀌는 것이 아니라고 IQ전문가들은 주장하였다. 그들은 지능의 유전가능성은 40퍼센트에서 80퍼센트에 이른다고 확인하였다.[11]

1985년 하워드 가드너는 지능에 대한 기존의 가정에 도전하는 『마음의 틀(Frame of Mind)』이라는 책에 '다중지능'에 관한 그의 연구결과를 담아 출판하였다. 가드너는 지성이란 우리가 알고 있는 지능 이상의 것

---

12) 1900년 초 프랑스의 심리학자 알프레드 비네(Alfred Binet)가 프랑스 교육부의 의뢰에 따라 의무교육과정에서 낙제할 우려가 있는 (학습지진) 아이를 골라내기 위해 개발한 검사를 말하며, IQ라는 말과 지능을 지수화(정신연령을 실제연령으로 나누어 100을 곱)한 사람은 1912년 독일의 심리학자 빌헬름 슈테른(Wilhelm Stern)이다.

이라고 결론지었다. 그는 언어지능, 논리/수학지능[13], 공간지능, 음악지능, 신체/운동지능, 자성(자신의 내면적 자각을 다루는)지능[14] 등을 포함하는 많은 종류의 독립적인 지능을 우리가 가지고 있다고 새롭게 주장했다. 가드너의 연구는 많은 사람들이 전통적으로 가져왔던 일차원적 구조의 지능에 대한 관점을 재검토하게 했으며, 개인적·사회적·직업적 성공을 결정짓는 요소에 대해 새로운 시각에서 바라보도록 하였다. 그의 발견은 아이들이 각기 자신이 가장 뛰어난 지능을 활용하여 학습을 하도록 돕기 위해 교육전문가들이 새로운 교육과정을 쓰도록 자극하였다. 예를 들면, 높은 신체/운동지능을 가진 아이는 수학을 배우더라도 신체적인 놀이와 활동을 이용하도록 함으로써 학습능력과 이해도, 기억력을 높이도록 하였다.

1980년대 후반 뉴햄프셔 대학의 심리학자인 존 메이어와 예일 대학의 피터 살로비는 '정서지능(Emotional Intelligence)'[15]이란 새로운 이론을 공동으로 공식화했다. 이 정서지능이 우리의 내면적인 삶과 대인관계의 질을 결정한다고 하였다. 메이어와 살로비의 정서적 지능은 다섯 개의 영역을 포함한다고 정의하고 있다. 그것은 자신의 정서인식, 자신의 정서관리, 스스로에 대한 동기부여, 타인의 정서인식, 그리고 대인

---

13) 가드너는 언어지능과 논리/수학지능이 기존의 학습지능의 주를 이루었다고 주장하며, 지능을 '학습지능'의 차원이 아닌 '실용지능'으로 관점을 넓혔을 때 기존에 밝힌 7가지 이외에 8가지에서 12가지 정도의 다른 지능이 있을 수 있다고 주장하였다.

14) 가드너는 자성지능(Intrapersonal Intelligence)과 대인지능(Interpersonal Intelligence)을 처음에는 인성지능(Personal Intelligence)이라고 하였다.

15) 정서지능(EQ)을 소재로 한 많은 책에서 정서지능(Emotional Intelligence)을 감성지능으로 오역한 곳이 많다. 감성이란 이성에 대립되는 개념으로서 우리의 감각기관(오감)을 통해서 외부의 정보를 받아들이는 인식기능을 말한다. 따라서 감성이 발달하게 되면 민감하게 받아들이게 되고, 감수성(Sensitivity)이 높다고 표현한다. 이것은 어디까지나 인식능력의 측면이다. 반면에 정서는 개인이 가지고 있는 공포, 분노, 기쁨, 행복 등과 같은 감정상태를 말하며 동기(Motive)와 마찬가지로 다른 행동의 원인이 되기도 하고, 생리적인 반응(예를 들면 긴장했을 때 심장박동과 호흡이 빨라지고 손에 땀이 나며, 입에 침이 마르는 현상 등)의 원인이 된다. 감성이 인식이라면, 정서는 반응을 동반한다. 이 책에서는 정서지능으로 통일한다.

관계 다루기이다.[13] 정서적인 지능을 개발한다는 것은 "자신의 기분을 아는 것과 자신의 기분에 대한 생각을 알게 되는 것"을 포함한다.[11] 임상 심리학자이며 텔아비브 대학 의과대학에서 의학을 가르치는 류벤 바론은 1985년에 'EQ(Emotional Quotient)'라는 신조어를 만들었다. 바론은 사람의 정서적 지능을 측정할 목적의 심리학적 검사지를 개발하기 위해 15년 이상을 연구했다. 그는 그동안의 연구와 연구결과물들에 기초하여 감정적인 지능에 기여하는 특징들을 다음과 같이 요약했다.

정서적 지능이 더 발달한 사람들이란 자신의 감정을 인식하고 표현할 수 있는 사람들, 자기 자신에 대한 긍정적인 생각을 가지고 자신을 존중할 수 있는 사람들, 자신의 잠재적 능력을 현실화시킬 수 있는 사람들, 그리고 상당히 행복한 삶을 유지할 수 있는 사람들이다. 그들은 다른 사람들이 어떻게 느끼는지를 이해할 수 있고, 다른 사람들에 의존하지 않으면서도 서로간에 만족스럽고 책임감 있는 대인관계를 만들고 유지할 수 있는 능력이 있다. 그들은 일반적으로 낙천적이고 유연하고 현실적이고 문제해결 능력이 상당히 뛰어나며, 자제력을 잃지 않고 스트레스를 관리할 수 있다.[14]

1996년 다니엘 골먼은 『정서지능(Emotional Intelligence)』이란 미개척 분야에 대해 처음으로 책을 썼다. 골먼은 광범위한 연구를 통해서 주장하기를, 인생에서 성공은 우리의 지적 능력보다는 정서를 관리하는 능력에 달려 있으며, 성공하지 못한 사람들은 종종 자신의 정서를 잘 관리하지 못했기 때문이라고 확인하였다. 그의 연구는 보통의 지능을 가진 사람들은 뛰어나게 잘사는 데 반해, 높은 지능을 사람들이 왜 비틀거리는지를 설명해준다. 골먼에 따르면, 정서적인 지능에 관한 좋은 소식은 IQ와는 달리 정서지능은 살아가면서 발달할 수 있다는 것이다.

골먼은 그의 책에서 정서지능의 기본이란 "자기 자신을 인식하는 것, 생각과 느낌과 반응 사이의 상호 관계를 아는 것, 생각이나 느낌이 의사결정을 지배하는지 여부를 아는 것, 다른 대안을 선택했을 때 어떤 결과가 올지에 대해 아는 것, 그리고 이러한 통찰력을 대안을 선택할 때 이용하는 것을 포함한다"고 쓰고 있다.

이런 수준의 예민한 지각은 대부분의 사람들에게는 도저히 도달할 수 없는 수준이다. 숨가쁘게 돌아가는 오늘날의 삶에서 우리가 어떻게 이 모든 미묘한 요소를 알아보기 위해 시간을 낼 수 있는가? 우리가 논쟁중이거나 또는 중요한 사업적인 협상에서 많은 이해관계가 걸려 있어 빨리 결정을 내려야 할 상황일 때 어떻게 정서적 지능을 동원할 수 있는가? 어떻게 우리 사회 전체의 정서지능 수준을 높일 수 있는가? 골먼은 "문제는 어떻게 우리의 지능을 정서관리에 끌어들이고, 일상적인 삶에서 공손함을 높이는 데 이용하고, 공공의 삶에 사랑이 넘치게 하느냐 하는 데 있다"고 말한다.[11]

심장지능은 정보를 정서로 바꾼다

위에서 제기한 문제에 대한 해법은 심장지능을 계발함으로써 찾을 수 있다. 심장지능은 실제로 (우리의 감각기관을 통해 들어온) 정보 (Intelligence)를 (우리 몸에 생리적인 반응을 일으키는) 정서(Emotion)로 바꾸어주며, 또한 우리가 정서를 관리함으로써 힘을 얻도록 도와준다는 것이 우리 이론의 핵심이다. 바꾸어 말하면, 심장지능은 실제로 정서지능의 근원이라는 것이다. 하트매스연구소의 연구결과에 따르면, 우리가 우리 자신의 심장(이 보내는 메시지)에 좀더 귀를 기울이는 방법을 배우게 되면 우리의 정보인식능력과 직관능력[16]이 더욱 향상된다는 것이다. 살아가면서 부딪히게 되는 여러 가지 상황과 도전 속에서 우리가 효과적으로 우리의 정서를 관리하기 위해 필요한 예민한 지각능력을 얻는 길은 심장이 보내오는 메시지를 어떻게 해독해야 하는지를 배우는 것이다. 우리가 심장지능에 좀더 주의를 기울이고 이에 따를수록 우리의 정서는 더 많은 것을 배우고, 숙련되고, 균형 잡히고, 통일성을 유지하게 된다.

심장의 주도적인 영향이 없이는 우리는 불안, 분노, 두려움, 비난 같은 반사적인 (부정적) 정서와, 에너지를 소모시키는 기타 반응이나 행동의 희생양이 되기 쉽다. 우리들의 가정과 사회에 무례한 행동들이 난무하고, 다른 사람들과의 관계에서 배려가 부족한 것은 정서관리가 되지 않아서이다. 질병과 노화가 가속화되는 것도 마찬가지다.

우리 연구소의 초기 연구에서 우리는 부정적인 정서가 신경 시스템의 불균형을 초래할 때, 고르지 못하고 불규칙적인 심장 리듬이 나타난다는 것을 알아냈다.[15] 신경계와 심혈관계의 만성적인 불균형 상태가 심장과 다른 장기를 긴장시키고 있고, 건강상 심각한 문제를 일으킬 가능성이 있다는 것을 쉽게 알아낼 수 있다.

대조적으로 긍정적인 정서는 신경계의 질서와 균형을 찾게 해주고 부드럽고 조화로운 리듬을 만들어내는 것을 발견하게 된다. 그러나 이러한 조화롭고 통일된 리듬들은 스트레스를 줄이는 그 이상의 것을 하였다. 즉 주변 세상을 분명하게 인식할 수 있는 능력을 향상시켰다. 이러한 긍정적인 효과를 더 깊이 연구하기 위해서 우리는 연구원들에게 실험실에서 의지에 따라 자신의 내적 균형과 조화상태에 도달하게 할 수 있는 기술들을 가르쳤다.[9, 16, 17] 이러한 기술들은 하트매스 솔루션의 핵심을 구성하고 있다.

---

16) 정보인식능력은 실제로 감각기관을 통해서 현재에 들어오고 있는 정보를 인지하고 받아들이는 능력을 말하는 데 반해, 직관능력은 실제로 인지된 정보가 없더라도 본능적으로 알아차리거나 앞을 내다보는 능력을 말한다. 인식이 과거에서부터 현재까지가 중심이라면 직관은 미래 중심적이다.

이 책을 통해서 우리가 가르치려고 하는 기술은 이미 각계각층의 사람들을 대상으로 수백 명에게[17) 테스트를 거친 것이다. 일단 연구원들의 심장 리듬이 균형과 조화에 도달하게 되면 시종일관 정신이 더욱 맑아지고 직관력도 더욱 증가하는 것을 발견하였다. 그들의 심장 리듬이 바뀌게 되면, 그들은 (자신들이 지각한 것에 따라 반사적인 반응을 보이지 않고) 반응을 통제할 수 있게 되었다. 이러한 지각의 통제에 의해 그들은 스트레스를 줄이면서도 효과성을 증진시킬 수 있었다.

일상생활에서 이 기법을 지속적으로 연마했을 때 창의성이 증가하고, 타인과의 의사소통 능력이 향상되며, 삶의 현장에서 더욱 더 풍부한 정서적 경험을 얻을 수 있었다. 이렇게 좀더 균형 잡히고 통일된 삶을 살면서 그들은 자신들이 직면한 문제나 어려움에 대해 새로운 관점과 해결책을 찾을 수 있을 만큼 시야가 넓어졌다.

하트매스연구소의 과학자들은 연구소 내에서 일관성 있는 연구결과를 얻게 되자 그 연구의 실험범위를 다른 일터로까지 넓혔다. 새로운 연구주제는 하트매스 솔루션의 기법들을 스트레스가 많은 일터에서 일하는 근로자들에게 적용해서 결과를 살펴보는 것이었다. 실험결과 현장에서 일하는 사람들도 연구자들이 연구실에서 경험했던 것과 같은 심장 리듬의 조화와 신경계의 (긍정적) 변화를 경험할 수 있었다.[17]

장기적인 효과들은 더욱 고무적이었다. 직장인들이 일상생활 속에서 심장 리듬의 균형을 찾는 수련을 해가면서 얻은 효과는 우리가 기대했던 것을 훨씬 능가하는 것이었다. 보고한 바에 의하면 그들은 여러 가지 도전에 직면해 있으면서도 긍정적인 시각을 유지할 수 있었고, 정서적 균형을 유지할 수 있었으며, 직관적인 사고의 흐름을 감지할 수 있었다.

---

17) 수백 명은 이 프로그램이 발표될 당시의 수치이며, 현재(2003년)에는 해마다 2만 5천 명 이상이 전 세계에서 이 프로그램에 참여하고 있다.

이러한 변화를 지속시킬 수 있는 능력은 매우 중요했다. 참가자들은 신체적으로나 정신적으로나 정서적으로 한층 조화로운 상태에서 자신들의 생리 시스템을 재훈련시킬 수 있다는 것을 암시했다.

하트매스 솔루션의 도구들은 이 연구원들이 자신들의 의지에 따라 긍정적인 정서를 회복하는 경험을 할 수 있도록 도와주었다. 그것에 머무르지 않고 참가자들은 긍정적인 정서를 지속시키는 경험을 하게 되어 그들의 삶이 근본적으로 바뀌게 되었다. 즉 주어진 환경에 (반사적으로) 반응하지 않고 그들의 삶에서 통일된 의미를 발견할 수 있게 되었다.

통일성을 띤 심장지능이 주는 힘을 이용하고 관리하는 방법을 과학자들이 지속적으로 연구함에 따라 이 사회가 부조화와 혼돈상태에서 벗어나 통일성을 유지하고, 모두의 삶의 질을 높이는 신천지를 열게 될 것이라는 커다란 희망을 가지게 되었다.

하트매스 솔루션은 어디에 활용되는가

이 책을 통해서 우리는 심장지능이 어떻게, 왜 움직이는지를 설명하는 많은 연구결과들을 보여줄 것이다. 연구소의 과학자들은 자신의 심장 부분에 관심을 집중하고 사랑, 감사, 배려와 같은 핵심적인 (긍정적) 정서를 활성화시킬 때 그들의 심장 리듬이 즉시 변하는 것을 발견하였다. 리듬이 더욱 통일성을 띠게 되었을 때 신경계와 체내의 생화학적 변화가 결국 우리 몸의 거의 모든 기관에 차례로 영향에 미쳤다.

심장이 받아들인 중심 감정은 자율신경계의 두 가지에도 영향을 미친다. 그 자극은 교감신경(심장의 박동수를 높이고, 혈관을 좁히며, 스트레스 호르몬의 방출을 자극함)의 활동을 억제시키고, 부교감신경(심장박동을 느리게 하고, 몸의 내부 시스템을 이완시킴)의 작용을 활성화시켜 효과성을 증진시킨다. 게다가 이 두 신경계가 더 능률적으로 협응할 수 있도록 시스템 간의 균형을 유지하게 된다. 이러한 협력이 신경계와 내부장기 간의 마찰과 피로, 노화[18]를 지연시켜준다.

행복, 감사, 연민, 배려(Care),[19] 사랑 같은 긍정적인 정서는 신경 시스템의 활동 패턴을 바꿀 뿐만 아니라 스트레스 호르몬인 코티솔(Cortisol)의 분비를 억제시킨다. 스트레스 호르몬인 코티솔과 노화억제 호르몬인 DHEA[20]는 모두 같은 원조 호르몬에서 만들어지므로 코티솔이 증가하면 DHEA는 감소하고, DHEA가 증가하면 코티솔은 감소한다. DHEA는 인체 시스템을 보호하고 재생해주는 효과가 있을 뿐만 아니라 여러 노화작용을 지연시키는 역할을 하는 강력한 호르몬으로 알려져 있다.[18]

남을 배려하거나 연민을 가질 때 IgA[21](체내의 면역체계의 최일선에서 방어작용을 하는 항체)가 증가하는 것으로 보였다.[19] 증가된 IgA 레벨은 감염과 질병에 대한 우리의 저항력을 높여준다. 많은 연구에 의하면, 누군가의 사랑이나 정을 받거나 다른 사람들을 돌보거나 정을 베푸는 것은 건강과 장수에 큰 영향을 미치는데, 혈압, 콜레스트롤 수치, 흡연과 같은 물리적인 요소보다 더 큰 영향을 미친다.[20-24]

심장지능을 계발하면 두뇌의 기능이 활성화되고, 자율신경계의 균형이 유지되고, 혈압을 낮추어주며, 스트레스에 대항하는 호르몬의 분비를 증가시키고, 면역 기능을 강화시키기 때문에, 우리가 스스로의 힘으로 세포 수준까지 효과를 미치는 획기적인 웰비잉을 경험하게 되는 것

---

18) 스트레스 호르몬은 신체의 노화를 촉진시키므로 스트레스 호르몬을 관리한다는 것은 노화를 억제하는 수단으로 이용된다.
19) 'Care'의 의미는 긍정적인 것과 부정적인 의미를 모두 지니는데, 긍정적인 의미만도 관심, 배려, 보호, 돌봄 등 다양하며, 여러 가지 의미를 한꺼번에 지닌 한글 단어가 없으므로 긍정적인 것에서도 가장 대표성이 강한 '배려'로 한다.
20) 신체 내에서 자체적으로 만들어진 DHEA는 강력한 면역 증강 물질로 작용하지만, 외부로부터 약으로 복용한 경우에는 부작용이 따른다고 보고되고 있다.
21) IgA는 혈청항체의 여러 종류(IgG, IgN, IgA, IgD, IgE) 중의 하나이며, 장이나 호흡기 점막 밖으로 배출되어 거기서 광범위한 종류의 바이러스에 대항하는 배출성 항체이다.

은 당연하다. 심장지능의 활동 덕분에 우리는 정신적으로나 정서적으로 더 좋은 기분을 느낀다. 그리고 결국에는 그러한 지각이 신체적인 건강을 가져온다. 이 모든 것 중 최고의 희소식은 우리 모두가 이러한 효과들을 얻을 수 있다는 것이다.

우리는 심장지능을 활성화시키는 훈련을 모토롤라, 로얄 더치 쉘과 같은 거대 기업의 근로자들에게, 그리고 국세청(IRS), 캘리포니아 법무부, 캘리포니아의 공무원 퇴직지원 시스템 등에서 실시하면서 그 효과를 측정할 수 있었다. 몇 주간 심장지능에 접근하는 방법을 배운 뒤 근로자들은 그 전에 공통적으로 가지고 있던 빠른 심장박동, 불면증, 피로, 긴장, 소화불량, 몸살 등 대표적인 스트레스 증상들이 감소하는 것을 경험하였다. 한 기업의 연구에서는 고혈압 환자들이 6개월 만에 혈압강하제의 도움 없이도 정상적인 혈압을 유지할 수 있었던 것으로 밝혀졌다.[25]

우리가 행한 사례연구 보고서는 다양한 질병과 장애를 가진 사람들에게 임상효과가 있었음을 보여준다. 효과가 있었던 질환 중에는 부정맥, 피로감, 심장 승모판의 처짐, 자가면역장애, 만성피로, 외상 후 스트레스증후군[22] 등이 포함되어 있다.[26, 27] 건강한 사람에게서는 한 달 정도의 짧은 기간에 호르몬 반응이 상당히 개선되어 균형을 이루었다.[18]

이러한 결과들을 얻기 위해 우리는 사람들이 심장에 접속하는 방법을 가르치는 프로그램에 참여하도록 안내한다. 훈련과정에서 우리는 개별적인 필요성을 조사하여 요구에 맞는 프로그램을 설계하고, 과정에 적합한 도구와 기법을 소개한다. 이 책에서는 하트매스 솔루션 교육 프로그램에서 심장지능을 활성화시키기 위해 사용하는 일련의 개념과

---

22) PTSD는 사고나 큰 외상, 재난 등을 겪은 뒤에 나타나는 후유증으로, 일종의 정신적인 질환이며, 충격으로 받은 스트레스가 클수록 증세가 더 심해진다고 믿어왔다. 근래에는 스트레스의 강도보다는 개인이 스트레스를 소화할 수 있는 능력에 따라 증세가 달라진다고 믿는다. 하트매스는 스트레스에 대한 내성을 길러주므로 이러한 효과를 가져온다.

기법, 도구에 대해 언급한다. 다음의 10가지 핵심 기법들과 도구들에 의해 하트매스 솔루션이 구성된다.

①중요한 의사결정을 할 때

먼저 우리는 건강과 지각, 그리고 총체적인 웰빙에서 심장이 하는 역할을 깊이 이해해야 한다. 심장이 하는 역할의 중요성을 새로운 각도에서 바라보고, 그것이 우리 몸의 다른 부분에 미치는 중대한 영향을 이해하게 되면, 우리는 하트매스의 도구와 기술이 어떻게 그리고 왜 효과가 있는지를 기초적으로 이해할 수 있게 된다.

이 책에서 공유하게 될 과학적 연구결과들은, 어떻게 심장이 우리 신체의 다른 부분과 교신을 하는지와 어떻게 심장과 뇌 사이의 정보교환이 이루어지는지를 보여주는 기초를 형성한다. 이 정보교환의 중요성을 이해하게 되면 당신은 전통적으로 우리가 핵심 가치나 질(質)을 왜 심장에 비유하는지를 깨닫게 된다.

이 학습과정 중 첫 부분은 두뇌와 심장의 차이를 분간하기 위해서, 그리고 우리가 심장지능과 접속할 수 있을 때 우리 주변의 세상이 어떻게 다르게 받아들여지는지를 알도록 하기 위해서 할애되었다. 머리, 두뇌 또는 정신은 직선형상에서 논리적으로 움직이며, 여러 상황에서 우리에게 도움을 주지만, 다른 경우에는 오히려 우리를 속박한다. 때로는 문제를 풀거나 복잡한 정서적 문제들을 해결하기 위해 우리에게는 논리와 분석 이상의 것이 필요하다. 심장지능의 도움으로 우리는 총체적인 지능의 기초가 되는 직관과 본능적인 인지능력을 가지게 된다. 심장지능을 활용하여 우리는 1차원적인 논리와 생각을 뛰어넘어 폭넓은 자각을 하게 된다. 결과적으로 우리의 시각은 더욱 유연해지고 창조적이 되며 포괄적이 된다.

예를 들어, 사랑하는 두 사람이 야외공원에서 산책하는 중에 소나기를 맞았다고 하자. 그들에게 비는 그리 문제가 되지 않는다. 그것은 단지 물방울일 뿐이다. 그들은 비에 젖게 되지만 말리면 그만이다. 비는 즐거운 경험이 될 수도 있다. 사랑하는 사람들은 마음(심장)으로 연결되어 있기 때문에 이런 자연적인 현상을 기쁨으로 받아들이고 추억으로 만드는 것은 어려운 일이 아니다.

그러나 만약 똑같은 자연조건에서 마음이 서로 닿아 있지 않은 커플이 서로에 대한 실망을 느끼면서 말다툼을 하고 있는 중이었다면, 비가 내리기 시작했을 때 그들의 태도는 매우 달라졌을 것이다. 그들에게 비는 우연이기는커녕 귀찮은 것이라고 생각할 것이며, 그들이 느끼는 서로에 대한 실망을 털어놓는 계기가 될 것이다.

위의 예에서, 두 커플이 비를 바라보는 시각에는 분명한 차이가 있다. 마음(심장)으로 보았을 때에 비는 자연적인 현상이다. 그러나 머리로 보았을 때에는 그 비가 절망이 된다. 심장지능에 접속되었을 때 우리는 스트레스에서 벗어나 문제를 정서적으로 해결할 수 있다.

심장지능을 지속적으로 경험하려면 심장과 머리 사이의 신뢰할 만한 협력관계를 구축하는 것이 필요하다. 그리고 이 협력은 당신이 상호 작용을 하지만 매우 다른 이 두 지식의 원천을 어떻게 구별해야 할지를 배울 때, 그리고 당신의 생각과 감정이 심장의 지시를 받고 있을 때와 그렇지 않을 때를 구분할 수 있을 때 시작된다. 심장을 존중하고 신뢰함으로써 우리는 자신의 문제에 대한 새로운 돌파구와 해결책을 찾을 수 있다는 가능성과 희망의 세계로 인도받게 된다.

②스트레스를 줄일 때

내적 통일성에 관한 생화학적 연구는 어떻게 스트레스가 인간에게 해가 되는지를 보여주었다. 인체 내부의 통일성은 심장 리듬의 변화 패턴을 관찰하는 것으로 측정할 수 있었다. 생체 시스템이 통일성을 유지할 때, 사실상 에너지의 낭비가 없었다. 즉 힘이 극대화되었다. 통일성은 행동에서 능률을 의미한다. 통일성이 있는 사람들은 정신적 · 정서적·신체적으로 발전한다. 그들은 혁신하고 적응하는 데 필요한 힘을 가지고 있다. 결과적으로 그들은 (같은 상황에서 일하면서도) 스트레스를 거의 받지 않는다.

내면의 통일성이 증가하면 효과는 커진다. 즉 이러한 통일성의 상태에서 우리는 건강을 유지하기 위해 최소한의 에너지만을 소모하며, 비능률적인 생각과 반응에 에너지를 낭비하지 않으며, 집중력과 생산성을 높이기 위해 우리 몸을 긴장시키지도 않는다. 스트레스는 우리의 공통 적이다. 그것은 우리 내면의 (생체 리듬에) 불일치를 만들어내며, 우리 몸의 생물학적 시스템이 서로서로 저항하게 만든다. 이것이 우리의 생각과 느낌에 영향을 미친다. 스트레스로 비롯된 불일치로 인해 우리의 신경계와 심장 리듬은 조화를 상실하게 되며, 호르몬의 균형도 손상된다. 결과적으로 이러한 불일치는 우리의 업무성과와 수행 능력, 질적인 삶을 살 수 있는 능력을 감소시키며, 건강에도 부정적인 영향을 끼친다. 통일성의 가치와 불일치의 결과들을 배우는 것이 매우 중요한 이유는 그것이 심장이 인도하는 삶을 살아야 할 건전한 이유를 제공하기 때문이다.

③ '프리즈-프레임(FREEZE-FRAME)'[23]을 배우고 적용할 때

프리즈-프레임은 당신 내면의 불일치를 통일성의 상태로 바꾸기 위해 심장이 우리에게 주는 핵심 가치와 힘에 접근하는, 쉽고 단순한 5단계 접근법이다. 프리즈-프레임은 자율신경계(ANS)인 교감신경과 부교감신경 간의 균형을 찾아준다. 자율신경계는 우리의 소화기관, 심혈관, 면역, 호르몬 시스템과 상호 작용을 한다. 화를 내거나 걱정하는 것과

---

23) Freeze는 정지시킨다는 의미를 지니고, Frame은 영화에서 영상을 구성하는 기본단위이다. 영상은 정지된 화면 한 프레임 한 프레임이 연속으로 보여줄 때 우리가 마치 움직이는 것으로 인식하기 때문에 생기는 것이다. 따라서 프리즈-프레임은 마치 영화 속에서 정지화면을 보여주듯이 우리의 생각을 긍정적인 정서에 고정시키도록 하는 기법이라는 뜻에서 붙여진 이름이다.

같은 부정적인 정서적 반응은 자율신경계에서 무질서와 불균형을 초래한다. 반면에 감사, 연민과 같은 긍정적인 정서 반응은 더 높은 질서와 균형을 만들어낸다. 높은 질서와 균형은 더욱 능률적인 뇌 기능을 돕는다. 프리즈-프레임 기술을 통해서 지각이 더 잘 감지될 수 있는 상태로 자신의 정서를 변환시킴으로써 우리는 자율신경계를 통해 심장에서 뇌로 전해지는 입력정보를 수정할 수 있다.

프리즈-프레임은 지각과 태도를 즉각적으로 바꾸는 데 매우 유용하다. 당신이 작든 크든 어떤 의사결정을 하기 위해 맑은 머리가 필요할 때, 또는 스트레스를 줄이는 것이 필요할 때 프리즈-프레임을 사용하기를 권한다.

여기에 프리즈-프레임을 활용하는 방법의 예가 있다. 당신이 평소대로 바쁜 날 사무실에 있다고 하자. 모든 것은 바쁘게 돌아가는데 당신에게 매우 복잡하고 혼란스러운 일이 발생한다. 당신은 순간적으로 많은 부담감을 느끼고 큰 스트레스를 받게 된다. 그래서 당신은 어떻게 일을 처리해야 할지 알지 못한다. 그때 당신은 60초 동안 잠시 일을 멈추고, 당신의 마음을 진정시키고, 신경계를 조화시키며, 내면의 통일성을 증가시키기 위해 프리즈-프레임을 사용한다. 그러면 당신은 현상황에 어떻게 대처해야 할지 분명한 대안을 볼 수 있게 된다. 프리즈-프레임으로부터 얻은 균형 잡힌 자각으로 인해 당신은 적은 스트레스를 받으면서도 짧은 시간 안에 복잡한 일을 끝내게 된다. 간단하게 말해서, 프리즈-프레임은 당신의 생각과 반응을 관리할 수 있도록 도와주고, 자연히 스트레스도 줄일 수 있도록 도와준다.

④에너지 자산을 고갈시키지 않을 때

하트매스 솔루션의 이 단계에서는 정신적·정서적 에너지 자원을 얼마나 효과적으로 사용하는지에 대한 중요한 자각을 하게 될 것이다. 우리 내부의 힘, 즉 우리가 가지고 있는 육체적·정신적·정서적 에너지의 양은 우리 삶의 질을 결정한다. 그 내부의 힘은 활력과 복원력 (Resiliency)[24]으로 전환된다.

긍정적인 생각과 감정은 우리의 (생체) 시스템에 에너지를 더해준다. 예를 들어 낙관적인 시각이나 감사하는 마음, 친절한 태도 등은 에너지를 더해준다. 부정적인 생각과 감정은 우리의 에너지를 고갈시킨다. 예를 들어 화, 질투, 비판적인 생각 등은 에너지를 감소시킨다.

어떻게 우리의 생각과 감정을 더 잘 관찰할 수 있는지를 배움으로써 우리는 어디에서 손실을 보고 어디에서 내면의 힘을 얻고 있는지 알 수 있다. 이것을 알게 되면 우리는 그 힘을 증가시키기 위해 우리의 어떤 부분을 변화시켜야 할지를 알 수 있게 된다. 5장에서 우리는 신체 에너지의 효율성[25]을 소개하고, 당신의 정신적 · 정서적 에너지의 입출을 기록하는 에너지 자산 대차대조표를 소개할 것이다.

⑤ 심장의 핵심 감정을 활성화할 때

사랑, 동정, 판단하지 않음(그대로 수용하기), 용기, 인내, 성실, 용서, 감사, 배려 등 심장의 핵심 감정이 있다. 이런 감정들은 심장의 리드미컬한 패턴에서 연동과 통일성을 증진시킨다. 앞으로의 장에서 우리는 심장의 네 가지 주요 핵심 감정, 즉 감사, 판단하지 않음, 용서, 배려에 초점을 맞출 것이다.(이 네 가지는 다른 핵심 감정을 끌어내는데 필수적이다.)

심장의 핵심 감정은 제각기 강력하고 유익한 영향을 우리에게 준다. 불행하게도 심장의 핵심 감정과 태도에 대한 경험은 일반적으로 의식

---

24) 복원력(Resiliency)은 어떤 어려움이 닥치더라도 이를 극복하고 일어나는 칠전팔기의 정신을 말한다. 미국에서는 이것을 읽기(Reading), 쓰기(Writing), 산수(Arithmetic)에 이어서 중요하게 생각하고, 의무 교과과정에서 이를 강화하는 방향으로 가고 있다. 이 네 가지 기초 학습 분야를 묶어서 4R(모두 R자가 들어가 있으므로)이라고도 한다.

25) 두뇌는 체중의 2~2.5퍼센트밖에 안 되지만 우리 몸이 사용하는 혈액과 산소 등 모든 에너지의 25퍼센트를 사용한다. 그러므로 심장과 두뇌가 통일상태에 있을 때에는 시너지 효과에 의해 에너지를 적게 쓰게 된다.

에 의해서라기보다는 우연히 이루어진다. 그러나 당신은 개인적인 성장과 건강을 증진하기 위하여 필요에 따라 핵심 감정을 활성화시키며, 심장의 핵심 감정을 개발할 수 있다.

⑥ 정서를 관리할 때

정서란 복잡하고 관리하기가 어려울 수 있다. 그러나 당신의 삶이 풍요롭고 건강하게 지속되기를 바란다면 그것들을 관리하는 것은 매우 중요하다. 그들이 어떻게 움직이고, 어떠한 영향력을 끼치며, 어떻게 정서적인 정체성에 손상을 입히는지 많이 알면 알수록 더 잘 관리하는 법을 배우게 될 것이다.

정서는 우리의 생각과 지각, 태도를 증폭시키는 역할을 한다. 우리는 최신 기술이 적용된 CD 플레이어와 최상의 스피커로 최고의 음향 시스템을 꾸밀 수 있다. 그러나 만약 음향 시스템의 전원 공급 장치가 올바르게 작동하지 않는다면 이 시스템을 통해서 나오는 소리는 심각하게 왜곡된다. 마찬가지로 지각의 증폭기인 정서가 균형을 잃는다면 삶에 대한 우리의 시각은 일그러지게 된다. 긍정적인 정서상태는 심장, 면역 시스템, 호르몬 시스템에 도움을 주고 재충전시키는 일을 하는 반면, 부정적인 정서는 이 시스템을 소모시키기만 한다. 우리 대부분은 매일매일 때로는 올라가고 때로는 내려가는 롤러코스터를 타는 것과 같은 정서적 기복을 경험한다. 우리가 의식적으로 긍정적인 정서를 활성화시키고 부정적인 정서를 억누르는 능력을 계발하지 않는다면, 균형 잡히고 건강하게 충만한 삶을 산다는 것은 어려울 것이다. 정서에 관한 생물의학적 연구결과를 익힘으로써 우리는 정서의 힘을 이용하는 데 필요한 능력을 얻게 되고, 우리의 에너지를 고갈시키지 않고 이익이 되는 방향으로 이용하는 능력을 얻게 된다.

⑦ 배려는 하되 우려하지는 않을 때

배려[26]와 우려의 차이[27]를 아는 것은 매우 중요하다. 당신 자신과 다른 사람들을 배려하는 것은 보상받는 삶을 위한 필수요건이다. 불행하게도 (관심을 가지고) 배려한다는 것도 매우 큰 스트레스가 될 수 있다. 우리의 관심이 지나칠 때 우리는 소위 '쓸데없는 걱정'을 경험하게 된다. 이 용어는 걱정, 근심, 불안을 동반하는 부담스러운 책임의식이라는 뜻을 지녔다. 소모적인 걱정을 하게 될 때 우리는 낮아진 면역 반응, 불균형적인 호르몬 수치, 졸속의 의사결정 등 문제를 겪게 된다. 우리가 배려와 우려를 구분하게 될 때, 배려를 선택하고 우려를 피할 수 있다. 왜냐하면 사람을 위한 것이든, 사물을 위한 것이든, 과제를 위한 것이든, 우리는 지나치게 걱정하는 것을 막을 수 있는 능력을 부여받았기 때문이다. 한번 쓸데없는 걱정이라는 것을 인식하고 그 악영향을 알게 되면, 우리는 그것을 우리의 생각과 정서에서 제거할 수 있다. 당신이 어떻게, 어디에 쓸데없는 걱정을 하는지를 이해하게 되면 새로운 의미의 자유를 얻을 것이다.

⑧ '컷-스루(CUT-THRU)'[28] 기법을 배우고 적용할 때

하트매스 솔루션에서 두 번째로 중요한 도구는 당신의 정서를 관리하고 쓸데없는 걱정을 제거하도록 돕기 위해 과학적으로 설계된 컷-스루(CUT-THRU)이다.

---

26) 배려의 정서를 가지는 것뿐만 아니라 이것을 행동으로 실천하는 것도 강력한 영향을 미친다는 것이 여러 사례에서(예를 들면 봉사활동을 하는 동안 불치병이 자연 치유된 사례 등) 증명되고 있다.

27) 배려와 우려는 같은 정서적 뿌리를 가지고 있어서 구분하기 곤란한 경우가 많다. 모두 '사랑하고 돌보는 마음'에서 출발하기 때문에 정도의 차이에 따라 배려도 되고 우려도 된다. 이 둘을 쉽게 구별하는 방법은 돌보거나 걱정하는 마음에서 에너지를 얻게 되면 배려이고, 오히려 힘이 빠지고 스트레스를 받는다면 우려이다.

28) Cut-Through의 준말로 '뚫고 들어간다'는 단어 자체의 의미처럼, 부정적 정서의 지속적 영향을 단절시키기 위해 의식적으로 개입하는 기술을 말한다.

비생산적인 생각들은 우리가 거기에 쏟는 정서의 양 이상으로 우리에게 해를 끼친다. 예를 들면, 우리는 어떠한 문제에 대해 두고두고 걱정할 수가 있다. 그런데 만약 우리가 그 문제를 감정적으로 대한다면, 걱정은 바로 근심이나 공포로 바뀔 수 있다. 그러면 당신은 통일성을 상실하고 에너지를 고갈시키게 된다. 이러한 정서를 막을 수 있도록 돕기 위해 컷-스루라는 믿을 만한 방법을 제공한다.

하트매스 솔루션을 연습함으로써 당신은 언제 당신이 스트레스를 받는지 분명하게 알 수 있게 된다. 그러면 당신은 최선의 행동 방향을 결정하기 위해 프리즈-프레임을 사용할 수 있다. 그러나 무엇을 할지에 대한 직관적인 확신을 한번 가졌다 해도 당신은 여전히 혼돈스러운 또는 불편한 감정의 여파를 경험할 수 있다. 이러한 여파가 시스템을 방해할 때, 당신은 컷-스루를 사용하여 당신의 정서적인 상태를 변화시킬 뿐만 아니라 더 잘 느끼고 더 잘 생각하게 할 수 있다.

아마도 오랫동안 지속되어온 정서적인 문제, 즉 감정, 배신, 자신의 가치 상실, 두려움과 같은 감정들이 기쁜 감정을 유지하는 것을 방해하고 있으며, 다양한 방법으로 우리를 (부정적으로) 물들이고 있다. 심지어 이러한 감정적 찌꺼기들에 깊이 물들어 있어도 컷-스루 기술을 사용하여 분해하고 없애도록 도와준다.

하트매스연구소의 연구조사에 의하면 컷-스루가 호르몬의 균형에 유익한 결과를 가져오고, 불쾌한 감정상태(근심, 침울, 죄책감, 탈진 현상)를 감소시키며, 긍정적 감정상태(동정, 수용, 조화)를 증진시킨다.

이 기술은 프리즈-프레임보다 약간 복잡하다. 그러나 연습을 통해서 쉽게 배울 수 있으며, 더 많은 정서적 관리가 필요한 당신 삶의 여러 영역에서 쉽게 활용할 수 있다.

⑨ '하트 로크-인(HEART LOCK-INS)'[29]을 이용할 때

하트매스 솔루션의 세 번째 주요 기술은 '하트 로크-인'이다. 하트

로크-인을 하면 심장의 힘이 증폭된다. 마음을 진정시키고, 심장과 연동되면, 당신의 인체 시스템에 에너지를 재충전해주고 활력을 더해준다. 우리는 어떻게 하트 로크-인이 신경 시스템의 균형을 유지하고 면역 시스템의 반응을 촉진시키는지에 관한 연구결과를 뒤에서 함께 공유할 것이다.

5분에서 15분 정도 걸리는 하트 로크-인은 심장과 두뇌와의 연결관계를 강화시켜준다. 이러한 연결상태가 향상되면 당신의 두뇌는 심장 지능에 쉽게 접속되고, 매일의 바쁜 일과 속에서도 직관적인 메시지를 쉽게 들을 수 있다. 프리즈-프레임이 마음을 관리하기 위해 쓰인다면, 컷-스루는 정서를 관리하기 위해 쓰이고, 하트 로크-인은 다른 기법들을 활용하는 연습을 강화하여 당신의 두뇌가 심장의 핵심 감정과 지능에 더 깊이 연결되도록 활성화시켜준다. 하트 로크-인 기술을 매일 규칙적으로 쓰게 되면 건강의 증진과 창조성의 향상에 도움을 주고, 더 깊은 직관적 통찰력을 얻는 데도 유익하다. 당신은 당신의 시스템을 신체적으로, 정신적으로, 정서적으로 재충전하기 위해 하트 로크-인을 일상적 도구로 쓸 수 있다.

⑩ 당신이 아는 것을 모두 현실에 적용할 때

하트매스 솔루션의 마지막 단계는 당신이 앞에서 말한 아홉 개의 도구와 기법들을 통해서 배운 모든 것을 개인적으로나 업무적으로, 그리고 사회적으로, 삶의 여러 영역에 적용해보는 것이다. 무슨 공부를 하더라도 익힌 것을 적용해보는 것이 가장 중요하다는 것은 여기서도 마찬가지다. 우리는 많은 사람들이 그들의 개인적인 삶이나 건강, 그리고

---

29) Heart Lock-Ins은 내부에 격리시키기 위해 안에서 잠근다는 뜻의 Lock-in이라는 단어가 의미하는 것처럼 심장을 외부의 정서적인 (특히 부정적인) 자극으로부터 보호하기 위해서 잠금장치를 한다는 의미에서 붙여진 기법 이름이다. 프리즈-프레임이 단기적인 대증요법에 가깝다면 하트 로크-인은 장기적인 예방요법에 비유될 수 있다. 상세한 설명은 뒤에서 따로 다룬다.

그들의 가족들과 단체들(회사, 학교, 정부기관)을 위해 어떻게 하트매스 솔루션을 사용했는지에 대한 많은 예들을 함께 나눌 것이다. 이 정보는 당신에게 어떻게 하트매스 솔루션이 당신의 삶에 작용하는지에 대한 통찰력을 주고, 이를 적용하게끔 고무시킬 것이다.

요약하자면, 여기 하트매스 솔루션의 본질을 명확하게 하는 심리학적 방정식은 다음과 같다.

> 심장지능을 활성화시키는 것+정신을 관리하는 것+정서를 관리하는 것
> =높아진 에너지 효율성, 향상된 통일성, 보다 향상된 자기인식과 더 높은
> 생산성

올바른 도구의 도움이 있다면 심장과 일체된 삶을 사는 것은 생각처럼 어렵지 않다. 어쨌든 우리 각자는 삶에서 여러 번 심장이 보내는 메시지를 느낀 경험이 있다. 그리고 이 경험들은 우리의 생에서 가장 즐거운 경험인 경향이 있다. 그러나 이러한 경험들은 규칙적이지도 영속적이지도 않다. 하트매스 솔루션은 당신이 의식적으로 자신의 심장의 목소리에 귀를 기울이고 따르도록 안내하고, 심장과 연관된 경험을 얻도록 가르치며, 심장과의 긴밀한 관계를 유지하는 능력을 길러줄 것이다.

멜라니 타라우브리지의 다음 이야기는 심장의 목소리에 귀 기울이는 삶에 대한 체계적 접근법의 필요성을 분명히 알려준다. 멜라니는 심각한 건강상의 문제를 지니고 있었다. 난소암이라고 진단을 받은 후 그녀는 수술을 받고 병원에 두 번이나 장기 입원을 해야 했다. 그 사이 두 번이나 폐렴과 싸워야 했고, 이틀 동안이나 계속되는 화학요법을 여섯 차례나 받았으며, 허약함과 매스꺼움에 맞서 싸워야 했다. 이렇게 불치병과 싸우며 멜라니는 여섯 달을 보냈다. 심각하게 아파본 적이 없는 그녀로서는 힘든 시간이었지만, 사람들은 그녀가 정말로 위기를 잘 극복하고 있다고 말했었다.

"나는 나의 위기를 오직 내가 알았던 방식대로 대처했습니다. 그것은 내가 얻을 수 있는 최대한의 도움을 얻기 위해 심장에 의지하는 것이었습니다. 그렇게 했을 때 내 기분이 한결 나아졌습니다. 그러나 시간이 흘러가자 심장과의 관계를 잊어버리거나 무시하기 시작했습니다. 암이 다시 완화되고, 평범한 일상을 되찾기 시작한 후에는 그전에 그랬던 것처럼 심장에 주의를 기울이지 않았습니다. 나는 암이 다시 재발될지 모른다는 극단적인 공포와 스트레스를 받기 시작했습니다."

"내가 업무상의 문제로 하트매스 세미나에 참석했을 때, 나는 건강의 위기를 겪고 있는 동안 심장의 지시를 따랐다는 것은 알았지만, 어떻게 그것을 일관성 있게 하는지는 알지도 못하고 내 식으로 했다는 것을 깨달았습니다. 난 그때 내가 하는 것이 무엇인지에 대한 약간의 힌트조차 가지지 못한 채 그것을 했었습니다. 하트매스 솔루션의 도구와 기법들은 내 심장지능과 연결을 지속하는 방법을 나에게 알려주었습니다. 그리고 하트매스연구소의 연구는 심장의 메시지에 귀를 기울이는 것의 중요성을 분명하게 설명해주었습니다. 그 이후로 줄곧 나는 나의 건강에 대해 안전함을 더 느낍니다."

심장지능을 계발하는 것은 우리 내면에 깊은 안정감을 준다. 사람들은 자신의 내면이 아니라 밖에서, 즉 직장에서, 결혼생활에서, 종교에서 그리고 믿음에서 안정을 찾으려고 한다. 지금 여기에 당신의 내면에서 안정을 찾는 방법에 대한 과학적 접근법이 있다. 우리가 심장의 굳건한 안정상태를 계발할수록 우리는 본연의 할일을 할 수 있으며, 결혼생활의 질을 높이고 더 성실하게 핵심 가치에 따라 살 수 있다.

기억해야 할 키포인트

⋯▶ 과학적인 증거에 의하면, 심장은 우리의 삶을 관리하는 데 도움을 주는 정서적이고 직관적인 신호들을 보낸다.

⋯▶ 많은 고대문화는 정서와 도덕성, 그리고 의사결정에 영향을 미치고 지휘할 책임을 지고 있는 주요 기관이 심장이라는 믿음을 가져왔다.

⋯▶ 심장은 뇌가 아직 생성되기 않은 태아 때부터 박동하기 시작한다. 과학자들은 무엇이 심장박동을 시작하게 하는지 여전히 정확히 알지 못한다. 심장은 스스로 뛰기 시작하며 계속해서 박동하기 위해 두뇌와의 연결은 필요로 하지 않는다.

⋯▶ 심장은 '심장 안에 있는 뇌'로 불리는 독립적인 신경계를 내부에 가지고 있다. 심장에는 다양한 대뇌피질 하부의 여러 센터에서 발견되는 뉴런의 수와 비슷한 40,000개 이상의 뉴런이 있다는 사실이 이를 증명해준다.

⋯▶ 심장이 느끼는 핵심 감정은 교감신경의 활동성을 둔화시킨다. 교감신경은 심박속도를 증가시키고, 혈관을 수축시키며, 스트레스 호르몬을 방출시켜 자극에 대비하는 행동을 하게 한다. 동시에 심장의 감정은 부교감신경의 활동성을 증가시킨다. 부교감신경은 심박속도를 늦추고, 몸속의 내부 시스템의 긴장을 풀게 한다. 이러한 두 가지 활동으로 인해 신체의 에너지 효율을 증가시킨다.

⋯▶ 행복한 마음, 감사하는 마음, 동정심, 남을 배려하는 마음과 같은 긍정적인 정서와 사랑은 호르몬의 균형을 유지하고 면역체계의 반응을 개선시킨다.

⋯▶ 하트매스연구소의 연구결과에 따르면 지능과 직관력은 심장에 더 깊은 주의를 기울일 때 높아진다.

⋯▶ 하트매스 솔루션은 10가지의 주요 도구와 기법들로 구성되어 있다.

2

심장은 메시지를 보내고 있다

당신의 심장과 두뇌가 완벽한 조화를 이룰 수 있다는 증거

당신의 지능은 당신에게 최신의 코롤라(Corolla : 도요다의 브랜드명)가 얼마나
대단한 가치를 지녔는지를 가격 대비 성능으로 빠르게 상기시켜줄 것이다.
그러나 당신의 심장은 당신이 코롤라의 증강된 파워와 안전성, 그리고 멋있는 외관과 함께
명사(名士)처럼 여행하는 당신을 생각하며 두근거릴 것이다.
코롤라는 적수끼리도 공동의 선을 위해서는 협력할 수 있다는 좋은 예를 보여주고 있다.

(1988년 「Scientific American」에 실린 도요다 자동차 광고 카피)

우리의 세미나에 참석한 어느 여성은 우리에게 심장과 두뇌에 관한 고전적인 이야기를 들려주었다. 몇 년 전 그녀는 언제나 사업에서 성공적이었던 사촌과 사업상 거래를 하게 되었다. 그 거래는 확실한 것으로 보였다. 그리고 그녀는 은행을 향해 운전해 가면서 계약서에 서명하는 생각에 들떠 있었다.

그러나 그녀가 은행에 들어서자 가슴이 죄여오고 이상하게 두근거리는 불편함을 느끼기 시작했다. 이 거래에 서명을 하는 것에 대해 어떤 불편함이 느껴졌다. 그러나 그녀의 생각에는 모든 것이 합당한 것처럼 보였다. 그래서 그녀는 서명을 하였다.

4년 후 여전히 그 거래로 인해 생긴 막대한 재정적 손실과 수많은 법적 문제를 해결하기 위해 그녀는 노력하고 있었다. 그녀가 그때까지 했던 의사결정 중에서 최악의 결정은 바로 그 비즈니스 결정이었다고 우리에게 말했다. "왜 나는 나의 심장의 신호에 귀를 기울이지 않았을까? 왜 서명을 하기 전에 재확인을 하지 않았을까?" 하는 한숨 섞인 말을 했다.

그녀가 머리로 생각했을 때 염려할 것 없다고 생각한 그 계약에 대해 그녀의 심장은 위험신호를 보내고 있었던 것이다. 그녀는 그것을 알아차리지 못했다. 우리 모두와 마찬가지로 그녀 역시 이성에 더 큰 가치를 두는 문화에서 자랐다. 그리고 직관과 같이 확인되지 않은 어떤 것에는 회의적인 반응을 보이는 경향이 있었다. 그러나 이러한 경우에는 이성의 역할만으로는 충분하지 않았다. 사실만을 보았을 때 그녀의 생각은 그 계약을 물리칠 어떤 이유도 발견해내지 못했다. 그러나 그녀의 심장은 그녀의 생각이 감지하지 못했던 위험을 감지하고 있었다. 만약 그녀가 심장과 두뇌의 신호 모두를 참작했더라면, 몇 년의 슬픔과 고통으로 들어가는 자신을 구출할 수 있었을 것이다.

두뇌는 '알게' 하고, 심장은 '이해하게' 한다

우리는 여기에서 심장과 머리에 관한 이야기를 할 때 일상적인 대화에서 쓰는 용어를 사용할 것이다. 맥락상으로 우리는 '머리'라고 할 때는 사고, 상상, 기억, 계획, 유추, 계산, 조작, 때로는 자신을 벌주는 것과 연관시킨다. 한편 '가슴'이라고 했을 때는 남을 위하는 배려, 사랑, 지혜, 직관, 이해, 안전, 감사와 같은 '질적인 느낌'과 연관시킨다. 그러나 이때 우리는 단순히 신체의 한 부분으로서 머리와 가슴을 얘기하는 것이 아니라 우리 몸의 이러한 영역과 연관된 내면의 에너지와 태도에 관해서 이야기하고 있음을 명심해야 한다.

하트매스연구소의 과학자들이 (신경심장학 연구의 최첨단에 있는 다른 사람들과 함께) 심장에 관한 조사를 계속함으로써 우리는 궁극적으로 신체적인 심장과 뇌가 서로에게 미치는 영향에 관한 더 많은 것을 이해하게 된 것이다. 이미 이러한 과학자들이 '인체 시스템에서 심장이 하는 역할'에 관해 진보적이고도 새로운 견해들을 내놓고 있다.

그러나 더 많은 과학적 연구가 있기 전까지 우리는 그들의 영향을 묘사할 때 '심장'과 '머리'를 다소 비유적으로 언급해야 한다. 심장과 머리는 우리의 신체활동을 통제하고, 태도와 반응을 결정하며, 일반적으로 우리 주변 세상과의 관계를 유지하는 데 필요한 정보를 처리한다. 그러나 이러한 정보에 심장과 머리가 접근하는 방법과, 사실을 해석하는 방법은 꽤 다르다.

뇌와 정신을 포괄하는 우리의 머리는 목적달성을 위한 선형적이고 논리적인 방법으로 작동한다. 그것의 주기능은 분석하고 기억하고 구별하고 비교하는 것이며, 우리의 감각기관으로부터 들어오는 메시지와 과거의 경험을 분류하여 그 데이터를 지각, 생각, 정서로 변환시키는 것이다. 머리는 또한 우리 몸의 많은 기능을 통제한다.

머리는 무엇이 좋고 나쁜지, 무엇이 적합하고 그렇지 않은지를 결정한다. 그것은 과거의 기억을 분류하고 목록을 만들어서 경험 속에서 현재를 생각하고 미래를 예측할 근거를 찾을 수 있도록 해준다. 수많은 부분적인 사실과 다량의 불완전한 데이터를 축적하고 결합함으로써 머리는 현실과 어느 정도 연관성을 지닌 패턴으로 결합해낸다. 우리가 삶의 패턴을 인식할 때 우리는 세상에 관해 시간과 에너지를 줄여주는 어떤 방식으로 가정을 할 수 있다. 만약 당신이 일을 하기 위해 출근해서 필요한 모든 것을 매일매일 다시 배워야만 한다면, 그것이 어떠할지 상상해보라. 우리가 만약 이러한 (기존의) 패턴에 의지할 수 없다면 분명히 이 세상은 더 복잡하고 어려워질 것이다.

그러나 패턴을 만드는 능력은 그것이 필수적이기는 하지만 약점을 가지고 있다. 머리는 이미 만들어진 패턴 안에 갇히기 쉽다. 어떠한 것을 새로운 시각에서 보고 새로운 가능성을 보고 받아들이는 것을 방해하고, 사람들과 장소들, 문제들, 그리고 우리 자신에 관해서도 고집스럽게 "알 만한 것은 다 안다"는 식의 추정을 할 수 있다. 완고한 시각에 지배당하게 되면 우리가 접하는 모든 새로운 정보는 두뇌의 기존

패러다임을 따라야 유효하다는 평가를 받을 수 있다. 생존의 차원에서는 규칙과 안정감을 유지하는 것이 매우 중요하다. 그러나 우리가 기존 문제점에 대한 새로운 해결책을 찾으려 할 때나 새로운 태도, 행동 또는 시각을 개발하려 할 때 머리의(과거의)의 패러다임은 오히려 걸림돌이 된다.

이 세상에 태어날 때 이미 우리의 두뇌는 일생 가질 수 있는 뉴런을 가지고 태어난다.[1] 그러나 이러한 세포(뉴런)들이 서로서로 연결되는 패턴은 우리가 살아가는 동안에 발전하고 변화한다.[2] 우리가 우리의 환경을 경험하고 새로운 기술들을 배울 때 뉴런들은 거미줄 같은 신경의 네트워크로, 복잡하지만 전체적인 조화를 이루면서 연결된다. 이것들이 소위 우리의 지각, 기억, 행동 그리고 습관에 영향을 미치는 신경의 회로를 형성한다.

당신이 처음 차를 운전하려고 했을 때 그것이 어떤 느낌이었는지를 기억해보라. 특히나 그것이 만약 오토매틱이 아닌 스틱 변속기라면 느낌이 어떠할까? 우리들 중 대부분은 1, 2주 정도의 짧은 연습으로 한 손으로는 라디오 채널을 맞추면서, 다른 한 손으로는 운전을 하고 동시에 친구와 수다를 떨 수 있다. 그것은 우리가 도전적인 과제를 정복할 수 있도록 새로운 회로를 우리의 뇌 안에 개발했기 때문이다. 우리의 그 회로는 매일 변한다. 우리가 어떤 행동을 많이 연습하고 반복할수록 그 행동을 위한 회로는 더욱 강화된다. 우리가 행동을 강화하게 될 때 그 행동은 결국 자동적으로 행해진다.

---

1) 두뇌 속의 뉴런은 9개월 된 태아일 때 이미 완성된다. 그런데도 출생 당시 350그램 정도 되던 뇌의 무게가 사춘기에 이르면 1,400그램 정도로 늘어나는 이유는 세포 개체의 크기가 증가하고, 수초라는 이름의 지방세포가 불어나기 때문이다. 수초도 신경전달 속도를 증가(수초가 없는 세포보다 20배)시키는 것으로 알려져 있다.
2) 뉴런의 세포체에서는 한 개의 축색이 뻗어나오고, 여러 개의 수상돌기가 나뭇가지처럼 뻗어나오기도 하고 줄어들기도 하는데, 풍요로운 환경에서 건전하게 자라는 경우에 늘어나고, 노화나 알코올의 영향 등으로 줄어든다.

운전, 걷기, 익숙한 운동 같은 육체적인 기술은 반복을 통해서 자동적으로 이루어지며, 우리의 정신적 · 정서적인 태도와 행동들 또한 그러하다. 우리가 지속적으로 같은 생각과 감정에 사로잡혀 있다면 이러한 패턴들에 관계되는 신경회로는 강화된다. 한마디로 우리의 정신적 · 정서적 패턴은 두뇌의 회로에 강하게 입력되어 변할 수 없게 된다.

이것은 왜 우리의 머리가 그렇게 고집스럽고, 한번 각인된 정서와 태도와 지각들은 바꾸기 어려운지를 잘 설명해준다.[1]

반대로 심장지능은 덜 선형적이고, 더 직관적이며, 더 직접적인 방식으로 정보를 처리한다. 심장은 새로운 가능성이 다가오기를 (수동적으로) 기다리지만은 않는다. 대신 새로운 가능성을 찾아 능동적으로 조사를 하고, 항상 직관적으로 새롭게 이해하려고 애쓴다. 궁극적으로 머리는 '알게' 되고, 심장은 '이해하게' 된다. 심장은 (두뇌보다) 섬세하고 품위 있는 정보처리 영역을 맡고 있고, (앞으로 증명하겠지만) 두뇌 기능에 강한 영향력을 미친다.

심장은 우리 각자의 삶에서 고유의 핵심 가치가 무엇인지를 알게 해주고, 우리가 진정으로 열망하는 안정감과 소속감을 더 많이 가지게 한다. 심장지능을 활성화시키면 확실하고 안정되고 균형 잡힌 감정이 살아날 때가 자주 있다. 그래서 우리는 느낌을 통해서 심장과 연결되어 (정보를 주고받고) 있을 때를 알 수 있다. 심장지능은 일부 철학자들이 퀄리어(qualia)[3]라고 이름 붙인 우리의 감정과 특질들, 예를 들면 사랑, 동정심, (남을) 판단하지 않음, 참을성, 인내심, 용서 등을 경험하도록 하는 원동력이 된다. 이러한 특질들은 주로 평온하고 분명한 자각상태를 가질 때 경험할 수 있게 된다. 우리가 심장을 함께 활용하고 있을 때 우

---

3) Quale(단수)의 복수형으로서 1929년에 루이스(C. I. Lewis)에 의해서 소개되었고, 1980년대부터 철학자들이 다양한 분야에서 쓰기 시작한 용어이다. 광범위하게 쓰이지만 한마디로 개념정리를 한다면, 인간이 경험적으로 느끼는 주관적인 감정의 특질이라고 압축할 수 있겠다. 우리의 인식이란 주관적인 것이고 경험에 바탕을 두고 있기 때문에 '인식이 바로 실체다'라는 생각과 관련성을 가진다.

리의 마음은 느긋해지고, 생각도 더 합리적으로 되고, 집중력도 더 높아진다. 논리적인 사고체계는 명료해지고 이해력과 연합하기 시작한다. 우리는 (삶에서) 더 많은 통제력을 행사할 수 있으며, 더 많은 희망을 가지고 더 낙관적인 시각에서 세상을 바라볼 수 있게 된다. 사람들이 심장지능을 이용하는 도구와 기법을 연마하게 되면, 그들은 일상적인 문제에 덜 휩쓸리게 되며 바쁜 생활 속에서도 여유를 찾게 된다. 한마디로 더 넓은 시야를 가지게 된다.

우리는 심장지능을 계발하고 감사하는 마음, 남을 배려하는 마음, 진실된 마음, 일터에서의 진실함과 같은 핵심 가치들의 중요성을 강조하는 많은 사례들을 보아왔다. 이러한 사례 중 하나를 소개하겠다. 캘리포니아에 있는 한 정부기관의 정보기술본부에서는 정보기술 시장의 새로운 도전에 대응하기 위하여 많은 변화를 시작하였다. 그러나 이러한 변화와 연관된 스트레스는 다방면에서 구성원들을 분열케 하고, 잘못된 선입견과 의사소통의 오류를 불러왔다. 경영책임자는 이 문제를 해소하려고 하트매스의 컨설턴트와 트레이너들을 불러 IQM™[4] (내적 생활의 질관리) 프로그램을 117명의 직원들에게 실시하도록 요청하였다. 이 훈련과정에서 직원들은 변화관리에서 생물학적으로나 심리학적으로 심장이 하는 역할의 중요성에 대해 교육을 받았다. 그들은 안정감과 팀워크 정신을 되살리는 동시에, 스트레스 수준을 낮추기 위해 심장지능을 활성화하는 하트매스의 솔루션과 기법들을 배웠다. 정서적으로 스트레스 반응이나 사회적 태도에 어떤 변화가 생겼는지를 측정하기 위하여 훈련을 전후하여 심리적 검사[5]를 병행하였다. 스트레스에 의한

---

4) Inner Quality Management의 약자로서 하트매스의 기법을 이용하여 더 많은 성과를 올리면서도 스트레스는 덜 받도록 하는 교육훈련 프로그램의 등록상표이다. 크게 네 가지로 구성되는데, 개인을 위한 내적 자기관리(Internal Self-Management) 프로그램, 조직성과 향상을 위한 통일된 커뮤니케이션(Coherent Communication) 프로그램, 조직문화 개선(Boosting Organizational Climate) 프로그램, 전략적인 변화관리(Strategic Processes Renewal) 프로그램이 있다. 한국에서는 HeartWare Korea가 이러한 교육을 맡고 있다.

신체적 반응 또한 측정되었다.

매순간과 매일의 상호 작용에서 어떻게 심장이 보내는 핵심 감정에 따라 움직일 수 있는지를 배움으로써 참가자들은 개인적인 스트레스와 조직 내에서의 스트레스를 완화할 수 있는 능력을 향상시켰다. 하트매스 훈련을 받은 후에 참가자들은 아래의 항목에서 개선을 보였는데, 화내는 것(20퍼센트), 우울함(26퍼센트), 슬픔(22퍼센트), 피곤함(24퍼센트) 등이 현격하게 줄어들었다. 동시에 내적 평화(23퍼센트), 생의 활기(10퍼센트)는 큰 증가를 보였다. 근심 걱정(21퍼센트), 불면증(24퍼센트), 빠른 심장박동(19퍼센트)을 포함한 스트레스 증상도 크게 감소하였다. 이러한 개개인의 변화는 조직의 변화과정을 더 조화롭게 하였다. 이러한 결과에 이르는 길은 참가자들 각자가 처한 도전적인 환경에 대응하기 위하여 자신의 심장의 핵심 감정을 활성화하고, 심장지능을 신뢰하고 이용하는 법을 배우게 하는 것이다.[2] (그림 2-1 참조)

심장과 두뇌는 상호 교신을 하고 있다

우리가 심장(가슴)으로 느끼는 사랑과 관심은 분명히 과학의 영역을 뛰어넘는다. 그러나 하트매스연구소의 과학자들은 심장이 '활성화되었을 때' 생물학적으로 어떤 반응이 일어나는지를 가능한 한 많이 이해하는 것이 중요하다는 것을 알았다. 만약 심장이 실제로 지능을 가지고 있다면 그것이 어떻게 메시지를 주고받는지를 알고 싶었다. 이 질문에 답하기 위한 연구를 계속하는 동안 우리는 매우 흥미롭고 과학적인 발견을 하게 되었다. 그중 많은 것들을 다음 장에서 자세하게 소개할 것이다.

---

5) POQA(Personal & Organizational Quality Assessment)를 말하며, 개인과 조직 차원의 삶의 질을 측정하는 자기응답식 도구로서 스트레스 해소와 삶의 질 향상 정도를 측정한다.

심장이 우리 두뇌 및 신체와 어떻게 커뮤니케이션 하는지에 대한 생리학적 원리를 연구하는 동안 하트매스연구소의 과학자들은 다음과 같은 의문을 가졌다.

1. 왜 인종과 문화와 국가에 관계없이 많은 사람들은 사랑과 정서를 가슴(심장)으로 느끼는가?

2. 어떻게 감정의 상태가 심장에 영향을 미치고, 그것이 자율신경계

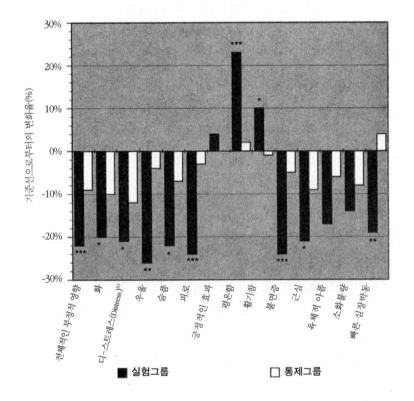

하트매스 솔루션의 도구와 기법을 사용한 직장인들의 정서적·육체적 건강상태 개선

그림 2-1 하트매스 솔루션의 도구와 기법을 배우고 사용한 지 겨우 일 주일 만에 캘리포니아 주에 있는 정부기관 직원들은 스트레스와 부정적인 정서와 피로감에서 상당한 감소를 보였으며, 반대로 평화로움과 활기는 증가하고 신체적인 스트레스 반응들은 현격한 감소를 보였다(검은 그래프). 이 도구를 사용하지 않은 통제그룹은 큰 변화를 보이지 않았다(하얀 그래프). *p-.05, **p-.01, ***p-.001.
ⓒ 1998 하트매스연구소

와 뇌와 호르몬과 면역 시스템에 영향을 미치는가?

3. 심장의 정보처리 시스템이 뇌를 포함한 육체의 다른 시스템에 영향을 미치는가?

연구원들이 발견한 것은 '심장은 뇌 및 우리 몸의 다른 부분과 과학적으로 증명할 만한 확실한 세 가지 방법으로 커뮤니케이션을 한다는 것이었다. 그 세 가지 방법은 신경과학적으로(신경의 전기적 흐름을 통해서), 생화학적으로(호르몬과 신경전달 물질을 통해서), 그리고 생물물리학적으로(심장의 파동을 통해서)이다. 게다가 새로운 과학적 증거들이 심장은 뇌 및 신체와 네 번째 방법으로도 통신할 수도 있다는 것을 보여주고 있다. 그것은 역동적 (전자기장의) 상호 반응[7]을 통해서이다. 이러한 생물학적인 통신 시스템을 통해서 심장은 우리의 뇌와 신체의 다른 시스템의 기능에 중대한 영향을 끼치고 있는 것이다.[3]

심장과 뇌 사이의 신경학적 교신

지난 20년 동안 심장신경학이라고 불리는 새로운 분야가 생겨났다.[4] 이 분야는 신경계의 연구와 심장의 연구를 하나로 묶는 것이다. 이 흥미롭고 새로운 분야는 우리에게 뇌와 심장이 서로 교신하는 방법과, 심장이 우리 몸의 다른 부분과 교신하는 방법 중 몇 가지에 대한 결정적인 통찰력을 제공해준다.

1991년 심장신경학 연구의 선구자 중 한 사람인 캐나다 할리팩스의 달하우지 대학의 아머 박사는 광범위한 연구 끝에 1장에서 간단하게 이야기한 바 있는 '심장에 존재하는 뇌'에 대한 증거를 소개하였다.[5] 신

---

6) 디-스트레스(Distress)는 우리에게 해로운 작용만 하는 스트레스이다. 일정 수준까지는 우리 몸에 유익한 작용을 하는 유-스트레스(Eustress)도 있으나 여기서는 디-스트레스만을 대상으로 했다.

7) 심장이 발생시키는 전자기장은 우리 신체의 모든 장기 중에서 가장 강력하다. 이것은 심장이 장기 중에서 가장 역동적으로 움직이기 때문이다. 수련을 거친 사람들이 6미터 정도 떨어진 곳에 사람이 있다는 것을 보지 않아도 알아차리는 것은 심장의 전자기파 때문이다.

경과학의 시각에서 볼 때 심장 내부의 신경 시스템은 자기 스스로 판단하여 움직이는 작은 뇌라고 이름 붙이기에 충분할 정도로 정교하다. 아머 박사의 업적은 이 심장의 뇌가 여러 종류의 뉴런과 단백질, 신경전달 물질, 그리고 이것을 도와주는 세포의 복잡한 네트워크로 구성된다는 것을 보여준 것이다. 이 정교한 회로는 심장이 머리 안에 있는 뇌로부터 독립적으로 움직일 수 있게 해준다. 그것은 학습할 수도 있고, 기억하고 느끼고 지각할 수도 있다. 아머 박사의 연구에 의해서 심장의 새로운 전모가 드러나고 있다.[6]

심장이 한번 박동하게 되면 신경 활동의 신호는 뇌로 중계된다. 이때 심장에 있는 뇌는 호르몬의 상태와 심박변화율, 혈압의 정보를 인지한다. 그리고 그것을 신경학적인 전기적 신호로 변환한다. 그리고 이 정보를 내부적으로 처리한다. 그 다음 처리된 정보를 척추에 있는 중추신경과 미주신경[8]을 통해 머리에 있는 뇌로 다시 보낸다. 이 같은 신경 통로들을 통해서 고통과 감정과 느낌도 뇌로 전달된다. 심장에서 뇌로 가는 신경 통로는 두뇌의 기저에 위치한 연수(Medula)[9]를 통해서 들어간다.[6]

심장이 뇌에 보내는 신경학적인 신호는 뇌로부터 심장으로, 혈관으로, 그리고 다른 분비기관과 신체기관으로 가는 많은 자율신경계의 신호들을 조정하도록 영향을 준다. 한편, 심장이 뇌에 보내는 신호는 두뇌의 상층부[10]에 있는 (사고의) 센터로도 보내지므로 이 영역의 기능에

---

8) 미주신경(Vagus Nerve)은 뇌에서 뻗어나온 부교감신경이지만, 축색들을 내보내 심장, 폐, 소화기관의 부교감신경을 통제하는 역할을 한다.

9) 연수(Medula)는 뇌간의 아래쪽에 있는 기둥과 같이 생긴 것이며, 중추신경이 뇌로 출입하는 다리와 같은 역할을 함과 동시에 심장박동과 호흡, 소화작용과 같은 (자율적으로 이루어지는) 기본적인 생명유지 활동을 담당한다.

10) 성인의 뇌는 전뇌, 중뇌, 후뇌로 나뉘는데, 전뇌가 대부분을 차지한다. 전뇌는 간뇌와 종뇌로, 간뇌는 시상(Thalamus)과 시상 하부로 나뉜다. 대뇌라고도 불리는 종뇌는 대뇌피질(Cerebral Cortex)과 기저신경절, 변연계 등으로 구성된다. 변연계는 다시 해마, 편도체(Amygdala), 중격 등으로 나뉜다. 여기서 말하는 여러 센터는 물류 허브와 같은 역할을 하는 시상과 생각의 중심지인 대뇌피질, 비상벨의 역할을 하는 편도체 등을 말한다.

도 영향을 미친다. 신경학적인 신호에 관한 레이시 부부의 연구(1장에서 언급한 바 있음)와 그후의 다른 과학자들의 연구를 종합해보면, 심장으로 부터 나온 신경 메시지는 우리의 고차원적 생각과 추론 기능을 담당하는 대뇌피질의 활동에 영향을 준다는 것이다.[7-9]

심장에서 뇌로 보내진 정보는 소뇌의 편도체(1장에서 언급한 중요한 정서조절[11]기관)에 있는 신경의 활동에도 영향을 준다.[10] 심장의 정보의 미묘한 차이는 두뇌의 활동을 늦추기도 하고 촉진시키기도 한다.[7-9, 11]

심장은 또한 계속적으로 우리의 지각과 정서 그리고 의식에 영향을 준다.[3] 심장과 두뇌의 상층부를 연결해주는 교신통로가 존재한다는 사실이 심장으로부터의 정보가 정신적·정서적 상태뿐만 아니라 두뇌의 활동성과에 영향을 미치는지를 설명하는데 도움을 준다. 그림 2-2는 심장에서 뇌까지의 신경학적인 교신 통로의 개관을 보여준다.

심장과 뇌 사이의 생화학적 교신

심장이 뇌와 몸의 다른 부분과 통신하는 또 다른 길은 호르몬 시스템이다. 호르몬은 한 신체기관이나 몸의 다른 부분에서 만들어져서 혈류에 따라 그것을 필요로 하는 다른 기관 또는 세포에 운반된다. 1983년 심장의 심방에 의해 생성되고 숨겨져왔던 새롭고 강력한 호르몬이 발견되고 나서 심장은 공식적으로 호르몬을 분비하는 시스템으로 재분류되었다. 이 호르몬은 심방나트륨이뇨인자(ANF: Atrial Natriuetic Factor) 또는 심방아미노산화합물(Atrial Peptide)이라고 불린다. 이 호르몬은 혈압과 체액 및 전해질의 항상성을 조절한다. '균형 호르몬'[12]이라는 별명처럼 그것은 혈관, 신장, 콩팥위샘(부신), 뇌의 여러 조절기관들에 광범

---

11) 정서조절 기능뿐만 아니라 위험 신호를 반사적으로 감지하는 기능을 한다.
12) Balance Hormon은 심방나트륨이뇨인자(ANF)를 말하며, 그 별명처럼 혈압과 신장 기능, 아드레날린 분비 등을 자동 조절한다.

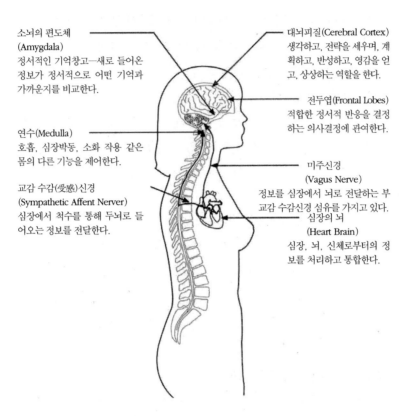

소뇌의 편도체
(Amygdala)
정서적인 기억창고—새로 들어온
정보가 정서적으로 어떤 기억과
가까운지를 비교한다.

대뇌피질(Cerebral Cortex)
생각하고, 전략을 세우며, 계
획하고, 반성하고, 영감을 얻
고, 상상하는 역할을 한다.

전두엽(Frontal Lobes)
적합한 정서적 반응을 결정
하는 의사결정에 관여한다.

연수(Medulla)
호흡, 심장박동, 소화 작용 같은
몸의 다른 기능을 제어한다.

미주신경
(Vagus Nerve)
정보를 심장에서 뇌로 전달하는 부
교감 수감신경 섬유를 가지고 있다.

교감 수감(受感)신경
(Sympathetic Affent Nerver)
심장에서 척수를 통해 두뇌로 들
어오는 정보를 전달한다.

심장의 뇌
(Heart Brain)
심장, 뇌, 신체로부터의 정
보를 처리하고 통합한다.

심장에서부터 뇌까지의 신경학적인 교신

그림 2-2 이 그림은 심장이 뇌와 교신하는 신경학적인 통로를 보여준다. 심장 본연의 신경계
(심장의 뇌)는 감각을 전달하는 신경돌기와 다양한 종류의 (감각을 전달하는) 뉴런 회로를
포함하고 있다. 심장에서 뻗어나온 신경돌기는 심박, 혈압, 호르몬, 신경전달 물질들을 포함
한 생물학적 정보를 느끼고 이에 반응한다. 국소의 뉴런망은 뇌로부터, 그리고 신체의 기관
에서 유입되는 신경학적 정보와 심장의 감각을 전달하는 신경돌기에서 입력된 정보를 통합
하는 장소에서 정렬된다. 한번 심장의 뇌가 이 정보를 처리했다면, 그것은 구심신경 통로를
통해 메시지를 뇌로 전한다. 즉 이 신경은 뇌를 향해 흐르는 정보 통로이다. 교감 구심신경은
척수를 통해 뇌로 이어진다. 미주신경은 수천 개의 신경섬유를 포함하고 있다. 이중 많은 것
들이 심장에서 뇌로 정보를 전달한다. 신경의 통로들은 생명유지에 필요한 많은 신체적 기능
을 제어하는 (후뇌의) 연수로 연결된다. 그곳을 통해 심장에서 온 신경학적인 정보가 정서적
인 처리, 의사결정, 추론을 하는 상층부의 두뇌 영역으로 이동한다.
ⓒ 1998 하트매스연구소

위하게 영향을 미친다.[12]

　더군다나 연구결과에 의하면, ANF가 스트레스 호르몬의 방출을 조절하고[13] 우리의 생식기관의 성장과 기능을 촉진하는 호르몬의 통로에서 영향을 미친다.[14] 그리고 면역 시스템과도 상호 작용할 수도 있다.[15] 더욱 흥미로운 실험결과는 ANF가 행동의 동기에 영향을 줄 수도 있다는 것이다.[16]

　ANF와 여러 가지 호르몬뿐만 아니라 한때 뇌와 심장 바깥에 있는 신경절(Ganglia)에서만 생산된다고 알려졌던 노드아드레날린과 도파민, 신경전달 물질도 심장이 합성하여 방출한다.[17] 이러한 (호르몬) 분자들은 뇌 안에서 정서를 조절하는 것으로 알려진 화학물질 중 하나이다. 심장에 의해 생산된 신경전달 물질의 정확한 역할은 여전히 연구과제로 남아 있지만, 어떤 과학자들은 그것들이 심장에서 나온다는 것을 '인간의 정서조절 시스템이 뇌에만 맡겨지지 않고, 심장에서 몸 전체로 뻗어 있는 네트워크에 분산되어 맡겨져 있다'는 새로운 관점을 지지하는 또 다른 증거로 본다.[18] 이 네트워크 안에서 심장은 중요한 기능을 한다는 것이다.

심장과 뇌의 생물물리학적 교신

　매박동 때마다 심장은 동맥을 통해 빠르게 이동하는 강한 혈압파동을 만들어낸다. 이 속도는 실제의 혈류속도보다 더 빠르다. 우리가 맥박으로 느끼는 것은 이러한 진동이 만들어내는 압력의 파동들이다.

　혈압파동의 진동에는 중요한 리듬들이 존재한다. 건강한 사람들의 혈압파동, 호흡, 자율신경 시스템의 리듬 사이에는 복잡한 공명현상이 일어난다.[19] 왜냐하면 혈압파동 패턴은 심장의 리듬 운동과 함께 변하기 때문에 그들이 또 다른 언어의 역할을 한다. 이 언어를 통해 심장은 몸의 다른 부분과 교신을 한다. 몸의 모든 (분비)선과 기관들은 동맥이 돌아오는 끝에 있다. 요약하면 우리의 모든 세포들은 심장에 의해 발생되는 압력의 파동을 '느끼고', 이것들은 이런 파동에 여러 가지를 의존한다. 가장 기초적인 수준에서 압력의 파동은 모세혈관을 통해서 혈구를 밀고 나가고, 산소와 영양분들을 우리 몸의 모든 세포에 공급한다. 게다가 이러한 파동들은 동맥을 확장시키고, 상대적으로 높은 전압을 발생시킨다. 이 파동들은 리드미컬하게 세포에도 압력을 미치는데, 이때 세포 내에 있던 단백질이 이런 압력에 의한 마찰반응으로 전류를 발생시킨다.

하트매스연구소에서 행해진 실험은 압력파동이 생물물리학적인 수단이며, 이것을 통해 심장은 뇌와 교신을 하고 뇌의 활동에 영향을 준다는 것을 증명하였다. 이 조사에서 연구원들은 뇌파활동을 측정함과 동시에 심장의 혈압파동이 뇌에 도착하는 시간을 측정하였다. 혈압파동이 뇌세포에 도착할 때 뇌의 전기적인 활동에 분명한 변화가 발견되었다.[3]

심장과 뇌 사이의 역동적 상호 교신

많은 의사들이 알듯이 심장에 의해 발생되는 에너지의 패턴과 질은 심장의 전자기장을 통해 몸 곳곳으로 보내진다. 휴대폰과 라디오가 전자기장을 통해 정보를 전달하는 것과 같이 최근의 연구에서 몇몇 과학자들은 심장에 의해 발생하는 전자기장을 통해 유사한 정보전달 과정이 일어난다고 제안하기에 이르렀다.[3, 20] 심장의 전자기장은 인체에서 일어나는 전자기장 중 가장 강력한 것이다. 예를 들면, 뇌에 의해 발생되는 전자기장에 비해 강도의 면에선 약 5천 배나 높다.[20] 심장의 전자기장은 신체의 모든 세포로 퍼질 뿐만 아니라 우리 신체의 바깥으로도 사방으로 퍼져나간다. 그것을 마그네토미터라고 불리는 민감한 탐지기로 2.5미터에서 3미터 떨어진 곳에서도 측정이 된다.(그림 2-3을 보라.)

연구소의 실험실 과학자들과 다른 곳의 과학자들은 심장에 의해서 발생된 전자기적인 정보 패턴이 일렉트로엔세팔로그램(EEG)이라고 불리는 테스트기를 통해서 뇌파에서 측정된다는 것을 알아냈다.[20, 21] 개리 슈와르즈(Gary Schwarz)와 애리조나 대학의 동료들은 뇌파에서 감지되는 심장 활동의 복잡한 패턴은 신경학적인 또는 기존의 다른 확립된 통신망들로는 완벽하게 설명될 수 없다는 것을 발견했다. 그들의 정보는 심장에 의해서 생성된 전자기장 영역과 뇌에 의해서 생성된 전자기장 영역 사이에 직접적인 강력한 상호 작용이 있을 거라는 증거를 제시한다.[20] 슈와르즈의 연구와 하트매스연구소의 연구는 우리가 심장에 주의를 집중할 때 심장과 뇌의 동조현상이 증가한다는 것을 증명한다. 심장과 뇌 사이의 역동적 상호 작용이 이러한 신호 교신에 어떤 역할을 한다는 것을 실험결과가 보여주고 있다.[3, 20, 21]

더군다나 연구결과는, 심장의 전자기장에 담겨 있는 강력한 정보는 뇌와 육체뿐만 아니라 우리 주변 사람들에 의해서도 감지될 수 있다는 것을 가리킨다.[3, 22] (이런 일이 어떻게 일어나는지는 8장에서 자세히 다루기로 한다.)

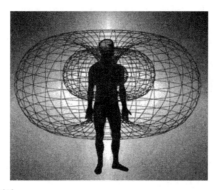

심장의 전자기장 영역
그림 2-3 심장에 의해 발생된 전자기장은 우리 몸 전체를 덮고 있으며, 주변 공간의 모든 방향으로 뻗어나간다. 인체에 의해 발생된 전자기장 중 가장 강력한 심장의 전자기장은 민감한 측정 장치로 2.5~3미터 떨어진 곳에서도 측정이 가능하다.
ⓒ 1997 하트매스연구소

심장 리듬의 변화는 스트레스 반응과 관련이 있다

우리가 지금 검토한 과학적 연구는 뇌와는 독립적으로 많은 타입의 생물학적인 정보처리를 하는 지적인 시스템으로서의 심장에 대한 개관을 보여준다. 심장이 만들어내고 뇌와 몸에 전하는 신경학적 · 생화학적 · 생물물리학적 · 전자기적 메시지는 우리의 생리적 · 정신적 · 정서적인 (반응)과정에 영향을 미친다. 그러나 우리는 어떻게 이런 메시지들을 해독할까? 심장이 무엇을 말하는지를, 어떻게 이 정보가 특정 순간에 우리의 지각에 영향을 미치는지를 측정하거나 찾아내는 과학적인 방법이 존재할까?

몇 년 동안 우리는 많은 다른 종류의 심리학적인 그리고 생리학적인 측정치들을 연구하였다. 심박변동률(HRV)[13] 패턴 또는 심장 리듬은 내면의 정서상태를 가장 역동적이고 일관성 있게 나타낸다. 심박변동률은 심장의 박동과 박동 사이의 변화 단위로 정의된다.

만약 당신이 신체검사를 위해 의사에게 진찰을 받는다면, 간호사는 아마 당신의 심장이 분당 70번(BPM) 뛰고 있다고 말할 것이다. 이것은 단지 평균치이다. 왜냐하면 심장박동 사이의 시간 간격은 언제나 변하기 때문이다. 만약 의사가 가장 일반적인 방법인 손끝으로 당신의 맥박을 잰다면 일정한 시간 동안의 맥박수를 센다. 그리고 심박주기의 어떤 변화에 대해서 알지 못한다. 한편, 만약 당신에게 심장의 리듬을 보여주는 모니터가 부착되면 당신은 실제적으로 활동하고 있지 않을 때 일어나는 생동적인 심박의 변화까지도 관찰할 수 있을 것이다.

고작 35년 전에만 해도 의사들은 안정된 심박은 건강의 상징이라고 믿었다. 그러나 지금은 HRV 분석기를 통해 심박주기가 변하는 것이 정상이라는 것을 안다. 사실상 심박은 우리가 잠자고 있을 때조차도 매

---

13) HRV는 심장의 수축기와 수축기 사이의 시간 차이 변화를 비율로 측정한 것이다.

박동과 함께 변한다. 안정된 심박이 건강의 지표라는 예전의 믿음과는 반대로, 자연적인 심박 변화가 없다면 사실상 질병의 신호이거나 미래의 건강문제에 대한 적신호라는 것을 우리는 안다.[23] 왜냐하면 우리가 늙어감에 따라 심박 변화주기가 느려지기 때문에, 이것은 우리의 신체적 노화를 측정하는 방법 중 하나이다.[24] 한마디로 HRV는 우리의 심장과 신경계의 유연성의 척도이며, 그 결과는 건강상태를 반영하는 것이다.

연구소의 연구팀은 HRV에 대해 많은 흥미를 느꼈다. 왜냐하면 심장의 리드미컬한 박동 패턴 변화는 심장과 뇌와 신체 사이의 교신 통로가 어떻게 작동하는지에 대한 실마리를 제공하기 때문이다. 심장박동과 박동 사이의 미세한 시간 변화로 생기는 신경학적·생화학적·생물물리학적 패턴과 전자기적 활동은 심장이 우리 신체의 나머지 부분에 중요한 정보를 전달하는 지적 언어를 사용하는 것처럼 보였다. HRV를 측정하고 분석함으로써 연구원들은 어떻게 심장이 그러한 메시지를 전달하기 위해 코드화(Encode)하는지를 이해하기 시작했다. 더욱 흥미로운 사실은 이러한 심장 리듬의 변화가 우리의 생각과 정서에 따라 눈에 띄도록 민감하게 반응을 보인다는 것이다. 사람들의 HRV를 측정함으로써 연구팀들은 우리가 스트레스와 다양한 정서변화를 경험할 때 심장과 신경계가 어떻게 이것에 반응하는지를 볼 수 있었다.[25]

우리의 세미나에서 사람들에게 심장박동 리듬을 나타내는 모니터를 보여주었을 때 사람들은 미세한 정서변화가 즉각적으로 심박과 HRV 패턴에 어떤 변화를 보여주는지를 보고 매우 놀랐다. 우리의 세미나에 참석한 상당히 조용한 관리자에게 자신의 모니터를 보여 주었을 때, 그는 65BPM이라는 낮은 심박수와 상대적으로 부드러운 HRV 패턴으로 시작하는 것을 보았다. 그러나 교실에 있던 어떤 사람이 조크를 해서 그가 웃게 되자 그의 심장박동은 94BPM으로 올라갔고, 한참이 지나서야 보통의 상태로 다시 돌아왔다.

200에서 17씩 빼가며 거꾸로 세는 (스트레스를 주는) 숫자 세기를 시키자 HRV 패턴은 그의 심장 리듬이 불규칙적으로 변하고 있다는 것을 보여주었다. (이와 동일한 비정상적인 패턴은 우리가 낙담이나 걱정으로 스트레스에 싸여 있을 때 생긴다.) 그러나 우리가 그의 마음(심장)을 사랑하는 사람에 대한 감사에 초점을 맞추도록 하자 그의 HRV는 규칙적이고 통일성 있는 패턴으로 부드럽게 변하였다. 그후 우리는 그의 심장 박동이 조화로운 리듬으로 빨라지기도 하고 늦어지기도 하는 것을 볼 수 있었다.

HRV의 분석은 우리가 심장과 뇌 사이에 일어나는 쌍방향 교신을 해석하고 엿들을 수 있게 해준다. 우리가 느끼고 세상에 반응하게 되면 두뇌가 자율신경계를 통해 보낸 메시지가 심박 패턴에 영향을 준다. 역으로 심장이 리드미컬하게 활동하게 되면 우리의 지각과 정신, 정서상태에 영향을 주어 결국 뇌로 다시 돌아가는 신경 신호를 발생시킨다.

1장에서 언급했듯이, 우리가 연구한 바로는 예를 들어 화, 낙담과 같은 부정적 정서의 경험은 심장의 리듬과 자율신경계에 혼란과 부조화를 가져와 신체의 다른 부분에 영향을 미친다는 것이 일찍이 우리에게 확실해졌다. 반대로 사랑, 배려, 감사와 같은 긍정적인 정서는 심장의 리듬을 질서 있고 통일되게 하며, 신경계에서의 균형을 향상시켰다. HRV는 우리가 정신적으로나 정서적으로 얼마나 삶의 균형을 유지하고 있는지에 대한 척도로 사용될 수 있다.[26]

심장이 주는 시사점은 이해하기 쉽다. 즉 심장 리듬의 조화는 우리 신체의 시스템에 더 능률적이면서도 스트레스를 덜 주는 반면, 심장 리듬의 부조화는 비능률적이고 심장과 다른 장기에 스트레스를 가중시킨다고 생각하면 이해하기 쉽다.

화가 났거나 낙담한 사람의 전형적인 HRV 패턴은 불규칙적이고 무질서하게 보인다(그림 2-4). 자율신경계의 교감신경과 부교감신경 영역

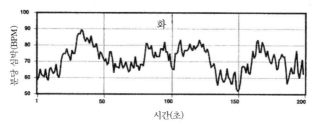

부정적인 정서와 심박변화율

그림 2-4 화(그림의 경우)가 났거나 낙담한 경우 같은 부정적 정서상태에서 HRV 패턴은 통일되지 않고 불규칙하고 급격한 변화를 보인다. 이것은 뇌에서 심장과 몸 전체로 정보를 전달하는 자율신경계의 부조화를 의미한다.

ⓒ 1998 하트매스연구소

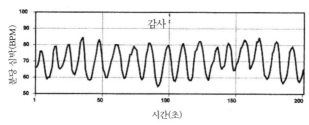

긍정적인 정서와 심박변화율

그림 2-5 감사(그림의 경우)와 사랑, 배려와 같은 긍정적인 정서상태에서 HRV 패턴은 통일성과 질서를 가진다. 이러한 패턴은 일반적으로 자율신경계의 균형 및 심혈관계의 효율성과 연관성이 있다.

ⓒ 1998 하트매스연구소

은 심박의 조정권을 차지하려고 서로 다투는 사이 동조상태를 벗어난다. 교감신경은 심박의 속도를 빠르게 하려고 하고, 부교감신경은 그것을 느리게 하려고 한다. 그것은 마치 당신이 한쪽 발은 액셀러레이터에 그리고 다른 한쪽 발은 브레이크에 올려놓고 운전하려는 것과 같다. 우리는 대부분 우리의 차를 매우 소중하게 생각하기 때문에 이런 식으로는 다루지 않는다. 그러나 우리는 우리 체내에서 일어나는 이러한 일들을 깨닫지 못하고 우리 자신을 이런 식으로 다루고 있다.

　우리가 쉽게 화를 내고 스트레스를 받을 때 우리는 심장 리듬에 혼란을 일으킨다. 이것은 우리의 혈관의 수축과 혈압의 상승, 많은 에너지의 소비와 같은 연쇄반응을 우리 몸 안에서 일으킨다. 만약 이것이 계속된다면 고혈압으로 이어지고, 심장질환과 심장마비의 위험을 크게 증가시킨다. 미국에선 약 5천만 명(전체 인구 4명 중 1명)이 고혈압과 심혈관계 질환을 앓고 있다. 현재 이로 인한 미국 내의 사망자는 매년 더 늘어가고 있으며, 이것은 (이 다음으로) 주된 사망요인 7가지로 인한 사망자를 합한 것보다 더 많다.[27]

이러한 상황에서 우리에게 복음과 같은 것은 사랑과 연민 그리고 배려와 감사의 정서는 긍정적인 효과를 만들어낸다는 것이다. 심장에서 기원된 이러한 긍정적 정서는 심혈관의 효율성과 자율신경 균형의 지표라고 여겨지는 부드럽고 조화로운 HRV 리듬을 만들어낸다(그림 2-5).

우리가 긍정적인 정서를 가질 때 자율신경의 두 영역은 조화롭게 움직이는 동조상태가 된다. 그리고 그것은 우리의 건강에 복음과 같다. 다음 장에서 보게 되겠지만, 자율신경계의 질서를 증강시키는 것은 우리 몸에 면역력의 증가[28, 29]와 호르몬의 균형을 포함한 유익한 영향을 미친다.[30]

자기 자신과의 동조는 웰비잉으로 이끈다

17세기 크리스티안 휴진이란 이름을 가진 유럽의 발명가는 그의 발명품인 진자시계에 많은 자부심을 가지고 있었다. 그는 그러한 멋진 시계를 수집해놓고 있었다. 어느 날 침대에 누워 있을 때, 그는 처음에는 동일하게 시작하지 않은 모든 진자가 동일하게 흔들리는 특이한 현상을 관찰하였다.

크리스티안은 침대에서 일어나 그들의 동조된 리듬을 깨기 위해 모든 진자를 다르게 다시 흔들어놓았다. 그랬더니 놀랍게도 모든 진자가 다시 동조 리듬으로 돌아갔다. 그가 이 흔들림을 서로 맞지 않게 조정할 때마다 진자는 동조상태로 다시 돌아가는 방법을 스스로 찾았다.

비록 크리스티안이 이 미스터리를 완벽하게 풀지는 못했지만 이후의 과학자들은 이것을 풀었다. 가장 큰 리듬을 가진 가장 큰 진자가 다른 진자를 그들의 리듬으로 끌어들여 동조의 상태를 만드는 것이다. '동조 현상'이라고 불리는 이것은 자연계에 만연한 현상으로 밝혀졌다(그림 2-6).[31]

당신의 몸이 이러한 '동조상태'에 있을 때 주요 시스템은 서로 조화롭게 움직인다. 당신의 생체 시스템은 이 조화 때문에 높은 효율을 유지하며 동작하게 된다. 그래서 당신은 좀더 높은 차원에서 생각하고 좋은 느낌을 가지게 된다. 왜냐하면 수집된 시계 중에서 가장 강한 진자에 상응하는 심장이 인체 시스템 중에서 가장 강한 생물학적 진동을 만들기 때문에 우리 몸의 다른 시스템은 심장의 리듬에 동조하여 사이클이 변할 수 있기 때문이다. 예를 들어 그림 2-7에서 보여주는 바와 같이 우리가 깊은 사랑과 감사를 느끼고 있을 때 뇌는 심장의 조화로운 리듬과 동조하여 함께 조화로운 상태가 된다.[3, 21] 이 머리와 심장의 동조는 심장 리듬이 매 10초마다 한 사이클을 끝낼 때(0.1Hz) 정확하게 일어난다.

뇌파가 0.1Hz에서 심장 리듬과 함께 움직일 때 우리의 연구원들은 직관력이 높아져 생각이 명료해지고 더 큰 행복감과 웰비잉을 느낀다고 보고한다. 우리가 4장과 9장, 10장에서 이야기하게 될 하트매스의 '프리즈-프레임'과 '컷-스루', '하트 로크-인' 기술 등은 사람들의 머리와 심장이 동조하도록 돕기 위해 설계된 것이다. 그것들이 통일된 동조상태를 더욱 촉진하기 때문에 이 기술들은 정확하게 작동한다.

우리의 연구에 따르면, 우리가 자신 이외의 다른 것과 조화를 이룰 때 그것이 빛나는 태양이든, 영감을 주는 음악이든, 또는 다른 사람이든 간에 일상적인 수행성과를 초월하여 조화를 느끼게 되는 (포착하기 어

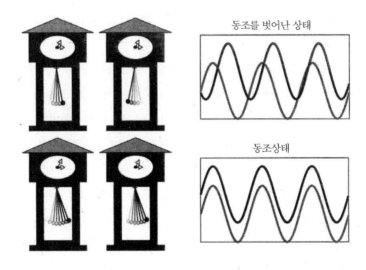

동조를 벗어난 상태

동조상태

동조

그림 2-6 시계가 같은 벽에 나란히 걸려 있을 때 이 시계들은 점차적으로 동조하며 흔들리게 된다. 이러한 상태에서 시계는 오른쪽 아래에 있는 그림과 같은 파동 패턴을 형성한다. 이것은 자연계와 (관련된 시스템, 그리고 살아 있는 모든 생물에서 나타나는) 동조의 표본적인 예이다. 일반적으로 시스템의 사이클이 이렇게 바뀔 때 그것들은 증가된 효율성을 보이며 작동한다. 인간의 몸에선 가장 강력한 진자 역할을 하는 심장이 다른 생리학적 시스템의 사이클을 변화시켜 동조상태를 만들어낸다.

ⓒ 1998 하트매스연구소

려운) 순간에 우리가 진정으로 조화를 이루게 되는 것은 바로 '자기 자신'과의 동조이다. 우리는 그 순간 더 편안하고 더 평온함을 느낄 뿐만 아니라 동조된 사이클은 우리가 일을 더 잘 수행할 수 있게 하고, 많은 건강상의 이익을 제공해준다. 동조상태에서 우리는 최상의 능력을 발휘하게 된다.

우리가 연구한 바에 의하면, 사람들이 진지하고 심장이 중심이 된 감정, 즉 감사와 사랑을 지속적으로 느끼게 되면 동조를 이루는 능력을 발전시킬 수 있다. 심장과 두뇌의 동조에 관한 연구결과를 보면 특정한 기법들을 통해 우리가 의도적으로 우리의 정서상태를 바꿈으로써 심장에서 뇌로 가는 정보를 수정할 수 있다는 것을 알 수 있다. 우리의 신체

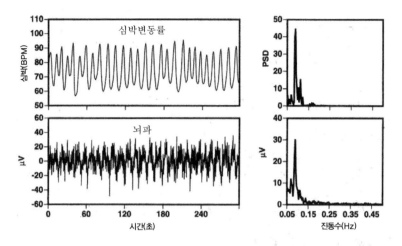

머리/심장의 동조

그림 2-7 이 그래프는 사람이 프리즈-프레임을 사용하며 진정한 감사의 마음을 가졌을 때 심박변화율과 뇌파 패턴 사이에서 일어나는 동조현상을 보여준다. 왼쪽의 그래프는 사람의 심장 리듬과 뇌파를 실시간으로 기록한 것이다. 오른쪽 그래프는 같은 정보의 진동수 범위를 보여준다. 프리즈-프레임을 하는 동안 심장 리듬과 뇌파가 약 0.1Hz의 진동수(오른쪽 그래프에서 뾰족하게 치솟은 부분)에서 동조되었는지를 주목하라.

ⓒ 1998 하트매스연구소

는 심장과 머리가 고도로 조화롭게 함께 일할 때 최상의 능력을 발휘하도록 설계되었다.

심장의 메시지에 귀 기울여라

앞에 나온 과학적 정보는 심장이 뇌에 많은 메시지를 보낸다는 확실한 증거를 제공한다. 그러나 우리가 심장에서 머리로 가는 정보를 다듬어 정제하고 질을 높이는 것을 배울 때 우리는 무엇을 경험하게 될까?

뇌로 향한 심장의 영향력을 극대화시키는 데 있어서 난제는 심장지능에 연결이 가능하도록 충분히 오랫동안 두뇌가 심장에 굴복하게 하는 데 있다. 그런데 그것은 종종 실제 싸움을 일으키기도 한다. 심장의 정보가 얼마나 가치 있는 것인지에 상관없이 심장이 제공한 정보는 뇌의 익숙한 정보처리 방식을 종종 방해하는 경우가 자주 있다. 수년의 습관화 과정을 거쳐 몸에 밴 신경학적인 패턴들이 도전을 받더라도, 그것들은 소중한 생명을 위해서 좀처럼 활동을 멈추지는 않는다.

만약 심장이 "이것은 하지 마!" 하는 강하고 직관적인 신호를 보낸다면 머리는 "왜?", "어떻게", "언제"를 끈질기게 물으면서 심장이 보내는 직관적 신호에 적극적으로 저항할지 모른다. 그래서 심장의 신호는 전달되지 않고 단절될지 모른다. 예를 들어 당신은 개인적으로 바꿀 필요가 있는 행동에 관해 중요한 통찰력을 가질 수 있다. 그러나 당신이 그 통찰력을 행동으로 옮기는 기회를 가지기 전에 당신은 자신이 변하지 않는 것이 정당하고 합리적이라고 스스로를 설득시키는 명분을 생각하게 된다.

셸리는 동생 린다와 그녀의 남편이 서로 말다툼을 한다는 소식을 들을 때마다 매우 화가 났다. 부지불식간에 셸리는 말다툼을 중재하려고 둘 사이에 개입하여 충고를 주었고, 결국 세 사람 모두가 말다툼하는 것으로 끝이 났다.

오해받고 상처받은 심정으로 셸리는 그들의 싸움에 다시는 개입하지 않겠다고 맹세하면서 그들의 집을 떠났다. 매번 그런 일이 일어났을 때, 그녀는 무엇을 어떻게 달리 이야기했어야 하는지를 분석하고 생각하면서 며칠 동안 화가 나 있었다.

여러 번 말다툼이 시작될 때마다 셸리의 심장이 자신에게 보내는 직관적인 메시지는 그 싸움에 관여하지 말라는 것이었다. 그러나 그녀의 머리는 즉각적으로 "린다는 내 동생이야. 나는 그녀를 사랑하고, 그녀가 그렇게 상처받는 것을 보고만 있을 수 없어. 그녀는 내 도움이 필요해"라고 반격하며 싸움에 관여하기 위한 이유를 제시하였다. 이러한 과정이 몇 년 동안 지속되는 사이 셀리의 머리는 매번 승리를 거두었고, 그녀 자신을 더욱 비참하게 만들었다.

만약 셀리가 그녀 마음대로 하트매스 솔루션의 도구와 기법들을 이용할 수 있었다면 그녀는 심장과 그녀의 두뇌 사이의 강한 결합상태를 만들 수 있었을 것이다. 그리고 이 연결로 인해 심장이 보낸 지혜의 메시지를 더 분명히 이해할 수 있었을 것이다. 그렇게 해서 더 조직화된 시각을 가졌다면 셀리는 그들의 문제에 감정적으로 개입하지 않고 동생과 제부에 대한 사랑을 잘 표현할 수 있었을 것이다.

우리 중 대부분은 심장으로부터 '무엇을 하고 무엇을 하지 말아야 할지'에 대한 분명한 직관적 메시지를 들었던 순간을 기억할 것이다. 그러나 우리는 상황을 너무 지나치게 분석하였다. 우리는 그것을 이해하려고 노력하였고, 그 상황은 우리의 머릿속을 계속해서 맴돌았다. 셀리의 경우에도 상황에 감정이 사로잡혔다. 그녀의 동생을 향한 사랑과 그녀가 받을 고통에 대한 근심이 모든 것을 어렵게 만들었다. 그러나 그녀는 심장이 보내는 메시지로 지각이 높아지는 대신 셀리의 머리는 '지식 축적 과정'에 빠져서 심장의 메시지가 보내는 대안을 보지 못하였다.

머리는, 심장이 이미 알고 우리에게 전한 메시지를 실천하는 대신, 문제에 대해 너무 지나치게 분석하고 개념화하는 경우가 자주 있다. 우리가 심장의 도움을 받지 않고 두뇌로부터의 지시에 따르는 삶을 살때, 우리의 편협한 마음은 어리석고 부주의하며 수치스럽게 생각했던 행동들을 하게 한다. 한편, 우리의 두뇌와 심장이 동조하게 한다면 우리는 그 팀워크의 이득을 얻게 될 것이고, 우리가 기대하는 변화를 일으킬 수 있을 것이다.

동정심을 연민으로 끌어올려라

"**나**는 지금까지 내 심장의 지시에 따라 살아왔지만, 상처받고 짓밟히고 결국 일을 망치기만 했어." 아마 당신은 이렇게 말할 수도 있을 것이다. 이러한 것은 누구나 공통적으로 경험할 수 있는 일이다. 당신이 누군가를 돌봐주듯 그도 당신을 생각해줄 것이라고 믿고 누군가를 신뢰했지만, 결국 당신은 희생만 당하고 모든 이익은 그가 독차지할 수 있다. 사실 이렇게 해서 깨달음을 얻는 것은 흔한 일이기 때문에 이런 종류의 충격을 슬기롭게 극복하는 법을 배우는 것이 바로 성인으로 가는 통과의례이다.

경험이 쌓이게 되면 우리는 배신을 더 빨리 예측하게 되고 그 충격을 완화시킨다. 그러나 내면에서는 많은 사람들이 옛날의 고통스러웠던 기억을 되살려 자신을 파괴하고 괴로워한다. 그들의 마음이 선하고 정이 많아서 상처받게 된 것이라 믿으면 그들은 그들 자신의 심장이 보내는 자발적인 목소리를 외면하게 된다. 그들은 경계심을 가지게 되고 다시 사랑을 해야 할지 망설이게 된다. "내 심장이 나를 이렇게 만들었어!"라고 그들은 생각한다.

우리 자신을 고통으로부터 보호하는 능력은 생존을 위해 꼭 필요한 메커니즘이다. 그러나 심장의 메시지를 무시하는 것은 '심장의 지시를 따르는 것은 믿을 수 없는 우리의 감정을 따르는 것'이라는 잘못 인도된 방어기제이다. 우리가 분노, 두려움, 욕망과 같은 것을 매우 강하게 느낀다고 그런 감정들이 심장에 의해 조절되고 있다는 것을 의미하지는 않는다. 사실 우리의 두뇌는 자신의 의사결정을 위해서 (심장에서 보내주는) 정서적인 지원을 이용한다. 또 우리의 두뇌는 (장래에 대한) 두려움과 전망, 욕구를 지키기 위하여 심장과 한 방향으로 정렬되어 있든 없든 우리의 정서를 일방적으로 이용한다.

우리가 머리와 심장의 (역할) 차이를 구별하는 법을 배우기 시작할 때는 효과가 없기 쉽다. 그러나 심장에 의해서 인도되는 정서와 두뇌에 의해 움직여지는 정서에는 큰 차이가 있다. 혼란을 피하기 위해 우리는 이 두 정서를 높은 곳에 있는 마음이라는 뜻의 '상심(上心)'과 낮은 곳에 있는 마음이라는 뜻의 '하심(下心)'이라는 용어로 다루고 싶다.

하심은 우리가 가진 집착이나 애착 또는 스스로 부가한 어떤 조건 때문에 가지게 된 정서를 말한다. 조건부 사랑, 즉 "당신이 내게 잘해주는 동안만 나도 당신을 사랑할 거야" 하는 것이 대표적인 예가 된다. 여기서 우리의 심장은 주기를 원하지만, 우리의 마음은 자신의 속을 보여주지 않고, 자신이 손해볼 일은 피하고, 어떻게든 자신이 원하는 것을 챙기려 한다.

반면 상심은 이보다 더 수용적이다. 자신을 위해 위험회피 수단을 쓰지도 않고 주고받지도 않는다. "만약 당신이 저것을 해준다면 나는 이것을 해주겠다"고 말하는 대신, 아무런 대가의 기대도 없이 자신의 속을 드러낸다. '진실성'은 상심이 스스로 만들어낸 보답[14]이다. 그러나 상심의 특질을 일관성 있게 견지하기 위해서는 정서적 성숙이 필요하다.

동정심을 예로 들어보자. 그것을 가진다는 것은 분명히 훌륭한 것이다. 어떤 친구가 자신의 삶이 지옥 같다고 말하면서 그 확실한 증거를 제시할 때, 당신은 매우 자연스럽게 동정심을 느낀다. 그리고 그 친구를 위해 괴로워하기 시작한다. 이 경우 무슨 문제가 있을까? 자세히 생각해보아야 한다. 그 친구와 함께 시간을 보낸 후 어떤 기분을 느끼는가? 당신은 힘이 다 빠져 에너지가 고갈되고, 재충전을 위해 휴식이 필요한 기분인가? 동정적으로 '남의 아픔을 나누는 마음'은 하심의 일이

---

14) 위치적으로 두뇌는 위에, 심장은 아래에 있고, 두뇌는 논리적인 사고를, 심장은 직관적인 정서관리 기능을 맡고 있다. 뇌의 판단이 이성적이라면, 심장의 판단은 감성적이고 반사적이다. 이러한 역할 분화 때문에 우리 마음은 양면성을 갖는다. 진실성이 상심에 가장 큰 보상이 된다는 것은 진실성을 가질 때 심장과 뇌가 통일성을 이루고 정서가 안정되기 때문이다.

다. 다른 사람이 어려움에 처해 있을 때 함께 가슴 아파하는 것은 훌륭한 일이지만 우리는 공감할 수 있는 감정과 관심을 표현할 때 신중을 기해야 한다.

자신의 삶에서 너무 많은 동정심은 별로 도움이 되지 않음을 우리는 알았다. 그것은 소모적이고 결국 유익하지 않다. 우리의 머리가 도움이 필요한 어떤 사람의 속마음에 들어가서 지나치게 관심을 보이기 시작했을 때 동정심이 작동하게 된다. 좋은 친구가 되기 위해서 우리는 그 사람의 고통을 찾아내어 공감하고, 그 고통을 자신의 것처럼 나누어야 한다고 머리는 설득한다. 그러나 그것은 친구가 겪고 있는 고통 위에 자신의 고통까지 얹어서 그 속으로 자신을 침몰시키는 것임을 이해해야 한다. 우리가 친구의 문제에 관해 깊은 관심을 보일 때쯤에 우리는 누구에게도 도움이 되지 않는 감정의 수렁에 빠져 있다. 왜 동정심을 보이는 것이 눈에 보이는 해결책을 찾아주기보다는 아무 해결책도 찾지 못한 채 함께 술을 마시며 우는 상황으로 끝나는 경우가 많은지에 대한 이유를 이것이 잘 설명해준다.

동정심과는 반대로 연민은 우리를 재충전시켜주고, 직관적인 이해력을 증가시키며, 가능한 해결책들을 제공한다. 그것은 우리가 자신에게 충실하면서도 다른 사람이 느끼고 있는 것을 느끼도록 도와준다. 우리는 과도한 책임감이나 절망에 빠지지 않고도 고통 받고 있는 친구를 껴안을 수 있다. 우리가 사랑하는 사람들의 문제들과 관심사에 관해 걱정하는 것은 감성적이고 직관적인 우정의 자연스러운 표현이다. 우리는 단지 걱정하는 마음을 하심의 동정심에서 상심의 연민[15]으로 끌어올릴 필요가 있다.

왜냐하면 우리는 일반적으로 상심과 하심을 구별하지 않기 때문에

---

15) 동정(同情)과 연민(憐憫/愍)은 영어의 sympathy와 compassion을 구별하는 것처럼 어렵다. 동정은 다른 사람의 아픔을 이해하고 함께 아파하거나 도와주려는 행동을 실천하는 수준이고, 연민은 같은 느낌은 가지되 행동하지는 않는 수준을 말한다.

동정심과 연민을 구별하지 못하고 두 감정을 모두 '마음'이라는 카테고리에 묶어 그 차이를 인식하지 못하는 경향이 있다. 당신이 마음을 다른 사람에게 주었다가 상처받았던 지난 기억을 되살려보라. 과거의 경험으로부터 얻은 때늦은 지혜로 당신은 어떤 종류의 '마음'을 가졌는지를 구분할 수 있는가? 당신은 진정한 심장의 지시를 따랐는가, 아니면 마음의 혼합물(두뇌의 기대, 하심의 정서, 심장의 느낌)에 반응하였는가? 당신의 고통은 사랑에서 비롯된 것인가, 아니면 채워지지 않은 희망과 조건에서 연유한 것인가? 우리가 자신의 정서를 관리하는 훈련을 오래 쌓을 때, 우리는 번민을 멈추고 심장의 조용한 메시지에 주의를 집중하며, 우리 자신을 감싸고 있는 상처와 절망, 고통으로부터 벗어나 자신을 구하는 넓은 관점을 가질 수 있다.

나는(하워드) 스물한 살 때 진실한 심장의 메시지를 따른다는 것이 얼마나 어려운지를 직접 경험한 적이 있다. 그 당시 나의 여자친구가 나보다 더 성숙하고 부자인 남자에게 가려고 홀연히 나를 떠났다. 나는 그녀가 떠났다는 배신감에 사로잡혀 고통받았다. 그녀가 나에게 절교의 편지를 보내오기까지 우리는 4년간이나 함께 사귀었다. 청천벽력 같은 편지에 나의 가슴은 덜컹 내려앉았다. 나는 그녀로 인한 충격과 상처, 후회, 절망으로 정신이 나가 있었다. 나의 두 친구들이 나 몰래 그녀에게 새로운 교제를 부추겼던 것을 알았을 때, 나는 상처받은 마음에 분개와 원한까지 더하게 되었다.

이렇게 정서적으로 왜곡된 상태에서 나는 그녀를 정말로 사랑했기 때문에 그녀의 마음을 다시 되돌려 놓기 위해 노력해야 한다고 결심했다. 어쨌든 그녀는 나의 여자였다. 어떤 유능한 사람이 단지 구애의 손을 내밀었다고 해서 아무 다툼도 없이 나에게서 도망치는 것을 허락할 수 없었다. 나는 그녀를 만나보기로 했고, 우리는 대화의 시간을 가졌다. 우리는 함께 경험했던 아름다운 감정들과 아련한 추억들을 공유하고 있었다. 감정적으로 강하게 결합되었다고 느낀 순간에 나는 그녀에게 청혼을 하였다. 그녀는 나의 진지한 맹세에 깊은 감명을 받았고, 나의 청혼에 대해 생각해보기로 하고 헤어졌다. 나는 그때 정말로 나의 심장의 메시지를 따랐고, 정말로 그렇게 생각했었다.

다음날 내 상사인 딕이 사무실에 왔을 때 나는 자랑스럽게 내가 한 일을 얘기했다. 놀랍게도 그는 그 상황에 대해 나와는, 전혀 다른 견해를 가지고 있었다. 그는 내가 상처받은 부분은 나의 마음이 아니었다고 말했다. 그리고 내가 상처를 받고 있다고 느꼈던 부분은 나의 마음도, 그녀를 향한 나의 진정한 사랑도 아니라고 말했다. 내가 상처받은 것은 깨어진 집착과 그녀에 대한 기대였다. 그리고 이 상처는 나의 불안감을 더욱 부채질하였다. 그는 내가 그녀에게 보여주어야 할 진정한 사랑의 행동은 그녀에게 다시 연락을 해서 청혼으로부터 그녀를 자유롭게 해주는 것이라고 하였다.

"만약 그녀의 의지로 다시 돌아온다면 너는 의지할 수 있는 확실하고 완전한 그녀의 마음을 가진 거야. 만약 그녀가 돌아오지 않는다 하더라도 너는 이런 상황에서 그녀에게 할 수 있는 최상의 사랑을 실천한 것이야. 그리고 그러한 사람은 살아가노라면 언젠가 좋은 결과로 보답받게 되어 있어. 너는 단지 (추억의) 조각을 간직하고 앞으로 나아가야 해. 네가 진정으로 그녀를 사랑한다면 그녀가 자유의지로 결정을 내리도록 보장해줘야 해."

그것은 내가 정말로 듣고 싶지 않은 말이지만 나는 그 말을 끝까지 들었다. 나는 무조건적인 사랑의 개념에 대해 읽어본 적이 있었다. 그러나 이것은 개념이 아닌 현실이었다. 그녀를 향했던 나의 사랑 때문에 어려운 결정이었지만, 동시에 나 자신의 불안과 상처받은 감정을 떠나서 더 높은 차원의 사랑을 위해 애써야 한다는 생각이 고개를 들었다. 내 상사가 떠난 뒤 한참 후에 나의 머리와 가슴은 서로 싸우기 시작했다. 그러나 결국에는 심장이 승리하였다. 나는 전화해서 그녀를 놓아줌으로써 무조건적인 사랑을 보여주었다. 결국 그녀는 내게 다시 돌아오지 않았다. 그녀는 다른 사람과 결혼했고, 내가 아는 한 그녀는 그와 행복한 결혼생활을 하고 있다.

비록 내가 문제의 해결과 (마음의) 평화, 해방감을 즉시 얻지는 못했지만, 안정감과 자신감을 심어주는 '자기 동기부여'를 경험하였다. 시간이 흘러서 내가 베푼 선물은 가치 있는 열매를 맺어 완전히 다른 방식으로 내가 사랑할 수 있도록 해주었다. 나는 앞을 보고 살아가면서 새로운 사람을 만날 수 있었고, 가치 있는 관계를 발전시킬 수 있었다. 지금 나는 말로 다할 수 없을 정도로 행복하다.

심장의 메시지처럼 들리는 것이 실제로는 그렇지 않은 경우가 종종 있다. 그리고 진짜 심장이 우리에게 전하는 메시지는 우리의 머리가 듣고 싶어하지 않는 것이다. 머리는 즉각적인 결과를 선호한다. 그래서 만약 심장의 보상(반응)이 느리게 나타난다면 머리는 낙담한다. 그러나 이러한 도전에도 불구하고 심장의 깊은 통찰력과 직관적인 이해력을 기르고, 당신의 심장에 주의를 기울인다는 것은 언제나 가장 현명한 행동이다.

하트매스연구소의 연구와 다른 곳의 연구결과에서, 어떻게 (심장이) 작동하는지를 아는 것이 (심장에 대한) 우리의 감사를 깊게 강화시킨다고 밝혔다. 사우스캐롤라이나 의과대학의 마크 조지 박사와 정신과 의사들이 지적했듯이 "만약 나의 귓전을 울리고 들어온 소리가 나의 뇌로 전달되어 바이올린 소리를 느낀다는, 소리의 청각에서부터 인식까지의 과정을 안다고 하더라도 그것이 심포니를 감상하는 기쁨을 방해할 수 없다. 구조와 과정을 아는 것이 당신을 경험의 기쁨으로부터 멀리 떼어놓지는 않는다. 종종 또 다른 차원의 기쁨을 더해준다."

심장의 과학도 마찬가지이다. 우리가 삶을 어떻게 살고 경험할 것이냐 하는 본질적인 문제에서 심장지능을 당신이 이해하고 일상생활에 적용한다면, 당신의 건강과 웰비잉을 위한 자신의 잠재력을 극대화시킬 것이다. 심장의 목소리에 귀 기울이기 위해 과학이 필요하지는 않다. 사람들은 그것을 옛날부터 해왔었다. 그러나 심장지능을 경험하고 역할에 감사하기 위한 노력 속에서 우리는 그것이 어떻게 작동하는지를 더 잘 이해하게 도와줄 과학에 의지할 수 있다.

심장의 신호와 메시지를 듣는 것은 생각보다 쉽다. 신체는 자연적으로 이러한 교신이 되도록 (신경망 등으로) 연결되어 있다. 바로 생물학적인 수준에서 이러한 협력을 위한 구성 요소가 이미 존재한다.

우리 모두는 (전에 우리가 따랐든 그렇지 않았든) 심장의 목소리를 들었었다. 우리가 심장에 관해 더 배울수록, 그리고 그것이 우리의 지각에 신뢰할 수 있는 기여를 하고 있음을 발견할수록 사회적으로나 개인적으로 새롭고 더 가치 있는 삶의 경험이 우리 앞에 전개될 것이다. 잠재적인 이익을 고려할 때, 심장의 지시는 따를 만한 확실한 가치가 있는 것이다. 결국 심장이 무시되는 삶은 큰 재미도 없을 것이다.

기억해야 할 키포인트

···» 새로운 과학적 발견들은 인체 시스템에서 심장이 하는 역할에 대한 급진적인 새로운 시각을 제공한다.

···» 심장에서 뇌로 보내진 정보는 뇌의 여러 센터에 많은 영향을 끼친다.

···» 우리의 정서적인 상태는 심박변화율 측정에서 보았듯이 심장 리듬에 반영된다. 우리의 심장 리듬은 뇌의 정보처리 능력과 의사결정 능력, 문제해결 능력, 창의성을 경험하고 표현하는 데 영향을 준다.

···» 심장은 인체 시스템에서 가장 강력한 생물학적 진동자이기 때문에 우리 몸의 나머지 시스템들은 심장의 리듬에 이끌려 동조하게 된다.

···» 연구소의 연구결과는 심장과 뇌가 동조를 이루었을 때 더 높은 직관력과 명료함, 행복을 경험한다고 보고하였다.

···» 감사와 같은 긍정적인 정서는 자율신경계의 질서와 균형상태를 만들어내고, 증가된 면역성과 향상된 호르몬 균형, 그리고 더욱 능률적인 뇌의 기능으로 연결된다.

···» 프리즈-프레임같이 심장에 중심을 둔 기법을 통하여 인위적으로 우리의 정서상태를 바꿈으로써 우리는 심장에서 뇌로 가는 정보를 수정할 수 있다. 심장에서 뇌로 가는 변화된 정보는 뇌 상층부의 기능을 촉진시킨다.

⋯▶ 심장과 뇌를 동조화시켰을 때, 이 두 기관은 우리를 위해서 협응하게 되고, 우리가 궁극적으로 만들어야 할 변화를 쉽게 이룰 수 있게 해준다.

⋯▶ 이른바 하심(下心)은 우리가 가진 집착이나 애착, 또는 스스로 부가한 어떤 조건 때문에 가지게 된 정서를 통제한다.

PART 2

웰비잉은 심장지능의 활용으로 가능하다

이제 우리는 심장지능의 중요성에 대해 인식하였고, 그것이 생물학적으로 어떻게 움직이는지도 이해하였다. 이번에는 어떻게 체계적으로 심장지능에 접속하는지를 배울 때이다.

제2부에서 심장지능에 접속하는 것을 막는 것은 무엇인지, 그리고 뇌와 심장 사이에 믿을 만한 협력관계를 만들기 위해서는 장애물들을 어떻게 제거할 수 있는지를 알게 될 것이다. 하트매스 솔루션의 기본적인 목표는 인체의 통일성을 증가시키고, 최상의 능률적인 상태를 유지하도록 하는 데 있다. 스트레스는 인체의 시스템에 혼란을 일으키기 때문에 통일성을 증가시킴으로써 스트레스를 줄이는 것이 필수적이다. 다음에 이어질 장에서는 스트레스의 위험성에 대해 기술할 것이다. 그리고 일단 스트레스가 얼마나 소모적인지, 그것을 제거하는 것이 얼마나 중요한지를 강조한 다음 4장에서 프리즈-프레임 기법을 소개할 것이다. 프리즈-프레임 기법은 스트레스를 줄이면서 당신의 심장과 정신 사이의 교신을 증가시키고 향상시키는 방법을 익히도록 설계되어 있다.

1분간의 짧은 훈련이라도 프리즈-프레임 기법은 불필요한 에너지의 고갈을 막기 위해 생각을 관리하는 데 소중하다. 왜냐하면 이 기법은 정신을 맑아지게 하기 때문에 평소에 매우 스트레스를 받는 상황에서조차도 신중한 결정을 내리도록 도와준다. 스트레스에 굴복하기보다 프리즈-프레임 기법을 배움으로써 즉각적인 이익을 얻을 것이다.

심장지능의 잠재력을 극대화시키기 위해서 생각과 감정을 자세하게 관찰하는 것은 중요하다. 우리 내면의 교신 중 몇몇은 인체 시스템에 힘을 더해주는 반면, 어떤 것들은 우리의 에너지를 고갈시킨다. 당신의 에너지를 어떻게 효과적으로 사용할지 결정하도록 도와주기 위한 훈련을 제공하기 전에 먼저 5장에서 에너지 자산과 에너지의 손실에 대해 논의할 것이다. 에너지 자산과 손실을 이해하는 것은 당신의 심장지능에 접근할 수 있는 중요한 열쇠를 제공할 것이다.

감사하고, 판단하지 않고, 용서하는 것 같은 심장 중심의 정서는 에너지 자산을 증가시키고 많은 손실을 감소시킨다. 앞서 말한 이러한 정서들은 심장지능을 활성화시키는 접근 코드와 같은 것이다. 제2부의 마지막 장에서 우리는 '심장의 힘을 이용하는 도구들'에 관해 논의할 것이다. 왜냐하면 이것들이 심장지능에 접근하고 그것을 활용할 수 있게 하기 위해 (위에서 말한) 심장의 핵심 감정을 이용하기 때문이다.

제2부에서 당신은 :

···▸ 스트레스를 제거하는 것의 중요성에 대한 인식을 배울 것이다.

···▸ 프리즈-프레임을 배우고 활용하는 법을 알게 될 것이다.

···▸ 자신의 생각과 감정들에 대해 더 많이 아는 것과 이것들이 어떻게 당신
    에게 영향을 미치는지를 알게 될 것이다.

···▸ 심장의 핵심 감정의 중요성에 대해 이해하고, 심장지능에 접근하기 위
    해 그것들을 어떻게 활용할지를 배울 것이다.

3

스트레스와 내면의 통일성과의 관계

엘리스는 일 년 전에 이혼을 하고 혼자서 두 명의 어린 아이를 키우는 어머니였다. 그녀가 아직 이혼에 따른 감정적인 혼란과 금전적인 긴장을 느끼고 있을 때, 회사에서 예기치 않은 해고를 당했다. 그들은 정당한 퇴직금을 지급하겠다고 약속했지만 그것이 그녀가 실업자라는 사실을 바꾸지는 못했다.

2주 동안 직장을 구하기 위해 면접을 보러 다녔지만 아무 성과가 없자 엘리스는 자신의 미래에 대한 걱정으로 잠조차 이룰 수 없었다. "곧 다른 일을 찾지 못한다면 어떻게 쌓이는 청구서를 지불하지? 나의 삶은 이제 산산조각이 났어!" 그녀는 스트레스가 자신의 삶을 송두리째 갉아먹어가고 있다는 것을 느낄 수 있었다. 그녀의 생각은 너무 비관적이어서 곤경을 더 악화시켰다.

얼마 지나지 않아 그녀는 너무나 사기가 저하되어 직장 면접을 보기 위해 필요한 자신감마저 가질 수 없었다. 그녀는 미래의 고용주가 그녀 눈 안에 있는 절망을 볼 수 있지 않을까 두려워하였다.

결국 절망 속에서 그녀는 그녀가 원하지 않던 일자리에 지원했지만 그 일자리마저 얻을 수 있을지 확신이 서지 않았다. 그 회사는 직원들을 심하게 다루고, 봉급이 적기로 악명이 나 있었다. 그래서 그녀는 어쩔 수 없는 상황이 아니면 거기서 일하지 않겠다고 생각하면서 그것을 마지막 선택으로 남겨두었다. 그런데 그 직장에서마저 거절당했을 때 그녀는 커다란 충격을 받았다. 그날 저녁에 엘리스는 상심하여 아이들을 침대에 재우고 밖으로 나가 현관에 혼자 앉아 있었다. 만약 그녀가 몇 주 이내에 주택할부금을 갚기 위한 돈을 마련하지 못한다면 그녀의 집은 날아가버린다. 그러면 그녀의 전 남편은 아마 자녀양육권에 대한 소송을 제기할 것이다. 그녀는 사랑했던 모든 것들이 빼앗길 수 있었다. 그녀는 절망에 휩싸인 채로 어둠 속으로 걸어가기 시작하였다.

생각할 수 있는 모든 방법들을 써보았기 때문에 그녀는 이 세상에 혼자 남겨졌다고 생각하게 되었다. 불현듯 그녀는 '만약 이 문제에서 스스로를 끌어내지 못한다면 아무도 자신을 끌어내지 못할 것'이라는 점을 깨달았다. 이상하게도 이 생각은 그녀에게 용기를 북돋워주었다. 그녀가 조용히 앉아 모든 내적 (에너지) 자원들을 끌어내자 그녀는 해방감과 심지어는 (마음의) 평온함을 느낄 수 있었다. 그리고 새로운 가능성들이 열릴 기회 또한 느꼈다. 회사와 같은 조직생활은 정말로 그녀에게 어울리지 않았다는 생각이 들었다. 만약 그녀가 컨설팅 사업을 개발하고, 그것을 자신의 것으로 만들 수 있다면? 만약 이것이 그녀가 이때까지 기다려왔던 기회라면 어떻게 할 것인가?

엘리스는 희망을 찾는 일에 자신도 모르게 심장의 능력을 조금씩 이용하고 있었다. 산처럼 압도하는 두려움과 진부해진 기대 아래 눌려서 한때 그녀가 가졌던 사랑과 낙관주의는 이제 숨을 쉬지 못하고 있었다. 그러나 그녀의 타고난 복원력은 벼랑 끝에 선 절망의 순간에도 본능적으로 심장에 의지할 수 있게 하였다.

그리고 엘리스가 자신의 심장에 접속하자 그녀는 새로운 가능성들을 상상하기가 점점 더 쉬워진다는 것을 발견하였다. 자신의 사업을 시작하기 위한 방법들과 재정적인 문제를 해결하기 위한 창조적인 방법들이 생각나기 시작했다. 이것은 그녀가 스스로를 격려했기 때문이 아니라 매우 분명하고 과학적으로 측정 가능한 이유에 의해서였다. 심장의 중심 감정과 그녀 자신을 정렬시킴으로 해서 그녀는 혼란에서 벗어나 체계를 찾게 되었고, 통일성에 도달하게 되었다.

생존의 최적 상태란 내면의 통일성에 도달하는 것이다

만약 당신이 이 페이지에 있는 단어를 지금 읽을 수 있다면 그것은 부분적으로 그 단어를 비추는 빛 덕분이다. 그 빛이 태양빛이건 인공광이건 한 곳에 집중하지 않고 주변을 함께 비춘다. 그 빛들은 당신 주변에서 보기에는 아주 무질서한 패턴으로 춤을 추고 있다. 다른 말로 하면 그들은 통일되어 있지 않고, 그래서 빛이 제 역할을 하는 것이다. 만약 그 빛이 통일된 패턴으로 초점이 맞추어져 있다면 빛의 입자들은 이 페이지를 태워 구멍을 내고, 그런 다음 책을 바로 관통하는 눈부신 레이저 빔을 형성할 것이다.

통일성은 강력한 힘을 가지는 것 그 이상이며, 마치 합창단이 일치하여 어떤 곡조를 허밍하는 것과 같은 조화이다. 그것은 책을 비추는 불빛과 레이저 빔의 차이와 같다. 정신과 정서의 에너지를 통일성 있게 하는 방법을 이해하고, 그 이해를 바탕으로 직접 훈련해보는 것이 하트매스 솔루션의 핵심이다. 내면의 통일성은 효과적인 지능과 함께 삶의 초석을 이룬다. 그러한 초석은 당신의 삶에서 강력한 힘이 될 수 있다.

자연계 전체에는 높은 수준의 통일된 조직과 패턴이 있다. 만약 우리의 세포들이 질서와 일관성을 유지하지 않는다면 우리는 죽게 된다. 직관적으로 어느 정도의 통일성은 살아 있는 유기체에게는 필수적인 것임을 알 수 있다.

시스템이 통일되어 있을 때, 사실상 어떤 에너지도 낭비되지 않는다. 왜냐하면 모든 구성 요소들이 조화롭게 동작하기 때문이다. 그것은 우리 몸의 모든 시스템이 정렬되었을 때 개인의 힘도 최고의 상태에 있게 된다는 것을 의미한다.

대부분의 우리들은 긍정적인 정서상태가 창조해내는 만족과 환희를 경험해왔다. 그러한 환희에 차 있을 때, 큰 일에서든 작은 일에서든 우리의 영향력은 추가의 노력 없이 향상된다. 긍정적인 정서상태는 그들이 인체 시스템 안에서 만들어내는 통일성 때문에 그러한 영향력을 만들어낸다.

이렇게 가치 있는 통일성의 상태를 개발하는 기법을 배우는 것은 우리의 적응력과 변화에 대한 수용력, 그리고 혁신하기 위한 능력을 향상시킨다. 그것은 우리가 정서적 균형상태로 빠르게 돌아갈 수 있도록 해주며, 스트레스를 주는 사건 후에도 균형을 잡게 해준다. 그리고 의사소통의 효과성과 전체적인 웰비잉도 증진시킨다. 균형 잡힌 심장과 활발한 정신은 타고난 지성과 능력을 향상시켜 더 큰 내면의 통일성에 도달하게 한다. 그것이 바로 인간 생존을 위한 최적 상태이다.

깨어진 통일성은 스트레스를 가중시킨다

우리가 직면하게 된 도전거리는 혼란과 복잡성이 증가되고 통일성이 상실된 이 시대에 더 높은 수준의 내면적 통일성을 이루어야 한다는 것이다. 현명해지는 것만으로는 더 이상 충분하지 않다. 우리는 이미 익숙해져 있는 선형적이거나 단계적인 것보다는 더 빠르고 더 신뢰할 만하고 더 유연한 새로운 종류의 지능이 필요하다.

오늘날의 사회에서 대부분의 사람들은 시간이 빨리 가고, 정보와 에너지는 질주하고, 사건들은 그 주변에서 광속도로 일어나고 있음을 지각하고 있다. 결과적으로 스트레스는 증가일로에 있다. 새로운 연구에 의하면, 사람들에게로 스트레스를 주는 것은 한 시간 동안에도 개념과 의도를 여러번 바꿔가며 많은 다른 일들에 초점을 맞추어야 하는 것[1]임을 밝혀냈다.[1]

30년 전과는 달리 오늘날의 보통사람들은 한 시간에도 일곱 번 또는 여덟 번 정도 개념을 바꾸어야 한다. 예를 들어 함께 일하는 동료나 고객, 사랑하는 사람의 방문은 물론이고 이들로부터 온 이메일이나 팩스, 전화 등은 개념의 전환을 요구하는 것들이다. 그리고 우리들 중 많은 사람들이 평균의 두 배보다 더 자주 개념의 변화를 겪고 있다는 데 동의한다. 한 시간에 10가지 혹은 20가지의 개념변화를 다룬다면, 8시간 또는 10시간이란 하루 근무시간 후에는 100가지 또는 그 이상의 개념변화를 다루는 것이 일상적인 일이 되었다. 불길처럼 빨리 개념변화가 요구되고 있기 때문에 내면의 통일성이 최상의 상태를 유지하기가 점점 더 어려워진다. 그리고 그로 인한 스트레스는 증가일로에 있다.

심장과 두뇌가 동조화하면 최상의 수행 수준에서 우리가 일할 수 있도록 해줌으로써 심장과 뇌 사이의 통일성이 증가된다.[2] 그러나 동조성을 벗어났을 때 전반적인 인식능력은 저하되고, 이미 가지고 있는 기술들도 퇴보한다. 심장을 하루에 24시간 방송하는 라디오 송출기라고 생각해보라. 방송의 질은 우리가 지닌 모든 생각과 정서에 의해 좌우된다. 우리의 생각이 혼란스럽고 명확하지 않을 때 방송은 활기를 잃고 전체적 전달도도 떨어질 것이다. 아마 우리는 느낌으로 불편함과 산만함을 느낄지 모른다. 그 '방해'가 우리 신체의 모든 하부 시스템에 세포의 수준까지 영향을 미친다.

---

1) 이것을 복잡성의 극복(Managing Complexity)이라고 하는데, 현대인들의 가장 큰 스트레스 요인이다. 시간관리에서 우선순위 관리의 기준이 '긴급성'에서 '중요도'로 바뀐 것도 이러한 환경을 잘 반영한 것이다.

통일성의 결핍은 우리의 시각과 청각의 능력, 반응속도, 정신적인 명료함, 감정상태, 그리고 민감성에 영향을 준다. 통일성의 상실에 의해 전체 기능이 손상될 뿐만 아니라, 그러한 상태가 우리의 진정한 만족감을 빼앗아간다. 만약 우리가 정말 우리를 만족케 하는 어떤 일을 한다고 해도 인체 시스템이 동조화를 벗어날 때 우리는 제한된 충족감만 느낄 수 있게 된다.

불행하게도 우리의 지각에 손상을 입히기에 충분할 정도의 방해전파를 만드는 데는 많은 것이 필요하지 않다. 친구나 친지의 날카로운 비평 같은 간단한 것들이 우리를 매우 화나게 하고, 우리는 바른 생각을 할 수 없게 된다. 잠시 후 우리는 "내가 그때 이렇게 말했어야 하는데……"라고 후회한다. 우리는 한마디로 통일성의 상태에 있지 않기 때문에 화가 났을 때 투명하게 생각할 수가 없다. 그때 우리의 심장 리듬은 무질서하고 통일성이 결여되어 있다. 이것이 우리 뇌의 상층부가 최대한 능률적으로 일하는 것을 방해한다.[2] 사후에 우리가 말했어야 할 것을 더 지혜롭게 생각할 수 있는 이유는 우리의 감정이 진정된 후에는 우리의 신체 조직이 더 통일성 있게 기능하기 때문이다. 우리가 균형을 되찾고 나면 우리는 그 상황을 다른 시각에서 볼 수 있다. 즉 스트레스로부터 해방되어 우리 자신의 시각에서 그 문제를 바라볼 수 있다.

스트레스가 통일성을 흐트러지게 하고, 깨어진 통일성이 다시 스트레스를 가중시키는 것은 악순환이다. 나쁜 소식은, 스트레스는 우리가 생각했던 것보다 훨씬 더 위험하다는 것이다. 간혹 많은 스트레스를 받는 것조차도 우리의 신체에 손상을 준다. 우리의 몸은 일정 양의 스트레스를 참을 수 있는 능력을 가지도록 설계되어 있다. 그러나 적대감, 화, 우울과 같은 부정적인 태도와 함께 만성적인 스트레스는 우리를 병들게 하고 결국은 우리를 죽음으로 몰아간다.[3-5] 스트레스는 지나가는 기분처럼 단순히 우리를 통과하지는 않는다. 그것은 우리의 생리 시스템을 바꾸어놓고, 우리의 건강을 해치며, 우리의 발목을 움켜잡고 놓아주지 않는다.

스트레스는 웰비잉을 방해한다

미국 스트레스 연구소에 따르면, 전체적으로 초진 의사를 찾는 환자의 75퍼센트에서 90퍼센트에 달하는 사람들은 스트레스와 연관된 장애 때문이다.[6] 이에 대한 대증요법으로 미국인들은 매년 오십억 개의 진정제와 오십억 개의 진통제, 삼십억 개의 각성제, 그리고 일만 육천 톤의 아스피린을 소비한다.(이것은 항염증제와 해열진통제를 포함하지 않은 수치다.)[7]

의료 과학은 식사, 삶의 양식, 그리고 환경과 같은 외부적인 요인과 고질병과의 연결고리를 밝히는 데 커다란 발전을 이루었다. 우리는 지금 고혈압, 당뇨병, 흡연이 심장병에 가장 위험한 요인이라고 당연하게 여긴다. 그러나 새로운 심장병의 반 이상이 위에서 언급한 위험요소와 무관하게 발병한다.[8]

런던 대학교의 한스 에이센크 박사는 1988년 획기적인 연구에서 관리되지 않은 스트레스 반응이 암과 심장병으로 인한 사망을 흡연보다 더 잘 예고한다[9]고 보고하였다.

사실 심장발작 후에 회복의 징조는 동맥경화 또는 심장 그 자체의 상태 같은 생리학적인 요소가 아니라 정서의 상태이다. 미 연방 보건 · 교육 · 복지부 장관이 보고한 놀라운 내용은 '직업의 만족도'와 '전체적인 행복' 수준이 환자의 회복 능력을 결정하는 가장 중요한 요소라는 것이다. 점점 더 많은 확실한 과학적 증거들이 대부분 건강과 웰비잉에 대한 정신과 정서와 태도의 직접적인 영향을 증명하고 있다.

- 10년간의 연구에서 효과적으로 스트레스를 관리할 수 없었던 사람들은 스트레스를 받지 않은 사람들보다 40퍼센트나 더 높은 사망률을 보였다.
- 하버드 의대에서 1,623명의 심장마미 생존자들에 관해 연구한 바에 따르면, 정서적인 충돌 상태에서 화를 낼 때 심장마비를 일으킬 위험이 평온을 유지한 사람의 두 배나 된다고 한다.[10]
- 하버드 대학교의 공중위생 대학원이 1,700명의 노인들을 대상으로 20년이 넘게 연구한 바에 따르면, 사회적인 상황, 건강, 개인적인 재무 상태에 대한 걱정이 심장의 관상동맥 질환 위험을 상당히 증가시켰다는 것이다.
- 202명의 전문직 여성을 대상으로 한 연구에서는 일과 대인관계(배우자, 자녀, 아이, 친구에게 개인적으로 헌신하는 것)의 불균형에서 오는 긴장이 건강한 사람들과 심장병을 가지고 있는 사람들을 구분짓는 요소임을 발견했다.[12]
- 55세에서 85세 사이의 2,829명을 대상으로 한 국제적인 한 연구에서는 높은 수준의 통제력(삶에서 일어나는 사건들에 대한 통제의식)을 가진 사람이 삶의 도전 앞에서 상대적으로 무능력함을 느끼는 사람들보다 거의 60퍼센트나 더 낮은 사망 위험도를 보였다.[13]
- 마요 클리닉(Mayo Clinic)의 심장병 환자들에 관한 연구에 따르면, 심리적인 스트레스는 미래의 심장마비, 심장박동의 정지, 심장의 죽음 등을 포함하는 미래의 심장 관련 사고의 가장 강력한 전조가 된다.[14]

우리는 신문, 잡지, 건강서적 그리고 텔레비전으로부터 많은 심장병의 통계들을 접하지만 그것이 개인적 문제로 대두되기 전까지는 심각성을 느끼지 못하고 문제에 관심을 가지지 않는다. 그러다가 가까운 친구나 가족이 심장병을 앓게 되면 우리는 그것이 어떻게 일어났고, 무엇을 해야만 하는지 걱정하기 시작한다. 또는 우리의 의사가 "당신은 지금 위험한 상태에 있습니다" 하고 경고한다면 우리는 갑자기 이 문제에 대해 불안한 관심을 가진다.

우리는 심장병과 심장마비가 오랜 기간 동안 잘못 진행되어오다가 결국 제기능을 하지 못할 때 일어난다는 사실을 깨닫게 된다. 실제 우리가 주의를 기울여야 할 문제는 질병의 마지막 악화문제가 아니라, 건강할 때와 발병 그 사이에서 장기간에 발생했던 것이다.

스트레스는 관심을 가져야 할 병이다. 만약 우리가 스트레스에 찌든 삶을 살고 있다면 우리는 불균형에 익숙하게 된다. 우리들 중 몇몇은 화냄과 우울, 실망이 일상적이었던 가정에서 자랐다. 그래서 우리는 이러한 정서상태가 우리에게 일으키는 스트레스를 일반적인 것으로 여긴다. 도시에 사는 대부분의 사람들이 스트레스로 고통받고, 서두르고, 혼란스러워하지만, 이러한 현상들이 일반적인 일처럼 보이게 되었다. 어디에 살든 행복하지 않은 사람들은 그들의 삶에서 감사해야 할 것을 찾는 대신 삶에서 무엇이 잘못되어 있는지를 더 빨리 찾아낸다. 비록 이러한 행동이 일반적이고 (겉보기엔) 통상적인 일이지만, 그것은 건강에 심각한 결과를 초래한다.

우리는 두 가지의 선택을 가지고 있다. 스트레스에 관해 계속해서 세상을 탓하거나 자신의 반응에 대해 책임을 지고 정서적인 상황을 신중하게 바꾸는 것이다. 이것은 더 이상 의심할 여지가 없다. 대부분의 심장 문제는 몇 년간 지속된 내면의 스트레스의 극단적 결과이다.

매일 축적된 스트레스가 더 위험하다

19 97년 미국 〈의사협회저널〉(Journal Of The American Medical Association)에서 긴장, 낙담, 슬픔과 같은 감정들은 심장으로 향

하는 피의 공급을 저하시킬 수 있다는 듀크 대학의 연구를 발표하였다. 매일의 삶에서 이러한 감정들은 심근허혈의 위험을 두 배 이상 증가시킨다. 심근허혈이란 심장마비의 전조가 되는 심장 근육 조직을 향한 불충분한 혈액공급을 말한다.[15]

하버드 대학교의 머레이 미틀맨 박사와 말콤 멕클루어 박사에 따르면, 1997년 굴레트 박사가 연구에서 발견한 "지진 또는 전쟁과 같이 매우 드물고 극단적인 스트레스를 주는 사건에 관한 이전 연구들은 (심장병 요인에 관한) 오직 빙산의 일각만 보여주었다. 이것을 통해 우리는 매일의 삶에서 일반적으로 경험하는 낮은 수준의 스트레스가 심근허혈을 일으킬 수 있다는 것을 발견하였다고 언급하였다."[16]

스트레스란 정상적인 균형을 방해하는 어떤 압박에 대한 육체적 · 정신적 반응이다. 그것은 사건들에 대한 우리의 지각이 기대에 미치지 못하거나 우리가 그러한 실망에 대한 반응을 관리하지 못할 때 생긴다. 관리되지 못한 반응인 스트레스는 그 자체로 우리의 심리적이고 생리적인 균형을 깨어버리고, 우리를 동조에서 벗어나게 하며, 저항 · 긴장 · 낙담 등으로 표출된다. 만약 우리의 균형이 오랫동안 방해를 받는다면, 그 스트레스는 우리를 무력하게 한다. 우리는 과도한 스트레스로 인해 쇠퇴하게 되고 정서적으로 고립되며 결국은 병들게 된다.

오늘날 알려진 스트레스 반응에는 1,400개 이상의 신체적 · 화학적 반응과 30가지의 다른 호르몬들과 신경전달 물질이 포함된다. 몸의 반응을 스트레스에 따라 조정하는 두 가지의 중요한 생리적 시스템들은 즉각적으로 반응하는 자율신경과 호르몬이 있다. 호르몬의 반응은 오랫동안 일어나고 지속된다. 그러나 위장, 신장과 같은 어느 한 시스템으로 간주되지 않는 우리의 신체기관조차도 이런 스트레스에 대한 신체적인 (광대한) 반응으로써 호르몬을 분비한다.[4]

우리가 스트레스를 경험할 때 우리의 육체는 호르몬과 아드레날린을 혈류에 방출하여 빠르게 반응한다. 아드레날린은 우리가 위험에 대항하거나 생명의 위협으로부터 피할 수 있게 해주면서 심박의 속도를 증가시키고, 혈압을 올라가게 하고, 근육을 긴장시키며, 호흡을 빠르게 한다. 노르아드레날린과 코티솔을 포함한 다른 호르몬 분비는 스트레스를 받으면 활성화된다. 만약 이런 호르몬들의 방출이 멈추지 않는다면 방출된 호르몬은 우리 몸을 산(酸)과 같이 부식시킬 것이다. 스트레스가 사라진 몇 시간 후에조차도 이 호르몬들은 높은 수치로 남아 있다.

코티솔은 육체의 스트레스에 반응에서 광범위한 역할을 하기 때문에 스트레스 호르몬으로 알려지게 되었다. 균형 잡힌 양의 코티솔은 우리 육체의 건강유지에 필수적이다. 그러나 그 수치가 너무나 높게 올라갔을 때는 그것은 우리의 조직에 매우 큰 손상을 준다. 우리가 만성적인 스트레스를 겪는 상황에 있을 때, 우리 신체는 오랫동안 많은 코티솔을 분비해내고, 우리의 뇌는 이것이 통상적인 것으로 인식하여 뇌 내부의 온도조절 장치를 다시 설정하여 신체에 높은 수준의 코티솔 생산을 유지하도록 지시한다. 만성적으로 증가된 코티솔 수치는 면역기능에 손상을 주는 것으로 알려졌다.[17] 또한 이것은 포도당 활용을 감소시키고[18], 뼈의 손상과 골다공증을 촉진하면서[19], 근육을 약화키시고, 피부의 성장과 생식을 방해하고[20], 지방의 축적을 증가시키면서(특히 둔부와 허리 주변)[21], 기억과 학습능력을 저하시키고, 뇌세포를 파괴한다[22, 23].

만성적 스트레스는 매일, 매주, 매년 쌓인다. 대부분의 사람들에게 가장 심각한 손해를 주는 것은 매일 축적된 스트레스다. 왜냐하면 작은 스트레스들은 큰 정신적 충격이 주는 스트레스보다 쉽게 많이 쌓이기 때문이다. 우리는 매일의 스트레스에 순응하며 산다. 그러나 순응은 전적으로 불필요한 습관이다. 스트레스로 일어나는 꾸준한 생화학적인 영향으로 인해 우리의 신체는 그 대가를 치러야 한다.

우리는 스트레스의 결과가 얼마나 심각한지 깨닫지 못한다. 이런 스트레스가 평범한 일상의 한 부분으로 느껴지기 때문에 우리는 스트레스와 함께 산다. 결국은 우리의 친구들은 모두 똑같은 것을 겪지 않을까?

우리는 하루 동안의 패배와 분노 등의 감정을 멀리 치워버리면서 이것을 인식하지 못한다. 일들이 우리를 숨막히게 하고 괴롭힐 때 우리 모두는 자신이 좋아하는 반응법을 가지고 있다. 어떤 사람들은 즉각적으로 화를 내며 욕을 하는 반면, 다른 사람들은 어떤 보상심리에서 비꼬는 듯한 농담을 한다. 어떤 사람은 술과 마약에 의지하고, 또는 절망과 곤경의 느낌을 피하기 위해 음식을 먹는다. 그리고 우리 중 대부분은 친구들을 만날 때마다 불평을 한다. 그들 역시 삶에서 많은 불평을 가지고 있기 때문에, 불평을 하는 것은 일반적이고 거의 사교적인 것으로 보여진다. 그러나 이같이 통일화되지 않은 생각과 정서의 지속적인 흐름은 정서적 바이러스와 마찬가지로 우리의 힘을 소진시키는 한편, 우리 뇌의 신경 습관에 더 많은 해를 주고 그 다음에 비참하게 느끼도록 만든다.

스트레스가 만성적으로 되었을 때, 우리 신체는 이런 스트레스로 일어나는 손실을 매일 만회하기에 충분한 시간을 가지지 못한다. 우리가 스트레스의 맹공격으로부터 우리 자신에게 휴식을 주기 위해 몇 시간 쉬더라도, 우리 신체의 화학 성분은 마치 우리가 먹은 약 성분이 남아 있는 것 같이 재빠르게 원상태로 돌아오지 못한다. 열 잔의 위스키를 마신 후에는 어떤 커피도 즉시 술을 깨도록 하지 못하며, 당신은 그 영향이 가라앉을 때까지 술을 마시지 않고 (또는 이 경우 스트레스를 풀면서) 기다리는 수밖에 없다.

누구에게나 스트레스는 시작과 위기 시점이 있다. 위기 시점을 넘어서면 우리는 심각한 병에 걸리게 된다. 부드러운 압박하에서 건강한 피로를 수반하며 휴식을 통해서 해소할 수 있는 스트레스에 의해 방출된 아드레날린과 코티솔은 단기간의 업무수행 성과를 오히려 향상시킨다. 그러나 억제되지 않는 아드레날린과 코티솔의 각성은 우리의 업무수행 성과를 의도한 곳까지 미치지 못하도록 한다.[24] 즉 우리의 업무수행 성과는 극적으로 추락하기 시작한다.

감정을 표출한 후에도 걱정과 우울증은 남아 있다

아이러니컬하게도 우리가 스트레스를 받을 합당한 이유가 있든 없든 우리의 신체는 스트레스에 똑같은 방식으로 반응을 한다. 신체는 우리가 옳은지 그렇지 않은지를 상관하지 않는다. 우리가 화를 내는 것에 대한 완벽한 정당성을 가질 때조차도, 즉 우리가 자신에게 '이화는 건강한 반응'이라고 말할 때조차도 우리는 같은 방식으로 스트레스에 대한 대가를 치러야 한다.

어떤 사람이 도로에서 당신 앞에 끼어들기를 한다. 그것은 무례할 뿐만 아니라 당신이 브레이크를 강하게 밟고 옆길로 차를 피하게 한다. 이것은 당신 뒤에 있는 차에도 당신이 한 행동과 같은 행동을 하게 한다. 당신이 운전대를 급하게 조정하며 3중 추돌을 간신히 피했다는 생각을 한다. 실제로 무리하게 끼어든 운전자가 당신의 목숨을 위태롭게 했다! 만약 이것이 분노를 정당화할 수 없다면, 무엇이 분노를 정당화할 수 있을까?

그러나 당신이 흥분하고 욕을 하는 동안 당신의 신경 시스템은 비상 상태로 들어간다. 당신의 호르몬은 당신이 느끼고 있는 분노에 충실하게 반응하여 아드레날린 분비를 증가시킨다. 당신의 분노가 정당화되든 않든 과연 그것이 가치 있는 일인지 스스로에게 물어보아야 한다. 그 운전사는 다행히도 자기가 원하는 것을 하였고, 스트레스를 주는 위험을 무시하였다. 그러나 다음 몇 시간 동안 당신은 당신의 반응에 대해 크게 대가를 치러야 한다.

신체의 입장에서는 화를 낸 것이 정당화되었든 그렇지 않든지는 중요하지 않다. 왜 당신이 그렇게 느끼고 있는가에 상관없이 신체적인 결과는 동일하다.

사람들은 규칙적으로 모든 영역의 정서들을 경험한다. 사랑에서부터 시기심, 기쁨, 슬픔까지. 그러나 심리학자들이 수십 년 동안 말해온 것처럼 감정이란 옳고 그름이 아니라 단순한 느낌이다. 신체적인 측면에서 이것은 문자 그대로 사실이다. 우리의 신체는 우리의 감정에 대해 도덕적 판단을 하지 않는다. 그것은 단순히 동일하게 반응한다.

우리는 정당화된 스트레스 반응에 너무나 익숙해져서 그것이 주는 해로운 영향에 대한 지각도 없이 스트레스를 받는 통일성 상실의 상태를 넘나든다. 결국 감정의 예민함은 사라질지라도, 지속적으로 낮은 수준의 걱정과 우울증은 자리잡는다.

1997년 듀크 대학의 연구는 위의 사실을 언급하였다. 굴레트 박사는 심장병을 가진 환자 중 소수의 사람만이 고통을 경험하였다는 사실을 발견하고 놀랐다. 그들이 심장마비 직전의 심각한 위험에 처해 있더라도, 그들은 스트레스가 심장에 영향을 미치고 있다는 것을 전혀 알지 못했다.[15] 그들의 신체에 대한 자각이 너무나 낮아서 무엇이 일어났었는지도 느끼지 못하였다.

우리 중 대부분은 자신의 감정들을 억누르는 것이 해롭다는 가르침을 받았다. 그리고 이것을 지지하는 많은 연구조사들이 있다. 예를 들면, 감정적인 고통을 억누르는 경향은 암에 대한 민감성과 연관이 있다.[9, 25] 다른 연구는, 화를 참는 것이 심장병의 발병 위험을 더 높게 한다는 것을 보여주었다.[26]

한편으로 가장 일반적으로 통용되는 믿음 중 하나는 분노를 폭발시키는 것이 건강한 것이라는 믿음이다. 이 개념은 프로이트의 초기 실험에 기인한다. 그 실험에서 그는 자신의 감정해소를 위해 환자들이 분노를 표출하도록 권장하였다. 그런데 프로이트가 후에 이 실험을 중단했다는 사실은 별로 알려지지 않은 듯하다.

우리가 지금까지 배운 것과는 상반되게 과학은 우리에게 화를 내는 것은 건강에 해롭지 않다고 말한다. 그러나 그것은 실제로 단순히 화의 감정을 발산하는 것보다 더 많은 해를 신체에 가져다준다. 메릴랜드 대학의 심리학자인 아론 시그만의 연구에 의하면 충동적으로 감정을 폭발시킨 사람들은 화를 표출하지 않고 억누른 사람들보다 심장의 관상동맥 질환을 가질 위험이 더 높다는 것이다.[27]

오랜 시간 동안 지속적으로 (자신의) 감정을 (표출하지 않고) 부정한 경험이 있는 사람들에게 심리학은 '그들이 무엇을 느끼는지 알 수 있도록 돕는' 가치 있는 서비스를 제공한다. 그러나 심리학자들은 화를 낸 기억 또는 해로운 감정을 회상하는 것이 그것들을 사라지게 만들지는 않는다고 한다. 대신에 그것은 실제로 뇌의 신경회로 내에서 정서적인 패턴을 강화시킨다. 이것이 당신의 몸에 해를 주는 정서에 더 많은 힘을 실어주면서 더 많이 화를 내게 되고, 더 공격적이 되도록 유도한다.

화를 자주 내는 사람은 그 이상의 대가를 치러야 한다. 미국 연방 교통국에서는 부상을 포함한 교통사고의 3분의 1은 도로에서의 분노나 공격적인 운전 때문이라고 했다. 그리고 이런 사고의 3분의 2가 죽음이란 돌이킬 수 없는 결과를 초래했다.[28] 다른 연구들은 화를 통제하지 못하는 그룹은 승진의 실패와 해고, 강요된 퇴직과 깊은 연관이 있다고 한다.[1]

만약 우리가 화가 났을 때 그것을 표현할 수 있거나 또는 억누를 수 없다면, 우리가 택할 수 있는 것은 무엇일까? 정답은 화가 났다는 것을 인식(인정)은 하되, (상황에 대응하지 않고) 다르게 반응하는 것이다. 이렇게 말하기는 쉽지만 행동하는 것은 그렇게 쉽지 않다. 당신이 억지로 화를 기분 좋은 감정으로 바꾸려고 노력하는 것을 상상해보라. 그것이 가능할까? 결코 효과가 없을 것이다. 결심만으로 마음을 다스릴 수는 없다. 당신의 정서를 이해하고 통제하는 데는 새로운 지능의 도움이 필요하다. 당신의 두뇌와 심장을 통일화시켜 심장지능이 당신을 위해 일하도록 하면서, 당신은 자신의 분노를 건강한 방법으로 전환시키는 실제적인 기회를 가질 수 있다.

심장과 두뇌의 통일화를 이루는 것이 최고의 처방이다

우리가 뇌와 심장을 '강력한 내부 협력자'라는 새로운 과학적 이해의 시각에서 보았을 때, 희망에 찬 생각이 떠오른다. 두뇌를 유일한 지능으로 보는 것 대신에, 우리는 두뇌만이 우리 몸의 주인이 아니고 심장이 주목할 만한 협력자임을 깨닫기 시작하였다. 적절하게 동조화되었을 때 두뇌는 심장과 함께 조화를 이루며 움직이고, 폴 피어설 박사가 만든 새로운 단어인 '심장의 코드'에 조율이 된다.[29] 머리와 함께 작용하면서 스트레스를 해소하는 힘을 우리에게 주는 것은 심장지능이다. 스트레스 감소에 대한 최고의 처방은 '두뇌＋심장＝통일화'를 이루는 것이다.

수년 동안 의사들은 깊은 적대감이 인체에 미치는 영향을 심전도계를 통해서 측정하고 보고할 수 있었다.[30] 의사는 당신의 귓불, 발가락, 또는 당신 몸의 다른 곳에 전극을 붙여서 심전도(ECG)에 나타나는 당신의 심장박동을 기록한다. 내부의 다른 장기의 박동과는 달리 심박은 너무 강해서 몸의 어느 부분에서도 측정이 가능하다. 그 전자기적인 신호는 우리 몸의 세포 단위에까지 미친다.

최근에 과학자들은 ECG 정보를 분석하는 더 복잡한 방법을 제안한다. 스펙트럼 분석기법을 사용함으로써 과학자들은 심박 리듬(HRV 패턴)을 관찰할 수 있었다. 지금까지 우리가 보았듯이 심박 리듬은 낙담, 화뿐만 아니라 사랑, 배려, 연민, 감사와 같은 정서에 의해 영향을 받으며, 이 감정은 ECG의 빈도 패턴에 영향을 준다. 다시 말해서, 우리의 정서는 심장의 전자기적 신호에 담긴 정보에 영향을 준다. 스펙트럼 분석이 밝혀준 바는 심장 리듬에 질서와 통일성이 더해질수록 발생되는 전자기파 또한 더욱 통일된다는 것이다.[31, 32]

스펙트럼 분석을 통해서 전기적 신호 속에 개인의 어떤 주파수가 실려 있는지를 알게 한다. 그것은 초콜릿을 넣으면 얼마나 많은 밀가루와 설탕, 계란, 버터, 소금, 베이킹파우더를 넣어서 그 초콜릿을 만들었는지 성분을 분석해서 열거해주는 기계의 역할과 같다. 심장 리듬의 스펙트럼의 분석은 연구자들에게 우리의 심장 리듬이 얼마나 통일화가 되었는지를 보여준다. 이 정보에 의해서 우리의 모든 세포와 주변에 있는 사람들에게 영향을 미치는 심장의 전기적인 신호의 통일성 정도를 알 수 있다.

하트매스연구소에서 행해진 한 연구에서는 좌절을 느끼고 있는 사람의 심장 리듬을 기록하여 스펙트럼 분석을 실시하였다. 화를 내는 동안 나타난 통일성을 상실한 HRV[2] 패턴이 어떤 모습이었는지는 2장의 그림 2-4를 참조할 수 있다. 그리고 지금 그림 3-1을 참고하기 바란다. 그림의 왼쪽 부분은 낙담하고 있는 사람의 심장 리듬 주파수 스펙트럼이다. 우리가 낙담하고 있을 때 심장 리듬의 패턴은 무질서하고 통일성이 없다는 것을 이 그래프는 보여준다. 이것은 자율신경이 무질서하게 작동하고 있다는 것을 의미한다. 심장이 불규칙하게 작동하게 되면 통일되지 않은 전자기적 신호를 신체 내부와 우리 주변의 공간으로 내보낸다.

똑같은 연구에서 과학자들은 진실된 감사의 마음을 가진 사람의 심

---

2) Heart Rate Variability를 말하며 심박 변화 패턴의 최고점에서 다음 최고점까지의 간격이 변하는 비율을 산출하여 심박이 일정한 리듬을 가지고 변화하는지 불규칙하게 변하는지를 측정한다. 스트레스를 받았을 때는 상하로 불규칙한 지그재그 패턴을 보이며, 통일성의 상태에서는 패턴이 일정하고 곡선의 끝이 날카롭지 않고 부드러운 모양을 하게 된다.

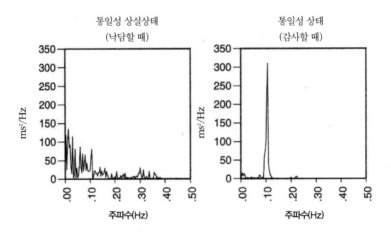

통일성 상실상태와 통일성 상태의 심장 리듬: 주파수 스펙트럼

그림 3-1 이 도표는 두 가지의 다른 정서상태에서 심장 리듬의 주파수 스펙트럼이 어떻게 달라지는지를 보여준다. 이 그래프들은 심박변화 패턴을 스펙트럼 분석하여 얻은 결과이다. 스펙트럼 분석은 전체적인 심장 리듬의 패턴을 구성하고 있는 각각의 주파수로 나누어 표시한다. 왼쪽 그래프는 낙담하고 있는 사람의 심장 리듬 주파수 스펙트럼이다. 주파수가 흩어져 무질서하게 되어 있는데, 이것은 통일성을 상실한 스펙트럼이라 부른다. 이러한 상태에서 심장의 전자기장 전달과 자율신경계의 작동은 무질서하게 된다. 오른쪽의 그래프는 진정한 감사를 느끼고 있는 사람의 심장 리듬 스펙트럼을 보여준다. 심장 리듬의 스펙트럼 구조가 규칙적이고 조화롭기 때문에 통일화된 스펙트럼이라 부른다. 이런 상태에서는 자율신경계가 더욱 조화롭게 기능하고 심장의 전자기장도 더욱 통일성을 띠게 된다.
ⓒ 1998 하트매스연구소

장 리듬을 조사하였다(통일된 심장 리듬이 어떤 모습을 하는지는 그림 2-5를 참조하기 바란다). 그림 3-1의 오른쪽 그림은 감사하는 사람의 주파수 스펙트럼을 보여준다. 우리가 도표에서 보듯이 주파수 패턴은 절망의 감정을 느끼는 사람의 것과는 매우 다르게 보인다. 이 그래프는 우리가 감사를 느낄 때 자율신경의 두 영역이 하나의 통일된 심장 리듬을 생성하기 때문에 훨씬 더 조화롭게 움직인다는 것을 보여준다. 당신의 심장 리듬 주파수가 위 그림의 오른쪽과 같을 때 당신의 내면은 동조상태에 있다. 이 내면의 균형상태에서 우리 심장이 발생시키는 전자기장은 더 통일되고 더 조화로워진다.[32]

이 전기적인 에너지파가 우리 몸 구석구석과 주변에 정보를 전달한다는 것을 기억해야 한다. 그리고 그림 3-1에서 설명한 바와 같이 당신의 지각[3]은 심장으로부터 전해지는 이 신호에 영향을 미친다. 감사의 정서를 가진 사람은 통일된 파형을 발생시키고, 반대로 낙담하는 사람의 심장은 통일성을 상실하도록 하는 전자기적 신호를 내보낸다. 이 극적인 내면의 (통일성의) 차이는 지각의 차이라는 중요한 (한 가지) 요소에 의해 생긴다.

지각의 문제를 관리하면 스트레스를 극복할 수 있다

스트레스 관리의 해결책은 우리가 어떻게 삶의 스트레스 인자들을 받아들이느냐에 있다. 스트레스를 유발하는 것은 사건 자체가 아니라, 우리가 어떻게 그 사건들을 받아들이느냐 하는 것이다. 반응을 유발시키는 사건이 스트레스가 아니라, 사건에 대한 반응이 스트레스이기 때문에 우리는 그것을 제어할 수 있다.

일단 우리가 상황에 대한 자각을 바꾸고 그것을 심장이 중심이 되는 명료한 관점에서 바라본다면 우리의 잠재적인 스트레스 반응은 줄어들거나 사라진다. 하트매스 솔루션은 스트레스를 '우리에게 힘을 실어줄 수 있는 잠재적 기회'로 인식하게 한다. 어떤 문제들은 힘을 얻을 기회들로 보기에는 너무 어렵다. 그러나 대부분의 지각, 태도, 행동, 반응은 심장의 통일성을 거듭 연습하게 되면 (바람직한 방향으로) 바뀔 수 있다.

---

3) 지각(Perception)이 정서를 유도한다. 동일한 현상을 두고도 어떻게 지각하느냐에 따라 정서적 반응이 달라진다. 예를 들어, 파티에 갈 때 사람들을 만나는 것을 부담스럽게 여기며 참석한다면 스트레스 반응을 일으키고 심박 리듬도 통일성을 상실한다. 반대로 만나고 싶은 사람이 있어서 즐거운 마음으로 간다면 심박 리듬도 통일성의 상태를 보이게 된다.

1995년 스트레스에 관한 제7차 국제회의 진행 과정에서 스트레스연구 국제대회 대표인 그레험 부로우 박사는 몇 년간의 스트레스에 관한 연구결과를 검토한 후 스트레스가 (1) 지각의 문제와 (2) 교신[4]의 문제 즉, 두 가지의 기초적 문제로 압축된다고 결론을 내렸다.[33] 우리가 우리 삶의 사건들을 모두 바꿀 수는 없지만 그 사건들에 대한 우리의 지각은 넓힐 수 있다. 이것이 스트레스를 관리하고 줄이는 비결이다. 심장과 뇌 사이의 향상된 교신은 통일성으로 인도한다.

스트레스가 지각과 함께 시작된다는 것을 이해하게 되면, 우리는 각각의 지각이 어떻게 우리의 지각과 반응을 순차적으로 특징짓는 생물학적인 정보전달을 하는지 관찰할 수 있다. 우리는 인식과 반응에 주의를 집중하여 심장지능과 함께 그것들을 다룸으로써 독약과 같이 우리의 신체를 통해 서서히 침투해 들어오는 만성적 스트레스를 해소할 수 있다. 그러나 삶에서 우리가 접하는 사건들을 직관과 균형, 안정, 유연성을 가지고 바라봄으로써 우리들의 표준적인 스트레스의 반응들을 바꾸는 방법을 배우는 데는 머리에서 가슴으로의 획기적 관점의 변화가 필요하다.

당신을 비참하게 만들어버릴 수도 있는 생각이 바로 당신 내면에 있다. 그러나 그것을 멈추게 할 수 있는 힘 또한 당신의 내면에 있다. 당신이 어떤 내면의 힘을 끌어내어 사용하느냐 하는 것이 당신 삶의 질을 결정할 것이다. 우리가 보았듯이, 자기관리를 하지 않으면 인체 시스템 내부에는 계속적으로 파괴적인 스트레스가 쌓인다. 오늘 하루와 미래, 과거에 대한 걱정으로 마음이 흔들리고, 그것이 어떻게 될 것인지를 근거도 없이 짐작하고 걱정하며, 오래된 감정을 버리지 못하고 질질 끌려다닐 때 우리는 정서적인 차원과 신체적인 차원에서 많은 폐해를 입는다. 이러한 고민의 결과로 쌓이는 스트레스를 분산시키기 위해 우리는

---

4) 심장과 다른 신체기관, 특히 두뇌와의 교신을 의미한다.

자극적인 기분전환거리를 찾고, 스트레스를 잊기 위한 무심한 행동들을 한다. 그러나 이러한 행동들은 문제가 생기기 전까지는 좀처럼 스트레스의 원인으로 인식되지 않는다. 그후 마음은 그러한 접근법을 의심하기 시작하고, 스트레스로 손상된 정신과 육체의 회복을 돕기 위해 심장에 의지한다.

이 자멸적(Self-Defeating)[5] 사건의 연쇄고리를 끊는 것은 가능하다. 심장이 지닌 영향력과 지능을 지금 이용하고, 당신의 머리와 심장이 동조화하도록 하면, 당신은 스트레스가 주는 원치 않은 대가를 치르기 전에 많은 스트레스를 줄이거나 해소할 수 있다. 그것이 결국 당신을 효과적으로 만들 선택을 하게 하고 당신을 자유롭게 한다. 그러나 스트레스를 줄이는 것은 단계적으로 시도되어야 할 과정이다. 그것은 완전함을 추구하는 것이 아니라 꾸준한 향상을 추구한다. 여기 스트레스에 관해 기억해야 할 네 개의 요점들이 있다.

- 스트레스는 인식의 문제이다. 스트레스를 주는 것은 사건 자체가 아니라 그것에 대한 우리들의 인식이다.
- 스트레스는 삶의 주요 문제에 관한 것만 있는 것이 아니다. 스트레스는 우리들의 습관적 반응, 행동, 의견, 짜증, 좌절과 같은 일상의 작은 습관적 행동들이 효과적으로 관리되지 않고 쌓인 결과로 생긴다.
- 노함, 노여움, 좌절, 걱정, 실망 등의 부정적인 정서는 그것이 정당하든 그렇지 않든 당신의 마음과 두뇌 그리고 신체의 나머지 부분에 그 대가를 치르게 한다.
- 희망은 존재한다. 정서와 연관되어 있는 심장의 핵심적 영향력과 상심의 느낌에 접근하는 법을 배움으로써 당신의 인체 시스템은 증

---

5) 자신의 실패를 스스로 촉진하는 행위로서 실수를 합리화하기 위해 거짓말을 한다면 실수 위에다 거짓말을 했다는 불리한 평가가 더해져서 실수를 인정하고 가만히 있었을 때보다 나쁜 결과를 가져온다는 것이 그 예가 된다.

가된 통일성을 띠게 된다. 이것이 당신에게 새로운 인식과 지능을 제공하여 오히려 스트레스가 자신에게 힘을 실어줄 기회로 전환할 수 있게 한다.

인식의 균형과 명료성을 더해주는 심장지능 정보원에 접근하는 것은 스트레스를 줄이기 위한 효과적인 처방이다. 만약 당신이 스트레스 관리를 위해 자기탐구에 충실하다면, 당신은 하트매스 솔루션의 프리즈-프레임 기법을 실행함으로써 빠른 결과를 이룰 수 있다.

연습을 통해서 습관적으로 가졌던 부정적인 정서와 경직된 시각, 불만족스러운 판단들을 떨쳐버리는 법을 배울 것이며, 더욱 심장을 중심으로 살게 될 것이다. 비록 이 접근법이 대부분의 사람들에게 극적인 변화를 요구할지라도 그것은 생각만큼 어렵지 않다. 당신이 심장지능을 더 깊이 이해할수록 심장이 더 많은 힘을 얻어 당신의 지각을 구체화하고, 당신의 스트레스를 줄이며, 통일성과 창조성을 증가시켜 당신이 삶의 진정한 주인이 되게 한다.

기억해야 할 키포인트

…▸ 긍정적인 정서상태는 인체 시스템 내부에 통일성을 만들고, 고민과 걱정들은 통일성을 상실하게 만든다.
…▸ 시스템이 통일화되었을 때, 시스템의 구성요소들이 동조화되기 때문에 어떤 에너지도 낭비되지 않는다.
…▸ 당신의 심장이 중심이 되어 만들어내는 힘과 그와 연관된 높은 상심(上心)이 가진 정서에 접근하는 법을 배움으로써 당신은 인체 시스템의 통일성을 증가시킬 수 있다.
…▸ 심장과 머리 사이의 균형과 조화를 이루는 법을 배움으로써 당신은 스트레스에 대해 더욱 식자(識者)적인 시각을 가질 수 있다. 그리고 새로운 지식을 스트레스 해소에 적용함으로써 자신을 소모시키는 스트레스의 힘을 약화시킬 수 있다.
…▸ 당신의 화가 정당한 것인지 아닌지는 생리적으로 중요하지 않다. 신체는 감

정에 대해 도덕적인 판단을 하지 않는다. 신체는 단순히 감정에 반응할 뿐이다.

···▶ 오늘날 사회에서 진짜 질병은 건강상태와 발병상태 사이에서 진행되고 있는 스트레스의 축적과 삶의 질 저하이다.

···▶ 심장지능에 접근하는 법을 배워 인식의 균형과 명료성을 더하는 것은 스트레스를 해소하기 위한 좋은 처방이다. 이것은 스트레스를 오히려 자신에게 힘을 실어줄 기회로 전환할 수 있게 한다.

4

프리즈-프레임이란 무엇인가

하트매스에 오기 전까지 페트리샤 체프만은 걸어 다니는 시한폭탄이 었다. 그녀의 심장은 매시간마다 700번씩이나 더 박동하며 질주하고 있었다. 의사는 그녀에게 이 상태로는 돌연사의 가능성이 높다고 지적 하였다. 그녀는 이렇게 설명하였다.

"나는 완벽한 엄마, 완벽한 부인, 완벽한 직장인이 되려고 노력했어 요. 나는 할일이 너무 많아서 4시간 정도만 자고 일했습니다. 나는 아드 레날린을 과도하게 분비시키는 생활에 너무 익숙해져 있어서 평온한 삶이 어떤 것인지를 알지 못했습니다."

페트리샤가 세계적인 컴퓨터 회사에서 높은 스트레스를 받는 일을 한다 하더라도 그녀 인체 내의 (자율적) 속도가 그녀를 죽이고 있었다. 그녀는 병가를 받는 횟수가 점점 늘어났다. 의사들은 심실의 빈맥 발현 과 네 번의 수술 후 부정맥을 위한 베타 차단제와 바륨을 처방했다. 그 녀는 계속되는 심박속도 증가에 거의 죽을 뻔했다.

페트리샤가 1995년 가을 의사의 권유로 하트매스 세미나에 왔을 때,

그녀는 머리카락이 빠지고 두통과 위장통증을 상시 겪고 있었다. 그녀의 의사 중 누구도 그것에 대해 많은 도움을 줄 수 있을 것 같지 않았다. 그녀는 삶과 죽음의 기로에 자신이 서 있음을 깨닫고 하트매스를 시험해보고, 프리즈-프레임을 규칙적으로 연습하기로 결정하였다.

"하트매스 훈련 1주일 후 나는 그 아드레날린을 분출시키는 방아쇠를 멈추게 할 수 있었습니다. 다시 일하기 시작한 첫날 나는 여덟 번이나 일어나 화장실로 가서 문을 잠근 뒤 눈을 감았습니다. 그곳이 내가 프리즈-프레임을 연습했던 곳입니다. 지금 나는 눈을 감을 필요가 없습니다. 그리고 어느 곳에서도 나 자신을 통일성의 상태로 돌려놓을 수 있습니다."

그녀의 동료들은 굉장히 바쁜 시간에도 적은 스트레스와 긴장상태로 더 많은 안정감을 가지고 일하는 그녀를 발견할 수 있었다. 스탠포드 대학의 동료 전문가들은 아주 특별한 감명을 받았다.

두 주가 지나자 의사들은 그녀에게 바륨을 처방하지 않았고, 5개월 만에 그들은 그녀의 부정맥을 조정하는 약을 절반으로 줄였다. 그리고 9개월 만에 그녀는 24시간 동안 모니터링에서 정상적인 ECG 기록을 남겼다. 그리고는 다른 빈맥의 발현도 없었다. 그녀가 다른 약품을 복용하지 않고 식습관 변경과 운동만 실시한 후 얻은 이 뜻깊은 개선효과를 그녀는 하트매스의 기법과 도구들 덕분으로 돌렸다.

4년이 지난 후에도 페트리샤는 여전히 규칙적으로 프리즈-프레임을 연습하고 있다. 그녀의 심장은 정상적인 속도에서 박동하고 있으며, 불길한 시한폭탄은 그녀를 괴롭히는 것을 멈추었다. 그녀는 심장에 중심을 둔 기법이 자신의 삶을 되찾을 수 있게 해준 것으로 믿고 있다. "나는 지금 평온함을 느끼고 있고, 믿기지 않을 만큼 좋습니다"라고 그녀는 말했다.

많은 사람들의 이야기처럼 페트리샤의 이야기는 심장지능을 제대로 활용하면 모든 사람도 삶에 극적인 변화를 가져올 수 있다는 것을

보여준다. 페트리샤는 프리즈-프레임을 사용해서 이러한 변화를 이루었다.[1]

프리즈-프레임은 인생의 작전타임과 같다

프리즈-프레임이란 용어는 영화에서 쓰는 전문용어로서, 특정 장면을 정밀히 보기 위해 한 장면에서 필름을 멈추게 하는 것을 말한다. 당신이 알고 있듯이 영화는 셀 수 없을 정도로 많은 필름의 프레임으로 만들어진다. 영사기는 여러 프레임의 필름들이 연속적으로 강력한 빛을 통과할 때 단절된 필름이 아니라 움직이는 영상으로 인식하게 하는 기계이다. 이 분리된 프레임들은 연속해서 돌아가며 우리를 영화의 이야기 속으로 끌어들인다. 만약 우리가 순간적으로 지나가는 어떤 장면을 보고 싶다면 우리는 영사기를 멈추거나 아니면 '정지화면' 상태로 해야 한다. 이것이 바로 프리즈-프레임(정지화상)이다.[2]

우리는 삶을 (저속으로 촬영해서) 고속으로 돌리는 영화에 비유할 수 있다. 우리는 이야기의 흐름에 너무 빠져들어서 그것들이 순간순간의 장면으로 구성되어 있다는 것을 잊기가 쉽다. 순간순간마다 우리는 놀랄 만큼 광범위한 생각과 정서를 경험하는데, 그것이 우리의 삶을 구성한다.

당신이 이 장을 읽기 시작한 때부터 지금까지 얼마나 많은 일들이 당신 안에서 일어났는지 한번 생각해보라. 아마 전화벨이 울렸거나 또 다른 이유로 당신은 방해를 받았을 것이다. 아마 당신은 편안함을 찾기 위해 돌아다녀야 했거나, 또 다른 불빛을 찾기 위해 돌아다녔을 것이다. 아마 당신이 읽은 어떤 글귀가 당신에게 어떤 것을 떠올리게 하고, 당신의 마음은 방황하기 시작했을 수도 있다. 이 각각의 사건들은 당신 내면의 세계에 정신적이고 정서적인 흔적들을 남겼다.

만약 그런 방해가 즐겁다면, 당신은 즐거운 마음으로 다시 책을 읽기 시작한다. 만약 그것이 그리 유쾌하지 않다면, 당신이 책을 계속 읽는 동안 당신의 불쾌감은 미묘하게 당신의 실타래에 감겨 경험이란 천을 짠다. 각 반응은 다음 (장면의) 프레임으로 이어진다. 당신은 당신 삶의 이야기를 한순간에 한 장면씩 쓰고 있다.

프리즈-프레임 기법은 어떤 순간이든 영화 같은 삶의 장면들에 대한 반응을 멈출 수 있는 힘을 당신에게 제공한다. 그것은 한 프레임에서 일어난 일에 대해 더 명확한 시각을 갖기 위해 작전타임을 가지는 것이다. 당신이 당신의 머리와 심장을 일치화시킨 덕분에 빠르고 효과적인 심장지능에 접근할 수 있다.

프리즈-프레임을 통해서 당신의 심장에 접속하는 것은 스트레스를 줄여준다. 그러나 그것은 스트레스를 줄이는 것 이상의 것을 한다. 당신이 더 깊은 직관과 힘의 원천에 이를 수 있게 하면서 당신의 시각을 변화시킨다. 프리즈-프레임은 마음을 다스리기 위해 심장의 힘을 사용한다. 우리의 정신과 정서, 인체 시스템은 모두 서로 연결되어 있기 때문에 프리즈-프레임은 당신의 정서와 생리작용에 강한 영향력을 가진다. 이 책에는 정서를 관리하고 인체 시스템을 회복하기 위해 특별히 설계된 다른 기법들이 소개된다. 그러나 프리즈-프레임은 심장지능과 연결하는 가장 빠르고 손쉬운 방법이다. 프리즈-프레임을 사용하면 인체 시스템의 모든 부위에 새로운 통일성을 가져온다.

이 간단한 5단계 기법은 머리와 심장 사이의 조화로운 관계를 만든다.[2] 그것은 우리가 삶에서 현명한 영화를 만들기 위해 균형과 이해를 가지고 영화의 다음 프레임을 수정할 수 있게 한다. 그것은 자신을 스트레스로 가득 채워 파괴하는 것을 막아주고, 삶의 균형을 되찾아준다. 연습을 통해서 우리는 심장지능을 체계적으로 연결하여 일상의 삶에 적용하는 법을 배울 수 있다.

골프, 테니스, 춤, 심지어는 스카이다이빙과 같은 위험하지만 새로운 신체적인 기술을 배울 때 선생은 우리가 마음 편히 스포츠의 리듬을 따라가도록 일깨워준다. 좋은 선생은 언제 우리가 긴장을 느끼지 않고 조화롭게 되는지를 알고 있다. 머리는 심장과 함께 일하기 때문에, 우리는 우리가 가지고 있는 더 많은 선천적인 능력에 접근할 수 있다. 가장 위대한 운동선수들과 무용가들은 무언가에 집중하면서 긴장을 완화할 수 있는 사람들이다. 그들이 심장과 머리 사이의 균형을 이룰 때마다 그들의 행동은 눈에 띄게 개선된다.

당신은 이런 현상을 팀으로 겨루는 운동에서 많이 볼 수 있다. 모든 운동 팬들은 그가 응원하는 팀이 얼마나 훌륭한지에 대해서는 상관없이 어떤 게임에서는 마치 마술 같은 일이 벌어진다는 것을 알고 있다. 그러한 게임은 모든 사람의 예상을 뛰어넘는다. 무슨 이유에선지 선수들은 마치 기름 친 기계의 부품들처럼 서로 잘 협응한다. 그때 선수들은 마치 서로의 마음을 읽을 수 있는 것같이 보인다. 그들은 서로서로 조화롭고 동조된 상태에 있기 때문에 선수 개개인의 기술도 상승효과[1]를 타게 된다.

다른 한편으로, 팀이 동조의 상태를 벗어날 때는 어떤 것도 제대로 되지 않는다. 코치는 사이드라인을 걸으면서 속으로 불평하기 시작한다. 그는 눈앞에서 벌어지고 있는 상황을 믿을 수 없다. 그의 팀이 지고 있을 뿐만 아니라, 그들이 마치 실패자처럼 경기를 하고 있다. 타이밍, 기술, 협동력 모두가 협응되지 않고 제각각 놀고 있다. 이런 상황에서 코치가 할 수 있는 일은 작전 타임을 부르는 것이다. 만약 그의 팀에게 잠깐의 시간을 준다면 그들은 팀을 재편성할 수 있고 좀더 단합된 모습으로 다시 시합할 수 있다.

코치는 선수들에게 사기를 높이기 위해 격려의 말을 할 것이다. 만약 그들이 이 순간에 마음을 잃어버린다면 그들의 재능과 기술, 연습은 모두 쓸모없게 된다. 이러한 진실은 당신에게도 똑같이 적용된다. 작전타

---

1) 선수 개개인의 실력보다 팀의 실력 수준이 더 높아지는 것을 팀워크에 의해 창출된 시너지 (Synergy) 현상이라고 한다.

임을 부르고 당신 내면(머리와 심장)의 팀워크를 재정비하는 것은 좋은 전략적 행동이다.

당신은 아마 잠시 휴식을 취할 시간도 없다고 생각할 것이다. 실제로 당신은 매우 바쁘다. 그러나 프리즈-프레임은 매우 빠른 효과를 볼 수 있도록 설계되었다. 프리즈-프레임이 주는 잠시 동안의 정신적 작전타임은 즉시 심장의 균형 잡힌 힘에 당신이 접근할 수 있도록 해준다. 그리고 심장지능의 통찰력은 새로운 활력을 불어넣어준다.

프리즈-프레임 5단계

프리즈-프레임 기법의 5단계는 다음과 같다.

1. 스트레스를 받고 있는 감정을 인정하고, 모든 것을 잠시 중단하고 시간을 내라.
2. 당신 생각의 초점을 분주한 마음 또는 혼란스러운 정서로부터 심장 주위로 이동하여 집중하기 위해 노력하라. 당신의 초점을 심장 주위에 집중하는 것을 돕기 위해 당신이 심장으로 숨을 쉰다고 생각하며 호흡하라. 주의의 초점을 10초 이상 계속해서 그곳에 집중하라.
3. 당신이 살아오면서 경험했던 긍정적이고 유쾌한 감정 또는 시간들을 회상하고, 그것을 다시 경험하려고 노력하라.
4. 이제 당신의 직관과 상식, 성심을 다하여 '이 상황에서 무엇이 더 효과적인 반응인지, 무엇이 미래의 스트레스를 최소화할 것인지'를 당신의 심장에게 물어보라.
5. 당신의 질문에 대한 심장의 대답을 들어라.(반사적인 마음과 정서에 고삐를 죄고 상식적인 해결책을 내부의 원천에서 찾아라.)

프리즈-프레임은 익히기 어렵지 않다. 연습을 하면 이 기법은 제2의 천성이 된다. 그러나 그것이 단순하다고 별것이 아니라고 착각하지 말라. 간단한 것이 효율적이고, 결국에 가서는 복잡한 것을 이기게 된다. 프리즈-프레임은 직관적인 지능에 이르는 길을 제공해주고, 심장과 머리 사이의 믿을 만한 가교 역할을 한다. 이 기법을 사용하기에 앞서서 각 단계에 대해 좀더 알아보자.

1단계

스트레스를 받고 있는 감정을 인정하고, 모든 것을 잠시 중단하고 시간을 내어라.

정서적으로나 정신적으로 우리가 균형을 상실했다고 느낄 때는 언제나 어느 정도의 스트레스를 경험한다. 그러나 우리 삶 전반에 흐르는 스트레스에 적응해왔기 때문에 우리는 심지어 그것이 조금씩 우리를 갉아먹고 있을 때조차도 그것을 인식하지 못할 때가 많다. 매일의 활동성이 천천히 고조될수록 우리는 작은 스트레스들을 같은 속도로 차곡차곡 쌓아가는 것을 경험한다. 그래서 우리가 그 사실을 알지도 못하는 가운데 우리의 최고 능력을 발휘하지 못하게 (자율신경계가) 움직인다. 그러나 오직 스트레스를 받고 있다는 사실을 알고 인정함으로써 우리는 스트레스를 멈추게 할 수 있는 기회를 가지게 된다.

3장에서 설명했듯이, 우리는 지각을 통해서 정신적으로 그리고 정서적으로 먼저 스트레스를 경험한다. 우리의 신체는 너무 많은 스트레스를 받고 있을 때 일반적으로 어떤 신호를 보낸다. 그래서 우리의 근육이 긴장을 높일 수 있고, 어깨나 목이 뻣뻣해질 수도 있다. 속이 메스꺼워지거나 또는 머리가 아프고 매우 초조해하는 것도 발견할 수 있다. 만약 스트레스가 관리되지 않은 채 방치된다면, 우리는 혼란스러워지고, 어디로 가고 있는지, 무엇을 하고 있는지를 잊을 수 있다. 이러한 스트레스 현상 속에서 사람들은 남에게 불쾌함을 주기 쉽고, 모든 것을 개인적으로 받아들여 (상처받기) 쉽게 한다. 경우에 따라서는 지친 몸을 이끌고 잠자리에 든다. 스트레스의 초기 신호는 사람마다 다르게 나타난다. 중요한 것은 자기 자신의 스트레스 신호를 인식하는 것을 배우는 것이다.

한번 스트레스를 받는다는 것을 알아차리게 되면 바로 그 순간, 새로운 관점이 필요하다는 것을 인식하고 잠시 동안 문제에서 한 발짝 뒤로 물러나 자신에게 작전타임을 요청해야 한다. 우리는 완수해야 할 책임들과 활동들에 발이 묶여 있기 때문에 이러한 행동은 도전이 될 수 있다.

프리즈-프레임의 이 첫 단계는 영화를 멈추기 위해 VCR의 '일시정지' 버튼을 누르는 것과 같다. 이 경우에는 우리 삶이 영화의 대신이다. 만약 우리가 행동에 어떤 통제를 행사하는 자신의 영화감독이 되길 원한다면, 우리는 단순히 여러 배역 중 하나만 되는 것을 멈추고 전체의 영화를 바라보기 위해 뒤로 물러서야 한다.

2단계

당신 생각의 초점을 분주한 마음 또는 혼란스러운 정서로부터 심장 부위로 이동하여 집중하기 위해 노력하라. 당신의 초점을 심장 부위에 집중하는 것을 돕기 위해 당신이 심장으로 숨을 쉰다고 생각하고 호흡하라. 주의의 초점을 10초 이상 계속해서 그곳에 집중하라.

주의의 초점을 문제로부터 심장으로 이동함으로써 문제 인식에 쓰던 에너지를 가능성 있는 해결책을 찾는 데로 전환시킨다.

심장의 영역에 초점을 맞추는 것은 주위를 (문제로부터) 돌리는 손쉬운 방법처럼 보일 것이다. 이 단계는 정신적 초점이 문제로부터 벗어나게 도와주는 것이 사실이지만 여기엔 이것보다 더 많은 것들이 있다. 초점을 머리에서 심장으로 전환시키는 것은 정신과 정서에 더 많은 통일성을 가져다주며, 신경계의 균형을 증진시키고, 심혈관의 효율을 높

여주어 심장과 머리의 교신을 강화해준다.[3-6]

만약 당신이 집중력을 심장 주변으로 이동시키는 데 어려움을 느낀다면 이런 방법을 시도해보라. 당신의 왼쪽 엄지발가락에 집중하고 그것을 꿈틀거려 보라. 그리고 그것이 어떤 느낌인지 보라. 그리고 당신의 집중력을 이 영역에 모으는 것이 얼마나 쉬운지를 관찰하라. 이제 당신의 집중력을 심장 부위로 이동시키는 것을 시도하라. 그리고 이 영역에 당신의 초점을 지속시키기 위해 당신의 호흡이 그 심장 부위를 통해 들어가고 나간다고 상상하라(당신의 손을 심장 위에 두는 것도 도움이 될 수 있다).

3단계

당신이 살아오면서 경험했던 긍정적이고 유쾌한 느낌이나 시간들을 회상하고 그것을 다시 경험하려고 노력하라.

아마 당신은 편안한 휴가, 아이나 배우자 또는 부모님에 대한 사랑, 자연 속에서 보낸 특별한 휴가의 순간, 삶에서 누군가에게 또는 어떤 것에 대해 당신이 느낀 감사 등을 회상할 것이다. 기쁨, 감사, 배려, 연민, 사랑과 같이 당신이 경험했던 감정을 기억하라. 실험실의 연구는 이렇게 (긍정적인) 심장의 핵심 감정을 경험하는 것은 신경 시스템, 면역 시스템, 호르몬 시스템의 회복을 도와주고, 건강과 전체적인 웰비잉을 증진시킨다는 것을 보여주었다.[3, 6-8] 그리고 이 긍정적인 감정들은 우리가 더 명료하게, 통찰력 있게, 균형 있게 세상을 보는 데 도움을 준다.

이 단계에서 중요한 것은 그 감정을 다시 경험하는 것이다. 이것은 단순히 마음에 어떤 것을 그리는 정신적 시각화가 아니다. 예를 들어 마지막 휴가를 하와이에서 보낸 어떤 사람은 긍정적인 감정을 일으키기 위해 아마 물에 비치는 달빛을 상상하거나 또는 해변에서 사랑하는 사람과 함께 서 있을 때 야자수 사이로 부드럽게 불어오는 바람을 상상할 것이다. 그러나 핵심은 그때의 느낌과 기분이지, 그때 어떻게 보였느냐가 아니다. 이 단계는 기억된 (긍정적) 감정을 다시 재현하기 위한 것이다.

우리는 지금까지 수만 명의 사람들에게 프리즈-프레임 기법을 훈련시켰다. 그런데 많은 사람들이 이 세 번째 단계를 가장 어려워했다. 심장(의 메시지와)과 단절된 사람들에게는 긍정적인 감정을 회상하는 것조차 어려울 수 있다. 그리고 현재의 상황이 대단히 스트레스를 주고 감정적으로 괴로운 상태일 때는 더 어렵다. 만약 당신이 원하는 대로 즉시 긍정적인 감정에 접근하는 것이 어렵다면 간단하게 당신이 할 수 있는 한 최선을 다하라. 단지 당신의 초점이 과거로부터든 현재로부터 왔든 관계없이 감사와 같은 (긍정적) 감정으로 이동하려 노력하면 부정적인 반응이 많이 중화될 것이다.

뉴저지 의대/치대에서 가정의학과 임상의학 교수이자 내과의사인 리처드 포델 박사는 프리즈-프레임 강사 과정을 수료한 전문강사이기도 한데, 그는 프리즈-프레임을 약 3년 동안 사용하고 가르쳐왔다. 포델 박사는 100명이 넘는 환자들을 훈련시켰는데, 그들은 일반적으로 한 시간짜리 훈련 두 차례로 이 기법을 완벽히 터득하였다. 그는 환자들이 감사, 배려, 사랑의 감정을 가장 잘 유발시키는 식별 가능한 이미지나 경험 또는 사람이 (기억 속에) 있다면 이 과정이 더 쉬워지고 결과도 더 확실해진다고 했다.

작은 노력으로 사람들은 이 단계에서 필요한 긍정적인 (마음의) 느낌을 활성화하는 중요한 촉진제를 찾을 수 있다. 위스콘신의 밀워키에 있는 그의 병원에서 심장 회복 프로그램에 정식으로 프리즈-프레임을 포함시킨 심장전문의 부루스 윌슨 박사는 그가 프리즈-프레임 기법을 가르쳤던 많은 환자들의 경험을 공유하였다. 한 환자는 자신의 경험을 이렇게 이야기하였다.

"내가 베트남에 있었을 때 우리는 항상 두려워하며 참호 속에 누워 있었어요. 우리는 매일 우리가 죽게 될 것이라고 생각했어요. 그러나 나무 사이로 태양이 밝은 오렌지 빛을 띠며 떠오르는 것을 볼 수 있었던 특별한 기억이 있습니다. 그리고 몇 초 동안 나는 내가 살아 있다는 것이 너무나 기뻤습니다. 프리즈-프레임을 할 때 나는 (전쟁중에 겪은) 그 놀랍고 평화로운 감정을 기억합니다. 그것이 내가 긍정적인 감정을 활성화하기 위해 항상 회상하는 것입니다."

4단계

이제, 당신의 직관과 상식과 성심을 다하여 '이 상황에서 무엇이 더 효과적인 반응인지, 무엇이 미래의 스트레스를 최소화할 것인지'를 당신의 심장에게 물어보라.

이 단계에서 할 것은, 당신의 초점을 심장 부위에 계속 유지하면서 '이 상황에서 미래의 스트레스를 최소화하는 더 효과적인 방법이 무엇인지'를 간단하게 묻는 것이다. 심장에 이 질문을 던짐으로써 당신의 직관, 상식, 진실성은 더 활성화되고 유용한 것이 된다. 매번 당신이 질문을 할 때마다 수정처럼 투명한 통찰력을 얻을 수는 없을지라도, 당신은 점차 편리하고 실제적인 해결책에 도달할 수 있는 능력을 증대시키게 된다.

당신이 이 과정을 연습하면서 심장 부위에 계속 주의를 집중해야 한다는 것을 기억하라. 이것은 당신이 초점을 심장에 고정하게 도와줌으로써 당신이 곧바로 머리로 초점을 옮기는 것을 막아준다.

5단계

당신의 질문에 대한 심장이 대답을 들어라. (반사적인 마음과 정서에 고삐를 죄고 상식적인 해결책을 내부의 원천에서 찾아라.)

당신의 마음과 정서의 잡음이 잠잠해지면 당신은 흔히 사람들이 말하는 '고요하고 작은 음성'을 들을 수 있다. 이 내면의 지혜 또는 직관을 발견하기 위해서는 머리에서 심장으로 주의의 전환을 요구한다. 이전의 네 단계들이 당신이 이러한 변화를 만들 수 있도록 도와줄 것이다.

당신은 심장에 초점을 맞추어 긴장을 풀고, 심장으로부터 오는 신호에 무의식적으로 귀 기울이며, 당신의 내면이 고요해지도록 노력하라. 당신의 시스템이 더 통일화됨에 따라 뇌파는 2장에서 논의했던 대뇌피질의 기능을 촉진하고, 잠재적인 지능에 더 쉽게 접속할 수 있도록 심장의 리듬과 동조하게 된다.[3] 이 과정은 지각의 변화를 가져오고 새로운 정보에 접근할 수 있게 해준다.

때때로 우리가 프리즈-프레임을 통해 얻는 답은 매우 간단한 것처럼 보일 수 있다. 왜냐하면 그것들은 우리가 이미 알고 있던 것들의 단순한 확인일 때가 있기 때문이다. 다른 때에는 새로운 정보나 신선한 시각을 경험한다. 또 어떤 때에는 명확한 해결책보다는 어떤 느낌을 받게 된다. 심장의 신호를 들으면 자주 어떤 종류의 에너지 또는 지각의 변화를 경험할 것이다. 여기서 중요한 점은 심지어 그것이 단순히 지나가는 감정일지라도, 또는 "그냥 내버려 둬!" "그만둬!"와 같은 듣고 싶지 않은 부정적 감정일지라도 우리는 가능한 한 심장이 주는 최고의 지시를 따르려고 노력해야 한다.

기업가인 빌은 네 번이나 우회로 조정수술2)과 대동맥 교환수술을 받았기 때문에 그의 심장과 접속하는 데 많은 어려움을 겪고 있었다. 그러나 프리즈-프레임이 심장에 미치는 영향에 대한 책을 읽었을 때 그는 그것을 시도해보기로 결심하였다. 그가 처음으로 이 기법을 이용한 것은 그가 운전중에 격분하는 것 때문이었다. 그는 매일 직장으로 차를 몰고 출퇴근하기 때문에 그것을 사용해볼 많은 기회가 있었다. 오래지 않아 다른 운전자들에 대한 격분은 프리즈-프레임에 의해 가라앉았다. 그리고 그는 자신이 화를 내는 빈도가 훨씬 줄어들었다는 것을 발견하였다. 드물게 화를 낼 뿐만 아니라 화가 나더라도 매우 부드러워졌

---

2) 막힌 혈관 대신에 다른 혈관을 통해서 우회하여 피가 흐르도록 해주는 수술

다. 그래서 그는 프리즈-프레임을 다른 문제들에도 적용하기로 결심하였다.

빌은 몇 년 동안 사업상의 이유로 여러 곳을 돌아다녔지만 그렇게 즐겁지 않았던 것은 비밀이 아니다. 그의 결혼생활의 실패가 그의 삶의 방향을 바꾸어놓았다. 그리고 언제부터인지 마흔네 살이 된 그의 딸과의 관계 또한 악화되었다.

"나는 어느 날 차를 타고 출근하면서 내 딸과의 관계에 프리즈-프레임을 적용하기로 결정하였습니다. 위의 5단계를 한번 거친 후에 내가 변화되었다는 것을 알 수 있었습니다. 비록 딸과의 관계에 대한 특별한 생각이나 통찰력을 가지지는 않았지만, 마음속의 낡고 완고한 사고를 버리고 연민과 사랑으로 다시 채울 수 있었습니다. 그 새로운 감정으로 딸에게 다시 연락을 할 수 있었지요. 그리고 그것은 모든 것을 변화시키기에 충분하였습니다. 지금 나는 딸과 아주 좋은 관계를 유지하고 있습니다. 우리는 거의 매일 전화로 통화를 하는데, 그녀는 지금 나의 모습이 좋다고 말합니다. 정말 보람 있는 경험입니다."

프리즈-프레임은 심장 리듬을 변화시킨다

프리즈-프레임을 했을 때 우리 몸에는 어떤 변화가 생길까? 느낌의 변화가 있든 없든, 우리가 진지하게 프리즈-프레임을 할 때 심장 리듬에 높은 수준의 조화가 생성된다. 심박, 혈압, 많은 (내분비)선(腺)과 기관을 조정하는 우리의 신경 시스템이 증가된 균형상태를 이루게 된다.[3] 이것은 우리가 이미 뇌에 저장한 중요한 정보에 더 쉽게 접근하게 하고, 심장과 (심장의) 핵심 감정에 의해 촉진되는 새로운 직관적 해결책과 정신에 이르게 하며, 뇌의 지각을 담당하는 부분이 정보를 더 효율적으로 처리하게 해준다.

이미 2장에서 보았듯이, 이 기법은 체내의 가장 강한 리듬인 심장 리듬에 균형을 초래하여 다른 많은 체내 리듬을 끌어당겨 동조화시킨다. 이 단계에서 인체 시스템은 더 효율적으로 협력하여 일한다. 앞에서 이야기한 스포츠 비유에서와 같이 우리 내면의 팀은 조화롭게 움직이게 된다.

그림 4-1은 프리즈-프레임을 하기 전과 한 후에 세 개의 중요한 생물학적 리듬이 어떻게 변하고 상호 작용하는지를 보여준다. 이것은 피실험자에게서 10분 동안 나타난 심박변동률과 맥파 전달 시간,[3] 호흡을 측정한 결과이다.

실험 시작에서 5분(300초)이 지났을 때 피실험자는 프리즈-프레임에 들어갔다. 이 세 개의 그래프 사이에 있는 세로줄은 바로 그 돌입 순간을 표시한다. 그래프에서 보듯이, 이 패턴들은 뾰족뾰족하고 불규칙적인 모양에서 끝이 더 부드럽고 통일된 모양으로 즉시 변하였다. 그리고 이 세 개의 시스템 모두가 동조화되었다. 심장에 집중하자마자 호흡, 혈압, 신경계는 더 효율적으로 협력하기 시작했다. 이 발견은 왜 빌과 같은 사람이 모든 것이 함께 움직이는 동시성을 느꼈는지를 다른 방법 없이도 설명할 수 있게 해준다.

연구책임자인 롤린 맥크래티와 그의 동료 과학자들에 의해 하트매스 연구소에서 행해진 '여러 정서들이 자율신경과 심장에 미치는 영향에 대한 연구'에서 보여준 흥미로운 결과를 1995년 미국 심장학회지에 발표하였다. 그의 연구에서 프리즈-프레임은 피실험자가 심장에 집중함으로써 의도적으로 순식간에 정서상태를 바꾸는 도구로 쓰였다. 그 학회지에 따르면, 그 결과는 프리즈-프레임이 사람들에게 건강과 전체적

---

3) 대동맥의 판막에서부터 발생한 맥박의 파동이 신체 말초 부위의 혈관까지 전달되는 시간을 말한다. 혈관의 탄력성이 줄어들면 혈관 내를 흐르는 피의 양이 적어지므로 피의 흐름이 빨라지고 맥파 전달 속도도 빨라져 맥파 전달 시간이 짧아진다. 노화나 다른 질병의 진행으로 혈관 벽의 유연성이 줄어들어도 맥파 전달 시간은 짧아지므로 혈관계 질환이나 관련 질환의 진단 수단으로 이용된다.

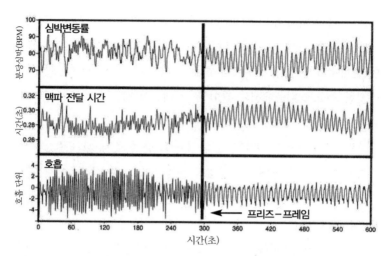

심박변동률
분당심박(BPM)

맥파 전달 시간
시간(초)

호흡
호흡 단위

← 프리즈-프레임

시간(초)

프리즈-프레임 실시 중의 동조현상

그림 4-1 이 그림은 10분 동안 한 사람의 심박변화율, 맥파 전달 시간, 호흡의 변화 패턴을 보여준다. 300초에서 각각 프리즈-프레임이 되었고, 세 개의 생물학적 시스템은 동조화가 되었다. 이러한 방식으로 인체 시스템이 동조되었을 때 효율성이 증가하여 귀중한 생체 에너지를 절약하게 되고 건강도 증진된다.

인 웰비잉을 증진시키는 새로운 도구를 선사한다는 것을 확인했다. "프리즈-프레임을 사용함으로써 이 연구과제에서 이룰 수 있었던 자율신경 균형이라는 긍정적 변화는 고혈압을 관리하고 있는 사람, 울혈성심부전증환자[4], 관상동맥질환[5] 등의 환자에게 나타날 수 있는 돌연사의 가능성을 줄이는 데 유익할 수 있다."[3]

---

4) 심장의 펌핑 기능이 약해지면 피가 고이게(울혈) 되는데, 이런 원인으로 신체에 필요한 만큼의 혈액을 충분히 순환시키지 못해서 발생하는 심장병을 말한다. 폐에 혈액을 공급하는 좌심실의 울혈로 인한 것과 전신에 피를 공급하는 우심의 울혈로 인한 것으로 나눌 수 있다.
5) 심장이 신체에 필요한 혈액을 공급하기 위해서는 심장 자신도 많은 혈액이 필요한데, 심장에 혈액을 공급해주는 혈관인 관상동맥이 협착되거나 경화되면 심장이 움직이는 데 필요한 충분한 혈액을 공급받지 못해 허혈상태인 '협심증'이 발생하고, 심하면 '심근경색'이란 위험한 상태로 발전할 수 있다.

프리즈-프레임 훈련하기

이제 당신이 프리즈-프레임을 직접 경험할 시간이다. 이것은 당신의 첫 번째 시도이다. 그러므로 비현실적인 기대를 가졌다가 실망하지 않도록 주의하기 바란다. 당신이 어떤 것을 느끼거나 또는 어떤 명료성을 얻기까지는 여러 번의 연습이 필요할 것이다. 그래서 당신이 지금 무엇을 잘못하고 있다고 생각하지 말라. 한두 번 연습해도 안 되는 사람은 당신뿐만이 아니다. 당신의 심장이 보내는 메시지를 듣는 것은 어렵지 않다. 그러나 그러한 내면의 신호에 적응하는 속도는 사람마다 다르며, 종종 몇 번의 연습을 요한다. 서두르지 말고 편안한 마음으로 머리와 마음의 긴장을 풀어라. 프리즈-프레임은 계속해서 사용함으로써 습득되는 정서와 심장지능을 계발하는 기법이다.

다음에 있는 프리즈-프레임 실행일지로 가서 훈련을 시작하라. 지시대로 서술해보는 것은 당신의 자각을 명확하게 하고, 당신의 생각, 감정, 반응, 선택 사이의 연결고리를 이해하는 데 도움을 줄 것이다. 프리즈-프레임 실행일지는 아이들이 처음 자전거를 배울 때 쓰는 보조 바퀴와 같다. 한번 이 기술을 터득하고 나면 모든 것을 다 쓰지 않고도 프리즈-프레임을 사용할 수 있으며, 당신 심장의 힘과 직관력에 접속할 수 있다.

1. 먼저 현재 당신이 스트레스를 받고 있는 상황을 생각하고 그것을 상황에 맞는 몇 단어로 묘사하라. 당신이 가지고 있는 가장 큰 문제나 정서적으로 가장 부담되는 문제부터 시작하지 말라. 만약 당신이 운동을 하기 위해 처음으로 체육관에 간다면 당신은 체육관에서 가장 무거운 중량의 운동기구를 들지 않을 것이다. 어떤 기구들은 다른 것들보다 더 많은 근육을 필요로 한다. 당신의 힘을 시험하기 위해 초보 수준의 스트레스부터 시작하라. 그러면 당신은 거기서부

프리즈-프레임 실행일지

여기 프리즈-프레임 기법의 5단계가 있다.
1. 스트레스를 받고 있는 감정을 인정하고, 모든 것을 잠시 중단하고 시간을 내어라.
2. 당신 생각의 초점을 분주한 마음 또는 혼란스러운 정서로부터 심장 부위로 이동하여 집중하기 위해 노력하라. 당신의 초점을 심장 부위에 집중하는 것을 돕기 위해 당신이 심장으로 숨을 쉰다고 생각하고 호흡하라. 주의의 초점을 10초 이상 계속해서 그곳에 집중하라.
3. 당신이 살아오면서 경험했던 긍정적이고 유쾌한 감정 또는 시간들을 회상하고 그것을 다시 경험하려고 노력하라.
4. 이제 당신의 직관, 상식, 성심을 다하여 '이 상황에서 무엇이 더 효과적인 반응인지, 무엇이 미래의 스트레스를 최소화할 것인지'를 당신의 심장에게 물어보라.
5. 당신의 질문에 대한 심장의 대답을 들어라. (반사적인 마음과 정서에 고삐를 죄고 상식적인 해결책을 내부의 원천에서 찾아라.)

상 황

머리의 반응

프리즈-프레임 실시

심장의 직관적 반응

프리즈-프레임을 실시하는 동안 나는(내 정서는) _____ 에서 _____ 으로 전환하였다.

터 근육을 발달시킬 수 있다.

2. '머리의 반응'란에는 위 상황에서 당신이 이때까지 경험했던 것(반응)을 적어라. 계속 되풀이되는 생각, 울화, 좌절, 걱정, 인내력 상실, 탈진현상 등 어떤 것이든 계속해서 떠오르는 생각이나 살아나는 감정을 적어라. '머리의 반응'이란 머리의 생각과 머리에서 형성된 정서(심장에서 나온 핵심 감정이 아니다)를 이야기하는 것임을 상기하기 바란다.

3. 그 상황과 당신 머리의 반응을 서술한 후 몇 분 동안 프리즈-프레임의 5단계를 다시 검토하라. 그런 다음 긴장을 풀고 한 번에 한 단계씩 각 단계를 시행하라. 당신이 좋다면 눈을 감아도 좋다. 당신이 학습을 하는 동안 눈을 감는 것은 지각을 변화시키는 것을 쉽게 해준다. 그러나 한번 그것에 익숙해진 다음에는 눈을 감든지 뜨든지 프리즈-프레임을 할 수 있다. 당신이 준비되었을 때 당신의 심장 부위에 집중을 하고 심장의 핵심 감정을 활성화하라. 그리고 마음 깊이 당신의 질문을 던져라. 그 다음, '심장의 직관적 반응'란에 심장이 보내는 메시지를 적어라.

4. 당신의 프리즈-프레임 실행일지를 검토하라. '머리의 반응'란에 적은 것을 읽고 '심장의 직관적 반응'란에 당신이 적은 것을 읽어보아라. 어떤 차이가 있는가? 만약 차이가 있다면 그 차이를 기술하라.

5. '머리의 반응'을 특징짓는 가장 중요한 단어 하나 또는 둘을 찾아라. 예를 들면 '분노, 감정적인, 참을성이 없는' 같은 단어를 적어라. 그런 다음 '평온, 논리적인, 관심을 가진' 같은 직관적인 관점을 묘사하는 한두 단어를 적어라. 일지의 빈칸에 이 단어들을 적어라. (예를 들면 어떤 사람은 프리즈-프레임을 실시하고 나서 '혼란에서 명료함으로' 또는 '분노에서 용서'로 변하는 것을 볼 수 있다.)

만약 당신이 삶을 변화시키는 통찰력을 가지지 못해도 걱정하지 말라. 모든 배움에는 학습곡선에 있다는 것을 인식하는 것이 중요하다. 단지 프리즈-프레임을 하겠다는 진실한 노력이 전진을 향한 중요한 첫걸음이다. 당신의 기량은 연습과 함께 향상될 것이다.

그래도 처음에는 더 많이 균형이 잡히고 평온함을 얻게 될 것이다. 당신은 미묘하지만 중요한 태도 또는 시각의 변화 또한 경험할 수 있다. 당신이 당신의 상황을 해결하기 위해 필요한 해답을 다 얻지 못한다 할지라도 그 문제에 대해 더 명료하게 느낄 것이다. 그리고 당신이 올바른 결정을 향해 나아가고 있음을 알게 될 것이다.(때로는 사람들이 즉각적인 해답을 얻지 못할 때도 있으나 그 해답은 후에 나타날 수 있다.)

훈련을 반복해감에 따라 당신은 당신의 심장에 대해 더 깊이 이해하게 될 것이다. 당신이 심장의 힘을 강화하고 프리즈-프레임 기술을 향상시킬수록 당신이 얻는 통찰력과 태도와 시각의 변화는 더 빨라지고 더 깊은 이해를 하게 될 것이다. 프리즈-프레임을 연습하는 것이 바로 당신이 처한 문제에 대한 해답을 구하는 열쇠이다.

프리즈-프레임은 명상보다 쉽다

당신이 프리즈-프레임 훈련을 하더라도 (적어도 처음) 한 번은 당신이 전에 느꼈던 것과 비슷한 느낌을 경험할 것이다. 처음에 말했듯이, 우리 모두는 심장지능에 의존했던 경험이 있다. 그래서 그 느낌이 비슷하게 느껴지는 것은 당연한 것이다.

하트매스 솔루션의 가장 큰 장점 중 하나는 당신이 그 상태를 당신의 의지로 다시 일깨울 수 있다는 점이다. 당신이 기법을 익히기만 하면 당신은 체계적으로 심장의 힘을 이용할 수 있고, 이를 통해 심장지능을 계속해서 계발하게 된다.

그러나 사람들은 종종 우리에게 "프리즈-프레임이 명상이나 호흡법과 어떻게 다른가요?" 하고 물어온다. 참 좋은 질문이다.

오늘날 우리 대부분은 스트레스를 받고 있다. 우리의 할아버지들이 들려주시던 "화가 나면 잠시 하던 일을 멈추고 몇 번 깊은 숨을 들이쉬면서 10까지 세라"는 조언은 더 이상 지속적인 평안을 주지 못한다. 마음과 감정들은 숫자 세기를 끝낸 후에 다시 우리의 마음을 혼란스럽게 하기 시작한다. 그래서 우리에게는 그 이상의 어떤 것이 필요하다.

간단히 깊은 숨을 몇 번 들이마시는 것은 도움이 될 수 있다. 우리의 호흡 패턴은 심장 리듬을 조절하기 때문에 가능하다. 사실 심장 부위에 집중하지 않고도, 의식적인 호흡훈련만으로도 호흡 패턴과 심장 리듬을 조화시키는 것이 가능하다. 다시 말해서, 만약 합당한 속도로 또는 횟수로 호흡을 한다면, 이 훈련을 통해 우리는 얼마나 빠르게 그리고 깊이 호흡을 하고 있는지를 알게 되며, 호흡 속도를 의식적으로 통제할 수 있게 된다.[6]

의식적인 호흡훈련은 우리가 느린 속도로, 그리고 규칙적인 속도로 호흡할 때(5초 동안의 들숨, 5초 동안의 날숨이라 하자) 심장 리듬과 호흡 리듬은 동조화한다. 그러나 우리는 많은 사람들이 오랫동안 느린 속도로 호흡을 유지하는 것을 어려워한다는 것을 발견했다. 그것은 약간 불편하기도 하고, 쉽게 싫증나기도 한다. 사람들이 긴장을 풀고 평온한 마음으로 심장에 집중하며 심장을 통해 호흡할 때 규칙적이고 부드러운 HRV 패턴이 더 잘 만들어진다. 결과적으로 이 방법(프리즈-프레임)이 오랫동안 지속하기가 더 쉽다. 이것은 심장이 호흡 리듬을 관리하는 가장 중요한 역할을 하기 때문이다.

프리즈-프레임은 스스로 동조화와 통일성에 도달하게 도와주므로 의식적인 호흡법이 필요하지 않다. 이 기법에서 우리 마음은 호흡을 조정하는데, 집중하지 않고 자유롭기 때문에 기분이 좋을 뿐만 아니라 지속하기도 쉽다.

프리즈-프레임은 심장과 뇌를 동조화시키고 관계를 유지하는 데 도움을 주는 배려, 감사와 같은 감정상태로 기분을 전환시킨다.[4] 호흡의 속도는 심장에서 뇌로 가는 신경의 신호에 일치하게 된다. 프리즈-프레임의 성공은 당신의 생물학적 · 정신적 · 정서적 시스템을 동조화하기 위해 당신이 심장의 힘을 사용하는 데 달려 있다. 당신이 심장 부위에 집중할 때 당신은 프리즈-프레임으로부터 최상의 결과를 얻는다. 최상의 결과를 얻으려면 프리즈-프레임을 할 때 약간 느리고 깊은 호흡을 하고, 사랑, 배려, 감사와 같은 정서를 진실로 느껴야 한다. 그런 다음 이런 감정상태를 유지하면서 호흡은 잊어버린다. 이 과정을 통해 유익한 HRV 패턴을 만들고 유지하면 당신은 느린 호흡과 정서적 변화 모두를 얻게 된다.

많은 명상[6]과 시각화[7] 기법은 앞머리[8]의 중간 부분 또는 정수리에 중점을 두고 있다. 그리고 마음을 진정시키기 위해 마음을 쓰라고 한다. 이러한 기술들은 완벽히 이해하고 사용하기가 매우 어려울 수 있다. (명상법의) 연구자들은 명상상태에서 뇌파와 신체 반응(이것은 자율신경 활동의 감소를 포함한다)의 변화를 발견하지만 심장 리듬의 통일성은 거의 보지 못한다.

심지어 심장에 집중하도록 요구하는 명상기법들도 에너지의 흐름을 관리하기 위해 심장의 중심 감정을 사용하기보다는 자주 마음만을 사용하게 한다. 심장의 중심 감정을 이용하면 심장 리듬은 증가된 통일성

---

6) 명상법은 조용한 장소를 필요로 하며 통상 일회 최소 30분 이상의 수련을 요한다. 또 오랜 기간 누적적인 수련을 요한다. 이러한 장소와 시간의 제약 때문에 일상생활과 병행하는 데 어려움이 있다.

7) 공연을 하거나 경기를 할 사람들이 자신이 훌륭히 해내는 장면을 상상해봄으로써 퍼포먼스와 경기력을 증진시키는 방법을 말한다. 성공학에서는 이미 성공한 모습을 그려보라고도 한다. 마음속에 그림을 그린다고 하여 심상화법이라고도 부른다.

8) 성인의 뇌는 전뇌가 대부분을 차지한다. 전뇌의 표면은 대뇌피질(뇌의 겉을 싸고 있는 흰 부분)이며 그 아래 변연계와 기저핵이 있다. 변연계는 다시 편도체와 해마 등으로 구성된다. 전뇌는 정서, 학습, 기억 기능을 한다. 특히 편도체는 정서 중에서도 공포에 대한 반응 기능을 주로 관장한다.

의 상태로 전환된다. 진정으로 마음을 진정시키고 직관적 상태를 이루는 데에는 심장 리듬의 통일성을 이루는 것이 필요하다는 것을 연구소에서 행해진 연구에서 밝혔다.

이것을 이해하고 나는(다) 처음으로 프리즈-프레임을 개발하게 되었다. 나는 20년이 넘게 명상과 기도훈련을 몸소 경험하면서(또 비슷한 훈련법을 사용하는 다른 사람들을 관찰하면서) 명상을 통해서 생리적이고 직관적인 이익을 얻고 충분한 정도의 심적 평화를 얻기에는 오랜 기간의 연습과 훈련이 필요하다는 것을 발견했다. 오랜 기간 동안 명상을 한 사람도 만약 심장을 깊게 활용하고 있지 않다면 그는 오직 제한된 유익을 얻고 있는 것에 불과하다. 그래서 그들은 수련과정에서 종종 좌절한다.

나는 그들이 개인적인 기도나 명상법에서 그들이 사용하는 훈련과 그들이 하는 모든 시도들을 깊이 존중한다. 프리즈-프레임을 개발함으로써 나는 명상할 시간이 없거나 또는 의지가 없는 사람들을 도와주고 싶었다. 나는 또한 기도와 명상법을 사용하는 사람들이 개인적인 성장과 발전을 위해서 심장 안에 있는 아주 깊은 곳을 찾아내어 그들의 노력 투자로부터 최대의 유익을 얻을 수 있도록 돕기를 원했다.

기도처럼 프리즈-프레임은 걸어가면서도, 버스를 타고 가면서도, 회의를 기다리는 중에도 할 수 있다. 그리고 명상처럼 프리즈-프레임은 당신이 원한다면 오랜 시간 동안도 할 수 있다. 그러나 대부분의 사람들은 많은 시간을 가지고 있지 않다. 그래서 빠른 결과를 얻기 원할 때는 이것이 아주 사용하기 좋은 기법이다.

사람들이 프리즈-프레임에 대해 가장 좋아하는 것 중 하나는 그들이 깊은 평화 또는 빠른 직관적인 접근을 원할 때마다 순간적으로 쓸 수 있다는 것이다. 당신이 일단 기법을 익히고 나면 당신은 1분도 안 걸려서 원하는 직관과 심적 평화를 얻을 수 있다. 당신은 명상을 하기 위해 조용한 명상 센터를 찾지 않아도 된다. 비록 명상이 당신에게 효과가 있다고 해도 당신은 항상 조용한 장소를 찾을 수도 없고, 당신 혼자서 20분을 보낼 수도 없다. 당신의 직장에서나 실망스러운 회의를 진행중일 때, 마구 소리를 지르는 아이들을 학교에서 집으로 차로 데려올 때, 스트레스 수치가 증가하는 상황에서 한 발짝 뒤로 물러나서 마음을 진정시킨다는 것이 마음대로 되는 일은 아니다.

당신이 스트레스를 받는 바로 그 순간 프리즈-프레임을 하여 내면의 평화와 조화를 찾을 수 있다는 즉시성은 그 중요성을 아무리 강조해도 지나치지 않다. 이것은 스트레스, 낙담, 걱정이 몰고 온 생리적이고 심리적인 영향을 한 번에 즉시 중화시킨다. 그것은 당신이 스트레스 반응을 그대로 진행되도록 방치했을 때 나타날 신경과 호르몬, 면역 시스템의 소모를 막아준다. 당신이 프리즈-프레임을 하기 위해 일을 멈추고 당신의 심장에 관심을 집중할 때 당신은 그 과정에서 받았던 스트레스 반응을 멈추고 균형의 상태로 즉시 돌아갈 수 있다. 이것이 바로 프리즈-프레임이 즉석에서 사용되는 도구로 설계된 이유이다.

어떤 명상이나 시각화, 기도, 긍정화, 스트레스 감소 기법도 심장에 집중하는 것을 더함으로 해서 강화될 수 있다. 오랜 명상가인 잭은 우리에게 다음과 같이 말했다.

"10년이 넘게 매일매일 명상을 해왔지만 프리즈-프레임이야말로 나에게 진정한 변화를 가져다주었음을 알았습니다. 내가 10년이 넘게 찾으려고 노력했던 것을 단지 몇 번의 훈련으로 이루어낼 수 있었어요. 그것은 나의 마음을 더 깊게 느끼는 능력, 내면의 평화를 잃어버렸을 때 그것을 빠르게 회복하는 능력이었습니다. 이 기법은 매일의 바쁜 일과중에 특별히 유용했어요. 왜냐하면 그때가 정신적으로나 정서적으로 내가 가장 큰 위험에 처해 있는 순간이기 때문이지요."

당신이 어떤 기법을 훈련할지라도 마음이 안정되었을 때는 심장의 메시지가 더 선명해진다는 것을 기억하라. 그리고 진정으로 마음을 안정시키기 위해서 머리를 심장과 정렬시킬 필요가 있다. 그것이 다이어트든, 운동이든, 기도든, 명상이든, 자조훈련이든, 어떤 건강관리 훈련에서나 심장의 힘을 이용하는 정도와 궁극적인 효과가 정비례할 것이다. 당신이 어떤 기법을 쓰고 있든, 프리즈-프레임은 과학적으로 연구되고 사용자에게 친숙한 용법으로 심장이 주는 통일성의 힘을 기존의 기법 위에 더해줄 것이다.

하트매스의 도구와 기술들은 개인적인으로나 영적 성장을 추구하는 다른 방법들의 경쟁자가 아니라 촉진자로 설계되었다. 우리는 사람들의 평화와 영감, 웰비잉, 건강증진을 돕기 위해 노력하는 모든 기법들을 존중한다. 프리즈-프레임은 생각의 명료함과 내적 안정, 내적 평화를 필요한 시간에 언제든지 찾을 수 있는 편리하고, 접근하기 쉽고, 그러면서도 효과적인 기법이다.

여우와 신포도의 교훈: 중립지대를 찾아라

솔직히 말해서 감사는커녕 연민과 같은 긍정적인 정서에 접근하는 것도 때로 어려울 수 있다. 특히 극단적인 스트레스 상황에 처해 있거나 감정적으로 격해 있을 때 더욱 그러하다. 이러한 경우에는 적어도 중립상태로 가려는 노력이 우리가 할 수 있는 최선일 수 있다. 만약 우리가 그것만 할 수 있어도, 우리가 깨닫는 것보다 더 큰 성공일 수 있다. 중립적인 상태의 힘을 과소평가해서는 안 된다. 그것은 체내의 에너지를 절약하게 하고 새로운 통찰력이 자라는 비옥한 토양을 제공한다. 중립을 찾고 무엇을 해야 할지에 대해 심장이 분명한 메시지를 전해오기 전까지 그곳에 움직이지 않고 그대로 있는 능력은 균형 잡히고 성숙한 사람만 할 수 있다. 충동의 조절, 즉 충동에 따라 움직이지 않고 뒤로 미루는 능력은 정서적인 지능의 척도이다. 우리가 이럭저럭 중립지대에 도달했을 때, 우리의 심장 리듬은 곧 불균형을 회복시킨다. 그럼으로 해서 충동에 기계적으로 반응하고 후에 대가를 치르거나 후회하는 대신에 새로운 행동 방안들을 찾아낼 수 있다.

생각과 느낌은 우리가 하는 모든 것에 중요한 역할을 한다. 우리가 행복을 경험하고 마음의 평화를 경험하는 것도, 우리가 잊고 싶어하는 끔찍한 날들을 경험하는 것도 모두 이 내면의 (인지)과정들을 통해서이다. 프리즈-프레임이 우리가 당면하고 있는 모든 기분 나쁜 상황을 바꾸지는 못할 것이다. 삶은 그렇게 변하지 않는다. 그러나 이 기술은 적어도 우리를 중립적인 영역으로 움직이게 하여 계속적으로 지치거나 탈진하지 않게 한다.

우리가 중립의 상태에 있을 때는, 심지어 원하는 방향으로 일이 진행되지 않아도, 우리는 더 빠르게 적응을 한다. 사람이나 상황을 부정적으로 판단하면서 에너지를 소모하는 대신 우리는 뒤로 물러나서 더 깊은 통찰력을 가질 때까지 기다릴 수 있다. 우리는 앞으로나 뒤로 밀치지 않는다. 다만 중립의 영역에서 차분하게 기다린다. 그리고 프리즈-프레임은 우리를 그 중립의 영역으로 인도할 수 있다. 그것은 우리 마음의 창에 있는 안개를 맑게 걷어냄으로써 명확히 볼 수 있게 한다. 그때 우리는 현재 진행되는 것을 다시 계획할 수 있는 선택권을 가지게 된다.[2]

극단적인 스트레스 상황에서 중립화는 객관성으로 가는 비밀통로이다. 머리가 미친 듯이 선택 대안들을 만들어내고 빠른 속도로 판단을 내리려 할 때, 사실은 진정한 중립상태에 머무르려고 노력하는 것만으로도 상당한 도전이다. 머리는 지금 당장 결론을 내리려 한다. 머리는 대안들이 믿을 만한 정보에 근거를 두고 있는지 그렇지 않은지에 상관없이 "나는 일이 어떻게 돌아가고 있는지를 알아"라고 말하고 싶어한다.

스트레스를 유발하는 모든 상황에서 우리는 머릿속의 아우성을 들을 수 있다. 그리고 오래되고 친숙한 방식대로 처리한다. 그러나 만약 우리가 프리즈-프레임의 처음 두 단계를 계속 연습한다면, 우리는 중립적인 지점을 찾을 것이다. 그 부분에서 우리는 우리 자신에게 질문할 수 있다. "만약 내가 인식한 것보다 더 많은 문제들이 이 상황에 존재한다면 어떡하지?" "만약 내가 모르는 다른 어떤 것들이 있으면 어떡하지?" 우리의 마음이 어떤 것을 흑백논리에 입각하여 자동적으로 판단하지 않게 중립상태에만 있어도 얼마나 많은 에너지를 절감하게 되는지, 정말 놀랍다.

짜증을 내는 아이들을 통제할 수 있는 상태로 되돌리기 위해 진정시키려면 많은 노력이 든다. 그러나 우리가 그 아이들을 사랑하기 때문에 그 노력은 가치 있는 것이다. 우리 내면의 분노가 발작하면 마치 아이들 같다. 누구나 때때로 그것들에 사로잡히며, 일단 시동이 걸리면 마음이 명령을 내려도 떠나지 않는다. 그러나 그것들을 통제하려는 우리의 노력은 가치 있는 것이다. 짜증을 내지 않도록 노력하라. 마치 당신이 당신의 아이에게 하는 것과 같이 당신 자신을 위해서도 얼마간의 동정심을 가져라. 당신이 스트레스를 많이 받는 상황에서 심장의 프리즈-프레임을 하기 위해, 그리고 중립지대를 찾기 위해 노력할 때마다 당신은 이러한 능력을 조금씩 강화한다. 그리고 그 과정은 매번 조금씩 더 쉬워진다.

나는(하워드) 오래 전에 프리즈-프레임을 이용하여 중립지대에 머무른 멋진 일화를 가지고 있다. 어느 날 나는 사업차 LA행 비행기를 타고 가고 있었다. 나는 바로 옆줄이 보이는 통로쪽 좌석에 앉게 되었다. 내 옆에는 젊은 여성이 앉아 있었다. 그 옆에는 옷을 멋지게 차려입은 신사가 창쪽으로 앉아 있었다. 통로 맞은편으로는 어린 아기와 세 살쯤으로 보이는 아이를 동반한 젊은 엄마가 앉아 있었다.

잠시 동안은 모든 것이 순조로웠지만 결국에는 작은 두 아이가 불안해하더니 장난감 자동차를 여기저기 던지기 시작했다. 엄마는 아이가 차를 던지는 것이 신사를 자극하고 있다는 것을 눈치챘다. 그래서 그녀는 아이의 테이블을 폈다. 그리고 아이에게 약간의 쿠키를 주었고, 포도주스에 빨대를 꽂아주었다. 이내 아이는 주스 컵을 테이블 위아래로 두들겨댔다. 당신이 예상한 대로 아이는 주스 컵을 던져서 신사에게 날아갔고, 그는 머리에서 발끝까지 포도주스를 뒤집어썼다.

아이의 엄마는 그 신사를 진정시키기 위해 최선을 다하면서, 몸부림치는 아이를 달래기 위해 최선을 다하고 있는데, 어린 아기가 울기 시작하였다. 그 엄마는 아기의 기저귀를 갈아줄 시간임을 알고, 아기의 변이 가득한 기저귀를 벗겨 그것을 테이블 위에 잠시 두었다. 그 테이블은 바로 내 앞에 있었다. 그 일대가 코를 찌르는 아기 똥 냄새로 가득 찼다.

아기의 엄마가 기저귀를 다 갈자 기장이 곧 착륙하게 된다는 안내방송을 하였다. 내 옆에 앉았던 젊은 여성이 내 팔을 툭툭 치면서 말했다. "선생님 죄송하지만, 제가 비행공포증을 가지고 있어서……. 착륙하는 동안 제가 선생님을 붙잡고 있어도 괜찮나요?" 나는 무엇이 일어날지 예상하지 못하고 "물론이죠"라고 대답하였다. 내가 허락하자 그 젊은 여성은 나의 팔 아랫부분을 양손으로 꼭 잡았다. 그리고 머리를 내 어깨에 기댔다.

그래서 나는 포도주스로 흠뻑 젖은 화난 신사, 두려움에 가득한 여성, 어찌할 바를 모르는 젊은 엄마, 울고 있는 아기, 그리고 통제 불능의 아이 사이에 갇혀 있었다. 물론 냄새나는 기저귀는 여전히 나를 정면으로 바라보고 있었다.

그 상황은 프리즈-프레임의 효과를 시험할 수 있는 좋은 기회처럼 보였다. 나는 처음의 3단계를 시행했다. 그러나 오직 내가 할 수 있었던 것은 중립상태를 찾는 것뿐이었다. 나는 눈을 감은 채 잠시 안정을 취해야만 했다. 그런 다음 나는 스스로 질문을 하였다. 이 상황을 다룰 수 있는 효과적인 방법, 즉 미래의 스트레스를 최소화할 수 있는 방법은 무엇일까?

내가 심장으로부터 받은 첫 번째 해답은 그곳에 있는 모두에게 연민을 가지라는 것이었다. 이것은 분명히 누구에게나 어려운 일이었다.

다음 순간 나는 이 모든 것을 유머로 느꼈다. 나는 정말로 관계된 모든 사람에게 연민을 느끼고 있었는데, 모든 것이 갑자기 재미있게 여겨졌다. 나는 웃음을 참기 위해서, 그리고 내 팔을 꽉 잡은 젊은 여성 때문에 팔이 아파서 눈을 떠야 했다. 비행기는 착륙하는 중이었다. 내 팔을 잡은 젊은 여성의 팔 힘은 피가 통하지 않을 정도로 강했다.

비행기에서 내린 후 나는 비행이 끝났음을 다행으로 여겼다. 그러나 그때 내 얼굴에는 웃음이 가득했다.

일상의 삶의 가치를 높여라

우리 모두는 '과거로 되돌아가 거기서부터 변화시킬 수 있다면' 하고 희망했던 경험을 가지고 있을 것이다. 심지어 어려운 상황을 예방할 수 없었다는 것을 알면서도, 우리는 달리 대비했더라면 하고 희망한다. 이미 흘려버린 말을 거두거나 바꾸고 싶어하기도 한다. 그것을 결코 선택할 수 없기 때문에 우리는 처음부터 바로잡을 필요가 있다. 갈피를 잡지 못하는 마음을 멈추고, 혼란스러운 감정을 진정시켜 스트레스로 가득한 상황을 평가할 수 있도록 하는 힘은 우리 모두의 심장에 내재해 있다. 의식적으로 심장을 균형시킬 관점에서 바라보고 행동하는 힘을 사용한다면 후회할 필요가 없다. 왜냐하면 우리는 반응적인 자신이 아니라 진정한 자신이 생각하고 행동하기를 원하는 그것에 더 자연스럽게 연결되기 때문이다.

로즈매리가 처음으로 프리즈-프레임을 사용한 것은 그녀의 남편과 딸이 일 주일 동안 다투고 있을 때였다. 그녀에게는 부모 노릇한

다는 것이 어려운 일이었다. 특히 정서적으로 부담이 되는 것 중의
하나였다.

"우리 딸아이가 바람이 났다는 것이 스콧과 나에게 즉각적으로 스트레스를 주었어요. 며칠 후에 스콧은 나를 비난하기 시작했고, 나는 나 자신을 위해 방어적이고, 나의 딸을 위해 보호적으로 반응했어요. 나는 그가 정신분열증 환자로 변한 것이라고 생각했어요. 내가 싫어하는, 그동안 알지 못했던 그 성격이 남편에게서 나타났어요. 내게 일어났던 일을 나의 가장 소중한 친구와 나누었는데, 그녀는 내게 '지각을 심장의 영역으로 옮기고, 심장을 통해 호흡하며 심장에 접근하는 법을 시도하라'고 제안하였지요. 비록 그때 내가 그 기법을 프리즈-프레임이라 부른다는 것도 몰랐지만 그녀는 내가 프리즈-프레임의 단계를 경험하게 해주었어요. 그 과정은 매우 자연스럽게 느껴졌어요.

그날 저녁 딸에 관해서 내 남편과 서로 대화를 하는 동안, 난 전과 같은 패턴으로 그에게 반응했어요. 그때 나는 내 친구가 내게 가르쳐주었던 단계들을 사용하여 심장에 머물러 있으려고 노력했던 것이 생각납니다. 나는 남편이 이야기를 하는 동안 다섯 단계를 다 거쳤어요.

나는 즉각적으로 변화를 느꼈어요. 처음으로 그의 두려움과 그의 고통을 들을 수 있었고, 그의 성적인 욕구가 해결되지 않은 문제, 아들들과 딸들에 대해 그가 가졌던 이중적인 기준을 들을 수 있었지요. 나는 분노를 느끼는 대신에 연민을 느꼈어요. 그리고 나의 머리로부터 나온 반응 대신에 나의 심장으로부터 온 반응을 할 수 있었어요. 에너지의 변화는 너무나 강해서 나는 놀랄 뻔했어요. 우리의 다툼은 빠르게 해결되었고, 그후에는 더 많이 부드러워졌어요. 나는 심장의 힘이 나에게 그러한 많은 통찰력을 줄 수 있다는 것에 놀랐어요."

만약 우리가 대인관계의 문제로 어려움을 겪고 있다면, 프리즈-프레임은 값진 도구이다. 그러나 그것은 직장에서도 유용하다. 사업을 하는 고객들은 어떻게 프리즈-프레임이 그들이 시간과 에너지를 아끼는 데

도움을 주었는지에 관한 수백 가지의 이야기들을 우리에게 들려주었다. 많은 사람들이 그들이 매일 접하는 정보의 홍수 속에서 쓸모없는 것을 제거하고, 우선순위를 정하며, 문제를 해결하기 위해 프리즈-프레임을 사용했다. 이 도구는 특별히 목표달성, 대화, 창의성, 팀의 시너지에 초점을 두고 있는 완벽한 팀에게 유용하다.

중간관리자인 댄은 '회의는 항상 가장 많은 스트레스를 주고, 하루 중에서 가장 소모적인 부분'이라고 말했다. 그는 이렇게 자신의 경험을 이야기했다.

"나는 직업상 잘 아는 동료들과 함께 하루에도 서너 차례씩 회의에 참석해야 합니다. 우리 관리자 중 메리는 회의할 때 항상 관점을 질질 끌면서 이야기하고, 끊임없이 했던 말을 되풀이하는 것으로 유명합니다. 메리라는 여성은 많은 사람들을 괴롭혀요. 그것은 나에게도 너무나 큰 고통을 주었어요. 왜냐하면 나는 매우 간결한 걸 좋아하는 사람이고 참을성이 많지 않아요. 프리즈-프레임을 배우고 나서 며칠 후 회의에서 갑자기 프리즈-프레임을 생각했을 때 나의 참을성이 자라고 있는 것을 느꼈고, 내가 메리의 말을 경청하고 있는 것을 발견했어요. 나는 내가 할 수 있는 최선을 다해 나의 심장으로까지 접근해 내려갔어요. 그리고 모든 판단들을 유보했지요. 나는 실제로 그 여성에게 진정한 연민을 느꼈어요. 그리고 그녀의 모든 것에 대해 설명해야 할 필요성을 느꼈어요. 놀랍게도 그녀의 말을 연민을 가지고 들을 수 있다는 것이 나를 자유롭게 했어요. 그로 인해 그날 오후와 저녁시간은 달라졌어요."

이럴 때 프리즈-프레임을 사용하라

새로운 기술을 익힐 때면 언제나 연습을 잊어버리거나 낙담하거나 충분한 시간을 내지 못하는 등 잠재적 함정들을 맞이한다. 당신이 직장인이든 사업가이든 운전사이든 교사 또는 학생이든 매일의 일상적인 삶에 얽매이기 쉽다. 당신의 일상을 바꾸기 위해서는 성실한 자신으로부터 시작하는 노력이 필요하다.

당신은 몇 년 동안 당신을 괴롭혔던 영역에서 하룻밤 만에 벗어나는 기적이 생기기를 예상할 수는 없을 것이다. 그러나 당신이 이룩한 성과를 보고 놀랄 것이다. 당신이 한번 좋은 결과를 보게 되면 그것은 당신이 심장과의 접촉을 더 자주하고 계속할 수 있게 동기를 부여한다. 그리고 그것을 계속함으로써 더 순조로워지고 쉬워진다. 다른 어떤 기술과 함께 사용할 때도 똑같이 작용한다. 오래지 않아 당신은 상식과 자신의 심장지능을 따름으로써 그 기술에 더욱 익숙하게 될 것이다.

다음 몇 주 동안, 프리즈-프레임을 적어도 네댓 가지 상황에 매일 적용해보아라. 여기 몇 가지 유용한 제안이 있다. 그리고 여기 있는 빈칸에 당신 자신의 생각을 더해보라.

가정에서 언제 프리즈-프레임을 적용할까?
- 출근시와 퇴근시: 직장문제는 퇴근시에, 가족간의 문제는 출근시에 뒤로 남겨두고 떠날 수 있다. 그래서 당신은 순간에 충실할 수 있다.
- 진실성을 높이고, 대인관계의 깊이나 경청하는 능력을 높이기 위해: 전화가 오기 전 또는 대화를 하기 전에 사용할 수 있다.
- 대화가 주제를 벗어나기 시작할 때 사용할 수 있다.
- 아이들이 화를 내고, 언쟁을 하고, 제멋대로 행동할 때 사용할 수 있다.
- 긍정적인 기분으로 하루를 시작하기 위해, 통일성을 띤 하루를 위

해, 당신의 시스템을 측정하기 위해, 그날의 또는 전날의 정신적이거나 정서적 혼란을 없애기 위해: 하루의 시작 시점에서 사용할 수 있다.

● 하루의 긍정적인 완성을 느끼기 위해: 좋은 수면을 취하기 위해 하루의 끝에서 사용할 수 있다.

● 기타의 일상상황들이나 돌발상황들에 대비해서 _____

_____

직장에서 언제 프리즈-프레임을 적용할까?

● 모든 전환점에서 상쾌함과 통일성을 갖기 위해: 집에서 직장으로 갈 때, 직장에서 집으로 올 때, 회의나 어떤 업무절차, 약속, 전화 통화를 시작하기 전과 끝에 사용할 수 있다.

● 계획회의에서나 다른 창조적인 시도를 할 때 사용할 수 있다.

● 대중 앞에서 말하기 전에, 또는 어떤 행사에 참여하기 전 명료함과 균형 그리고 최상의 지능이 필요한 때 사용할 수 있다.

● 동료 또는 고객과의 어려운 대화 후에, 또는 어려울 것 같은 대화 이전에 사용할 수 있다.

● 신선함과 활력을 더하기 위해 커피타임, 점심시간, 저녁시간, 주말, 휴가와 같은 휴식시간에 사용할 수 있다.

● 스트레스를 받는 어떤 선택의 시점에서 사용할 수 있다.

● 기타 다른 상황들 _____

_____

건강과 창의성 증진을 위해 프리즈-프레임 사용하기

● 고혈압, 부정맥[9], 긴장성 두통, PMS[10], 공황발작, 만성피로증후군 등과 같은 건강상의 도전들을 극복하기 위해 사용할 수 있다.

● 균형 잡힌 식사와 운동 프로그램을 결정하는 것을 돕기 위해 사용할

수 있다.

- ●창조적인 영감을 고양하기 위해 사용할 수 있다.
- ●골프, 테니스 또는 다른 운동의 수행 능력을 향상시키기 위해 사용할 수 있다.
- ●글쓰기, 그림그리기, 취미활동과 같은 창조적인 일을 위해 사용할 수 있다.
- ●기타 다른 것들 _____
_____

상처 부위에 바르는 소독제처럼 프리즈-프레임을 사용하라

'프리즈-프레임을 해야 한다'는 것을 기억나게 하는 간단한 방법을 나름대로 정해놓는 것이 중요하다. 손수 쓴 문구를 욕실의 거울이나 냉장고의 문에다 붙여둘 수 있다. 프리즈-프레임을 해야 할 시간에 당신의 전자시계의 알람을 맞춰둘 수도 있다. 만약 당신이 컴퓨터로 업무를 한다면 자신을 격려하고 훈련하는 것을 일깨우기 위해 스크린 세이버에 자신에게 메모를 할 수 있다. 당신은 어떻게 프리즈-프레임을 당신의 삶에 가장 잘 통합할 수 있는지에 관한 직관적인 통찰력

---

9) 안정시의 맥박은 분당 60~70BPM(수면중에는 50 정도)이 정상이나 150BPM 이상의 빈맥(빠른 맥박)이나 40BPM 이하의 서맥(느린 맥박), 횟수는 정상이라도 심하게 불규칙한 경우가 있다(맥박은 일정 한도 내에서는 불규칙한 것이 정상이다). 무해한 경우와 치료가 필요한 경우가 있는데, 치료가 필요한 수준이라도 자각증세가 없기 때문에 치료를 받지 않고 지내는 사람이 많다고 한다.

10) Premenstrual Syndrome의 약자로, '월경전증후군'이라고 불린다. 생리 전에 호르몬 불균형이 정신적인 우울증이나 불안, 도벽, 자살충동 등을 일으키고, 신체적인 두통 등을 동반하기도 한다. 생리 2일 전에서 2주 전부터 시작해서 생리 시작 2일 이내에 끝나는 것이 일반적이다. 정도의 차이가 있지만 가임기 여성의 40퍼센트 정도가 이를 경험하며, 미국에서만 2천5백만 명, 세계적으로는 5억 명이 이 증세를 겪고 있다고 한다.

을 심장으로부터 얻기 위해 프리즈-프레임 적용일지를 기록해나갈 수도 있다.

작은 것들이 프리즈-프레임에서 얼마나 중요한지를 항상 기억하라. 만약 당신에게 위기가 올 때까지 기다린다면 당신은 당신이 필요한 통찰력을 얻기 위해 만들어진 (심장의) 충분한 힘을 이용할 수 없을 것이다. 작은 것부터 시작하고 단계적으로 나아가라. 당신이 더 크고 예상치 못한 사건을 위해 힘을 비축한다고 생각하고, 매일의 화와 낙담, 실망을 다스리기 위해 프리즈-프레임을 시작하라.

한 가지 분명한 것은 당신은 프리즈-프레임을 사용할 많은 기회를 가지게 될 것이라는 점이다. 삶은 스트레스를 주는 상황으로 가득하다. 만약 당신이 스트레스를 주는 이런 상황에서 프리즈-프레임을 하려고 노력한다면, 당신은 스트레스를 상쇄하기 시작한다. 이것은 당신을 하루 종일 더 좋은 기분으로 있게 할 뿐만 아니라, 당신의 몸도 그것에 대해 당신에게 감사해하는 반응을 보일 것이다.

그렇다고 남은 일생 동안 계속해서 프리즈-프레임을 할 필요는 없을 것이다. 잠시 동안의 기법 연마는 프리즈-프레임을 당신의 삶의 일부분으로 습관화시키는 것이 목적이다. 습관화가 되어 오랜 시간이 지나면 삶에 큰 변화가 일어날 것이다. 프리즈-프레임을 정해진 시간마다 규칙적으로 할 필요는 없고, 상처 부위에 바르는 소독제처럼 스트레스가 생길 때마다 이 기술을 적용할 필요도 없어진다. 대신에 당신은 자신의 심장의 지시에 따라 살아가게 될 것이며, 그 지시에 따르는 기간이 점점 더 길어지는 것을 발견하게 될 것이다.

얼마 동안의 연습 후에는 머리에서 심장으로 (관심의) 초점을 전환하는 극적 변화가 일어날 것이다. 일단 이 변화를 만들기 시작하면 당신은 자신이 심장에 연결되어 있지 않은 것을 불편하게 느끼는 자신을 발견하게 될 것이다.

당신이 자신의 머리와만 상호 반응하는 그런 (드문) 경우에는 자연스럽지 않고 옳지 않게 느껴지게 된다. 그러면 당신은 (심장과) 머리를 다시 연결시켜주는 빠른 방법으로 프리즈-프레임을 하고 싶어할 것이다.

이 기법은 완벽성에 관한 것이 아니고, 비율에 관한 것이다. 즉 당신이 심장과의 접속을 지속하는 시간의 백분율을 높이는 것이 중요함을 기억해라. 그 백분율을 높임에 따라 하루 종일 당신은 가슴을 촉촉이 젖게 하는 감사와 연민을 느끼고 누군가에게 관심을 베풀고 돌보고자 하는 정서의 흐름을 증가시키게 될 것이다. 스트레스 대신에 사랑이 당신의 삶의 새로운 영양소가 된다.

기억해야 할 키포인트

- ···› 프리즈-프레임은 삶이라는 영화에서 당신이 선택한 반응을 언제라도 멈출 수 있는 내면의 힘을 증가시켜준다. 그것은 그 한 프레임에서 무엇이 발생하고 있는지에 대한 명확한 관점을 갖게 해주며, 당신이 다음 프레임을 균형과 이해의 관점에서 수정할 수 있도록 해준다.
- ···› 프리즈-프레임 성공의 열쇠는 자신의 생체 시스템을 동조시키는 심장의 힘을 사용하는 것에 달려 있다. 당신의 뇌가 자신의 심장과 함께 동조하기 시작하면 대뇌피질의 기능이 활성화된다. 이 결과로 새로운 정보에 접근할 수 있고, 기존의 현상을 새로운 각도에서 바라볼 수 있는 시각의 변화가 일어난다.
- ···› 초점을 당신의 (머리에서) 심장으로 바꾸고, 당신이 직면하고 있는 어떤 문제에서든 한 발 뒤로 물러남으로 해서 당신은 그 문제에 대한 지각 (Perception) 단계에서부터 당신의 에너지를 다른 방향으로 전환할 수 있다.
- ···› 심장의 목소리를 듣는 것은 어렵지 않다. 그러나 그것을 (신체) 내부의 신호와 조화시키는 것은 사람마다 다르며 종종 약간의 훈련이 필요하다.
- ···› 당신이 그 자리에서 스트레스를 멈추고 빠른 직관적 접근을 얻기 위해, 프리즈-프레임은 어느 때 어느 곳에서나 할 수 있다. 당신이 훈련함에 따라 당신은 체계적으로 심장지능을 일상생활의 한 부분으로 이용할 수 있다.
- ···› 프리즈-프레임 훈련을 (잊지 않고) 생각나게 하는 것은 초보자들이 프리즈-프레임을 잘 사용할 수 있도록 도와준다. 예를 들어 당신은 전자시계의 알람을 맞추거나 거울과 냉장고 문에, 또는 컴퓨터의 스크린세이버에 프리즈-프레임이란 메모를 남길 수도 있다.
- ···› 중립화의 힘을 과소평가하지 말라. 중립 지점을 찾는 능력과 당신의 심장이

무엇을 해야 할지 분명히 보여주기 전까지 중립지대에 머무르는 능력은 당신이 균형 잡히고 성숙했다는 신호이다. 중립적 상태는 (스트레스의) 순간에 객관성으로 인도해주는 도관이다.

⋯▸ 프리즈-프레임은 당신이 하는 모든 일에 심장의 통일된 힘을 더해주기 위하여 과학적으로 연구되고 사용자에게 친숙한 활용법을 제공한다. 하트매스의 도구와 기술들은 여타의 개인적인 개발과 영적인 성장을 위한 기법의 경쟁자가 아닌 촉진자로 설계되었다.

5

삶은 곧 에너지이다

알람은 아침 6시30분이면 울린다. 스티브는 눈을 뜨기도 전에 불쾌한 생각들을 구체화하기 시작한다. "나는 일어나기 싫어." "오늘은 일하러 가기가 싫어." "오늘은 정말 힘들 것 같아." 스티브는 자신의 몸을 억지로 일으켜서 어제 남겨둔 문제에 대한 걱정을 조용히 처리하는 것을 계속하면서 샤워를 한다. 샤워를 하면서도 그는 어제로 (이월되어) 넘어온 문제들에 자연히 신경을 쓴다. 그러면서 오늘 새로 닥칠 문제들, 엄청난 작업 부하, 추운 날씨, 자신의 탈진현상과 같은 것을 동시에 근심하기 시작한다.

"커피 한잔을 마시고 나면 괜찮아질 거야."

그는 따뜻한 샤워로 잠에서 막 깨어난 충격을 중화시키고 있는 자신에게 확신을 시켰다. 그는 옷을 입고 아래층으로 내려갔다. 그러나 자동 기상시간에 맞추어놓은 자동 커피메이커는 동작하지 않았다. 물론 그가 예상했던 커피는 없다. 그렇다고 다시 커피를 끓이기에는 시간이 충분하지 않다.

"제길, 어떻게 이런 일이 있어!"

그는 싱크대를 주먹으로 내리치면서 오늘 하루는 더 힘들 것 같은 예감을 가진다. 그의 감정은 서서히 끓어오르기 시작한다.

매일 마시던 커피포트를 집에다 두고, 출근하는 길에 스티브는 라디오를 튼다. 그리고 십대들의 마약 사용 증가에 관한 정보를 제공하는 토크쇼를 듣는다. 그는 십대인 아들을 생각해본다. 그리고 최근에 그가 얼마나 이상하게 행동하는지에 대해서도 생각한다. 자식에 대한 관심과 마약 사용 가능성에 대한 걱정이 출근길을 방해한다. 그는 그러한 생각들을 접어두고 방송 채널을 바꾼다. 그러나 그가 가장 좋아하는 농구팀이 전날 중요한 경기를 두 점 차이로 지고, 결승전 진출이 무산되었다는 소식을 듣는다.

"그래, 다음은 나를 괴롭게 할 차례야!"

그는 이런 생각을 하면서 직장에 도착한다. 안내원은 현관에서 미소를 지으며 "좋은 아침입니다, 스티브. 잘 지냈죠?" 하고 인사한다.

"이보다 더 좋을 수는 없지."

그는 기계적으로 대답한다. 그의 사무실 근처에서 그는 전에 여러 번 크게 다투었던 동료를 발견한다. 그때 분노가 일기 시작한다.

"저 자식!!"

그는 혼자 중얼거린다.

"어디 두고 봐, 전혀 예상치 못할 때 복수할 거야."

일단 사무실에 도착하자 그는 전날 답장하지 못한 이메일의 목록을 검토하기 위해 컴퓨터를 켜면서 전화기의 보이스 메일 버튼을 누른다. 10개의 음성메시지와 30개의 이메일이 와 있다. 이제 일을 막 시작하려 하는데 스티브는 벌써 많은 부담을 느끼고 있다.

놀랍게도 그날 하루는 그래도 너무 좋게 지나갔다. 그동안 그가 몰두해온 사업 계약이 긍정적으로 진행되고 있다는 것을 알고, 갑자기 터져 나오는 흥분을 느낀다. 새로운 고객이 생긴다는 것은 그에게 동기를 부여한다. 그리고 그는 새로운 고객과 유쾌한 대화를 나눈다.

점심시간이 되기 직전에 그는 제대로 작성되지 않은 편지건에 대해 부하를 질책한다. 식사를 하면서 그는 일에 대해 재평가해본다. 그리고 그가 부하에게 충분한 정보를 제공해주지 않았다는 것을 깨닫는다. 사무실에 들어오자마자 그는 부하에게 사과를 한다. 그는 자신의 부하를 돌보는 노력을 다했다는 것에 약간은 좋은 기분을 느낀다.

얼마 지나서 그의 친한 동료가 그의 열정과 호의에 감사하기 위해 그의 사무실에 들른다. 그때 그의 정신은 이런 감사의 행동에 의해 더 활기차게 된다.

그날 스티브는, 그가 여느 때처럼 굉장하지는 않고 비참하지도 않은 기분을 느끼면서 퇴근을 한다. 그는 지극히 평범하고 단조롭지만 그렇게 나쁘지는 않은 그런 감정을 느낀다.

일단 집에 도착해서는 아내에게 인사를 건넨다. 그의 아내는 자신의 여동생이 건강상의 문제를 가지고 있다는 것을 상당히 길게 말하기 시작한다. 의사는 아직 그 병이 무엇인지 알지는 못하지만 그녀 동생은 며칠 후에 검사를 받으러 병원에 가게 된다. 그들이 그 병의 여러 가지 가능성에 대해 이야기를 시작하자 여러 가지의 무시무시한 결과들이 예상된다.

그들이 저녁식사를 하러 식탁에 앉자 스티브는 자신이 지쳤다는 것을 느낀다. 그러나 그는 조금 있으면 그가 가장 좋아하는 TV쇼를 볼 기대에 차서 자신의 기운을 북돋으려고 노력한다. 그때 아내가 그들의 보험중개인이 생명보험료를 높이는 것에 관해 이야기하기 위해 1시간 후에 올 것임을 그에게 상기시켜준다. 비록 그의 스트레스 수준이 그의 아내와는 상관이 없지만, 그는 아내와 쌀쌀한 말 몇 마디를 주고받는다.

이제, 보험중개인이 집으로 돌아갔고, 잠자리에 들 시간이다. 그는 침대에 누워 기진맥진한 상태에서 잠시 생각한다.

"내일은 수요일이고 일주일의 반이다. 며칠 후면 쉴 수 있는 주말이 온다."

스티브가 겪고 있는 것은 좋은 직장, 단란한 가족, 최신의 자동차, 가족의 건강을 이룩해낸 성공한 사람들 모두가 공통적으로 겪고 있는 일이다. 그들은 성공했음에도 불구하고 정서적으로는 서바이벌 게임을 하고 있다. 그들은 지치고 일의 부담을 느끼기에 에너지가 고갈상태에 있다. 충족되지 않은 삶의 질은 생각과 정서를 관리하는 데 충분한 주의를 기울이지 않은 데서 비롯된다.

우리가 스티브의 경우를 살펴보면서 다음과 같은 문제를 예상할 수 있다. 얼마나 많은 그의 내면의 대화가 기계적이고 통제되지 않은 머리의 반응으로부터 나왔는가. 그리고 얼마나 많은 것들이 그의 심장으로부터 나왔는가. 어떤 생각과 감정이 그의 삶의 질에 보탬이 되며, 어떤 것들이 스트레스를 가중시키는가?

앞장에서 우리가 연습했던 기법인 프리즈-프레임은 이러한 문제들을 다루기 위해 설계되었다. 당신이 나중에 배우게 될 '심장을 이용한 도구들'과 '컷-스루' 또한 이러한 문제를 다루기 위해 설계되었다. 더욱 통일성을 가지기 위해 이러한 도구와 기술을 사용함으로써 스티브는 그의 에너지를 고갈시키는 감정과 생각들을 제거할 것이다. 그는 또한 그의 시스템에 (생체) 에너지를 주는 생각과 감정의 종류를 어떻게 의식적으로 경험할 수 있는지를 알게 될 것이다. 그가 활동을 하는 데 하루 종일 영향을 미치고 그의 기운을 고갈시키는 감정들의 연결고리들이 내면에 자리잡기 전에, 초기에 이러한 패턴들을 방지하는 방법들을 알게 될 것이다. 불행하게도 우리들 중 많은 사람들은 어떻게 우리의 생명에 필요한 에너지 비축분을 소비하는지에 대해 전혀 인식하지 못하고 살고 있다. 결과적으로 우리의 건강과 행복은 위협받고 있다.

우리가 그것을 알고 있든 그렇지 않은 간에, 우리의 에너지를 경제적으로 쓰기 위한 게임은 우리 몸 안에서 일생 동안 일어나고 있다. 매일의 삶에서 우리가 내면적으로 경험하는 것은 수천 개의 생각과 감정, 느낌들이며, 이런 것들이 직접적으로 우리의 에너지 수준에 영향을 미치고 있다. 이 모든 것들을 다 따라가기는 쉽지 않다. 그러나 만약 우리가 우리 자신을 좀더 관찰한다면, 우리는 자신의 비축 에너지를 낭비시키는 정서나 감정은 중지시키고 자신의 에너지를 상승시키는 태도와 관점, 정서는 받아들이고 활성화시킬 수 있다. 심지어 중요한 많은 과제 중에서 어떤 것이 가장 중요한지 평가하기가 어려울 때 우리는 우리의 반응을 중립화시켜 중립화의 힘을 이용할 수 있다. 그리고 우리의 심장에 쉽게 접속함으로써, 우리의 시각을 바꾸기 위해 프리즈-프레임을 자주 사용함으로써 우리는 삶의 균형상태로 다시 돌아갈 수 있다. 이것은 매일 우리에게 일어나는 문제들을 거짓 포장으로 덮어버리고 좋게만 보라는 것을 의미하는 것이 아니다. 그러나 어려움이 닥치더라도 균형을 가지고 직면하는 것, 지혜와 통찰력을 가지고 실망스러운 것에 반응하는 것, 그리고 우리가 다른 사람들과 관계를 맺을 때 우리 자신의 문제들은 좀 접어둘 수 있는 것은 가능하다. 다시 말해, 이제는 우리가 좀더 성숙해야 할 시간이다. 삶에 대한 성숙한 접근이란 것은 문제들을 과장하지 않고 바라보고, 그 문제를 해결하기 위하여 더 가치 있고 중요한 많은 것을 희생하는 우를 범하지 않는 것을 의미한다.

긍정적 정서는 고단위 비타민제와 같다

우리는 어린 시절부터 우리가 먹는 것에 대해 매우 주의를 하라는 가르침을 받아왔다. 초등학교 때 우리는 균형 잡힌 식사가 적합한 영양상태를 유지하는 열쇠라고 배웠다. 그러나 우리가 이 책에서 설명한 연구결과는 우리 일상의 생각과 감정은 (그 이상은 아니라 하더라도) 우리가 먹는 음식과 마찬가지로 중요하다는 것이다. 우리의 정신적이고 정서적인 양식은 대부분의 사람들이 인식하는 것보다 더 크게 우리의 인체 에너지 수준과 건강 그리고 행복에 영향을 미친다.

생리학적으로 표현한다면, 우리가 스트레스를 경험하면 우리의 비축 에너지가 사용되는 방향이 달라진다. 즉 (인체) 시스템을 유지하고 복구하고 재생하는 데 쓰여질 에너지가 즉각적인 문제를 위해 사용되도록 바뀌는 것이다. 단기적인 목적을 위해서 장기적인 가치를 희생하는 것이 된다. 인체의 에너지 시스템이 이렇게 바뀌는 것을 '스트레스 요인들에 대항해서 싸울 수 있도록 돕기 위해 다른 곳에서 에너지를 차용해 오는 것'에 비유할 수 있다.[1]

그것을 요약하면, 우리의 에너지 비축분이 계속적으로 스트레스 통로로 흐르게 되면, 우리가 소비한 체력을 보충하고, 신체적 손상을 복구하며, 질병을 대항하여 우리를 지키기 위해 쓰여질 충분한 여분의 에너지가 남아 있지 않게 된다는 것이다. 단백질과 지방, 탄수화물의 저장을 위한 새로운 합성이 중지된다. 그러면 대부분의 세포 복구와 교체는 감소하게 되고, 뼈의 생성과 상처의 재생도 느려지게 된다. 또한 면역 세포와 항체 순환의 활기도 떨어진다.[1] 결국 3장에서 우리가 보았던 것처럼 스트레스는 우리의 생체 시스템을 고갈시키고 우리의 건강을 심각하게 손상시킨다.

최근의 연구는 높은 수준의 정서적인 스트레스가 우리의 DNA 손상을 막아주는 분자 수준의 회복과정까지 손상을 입힐 수 있다는 경고를 한다.[2] 그리고 높은 수준의 스트레스에서는 코티솔 호르몬의 분비가 증가되어 우리의 뇌세포를 죽인다는 것은 우리가 이미 알고 있는 바이다.[3]

반대로 우리의 심장 기능을 활성화시키고, 진실된 감사, 관심, 사랑과 같은 유익한 정서를 가지게 되면 그때마다 심장의 전기적인 에너지가 우리에게 유익한 방향으로 일을 하게 한다. 우리의 기분이 뚜렷하게 개선되어도 (결과적인) 영향은 (단기적으로) 눈에 보이지 않는다. 우리가 부정적인 정서를 억누르고 의식적으로 심장의 핵심 감정을 선택할 때 우리의 (인체) 시스템을 파괴하고 지치게 하는 생리학적 스트레스 반응을 효과적으로 차단할 수 있다. 그리고 신체의 자연스러운 복원능력이 우리를 위해 일할 수 있게 된다. 우리의 정신과 정서적인 시스템은 과중한 부담을 지거나 고갈되는 대신 회복된다. 결과적으로 그들은 미래 에너지원의 포식자들, 예를 들면 스트레스, 근심, 분노 같은 것들이 신체에 영향을 끼치기 전에 물리치게 된다.

인체의 모든 시스템이 이 유익한 정서들과 한 방향으로 정렬되어 움직일 때 우리는 강력하고 새로운 에너지 효율성을 경험하게 된다. 심리학적인 영양분[1]으로 시작한 것이 결국은 가장 핵심적인 수준인 생리학적인 영양분[2]이 된다. 두 자율신경계[3]는 협력은 많이, 충돌과 마찰은 적게 하게 된다. 이것은 아주 중요한 변화로서 심장과 뇌 및 신체의 다른 기관의 손상은 줄이고 능률은 높인다. 이 증가된 효율성 때문에 우리 몸은 생존하고 건강을 유지하게 된다.[4] 마음과 정서를 관리하고 심장의 중심 감정을 매일매일의 삶 속에 끌어들이기 위해 하트매스 솔루션의 도구와 기법을 사용하는 사람들은 피로도 상당히 줄어들고 인체 에너지와 활력을 되찾게 된다고 많은 연구결과들이 밝히고 있다.[5-9]

가슴에서 우러나오는 긍정적인 정서들은 건강한 생리학적 효과 이상의 것을 창조해낸다. 그들은 우리 내부의 에너지 시스템을 강화하고 신체의 세포 수준까지 깊숙이 자양분을 공급한다. 그러한 이유 때문에 우리는 이 정서들을 '고단위 자양분'이라고 부르고 싶다.

---

1) 긍정적인 정서를 활성화하는 심리적인 자세 변화를 말한다.
2) 호르몬 체계와 자율신경계의 균형에 의한 건강증진, 노화억제, 면역력 증강 등의 생리적 반응을 말한다.
3) 교감신경(각성제 역할)과 부교감신경(이완제 역할)의 협력을 의미한다.

에너지는 삶의 변화를 이끈다

생명유지에 필요한 에너지를 어떻게 저장하고 소비하는가는 삶의 질을 결정하는 중요한 요소이다. 우리들 중 대부분은 우리의 정서를 에너지 수준과 연관지어 생각하는 것에 익숙하지 않다. 우리는 열광할 때 에너지 수준이 올라간다고 모호하게 알고 있을 것이다. 그러나 하루의 마지막에 우리가 경험한 감정들과 피로도를 연관시켜 생각해본 적이 몇 번이나 있었는가?

스트레스를 많이 받은 한 주를 보낸 후에 주말을 위한 에너지가 우리에게 남아 있지 않다면, 우리가 이런 식으로 생각해본 적이 몇 번이나 될까? "어디 한번 보자. 화요일과 수요일에는 두 번씩이나 화를 냈고, 그런 다음 목요일과 금요일은 마감시간에 대한 걱정으로 하루를 보냈지! 이런 종류의 감정을 잘못 다루었으니 내가 파김치가 된 건 당연하지!"

우리의 에너지 낭비와 비축을 인지하기 위해서는 지각의 변화와 약간의 실습이 필요하다. 그러나 그 결과로 나타나는 상승된 에너지 레벨은 스스로를 설명해준다.

우리가 그것을 좋아하든 그렇지 않든, 우리는 우리의 에너지 소비에 대해 책임을 지고 있다. 물리학에서 '에너지 보존의 법칙'은 에너지는 결코 창조될 수도 파괴될 수도 없다고 이야기한다. 그것은 오직 한 모습에서 다른 모습으로 변하기만 할 뿐이다.

우리는 매일 아침 생명유지에 필요한 일정 양의 에너지를 가지고 아침에 일어난다. 우리가 그 주어진 양을 효과적으로 써서 보충하느냐 또는 비효과적으로 써서 낭비하느냐는 생각과 감정과 자세의 효과성에 달려 있다. 우리가 이미 보았듯이, 통일성은 에너지를 비축하게 하고 시스템의 동조상태를 유지시키는 반면, 통일성이 상실하고 혼란된 체계의 지배를 받게 되면 내부의 에너지는 빨리 소모된다.

에너지가 없이는 아무것도 생길 수 없다. 어떤 것이든 움직이고 변하기 위해서는 에너지가 필요하다. 우리의 정신적 · 정서적 · 신체적 시스템에서 에너지가 하는 역할을 이해할 때 우리는 에너지가 우리에게 대항하지 않고 우리를 위해서 일하게 할 수 있다. 통일성을 상실하여 에너지를 낭비했을 때, 우리는 에너지 비축분을 다시 채워야 한다.(그것은 마치 은행 계좌에서 돈을 잔고 이상으로 인출했을 때 다음에는 더 많을 돈을 입금해서 마이너스를 채워야 하는 것과 같다.)

에너지도 계좌관리가 필요하다

많은 정신분석가들은 돈을 삶의 힘과 에너지의 상징으로 간주한다. 오늘날의 소비중심 사회에서 우리는 돈을 중심으로 모든 것을 생각하는 경향이 있다. 얼마나 많은 돈이 들어오고, 얼마나 많은 돈이 나가는지, 미래에는 얼마나 많은 돈이 필요할지, 과거에는 얼마나 많은 돈을 잃었는지를 생각하며 시간을 보낸다.

사회학자들은 요즘 세상에서 성공한 사람이 되기 위해서는, 즉 우리 자신의 삶을 제대로 경영하기 위해서는 과거에 은행원이나 전문관리자 또는 시간관리전문가에게만 필요했던 기법들이 필요해졌다고 말한다. 몇몇 사람들은 개인수표장의 입출 균형을 맞추지 않거나 신용카드 부채를 갚지 않는 반면, 대부분의 우리들은 자신의 계좌의 수지 균형을 이루기 위한 수입과 지출을 관리하는 데 익숙하다. 그런데 왜 이런 비슷한 기술들을 우리의 에너지 관리에는 적용하지 않는 것일까?

이렇게 생각해보자. 만약 우리 내부에 컴퓨터(심장 컴퓨터)가 있다면, 그것은 모든 생각과 느낌과 감정을 계산할 수 있을 것이다. 그것이 에너지의 예입과 인출, 생기의 증가와 고갈상태 등을 기록관리하고 사용가능한 에너지 양을 일목요연하게 정리하여 모니터로 볼 수 있도록 해준다고 가정해보자.

어떤 점에서 볼 때 이 내면의 컴퓨터는 존재한다. 그것이 작든 크든, 모든 생각과 정서는 우리 내면의 에너지 비축분에 영향을 끼친다. 그리고 어떤 순간에도 우리의 생리학적인 상태는 우리의 에너지 계좌 현황을 반영하고 있다.

우리는 (수입과 지출을 상계한 후의) '순가치(Net Value)'가 증가하는 것을 보장하기 위해 에너지의 예입과 인출을 추적관리하는 기법을 배우고 계좌를 관찰한다. 우리가 자신의 에너지 계좌관리에 집중하기 시작할 때 가장 먼저 눈에 띄는 것은 많은 에너지의 지출이다. 사무실에서 있었던 작은 실망으로 인해 기분이 상해서 집에서 있는 귀중한 시간 동안에도 흥분을 삭이지 못하거나 피곤함을 느끼고 있다면 정말로 가치 있는 것일까? 결국 우리가 스트레스에서 회복하려고 분투하고 있다면 우리가 소중한 사람과 보내는 질적인 시간(Quality Time)[4]도 질적이지 못하게 된다.

에너지 계좌의 (과다인출로 인한) 적자를 방지하기 위해서 스트레스로 인한 지나친 소비를 방지하는 것은 분명히 중요하다. 지나친 소비란 마치 우리가 집으로 차를 운전하고 오면서 제한속도보다 10마일이나 천천히 달리면서도 내가 지나가도록 길을 비켜주지 않던 그 고집불통의 운전사 때문에 집에 오는 시간은 물론, 집에 와서도 화를 내는 것과 같다. 그러나 우리가 자신의 심장의 목소리를 듣는 연습을 할수록 우리는 자신을 지치게 하는 비록 작은 소리일지라도 주목하기 시작할 것이다.

걱정, 죄책감, 자신과 타인에 대한 단죄 등 작은 정서적 탐닉은 우리가 생각하는 것 이상으로 더 많은 대가를 치를 것을 요구한다. 돈문제라면, 우리는 '가랑비에 옷 젖는다'는 진리를 잘 알고 있다. 우리가 예

---

4) 질적인 시간은 에너지 레벨을 증가시켜주는 좋은 사람과 함께 보내는 즐거운 시간을 의미하며, 일과 사생활의 균형(Work-Life Balance)을 통해서 직장생활의 질(Quality of Working Life)이 보장되었을 때 가능해진다. 미국에서 이 문제가 전직시의 고려사항 제1위에 올라왔다는 것은 삶의 균형과 질을 중시한다는 것을 의미한다.

산에 넣지는 않지만 매일 마시는 카푸치노 커피 또는 점심시간에 대충 보는 신문이나 잡지에 소비하는 몇 달러가 빠르게 쌓인다는 것을 안다. 그래서 월말에 차를 수리하려는 데 일백 달러가 부족하다면, 우리는 어디를 줄여야 하는지를 말하지 않아도 안다. 그 적자는 우리가 거의 생각하지 않고 쓴 작은 소비들의 축적으로 이루어진 것이다.

최근에는 우리 계약직원 중 한 사람인 데보라 로즈맨이 프리즈-프레임 강습회를 중요 TV 토크쇼의 전 직원에게 실시하였다. 그 직원들 그룹은 프로듀서, 편성기자, 카메라맨, 방송작가들로 구성되어 있었다. 주최측에서는 그녀를 다음날 방송을 위해 인터뷰하려고 했다. 그리고 그들은 다음날 아침 생방송으로 프리즈-프레임 기법을 처음으로 경험하기를 원했었다.

훈련기간 동안 각 사람들은 에너지 자산/부채의 균형을 확인하는 양식을 작성하였다. 지난 사흘 동안의 효과적이고 비효과적인 에너지 지출을 분석하는 데는 1분이 걸릴 것이다. 그후 그들은 결과들을 토론하였다.

참가자들은 데드라인의 연속으로 이어지는 방송사에서의 일과가 높은 스트레스를 주는 일임을 알았기 때문에 그들의 에너지 계정이 부채가 자산보다 더 많은 적자로 나왔다는 것에 그다지 놀라지 않았다. 그들은 그것을 이해할 수 있었다. 그러나 그들이 깨닫지 못했던 것은 그들의 에너지 적자의 대부분은 일의 마감에 관한 것이 아니라 사람과 사람들 사이의 관계에 관한 것이다. 그것은 의사소통 문제, 돈에 대한 걱정, 그리고 판단[5]에 관한 것이었다.

주최측의 한 사람은 이렇게 말했다. "내 삶은 마치 「두더지의 삶」[6]이

---

5) 우리는, 특히 남성들은, 대화를 할 때 사실을 있는 그대로 받아들이는 경청을 하지 않고 들은 내용을 자신의 기준대로 판단하여 조언을 주려고 하는 강한 경향을 가지기 때문이다. 판단하는 습관은 '공감적 경청'을 방해하는 대표적인 요소이다.

6) Grounghog Day는 빌 머레이와 엔디 멕도웰이 주연한 영화로서 변화 없이 무미건조한 삶을 살아가는 현대인들의 문제를 다루고 있다.

란 영화와 같이 느껴져요. 매일 아침 일어나 내 앞에 놓여 있는 변화 없는 하루를 맞이하죠. 그리고 매일 밤 나는 어떤 변화가 필요하다고 생각하면서 잠자리에 들죠. 나는 당신이 이야기한 '우리 삶을 구성하는 실오라기들'을 느끼지 못해요. 사실 나는 대부분의 시간을 무감각하게 보내요. 당신은 어떻게 이 다람쥐 쳇바퀴 같은 삶에서 벗어날 수 있어요? 일을 그만두고 시골로 이사를 가야 하나요?"

이어진 활발한 토론에서 대부분의 스태프들은 모두 똑같이 느낀다고 말하였다. 그전까지 그들은 이 느낌이 그들의 직업상의 특성, 그리고 뉴욕이라는 대도시에서의 삶에 기인한다고 생각했었다. 그러나 심지어 미국의 작은 마을의 도서관 사서조차도 그들이 무감각해질 때까지 스트레스가 그들을 지치게 한다고 불평한다.

우리는 직장이나 도회지의 자극을 비난할 수 없다. 왜냐하면 스트레스 반응을 일으키고 심장이 제 기능을 하지 못하게 하는 것은 불안, 좌절, 분노, 비난, 판단과 같은 우리 내면의 환경이지 외부의 자극이 아니기 때문이다. 판단하는 습관이나 비난이 우리 삶을 지배하고 있을 때 심장의 핵심 감정은 우리와 연결이 끊어진다. 그런 다음에는 더 이상 삶을 윤택하게 하는 내면의 신호를 느낄 수 없다. 우리가 감사, 관심, 사랑과 접촉하지 않을 때, 삶은 메마르고 스트레스를 받게 된다. 그리고 마음은 직관이나 명료함을 상실하고 기계적으로 기능하게 된다.

만약 우리가 '직장을 그만두고 시골로 이사 가는 것'이 해답이 아니라면 무엇이 해답인가? 삶의 질을 다시 우리에게 되돌려주려면 우리는 무엇을 할 수 있을까? 첫 번째 과정은 우리 심장의 컴퓨터가 읽어내는 정보를 얻는 것이다. 만약 우리가 하나의 부정적인 감정상태로 인해 얼마나 많은 에너지를 소모하고 있는지를 알 수 있다면, 예를 들어 지난 일 주일 동안 얼마나 남을 판단했는지를 알 수 있다면 우리는 놀라게 될 것이다.

일단 우리의 마음과 심장의 상태를 알기만 하면 우리는 앞으로 전진

할 수 있다. 오직 우리에게 필요한 것은 그 판단과 걱정과 죄책감들이 일어났을 때 그것에 주목하는 것이며, 의식적으로 또 순간적으로 감사, 연민, 관용으로 그것들을 대체하는 것이다.

이 간단한 (두뇌와 심장 기능의) 융합이 에너지가 소모되는 것을 막아주고, 신체의 기능을 재생하고 회복하는 데 쓰일 에너지를 비축하게 한다. 이 과정을 밟음으로써 우리는 심장의 기능을 서서히 우리를 위해 되돌려 놓게 된다.

우리가 느끼는 과중한 스트레스 대부분은 정신적이고 정서적인 에너지 관리의 비효율성에 대해 치르고 있는 대가에 지나지 않는다. 우리는 (삶에서) 느끼는 (부정적인) 방식에 대해 우리 삶의 사건이나 사람들을 비난하기 쉽다. 그러나 우리는 에너지 비축량을 늘이기 위해 하던 일을 잠시 멈추고 휴식하는 대신, 너무 오랜 시간을 컴퓨터 앞에만 앉아 있거나 또는 아드레날린과 의지력 하나에만 의지하여 하루를 버텨나간다. 만약 우리가 프리즈-프레임을 하기 위해 이따금씩 1분간만 시간을 할애해도 심장의 파워를 활용할 수 있게 되고, 과도한 업무로 인한 에너지 고갈을 막는 자기조정을 순간순간마다 할 수 있다.

에너지 관리 회계사가 되라

우리가 지금까지 보았듯이, 우리의 생각과 정서적 반응 중 몇몇은 (인체) 시스템에 에너지를 더해주는 자산들이다. 반면에 다른 것들은 우리의 에너지를 고갈시키고 지치게 하는 에너지 인출이요 부채이다. 이 에너지 자원과 부채들 중 몇몇은 눈에 잘 띄지 않고, 어떤 것들은 명백히 보인다. 어떤 것들은 상대적으로 중립적이고, 다른 것들은 극단적이다. 그러나 우리 내면의 대화들, 사고방식, 감정상태는 일반적으로 자산 또는 부채 중 하나에 해당하게 된다.

만약 우리가 부채보다 더 많은 자산을 축적하게 된다면, 우리의 에너지 계좌는 그 순가치가 증가하게 된다. 에너지 자산의 비축상태가 건실할 때는 활기, 적응력, 복원력, 창의력, 그리고 (심리적으로 그리고 생리학적으로 건강한) 삶의 질이 꾸준히 향상하게 된다.

한편으로 만약 우리의 부채가 자산보다 더 빨리 쌓이게 된다면, 우리의 에너지 계정은 그 순가치가 떨어지게 된다. 우리는 정서적으로 더 빨리 지쳐버리고 에너지 저장고는 바닥나게 된다. 우리의 창의력, 생산성 등 유용한 지능은 퇴보하게 된다. 이때 우리는 '희망적이고 긍정적인 시각으로 현실적인 어려움을 참아내는 적응력'을 점점 상실하게 된다. 만약 우리가 자산보다 더 많은 부채를 쌓게 되면 우리의 삶의 질은 상당히 퇴락하게 된다.

전형적인 에너지 적자상태에 대해 살펴보자. 우리가 좋은 친구와 말다툼을 했을 때 그 경험은 우리에게서 많은 것을 빼앗아간다. 거친 말들이 오가고 나서 소동이 진정된 후 우리는 어느 때보다도 피곤함을 느낀다. 우리의 에너지는 눈에 띄게 고갈된다. 그러한 다툼으로부터 회복되는 데에는 며칠이 걸린다. 특히 우리가 그 일을 머릿속에서 계속 되뇌고 있다면 더욱 그렇다. 그리고 만약 우리가 그러한 장면을 습관처럼 재현하고 분석한다면 우리의 건강은 장기적으로 위협받게 된다.

비록 우리가 언쟁 후에 더 피곤함을 느낀다는 것을 알아차렸더라도, 우리는 그때 우리 신체 내부에서 일어나는 반응을 모르기 때문에 멈출 수도 없고 반성할 수도 없다. 최근의 연구결과는 우리가 비판하고 불평하고 비난하는 동안 우리의 내부 시스템이 보이는 반작용에 대한 전문가적인 시각을 제공해준다.

오하이오 주립대학의 심리학자인 제니스 키에콜트-글래이서와 면역학자인 로널드 글래이서는 마찰이 많은 결혼생활이 심박과 혈압, 호르몬, 면역 시스템에 미치는 영향에 대해 연구하였다. 부부가 실험실에서 민감한 문제를 두고 토론하였을 때, 그들의 상호 교류에서 가장 적대적인 부부가 가장 높은 심박과 현저한 혈압상승뿐만 아니라 스트레스 호르몬의 증가, 면역력의 감소를 나타냈다. 또한 이러한 현상들은 다음날 부부들이 연구센터를 떠날 때에도 여전히 남아 있었다.[7] 적대감, 비판, 야유, 비난 같은 책임회피와 (부부간의 품위를 손상하는) 상호 공격 행위는 가장 오랫동안 해독을 남기는 것으로 판명되었다.

이 연구에서 피실험자들은 자신들의 결혼생활에 매우 만족하고 있고, 건강한 라이프 스타일을 유지하고 있다고 답한 부부들이었는데도 이러했다.[8] 그 부부들이 최근에 결혼을 했는지, 40년 이상 결혼생활을 유지해 왔는지는 중요하지 않았다. 왜냐하면 그들 모두에게서 비슷한 생리학적인 반응이 관찰되었기 때문이다.[13, 14]

우리는 언쟁을 할 때 해로운 생리학적 반응의 파상공격에 우리 자신을 내맡긴다. 만약 우리가 잠시 이것의 반작용을 생각해본다면, 그것이 정말로 가치가 있는지 다시 한 번 생각하게 될 것이다.

한편으로는 우리가 다른 사람과 뜻깊은 대화를 나눌 때, 진정한 일치감을 느낄 때, 우리는 심장과 강한 연결관계를 가지며 정신적인 활력을 얻게 된다. 지금은 새벽 3시, 시간은 정말 빠르게 지나간다. 그러나 우리는 여전히 충만한 에너지를 느낀다. 그리고 우리가 헤어진 후에도 그 에너지는 오랫동안 지속된다. 며칠 동안 함께 나누었던 대화를 생각할 때마다 우리는 활력과 피로의 회복을 느낀다.

위와 같은 긍정적인 상호 교류를 하는 동안 우리는 많은 긍정적인 감정들을 경험한다. 그것은 우리를 침입자로부터 빠르게 막기 위해[15], 다양한 인체의 시스템이 더 쉽게 교신하게 하기 위해, 우리의 면역 시스템을 활성화한다.[4] 분명히 우리를 활기차게 하는 대화들은 우리에

---

7) 한번 상실된 호르몬 균형상태는 상당한 시간이 흐른 후에도 회복되지 않고 혈액 내에 스트레스 반응(코티솔은 증가하고 DHEA는 감소한 호르몬 불균형상태)을 그대로 유지한다.
8) 의도적인 논쟁이라고 하더라도 같은 부정적인 흔적을 남긴다는 증거가 된다.

게 자산이다.

앞으로 며칠 동안만 다른 사람들과 하는 당신의 대화를 관찰해보라. 그리고 그 대화가 당신의 어느 부분에 힘을 더해주고, 어느 부분을 지치게 하는지 살펴보아라. 활기를 주는 대화를 했을 때 그것을 감사하라. 왜냐하면 거기에 부가된 긍정적인 반응은 실제로 당신의 에너지 은행 계좌에 더 많은 에너지를 예입해준다. 어렵고 지치게 하는 대화에서 당신은 심장의 마음으로 천천히 돌아가라. 그리고 당신과 함께하는 사람에 대해 감사할 것을 찾아라. 또는 연민이나 호의의 감정을 찾아라. 좋은 점을 찾음으로써 당신은 그 대화의 고통으로부터 벗어나게 된다. 그것은 당신의 마음을 깨끗하게 하고, 당신이 다음에 무엇을 말해야 할지를 아는 데 필요한 통일성을 당신에게 제공해준다. 이것이 직장에서 에너지 효율성을 높이는 것이다.

이 책을 통해서 배우게 될 프리즈-프레임과 하트매스 솔루션의 도구와 기법들은 정서적이고 정신적인 통일성에, 원하는 즉시 의도적으로 도달할 수 있도록 설계되었다. 그래서 우리는 최고로 회복 에너지가 활성화된 단계에서 더 많은 시간을 보낼 수 있다.

질적인 생각과 정서상태에 돌입하는 훈련을 규칙적으로 하는 방법을 배우는 것은 우리의 에너지를 활성화하고 스트레스를 감소시키는 데 상당한 기여를 한다. 모든 부정적인 정서의 활동이 진정되고 심장지능이 활성화되면 에너지 은행에는 예입이 이루어진다. 이러한 과정을 오랜 시간 반복함으로 해서 우리는 정신적으로, 정서적으로, 신체적으로 활력을 되찾게 된다.

우리는 아이들에게 낯선 사람들이 마약이나 특정한 음식, 또는 그들의 건강과 안전을 위협하는 것들을 권하면 'NO'라고 말하라고 지시한다. 그러나 성인인 우리는 종종 우리가 직면하는 가장 해로운 영향에 'NO'라고 말하는 데 어려움을 겪고 있다. 우리의 부정적인 생각, 태도, 정서가 그것이다. 우리는 내면의 혼란을 경험하거나 그것을 억누르는 것을 원치 않기 때문에 다른 사람들에게 터트린다.

우리가 이러한 감정들을 억누르든 사람들에게 표출하든, 어느 쪽이든 간에 이런 부정적인 생각이나 정서상태가 생길 때 에너지는 낭비된다. 우리가 그러한 부정적 정서들을 가졌다면, 우리는 그것을 극복할 수 없다. 그래서 우리는 한 단계 더 나아가야 한다. 그것은 만약 우리가 낙담이나 분노, 판단, 비난에 의존하지 않는다면, 우리는 표출하거나 억누를 어떠한 부정적인 정서도 가지지 않게 된다. 그러나 그런 부정적인 굴레를 벗어나는 방법을 배우려면 새로운 (심장의) 지능과 성숙함, 힘의 도움을 받아야 한다.

이 장의 초반부에서 우리는 에너지의 자산/부채 균형을 언급하였다. 이것은 생명에 필수적인 에너지를 당신이 얼마나 소모하고 축적하는지를 모니터하기 위한 뛰어난 자기관리 전략이다.

당신의 에너지 자산과 부채의 기록을 보존하는 것은 충분히 그럴 가치가 있다. 며칠 동안만이라도 이제껏 기록한 것을 조사하는 것은 당신의 어떤 행동이나 생각이 당신의 에너지 계정에 잔고를 더해주고(또는 어떤 부분이 인출을 하는지), 그리고 당신이 그런 인출 요인들을 어떻게 다루고 있는지를 보여준다. 당신은 어떤 정신적·정서적인 패턴이 전체 웰비잉에 유익을 주는지 그렇지 않은지를 볼 수 있게 된다.

에너지 자산/부채 대차대조표를 작성하라

다음에 나와 있는 에너지 자산/부채 대차대조표에 당신 에너지의 자산/부채 증감 상황을 기억이 생생한 어제나 오늘을 기준으로 에너지 예입, 인출로 구분하여 추적하고 기록하여 보라. 먼저 당신이 조사하고 있는 날에 관해 회상하라. 가능한 객관적으로 보되, 옳고 그름, 좋고 나쁨을 지나치게 구분하려고 시도하지 말고, 하루의 흐름에

자산/부채 대차대조표

자산의 부분 긍정적인 사건, 대화, 특정 (질적) 시간의 상호 교류를 기입하라. 진행을 하면서 각 자산에 해당하는 것에 감사하고, 당신이 생각해낼 수 있는 한 많은 자산을 기입하라. 또한 당신의 삶에서 진행중인 자산도 기입하라. 즉 친구, 가족, 생활과 근무 환경 등의 질에 대해 기록하라(그 기간 동안 얼마나 이 자산들을 인식했는지 주목하라).

부채의 부분 같은 기간 동안의 문제, 갈등, 부정적이거나 에너지를 소모한 사건을 기입하라.

점수	자산		부채	점수
		고려해야 할 점		
		핵심 가치들과의 정렬		
		가족과 일에서의 영향		
		스트레스를 받았는지 아닌지		
		관여된 사람들		
		느낌들		

_____ 자산의 합계   _____ 총점   부채의 합계 _____

자산과 부채를 기입한 후 뒤로 한 발짝 물러나 마음을 진정하고, 머리로 이 표를 비교해보라. 부채의 영역이 아직 자산으로 변환이 가능한지를 평가하라. 그때 만약 당신이 더 넓은 시각을 가질 수 있을 정도로 하던 일을 잠시 멈추었다면, 어느 부채가 중립화될 수 있었는지를 또는 자산으로 바뀔 수 있었는지를 주목하라.

결론 _____

_____

_____

_____

대해 생각하라. 그런 후 다음의 지시를 따르라.

1. '자산'의 영역에는 당신의 시스템에 좋은 느낌을 주는 활기차고 조화로운 사건을 기록하라. 다른 사람들과의 즐거운 상호 교류, 친절한 행동, 화가 날 만했는데 화를 내지 않았던 순간, 당신 혼자만의 창조적인 시간을 포함할 수 있다.

2. '부채'의 영역에는 통일되지 않은 것, 부조화, 지치게 한 사건을 기록하여라. 이것들은 대화의 부조화, 과민반응, 낙담, 걱정, 시간에 쫓기는 부담감, 당신 에너지의 비효율적인 사용과 같은 좋지 않은 느낌을 주는 모든 것을 포함할 수 있다.

3. 당신이 이 사건들에 주목하는 것을 마칠 때에, 각 자산에 1씩을 더하고, 각 부채에 1씩을 빼라. 그런 다음 당신의 자산을 더하고, 부채를 더하라. 그리고 당신의 전반적인 점수를 결정하기 위해 자산점수에서 부채점수를 빼라. 만약 당신이 적자의 상태에 있다면, 당신은 이에 대한 조치를 해야 한다.

당신은 이 훈련을 통해 무엇을 배웠는가? 당신의 행동과 시각이 당신이 분석했던 하루 동안 자신이 느끼는 방식에 어떻게 영향을 미쳤는지 보았는가?

당신은 자신의 규칙적인 행동이나 반복적인 패턴에서 플러스 혹은 마이너스가 되는 것을 보았는가? 부채 부분에서 당신을 화나게 하거나 지치게 한 것 때문에 −1을 하는 것 대신에 −5나 −50을 하고 싶은 그런 부분이 있었는가? 부가적인 에너지 또는 즐거움을 당신에게 주었기 때문에 당신이 더 높은 점수를 주고 싶은 자산이 있었는가? 아마도 당신의 표에는 자산이면서도 부채인 사건이 있을 것이다. 이것은 일반적인 것이 아니다. 어떤 사건은 긍정적이면서도 부정적인 (양면적인) 정서상태를 포함한다. 예를 들어 당신이 가족들과 쇼핑을 가서 거기서 말다툼했을 경우가 그렇다.

당신은 자신의 부채의 열에서 자신의 반응을 관리하고 무언가를 다르게 하기 위해 조금만 더 노력했더라면 자산이 될 수도 있었던 사건을 보았는가? 당신은 프리즈-프레임을 해서 쉽게 해소되거나 심지어 자산으로 변할 수도 있었던 부채를 보았는가?

당신이 하루를 회상하면서 자신의 하루는 더 비참했다고 생각하면서 자산보다 부채의 사건에 더 가중치를 두었는가? 걱정하지 말라. 대부분의 사람들이 그러하다. 자산을 무시하고 부채에 머무르는 것은 두뇌가 하는 가장 익숙한 속임수다.[9]

그때에 당신이 더욱 감사할 수 있었던 (또는 더 많이 감사하고 싶은 마음이 드는) 자산이 있는가? 우리는 종종 우리의 자산을 당연한 것처럼 받아들인다. 우리가 일찍이 관찰했듯이, 우리가 가지고 있는 자산을 평가하기 위해 잠시 멈추는 것은 더 많은 에너지를 축적하게 해준다. 이 축적된 에너지는 우리가 매일매일의 스트레스 요인들을 받아들이도록 돕는 완충지대 역할을 한다.

당신이 스스로 부과한 총점에 상관없이, 당신이 에너지 소비 조사를 통하여 개인의 발전에 충분한 관심을 가지게 되고, 그런 행동을 했다는 것은 가장 큰 자산이 된다. 대부분의 사람들은 얼마나 많은 에너지를 소모하고 있는지를 자각할 정도로 속도를 충분히 늦추지 않는다. 당신도 그랬다. 그리고 우리의 견해로는, 자신을 위해 시간을 집중했다는 사실만 하더라도 '자산의 5점'에 해당하는 가치를 지닌다.

에너지 자산/부채 대차대조표를 작성하는 것은 자유를 향한 첫걸음이다. 기록하고 수치적으로 (당신의 에너지 관리에) 점수를 매기는 것은 당신의 인식 수준을 높이고 당신의 에너지 효율을 더 높이도록 도와준다. 당신이 자신의 생각과 감정에 더 민감해질수록 자연스럽게 자신의

---

9) 두뇌는 옳고 그름, 선과 악 등 논리적 사고를 통한 판단 기능을 주로 하며, 판단의 결론은 (심장의 정서에 비해서 상대적으로) 부정적인 경우가 더 많다.

에너지 소비를 감시하고 자신의 힘을 기르기 위해 심장을 활용하기 시작한다.

삶을 에너지로 가득 채워라

중요한 것은 당신의 에너지 축전지가 충전된 상태를 유지할 때 당신은 개인적인 목표를 달성하고, 스트레스를 물리치며, 자멸적인 행동을 피하고, (자신에 대한) 더 높은 지각을 경험하게 된다. 당신의 에너지 축전지가 고갈되었을 때는 삶은 더 어려워지고, 지각은 무디어지며, 변화는 이루기 어렵게 된다. 당신은 결코 만족을 느끼지 못한다 (행복과 성취감이 떨어진다). 당신은 어떤 삶을 살고 싶은가?

하트매스 솔루션이 당신이 원하는 변화를 일으키는 데 필요한 힘을 키워주는 공식은 간단하다. 당신이 활동을 하면서 에너지 소모를 멈추고 시스템에 자유로운 에너지를 유입하라. 격언을 인용하자면 "양동이를 채우기 전에 구멍부터 막아라"라고 할 수 있다. 당신의 에너지 축전지가 꽉 찼을 때, 전에 당신을 귀찮게 하고 스트레스를 주었던 사건이나 상황들이 쉽게 기회로 보인다. 만약 당신이 심장지능을 먼저 사용한다면, 당신의 머리는 당신의 심장지능과 동조상태로 들어갈 것이다.

당신의 심장을 나침반으로 사용함으로써 당신은 어느 것이 자멸적인 행위를 멈추라는 지시인지 분명하게 알 수 있다. 만약 당신이 자신을 정말로 지치게 하고 괴롭히는 것 하나를 택해서 심장지능을 사용한다면, 당신은 현저한 차이를 느끼게 될 것이다.

당신의 자산/부채 대차대조표를 관찰하고, 당신이 증가시키고 싶은 자산의 패턴[10] 또는 바꾸고 싶은 부채의 패턴을 찾아보라. 당신의 자산/

---

10) 사람의 행동에는 반복되는 패턴이 있게 마련이므로 빈도수가 높은 패턴을 찾아내는 것이 중요하다.

부채 대차대조표를 검사한 날은 생각나지 않았지만 일반적으로 발생하는 다른 자산 또는 부채를 추가하라. 예를 들어 당신은 자산의 부분에 당신이 진정한 감사를 표현하고자 하는 친한 친구를 추가할 수 있고, 당신 마음에 평화를 주는 취미나 당신에게 기쁨을 주는 아이들과의 특별한 시간 등을 더할 수 있다. 당신의 부채 영역에는 자신의 에너지를 반복적으로 소모하는 어떤 것이라도 쓸 수 있다. 예를 들면 강박관념, 타인에 대한 반복적인 (나쁜) 대응, 걱정하는 경향, 운전하면서 화를 내는 것처럼 결과를 생각지도 않고 하는 행동들을 더할 수 있다. 한 번에 하나의 부채를 택해서 심장의 힘을 적용하고, 프리즈-프레임 기법을 사용하여 직관적인 시각을 얻어라. 그런 후 당신 심장의 지시를 따르라. 당신이 얼마만큼 이룰 수 있는지를 보면 아마 놀랄 것이다.

분명히 에너지 손실을 가져오는 핵심 과제들을 다루게 되면 이득이 있다. 그것은 종종 다른 문제들과 연결되어 있는 접합점일 때가 있다. 많은 패턴들이 그 기본적인 패턴의 근원이 되는 한 점에서 접합한다. 그래서 하나를 바꾸게 되면 종종 다른 태도와 행동을 더 쉽게 바꿀 수 있는 자유로운 에너지가 넘치도록 방출구를 열어줄 수 있다.

내면과 외부의 변화를 끌어내는 데는 힘이 필요하다. 당신 혼자의 머리로 어떠한 것을 이해하려는 것은 많은 (통일성의 상실에서 오는 정신적인) 시행착오를 야기한다. 이것은 당신이 심장의 지시로 행동했을 때 필요치 않는 지출이다. 두뇌는 선형적이기 때문에 그것이 처리해야 할 양에 비례해서 단계는 필연적으로 증가한다. 만약 당신이 어느 순간 에너지가 고갈되었다면, 당신은 당신의 목표에 이르기 전에 당신이 추구하는 것을 포기해야 할 수도 있다.

머리와 심장의 협력이 이루어지면 당신의 목표를 달성하기 위해 많은 에너지가 소모되지 않는다. 당신의 머리를 당신의 심장과 동조화시켜 통일성의 힘을 이용하는 것은 그 전에는 불가능했던 변화를 이루는 데 필요한 에너지의 효율을 당신에게 선사한다. 머리는 무엇이 바뀌어야 하는지를 안다. 그러나 실제로 변화가 실현되게 하는 힘과 지시는 심장이 제공한다.

당신의 에너지 자산/부채를 인식하는 것, 내면과의 대화에 집중하는 것, 부채대비 자산의 비율을 높이기 위해 심장의 지시를 따르는 것, 이 모두는 당신이 되고자 하는 사람이 되도록 도와주고, 비약적인 발전을 이룩하는 데 필요한 에너지를 축적하는 가장 빠른 방법 중 하나이다.

기억해야 할 키포인트

···▶ 우리의 정신적·정서적인 양식 대부분은 사람들이 깨닫는 것 그 이상으로, 많은 부분에서 우리의 전제적인 에너지 수준과 건강 그리고 행복을 결정한다. 작든 크든 모든 생각과 정서는 우리 내면의 에너지 비축량에 영향을 미친다.

···▶ 삶을 에너지 절약을 위한 게임으로 보라. 매일매일 자신에게 "나의 에너지 소비(행동, 반응, 생각, 느낌)는 생산적이었는가, 비생산적이었는가? 오늘 하루 동안 나는 더 많은 스트레스를 쌓았는가, 더 많은 평온을 축적했는가?"를 물어보라.

···▶ 에너지 자산/부채 대차대조표를 며칠 동안만이라도 기록하는 것은 당신 생활의 어느 부분이 에너지를 더해주고 어느 부분이 에너지를 소모시키는지, 어떻게 이 두 가지를 성공적으로 완성할 수 있을지를 알게 해준다. 명확한 그림을 보여줄 것이다.

···▶ 우리가 의식적으로 심장의 핵심 감정을 일깨우면 모든 수준에서 육체에 자양분이 공급된다. 고단위 영양소처럼 심장의 핵심 감정은 우리의 세포를 계속 재생시킨다.

···▶ 감정적인 반응을 'NO'라고 거부하는 것을 배우는 것은 정신적인 억압이 아니다. 'NO'라고 말한다는 것은 낙담, 분노, 판단, 비난에 관여하지 않겠다는 것을 의미한다. 관여하지 않는다면 당신은 어느 것도 억압할 필요가 없을 것이다.

···▶ 하트매스의 목표는 당신이 원할 때마다 정서적·정신적 통일성에 의도적으로 도달하는 방법을 배우게 하는 데 있다. 그래서 궁극에 가서는 하루 중 더 많은 시간을 최적의 에너지 효율 상태에서 당신의 신체를 회복시켜가며 일하게 돕는 데 있다.

···▶ 어렵고 지치게 하는 대화를 할 때, 조용히 심장에 접속해서 당신이 어렵게

대하고 있는 그 사람에 대해 감사할 만한 것이 무엇인지 찾아라. 또는 친절함, 연민의 감정을 찾아라. 이것은 당신의 생각을 맑게 하며, 다음에 무엇을 말해야 할지를 알기 위해 필요한 통일성의 상태에 도달하게 도와줄 것이다. 이것이 직장에서의 에너지 효율이다.

··➔ 자신의 심장을 나침반으로 사용함으로써 당신은 자멸적인 행동을 멈추기 위해 어느 지시를 따라야 할지를 분명히 알게 된다. 만약 당신이 정말로 당신을 괴롭히고 지치게 하는 정신적인 혹은 정서적인 습관 하나만을 골라 그것에다 심장지능을 적용한다면, 당신은 삶에서 놀라운 차이를 보게 될 것이다.

6

삶을 움직이는 핵심 감정들

파파 존은 마을 구석에 있는 옥수수와 담배 농장 안에 조그마한 붉은 벽돌집을 짓고 산다. 그는 이전에 생계를 위해 낡은 트럭을 운전했고, 일 주일에 한두 번 쓰레기를 수거하여 쓰레기장에 내다 버리기 위해 작은 마을의 집들과 점포들을 들르곤 했다. 우리는 언제나 그가 오는 것을 좋아했고, 그의 얼굴과 눈은 항상 미소와 친절함으로 빛났다. 아무리 짧게 만난다 해도 그는 만나는 사람 누구에게나 선량함과 존경의 감정을 남겼다.

파파 존은 600명이 사는 노스캐롤라이나의 마을에서 잘 알려져 있었다. 가난한 사람이든 부자든, 젊든 나이가 들었든, 피부 색깔에 상관없이 사람들은 그를 존경하고 사랑했다. 이 사랑스러운 흑인이 따뜻하고 관대한 성격을 가질 수 있었던 이유는 무엇이었을까? 무엇이 사회적인 지위나 인종을 초월해서 우리의 마음을 빼앗았던 것일까?

파파 존의 비밀은 감사에 있었다. 그를 바라보기만 하여도, 그가 다른 사람들과 상호 교류하는 구경만 하여도, 그가 깊고 진실된 감사의 삶을 살고 있다는 것을 누구나 알 수 있었다. 그는 삶의 모든 작은 것들에도 감사했다. 태양이 빛나는 것과 새가 노래하는 것, 그의 부인이 그가 좋아하는 점심을 차려주는 것, 그의 고객들이 그의 이름을 부르면서 그에게 인사하는 것, 이런 일상적인 것들에 감사를 느꼈다. 75년이나 된 늙은 육체가 자신의 젊은 정신에 반응하기 싫어하는 날에도 그는 감사하는 마음을 멈추지 않았다. 비가 오든 해가 비치든, 덥든 춥든, 늦든 이르든, 그는 악수를 청하고 그날의 안부를 물으며 당신에게 다가갔으며, 언제나 웃음을 머금고 있었다.

우리가 캘리포니아로 이사를 간다고 그에게 말했을 때, 수년 동안의 친절한 말이 진심이었음을 우리는 분명히 알 수 있었다. 슬픈 일이지만 만일 매주 우리를 보는 것에 감사할 수 없다면, 이제까지 그가 우리를 알고 지냈던 것에 감사할 것이라고 말했다. 그는 그의 마음을 감사로 오랫동안 채웠기 때문에 슬픔 속에 있을 때에도 놀라운 은혜와 편안함, 감사의 감정으로 돌아갈 수 있었다.

그의 담백한 감사의 태도가 너무나 그리워서 우리는 캘리포니아에 정착한 후에도 그를 만나러 비행기를 타고 갔다. 우리는 그를 그리워하며 그에 대한 많은 생각을 해왔었다. 우리 연구소에 있는 동료들이 그를 만나보기를 원했었다.

파파 존은 노스캐롤라이나에서 우리에게 보여주었던 그 마법을 우리 직원인 전문가들과 과학자들 사이에서도 다시 보여주었다. 하루 만에 모두가 그를 좋아하게 되었던 것이다.

그가 공항으로 가는 차를 탈 때에는 사람들로 둘러싸였다. 그는 모든 사람들에게 차례대로 미소를 지었다. 그 미소는 그의 얼굴을 환하게 밝혔다. 그리고 그는 이야기했다. "세상에는 많은 문제들이 있지. 그러나 지금 누군가가 나에게 물어본다면 나는 어디에 천국이 있는지 안다고 이야기할 수 있네. 그곳은 바로 여기 자네들과 함께하는 곳이지……."

한편으로 보면 파파 존은 너무나 힘든 삶을 살아왔다. 그는 모두가 꺼리는 직업을 가졌었다. 그리고 그가 사는 집이 좋지 않았던 것은 말할 필요도 없다. 그리고 그는 충분한 여유 돈도 가져본 적이 없다. 그러나 그가 세상에 보내는 감사의 수준은 성공이나 부(富)보다도 훨씬 더 가치 있는 것이었다. 그는 심장의 가장 귀한 특성 중 하나를 개발하였다. 그래서 그가 가는 어느 곳에서나 그는 강력하게 사랑으로 세상과 연결되었고, 사람들은 이에 반응을 보였다.

감사, 배려, 연민, 판단하지 않음, 용서 등을 포함한 심장의 핵심 감정은 매우 강력하다. 그것들은 모두 사랑의 모습이다. 이번 장에서 우리는 이 특성 중 세 가지를 이야기할 것이다. 우리는 감사, 판단하지 않음, 용서 이 세 가지를 '심장의 강력한 도구'라고 부를 것이다. 다른 장에서 우리는 네 번째로 심장의 강력한 도구인 '배려'를 다룰 것이다. 이 특성들은 당신 내면의 깊은 곳에 있는 심장의 중심으로부터 나왔다. 심장의 핵심 감정을 활성화하는 것은 에너지 자산을 증가시키고 에너지 부채를 감소시키거나 제거한다. 이 정서들이 올바르게 관리된다면, 당신의 삶뿐만 아니라 세상을 바꿀 수도 있을 것이다.

그런데 우리는 이러한 쓸데없는 생각을 받아들일 시간이 없다고 생각하지는 않는가? 이 달콤한 개념들을 그대로 받아들이기에는 삶은 너무나 어렵다고 어떤 이들은 말할 것이다. 교회에서는 우리의 이웃을 사랑하고 잘못이 있더라도 용서하라고 가르친다. 그러나 우리 모두는 삶이 그렇게 마음대로 되지 않는다는 것을 안다. 심장을 기초로 한 특성은 물론 매력적으로 들린다. 그러나 우리가 관계, 금융, 건강, 고용보장과 같은 어려운 문제를 다룰 때에는 도움이 될 만큼 실제적으로 보이지는 않는 것 같다.

아이러니컬하게도, 실제의 삶에서 그것이 우리의 문제에 적용되지 않기 때문이 아니라, 그것들을 적용하는 실제적인 방법을 모르기 때문에 심장에 기초한 특성에 그러한 반응을 보인다. 과학조차도 이 심장의 핵심 감정들이 앞장에서 본 것처럼, 우리의 마음과 몸에 얼마나 놀라운 이득을 주는지를 보여주었다. 이제는 뜬구름 잡는 듯한 개념에서 벗어나 이 감정들을 실제적으로 사용할 때이다.

내가(닥) 종종 이야기했듯이, 우리는 심장에 관련된 일을 하고 있다. 우리가 심장의 힘을 연구하기 시작할 때부터 우리는 그것의 감상에 관심을 두었던 것이 아니라 그것이 어떻게 역할을 하는지에 관심을 가졌다.

"우리가 배려 또는 감사와 같은 부드러운 감정을 '강력한 도구'라고 부르기를 주저하지 않았던 이유가 그것입니다. 약간은 부조화처럼 들리지만, 이 감정들이 단순히 우리를 기분 좋게만 하는 감정이 아니라는 점을 우리는 강조하고 싶습니다. 그 감정들은 힘을 가지고 있습니다. 당신이 그 결과들을 한 번 보기만 하면 왜 '강력한 도구'가 우리에게 적합한지를 당신은 이해하게 될 것입니다."

진실함은 동기를 부여한다

이 단어만으로 보면 때때로 '감사' 또는 '배려'하는 정서를 가진다는 것은 대단할 것도 없을 것 같다. 그 자체는 좋은 느낌이고, 스트레스를 받는 순간보다는 훨씬 더 낫기는 하지만 말이다. 그러나 강력하다고는 할 수 없겠다. 사실 그럴까?

레이저 빔과 60와트의 백열전구에서 나오는 빛의 가장 큰 차이는 통일성임을 기억해야 한다. 우리가 일상생활에서 거의 느끼지 못하고 지내는 감정을 강력한 도구로 전환하기 위해서는 그것을 집중적으로 일관성 있게 이용하는 법을 배워야 한다. 오직 그런 후에야 우리는 그것이 에너지 효율에 미치는 영향과 결과를 체감할 수 있다.

레이저 빔을 작동하는 연구실에 있는 과학자는 어떠한 기분에서도 자신의 일을 할 수 있다. 그가 열정적으로 하든, 열성 없이 하든, 노골적으로 나쁜 태도로 하든, 레이저 빔 전원 스위치를 켜기만 하면 레이저는 작동한다.

어떤 이유 때문인지 우리의 심장은 태어날 때부터 그렇게 설계되지 않았다. 심장의 힘을 키우기 위해서는 진실함이 필수적이다. 진실성은 우리의 심장에 동기를 부여하고, 진정한 의지를 지향하는 방향으로 향하게 된다. 진실함은 심장의 핵심 정서를 통일되게 만들고 힘을 부여하는 발전기와 같은 역할을 한다.

이 강력한 도구들에 통일성이란 힘을 더해주기 위해서는 진정한 욕구를 가져야 한다. 우리의 심장은 그 차이를 안다. 우리는 모두 어렸을 때 자신의 건전한 판단에 반하는 사과를 누군가에게 하도록 강요받은 적이 있을 것이다. 어깨 너머로 우리를 근엄하게 바라보던 부모님들 때문에 사과를 했다. 그렇지만 그 사과의 말에는 진정한 사과의 뜻이 담겨 있지 않았다. 아마 우리의 부모님들은 그 사과를 진정한 사과로 받아들였을 것이다. 아마 그 사과를 받은 사람도 역시 그러했을 것이다. 그러나 우리 자신의 내면에서는 눈곱만큼도 (작은 세포조차도) 그것을 인정하지 않았을 것이다. 우리는 스스로가 진실하지 않았다는 것을 안다. 그리고 지금 우리는 심장의 강력한 도구를 계발하기 위해 자율적인 기회를 부여받았다. 심장을 제외하고서는 누구도 우리를 어깨 너머로 (객관적으로) 지켜보지 않는다. 그것을 심장은 안다.

만약 당신이 이 강력한 도구들의 효과에 대해 어떤 의심을 가지고 있다면, 첫 번째로 자신의 마음에 사랑하는 것, 감사하는 것, 용서하는 것이 어떤 영향을 미칠 수 있는지를 물어보는 것이다. 만약 그러한 정서가 자신에게 영향을 미칠 수 있을 것 같다면 당신은 진실함을 통해서 심장의 핵심 도구들을 계발하는 것이 훨씬 더 쉬워진다는 것을 알게 될 것이다.

당신이 심장의 강력한 도구들을 이용할 때 자신의 진실성을 모아 한 곳에 집중할 수 있다면 당신은 더 많은 힘을 얻게 된다. 자신의 내면에서 잠자고 있던 평범한 느낌들이 되살아나는 것을 느끼게 될 것이다.

당신이 여기서 받는 이득은 당신이 집중시킨 진실성의 양에 비례할 것이다.

심장에서 나오는 강력한 도구들

첫 번째 도구 : 감사하는 것

앞에서 예로 든 파파 존처럼 감사하는 마음을 가지고 태어난 사람은 감사하는 삶을 실천할 수 있다. 그들의 삶은 많은 도전을 맞지만 어느 것도 그들을 좌절시키지는 못한다. 그들은 어떤 일이 자신이 원하는 대로 되지 않을 때에도 절망하지 않는 강한 복원력을 지니고 있다. 그 이유는 감사가 마력을 지니고 활력을 주기 때문이다.

일반적으로 감사는 고마워하는 마음과 존경, 인정, 도움을 받은 감정의 혼합이다. 재무 분야에서 감사는 '평가절상(Appreciate)'[1]을 의미하기도 한다. 가치가 올라간다는 뜻이다. 감사라는 강력한 도구를 사용하게 되면 당신은 이 두 가지 뜻을 가진 단어의 혜택을 얻는다. 즉, 당신이 지속적으로 감사하고 만족하는 법을 배울수록 당신의 삶의 가치가 평가절상될 것이다.

2장의 내용을 기억하겠지만 연구에 참여한 지원자들은 의도적으로 감사하는 마음을 일깨움으로써 능률적이고 건강에 좋은 동조화를 이루어냈고, 그림 2-5에 있는 바와 같이 일관된 심박변화 리듬을 그려냈다. 그러한 동조화 상태에서 중요한 두 가지의 주된 자율신경계는 필요한 만큼의 자극과 필요한 만큼의 이완을 반복하면서 일치(동조)되었다. 감사는 강력한 힘을 지녔다. 그것은 스트레스 반응을 먹어치워버린다.

진실로 감사하는 마음을 가지고 여기에 집중할 때 당신의 자율신경

---

1) 평가절하(Depreciation)의 반대 개념이다.

은 자연스럽게 균형을 찾게 된다는 것을 확신할 수 있다. 이때 우리의 몸 안에 있는 뇌를 포함한 모든 시스템들은 생물학적으로 더 조화롭게 일할 수 있을 것이다. 당신의 몸에서 방출되는 전자기장은 당신의 심장으로부터 방출된 규칙적인 패턴에 의해 통일성을 띠면서 동조된다. 그리고 당신의 시스템 안에 있는 모든 세포는 혜택을 얻게 된다. 당신의 몸이 더 균형상태에 있게 되면 당신은 정서적으로 더 좋은 기분을 느끼기 시작한다. 그것은 놀랄 일이 아니다. 감사의 감정이 심장의 그래프에 있는 규칙적이지 못한 리듬을 고른 리듬으로 바뀌도록 긴장을 완화하게 되면 당신의 생각과 정서는 더 부드럽게 상호 작용하기 시작한다.

감사는 우리가 삶에서 부딪히는 어려움들을 순화시키는 힘을 가지고 있다. 스트레스를 주는 생각과 감정은 이 감사하는 자세(틀) 속으로 들어오면 그 무게와 밀도가 약해진다. 진실된 감사의 감정을 가지는 순간에 당신은 그 전에 느끼던 삶의 무게를 느끼지 못하게 될 것이다. 당신은 자유롭게 삶의 좋은 점만 보고 감사하며, 기분을 전환하게 될 것이다.

당신의 마음 문을 여는 것은 마치 당신의 지각이란 카메라에 광각렌즈를 붙이는 것과 같다. 갑자기 더 많은 세상이 눈에 들어온다. 당신은 그 영상에 잡힌 새로운 가능성 때문에 더 많은 기회를 가지게 될 것이다.

끼리끼리 모인다는 말과 같이 전자기장은 그렇게 서로를 끌어당긴다. 당신의 통일된 심장 리듬이 내보내는 정서적인 공명파동은 자석과 같아서 거기에 맞는 사람, 상황, 기회들을 끌어당긴다. 당신이 감사하는 상태에 있을 때, 당신의 에너지는 더욱 활기차게 되고 기운을 얻게 된다. 당신은 정신적으로, 정서적으로, 그리고 육체적으로 더 좋은 기분을 느낀다.

_자신을 감동시키는 일은 반드시 있다
감사하는 마음이 대단한 것은 그것이 사랑이나 배려보다는 더 가지기 쉬운 감정이라는 것이다. 당신이 지옥 같은 하루를 보냈다고 하자.

당신이 하는 것마다 모두 잘못되었다. 예상하지도 않았던 사람이 전화를 해서 당신이 알고 싶어하지도 않는 것에 대해 이야기한다. 주변에 있는 전화를 포함해서 당신의 손이 닿는 곳에 있는 모든 기계들은 제대로 작동하는 것이라곤 없다. 감사라는 강력한 도구를 사용해야 한다는 것을 기억해냈을 때 이미 당신은 자신의 머리를 쥐어뜯기 일보직전에 와 있다.

당신이 그런 정도로 낙담하고 있을 때에도 사랑을 가진다는 것은 말도 안 된다. 배려조차도 크게 마음먹어야 가능한 일이다. 어렵다. 그러나 감사는 다르다. 빈정거림으로부터 시작해도 좋다. "그래도 얼굴이 바닥에 부딪치지 않은 것이 다행이야." 이런 식으로라도 여러 번 시도를 하면 자신을 진정으로 감동시킬 어떤 것을 만난다. 아마도 그것은 당신의 친구, 파트너, 당신이 사랑하는 사람일 수도 있다. 필요한 것은 당신의 지각을 180도로 바꾸어줄 강한 감사의 정서를 경험하는 것이다.

지난해 우리 친구 중 한 명이 이혼이라는 쓰라린 경험을 하였다. 싸움과 말다툼이 한 달 동안 이어진 뒤였다. 어느 날 그를 만나기 위해 그의 집을 방문했을 때 그는 서먹해진 아내와 분노에 찬 언쟁을 하다가 우리가 온 것을 알고 전화를 끊었다. 그는 정말로 절망적이었다. 우리는 그에게 이야기를 하려고 노력했었다. 그러나 우리의 이야기 어느 것도 그에게 영향력을 끼치지 못했다.

우리가 그 친구와 이야기를 하던 중 그의 다섯 살 된 아들이 그에게로 다가와 기대었다. 그는 그의 아버지를 부드럽게 바라보았다. 그리고 "아빠 난 정말로 아빠를 사랑해요"라고 말하였다. 그런 다음 그는 방을 빠져나갔다. 아들의 미소는 너무나 값진 것이었다. 그의 아들이 서로를 향한 사랑이 얼마나 값진 것인지를 일깨워주자 그는 사랑이 가장 중요하다는 것을 깨달았다. 그가 전화를 받고 느꼈던 긴장과 스트레스는 우리의 눈앞에서 사라졌다.

_감사의 마음은 첫눈에 반하는 마음처럼 깨어 있다

만약 대단한 감사를 분출시키는 삶이 지속적으로 이어진다면 우리는 스스로 그것을 찾기 위한 기술을 계발하지 않아도 된다. 우리는 편안히 누워서 그것이 우리 입에 떨어지기를 기다릴 수 있다. 아무리 비참할 때라도 우리는 자신에게 "지금이라도 나의 삶은 너무나 달콤하게 만들어줄 감사거리가 나타나 나를 놀라게 할 것이다"라고 말할 수 있을 것이다.

그러나 기회는 당신 스스로 자신에게 좋은 어떤 것을 알리기 위해 노력할 때 찾아오는 것이다. 그리고 그때 당신은 불행을 미련 없이 놓아보내야 한다. 그리고 당신은 한번 느낀 감사를 붙잡아두는 법을 배워야 한다. 왜냐하면 세상에서 가장 쉬운 것이 습관적인 생각과 정서에 적응하는 것이기 때문이다.

당신이 최신의 자동차를 산다고 가정해보자. 당신이 어디에 있는지 쌍방향 지도상에서 표시해줄 뿐만 아니라 목적지까지의 길까지 알려주는 놀라운 GPS 기술을 탑재하고 있는 멋있는 디자인의 검은색 BMW를 산다고 가정해보자. 모두가 그 차를 갖기를 원하지만, 그것은 당신의 차다.

한 달 정도 당신은 운전석에 앉을 때마다 감동하게 될 것이다. 당신은 일 주일에 두 번 정도 세차를 할 것이다. 그러나 새 차의 가죽 냄새가 사라지기도 전에 몇 달이 흐르고 그후에는 더 이상 흥분되지 않는다. 그 차는 이제 친숙해졌다. 그러나 당신은 여전히 그것을 사랑한다. 그러나 그것을 향한 설렘은 사라졌다. 당신이 그 새 차에 이미 적응했기 때문이다.

사람 사이의 관계도 그렇다. 어떤 사람이 당신 생각의 전부를 차지하던 그 초기시절을 기억하는가? 다른 어떤 것도 그 사람과 비교할 수 없었다. 만났다 헤어지면 그 순간순간마다 당신은 그 사람을 너무나 보고 싶어했다. 둘의 눈에는 서로의 매력으로 가득했다. 그러나 그것은 점차

식어간다. 그 사람에 대한 초기의 열정은 식었어도 몇십 년 후에도 사랑이나 좋아하는 마음, 만족은 여전히 남아 있을 수 있다.

대인관계에서 그런 초기 열정으로 들뜬 단계가 지나고 나면 더 깊은 관계로 발전할 수 있다. '반짝이는 것이 모두 다 금은 아니다'는 것을 알고 있더라도 초기 단계에서 우리는 너무나 그 빛에 매혹되어서 그 진위를 구별하기가 어렵다. 그 사람에 대한 강한 열정에 눈이 멀어 있는 동안은 모든 새로운 관계가 그런 것처럼 우리는 다른 사람을 있는 그대로 사랑할 수 없다. 그러나 한번 우리가 깊은 관계로 발전하게 되면 우리는 그 사람에게 당신이 만족하는 새로운 방식으로 감사하기 시작할 수 있다. 그것은 계속 변화하는 과정이다.

적응은 그 자체로는 나쁘지 않다. 그러나 우리를 계발에 계속 집중하게 하기보다는 표류하게 하고, 깨어 있게 하기보다는 잠들게 하는 적응은 우리의 성장 원동력을 감소시킨다.

당신이 자신의 삶에서 바꾸고자 하는 어떤 것에 대한 통찰력을 가지고 있다고 하자. 당신은 앞으로 하게 될 것에 대해 흥분하고 들뜨게 된다. 당신은 한 주 또는 두 주 동안 당신의 통찰력을 사용하기 시작하고 일을 잘 진척시킨다. 당신은 이 일을 하면서 성취하는 모든 것에 대해 감사한다. "내가 이것을 하기로 결심하게 되어서 너무나 기쁘다." 당신은 이렇게 자신에게 말한다.

그러나 얼마 후 당신은 거기에 적응하기 시작하고, 동시에 감사하기를 잊기 시작한다. 당신은 성취한 것들과 새로운 통찰력을 당연한 것으로 받아들이고, 계속적으로 노력하려고 하지 않는다. 당신이 이루고자 했던 변화를 지속하고 완성하고자 하는 소망이 희미해지기 시작한다. 무슨 일이 일어났는가? 당신의 적응이 당신의 감사를 침식하였고, 그것은 당신이 성취를 위해 필요로 하는 심장과의 연결 통로를 끊어놓았다.

종종 변화를 완성하려고 시작하는 사람들이 그것을 완성의 단계까지

끌고 가지 못한다. 그들이 바꾸려고 하는 것들이 태도, 사고방식, 정서적 행동을 포함할 때는 특히 그러하다. 우리 모두는 아마 변화에 대한 처음의 열정이 쇠퇴하는 것을 경험한 적이 있을 것이다. 그러고 나서 변화를 자극했던 힘도 함께 잃어버렸던 경험이 있을 것이다. 우리에게 활력을 주었던 처음의 심장의 지침은 매일매일의 생각 안에서 사라져 간다. 때로는, 우리가 다시 진취적인 힘을 얻을 때까지 다시 옛날로 돌아가 초기의 깨달음을 다시 일깨워야 한다. 그러고 나면 우리는 처음의 감사에 대한 열매를 감사하게 받을 수 있게 된다.

감사를 다시 불붙임으로 해서 우리는 한때 가졌던 변화에 대한 열정을 되찾을 수 있다. 감사는 우리가 안전지대에 익숙하게 빠져드는 것을 막는 역할을 한다. 왜냐하면 감사는 우리가 계획했던 것을 이룰 때까지 타협과 대항하여 싸우게 한다. 어떤 것은 그것을 함으로써 얻는 많은 이익 때문에 팔을 걷어붙이게 하고, 다시 원래의 상태로 돌아갈 가치가 있는 것이다.

감사하는 상태를 유지하려면 심장의 힘과 지속적이고 의도적인 접촉을 해야 한다. 그것은 우리가 이미 가지고 있는 것에 대해, 특히 작은 것에 대해서도 감사할 수 있는 그런 상태로 우리를 되돌려 놓는다.

_감사라는 렌즈를 통해 세상을 바라보았을 때

우리들 대부분은 그때는 기쁘지 않았지만 후에는 그것에 감사했던 그런 경험을 가지고 있을 것이다. 가장 기초적인 수준에서 훈련의 고통을 생각할 수 있다. 아이들은 음악 수업을 받을 때 음계를 연습하는 것을 불평하는 것으로 유명하다. 그들은 단지 연주만 하고 싶어하지 연습은 하고 싶어하지 않는다. 어느 것도 음계를 연습하는 것보다 더 지루한 것은 없다. 그러나 우리가 그것에 쏟았던 노력은 결국에는 우리에게 이익으로 돌아온다. 연주회가 있는 밤에 능숙한 연주자는 초기의 연습에 쏟아부은 지루한 시간들에 대해 감사한다.

어른으로 성숙해가는 징표 중 하나는, 후에 우리가 원하는 것을 위해 지금은 원하지 않는 것도 하는 (원하는 것을 하는 기쁨을 뒤로 미루는) 능력이다. 우리는 성숙할수록 가장 소중하게 여기는 목표에 이르기 위해 끈질기게 순간의 불편함을 견디는 능력을 계발하게 된다. 모든 것을 액면 그대로는 받아들일 수 없다는 것을 우리는 깨닫게 된다.

우리가 의도적으로 기쁨을 연기하는 동안 기쁨은 때때로 예고도 없이 찾아온다. 유쾌한 놀라움이다. 예를 들면 슬픔과 고통만을 주는 많은 사건들이 궁극적으로는 예상치 못한 보상을 가져다준다. 상실은 완전히 새로운 희망을 열어줄 수 있다. 실망은 성공으로 향한 길을 우리에게 비춰준다. 현재의 눈으로 과거의 사건을 선명하게 보고,[2] 그리고 과거에 겪은 고통을 한 발 떨어져서 바라보게 됨에 따라 우리는 종종 불행이라 생각했던 것에 대해 감사하게 된다.

비록 우리가 이런 종류의 '고진감래(苦盡甘來)'[3] 상황을 경험했다 하더라도 그 순간의 고통 속에서는 감사의 마음을 가지기가 어렵다. 만약 당신의 사업이 실패하거나 또는 당신이 좋아하는 어떤 사람이 당신에게서 멀어졌다면 당신 머리에 처음으로 떠오르는 것은 감사일 수 없다. 슬픔 또는 고통에 잠겨 허우적거리는 것도 이러한 경우에는 오히려 자연스러운 것처럼 보인다. 그렇다. 그것은 자연스럽다.

울면서 발버둥치는 것은 어린아이에게는 자연스러운 것이다. 그러나 우리가 그렇게 하기에는 너무 성숙했다. 학교에서 인기가 없다고 그것이 세상의 마지막이라고 생각한다면 열네 살의 사춘기 때나 가능한 일이다. 당신의 삶이 예상 밖의 변화를 맞이할 때 두려워하게 되는 것은 성인에게도 자연스런 일이다. 그러나 우리는 그러한 것도 초월하게 성

---

2) 과거의 사건 이후에 많은 경험과 지식을 쌓게 되었으므로 현재의 관점에서 과거를 보게 되면 그 당시보다는 더 현명하게 바라볼 수 있다는 의미이다.

3) 진나라의 차윤은 집안이 어려워서 등불을 켜지 못하고 반딧불을 모아 책을 읽고, 손강은 겨울에 내린 눈에 비추어 책을 읽는 고생을 하였으나 둘은 모두 성공하여 크게 벼슬을 하였다는 고사로, 고생(쓴맛)을 다하면 영화(단맛)가 온다는 말이다.

숙할 수 있다. 성숙함 역시 자연스런 과정이다. 그러한 성숙함을 가지는 것은 그 문제에 대한 대안을 가지는 것보다 모든 부분에서 더 낫다.

감사를 강력한 도구로 사용할 때의 진정한 어려움은 그것을 더 심화시키는 것이다. 그것은 당신이 불행을 알아차린 그 순간에도 감사함으로 전환하는 것을 의미한다. 지금 당신들 중 몇 명은 아마 "만약 내가 그렇게 할 수 있다면 곧 물 위를 걷는 기적[4]이 일어난 것이다"라고 생각할지 모른다. 그러나 그것은 생각처럼 그렇게 어렵지 않다.

감사함이 가장 느끼기 쉬운 것 중 하나임을 기억하라. 비록 처음에 그것의 가능성이 적어보여도 오직 당신이 해야 할 것은 그 감정에 접근하는 것이다. 나머지는 당신의 심장이 알아서 한다. 만약 당신이 위기의 순간에 당신의 시스템에 약간의 감사함을 주입할 수 있다면, 당신은 당신의 일을 다한 것이다. 단순히 그 순간에 어떤 것에 대해서라도 감사함을 느껴라. 당신 심장지능은 거기에 따라 반응할 것이다. 그런 다음 지켜보고 배워라.

나의(딕) 경우에는 주 방위군에 입대했을 때 곧 시련을 겪었다. 캘리포니아의 몬트레이에 있는 훈련소에 도착한 순간부터 나는 그 훈련소가 싫어졌다. 아침 5시 30분에 기상을 해야 하고, 좋지 않은 음식에 꽉 찬 군장을 메고, 찌는 듯한 태양 아래서 10마일씩 행군을 해야 했다. 하루 종일 훈련교관은 우리를 가치 없는 사람처럼 대했다. 나는 내가 가지고 있던 유일한 칫솔을 가지고 몇 시간이나 화장실 바닥을 청소하게 될 줄은 생각지도 못했다. 그곳에서 초기에는 스스로 할 수 있는 모든 노력을 다했지만 나는 훈련에 관하여 감사할 그 어떤 조건도 찾을 수 없었다.

그러나 점차적으로 나는 감사할 수 있을 것 같은 작은 것들을 발견하기 시작했다. 그리고 작은 감사거리들을 발견되기 시작하자 다른 것들

---

4) 「마태복음」 14장 25절에서 31절까지에서 예수가 바다 위를 걷는 것을 본 후 베드로도 물 위를 걷는 기적을 보인 것을 참고한 말이다.

을 기뻐하는 것이 더 쉬워졌다. 예를 들면, 어느 날 우리가 절망적인 더위 속에서 전술훈련을 하느라 밖에 있을 때 교관은 우리에게 몇 분간의 휴식을 허락하였다. 뜨겁고 땀이 비 오듯하는 날씨 속에서 나는 아픈 근육을 풀기 위해 땅 위에 몸을 쭉 폈다. 나는 그때까지 내가 알지 못했던 채송화가 심어진 화단을 머리에 베고 누웠다. 그렇게 힘든 날 그 화단은 부드러운 베개처럼 느껴졌다. 그리고 나는 기분이 좋았다. 나의 감사는 내 마음을 부드럽게 했다. 나 자신의 작은 아픔, 고통, 불편함이라는 렌즈에 초점을 맞추는 대신에 나는 감사라는 렌즈를 통해 세상을 보기 시작했다. 내 주변에 있던 병사들을 바라보면서 나는 우리가 남자다워지는 성년의식을 함께 겪으면서 얼마나 많은 새로운 친구들을 사귀고 있는지도 깨달았다.

나는 심지어 우리에게 생존에 필요한 기술들을 가르쳤던 매우 거친 교관에게도 감사함을 가지게 되었다. 한순간이 생생하게 생각난다. 교실에서 수업을 하던 중에 교관이 숲 속에서 방향을 찾기 위해 어떻게 나침반을 쓰는지를 설명하였다. 뒤에 있던 우리들 중 몇 명은 늘 그랬듯이, 그 말에 집중하지 않고 장난을 치고 있었다. 일등상사는 우리를 발견하고는 우리가 지칠 때까지 팔굽혀펴기를 시켰다. 우리가 벌을 받으면서 불평을 하자 그는 우리에게 소릴 질렀다. 그러고는 우리가 상상할 수 있는 모든 모욕적인 말을 동원해 우리에게 욕을 하였다. 우리는 그가 정말 얼간이 같은 녀석이라고 생각했다.

며칠 후 전술훈련을 하는 동안 우리 중 몇몇이 길을 잃게 되었다. 그래서 우리는 다시 훈련소로 돌아오는 데 가시가 빽빽한 숲을 지나 몇 마일을 돌아 몇 시간 동안이나 더 많은 행군을 하였다. 우리는 지쳤고 허기졌을 뿐만 아니라 몸에는 피가 흘러내리고 있었다. 나는 그 일 이후 우리를 한계점까지 끌고 갔던 교관들에게 아주 새로운 방법으로 감사할 수 있었다.

더 많은 감사를 배울수록 나는 더 많은 감사할 거리를 발견하게 되었다. 훈련의 끝 무렵에는 나는 그곳을 떠나고 싶지 않았다. 나는 훈련소와 화해하는 방법을 발견하였다. 그 방법을 통해 나는 그 훈련소의 가장 어려운 부분조차도 즐거움으로 만들었다. 지금 그것을 다시 생각해 보면 나는 정직하게 훈련소의 그때가 내 삶에서 가장 즐거웠고, 그리고 중요한 경험 중 하나라고 말할 수 있다. 나는 나의 진실된 감정을 억누르면서 또는 간단하게 나쁜 것을 축소시키고, 좋은 것에 초점을 맞춤으로써 이 느낌을 얻지 않았다. 나는 내가 진실로 감사할 수 있는 몇 가지와 함께 시작해 이것을 경험하였다. 그리고 그때부터 내가 싫어했던 것들에 대해서도 감사할 수 있는 능력을 키웠다.

비록 당신이 그것을 한 번도 시도해보지 않았더라도 당신이 겪고 있는 어려운 환경에서 이 같은 경험을 할 수 있다. 감사는 놀라울 정도로 강력하다. 그것은 가장 어려운 상황들조차도 어렵지 않게 만들 수 있다.

_삶에서 감사할 수 있는 모든 것들을 적어보자

다음에 나오는 연습과 함께 시작하자. 당신의 삶에서 가장 도전적인 상황에 대해 지금 생각을 해보라. 당신의 마음을 심장 부위에 집중하여 당신이 할 수 있는 한 자신을 진정시켜라. 만약 당신이 원한다면 프리즈-프레임을 해도 좋다. 이 상황에 대하여 당신이 감사할 것 세 가지를 알려달라고 자신의 심장에게 부탁을 하여라. 그리고 그것을 적어라.

비록 당장 감사할 만한 것들이 생각나지 않았다고 해도 당신은 자신의 시간과 에너지의 소모를 덜어주는 상태로 전환하기 시작하였다. 이 훈련을 통해서 당신은 어떤 의미에서 미래의 시간대로 이동하였다. 왜냐하면 나중에는 당신의 의도대로 자연스럽게 감사를 느끼게 될 것이기 때문이다. 분명히 감사를 느끼기에 힘든 그런 순간에도 이 감사하는 행동은 당신이 당면한 어려운 상황을 더 빠르게 해결할 수 있도록 도와준다. 그리고 당신의 에너지 자산을 증가시킨다. 감사의 감정은 당신이 편안할 때에만 사용하는 것이 아니다. 좋지 않은 상황을 해결하는 데 도움을 주는 도구로 더 많이 사용하라.

먼저 당신 삶에 있는 모든 좋은 것들에 대해 감사하지 않고서는 당신은 평화와 내면의 안정에 이를 수가 없다. 만약 당신이 모든 것을 있는 그대로의 모습으로 감사하지 않고, 영원히 더 많은 것을 원하고 바란다면 당신은 부조화의 상태에 있게 될 것이다.

당신의 정신이 관리되지 않으면 그것은 옳지 않은 것에 초점을 맞추는 경향이 있다. 그리고 당신이 옳지 않은 것에 초점을 맞추고 있으면서 자신의 문제에 사로잡혔을 때 당신은 자신의 삶에서 좋은 부분을 볼 수 있는 시각을 잃게 되는 경향이 있다. 결국 당신은 자신을 못마땅하게 여기게 된다. 이렇게 상처 입은 생각은 심장지능과 연결을 차단하고, 편협하고 어지러운 지각을 형성한다. 이것을 해결하는 방법은 감사를 활성화시키고, 문제를 더 넓은 시각으로 보는 것이다. 만약 당신이 하던 일을 잠시 멈추고 자신의 삶을 더 넓은 시각에서 바라보며 자신이 감사할 많은 것들을 찾는 것이다. 이렇게 함으로써 당신은 더 균형 잡힌 시각으로 세상 사물을 보게 될 것이다. 바꾸어 말하면, 당신이 감사할 거리를 발견함으로써 자신이 가지고 있는 문제에 대한 (자신이 생각하는) 심각성을 줄여준다. 당신이 심장과 함께 문제를 보게 된다면 이러한 변화가 가능하다. 이것이 감사의 정서가 지닌 마력의 하나이다.

자, 그럼 다음 쪽에 있는 표를 따라 감사할 대상을 적어보는 시간을 갖도록 하자. 짧은 프리즈-프레임을 한 다음 당신의 삶에서 감사할 대상을 가능한 한 많이 열거해보자. 이 작업이 끝나면 당신의 표를 읽어보고, 이 간단한 훈련이 당신에게 어떤 기분이 들게 하는지를 관찰해보자.

이렇게 감사의 표를 만들어보는 것은 당신이 새로운 감사의 대상을 찾도록 해준다. 우리들 대부분은 우리가 받은 축복들을 목록으로 작성해보는 시간을 가진 적이 없다. 그러나 그것은 훌륭한 연습이다.

결국 당신이 기록한, 감사할 대상에 대한 기억이 하루 종일 머릿속에 남아 있을 것이다. 새로운 도전이 닥쳐오더라도 당신은 그 문제를 더

감사하는 연습

가장 도전적인 상황을 기록하십시오.

이 상황에서 발견할 수 있는 감사의 대상 세 가지를 적으십시오.

①

②

③

감사할 대상 목록 만들기

당신의 삶에서 감사할 수 있는 모든 것들을 적어보십시오.

쉽게 받아들일 것이며, 결국에는 감사할 대상에 하나를 추가하게 될 것이다. 그리고 그러한 시각은 매일의 삶이 복잡하더라도 감사하는 마음을 유지하도록 도와줄 것이다.

다른 하트매스 솔루션과 함께 당신이 진심으로 연습을 한다면 자연스럽게 시각이 바뀔 것이다. 곧이어 당신은 전보다 더 감사하는 마음으로 세상을 보고 있다는 것을 알기 시작할 것이다.

당신이 감사할 대상에 대한 인식을 가능한 한 분명하고 역동적으로 유지하라. 여기 몇 가지 기억해야 할 점들이 있다.

1. 감사는 단지 부드러운 어떤 개념에 불과한 것이 아니다. 그것은 우리 신체에 굉장히 유익한 영향을 준다.
2. 심장의 다른 핵심 감정들보다 활성화하기 쉬운 감사라는 감정은 당신의 태도와 지각을 빠르게 전환시킬 수 있다.
3. 감사는 당신에게 추가적으로 감사할 조건(상황)을 만들어준다. 당신이 보낸 대로 결국 돌아온다.
4. 일이 잘될 때가 아니라 당신의 뜻대로 되지 않을 때 감사할 것을 찾아라.
5. 당신의 삶에서 당신이 감사할 수 있는 것을 찾기 위해 의도적으로 노력하라. 그리고 그것들을 기억하려고 노력하라. 때때로 감사할 목록을 다시 작성해보는 것은 감사하는 마음을 견지하는 데 큰 도움을 줄 것이다.
6. 당신의 삶에서 당신이 이미 적응하였거나 당연하게 여기는 영역을 계속해서 주시하라. 이 영역에서 새롭게 감사할 것들을 찾도록 노력하라.

앞에서 소개한 파파 존과 같은 사람은 아마도 태어날 때부터 감사할 줄 아는 축복을 받은 사람일 것이다. 그를 보고 있으면 감사의 감정은 가지기 쉬운 것처럼 보인다. 그러나 그조차도 가끔은 그 감사하는 마음을 가지기 위해 노력했다. 우리를 성숙하게 하고 우리에게서 최대의 잠재력에 끌어내는 것은 바로 삶의 도전들이다. 그러므로 그것들에 감사해야 한다.

두 번째 도구: 판단하지 않기

사람들은 마치 판단이라는 바다에 빠져 사는 것처럼 보인다. 정신은 분리하여 분류정리하고, 정보목록을 작성하는 것을 좋아한다. 또 이해를 위해 모든 사물과 사람을 평가한다. 불행하게도 아는 것이 이해하는 것은 아니다.

심장의 지시 없이 홀로 활동하는 정신은 인식한 많은 것 중에서 강한 것을 택하는 경향이 있다. 경직된 이런 마음은 때때로 우리가 무엇을 좋아하고 싫어하는지, 누가 옳고 그른지, 무엇이 좋고 나쁜지를 판단하는 기초를 제공한다.

이러는 과정에서 우리는 판단하는 데 굉장히 능숙해진다. 많은 부분에서 이 판단능력은 값진 역할을 한다. 판단은 우리가 개인적 선택을 하게끔 도와준다. 판단 없이는 어느 차를 구입해야 할지, 식료품점에서 어떤 식품을 살지를 선택할 수 없다.

우리가 성장하고 성숙할수록 우리의 판단력은 더 세련된다. 예를 들면, 가게에 들어갔을 때 상품에 관해 진실을 말하는 점원과 무조건 팔려고만 하는 사람을 구별할 줄 안다. 우리의 세련된 판단력이 그 차이를 알도록 도와준다.

우리의 판단력이 개인적인 선택을 하거나 확실한 사업상의 결정을 하는 데 사용될 때 그것은 긍정적인 것이다. 그러나 판단은 잘못 사용될 수 있다. 우리가 여기서 판단에 대해 부정적으로 이야기할 때, 우리는 자신을 다른 사람들로부터 고립시키는, 완고하고 부정적인 의견을 가진다. 그것은 누군가를 비난하게 하고, 자신이 남보다 뛰어나다고 생각하게 한다. 판단은 거의 모든 것에 대해서 형성될 수 있다. 즉 과제들, 장소, 물건, 그리고 (특별히) 사람들에 대한 판단이 내려진다. 그러한 판단은 자주 불완전한 정보에 그 기초를 두고 있으며 종종 선입견도 크게 작용한다.

당신은 지금 당신과 친하지만 당신이 처음 만났을 땐 싫어했던 사람이 있는가? 어떤 사람에 대해 '그는 내게 호감을 주는 타입이 아니다'라고 성급한 판단을 내린 적은 없는가? 때때로 사람들은 결국 스스로가 성급하게 판단했던 바로 그 사람과 행복하게 결혼하여 산다. 그들이 처음에 가졌던 의견은 현재의 감정에 비추어보면 우스꽝스러워 보일 것이다.

너무나 많은 것들을 쉽게 판단할 때 우리는 이 판단들이 얼마나 많은 이해와 새로운 정보들을 가로막고 있는지를 생각해보아야 한다.

_판단하지 않는 첫 걸음은 중립적이 되는 것이다

심장에 기초한 참된 분별력은 머리에 기초한 판단력과는 매우 다르다. 일반적으로 사람들은 "나는 정말 나의 상관을 판단하지 않았어. 난 그를 평가했을 뿐이야"라고 합리화한다. 그러나 그것이 정말 사실인 경우는 얼마나 될까?

진정한 평가는 효율적이고 유익하지만 그렇지 않은 평가는 판단을 그르치는 연막에 지나지 않는다. 당신의 분별력에 충분한 지능이 더해지지 않으면 당신의 평가는 가정을 근거로 하게 되고, 결국 판단적인 생각, 감정, 시각으로 이어지게 된다.

심장으로 판단하는지, 머리로 판단하는지 아는 한 가지 방법은 당신이 자신의 의견에 얼마나 중립적인지를 보면 된다. 머리는 자신의 의견을 고집하는 반면, 심장은 우리에게 도움이 될 새로운 이해를 제공한다. 심장은 정보 또는 통찰력에 문을 닫지 않는다. 사실 심장은 주변에 대한 당신의 시각을 분명하게 해주고, 당신이 마음 문을 열고 더 중립적 자세를 취하도록 하는 자각을 일깨운다.

판단하지 않는다는 것은 너그러운 것이며 인정하는 것이다. 판단적이지 않은 지각은 잘못된 것에 지나치게 집착하지도, 과도하게 관여하지도 않는다. 그렇게 함으로써 더 중립적으로 되는 것은 판단하지 않기 위한 첫걸음이다. 당신이 거기서 한 발짝 더 나아갈 때마다 당신은 삶과 사람들의 더 깊은 면을 보기 시작한다. 그 면들은 너무나 황홀해서 누군가는 그것들을 신성하다고 부를 수도 있을 것이다. 빠르게 사람들의 결점을 찾고, 그들의 특징을 비판적인 시각을 통해서 보는 것 대신에, 당신은 사랑으로 삶을 살기 시작한다. 당신 주변의 사람들이 더 훌륭하게 보일 뿐만 아니라, 당신의 정신이 그 관대하고 활력을 주는 특성에 의해 더 높게 고양된다.

당신이 심장과 연결되었을 때, 당신은 삶에서 부정적인 것들에 덜 집중하는 경향을 가진다. 그것은 당신이 보는 모든 것을 좋아하거나 또는 그것에 동의한다는 것을 의미하지는 않는다. 이것은 우리가 말하려 하는 요점이 아니다. 그러나 당신이 가지고 있는 측정하고 제한하는 의견은 당신에게 악한 지배력을 잃게 한다. 당신이 심장과 함께 어떤 것을 평가할 때에도, 당신은 여전히 의견을 가질 수 있다. 그러나 당신은 전에 가지지 못했던 연민의 감정, 감사의 감정과 같은 다른 대안 또한 가진다. 머지않아 이런 따뜻한 감정들이 당신의 판단과 의견보다 더 많이 당신의 마음을 움직이기 시작하여 당신은 부정적인 정서를 물리치는 동기를 가지게 될 것이다.

당신이 머리에 의해 지배받을 때에는 평가하고 판단하는 것이 가장 중요한 것처럼 보인다. 당신의 모든 가치관과 결정들도 이러한 결론에 기초를 두게 된다. 합리적으로 문제나 사람들을 평가하는 것도 나쁘다고 말하는 것이 아니다. 그러나 심장이 참여하지 않은 평가는 당신에게 큰 그림을 보여주지는 못한다.

심장 중심의 판단은 언제나 총체적인 관점을 가진다. 자연히 그것은 당신이 판단하거나 의견을 낼 때 쓰는 에너지를 절감시킨다. 한번 당신이 심장으로 통제하는 것을 배웠어도, 당신은 여전히 이러한 의견들을 인식하게 될 것이다. 그러나 당신은 또한 새로운 선택의 문을 열어 놓을 수 있다. 그러므로 당신의 심장과 정신은 닫히거나 방해받지 않을 것이다.

부정적인 판단은 간단히 말해서 건강하지 못한 것이다. 다른 손실과 같이 그것들은 당신의 생물학적 시스템에 스트레스와 통일성의 상실을 가져온다. 당신의 몸을 통해 흐르는 모든 부정적 태도와 감정은 독성을 지닌다. 그리고 그것들은 심장이 주는 많은 가치 있는 것들을 차단한다. 판단의 가장 부정적인 면은, 판단을 하는 사람의 육체가 그 부정적인 영향(독소)으로 인해 가장 많이 손상을 입는다는 것이다. 당신은 우리 인체 시스템은 평형을 이루도록 설계되었다는 것을 이해할 수 있을 것이다.

어떤 운전사가 당신 앞으로 끼어들어 교차로를 막고 당신이 신호를 놓치게 했다고 하자. 당신은 이미 출근시간에 늦었기 때문에 이 사건이 당신을 더욱 분노케 한다. 당신은 그 사람과 같은 사람을 '판단'이라는 마음의 책에 기록하기 시작한다. 난폭운전자, 매너 없는 놈 등으로는 분이 풀리지 않는다. 그러나 상대편은 당신이 자기를 어떻게 평가했는지도 모르고 행복하게 운전해가고 있다. 한편 당신은 판단하는 에너지로 이미 손상을 입었다. 그 에너지가 당신의 혈관을 타고 흐르면서 당신의 의욕을 꺾고, 에너지를 소모시키며, 시스템의 균형을 깨트린다.

판단을 하고 견지하는 데에는 환경을 조사하고, 결점을 발견하고, 그것들의 중요성을 평가하고, 그리고 의견을 고수하고 방어하기 위해 많은 에너지가 소모된다. 긍정적인 에너지의 예입이 판단을 위해 쓰여지게 되면 비효율적인 에너지 소모는 극적으로 증가한다.

대부분의 문제들은 모든 면을 알기가 어렵다. 또한 어떤 사람의 성격 또는 동기나 모든 양상을 알기는 불가능하다. 그렇다면 왜 당신은 자신의 모든 에너지를 판단하는 데 소모하는가? 더 나은 선택이 없어서인가? 그렇지 않다. 판단이 마치 우리 자신의 위치를 지키는 방법인 것처럼 우리가 느끼고, 거기서 만족감을 느끼기 때문이다.

몇 년 전 텍사스에 있는 한 군사시설에서 나는(하워드) 마약과 알코올 중독자 카운슬러 약 75명을 위한 세미나를 하고 있었다. 그 그룹에는 군인뿐만 아니라 민간인 군속들도 있었다.

그 프로그램은 잘 진행되었다. 그러나 나는 뒤에 앉아 있던 한 사람에게 주목을 했다. 그는 민간인이었고, 나의 수업에 도무지 참여하지 않았다. 그는 나를 강하게 노려보고 있었다. 그는 분명히 나의 말을 듣고 있었다. 그러나 그는 교재를 펴지도 않고, 그룹의 연습에도 참여하지 않았다.

처음에 나는, 그가 단지 터프한 성격을 가진 사람 중의 한 명일 거라는 결론을 내렸다. 아마 전직 군인? 그렇다. 아마 교관이었을 수도 있다. 나는 그가 상관으로부터 이 프로그램에 참여하도록 강요받았음을 상상할 수 있었다. 그리고 그는 이런 '심장 따위'에 관한 것을 싫어하는 태도를 가졌을 것이다.

휴식시간이 되었을 때에는 그가 내 생각보다 더 심한 사람일 것으로 확신했다. 그는 아마도 상관의 명령을 듣지 않고 군기를 문란하게 하여 상관을 끝없이 고통스럽게 만들었던 사람일 것이라는 판단까지 하게 되었다.

휴식시간에 이 부대를 책임지고 있는 소령이 나에게 프로그램이 어땠는지 내 생각을 물어왔다. "좋습니다. 그러나 이 프로그램에 참여하지 않는 사람이 딱 한 사람 있습니다. 그는 벙어리처럼 거기에 앉아서 책조차도 펼치지 않았습니다."

"그가 누구지요?"하고 장교가 물었다.

내가 그를 지적하자 그 소령은 혼자서 재미있다는 듯이 웃었다. "로버트군요. 그는 우리부대 최고의 카운슬러 중 한 명이지요. 그렇게 보이지 않아도 그는 장님입니다. 그는 책을 잃을 수 없기 때문에 책을 펼치지 않은 거겠지요."

그에 대한 나의 판단들이 나를 얼마나 정도에서 멀리 벗어나게 이끌었는지를 생각하며 부끄러움을 느꼈다. 나는 그와 대화를 하기로 결심하였다. 내가 그의 얼굴에서 읽었던 메시지와는 반대로 그는 "이 세미나는 자신이 참여했던 세미나 중에서 가장 강력한 것이었으며, 부대에 있는 모든 사람들이 이 세미나를 들을 수 있기를 희망한다"고 말했다.

마음은 알아야 할 것은 다 안다고 가정한다. 즉 마음은 이미 아는 것에는 열려져 있지만, 알지 못하는 것에는 닫혀 있다는 것을 기억하라. 그러나 종종 그 지각은 정확하지 않다. 제한된 정보에 기초한 강한 판단은 항상, 매일, 매시간 내려진다. 우리가 내린 판단들은 다른 사람이 말했던 것이나 책에서 읽거나 텔레비전에서 보았던 것에 기초를 둔다. 우리가 어떤 사람에 대해 판단을 하고 그 사람에게 우리의 태도를 적용할 때, 우리는 다른 가능성들을 차단하고 우리 자신을 심장의 통찰력으로부터 멀리 떨어진 곳에 격리시킬 것이다.

인류의 진화과정 중 어떤 시점에서는, 판단은 아마 우리가 할 수 있는 최선의 것이었을 수 있다. 감정은 전혀 통제되지 않고 충분한 인식능력도 발달시키지 못한 원시인들이 그들의 생명을 구하기 위한 판단들을 내렸다는 것은 상상할 만하다. 만약 그런 판단들이 인류가 검치호랑이(고대 호랑이)를 피하거나 또는 손을 불에 넣어 화상을 입지 않기 위해 필요한 것이었다면 매우 가치 있는 것이었다.

이 글을 읽으면서 당신들 중 몇몇은 이렇게 말할 것이다. "생존하기 위해 나는 판단할 필요가 있어. 그것은 내게 무엇을 받아들이고 무엇을 피해야 할지를 말해주지." 우리는 당신이 무엇을 말하려 하는지를 안다. 그러나 우리가 말하려는 것은 머리에 기초한 판단은, 심지어 원시인에게도 문제가 있는 접근이었다는 것이다. 우리는 진화의 과정 중 새로운 가능성들의 문 앞에 서 있다. 더 좋고 더 효과적인 선택은 심장에 기초한 분별인 것이다. 당신은 그렇게 할 능력이 있다. 왜 시도해보지 않는가?

_자기 자신에 대해 판단하지 말라

더욱 해로운 것은 자기 자신을 판단하는 것이다. 우리가 자신의 기준에 도달하지 못했을 때 우리는 자기 자신을 다른 사람들보다 더 가혹하게 대한다. 내가 앞을 보지 못하는 로버트에 대해 내 마음대로 가정을 했던 것처럼 우리는 쉽게 우리 자신과 심지어 자신의 동기에 관해서도 잘못된 의견을 형성한다.

우리 중 극소수만 최적의 가정환경에서 지지받으며 자랐다. 이러한 형성기에 다른 사람들이 우리에게 가졌던 의견들은 때때로 몇십 년 동안 우리의 기억에서 떠오르곤 한다. 만약 우리가 어렸을 때 우리 자신을 돌보았던 사람들이 우리에게 불공평하거나 가혹한 판단을 하였다면, 우리는 자신을 향한 사랑과 열려진 태도를 간직하는 대신 부정적인 판단들을 아무 분별 없이 계속 받아들이게 된다.

실수를 저지르고 나서 그런 자신을 가혹하게 판단하는 것은 (원금도 회수할 수 없는) 잘못된 투자에 대해 복리를 지불하는 것과 같이 이중손해다. 우리는 항상 우리를 기쁘게 하는 방식으로 행동하지는 않는다. 그러나 우리가 한 실수 때문에 자신을 넘어뜨리는 것은 어떠한 유익도 주지 않는다.

새로운 심장지능을 개발함으로써 당신은 객관적으로 자신의 실수를 볼 수 있고, 판단하고 상호 비판하는 상황으로 들어가지 않고서도 실수로부터 배울 수 있다. 당신은 자신이 사랑하는 누군가에게 무의식적으로 주었던 지지와 격려를 당신 자신에게 줄 수 있다. 그것이 항상 쉽지는 않다. 그러나 물론 노력할 만한 가치가 있다.

타인이나 자신을 판단하는 것은 기계적으로 일어나기 때문에 우리는 자신도 모르는 사이에 쉽게 자기 자신을 판단적인 지각과 태도의 함정에 빠뜨릴 수 있다. 결국은 사무실에서나 가족 중에서도 우리 주변에 있는 사람들이 너무 많은 판단을 받는다. 우리는 끝이 없는 사회적 판단에 익숙해져 있다.

판단주의에 대한 어떤 고전적인 설명은 너무나 모순되어서 우습기까지 하다. 그것은 우리를 도전하게 하고, 새로운 통찰력을 주기도 하는 자기계발 세미나 후에 종종 일어나는 현상의 요체다. 우리가 그런 세미나 후에 일상으로 돌아가면 우리가 가졌던 성공의식은 바로 우리의 머리로 향한다. 그것은 '나는 당신보다 더 뛰어나다는 게임'이라 불린다. 우리 자신의 성장에 대해 감사하는 대신에 우리는 우리가 이미 알고 있는 것을 아직 알지 못하는 모든 사람들에게 손가락질하기 시작한다. 우리는 다 그렇게 했었다.

심지어 이 책을 읽는 중에도 이러한 경향을 살펴보기 위한 큐 신호를 당신께 드린다. 우리는 당신의 주의를 '에너지 소모'로 이끌었다. 당신이 그 원리를 더 잘 알게 될수록 당신 주변 세상에 있는 그런 현상들을 더 많이 인식하게 되는 것은 당연하다. 만약 당신이 주의하지 않는다면 당신은 "그녀는 감사할 줄 몰라" 또는 "나도 한때는 저랬었지. 그러나 지금 나는 정서적으로 더 많이 성숙했어"라고 생각하고 있는 자신을 발견하게 될 것이다. 당신은 자신도 모르게 다른 사람들의 판단하는 습관에 대해 이렇게 판단할 것이다. "그것 봐. 그가 얼마나 성급하게 그의 마음을 결정하는지. 판단만 하는 사람이군."

이것은 편견 없는 경고이다. 만약 당신이 이런 종류의 '자기 정당화 판단'에 빠져 있다면 심장의 정서를 개발함으로써 우리가 얻을 수 있는 혜택을 많이 손상할 것이다. 이러한 유혹에 넘어가지 말라. 왜 성급함으로 자신을 버리는가. 당신의 에너지 소모와 심장의 위력에 관해 새로운 인식을 가졌다면 그 힘을 당신 자신에게 돌려라. 당신 자신을 사랑하고 자신의 성장에 집중하라. 당신 자신을 더 많이 사랑할수록 그 아낌없는 마음을 다른 사람에게도 펼치게 될 것이다.

물론 당신의 머리는 여전히 판단을 하고 의견도 가질 것이다. 그것은 우리가 이미 말했듯이 의사결정에 있어서 중요한 것이다. 그러나 당신의 결정을 (전체를 위한) 최고의 것으로 인도할 심장과 머리 사이의 궁극적인 협력을 창조하는 것이 가능하다. 그러나 당신의 판단으로 인해 발생된 내면의 방해 전파와 잡음을 줄이지 않고서는 심장이 중심이 된, 더욱 순화된 분별력을 경험할 수 없게 된다.

우리는 하룻밤 사이에 모든 판단하는 습성들을 제거하지 못한다. 그것은 단계적으로 행해지며, 우리 자신을 따라잡는 비율을 높이는 것을 통해서 이루어진다. 그 진행의 첫 번째 단계는, 당신이 타인을 판단하고 자신도 판단하는 경향이 있다는 것을 아는 것이다. 아래의 경향들이 당신에게 얼마나 적용되는지 살펴보라.

■**판단하는 경향**

1. 나는 성급하게 비판한다.
2. 나는 나를 귀찮게 하는 많은 것들을 알아차리는 경향이 있다.
3. 나는 많은 강한 의견을 가지고 있다. 특히 세상의 잘못된 점에 대해서는 더욱 그러하다.
4. 나는 대부분의 일에서 내가 옳다고 느끼고, 다른 사람들이 항상 잘못되었다고 느낀다.
5. 나는 자주 누군가를 향한 반발감을 경험한다.

■**자신을 판단하는 경향**

1. 나는 언제나 자신을 비판한다.
2. 나는 어떤 것도 잘할 수 없다.
3. 나는 모든 면에서 다른 사람들이 나보다 잘한다고 느낀다.

만약 당신이 너무 많이 판단하고 있다고 느끼더라도 걱정하지 말라. 당신은 혼자가 아니다. 우리는 판단하고 판단받는 세상의 바다에 산다는 것을 명심하라. 왜냐하면 세상은 당신에게 이런 종류의 행동 경향을 강요하기 때문이다. 우리는 판단하는 사회 패턴에 동화가 되었기 때문에 그것을 뛰어넘는 데에는 약간의 훈련이 필요하다.

당신은 한 번에 한 단계씩 제거해야 한다. 당신이 소모했던 에너지를 한 번에 조금씩 줄여가면서 판단하는 경향을 제거해야 한다. 물론 당신은 자신에 대해서도 동의할 수 없는 것이 있고, 자신이 인지한 것에 대해 나름대로의 의견을 가지는 것을 발견하게 될 것이다. 당신은 그것을 피할 수 없다. 그러나 당신은 판단하지 않는 습관을 연습함으로써 판단과 그들의 해로운 영향을 감소시킬 수 있다.

_판단하는 습관 버리기

어떤 사람에 대해 (바람직하지 못하게) 판단적인 생각을 가지는 것은 쉽다. 그러나 일반적으로 우리는 거기에서 멈추지 않는다. 우리는 계속해서 판단하는 생각을 더해간다. 그리고 그 다음에는 감정적으로 이러한 생각들에 반응을 한다. 이것은 에너지를 소모하는 우리의 습관을 강화시켜 자신의 정신적·정서적 회로에 각인하게 된다.

여기 이러한 패턴을 바꾸도록 도와줄 훈련법을 제시한다. 당신이 판단적인 생각을 가지려고 할 때 경고를 보내라. 당신이 이런 생각을 멈추자마자 다음 생각을, 그리고 그 다음, 또 그다음 생각을 경계하여라. 즉 판단적인 생각이 그 이상 발전하지 못하게 하라. 가끔 이런 판단을 일으키는 요소를 중지하기 위해 더 깊은 '중립상태'[5]로 들어가는 것이

---

5) 자신을 진정시켜 아드레날린 분비를 중지시키는 것을 말한다. 이러한 중립상태가 필요한 이유는 흥분된 상태에서는 바로 통일성의 상태로 가기가 어렵기 때문이다. 중립상태에 도달하면 다음 단계인 통일성의 상태로 쉽게 전환할 수 있다. 중립상태에 도달하는 것은 프리즈-프레임의 1~2단계만으로 가능하다. 즉 잠시 시간을 내서 심장 영역에 집중하면서 깊게 호흡하는 것이다.

필요하다. 프리즈-프레임을 하고 깊은 중립상태를 지속하면서 무엇이 일어나는지 주시하라.

예를 들어 밤에 인적이 드문 거리를 당신 홀로 걷고 있다고 가정하자. 그 블록의 끝에 네댓 명의 거칠어 보이는 청년들이 술을 마시며 서 있는 것을 본다. 당신은 아마 이렇게 생각할 것이다. "이 사람들은 불량배처럼 보이는군. 좀더 밝은 다른 거리로 가야 되겠어." 지금 당신이 다른 거리로 방향을 전환해 가는 것은 좋은 생각일 것이다. 안전에 결정적인 영향을 미치는 생각일지 모른다. 그러나 만약 당신이 그 사람들에 대한 지각에 정서적[6]인 에너지를 더한다면 그것은 판단으로 변하게 된다.

당신은 그들이 누군지, 그들이 무엇을 하는지 정말로 모른다는 것을 인정해야 한다. "이 사람들은 가치 없는 인간쓰레기"라고 생각할 수도 있을 것이다. 그리고 당신이 자신의 몸 안에 판단이라는 독소를 섞는 동안 판단이 비난으로 옮겨가는 것을 느끼는 것은 당연하다. "경찰은 이럴 때 어디 있는 거야. 이런 불량배들이 거리를 마음껏 활보하도록 놔두면 우리 사회는 어떻게 돼!" 만약 당신의 두려움까지 가세한다면 그것은 단지 무익한 것일 뿐이다.

실제로 골목에서 우연히 만난 그 사람들이 정말로 당신에게 해를 입혔는가? 그 피해는 그들로부터가 아니라 자신으로부터 왔다. 당신은 그렇게 (부정적으로) 생각하거나 또는 느끼지 않아도 되었다. 비록 당신이 길의 방향을 바꾸기로 결정을 했더라도, 조화롭고 균형 잡힌 자신의 지각을 유지하기 위해 심장에 의존했더라면, 당신은 자신에게 미치는 유독한 영향을 멈출 수 있었다.

심장의 분별은 적어도 당신을 중립상태로 이끌 수 있었다. 즉 "나는 이 사람들이 누군지 몰라. 그러나 혹 모르니 다른 길로 가야 되겠어. 위험할지도 모르는 곳으로 걸어갈 이유는 없잖아."

---

6) 정서적인 것은 긍정적인 것으로 인정되었으나 여기서는 '사실에 입각하지 않은', '느낌에 근거한' 정서라는 의미로 부정적으로 쓰였다.

판단을 회피하는 방법은 마음을 심장에 굴복시키고, 견고한 중립상태를 유지하려는 의지를 가지고 노력하는 것이다. 당신은 이상주의적인 관점에서 어떤 것을 믿거나 보지 않아도 된다. 그러나 중립의 영역에서 당신은 "만약"이라고 말할 수 있다. '만약' 상황이 생각대로 흘러가지 않는다면, 또는 상황이 생각한 대로 된다면, 식으로 성급한 가정이나 의견을 가지지 않음으로써 당신은 진실을 향해 당신 자신을 열어둘 수 있다. 중립적인 판단의 영역에서 당신은 자신의 심장과 연결될 수 있고, 자신의 지각이 변화하는 것을 알 수 있다.

일단 당신이 중립상태에 있고, 당신의 심장이 관여되었다면, 다음 단계의 행동을 결정하기 전에 자신의 삶을 향한 감사와 연민, 배려의 정서를 활성화하라. 이 훈련 하나만으로도 당신은 판단의 굉장히 많은 부분을 제거할 수 있다.

당신의 생각이 심장과 연결되지 않았을 때는 모든 것을 분류하려고 하고, 사람들, 장소 그리고 문제들까지도 규격화하려 한다. 당신이 심장으로 인지할 때, 당신은 싫어할 많은 것들을 덜 발견할 것이고, 지나치게 판단적인 것은 옳지 않다는 것을 느낄 것이다. 심장지능은 무의식적으로 판단하는 패턴의 회로를 변화시킨다.

당신이 강한 판단적인 생각을 가지고 있을 때, 중립의 상태에 도달하는 것을 돕기 위해, 그리고 더 조화로운 직관적 시각을 갖기 위해 프리즈-프레임 기술을 이용하라. 당신의 심장에 당신이 판단의 늪에서 빠져 나오도록 도움을 청하여라. 그런 다음 감사라는 강력한 도구를 활성화하여라. 당신이 판단하고 있는 그 사람, 장소, 또는 문제에 관해 감사할 것을 찾도록 노력하여라.

판단으로 인해 초래된 결과들을 멈추기 위해 이러한 긍정적인 정서들을 도구로 사용하는 것은 자신을 사랑하는 행동이다. 종교에서는 판단하지 말 것을 요구한다. 그러나 오직 성현들만이 어떻게 그것을 뿌리뽑는지 아는 것 같다. 판단하지 않는 것과 같은 심장의 핵심 감정은 조

화로운 중립상태이다. '판단하지 않음' 뒤에 숨겨진 과학과 사이버네틱
스[7]를 이용한다면 누구든지 그렇게 할 수 있다. 판단하지 않는 것은 인
간의 생존과 진화를 위해 취할 수 있는 첫 단계이다. 당신이 가능하다
고 아는 '판단하지 않는 행동'을 위해 심장지능을 활성화하라. 그러면
긴장도 풀린다.

세 번째 도구 : 용서

당신이 심장을 중심으로 한 강력한 도구들을 훈련하기 시작하면 흥
미로운 일들이 일어난다. 그것은 많은 영역에서 당신이 잘하고 있음을
발견하는 것이다. 즉 당신은 심장이 인도하는 삶의 이점을 발견하고,
사랑의 힘을 배우며, 당신 주변 세상의 더 많은 것에 대해 진실로 감사
하기 시작한다. 당신이 자신의 삶에 사랑을 더하기 시작하기 때문에 경
험을 통해 당신이 얻는 느낌은 더욱 풍부해지고 매력적으로 받아들여
진다. 당신은 긴장을 느끼기 때문에 긴장하고 있다는 것을 쉽게 인정할
수 있다. 그러면 당신은 스트레스가 몰려오는 길목에서 이를 떨쳐버리
는 것에 점점 능숙해진다. 만약 이러한 진보들로 인해 당신 자신이 자
랑스럽게 여겨지면, 당신은 당연히 자신을 자랑스러워해야 한다. 이러
한 변화들만으로도 당신은 자신의 삶의 질을 극적으로 높일 수 있다.
그리고 그것들은 계속해서 성장하고 깊어질 것이다. 당신은 확실히 올
바른 궤도에 들어가 있다.

그러나 경험에 의하면 사람들이 자신들의 통일성을 깨트리는 정신
적 · 정서적 패턴을 뿌리 뽑기 위해 노력하면 할수록, 결국에는 가장 어
려운 과제들과 직접적으로 부딪쳐야 한다.

어떤 운전사가 당신 차를 추월해 앞을 가로막을 때 (흥분하지 않고) 중

---

7) 1947년 미국의 수학자 N. 위너가 조타수를 뜻하는 그리스어 kybernetes에서 따와서 붙인 시
스템 이론이며, 1948년에 그가 쓴 책으로 널리 알려졌다. 신경 시스템도 통신 시스템과 같은
일종의 시스템이므로 지각에 따른 생리학적인 반응을 시스템적인 반응으로 보고 있다.

립상태로 빠르게 돌아오는 법을 배우는 것은 매우 중요하다. 어떤 것에 대해 진실한 감사를 느낌으로 해서 업무상 직면하는 대립과 마찰에 대한 불안을 관리하는 것은 말할 수 없이 소중하다. 그러나 당신에게 몇 년 동안이나 (에너지) 적자의 원인이 되었고, 여전히 자신의 에너지를 소모시켜 삶의 질을 떨어뜨리는 고질적인 문제들은 어떠한가? 생각해 보면, 당신이 누군가에게 학대를 받았던 일, 그녀가 당신에게 마음의 상처만 남기고 떠났던 일, 당신이 굳게 신뢰했던 사람이 결국에는 당신을 배신했던 일, 당신이 사랑하는 사람이 누군가에게 부당한 대우를 받았던 일 등 수없이 많을 것이다.

용서는 강력한 도구 중에서도 가장 혼란스러운 것이다. 사람들은 종종 그들이 어떤 것에 대해 누군가를 용서했다고 이야기한다. 그런 다음 그들은 몇 주, 몇 달, 심지어 몇 년 동안이나 계속해서 마음고생을 한다. 배신, 불공평, 모욕 그리고 대수롭지 않은 것들까지도 우리에게 고통을 안겨주고, 자존심을 공격한다. 그러나 그것들은 철저히 개인적인 감정이어서 떨쳐버리기가 어렵다. 그래서 이 해묵은 응어리를 자신의 가슴에서 벗어나게 하기 위해서는 더 강력한 용서의 행동이 필요하다.

보시다시피 어렵기는 하지만, 당신은 심장 중심에 당신의 자유를 아직도 가로막고 있는 오래된 문제들을 뛰어넘을 수 있는 힘을 가지고 있다는 것을 확신할 수 있다. 당신을 더 이상 참을 수 없는 한계에까지 밀어붙이는 가장 어려운 문제들을 중점적으로 다루는 것은 당신 내면과 외면의 삶에서 비약적인 발전을 이루기 위해 꼭 필요한 것이다.

_용서란 자기 자신을 위한 것이다

큰 문제들을 용서하기까지는 시간이 걸린다. 이것은 당신이 처음으로 심장의 힘을 약간 길러야 할 필요가 있는 영역이다. 하트매스 솔루션의 도구와 기법을 사용해서 당신이 할 수 있는 한 모든 손실과 에너지 낭비 요소를 제거하라. 그런 다음 당신의 (심장을 중심으로 한) 감정의 창고에 (에너지) 자산을 축적시켜주는 생각과 행동과 느낌을 유지하기 위해 심장지능을 이용하라.

(에너지) 자산을 축적하는 한편 손실 요인을 제거함으로써 당신은 사랑하고 용서할 수 있는 힘을 더 많이 키울 수 있으며, 당신 내면의 에너지 비축량도 증가시키게 될 것이다. 인내를 가지고, 목적을 달성할 때까지 계속해서 전진하라. 만약 당신이 과거를 잊어버리겠다고 하는 변함없는 노력을 심장의 인도에 따라 계속한다면 점진적으로 당신은 그 동안 해결되지 않았던 해묵은 감정들을 풀게 될 것이다. 그리고 좀더 완전한 용서를 할 수 있게 될 것이다.

용서하려 노력할 때에 당신은 새로운 이해를 얻게 된다. 심장의 분별을 통해서 당신은 자신을 화나게 했던 사람들도, 그들이 비록 잘못하기는 했지만, 그때에 그들은 자신들이 할 수 있는 최선을 다했을 수도 있다는 것을 깨닫게 된다. 무슨 이유에서든지 간에 아마 그들은 그것들이 잘못되는 것을 막을 수 없었을 것이다. 이러한 가능성은 고려해볼 충분한 가치가 있다.

이렇게 생각해보자. 당신도 어떤 것을 잘못했던 때가 있다. 그리고 누군가가 그것을 용서하는 데 어려움을 겪었을 것이다. 그것이 크든 작든 간에 어떤 사람은 그것을 싫어했고, 그것으로 인해 당신을 원망했을 것이다.

당신이 아는 것이라고는 그 사람도 이 책을 읽거나 또는 용서에 관한 다른 책을 읽을 수 있다는 것이다. 그는 누군가를 용서해야 하고, 그리고 용서의 대상을 찾기 위해 과거를 회상할 수 있다. 그리고 그 사람의 생각 속에 당신이 떠올려지면서 아마 바로 그의 용서 목록 제일 위에 당신이 올라갈 수 있다.

만약 그 사람이 가슴에 원한을 품고 있다는 것을 당신이 알았다면, 당신은 아마 이해와 용서를 가장 많이 바랐을 것이다. 아마 당신 또한 당신의 행동을 자랑스럽게 여기지 않았을 것이다. 그러나 그때 당신에게는 (큰 영향을 끼쳤던) 저항하기 어려운 어떤 요소가 있었다. 비록 그것으로써 당신의 행동이 용서받을 수 있는 것은 아니지만, 아마 당신은 그 상황에서 자신이 아는 한 최선을 다했을 것이다. 당신이 용서할 필요가 있는 사람에게, 당신이 용서를 바라는 것과 같이 용서할 수 있는지를 생각해보라. 문제를 더 중립적으로 보도록 노력하라. 즉 감정적인 편견 없이 더 깊은 이해에 이르도록 노력하라.

그러나 심지어 당신이 이 부분을 읽는 동안에도 용서받을 가치가 없는, 용서 대상에서 예외가 되는 어떤 사람이 떠오르지 않는가? 의도적으로 우리에게 악의적인 행동을 했거나, 습관적으로 비방을 하거나, 경솔해서 우리에게 해를 끼쳤던 누군가를 우리 모두는 만난 적이 있다. 돌아다니다 보면 해를 입게 된다는 것이 아니다. 만약 누군가가 믿을 만한 사람이 아니라는 것을 안다면 그것을 분별하여 피해를 입지 않도록 하면 된다.

결국 이것은 '누군가가 용서받을 가치가 있느냐 없느냐'의 문제가 아니다. 당신에게 잘못을 저지른 사람을 용서해주는 것은 그 사람을 위해서가 아니다. 바로 당신 자신을 위해서다. 용서는 당신이 접하는 가장 간단한 (내면의) 에너지 효율화 대책이다. 그리고 건강과 행복의 유일한 촉진제이다. 그것은 독소로부터, 그리고 당신을 쇠약하게 하는 (원한을 품는 것과 같은) 에너지 소모로부터 당신을 보호한다. 그 악한 녀석들이 더 이상 당신의 머릿속에서 활개치도록 허락하지 말라. 만약 그들이 과거에도 당신에게 상처를 입혔다면, 왜 몇 년이고 계속해서 당신의 마음속에서 상처를 입게 하는가? 그것은 그럴 가치가 없다. 그러나 그것을 멈추기 위해서는 심장의 도움이 필요하다. 당신은 당신 자신을 돌보기 위한 방편으로, 당신에게 잘못했던 사람들을 용서하기 위해 심장의 힘을 모을 수 있다. 용서는 바로 당신이 완전히 이기적으로 될 수 있는 선택이다.

그것을 천천히 받아들여라. 깊은 분노는 많은 상처와 고통으로 싸여 있다. 우리는 우리가 용서하지 않음으로 우리 자신을 보호하고 있다고 생각한다. 사실을 인정하고 침착하게 생각해보자. 용서는 어떤 고통이, 비록 가끔 나타난다고 할지라도, 안에서 계속 곪아가는 것을 중지시키는 결심을 하는 것을 의미한다. 용서는 심지어 당신이 가장 극단적인 상황에 처했을 때에도 당신을 일깨우고 지지해주는 여전히 흥미롭고 강력한 도구이다.

_당신의 고통과 상처를 치료하기 위해 먼저 자기 자신을 사랑하라

하트매스에 있는 우리의 동료 중 한 명인 데이비드 맥아더는 뉴멕시코 주정부의 법무차관보로 한때 일했다. 몇 년 전 그와 부인은 멀리 있는 사촌이 심각한 정신적·정서적 문제와 싸우고 있다는 것을 알고 그를 돌보기 위해 그의 집으로 자원해서 찾아갔다. 그들과 대여섯 달을 함께했을 때 그 사촌은 아무런 이유도 없이 총을 꺼내 데이비드의 부인을 쏘았고, 부인은 죽었다.

그의 고통과 상심, 그리고 한 살 된 그의 어린 딸이 겪을 고통과 상심에도 불구하고 데이비드는 웬일인지 이 젊은 사촌이 그의 행동에 대해 (정신적으로) 책임질 능력이 없다는 것을 조금씩 이해하게 되었다. 그 사촌이 이성적 판단을 할 수 없는 사람이라는 것을 깨닫자 데이비드는 그를 용서하였다.

그 범죄는 너무나 잔혹해서 그가 사는 뉴멕시코 주의 주민들은 분개하였다. 이 정신이상인 젊은 사촌에 대한 연민에서 데이비드는 이 사건을 맡을 변호사를 찾았다. 그리고 그를 일급살인죄로 법정에 서게 하는 대신 정신이상자를 위한 보호시설로 보내기 위해 변론하도록 요구하였다.

데이비드의 용서 행위는 비범한 행동이었다. 그의 부인을 죽인 그 정신이상자를 죽음으로 몰고 가도록 변론을 요구한다고 해도 그것은 그에게 충분한 이유가 있는 것이었다. 그는 그 사촌을 이용(함으로써 앙갚음을)하거나 그의 친절을 배신으로 갚은 하나님과 우주의 불합리함을 비난할 수도 있었다. 그러나 그는 이 젊은 사촌을 용서하기 위한 충분한 힘을 심장에서 찾았다. 그리고 어려움을 딛고 일어섰다. 그는 심지어 감옥에 있는 그 사촌을 면회했다. 그리고 사촌에게 진실로 용서했다고 여러 번 이야기하였다. 그는 심장의 도움으로 놀랄 만한 강인함과 성숙도를 보여주었다.

데이비드는 말하기를 "용서를 하기 위해서 우리가 제일 먼저 해야 할 것은 자신이 느낀 고통과 상처를 치료하기 위해 당신 자신을 사랑하는 것이다"라고 하였다. 그리고 그는 고통이 (다른 형태로) 변형되면 그것은 다른 사람을 사랑할 수 있고 용서할 수 있는 능력과 힘을 당신에게 준다고 이야기한다.

그때에 데이비드는 하트매스 솔루션에서 나온 도구나 기법들을 알지 못했다. 그러나 다행히도 그는 심장에 강한 능력을 가진 사람이었다. 대부분의 사람들에게는 끔찍한 사건과 연관된, 부정적이지만 근거 있는 생각이나 감정을 극복하기까지는 많은 노력이 뒤따라야 한다. 바로 이 부분에서 프리즈-프레임이 필요하다. 프리즈-프레임은 현상을 더 분명하게 (객관적으로) 볼 수 있는 능력을 준다. 가능한 한 최선을 다하여 감사하고, 판단하지 않는 자세를 활성화하는 것은 용서와 함께 큰 도움이 된다. 당신이 중요한 위기와 관련된 감정적인 찌꺼기들을 제거하기 위해 노력할수록 나중에 배우게 될 기술인 컷-스루와 하트 로크-인의 규칙적인 훈련이 매우 값지게 된다. 이 모든 기법과 도구의 사용을 통해 당신은 자신을 더 큰 사랑으로 이끄는 심장지능과 더 깊은 상호 작용을 하게 된다. 우리가 데이비드의 경우와 같이 아주 도전적인 상황을 맞이하게 되면 우리 중 많은 사람들은 용서의 힘을 찾기 위해 이 모든 기법들을 필요로 한다.

이 정도 수준의 용서에는 많은 심장의 힘이 필요하다. 그 힘을 발생시키는 가장 최선의 방법은 사랑이다. 궁극적으로 오랜 분노와 상처를 해결할 수 있는 유일한 것은 바로 사랑이다. 이것은 다른 모든 강력한 도구들의 모체이다. 먼저 당신이 자신을 사랑하는 힘을 증가시키고 나서 그 힘을 남을 용서하는 데 적용하라. 이것이 어려워 보일 수 있지만 이것을 통해 얻는 이득은 상처와 고뇌를 함께 가지고 살아가는 고통보다는 훨씬 더 크고 가치 있다.

노력을 할수록 당신은 용서가 종종 많은 부정적인 정서상태를 동반한다는 것을 발견하게 된다. 합리화, 비난, 상처, 불공평한 느낌, 지나친 걱정, 판단이 하나로 뭉쳐져서 나타난다. 이 모든 감정들은 당신이 받았던 모욕이나 받지 못했던 박탈감을 포함하고 있고, 도저히 그 문제들을 스스로 해결하지는 못할 것처럼 보인다.

분노와 용서하지 못하는 태도를 유지함으로써 얻은 결과인 통일성의 상실은 당신을 자신의 진정한 자아와 일치되지 못하게 하며, 자신이 높은 수준의 삶의 다음 단계를 경험하는 것을 방해한다. 은유적으로 말한다면 그것은 당신이 지금 살고 있는 방과 크고 아름다운 것들로 가득찬 새로운 방 사이에 있는 커튼과 같다. 용서의 행동은 그 커튼을 제거한다. 사실 당신의 오래된 (감정) 계좌를 청소하게 되면 당신은 많은 에너지를 자유롭게 흐르게 할 수 있어서 완전히 새로운 세상으로 바로 뛰어들어갈 수도 있게 된다. 용서는 당신이 간수이자 죄수의 역할을 하는 스스로 만든 감옥에서 당신을 해방시켜준다.

_자신을 용서하는 것이 가장 어렵다

무엇보다도 당신 자신의 사랑의 힘을 내면으로 돌릴 필요가 있다면 망설이지 말라. 다른 누군가를 용서하는 것이 어려운 것처럼, 때론 우리 자신을 용서하는 것은 더욱 어렵다. 사랑하는 사람이 죽었을 때, 우리는 "만약 집에 조금만 일찍 올 수 있었더라면, 내가 조금만 다른 행동을 취했더라면, 그에게 한 가지만 더 말했더라면"이라고 생각한다. 그것은 마치 우리가 그들의 죽음에 대해 어떤 잘못이 있어서 죄책감을 느끼는 것과 같다. 직장을 잃거나 친한 관계의 사람을 잃어버렸을 때 우리는 다른 사람을 비난하기 시작한다. 그러나 우리는 일반적으로 "나는 그러지 말았어야 했어"라고 말하며, 결국은 우리 자신에게 비난의 화살을 돌리고 만다. 몇몇 사람에게 이러한 경향은 너무나 강해서 자기 자신을 비난하는 독백은 그들의 머릿속에 항상 떠나지 않고 맴돈다. 그들은 그들의 결정과 행동에 언제나 나쁜 평가를 하는 내면의 비평가를 타고났다.

인기 있었던 영화인 「굿윌 헌팅」[8]에서, 주인공인 젊은 천재 윌은 많은 감정적인 문제들을 경험했다. 그리고 범죄를 저지르고 구치소에 갇히는 삶을 살았다. 그는 그의 문제들을 해결할 수 없었기 때문에 그의 천재성을 썩히고 있었다. 그를 걱정해서, 그에게 호감을 가진 후원자는 그를 돕기 위해 몇몇 심리학자에게 그를 보냈다. 그러나 그들은 어떠한 성과도 거두지 못했다. 그는 그들이 상대하기에는 너무나 똑똑했다. 결국에는 많은 시도 후에, 마음이 너그럽고 따뜻한 심리치료사가 그의 정서적인 문제를 해결하였다.

윌은 어렸을 때 부모로부터 학대당했기 때문에 그는 엄청나게 큰 상처와 분노라는 무거운 짐을 짊어지고 있었다. 사랑을 찾았던 아이가 학대와 적대감을 마주쳤을 때 경험하는 것은 메마른 감정뿐이다. 그는 그것이 분명히 자신의 잘못이 아님에도 불구하고 자신을 비난하였다.

윌을 돌보는 심리치료사가 윌이 자신을 용서하는 경지에 이르도록 도왔을 때, 즉 윌이 개념적인 수준에서가 아닌 감정적인 수준에서 깨달았을 때, 과거는 더 이상 그의 잘못이 아니었다. 그는 극적인 발전을 경험하였다. 그의 삶이라는 퍼즐 조각들이 다 짝을 이루어 맞추어지고, 그의 천재성은 목적과 균형을 가지고 나타나기 시작했다. 마지막 장면에서 그는 과거로부터 얽매이지 않고 새로운 삶과 사랑을 향해 길게 펼쳐진 고속도로를 차를 몰아 달린다. 결국에 그 깊은 심장과 접촉하였을

---

8) 「Goodwill Hunting」(1997), Matt Damon(윌 헌팅 역)와 Robin Williams(심리치료사 Sean 역) 등이 출연한 영화. 윌 헌팅은 마음이 따스한 심리치료사의 도움으로, 세상에는 그가 생각했던 것보다 더 많은 아름다움이 그를 기다리고 있다는 것을 깨닫게 된다.

때 모든 것이 변했다. 진실한 용서는 당신의 삶을 바꿀 수 있다. 윌이 그랬듯이 당신도 그것을 처음으로 당신 자신에게 적용해야만 한다. 그렇지 않으면 당신의 죄책감과 자책이 에너지의 자유로운 흐름을 방해할 것이다.

지금 잠시 동안 시간을 내어 당신 자신에게 어떤 유감이나 원한을 품고 있는지를 물어보라. 그것이 무엇이든 간에 그것들을 용서할 방법을 찾아보라. 만약 당신이 자기 자신을 향한 비난을 품고 있다면 다른 사람을 용서하는 것만으로는 반쪽의 효과밖에 가져오지 못할 것이다.

_불완전한 용서들을 주의하라

용서하기에 숙달되는 비결은 그것을 어떻게 '항상' 하느냐를 배우는 것이다. 반 컵 정도의 용서를 한 양동이나 되는 문제에 적용한다면 이름뿐인 용서가 된다. 당신은 노력했다는 사실로 위로받을 수 있겠지만 그 타협된 용서는 실제로 아무런 효과를 발휘하지 못할 것이다.

당신이 회사의 관리자라고 가정해보자. 당신은 직원들을 감시하면서 자신의 일을 즐긴다. 그리고 언제나 공평하게 대하려고 노력한다. 어느 날 당신이 휴게실을 지날 때 당신은 자신에 관한 비밀스런 험담을 엿듣는다. 그들은 정말로 모욕적인 몇 가지를 이야기한다. 당신은 즉시 그들에게 대항한다. 그러나 당신은 여전히 분이 풀리지 않는다.

당신의 심장에 용서가 자리할 공간을 찾기까지는 노력이 필요하다. 다음 며칠 동안 편하게 그 문제를 풀기 위해 노력한 후에야 겨우 용서에 도달하게 된다. 그러한 노력은 가치가 있다. 당신 마음을 어둡게 하고, 당신의 에너지를 약화시켰던 먹구름이 사라진 것처럼 보인다. 당신은 원래의 자신으로 다시 돌아온 기분이다.

그때가 바로 당신 부하의 봉급인상을 추천할 시간이다. 당신은 그를 대해도 모르는 척 지나친다. 그 이유는 그가 일을 잘 못해서가 아니라 당신의 험담을 하는 것을 들었기 때문이다. 분명히 당신의 눈감아주기는 진정한 용서가 아니다. 당신은 계속해서 그를 벌할 기회를 엿보고 있다. 그러나 만약 당신이 어떤 기회를 이용하여 앙갚음을 한다면 당신은 당신 자신의 에너지 비축분에서 그 대가를 치러야 할 것이다.

타협된 용서를 조심하라. 당신은 자신이 베풀었던 용서의 수준에 대해 어떤 순간에 이야기하는 자신을 발견하게 될 것이다. "나는 그녀를 용서했었지. 그러나…" 그 단어는 변할지 몰라도 주제는 항상 같다. "나는 그가 나를 속인 것은 용서했어. 그러나 나의 절친한 친구를 배신한 것을 용서할 수가 없어." 또는 "나는 그녀를 용서했지. 그러나 나는 다시는 그녀에게 말을 걸고 싶지도 않아." 타협된 용서는 당신이 누군가를 용서했다고 믿게 만든다. 그런 다음 당신은 몇 년 후에도 단순히 그의 이름만 듣고도 기분이 상하는 자신을 발견하게 된다.

처음의 당신 노력은 가치 있는 것이었다. 그러나 당신의 용서는 세포 끝까지 미치지 않았다. 당신은 아마 그때 그 사람에 대해, 당신이 알고 있던 모든 것을 실제로 용서했을 수 있다. 그러나 몇 년 후 다른 문제들이 나타난다. 뿌리 깊숙이 박혀 있던 분노는 깊이 박힌 가시를 뽑아내는 것과 같이 어렵다. 당신이 그 가시를 거의 꺼냈을지라도, 끝의 작은 부분이 여전히 살 속에 박혀 있을 수 있다. 그 마지막 제거되지 않은 뿌리가 후에 스스로 작동할 것이다. 그러할 때 당신은 용서해야 할 더 많은 것들이 있음을 발견할 것이다.

타협된 용서는 어디에선가, 또는 어떻게든 그 노력이 불완전했다는 것을 의미한다. 완벽성의 결여 여부는 완전히 새로운 도약의 계기를 경험하게 할 수도 있고, 오래된 구습을 스스로 반복하게 할 수도 있다. 완벽함이 없이는 진정한 용서가 선사하는 선물을 받기가 어렵다.

_면도날 같은 감정을 무디게 하라

일단 다른 사람들의 자기 정당화를 눈감아주고, 당신 자신의 심장과 견고한 교제를 가진다면, 용서는 더 쉬워지고 문제로부터의 해방도 더 빠르게 다가온다.

학교를 갓 졸업한 젊은 시절의 나는(하워드) 쇼핑몰에 있는 소매점에서 일했다. 어느 날 우리 단골인 부유한 일본 여성이 내게 다가와 다른 일자리를 제시하였다. 그녀는 수입된 고급 일본 도자기와 미술품을 파는 가게를 새로 열 예정이었다. 그녀는 내가 그녀를 위해 그곳의 관리 책임을 맡기를 원했고, 나에게 그때 내가 받고 있던 연봉보다 상당히 많은 돈을 제시하였다. 나는 그것을 한번 해보기로 결심하였다. 나는 나의 일을 그만두고 그녀가 새로운 사업을 계획하는 것을 도와주기 시작하였다.

그 일을 시작한 첫 주 동안 그녀는 내가 차로 그녀를 집까지 바래다주기를 원했다. 그리고 그녀가 장식품과 카페트, 기타 여러 물품들을 고르는 동안 내가 차로 태우고 다니길 원했다. 일을 시작한 지 일 주일이 되었을 때 나는 그녀를 태우러 갔는데 10분이 늦었다. 그녀는 지각했다고 나를 심하게 꾸짖었다.

나는 약간 화가 나서 (좀더 솔직히 말하자면 그녀의 책망에 대한 감정적인 반응으로) 내가 늦은 것에 대한 많은 이유와 그녀가 나를 그렇게 심하게 책망하지 말았어야 할 이유들을 강하게 말하였다.

그 이후 하루 종일 나는 그녀를 정중하고 친절하게 모셨다. 모든 것이 잘된 것처럼 보였다. 그날 저녁에 내가 집에 도착했을 때 나는 자동응답기 전화기에 녹음된 그녀의 목소리를 확인했는데, 내가 그녀에게 무례하게 굴었다는 이유로 해고되었다는 메시지를 들었다. 나는 놀랐고 화가 났다. 다음날 아침 나의 전 사장에게 전화를 해서 다시 그 일을 하게 해달라고 청했다. 그러나 그는 이미 나의 자리를 대신할 사람을 뽑았었다. 나는 하루 아침에 실업자가 되었다.

그날 저녁 나는 닥을 포함하여 친구들 여럿과 자리를 함께하였다. 나는 내게 일어났던 일을 이야기했고, 내가 얼마나 화가 났는지도 이야기하였다. 그들은 그것이 약간 불공정한 것 같다는 데 동의를 했다. 왜냐하면 일본 여자가 너무 성급하게 화를 냈고, 그 상황은 내가 견디기 어려운 정도였다. 내가 그 상황에 대해 계속해서 후회하고 있을 때, 친구들 중 몇몇이 그 상황에 대한 객관적인 의견을 내게 주었다.

"면도날 알지? 자네도 끝이 무섭게 날카로운 면도날이야." 친구들은 나의 특징을 상기시켜주었다. 결국 이것이 처음으로 내가 정신적인 날카로움과 감정적인 충동이 혼합된 의미인 '면도날'이라는 별명을 얻은 이유이다. 그들은 편안하게 한 말이었지만 그 말은 정직한 말이었다.

나는(닥) 이 사건을 잘 기억한다. 나는, 하워드가 그 상황 때문에 힘들어하고 있다는 것을 알 수 있었다. 나는 분노와 자기 연민이 한꺼번에 작동하게 되면 그것을 떨쳐버리는 것이 어렵다는 것을 알고 있다. 그리고 모든 상황들이 하워드의 자존심에 상처를 입혔다는 것을 알았다. 그래서 나는 이런 제안을 했다. "뻔한 짓은 하지 마. 대신 모든 사람들이 하지 않을 것을 해. 그리고 네게 남아 있는 혼란스러움도 말끔히 정리해. 네가 그것을 좋아하든 그렇지 않든 간에 어서 그 여자를 용서해. 그것이 그 사건을 떨쳐버리게 하고, 몇 주 또는 몇 달의 분노로부터 너를 자유롭게 해줄 거야."

그것은 모욕감을 느낀 젊은이가 행하기에는 어려운 주문이었다. 그러나 나는 하워드의 진실된 마음의 깊이를 알았다. 만약 그가 그 자신과 싸우고 그의 심장과 접촉한다면, 그가 그것을 할 수 있다는 것을 나는 알았다.

내가(하워드) 닥의 충고를 듣자마자 나는 그가 옳다는 것을 느꼈다. 잠시 동안 그것을 내 마음속에 숙고한 후에 나는 용서할 준비가 되었음을 깨달았다. 다음날 아침, 나는 그 일본 여자의 집으로 차를 타고 가서 나의 용서를 보여주기 위해 사과를 하기로 결심하였다.

그러나 그곳으로 가는 도중 나는 계획이 바보 같다고 느껴지기 시작했다. 나는 이것을 할 필요가 없었다. 다시 새로운 고통이 밀려왔고, 그녀가 나의 지각에 대해 너무 성급하게 나를 책망했다고 느꼈다. 그리고 나를 부당하게 해고하고, 나를 이렇게 혼란스럽게 하다니! 그에 대해 생각할수록 그녀를 용서하기가 싫었다. 그리고 개인적으로 용서를 구한다는 것이 더더욱 싫었다. 나의 머리는 내 심장의 진정한 의도와 타협하고 있었다.

결국 나는 숲 속에 차를 멈추고 심장의 메시지를 듣기로 하였다. 나는 거기서 몇 분간 앉아 있었다. 그리고 그 여자에 대한 이해와 나를 해고한 것에 대한 정당한 이유를 찾았다. 나는 그때 그녀의 입장에 서서 새로운 가게를 위한 관리자도 없는 어려운 상황임을 깨달았다. 그녀가 나에게 한 행동이 옳은지 여부를 생각하는 것을 떠나서 아마 나는 정말로 그녀를 용서할 필요가 있었다. 그 결과 나의 잘못도 있음을 알았다. 그것은 단지 그녀만의 잘못이 아니었다. 그리고 계속 차를 몰았다.

그녀가 사는 거리에 이르자 나의 마음과 감정은 다시 나를 꺾기 시작했다. "만약 내가 이것을 제대로 한다면, 그녀는 적어도 내게 동정심을 느끼고 해고 수당이라도 주겠지" 하는 생각들이 서서히 들기 시작했다. 다음으로 나는 이렇게 생각했다. "나는 단지 나도 할 수 있다는 것을 증명하기 위해서 이것을 할 거야. 그러나 이건 여전히 너무나 공평하지 않아." 나의 마음은 마지막 말을 하면서 더 교활해지기 시작하였다. "무언가를 주는 것 대신 무언가를 얻기 위해 하는 용서……, 정말 놀라운 개념이다."

나는 다시 차를 멈춰 세웠다. 그리고 이 용서의 행동은 아무런 의도도 없이 진실되어야 한다는 것을 깨달았다. 그러나 아무것도 이뤄지지 않았다. 만약 나의 용서가 진실되지 않고 심장으로부터 나오지 않았다면, 내가 얻는 거라고는 단지 나의 친구에게 말할 이야깃거리밖에 없다. 이래서는 나도 그녀도 진정한 짐을 벗을 수 없다. 그것을 이해하면서 나는 심장의 더 깊은 곳으로 다가가서 가능한 한 많은 진실성을 모았다.

그때 나는 이 게임에 지치기 시작했다. 나는 단지 성숙해져서 내가 할 수 있는 최선의 용서를 구하고 용서하는 것이 필요함을 알았다. 나는 그녀의 집 초인종을 눌렀다. 그리고 기다리면서 나의 심장에 집중을 하였다. 그녀는 약간 놀란 표정을 지으며, 심지어 내가 감히 그녀의 집에 나타났다는 것에 불쾌감을 보였다. 그녀는 문을 잡고 조금만 열었다. 나를 향한 그녀의 태도는 적대적이었다.

내 심장 깊은 곳으로 가서, 결국에 나는 아무런 방해를 받지 않았기 때문에, 내가 미안했고 그리고 나의 반응을 다루는 사람이 얼마나 어려웠을까를 이해한다고 이야기했다. 나는 어떤 불만도 없으며, 그녀에게 어떤 피해도 끼치지 않았기를 바라고, 그녀의 새로운 가게가 정말 잘되도록 기원한다고 진실로 말했다. 그 순간 그녀는 고맙다고 이야기했고 문을 닫았다.

집으로 오는 길은 그녀의 집으로 가는 길보다 훨씬 마음이 편했다. 비록 그녀가 나에게 어떤 확답이나 해방감을 주지는 않았지만, 나는 그것이 필요하지 않았다. 왜냐하면 나는 마음속 깊은 곳으로부터 그녀로 인한 모든 문제들을 깨끗이 지웠기 때문이다. 난 타협하지 않았다.

만약 당신이 이 이야기의 해피엔드를 기대한다면, 그것은 바로 '그것으로 나는 내 에너지를 자유롭게 했고, 매우 가치 있는 교훈을 얻었다'이다. 나는 그 일로 인해 앞으로는 용서하기가 더 쉬워질 거라는 사실을 알았다. 그리고 나의 친구와 그들의 정직한 충고에 대해 감사를 느꼈다. 그들의 충고는 내가 그 경험으로부터 너무나 많은 것들을 얻도록 도와주었다. 용서를 찾기 위해 마음(심장)속 깊이 들어가는 것, 그것은 나에게 새로운 가능성을 열어주었다.

심장의 힘을 증폭시켜라

우리는 이 장에서 심장이 중심이 된 강력한 도구 중 감사, 판단하지 않음, 용서, 이렇게 세 가지만 소개했다. 이외에도 다른 많은 것들이 있다. 심장이 중심이 된 모든 핵심 감정들은 잠재적으로 강력한 도구들이다. 그것들은 연민, 인내, 용기 등이다. 당신 자신의 내면으로부터 활성화해야 할 필요가 있는 것을 찾는 것은 자기 발전을 위한 노력의 일부분이다. 진실함과 그 뒤에 있는 통일성을 함께 이용함으로써 이 도구들은 당신의 내면에서 대기하고 있는 변혁의 원동력을 일깨우고 축적하는 것을 돕는다.

우리의 친구 중 짐 캐스카트는 그의 책 『도토리의 원칙(The Acorn Principle)』에서 어떻게 사람들이 자신들의 잠재능력을 모두 사용할 수 있는지를 다루고 있다. 짐은, 성취는 두 가지 요소에 기초를 두고 있다고 믿는다. 그것은 자각과 행동이다. 그는 "자기 계발은 지금 내가 어디에 있는지를 깊이 자각하고, 성장하기 위해서 내게 필요한 것을 배우는 것"이라고 이야기한다. 그리고 자기 표현이란 자신의 계발을 위해 당신이 무엇을 하느냐 하는 것이고, 어떻게 하느냐 하는 것이다.[1]

당신이 심장의 잠재력을 계발하는 데는 시간이 걸릴 것이다. 그러나 당신이 심장의 힘과 공조하는 관계를 발전시킬수록 심장의 중심에 있는 많은 감사와 사랑, 용서를 발견하게 된다. 새로운 자유는 당신에게서 오랫동안 사라지지 않던 편견, 상처, 고통, 반감을 지워버릴 때 당신에게 다가오게 된다.

하트매스 솔루션의 강력한 도구들은 당신이 자신의 심장으로부터 힘을 얻기 위해 직접적으로 연결하는 여러 가지 방법을 제공한다. 그 힘은 상실된 통일성을 회복시킨다. 당신의 시스템 내부에 잡음이 적어지고 불일치가 줄어들면 당신의 가장 높은 지능과 진정한 정신은 매일매일 삶 속에 스며들어갈 수 있는 기회를 얻게 된다. 그러면 당신은 그에 상응하는 더 많은 충만감을 보상으로 얻게 될 것이다.

기억해야 할 키포인트

··→ 진실성은 감사, 용서와 같은 심장의 핵심 감정을 통일화시키고, 그것에 파워를 공급해주는 발전기이다.

··→ 당신의 심장을 여는 것은 자신의 지각이라는 카메라에 광각렌즈를 부착하는 것과 같다. 갑자기 더 넓은 세상이 시각에 들어온다.

··→ 자신이 바꾸고 싶은 어떤 것에 대해 깊은 통찰력을 가졌더라도, (시간이 흐르면서) 당신은 자신이 처음에 가졌던 열정(과 그러한 변화를 위한 추진력)을 잃을 위험이 있다. 감사에 다시 불을 붙임으로 해서 당신은 자신의 통찰력에 대해 가졌던 처음의 흥분을 다시 회복할 수 있다.

··→ 판단하는 것은 스트레스와 비통일성을 야기한다. 그리고 이것들은 우리의 지성에 한계를 부여한다. 게다가 우리는 사회적으로 판단하는 데 익숙해져 있다.

··→ 판단의 해악 중에서 꼭 주목해야 할 것은 판단하는 사람이 가장 큰 상처를 입는다는 것이다.

··→ 실수를 한 다음 그런 자신을 가혹하게 판단하는 것은 잘못된 투자원금에 복리로 이자를 지불하는 것과 같다.

··→ 심장은 문제를 더 명확히 보게 하고, 당신이 더 중립적이 되는 데 필요한 지각을 제공한다. 바로 이것이 판단하지 않는 것의 핵심 이득이다.

··→ 당신이 강한 판단을 하고 있을 때, 중립적이고 더 균형 잡힌 직관적인 시각을 갖기 위해 프리즈-프레임 기법을 사용하라.

··→ 판단하지 않는 것 뒤에 숨어 있는 과학과 사이버네틱스를 이해하면 누구라도 그것을 할 수 있다. 판단하지 않는 것은 인간의 생존과 진화에서 중요한 발전이다.

··→ 분노를 제거하는 것은 가시를 뽑아내는 것과 같다. 당신이 그것을 거의 뽑았을지라도, 끝의 작은 부분이 여전히 박혀 곪을 수 있다.

··→ 타협된 용서는 그 (용서하려는) 노력이 어디에선가 또는 어떤 부분에서 완벽하지 않았음을 의미한다. 그 완벽성의 결여 여부가 완전히 새롭고 다른 삶을 경험할 도약의 기회를 제공할 수도 있고, 되풀이되는 오랜 구습을 반복하게 할 수도 있다.

PART *3*

심장지능과 삶의 지혜

하트매스 솔루션의 제1부와 제2부에서는 심장지능에 대한 확고한 이해와 그 지능에 접속하는 데 필요한 도구들을 소개했다. 제1부와 제2부에서 소개된 프리즈-프레임 기법, 에너지 자산/부채 대차대조표, 그리고 심장을 중심으로 한 강력한 도구 등은 당신의 심장지능을 활용하여 매일매일의 삶에 적용하도록 당신을 돕는 실용적이고 실천적인 방법을 제공하였다. 그러나 심장으로부터 배울 것은 더 많다.

제3부에서는 이 시스템의 더 세련된 수준인 정서관리와 자신의 심장지능과 굳게 연결하는 방법에 초점을 모을 것이다.

정서란 매우 복잡하기 때문에 그것을 관리하기란 매우 어렵다. 그러나 내면의 통일성을 유지하고 증가시키기 위해 정서의 힘을 관리하는 것은 필수적이다. 심층적인 정서적 시각이 어떤 것인지를 우리는 보여줄 것이고, 정서가 어떻게 작용하는지에 대한 이해와 어떻게 정서의 관리가 무시되고 적당한 선에서 타협되는지도 설명할 것이다.

제3부에서는 또 심장을 중심으로 한 네 번째의 강력한 도구인 배려에 대해 한 장을 할애한다. 그리고 그 장은 배려의 반대격인 지나친 관심도 다룬다. 지나친 관심은 종종 정서적인 문제들의 진원지이다. 일단 그것이 확인되면 그것은 제거될 수 있는데, 이 단계에서 도달 가능한 정서관리의 새로운 수준에 도달한다.

두 개의 발전된 기법들이 제3부에서 소개된다. 그것은 컷-스루와 하트 로크-인이다. 컷-스루는 당신의 정서에 균형을 가져다주기 위해 심장의 파워를 사용하고, 과거로부터 온 정서적인 장벽을 제거하는 기술이다.

하트 로크-인은 당신의 심장과 지능 간의 결속을 지속되게 한다. 당신이 이 풍부한 연결에 익숙해질수록 당신은 새롭고 직관적이며 창조적인 통찰력을 얻게 될 것이다. 하트 로크-인은 우리의 신체가 더 활력을 찾고, 더 통일성을 가지도록 하기 위해 쓰인다.

제3부에서 우리는
⋯▸ 정서와 정서관리를 이해할 것이다.
⋯▸ 배려와 지나친 관심의 차이를 배울 것이다.
⋯▸ 더 훌륭한 정서관리를 위해 컷-스루 기법을 배우고 적용할 것이다.
⋯▸ 심장지능에 접근하는 방법을 세련되게 하고 발전시키기 위해 하트 로크-인을 배우고 적용할 것이다.

7

정서의 신비

토니 로버츠는, 어린 소녀였을 때 처음으로 우울증을 느끼기 시작했었다. 그녀는 다른 아이들과 놀지 않고 그냥 자신의 방에만 있기를 원했고, 항상 슬픔을 느꼈던 것을 기억한다. 십대가 되자 그것은 더 심해졌다. 매일의 갑작스런 울음은 그녀의 일상이 되었다. 그녀는 이런 어려움에도 불구하고 행복한 것처럼 보였다. 그녀는 좋은 학생이었고, 호감이 가는 리더였다. 그러나 토니는 자신의 내면에 있는 고통과 공허함을 채우기 위해 치어리더와 같은 학교 내의 과외활동에 리더로 참가했었다.

30대에 그녀는 가족을 부양하기 위해 열심히 기부금조성가로서 일하며 경력을 관리했지만 우울증은 가시지 않았다. 토니는 자신이 심각한 문제를 안고 있다는 것을 알았다. 그래서 그녀는 필사적으로 도움받기를 원했다. 그녀는 기도와 명상, 세라피, 그리고 일시적인 완화작용을 하는 항우울제와 같은 것들에 너무나 지쳐 있었다. 자신의 정서적 질병을 제거하려는 수십 년의 노력 끝에 그녀는 결코 더 나아질 수 없다는 분명한 결론을 내렸다. 그녀가 생각할 수 있는 것은 겨우 절망감 뿐이었다.

어느 날 한 친구가 토니에게 하트매스에 관해서 이야기했다. 토니는 자신의 문제를 위해 치료법을 찾아다니는 데 지쳐 있었지만, 어쨌든 하트매스의 훈련 프로그램에 참가해보기로 결심하였다. 주말 동안 그녀는 자신의 심장과 접속하기 위해 진실한 노력을 했다. 그런데 많은 연습 중 하나를 실시하는 동안 진기한 일이 일어났다. 그녀는 희망과 해방감이라는 복합적인 경험을 느낄 정도로 비약적인 발전을 하였다. 세미나가 끝난 며칠 후 그녀는 이때까지와는 다른 더 나은 기분을 느꼈다. 어떻게 그것이 가능할 수 있었을까?

토니는 전에도 일시적인 문제의 완화를 경험했다. 그러나 그것은 결코 지속되지 않았기 때문에 그녀는 자신이 만성적인 우울증에 다시 깊이 빠져들까 봐 두려워했다. 몇 년이라는 시간이 흐른 후에 자신의 심장에 의지함으로써 그러한 문제들로부터 자유로워질 수 있다는 것이 그녀로서는 믿겨지지 않았다. 그러나 그녀는 스스로 필요하다고 느꼈을 때 프리즈-프레임을 사용하며 의식적으로 심장의 핵심 감정을 활성화하였고, 하트 로크-인을 하면서 배웠던 것을 계속 연습했다. 몇 달 만에 그녀는 자신의 우울증이 다시 돌아올 거라는 두려움에서 벗어날 수 있었다. 그녀는 자신의 정서적 문제가 과거에 뿌리를 두고 있었다는 것을 알았다. 그것들은 지금 그녀에겐 나쁜 꿈에 지나지 않은 것처럼 보인다. 그녀의 건강이 극적으로 향상될수록 즐거움, 쾌활함 그리고 삶의 재미가 우울증 대신 찾아왔다. 벌써 6년 전의 일이었다. 토니는 지금 하트매스에서 근무하고 있으며, 자신의 삶이 계속 더 많은 행복과 매일 매일 더 많은 기쁨으로 차게 되었다고 말한다.

토니의 경우처럼 다소 극적인 경험은 심장지능이 활성화될 때 무엇이 일어나는지를 잘 보여주는 한 예이다. 정서적 문제는 가장 다루기 힘든 문제 중 하나이다. 특히 토니의 경우처럼 오래 전부터 있었던 문제라면 더욱 그러하다. 아마 토니는 전에도 한 번쯤 자신도 모르게 심장의 도움을 요청했을 수도 있다. 그러나 그녀는 어떻게 지속적으로 심장지능을 활성화시키는지 알지 못했기 때문에 몇 년 동안이나 계속 고통을 겪어왔다. 그러나 일단 그녀가 심장과의 깊은 연결을 경험하자 그녀의 정서는 그것에 따라서 반응했고, 그녀의 삶은 더 나은 방향으로 크게 전환했다.

정서라는 프리즘은 삶을 다른 색깔로 만든다

만약 당신이 어렵게 에베레스트 산 정상에 올라갔는데 당신의 가슴을 벅차게 하는 아무런 흥분도 느낄 수 없다면 어떠할까? 만약 당신이 친한 친구나 사랑하는 가족들과 함께 시간을 보냈는데 그들과 당신 사이에 아무런 사랑도 느낄 수 없다면 어떠할까? 정서는 우리 생활의 너무나 자연적인 산물이기 때문에 우리는 그것들을 당연하게 받아들인다. 우리는 정서를 통해 삶의 색깔과 그 색깔을 형성하는 씨실들을 경험하게 된다. 그것이 없어도 우리는 여전히 에베레스트 산을 등반할 수 있고, 우리의 가족, 친구들과 시간을 보낼 수 있다. 그렇다면 무슨 차이가 있는가? 정서이다. 정서만이 우리의 삶에 의미를 부여한다.

웃거나 우는 능력과 걱정과 행복을 번갈아가며 느끼는 능력은 우리의 삶에 존재가치와 아름다움을 더해준다. 우리는 정서적 경험이 삶을 충만하게 만들기 때문에 정서를 갈망한다. 그것은 우리가 경험하던 객관적이고 개념적이며 사실적인 세상을 살아 숨쉬는 경험으로 변환시킨다.

사실[1] 또한 중요하지만 근소한 힘의 차이로 압도하는 정서가 언제나

---

1) 주관적이고 감각적인 정서에 대비되는 개념으로서 객관적으로 실존하는 사실(Fact)을 말한다.

사실을 이긴다. 토마스 브라운이라는 영국 작가는 1960년에 "사람은 유머와 열정의 통치 아래서 틈틈이 이성과 마주치며 살아간다"고 하였다. 정서는 우리의 삶에서 항상 이성을 능가하는데, 이것은 존경받고 감사받아야 마땅하다. 그리고 그것은 여전히 거대한 미스터리로 남아 있다.

정서에서 나오는 정체를 알 수 없는 힘은 우리의 삶을 무한히 행복하게 할 수도 있지만, 동시에 그것은 쉽게 파괴할 수도 있다. 대부분의 전쟁과 세상의 갈등을 뒤에서 조정해온 힘은 이성이 아니라 감정이다. 수세기 동안 인류는 내면의 강력한 힘을 다스리는 데 필요한 심장지능을 인류의 최선의 이익을 위해 사용하지 못하고 방치해왔다.

정서적으로 개척하는 것은 인간을 이해하기 위해 정복해야 할 마지막 남은 영역이다. 정서적 영역이 완전히 개척되고 정착되기 전이라도 우리는 정서의 잠재력을 계발하고 다소 극적으로 활용하는 것을 가속화할 기회에 직면하고 있다.

'정서'라는 단어는 의미상으로는 '움직이는 에너지'를 의미한다. 그것은 '움직인다'라는 의미를 지닌 라틴어 동사에서 나왔다. 정서와 가깝게 연관된 개념인 느낌은 감정의 어떤 자의적 경험인 반면에, 정서는 우리를 움직이게 하는 사랑, 기쁨, 슬픔, 분노와 같은 강한 느낌을 말한다. 정서는 정신적이고 생리학적인 변화와 함께 다양하고 복잡한 반응을 일으킨다. 그리고 그 반응은 자율신경계를 동반·작동시킨다.[1] 우리가 정서라고 생각하는 것은 우리의 몸 안에서 움직이는 에너지를 경험하는 것이다. 정서적 에너지 그 자체는 중립적이다. 특정한 정서를 부정적으로나 긍정적으로 느끼게 하는 것은 그것에 대해 우리가 느끼는 감동과 생리적 반응이고, 그것에 의미를 부여하는 것은 그것에 관한 우리의 생각이다.

정서란 느낌을 실어 전달하는 물결과 같은 파동이다. 우리의 심장이 통일성의 상태에 있을 때 우리는 더 쉽게 사랑, 배려, 감사, 친절과 같은 정서를 경험한다. 한편 심장과 머리가 정렬되어 있지 않을 때에는 불안, 분노, 상처, 시기와 같은 감정들이 더 일어날 가능성이 있다. 우리가 경험하는 정서는 우리의 뇌 세포와 기억 속에 각인되어 우리의 행동에 지속적으로 영향을 미치는 패턴을 형성한다.[2]

느낌의 세계는 생각의 세계보다 더 빠르게 움직인다

정서적 에너지는 생각보다 빨리 움직인다. 그 이유는 느낌의 세계는 마음보다 더 빠른 속도로 작동하기 때문이다. 과학자들은 우리가 생각할 시간조차 가지기 전에 우리의 정서는 이미 반응을 보인다는 것을 수없이 확인했다. 우리는 모든 것을 (있는 그대로가 아니라) 우리가 그것을 받아들이는 대로 정서적으로 먼저 가치 판단을 한다. 그리고 그것에 대해 나중에 생각해본다.[3]

만약 정서적 에너지가 생각보다 빠르게 움직인다면 어떻게 우리의 생각으로 정서를 관리하기를 기대할 수 있을까? 좋은 질문이다. 사실 정서를 관리하기 위해서는 정신보다 더 많은 것들이 필요하다. 심장의 통일된 힘 역시 필요하다. 심장의 통일성은 우리의 정서적인 상태가 균형을 맞추는 것을 도와준다. 그것은 더 높은 뇌(두뇌)의 기능을 촉진하기 위해 머리와 심장을 정렬화시키고, 그것이 직관이나 초고속의 지능과 직접적인 연결을 만들어내는 것처럼 보인다. 직관은 분석적인 정신을 무시하고 이성적인 추론과정과는 독립적으로 직접적인 지각을 우리에게 준다.[4]

직관은 우리가 정서적인 에너지를 느낌에 투입하기 전에 어떻게 우리의 느낌을 조절하고 관리해야 할지에 대한 명료한 메시지를 준다.

정서는 그 자체로만 보면 정말로 지적이지 못하다. 그러나 정서와 생각이 그러하듯이, 어떤 흐름을 가지고 있는 것은 조직적으로 관장하는 주제2)를 가지고 있기 때문이다. 우리가 어떻게 우리의 생각과 정서를 조직화하는지, 그리고 그것으로 우리가 무엇을 하는지는 우리의 지능에 반영된다.

인체 시스템에서 정서가 하는 주된 역할 중 하나는 심장의 핵심 감정이 표현되도록 수단을 제공하여 돕는 것이다. 그러나 심장지능이 대부분의 사람들에게는 발달되어 있지 않기 때문에 정신은 종종 우리의 정서적 에너지를 강탈하여 정신적 지각과 반응을 표현하는 데 사용해버린다.

통제되지 않은 생각이 정서적인 반응을 지배하게끔 허락할 때, 우리는 문제를 자초하게 된다. 게다가 정서적인 기억과 반응들은 무의식의 수준에서 작용하여 우리의 사고에 영향을 미칠 수 있다. 우리의 무의식적 정서체계는 마음이 느낌을 가로채는 것보다 더 빠르게 느낌을 일으킨다.[5] 바로 이것이 우리가 종종 왜 그런지 알지 못하는 느낌들을 경험하는 이유이다. 심지어 그 이유를 알았을 때나 정서적 반응을 관리하려고 노력할 때조차도 그렇게 할 수 없는 것은 정서가 너무나 빠르기 때문이다. 이성적인 마음 혼자서는 우리에게 유익한 결과들을 만들도록 우리를 조정할 능력이 없다. 통제되지 않은 정서의 힘과 통제되지 않은 정신의 무질서가 결합하면 종종 내면적 전쟁을 일으킨다. 우리는 몇 시간 동안 지속되는 내면의 소모적 논쟁에 사로잡히게 된다.

예를 들면, 제프가 레스토랑에 있을 때 한 늙수그레한 남자가 그의 곁을 지나가다 그의 커피잔을 넘어뜨린다. 그의 옷과 넥타이에 온통 뜨거운 커피가 튀긴다. 이성적으로 보면 그가 의도적이 아니었음을 잘 알고 있다. 그래서 제프는 "괜찮습니다. 염려하지 마세요"라고 이야기한다. 그러나 그의 감정은 흥분한 상태이다. 그의 생각은 소리를 치고 있다. "내 양복을 좀 보라고. 나는 어떻게 해? 옷 전체가 이렇게 커피로 얼룩졌는데 어떻게 사무실에 돌아가지?" 제프는 두 가지 다른 수준에서 반응을 하고 있다. 그것은 감정과 이성이다. 각 수준은 제각각의 시각

---

2) 정서가 관장하는 영역은 직관과 감정, 느낌처럼 논리적인 영역 밖의 것들임을 의미한다.

을 가지고 있다. 그리고 제프는 그것들이 마음대로 하도록 내버려둔다. 그 감정과 이성은 오후 내내 서로 싸운다.

이러한 경우에 제프는 모든 것이 괜찮다는 가정을 멈추고, 그의 정서가 균형을 잡지 못했다는 것을 인식하는 것이 에너지를 효율화시키는 길이다. 그런 다음 그의 자율신경과 심장 리듬이 균형을 이루도록 하기 위해 신속히 프리즈-프레임을 할 수 있었을 것이다. 또한 그 일로 그의 오후가 물들기 전에 미리 에너지의 소모를 막기 위한 감사 또는 연민과 같은 심장의 핵심 감정을 활성화시킬 수도 있었을 것이다. 심장의 통일성의 관점에서 보았을 때, 그는 그때 자신에게 '이러한 것은 누구에게나 한 번쯤 일어날 수 있는 일이야' 하며 안심을 시키고, 그 문제로부터 배울 것을 취하고 정서적인 에너지를 얻을 수도 있었을 것이다. 그가 자신에게 "무엇이 그 상황에 대한 더 효율적인 반응인가? 무엇이 미래의 스트레스를 줄일 수 있는 효율적인 반응인가?"라고 물었다면, 그의 직관과 상식, 진심은 '옷에 묻어 있는 커피 얼룩에 대한 사무실 사람들의 판단'을 의식하지 않게 했을 것이며, '옷은 세탁하면 된다'고 답했을 것이다. 그는 머리와 심장이 정렬되어 있는 상태에서 이 문제를 완벽히 해결할 수 있었을 것이다.

두 번째 예를 보자. 사무실에서 바바라와 덴 사이에 사고가 난다. 둘 다 마감일을 지키느라 스트레스를 받고 있다. 그들은 서로에게 날카롭게 대하고, 모두가 그것을 알고 있다. 나중에 생각이 나서 그들은 말로 서로 사과한다. 그러나 그들 각각의 감정 세계에서는 그들 사이에 있었던 문제가 진정되기까지 하루가 걸린다. 그들의 이성적인 생각은 괜찮지만 그들의 느낌은 그러하지 않다. 느낌의 세상에서는 계속해서 에너지가 움직인다. 그리고 그 에너지의 속도와 힘은 계속적인 불필요한 소모를 야기한다.

만약 이성적인 정신이 실제로는 그렇지 않으면서도 모든 것이 괜찮다고 계속 말한다면, 감정은 우리의 삶에 짙은 구름을 덮고 천천히 우리의 건강을 해친다. 잠시 후 우리에게는 그것이 왜 그러했는지를 설명하는 생각이 아니라 모호한 나쁜 느낌만 지각된다.

만약 바바라와 덴이 그들의 심장지능과 연결하기 위해 잠시 싸움을 멈추었다면, 그들은 정서의 균형을 더 빨리 되찾을 수 있었을 것이다. 어쨌든 조만간에 그들은 그 사건을 잊을 것이다. 그러나 그들이 그 순간에 심장과 머리를 정렬시켰어야 한다는 필요성을 무시한다면 그들은 언젠가 많은 에너지를 소모하게 될 것이다. 심장과 연결하려고 노력함으로써, 그리고 판단하지 않고 용서와 같은 심장의 핵심 감정을 활성화시킴으로써, 그들은 자신의 풀리지 않는 긴장과 감정을 해결하고 에너지가 소모되는 것을 막는 데 필요한 힘과 자각에 접근할 수 있다. 비능률적인 생각과 감정을 떨쳐버리기 위해 심장으로 주의를 전환하고 통일성을 얻는 데는 노력이 필요하다. 그러나 심장지능이 계발될수록 그 과정은 더 쉬워진다.

인간만이 가지고 있는 기억창고

각 사람의 정서적 역사는 개개인의 신경회로에 기록이 되고 기억에 각인된다. 그러므로 현재의 정서적 반응은 연계된 정서적 기억들에 계단 폭포처럼 영향을 미쳐 감정에 불을 붙인다. 만약 우리가 과거에 사랑하는 사람에게 상처를 입었다면, 우리에게 사랑을 보여주는 사람에게 상처를 받는 망상증을 가질 수 있다. 때로는 아주 작은 반응도 그 전의 사건과 연계된 감정들을 유발시킬 수 있다. 아직 용서하지 못하고 남아 있는 오래된 유감과 불쾌한 관계, 해결되지 않는 두려움 등은 아주 사소한 문제들로 인해 증폭될 수 있다.

이 계단 폭포 효과 때문에 우리는 일반적으로 현재의 감정만 다루는 것이 아니라 감정의 기억창고에 저장된 누적적으로 경험한 감정까지 다루고 있다. 그리고 거기에는 생리적인 이유가 있다.

두뇌의 깊은 내부에는 우리가 듣고, 냄새 맡고, 촉감으로 느끼고, 그리고 보는 모든 것에 정서적 중요성을 책임지고 할당하는 편도체라고 하는 처리 센터가 있다.[6] 편도체는 우리의 대뇌피질로부터 오는 새로운 정보에 의해 영향을 받을 수도 있고, 거꾸로 영향을 줄 수도 있다. 그리고 그것은 또한 심장으로부터의 입력정보에 의해서도 영향을 받는다.[7]

신경과학자인 칼 프리브람 박사는 그의 책 『두뇌와 지각(Brain and Perception)』에서, 편도체가 뇌로 들어오는 새로운 정보를 기억 속에서 익숙해진 과거의 정보와 어떻게 비교하는지 설명했다.[8] 만약 오래된 정서가 우리에게 익숙해지면, (그것이 말이 되든 안 되든) 우리는 종종 새롭지만 비슷한 상황에서 같은 정서를 가지고 반응한다. 이상한 방법으로 친숙한 정서는 우리에게 안정감을 준다.

예를 들면, 빈번한 고함소리와 폭력이 난무하는 집에서 자라는 아이는 불안한 정서와 자신을 사로잡고 있는 두려운 느낌을 발전시킨다. 학교에서도 만약 급우들이 그를 향해 목소리를 높이거나 심지어 궁금해하듯이 보는 것만으로도 그는 기억 속에 있는 익숙한 두려움의 정서를 유발시킨다. 현재의 상황을, 익숙해진 두려움의 시각으로 받아들임으로써 그는 필요이상으로 공격적인 반응을 보인다. 아마 그는 급우를 때리기조차 할 것이다. 정서적으로 그의 반응은 자기방어적이다. 왜냐하면 그는 안전함을 느끼기 위해 자신이 적합하다고 느끼는 반응을 한 것이기 때문이다. 같은 이유에서 이 소년은 자라서도 폭력에 의지하고, 그의 가족들을 같은 식으로 학대할 수 있다.

편도체는 우리의 뇌를 통해서 흘러들어오는 정보 중 정서적 중요성을 가진 어떤 것이 있는지 찾으면서 스캐닝을 한다. 우리 모두는 어떤 사람을 만났을 때 분명한 이유도 없이 그가 싫었던 경험을 가지고 있을 것이다. 아마 그는 비록 우리가 이름은 기억하지 못하지만 언젠가 수업

중에 우리에게 잔소리를 했던 학교 선생님에 대한 무의식적인 기억을 불러일으켰을지도 모른다. 편도체는 매우 빠르게, 그러나 항상 매우 정확하지는 않게 감정에 중요성을 부과한다.

감각기관[3]으로부터 들어오는 모든 정보는 정신적으로 분석하기 위해 대뇌피질로 먼저 보내진 다음 정서적 평가를 위해 편도체로 보내진다는 것이 몇십 년간의 생각이었다. 오직 최근에 신경과학자들만이 대뇌피질은 이성적인 의사결정의 영역을 지나지 않고, 우리의 지각이 (피질을 거치지 않고) 직접적으로 편도체로 가게 하는 뇌의 구조를 발견하였다.[5] 그것은 왜 학대하는 부모 밑에서 자란 아이가 누군가가 목소리를 높이기만 해도 심장이 뛰고 아드레날린 분비가 늘어나는지를 설명해준다. 그러나 그는 그 높은 목소리가 자신에게 폭언을 했던 아버지를 연상시키는지도 아마 깨닫지 못할 것이다.

정서는 어디에서 오는가

나이 든 아이나 성인이 뇌의 한 부분에 상처[4]를 입거나 외과적으로 제거[5]되었을 때 그 사람들은 더 이상 특정한 감정을 경험할 수 없다. 이러한 이유로 많은 과학자들은 감정은 오직 뇌에서 생긴다고 결론을 내렸다.

또 어떤 과학자들은 감정은 오직 생화학적 반응을 통해서만 생긴다

---

3) 5감 즉 시각, 청각, 후각, 미각, 촉각을 말한다.
4) 1848년 미국 뉴잉글랜드 지방 철도공사 현장의 감독으로 일하던 Phineas P. Gage가 발파 작업중 날아온 쇠막대기에 전두엽에 손상을 입고 외적으로는 정상인으로 회복되었지만 정신적으로는 어린아이와 같은 어른이 되어버린(정서적 통제능력을 상실한) 것을 보고 두뇌의 부위별 기능 차이를 발견했다.
5) 좌뇌와 우뇌를 이어주는 뇌량이 외과적으로 제거된 분리뇌 환자에 대한 실험으로 R. Sperry는 좌뇌와 우뇌에 기능차이(예: 좌뇌는 언어중추, 우뇌는 공간지각)가 있다는 것을 발견하여 노벨상을 받았다.

고 믿었다. 이것은 우리의 정서는 완전히 생화학적 반응에 의해 지배되고, 우리는 자신의 정서적 경험에 관해 어떤 선택도 할 수 없다는 것을 의미할 수 있다. 그리고 그것은 왜 뇌에서의 전기적이고 생화학적인 변화가 종종 (선택권을 갖지 않은) 정서와 (우리가 선택 가능한) 지각에 반응하여 생기는지를 설명하지 못한다.

최근의 연구는 뇌가 양방향으로 작동한다는 것을 보여준다. 『정서의 분자(Milecules of Emotions)』라는 책의 저자인 켄데이스 퍼트 의학박사는 "우리 체내의 생화학적 상태는 우리의 정서적 반응에 영향을 미치고, 이에 따른 반응으로 우리의 정서도 체내의 생화학에 영향을 준다"고 결론을 내렸다. 퍼트 박사는 생화학적인 것들은 실제로 정서와 생리학적인 상관관계를 가지고 있다는 것을 밝혔다. 감정의 분자는 육체와 정신적 지능의 존재를 보여주는 체내 통신 시스템을 따라 분명히 우리 체내를 돌아다닌다.[9] 우리 뇌의 회로는 일생 동안의 경험에 의해 형성된다. 그러므로 변화와 성숙은 절대로 너무 늦었다는 것이 있을 수 없다.

우리는 심장이 우리의 육체에서 정서를 조절하는 가장 강력한 기관이라는 것을 발견하였다. 여기에 그 이유를 든다. 심장으로부터 온 정보는 편도체로 가는 길을 찾는다. 사실, 편도체에 있는 세포는 심장박동과 동조되어 전기적인 활동을 한다. 심장박동이 변할수록 편도체 내 세포 안의 전기적 활동도 따라서 변한다.[10] 이것은 사람들이 하트매스 솔루션의 도구와 기술을 사용할 때 심장의 리듬이 더 통일성을 가지고 감정과 지각에서 왜 긍정적인 변화가 일어나는지를 잘 설명해준다.[10-14]

최근의 심장의학 연구에 의하면, 공황장애 증상을 겪었던 환자들의 55퍼센트가 사실은 공포의 감정을 유발시키는, 진단되지 않은 심장의 부정맥을 가지고 있었음을 보여주었다. 이 경우 환자들 대부분은 일단 심장의 부정맥이 치료되자 공황장애도 사라졌다. 만약 그들의 부정맥

이 발견되지 않았다면 아마 이 사람들 모두가 치료를 위해 정신과 의사에게 보내졌을 것이다.[15]

과거의 정서적 기억을 극복하라

일반적으로 우리는 어떤 사람의 과거에서 비롯된 정서적 짐을 벗어버리도록 하기 위해 다양한 정신요법적인 기술들에 의존한다. 가장 일반적인 선택 중에는 정신분석, 행동교정, 인지치료 등이 있다. 우리의 뇌와 심장에 대한 새로운 이해는 어떻게 이러한 접근법들이 작동하는지에 대한 실마리를 우리에게 제공한다.

신경학의 거두인 조셉 레독스에 의하면, 이 세 개의 주요 치료가 각각 대뇌피질이 편도체를 능가하는 것을 돕는다고 믿고 있다. 그러나 그것을 위해 서로 다른 신경 통로를 사용한다.[5] 행동과 인지 치료는 환자들에게 새로운 행동을 가르친다. 주로 전두엽피질과 편도체 사이의 상호 작용에 의존한다. 반대로 심리 분석은 환자들이 그들의 행동을 향한 의식적 통찰력을 얻도록 요구한다. 그것을 하기 위해서는 측두엽과 의식과 연관된 대뇌피질 영역에 저장된 기억들을 면밀하게 조사한다.

왜냐하면 그것은 기억들에 대한 의식적 통찰력을 갖게 함으로써 과거 정서적 부담에 따른 더 심각한 장애를 제거하려고 노력하기 때문에 정신분석은 본질적으로 더 긴 과정이다. 그리고 그것은 쉬운 것이 아니다. 왜냐하면 우리가 이미 이야기했듯이, 정서적 기억들은 지각을 왜곡시킬 수 있으며 의식적인 생각보다 우선하기 때문이다. 이것은 부분적으로 뇌의 신경망 내에 있기 때문이기도 한데, 정서의 시스템에서 인지의 시스템으로 가는 신경망이 인지에서 정서 시스템으로 연결하는 망보다 더 강하고 더 많다는데 기인한다.[5] 그 길의 모든 단계에서 의식적 생각은 강력한 편도체가 이끄는 정서에 의해 지배당할 수 있다.

과거에 대한 우리의 정서적 기억과 반응은 무의식적으로 유발될 수 있으며, 그런 다음 마음의 이성적인 사고과정을 우회하여 지나칠 수 있기 때문에, 정서적 패턴을 변화시키기 위해서는 마음보다 더 강한 힘이 필요하다. 우리의 이론은 의식적인 통찰력이 생길 때는, 어떤 종류의 치유과정에서든 심장과 지능이 통일성을 유지하며 연계되었기 때문이다.

가장 효과적인 치료사는, 환자가 가장 심오한 깨달음의 순간과 통찰력을 경험하는 것이 심장과의 연결을 통해서임을 안다. 그 심장의 연결은 치료사의 관심과 세심한 대화를 통해서 시작될 수 있다. 또는 그 연결은 환자가 자신의 심장의 핵심 감정과 접속할 때 이루어진다.

하트매스연구소의 연구결과에 의해, 우리는 정서적 자유로 향하는 더 직접적인 길은 의식적으로 먼저 환자가 자신의 심장에 연결하는 것을 도와줌으로써 찾아질 수 있다고 제안한다. 프리즈-프레임을 사용하고, 컷-스루를 적용하거나 또는 심장의 핵심 감정을 활성화시킴으로써 심장에 직접적으로 연결되면 사람들은 종종 해결책을 찾는데 도움이 되는 직관적 지각의 변화를 경험한다. 그들은 오래된 기억들을 재생하거나 또는 꺼낼 필요가 없다. 정서적인 기억들을 다시 되풀이하는 것은 자주 뇌세포 안에 있는 이 기억들을 강화시킨다. 그러므로 그 과정은 우리가 체내 시스템에서 오래된 기억들을 떨쳐버리는 데 필요한 통찰력을 가져다주는 대신에 종종 더 많은 비통일성을 생성하면서 마음의 자기정당화와 상처에 다시 불을 붙인다. 우리가 오랫동안 정서적으로 부담을 가졌던 문제들을 해결하려고 노력할 때 기억을 강화하는 것은 문제의 해결책이 아니다. 우리는 심장의 더 깊은 지능에 접근할 필요가 있다.

심리요법계에서 심장지능에 대해 더 많이 알게 될수록 의사와 환자들 모두가 일차적으로 그들의 심장에 접근하는 법을 배워서 유익함을 얻고, 거기서부터 앞으로 나아갈 수 있을 것이다. 심장지능을 활용함으로써 치료사들은 어떻게 환자들의 과거 기억문제를 해결할지와, 그것이 지각과 반응에 영향을 미치지 않도록 할지에 대한 더 큰 직관적 통찰력을 얻게 된다.

정서 관리에서 벤치마크 해야 할 수준과 책임은 우리의 과거가 더 이상 우리의 현재 행동 때문에 비난받아서는 안 된다는 것을 깨닫는 것이다. 과거 감정의 문제들을 아는 것은 중요하지만, 현재 우리의 행동을 변명하기 위해 과거를 들먹이는 버릇에 굴복해서는 안 된다. 개인의 발전에 전념하는 많은 사람들은 그렇게 하지 말아야 한다는 것을 안다. 그러나 좋은 의도에도 불구하고 그들은 스스로를 멈출 수 있는 힘이 부족하다. 그들은 자신에 대해 후회를 하고 다른 사람들을 비난하면서 옆길로 빠져 방황한다.

변화의 속도와 스트레스의 증가로, 사람들은 더 이상 방황할 수 있는 충분한 시간도 가질 수 없을 것이다. 그것들은 시간과 에너지라는 값비싼 대가를 치르게 한다. 과거 또는 현재의 부정적인 정서상태에서 빠르게 벗어나 새로운 이해와 통찰력으로 옮겨가는 것이 희망이다. 비록 그것이 점진적으로 문제를 해결하는 데 비하면 비약적인 발전을 의미하지만, 그것은 우리가 생각하는 것과 같이 우리의 미래와 그리 멀리 떨어져 있지 않다.

하트매스 솔루션의 도구들과 개념을 연습함으로써 당신은 자신에게 필요한 힘과 지성을 얻게 될 것이다. 이 도구들은 당신이 자신의 생각, 정서, 태도, 행동 그리고 반응을 더 잘 인지하도록 도움을 줄 것이다. 이것들을 연습하면 당신은 정신과 감정의 자산과 손실에 대한 예리한 평가를 할 수 있게 될 것이다. 당신은 어디에서 자신이 기계적인 행동을 수용하고, 자신의 감정을 불일치로 빠트리는 편견을 고수하는지 알게 될 것이다. 문제 해결을 위한 각 단계에서 심장의 힘을 이용하게 되면,

그 도구들은 당신이 정서적인 통일성을 이루도록 도울 것이며, 삶의 방향에 대해 더 많은 통제력을 행사하도록 할 것이다.

새로운 경지에 도달하기

하트매스에서 전망하기는, 인류의 진화에서 가장 중요한 다음 단계는 이때까지 우리가 경험한 것보다 더 높은 수준의 정서관리법의 개발이 필요해지게 된다는 것이다. 이 정서관리의 수준과 심장지능의 응용은 개인 차원과 사회 차원의 심오한 변화를 위한 힘의 원동력이 될 것이다.

우리 모두는 어느 정도까지 우리의 정서를 관리한 경험이 있다. 그러나 우리가 일반적으로 훈련하는 것은 (모든 것이 정상적일 때 하는 것이므로) 정작 도움이 필요한 때는 도움이 되지 않는다. 태양이 밝게 비추고 하늘이 맑을 때 우리는 미소를 짓고 정서적인 균형감각을 느낄 수 있다. 그러나 태풍이 몰아치고 특히 예보되지 않은 광풍이 몰아친다면 우리의 정서는 혼돈에 빠진다. 우리는 기본적으로 우리 내면의 환경의 지배를 받는다.

삶이 우리가 마음에서 설정해 놓은 표준에 따를 때 우리는 정서를 느슨하게 관리할 수 있고, 그래도 여전히 좋은 기분을 유지할 수 있다. 그러나 만약 일어나지 말아야 할 일이 작은 일이라도 발생한다면 그런 좋은 기분은 끝난다. 우리는 아직 정서적으로 다음 단계로 옮겨가는 기술을 배우지 못했다. 우리는 여전히 철없는 십대와 같다.

만약 당신이 호기심 많은 십대들에게 자동차 열쇠를 준다면 그들은 아마 그 차를 운전하는 기쁨에 매우 들뜰 것이다. 그러나 그들은 그것을 어떻게 운전하는지 모른다. 그들이 운전석에 앉아 차를 몬다면 사고를 내고 차를 망가뜨리는 기회가 될 것이다. 바로 이 이야기가 정서를 관리하는 데 있어서 우리의 위치를 대변해준다. 우리는 우리가 느끼는 것을 어떻게 관리해야 할지 모른다. 그래서 몇 년이고 그 감정의 결과물로부터 고통을 겪는다.

우리 중 대부분은 우리가 할 수 있는 최선을 다한다. 그러나 정서관리 능력은 조심스럽게 계발되어야 한다. 그러나 불행하게도 이것에 관한 교육 책들도 많지가 않다. 대부분의 경우에 사람들은 실패라는 학교에서 시도하고 실패하는 과정을 통해서 배운다. 그들은 생존하기 위해, 그리고 사회의 규범에 맞추기 위해 충분한 정서관리 기술을 터득한다. 그러나 그들은 효과적으로 감정을 움직이기에 충분할 정도로 의식적으로 정서를 통제하지는 못한다.

관리되지 못한 감정이 어떻게 해서 우리를 어려움에 빠트리는지에 대해 간단한 예를 들어 보자. 당신은 토요일 아침에 일어나 교외로 여유롭게 드라이브를 하기로 마음먹었다. 그것은 충동적인 결정이다. 그리고 당신은 평소에 계획을 신중하게 세웠기 때문에 자기 자신에 대해 만족감을 느낀다. 너무나 기뻐서 당신은 차에 기름을 넣는 것을 깜빡 잊는다. 위치를 알 수 없는, 굉장히 아름다운 산악 도로에서 내리막을 5마일이나 내려왔는데 차에 연료가 바닥난다. "어떻게 이런 일이 일어날 수 있지?" 하며 투덜댄다. "모든 것이 순조로웠는데."

당신은 누군가 비난할 대상을 찾는다. 그런데 그곳에는 당신 혼자만 있다. "나는 내가 바보같이 행동했다는 것을 믿을 수가 없어." 인적이 있는 곳을 향해 5마일이나 걸어가는 도중 비난은 자기 연민에 굴복하고 만다. "내가 뭔가 재미있는 것을 시도하려 하면 항상 문제가 생긴단 말이야." 그런 다음 두려움과 걱정이 앞을 가로막는다. "5마일 전에 어떤 빌딩을 지나친 것을 기억하는데, 거기에 주유소가 있었나?" 결국에는 공포와 절망이 자리를 잡는다. "만약 주유소까지 20마일이나 걸어야 하면 어쩌지?" "만약 내가 없는 동안 누군가가 내 차를 파손시키면 어쩌지?"

여기 더 나은 '만약'이 있다. 만약 길을 가다 어디쯤에선가 당신이 자신에게 더 많은 정서적 통제와 상황에 대한 균형 잡힌 반응을 가능하게 하는 심장지능을 사용할 수 있다면, 당신은 비난, 자기 연민, 두려움, 공황을 느끼게 되지는 않는다. 만약 당신이 자신의 감정이 끓어오르는 것을 느끼고 프리즈-프레임을 기억해냈다면 어떨까? 당신은 많은 에너지를 보존할 수 있을 뿐만 아니라 하루에도 수백 번이나 유용하게 쓰일 손쉬운 정서관리 기술을 개발할 것이다.

낙담, 자신을 판단하는 것, 사고에 대한 걱정 등을 느끼는 대신에 1분간의 프리즈-프레임을 통하여 스트레스 반응에서 중립상태로 전환할 수 있었을 것이다. 아마 당신은 자신이 처한 곤경을 즐거움과 편안함을 주는, 당신에게 활력을 주는 것으로 생각할 수 있었을 것이다. 아름다운 날 산속을 걷는 것은 다른 환경에서라면 경험할 수 없는 매우 유쾌한 일이 될 수도 있다. 그 사건에 대한 지각을 물들이고 있는 정서적인 스트레스가 없다면 당신은 쉽게 그것에 들어 있는 선물을 모두 볼 수 있을 것이다. 스트레스는 지각의 문제라는 것을 기억하라.

삶은 실수, 사고, 우리가 원하는 것을 하지 않는 사람들, 통제가 되지 않는 문제들로 가득 찼다. 그러나 우리는 자신들의 감정을 제어할 수 있다. 우리들의 정서를 긍정적이고 건강한 방법으로 통제하는 것은 모든 것을 변화시킬 수 있다.

정서지능은 우리의 기분을 스스로 조절하고, 우리의 충동을 통제하고, 기쁨을 미루고, 낙담에도 불구하고 지속하며, 우리 자신에게 동기를 부여하는 능력을 의미한다. 그것은 다른 사람들에 대한 깊은 이해와 희망의 기쁨을 포함한다.[16] 우리가 이 강점들을 지니게 될 때 삶의 우여곡절들이 우리를 무너뜨리지 못한다. 우리는 그것들과 함께 살아간다.

우리는 머리와 이성 간의 관계가 계발되면 우리의 감정관리에 도움이 될 것이라고 생각하는 경향이 있다. 그러나 이성은 바로 앞 이야기에서 나온 주유소를 찾기 위해 5마일을 여행하는 동안 보여준 정서적

절망으로 우리를 몰고 간다. 상식적인 추론을 제공하는 것에는 심장이 이끄는 지능이 필요하다.

심장지능은 우리가 우리 자신, 날씨 또는 우리 정서의 경험에 대해 다른 어떤 사람도 비난하지 않아도 됨을 깨닫게 해준다. 왜냐하면 우리는 스스로 우리의 정서를 조정하거나 통제할 수 있기 때문이다. 심장의 통일성의 힘은 우리가 행하는 것을 받아들이도록 돕고, 우리에게 균형을 제공한다. 심장지능은 어떤 감정에 따르거나 지나치게 감상적인 것이 아님을 기억하라. 그것은 사무적인 특징을 가졌다. 그것은 균형잡혀 있고 능률적이며, 모든 가능성들을 고려하는 것이다. 잘 발달된 심장지능의 시각에서는 누군가에게 분노를 표현하지 않는 것이 누군가의 행동을 용서하거나 받아들이는 것을 의미하지 않는다는 것을 쉽게 알 수 있다. 우리가 자신을 판단하지 않고, 죄책감이나 자기 연민에 빠져 허우적거리지 않는 것은 자신의 실수로부터 배우기를 원하지 않는다는 것을 의미하지는 않는다. 만약 우리가 심장이 말하는 소리를 듣고 그 지시에 따른다면, 우리는 악순환의 소용돌이에 빠지지 않고서 반응과정에서 일어나는 초기의 감정을 통제하는 결정을 할 수 있다.

긍정적인 생각 대 긍정적인 정서

젊었을 때 나는(타) 노만 빈센트 필의 '긍정적인 생각의 힘'[6]에 관한 책을 읽는 것을 좋아했다. 비록 내가 필의 긍정적인 강화를 즐겼지만, 가끔 나의 정서세계는 두려움에 사로잡히고, 나의 긍정적인 생각과 함께 동조하기를 거부하였다. 나는 내 생각은 바꿀 수 있었지만

---

6) 긍정적 정신자세(Positive Mental Attitude)의 중심 사상이며, 한때 성공학과 자기계발, 자기관리의 중심 사상이었다. 지금도 그 개념의 중요성을 간과할 수 없지만, 긍정적인 정서 (Positive Emotion)의 힘은 효과의 균일성과 측정 가능성 측면에서 이와는 차별화된다.

내 기분은 바꿀 수 없었다.

내가 인간의 심장에 관한 연구를 시작하고서부터 사람이란 자신의 생각의 소산이라기보다 감정적 소산이라는 것을 깨달았다. 나는 "사람이 그의 마음(심장)에서 생각하는 대로 될 것이라"와 같은 성경적인 말이 만약 "사람은 그의 머리에서 생각하는 대로……"라고 바꾼다면 매우 다른 의미를 가질 수 있을 거라는 결론을 내렸다.

예를 들어, 긍정적인 생각을 훈련하는 한 무리의 사람들이 교외로 소풍을 가기 위해 차를 타고 간다고 하자. 그들은 서로의 교제를 즐기고 즐겁게 운전을 한다. 그러나 그들은 그들의 머리 위로 먹구름이 생기고 있음을 알아차리지 못했다.

그들이 소풍 장소에 도착했을 때는 이미 비가 내리기 시작한다. 그들은 서로에게 이야기한다. "자, 우리의 긍정적인 생각을 시험할 기회가 왔습니다. 날씨에 대해 걱정하지 맙시다. 우리는 다른 때에 소풍을 계획할 수 있습니다." 긍정적인 생각은 좋다. 그러나 그들의 감정은 매우 다른 무언가를 이야기하고 있다. 이 사람들은 빗속에서 아무 쓸데 없는 긴 운전을 했다. 그리고 그들은 실망을 느끼고 그에 맞게 큰 후회를 한다. 이 감정들은 잘못되거나 또는 나쁜 것이 아니다. 이 감정들은 인간의 본성을 반영한다. 그러나 해결책이 있다.

그들의 심장으로 주의를 전환하기 위해 자신이 하던 일을 멈추고, 심장의 핵심 감정을 활성화하기 위해 하트매스 도구를 사용함으로써 그들은 자신들의 감정상태를 변화시킬 수 있고, 심장의 지혜에 접근할 수 있다. 심장의 핵심 감정을 활성화하게 되면 더 깊은 정서적 경험, 예를 들면 서로에 대한 감사, 함께하는 즐거움, 예기치 못한 순간의 즐거움 등을 경험하게 된다. 그러한 정서에 사로잡히게 되면 낙담이나 후회는 가치 있는 에너지 소비가 아님을 쉽게 이해한다. 그들 자신을 지지하려고 노력하는 것 대신, 마지못해 자기 자신에게 어떤 방식으로 생각하고 느끼라고 설득하는 대신, (지각을 심장으로 옮겨) 좀더 큰 그림을 보기 시작하면 그들의 낙담과 후회는 자연스럽게 사라진다.

우리의 감정 세계를 초월하거나 변화시키는 힘은 우리의 내면에서, 즉 정서의 센터인 심장에서 온다. 이것은 정서지능으로 접속해 들어가는 방법을 합리화하거나 주장하기 위한 시도에서 하는 말이 아니다. 심장과의 정렬이 없이는 우리는 영원히 꿈을 (실현하지 못하고) 좇기만 할 것이다. 심장의 직관 또는 지능은 우리가 세상의 모든 규율과 긍정 화법[7]을 따랐지만 심장과 동조되지 않아서 (두뇌의 혼자 힘으로) 할 수 없었던 많은 것들을 이루는 자유와 힘을 가져다준다.

미리 설정된 사회적 틀에서 빠져나오라

어떠한 일이 당신을 화나게 했을 때, 당신은 머리로부터 반응할 수도 있고, 심장으로부터 반응할 수도 있다. 머리가 활동을 멈추게 하는 것은 언제나 쉽지가 않다. 그러나 심장의 힘을 활성화시키면 두뇌의 반응을 지연시킬 수 있으며, 미묘한 감정이 당신을 앞지르지 않게 하여, 당신이 더 자유롭게 중립상태로 들어가게 한다.

삶은 당신이 감정적으로 더 조화롭게 되기 위한 시도를 포기하도록 부추기는 것들로 가득 차 있다. 사회는 전체적으로 정서적 부실관리에 동조되어 있다. 이러한 환경에서는 독창적이고 효과적으로 행동하는 것이 예상대로 반응[8]하는 것보다 더 어렵다. 우리는 개인 또는 사회의 반응 패턴을 '미리 설정된 것'이라고 부른다. 누군가가 우리에게 잘못

---

7) 긍정적 강화(Positive Reinforcement)를 말한다. 학습에서 가르치는 사람이 배우는 사람의 잘한 점을 칭찬함으로써 같은 행동이 반복되도록 하는 것을 말하나, 자기 계발에 적용되었을 때 자신의 작은 성공도 스스로 칭찬해줌으로써 자신감을 가지게 되고 다시 바람직한 방향으로 시도하도록 강화된다.

8) 대부분의 세상 사람들이 반사적인 행동을 하기 때문에 예측 가능하다는 전제하에 정서적으로 성숙한 행동을 하기에 어려움을 보인다.

을 하면, 예상대로 우리는 그것을 자신의 정서적 회로에 깊이 새기게 되고, 사회적 프로그래밍[9]에 의해 강화되어 습관적 패턴이 된다. 그 다음, 누군가가 우리의 감각 패턴의 버튼을 누르면 무엇이 우리를 공격하는지도 알기 전에 이미 설정된 대로 반응하도록 하는 모든 신경회로들이 우리 안에 자리잡는다. 거의 모든 사람들이 이러한 사회적 틀에 갇혀 빠져나오지 못한다.

미리 설정된 틀의 예는, "나의 아버지가 그런 말을 할 때 나는 언제나 화가 나!" 또는 "나는 아내가 내게 한 행동을 절대 잊을 수 없어!"와 같이 반응이 굳어진 것들이다. 이 패턴들이 한 달 또는 몇 년 동안 반복되면 그들은 너무나 큰 힘과 안정성을 가지기 때문에, 그것들을 이겨내기 위해서는 우리가 처음에 그 패턴이 형성되는 과정에 투자한 것과 (최소한) 같은 수준의 에너지가 소모된다. 바로 이것이 '그것들을 바꾸기 위해서는 축적된 심장의 힘이 필요한 이유'이다.

정당화란 미명의 타협을 조심하라

정서관리에서 우리의 노력과 빠르게 타협[10]해버리는 두 개의 주된 방출회로가 설정되어 있는데, 그것은 '정당화'와 '원칙'이다.

이 두 개의 설정은 옳은 것처럼 보일 수 있다. 우리는 자신이 화를 내거나 적대적이거나 낙담하거나 또는 참지 못하는 수준이 '정당한' 수준

---

9) 터키 태생으로 미국으로 이민 간 쉐리프(Muzafer Sherif)는 미국 사회에는 터키와는 다른 사회적 관습과 규범이 존재하는 것에 관심을 두고, 이의 생성과정을 연구하여 사회심리학에서 기념비적인 연구성과로 꼽는 결론을 얻었다. 이 결론은 '이러한 규범이 만들어지는 것은 인간이 타인(의 생각이나 행동)에 동조하기 때문'이라는 것이다. 즉, 인간은 자신의 생각보다는 다른 사람들이 어떻게 생각할까에 더 관심을 두고 행동한다. 그래서 혼자 있을 때의 행동과 집단 속에서의 행동은 달라진다.

10) 타협은 양쪽 모두 조금씩 양보하여 중간선에서 합의하는 것이므로, 승승의 접근법이 아니라 패패의 접근법이다. 그런 의미에서 부정적인 대안으로 여겨진다.

일 때는 좋게 생각한다. 우리는 그러한 감정들에 지친 후에 우리를 화나게 했던 사람 또는 상황에 대해 '우리를 기분 나쁘게 만들었다'고 비난한다. 그러나 이미 3장에서 '우리의 신체는 옳은 것을 하고 있을 때와 옳지 않은 것을 하고 있을 때의 차이를 구분하지 못한다'[11]는 사실을 이미 알았다. 비록 우리가 '세상에게 우리가 옳았다'고 증명할 수 있다 하더라도, 신체는 여전히 신경을 쓰려 하지 않는다. 만약 우리가 잘못되었음을 알았다면, 심장의 리듬과 신경, 호르몬, 면역 시스템은 감정이 반응하는 것과 같은 방식으로 반응한다. 정당화가 되든 그렇지 않든 간에 때로는 부정적이라는 단어가 붙는 스트레스를 일으키는 감정들은 한마디로 건강하지 못하다. 부정적인 감정들은 우리의 정서적 균형 회복을 어렵게 만들고, 정서은행계좌[12]를 고갈시키고, 합리적인 추론능력을 방해한다.

우리 체내에서 일어나는 정서의 계단 폭포 효과는 감정들이 정당화되었는지 그렇지 않은지를 구별하지 않기 때문에, 우리의 시스템에 통일성과 에너지를 더하는 정서를 '자산정서'라 하고, 비통일성과 에너지의 고갈을 일으키는 정서를 '손실정서'라고 부른다. 정서에서 좋고 나쁜 것을 의미하는 '부정적' 또는 '긍정적'이라는 단어로 표현하지 않기 위해서다. 생물학적으로는 우리의 정서가 더 중립적인 것이 사실이다. 신체의 관점에서 볼 때, 정서는가 옳다 그르다고 할 수는 없지만 건강과 삶의 질을 위해 '효율적'이다 '비효율적'이다고 말할 수는 있다.

---

11) 정당한 이유 때문에 화를 내도 우리가 받는 피해는 (정당하지 않은 이유로 화를 냈을 때의 피해와) 같다는 것을 의미한다.

12) Emotional Bank Account를 말하며, 다른 책에서는 감정은행계좌라고 번역한 곳도 있으나, '감정'이란 말은 부정적인 의미를 내포하고 있으므로 중립적 어휘인 '정서'로 번역하는 것이 이 책의 원문에 가깝다.

정당화에 빠지는 것은 실수다

정당화에 빠지는 것은 분명히 자연스런 실수이다. 사실 정당화는 사람들이 성공적으로 정서를 관리하지 못하는 첫 번째 이유이다.

일상적인 상황에 맞추어져 있기 때문에 돌발상황에서는 정작 도움이 되지 않는 대책처럼, 정당화란 '우리가 절망하거나 화내는 이유를 알 수 없을 때는 정서관리가 필요하지만 정당한 이유가 있을 때는 관리할 필요가 없다'는 것을 의미한다. 즉, 만약 기분이 상할 만한 충분한 이유가 있다면, 눈물이 쏟아지는 실망이나 비난을 관리하기 위해 다른 사람과 함께 노력할 필요가 없다는 것을 의미한다. 이해가 되든 그렇지 않든 정당화는 우리에게 너무나 많은 대가를 요구한다.

자신의 정서적 방종을 변명할 이유가 있기 때문에 정서관리를 중지한다면, 그것의 후유증은 공해물질이나 담배연기를 간접적으로 들이마시는 것과 같이 신체에 해롭다. 우리는 그때 정서적 역류현상을 겪게 되고 이를 바로잡기 위해서는 소중한 시간과 에너지를 소비해야 한다.

우리가 내면적으로 일어나는 것을 잘 관찰함에 따라 우리는 정서상황을 한눈에 볼 수 있다. 예를 들면, 정당화된 감정적 반응, 정서적 소모, 문제에 대한 소모적 생각, 지난 감정의 여파, 과부하, 더 많은 에너지 고갈, 비난 등의 진행을 지켜볼 수 있게 된다.

이러한 감정적 진행은 몇몇 사람들에게 아침 샤워를 끝내기도 전에 시작된다. 샤워를 하면서 "오늘은 얼마나 많은 일을 해야 하지", "오늘 하루는 어떨까?" 또는 자신이 싫어하는 것을 어제 누군가가 했던 기억, 그런 단순한 생각에 따라 정당화된 반응과 감정의 여파가 일어난다. 그러면 우리는 처진 어깨와 기분을 살리고, 잃어버린 에너지를 회복하기 위해 그 다음의 몇 시간을 소비한다. 그러고는 무엇이 우리를 그렇게 만들었는지 의아해한다.

어떻게 정서손실이 작용하는지를 깨닫지 못한다면 이 과정에 빠져들기 쉽다. 그러나 그것을 이해한다면 우리는 하루 동안 한두 번의 정서적 혼란이, 살아가는 데 꼭 필요한 감사와 기쁨을 찾을 에너지를 굉장히 고갈시킨다는 것을 알게 된다.

불행은 원칙에 매달리기 때문이다

정서관리에서 타협에 이르게 하는 두 번째의 주된 회로 설정을 보자. 우리가 너무 자주 합리화된 반응을 보이는 것은 마음의 원칙에 충실하기 때문이다. "그 사람이 내게 그렇게 이야기하면 곤란하지!"라고 생각하기 때문에 우리는 누군가에게 했던 자신의 거친 반응을 정당화한다. 우리는 주방에 널린 쓰레기를 치우지 않은 채 우리 자신에게 또는 우리의 말을 듣는 다른 사람에게 이렇게 말을 하며 정당화시킨다. "쓰레기는 내가 치우는 것이 아니야. 아내의 역할을 내가 침범하면 안 되지. 삶에는 원칙이 있어야 하니까."

원칙을 고수하는 것은 우리를 손실정서의 늪에 빠트릴 수 있다. 만약 우리가 자기 자신을 정당화시키고 그 뒤에 숨는다면, 우리는 자신의 심장과 다른 사람들과의 관계로부터 단절된다.

높은 기준을 가지는 것이 나쁜 것은 아니다. 원칙은 개성과 정직성의 기초이며 우리의 결정과 행동을 근본적으로 안내해준다. 그러나 만약 우리의 '원칙의식'이 우리가 보기에 어떤 것이 옳고 어떤 것이 옳지 않기 때문에 판단하고, 화내고, 분개하고 단죄하는 기준으로 쓰여진다면 '원칙'은 우리에게 도움이 되지 않는다. 그것은 우리를 빠르게 고갈시킬 것이다.

때로 우리는 '원칙을 방어하는 분노'를 '정당한 분노'라 하여 좋은 분노라고 여긴다. 그러나 그것은 다른 분노와 마찬가지로 똑같은 비통일성을 야기시킨다. 그 주의를 심장으로 옮겨 통일성을 띠도록 하지 않는다면, 그것은 효과적인 해결책을 방해한다.

때로는 우리가 어떤 중요한 일을 끝마치거나 또는 어떤 일에 직면하기 위해서 분노의 재촉을 받지 않으면 필요한 행동을 취할 수 없다고 생각한다. 비록 분노가 짧은 순간의 에너지 폭발을 줄 수 있을지 몰라도, 우리가 분노를 통제하기 전까지 우리는 어떤 것이 취해야 할 최선의 행동인지 진정으로 알 수 없다. 정보만으로는 우리에게 유용성이 없다. 정서만이 가장 적합한 행동을 찾아가도록 우리의 뇌 안에 직행 통로를 만들어준다.

우리 모두는, 몇 년 동안이나 지속했던 해로운 감정을 정당화하기 위해 "그건 원칙의 문제야"라고 말하는 사람들을 알고 있다. 그들이 분노나 상처에 집착할수록 그들의 에너지 저장량을 소모시킨다. 그리고 종종 그들은 우울해지거나 비참한 결과를 맞게 된다.

우리는 87세의 한 노인을 알았다. 그는 열한 명의 형제들 중 가장 나이가 많았다. 그렇지만 그는 마지막 남은 동생과 화해하는 것을 거절했기 때문에 외롭고 비참하게 죽었다. 40년 전 그는 그 동생이 다른 형제가 참여하고 있는 사업에 같이 참여하라고 요청하지 않았기 때문에 그 동생과 연락을 끊었다. 그는 자신의 기분을 상하게 한 동생의 손자도 절대 만나지 않았다. 그리고 그는 동생이 참석하는 파티 또는 가족 모임도 피했다. 그것은 바로 원칙의 문제였다. 얼마나 많은 가족간의 파괴적 불화와 몇 년이나 지속된 불행이 원칙에 매달려 있었던가?

정서의 손실은 황폐함을 가져온다

어떠한 정서손실의 합리화도, 그것이 정당화에 기초하였든 원칙에 기초하였든 우리의 (정서적) 에너지를 상처받게 하거나 비난, 두려움, 낙담, 배신, 후회, 양심의 가책 또는 죄책감에 빠트린다. 이런 정서들은 우리가 계속적으로 이를 정당화하기 때문에 오랫동안 지속되는 경향이 있다. 그러므로 이것들이 주는 황폐감은 누적된다.

그것들은 서서히 우리의 저장 에너지를 소모시킨다. 따라서 예상치 못하는 사이에 우리는 새로운 (정서적) 에너지 소모원에 더 취약해진다. 그러나 우리가 자신의 정서를 정당화하거나 원칙으로 합리화하는 것은, 단지 외양으로는 악의가 없는 '자기 동기부여'를 위한 말이나 생각과 함께 시작한다. 예를 들면, 우리는 얼마나 자주 다음과 같이 생각하거나 말하는 우리 자신을 발견하는가?

"나는 정말 화가 나지는 않았어. 그저 상처받았을 뿐이야."

"나는 기분이 그렇게 나쁘진 않아. 그냥 실망했을 뿐이야."

"그건 공정하지가 않아."

"그건 매사의 기본원칙이야."

"내가 기분이 상할 만해(또는 화낼 만해, 배신감을 느낄 만해)."

"내가 스트레스 받을 만해……."

이런 종류의 내면과의 대화는 평범한 것처럼 보이지만 그것은 마치 자동차의 속도계가 위험 표시 영역을 넘어간 것과 같다. 사실 세상의 많은 정서적인 스트레스는 이런 종류의 내면적 대화로 시작된다.

사람과 상황이 우리의 심적 기대를 충족시키지 못할 때 감정적인 행동을 합리화시키는 것은 쉽다. 그리고 "나는 화가 나지 않았어. 난 단지 실망했을 뿐이야"와 같은 말은 어느 정도 감정을 통제한다는 의미이다. 그러나 심지어 낙담이라는 것도 정서적인 소모에 굴복함을 의미한다. 당신은 단지 "화가 났다"와 같은 강한 감정과 이것보다 덜 강한 것을 교환한 것뿐이다. 화를 내는 것은 실망하는 것보다 더 많은 에너지를 소모시키기 때문에 당신은 초기 단계에서 조금 일찍 빠져나온 것이라고 할 것이다. 그냥 두어도 큰 문제가 없고, 그리 오래 가지도 않을 거라고 할 것이다.

우리 마음은 실망감을 화난 것이나 기분이 상한 것보다 오래 정당화시킬 수 있기 때문에 이것은 속임수다. 강한 정서손실은 우리의 정신과 신경, 호르몬, 면역 시스템의 조화를 깨트리고 분명히 무슨 대책이 필요한 상태로 빠트린다. 우리의 신체는 강한 정서손실에 의해 스트레스를 받았을 때 정상상태를 회복하기 위해 싸우면서 평형을 찾는다. 화가 나는 것은 신체적으로나 정신적으로, 특히 정서적으로 많은 에너지를 소모시킨다. 결국에 우리는 그 분노를 유지하기 때문에 정서적인 에너지를 고갈시킨다.

반면에 실망은 덜 강력하다. 비록 실망이 우리의 생리 기능에 소모적인 영향을 끼치지만 그것은 더 미묘하고, 그대로 유지되더라도 분노보다 더 적은 에너지를 소모한다. 그래서 우리는 그것이 슬픔으로 변하도록 둔다. 그러면 지속된 슬픔은 낙담이나 절망으로 바뀐다. 처음의 감정이 정당화되었기 때문에 당신은 실망이 더 큰 실망으로 몰고 가고, 정서를 고갈시키는 것을 알지 못한다.

상처도 같은 방식으로 작용한다. '감정의 상처'라는 단어가 바로 내부에서의 정서 에너지 소모를 의미한다. 실망과 마찬가지로 상처도 사라지지 않다가 비난, 분노, 슬픔, 자책감, 기타 소모적인 자세로 변할 수 있다. 이제 우리는 이러한 소모를 멈추고, 감정이 어떻게 작용하는지를 이해하고, 그것들에 대한 우리의 반응은 선택할 수 있는 것임을 깨달아야 한다.

그러나 우리는 어떻게 하는가? 선한 사람들이 상처를 입는다. 사람들은 우리를 오해하고 실망시킨다. 자신을 배신(에 대한 정당화된 감정)으로부터 (보호하여) 자유롭게 하는 것은 자신을 돌보는 용기 있는 행동이다. 그러한 감정을 떨쳐버려 자유로워지고, 앞으로 나아가기 위해서는 새로운 지각과 심장의 힘이 필요하다. 어떻게 생각과 정서가 작용하는지를 이해하면 우리에게 필요한 새로운 지능과 동기를 얻게 된다.

먼저 앞에서 언급한 것과 같은 자신과의 내면적 대화를 스스로 하고 있음을 인식했다 하더라도 그것에 대해 걱정하거나 스트레스를 받지 말

라. 우리 모두는 가끔 그런 식으로 내면과 대화를 한다. 단지 그것은 정당화란 가면 뒤에 잠재되어 스트레스를 유발하는 일반적인 태도를 대표한다는 점을 깨달아야 한다. 일단 당신이 그 가면을 제거하고 나면 당신은 자신의 정서적 스트레스를 유발하는 패턴을 식별할 수 있고, 그 다음에는 그것을 변화시키기 위해 자신의 심장지능을 이용할 수 있다.

자동세탁소에서 들은 이야기

몇 년 전 내가(딕) 노스캐롤라이나에 있는 한 자동(동전)세탁소에서 내 옷이 마르기를 기다리며 앉아 있을 때 내가 아는 모드와 캐시라는 두 여성이 건조기를 사이에 두고 부채질을 하면서 잡담하고 있는 것을 발견했다.

두 사람은 모드가 교회에서 알게 된 빌리와 마르고 부부에게 예상치못한 의료비 지불을 돕기 위해 3천 달러를 빌려준 것을 이야기하고 있었다. 모드가 한숨을 내쉬면서 이야기했다. "그들은 3개월 안에 갚는다고 했어. 그런데 캐시, 벌써 5개월이나 지났잖아. 그동안 그들은 내게한 푼도 돌려주지 않았어. 그들이 나를 피하고 있는 것같이 보여."

캐시는 자신의 마음을 정리하며 잠시 불편해하는 듯이 보였다. 그런후 그녀는 말했다. "모드, 나는 그 사람들이 돈의 일부를 병원비로 지불했다고 들었어. 또 그들의 집 베란다를 고치는 데 나머지 돈을 사용했다고 들었거든. 빌리는 요즘 할일이 별로 없어. 그들은 단지 지금 당장너에게 갚을 돈이 없을 거야."

나는 모드가 자신의 감정을 관리하기 위해 최선을 다하는 것으로 보았다. 그녀는 반사적으로 반응하지 않고 자신을 진정시켰다. 그녀는 혼잣말처럼 단호히 말했다. "물론 나는 그것 때문에 분노하지 않을 거야. 그들은 돈을 갚을 능력이 있을 때 나를 찾을 거야. 그냥 내버려 두고 잘

되라고 기원하는 게 더 나을 거야."

캐시가 다시 받아서 말했다. "좋아. 어차피 지금 네가 그에 대해 할 수 있는 게 아무것도 없잖아?"

몇 분간 그들은 서로 아무 말이 없었다. 그러다 갑자기 모드가 불쑥 말을 꺼냈다. "나는 그 사람들에게 화나지 않았어. 그러나 나는 왜 그들이 그 돈으로 집을 고쳤는지 이해할 수 없어. 그게 내 마음에 상처를 준 것 같아. 내가 신뢰했는데 실망으로 돌아오다니……."

모드는 자신이 그 상황에서 화를 내고 싶어하지 않는 것을 알고 있었다. 그러나 그녀의 감정 분출을 막을 방법이 없는 것처럼 보였다. 어쨌든 그 감정들은 이미 엎질러진 물이었다. 그녀의 처음 반응은 분노였다. 그것이 그녀를 불편하게 만들었을 때 그녀는 자신이 화나지 않았다고 강조함으로써 그것을 지우려고 노력했다.

나는 캐시가 다음에 무엇을 얘기할지, 어떤 충고를 친구에게 해줄지 궁금하여 캐시를 주시했다. 그러나 그녀는 그녀의 아래를 내려다보면서 천천히 자신의 옷을 개고 있었다. 그들의 불편한 침묵을 깨고 세탁기와 건조기의 소리만 들려왔다.

모드는 여전히 자신의 감정에 사로잡혀 있었기 때문에 문제를 그녀 자신에게 돌리려 노력했다. "내가 이렇게 될 줄을 알았어야 했는데, 내가 어떻게 이렇게 멍청할 수 있지? 나 자신밖에 비난할 수가 없잖아."

속았다는 감정을 해소하려고 노력하면서 모드는 자신의 친구를 심하게 비난하였다. "캐시, 만약 네가 그것을 알았다면 왜 나한테 진작 이야기해주지 않았어? 왜 너는 그들이 그런 사람인 줄 알았으면서도 내가 그들에게 돈을 빌려주는 것을 막지 않았니?"

세탁한 옷을 개면서 캐시는 알지 못할 소리로 중얼거렸다. 그리고 그들은 그 세탁소를 빠져나왔다. 내가 마지막으로 들은 것은 모드가 다음과 같이 강하게 말할 때였다. "물론 난 이 문제를 그냥 참고 넘어가지 않을 거야. 이건 옳지가 않아. 그리고 그것에 관해 그녀에게 심하게 화를 낼 만한 충분한 이유가 있어."

그녀가 감정을 억누르려고 애쓰는 것을 보고 나는 그녀에 대한 깊은 연민을 느끼게 되었다. 그녀는 내가 종종 보아왔던 감정의 진전을 경험했다. 그것은 처음에는 상처로, 그런 다음에는 분노로, 다음에는 실망으로, 다음에는 자책감 또는 좌절로, 다음에는 배신으로, 마지막으로 정당화된 분노의 순이었을 것이다. 비록 그 분노가 그녀를 괴롭힐지라도 그녀는 아마 어렸을 때부터 화를 내는 것은 잘못된 것이라고 배웠을 것이다. 게다가 그녀는 상냥한 기질을 가졌다. 나는 그녀가 화내기를 싫어한다는 사실을 알 수 있었다. 그리고 그녀는 아마 그 분노가 그녀의 친구를 얼마나 불편하게 했는지 알 수 있었을 것이다. 그래서 그녀는 다른 어떤 감정을 느끼기 위해 개인적으로나 사회적으로 불가피한 것에 저항했다. 그리고 그녀는 분노에 굴복하기 전에 먼저 그것을 물리치기 위해 노력했다.

만약 모드가 심장지능을 사용할 수 있는 도구를 이용했다면 그녀는 자신의 고투를 완전히 피할 수 있었을 것이다. 그녀가 신뢰했던 사람에게 배신을 당했다는 것은 듣는 사람을 각성하게 했을 것이다. 그와 같은 소식을 접할 때 분노하는 것은 자연스런 반응이다. 그러나 분노가 우리의 명료하고, 직관적이며, 객관적인 사고를 방해하고, 그것이 우리의 몸에 파괴적인 영향을 끼친다는 것을 안다면, 우리는 분노에 빠지거나 그것을 억누르는 것 어느 것도 하지 말아야 한다. 우리는 다르게 행동할 수 있다.

캐시의 소식에서 한 발짝 물러나 있었던 모드가 자신의 심장지능에게 의견을 물었다면, 아마 다음과 같은 두 가지 사실을 깨달았을 것이다. 1) 캐시는 사실을 잘못 알고 있었을 수도 있다. 2) 비록 캐시가 아는 것이 옳았더라도 그녀가 인신공격을 받은 것은 아니다. 빌리와 마르고는 아마 무책임한 사람들일 것이다. 그들은 아마 그녀를 이용했는지 모른다. 그러나 그들은 여전히 그녀에게 돈을 갚으려 했을 수 있다. 만약 모드가 자신의 심장에게 이 배신감을 어떻게 다루어야 좋겠느냐고 물었다면 그녀는 아마 빌리와 마르고에게 전할 확고한 지침을 얻었을 수도 있다.

적어도 심장지능은 우리가 모든 사실을 알 때까지 감정적인 반응을 연기할 수 있는 힘을 준다. 정서관리는 우리에게 무엇이 일어나든지 그것에 따르는 것을 의미하지는 않는다. 반대로 우리는 종종 우리 자신을 위해 일어나 행동해야 한다. 그러나 심장지능은 우리가 어떻게 고통은 적게 받으면서 무엇을 명확하고 정확하게 할지를 알려준다.

만약 우리가 각 문제를 확인하고 거기에 투자했던 에너지를 되찾기만 한다면, 진척은 정서적인 문제를 털어버리는 것에서 생긴다. 우리의 심장은 이 통제되지 않은 정서에 대해 더 건강한 반응을 보이게 한다. 그것은 우리에게 새로운 선택을 하도록 지각 수준을 높여주고, 어려움에도 불구하고 계속 전진하도록 우리 심장을 완전 무장시킨다. 빠르고 직관적인 심장지능은 우리가 어디서 정서적인 정체성과 타협하는지 알도록 빠르게 도와줄 수 있다. 그리고 우리가 그것에 관해 무언가를 할 수 있는 힘을 준다.

중요도를 낮추어라

만약 당신이 백 명의 성인에게 네댓 살 된 아이들과 보육원에서 하루를 보내달라고 부탁한다면, 그들은 심장지능에 대해 생각조차 하지 않고서도 곧 심장지능을 사용하게 될 것이다.

그 나이 또래의 아이들이 모여 있으면, 곧 한 아이가 울기 시작한다. 아마 그의 장난감이 고장났을 수도 있다. 또는 다른 아이가 그 아이가 타는 장난감 자동차를 빼앗아갔을 수도 있다. 이런 상황에서 아이들은 세상의 끝이 온 것처럼 생각할 것이다. 대부분의 성인들은 아이들이 문제를 제대로 판단할 수 있도록 다독거리며 이들을 진정시키려 한다.

"장난감은 고치면 돼." "자동차를 가져간 아이도 곧 돌아올 거야" 하고 말한다. 어른들은 아이들이 문제의 중요성을 낮추어보도록 본능적으로 도와주려 한다.

똑같은 일이 십대에게 일어났다 하자. 당신은 어느 가족을 방문했는데, 그 가족 중 십대들은 콘서트에 가는 것을 부모가 허락하지 않았기 때문에 화가 나 있다. 아이 중 한 명은 화를 내며 그것을 분출하고, 다른 한 아이는 울고 있다. 당신이 그들의 부모를 설득해서 그들이 콘서트에 갈 수 있기를 바란다면 아이들은 당신편이 되어 당신을 지지하게 된다. 당신이 아이들을 진정시키기 위해 처음 시도해야 할 것은 아이들이 그것의 중요성을 감소시키도록 도와주는 것이다. 당신은 아이들이 상황을 달리 볼 수 있도록 도와주고, 그들의 부모와도 다른 접근법을 쓰도록 도와준다. 집으로 돌아가는 동안 당신은 자기 자신에게 "누군가가 저 아이들에게 자신들의 감정관리법을 가르쳐줘야 할 필요가 있다"고 말할 것이다. 당신은 상식적으로 자신에게 "어떤 상황에 너무 높은 중요도를 주면 많은 에너지를 낭비하게 돼"라고 말할 것이다.

문제나 사건의 중요성을 낮추는 것은 어른들이 아이들을 다룰 때 흔히 쓰는 것이므로 제2의 천성이라고 하겠다. 그러나 우리는 우리 자신에게는 이 같은 도움을 제공하려 하지 않는다. 대신에 우리는 대부분의 아이들이 그렇듯이 불평하고 삐치고 비난한다. 그러나 만약 중요성을 낮추는 것이 아이들에게 효과가 있다면, 어른들에게도 마찬가지로 효과가 있을 것이다. 그리고 우리가 이 도구들을 우리 자신에게 사용한다면[13] 효과는 매우 커진다.

---

13) 이솝우화에 나오는 '신포도 이야기'가 좋은 예가 될 수 있다. 여우는 포도를 따려고 노력했지만 키가 닿지 않는다는 것을 깨닫고 "저 포도는 신포도"라고 중요도를 낮추어버림으로써 실패를 아쉬워하지 않고 중립화시켜버린다. 옛 애인이나 옛 직장을 형편없다고 묘사하는 경우도 같은 이유에서이다.

감정은 그 순간에 저지되어야 한다. 그렇지 않으면 그것은 계단 폭포 효과를 일으킨다. 우리를 폭발 직전까지 몰고 가는 것은 어떤 문제에 우리가 부여하는 부가적인 중요성과 지속적인 감정투자이다. 우리의 반응들은 아이들의 울화와 다를 것이 없다. 때로는 정서손실을 떨쳐버려야 한다는 것을 우리는 직관적으로 안다. 그러나 우리는 '마음의 심술'이라는 방해 때문에 변화를 이룰 수 없다. 남을 해하려다 오히려 자신이 당한다. 우리는 스스로 자신의 시스템을 소모시키고 있음을 안다. 그러나 우리는 그 중요성을 버리지 않으려 한다. 우리는 그 소모적인 것에 애착을 증대시키고 마음의 불평에 굴복한다.

우리가 하나의 정서손실을 인지한 후에도 그것을 무시하고 중요성을 버리기를 거부할 때 그 정서고갈은 확대되어 다른 영역에서도 우리의 발전을 저해한다. 그 다음으로 우리는 자책과 실패의 감정을 느낀다고 알고 있다. 어떤 것도 제대로 되는 것이 없다. 어떤 진척도 이루어내기가 쉽지 않다. 왜냐하면 우리는 마치 두 걸음 전진하고 세 걸음 후퇴하는 것처럼 느끼기 때문이다. 곧 우리는 자기 자신에 대해 후회를 한다.

실제로, 처음의 작은 시작 하나가 소모적으로 잘못되었으나 결국은 모든 게 잘못된 것처럼 느껴지는 것이다. 만약 우리가 다시 과거로 돌아가 정서가 추락하는 것을 막고 그것에서 중요성을 낮춘다면, 우리는 자신을 자유롭게 하여 에너지 저장고를 다시 채우고 앞으로 진전할 수 있게 한 다른 것들에 감사할 수 있게 된다.

많은 사람들이 "그것은 어쩔 도리가 없었어"와 같은 통속적 변명을 하면서 정서적 소모에 빠진다. 이제 우리는 '어떻게' 그리고 '왜' 그것을 도와야 하는지를 배워야 하고, 혹은 최소한 우리가 할 수 있다는 사실을 인정해야 한다. 정서관리의 핵심은 무언가 다른 것을 하기 위해서 우리 심장지능을 집중시켜서 손실을 줄이고, 우리 시스템을 스스로 회복하도록 하는 행동을 언제 취해야 하는지를 아는 것이다. 중요성을 낮추기 위해서 우리는 더 높은 자아, 즉 심장을 통해서 오는 지혜에 의존해야 한다.

정서의 비밀은 심장에 있다

하트매스 솔루션의 도구들은, 당신도 모르게 시스템을 고갈시키는 에너지 소모가 멈추도록 하기 위해 심장을 통해서 당신의 정서가 흐르도록 길을 터준다. 이 도구를 사용할 때마다 당신은 직관적인 흐름으로 되돌아가는 당신 심장의 능력을 키워준다. 정서를 속박에서 풀어주면 흐르게 되고, 심장과 정렬된 마음은 직관이 된다.

당신이 자신의 심장과의 연결을 발전시킬수록 지능을 가진 심장은 고상한 정서적 행동이 당신의 통제하에 있다는 것을 확신시켜줄 것이다. 당신은 심장을 통해서 불편한 감정을 편안하게 하는 것을 배우고, 심장의 직관이 더 크고 분명해지도록 통일성을 증진시키는 법을 배울 것이다. 곧 당신은 자연스럽게 정서를 확인하고 인정하며, 문제들의 중요성을 낮추게 될 것이다.

정서를 관리하는 것과 그것들을 균형 잡히게 하려면 단계적으로 접근해야 한다. 만약 당신이 화를 내는 경향이 있다면, 그 화를 인정하라. 그런 다음 심장으로 편안히 돌아가서 프리즈-프레임을 이용하여 그것의 균형을 잡으라. 이것은 심장으로부터 직관으로 들어가기 위한 기회의 창을 만들고, 억압 또는 원칙 때문에 마음이 할 수 없는 것을 한다. 직관은 당신을 자유롭게 하며, 당신에게 새로운 지각과 화에 대한 새로운 반응을 보여준다.

아마 당신에게도 조금은 불안한 순간이 있을 것이다. 우리 대부분은 받아들이기 어렵거나 통제하기 어려운 어떤 것에 부딪히지 않을까 걱정하면서, 자신의 정서를 무방비상태로 바라본다는 것에 또한 겁을 먹는다. 우리는 그 정서가 판도라의 상자[14] 안에 있고, 그 덮개가 계속 덮여 있기를 원한다.

그러한 순간에 우리의 감정과 싸우기 위해서는 용기가 필요하다. 그러나 그 노력은 가치가 있는 것이다. 운 좋게도 용기는 심장과 관련이 있다. 심장의 힘을 사용하는 도구를 사용함으로써 우리는 자신이 가지고 있었다고 생각조차 못한 내면의 용기를 사용할 수 있는 위치에 있게 된다.

여기 당신이 정서관리를 개선시키도록 도와줄 몇 가지 정보가 있다.

- 작은 정서소모에도 하트매스 도구를 사용하기 시작하라. 그리고 이러한 정서소모가 일어날 때 해결책을 찾기 위해 심장에 접근하라.
- 프리즈-프레임을 지속적으로 하라. 그러면 당신이 어느 부분에서 '급할 때는 정작 도움이 되지 않는 정서관리'로 빠지는지, 또는 어느 부분에서 정당화나 원칙에 따라 반응하는지 보는 것을 도와준다.
- 정서적인 손실들이 누적되지 않도록 하기 위해, 문제의 중요성을 낮추기 위해 심장의 변혁적 에너지를 사용하여라.
- 만약 당신이 후퇴했다면 당신 자신에게 엄격하게 굴지 말라. 그 중요성을 낮추고, 당신의 심장으로 바로 가서 다시 시작하라. 당신의 심장에게 그것의 시각과 해결책을 제공할 수 있도록 기회를 주어라. 바로 이것이 당신 자신을 정서의 균형과 성숙함으로 대하는 길이다.
- 정서관리를 당신이 하루아침에 이루어내야 하는, 그래서 할일만 늘려주는 근심거리로 생각하지 않도록 노력하라. 정서에 심장을 적용

---

14) 인류의 불행과 재앙의 시작을 상징하는 그리스 신화의 한 토막. '모든 선물을 받은 여인'이란 뜻의 판도라는 아름다운 외모와 많은 재주를 가진 (혹은 내면으로는 나쁜 점을 다 가진) 여인으로 창조되었다. 제우스 신이 열지 말라고 당부하면서 준 선물상자를 판도라가 호기심에서 열어보았기 때문에 그 안에 숨어 있던 모든 슬픔과 질병, 재앙이 밖으로 흘러나왔다. 이에 놀란 판도라는 희망이 밖으로 빠져나오기도 전에 뚜껑을 닫아버림으로써 세상이 희망보다는 절망이 많게 되었다고 한다.

함으로써 당신은 빠르게 다음 단계의 완성에 도달할 수 있다는 것을 아는 것만도 흥분되는 일이다.

심장에 의해 감정이 관리될 때, 그것은 당신 주변의 세상에 대한 자신의 자각을 높여주고, 당신의 삶에 활기를 더해준다. 그 결과로 새로운 지성과 삶의 관점을 얻게 된다. 단지 불쾌한 감정들로부터 한꺼번에 자유로워질 거라고 기대하지 말고 당신의 노력에 신중을 기하고, 당신이 이룬 발전에 감사하라. 각각의 성공은 더 큰 힘과 즐거움을 만든다. 당신이 계속 나아갈수록 그것은 더 쉬워진다. 오랫동안 지속되었던 감정의 문제가 그 강도와 중요성을 잃었을 때 더 이상 당신을 귀찮게 하지 않을 것이다.

자신의 심장지능을 사용하려는 적은 노력만으로도 당신은 새로운 자유를 경험하기 시작할 것이다. 당신의 정서적 경험은 아주 더 즐거운 것이 될 것이다. 그리고 당신은 전에는 결코 느끼지 못했던 심장의 본질을 느끼기 시작할 것이다. 어느 곳에서든 자신의 심장을 따르려 노력하는 사람들은 이것에 동의할 것이다. 그들은 정보를 교환하고, 비슷한 흥미로운 결과를 발견할 것이다. 계속해서 더 많은 이득이 되는 심장의 본질을 경험하면서, 당신이 발전할수록 그 발전 자체는 계속 정서의 비밀을 풀기 위한 강력한 동기가 될 수 있다.

기억해야 할 키포인트

···› 정서라는 미지의 영역은 진실로 인간을 이해하기 위해 정복해야 할 마지막 미개척 분야이다. 그 미개척 분야가 완벽히 탐사되고 이용되기 전에, 우리가 가진 기회는 우리의 정서능력을 계발하고, 이를 극적이라 할 정도로 새로운 존재로 인식하는 것이다.

···› 정서의 에너지는 생각의 속도보다 더 빠르게 움직인다. 이것은 당신의 정서 세계가 당신의 정신세계보다 더 빠른 속도로 움직이기 때문이다.

···› 정서 그 자체는 지적이지 못하다. 그러나 정서나 생각처럼 어떤 흐름을 가지

고 있는 것들은 그것 뒤에 그들을 조정하는 지능이다.

⋯ 사람들은 뇌의 편도체에 저장된, 그들에게 친숙한, 정서적이고 반사적인 틀을 통해 세상을 본다. 그리고 그들은 안정감을 얻기 위해 자신에게 친숙한 행동으로 반응하려고 노력한다.

⋯ 새로운 정서관리의 기준은 우리의 과거가 더 이상 현재의 행동 때문에 비난을 받아서는 안 된다는 것을 깨닫는 것이다.

⋯ 정서관리에는 두 가지 노력을 빠르게 타협시키려는 중요한 마음(의 설정)이 있다. 그것은 정당화와 원칙이다. 이 마음의 설정은 당신의 정서적 에너지를 얽어매어 상처를 주고, 비난을 받게 하며, 실망, 배신, 후회, 가책 또는 죄책감을 가지게 한다. 이것들은 당신의 시스템에서 에너지 소모를 누적시키고 손실을 발생시킨다.

⋯ 정서관리를 위한 주된 해결책 중 하나는 에너지 소모나 정서적 손실을 멈추게 하는 법을 배우고, 내면의 심장 깊숙이 있는 성숙함으로 태도를 변환시키는 법을 배우는 것이다.

⋯ 정서적으로 소모되는 에너지를 회수하기 위해서는 우리가 (또는 편도체가) 거기에 부과한 중요도를 낮추어야 한다. 중요도를 낮추기 위해서 우리는 먼저 뒤로 한 발 물러서려고 노력해야 한다. 왜냐하면 그때에 비로소 심장이 움직일 수 있기 때문이다.

⋯ 하트매스 솔루션의 도구들은 당신의 정서적 기억들의 코스 변경을 돕고, 심장을 통해 정화하여 에너지 소모를 중지하게 한다. 이 도구들을 사용할 때마다 당신은 직관적인 세계로 돌아갈 수 있는 심장의 능력을 기르게 된다. 유연해진 정서는 흐르게 되고, 심장과 정렬된 마음은 직관이 된다.

⋯ 심장이 중심이 된 정서와 구조들이 낡은 패턴을 교체하기 시작하면 당신은 대체적으로 더 좋은 기분을 느낀다. 우리에게 이익이 되는 이것들을 더욱 많이 경험하는 것은 정서의 비밀을 계속 풀어가는 강력한 동기가 된다.

8

배려와 우려의 정서

초등학교 4학년이던 어느 날 나는(하워드) 교실 뒤쪽에서 빨대에 젖은 종이를 넣고 불어서 과녁을 맞히는 놀이의 재미에 흠뻑 빠져 있었다. 내 앞의 많은 아이들처럼 나 역시 선생님이 나를 보지 못할 것이라 믿었다. 그러나 오래지 않아 여선생님은 내가 하는 행동을 참지 못해서 화를 냈다. 선생님은 나를 불러서 회반죽이 발린 낡은 교실 뒷벽으로 데려갔다.(그 벽은 원래 하얀 벽이었지만 우리 학급이 그것을 세 겹의 어두운 회색을 만들어 놓았다.) 선생님은 내게 물 한 양동이와 자루걸레 하나를 건네주면서 나에게 얼룩으로 더럽혀진 벽을 깨끗이 청소하라고 했다.

넘치는 에너지를 발산할 출구를 찾고 있던 4학년짜리는 두 손을 모두 쓰며 문제를 해결하려 애썼다. 한 시간 동안이나 나는 부지런히 일을 하고 있었다. 나는 내 모든 정신을 거친 회벽의 얼룩을 제거하는 데 집중하고 있었다. "하워드, 만약 네가 지금 벽을 청소하는 것처럼 살면서 다른 일을 한다면, 너는 무슨 일을 하더라도 매우 성공적인 사람이 될 거야"라고 선생님은 무심코 이야기했다.

그녀는 과장된 칭찬이나 사탕발림으로 나의 사기를 높이려고 노력하지 않았다. 그녀는 단지 자신이 보았던 사실에 대해 진실된 언급을 한 것이었다. 그것은 진정한 배려의 행동이었고, 나는 이제껏 살아오면서 그 말을 한 번도 잊은 적이 없다.

이와 같이 진심어린 말 한마디가 많은 변화를 가져다준 그런 경험을 우리 모두 가지고 있다. 때로는 그런 언급이 우리가 존경하고 사랑하는 사람에게서 나오기도 하지만 항상 그러한 것은 아니다. 사려 깊은 어느 낯선 사람이 지나가면서 던진 말 한마디를 우리는 아마도 몇 년 동안이나 생각할지도 모른다. 그러한 경험이 깊은 인상으로 남는 것은 그 말 또는 그런 말을 한 사람 때문이 아니라 바로 배려 때문임을 안다. 그리고 우리는 그 배려로 인해 그분들을 기억한다.

우리 모두는 자신이 사랑하는 사람에게 높은 수준의 '배려'하는 마음을 느낀 경험이 있을 것이다. 이것이 우리가 질적인 관계에서 얻을 수 있는 가장 큰 이득이다. 그러나 그렇게 배려하는 마음으로 사람들을 향해 마음을 연다는 것은 어려운 일이다. 그렇다고 단지 배려를 위한 배려는 무서운 것이 될 수 있다.

비열하고 잔인한 오늘날의 세상에서 우리는 정신을 바짝 차려야 한다. 혼란스런 모든 것에 관심을 두면서 살 수는 없다. 뉴스만 보아도 우리를 두렵게 하고 위축시킬 일들로 가득하다. 오래지 않아서 그것은 망상증이 되어 "항상 조심해!" 또는 "남에게 꺾이기 전에 먼저 기를 꺾어라"와 같은 상투어에서도 드러난다.

수년 전만 해도 뉴욕시는 가장 끔찍한 범죄가 바로 눈앞에서 일어나도 그것을 막으려 하지 않는 사람들이 거주하는 곳으로 정평이 나 있었다. 뉴욕 사람들은 높은 범죄율과 함께 매우 공격적인 환경에서 살고 있기 때문에 지치고 자기 방어적이 되었다고 많은 미국 사람들은 믿고 있었다. 뉴욕 사람들은 '배려는 오히려 문제를 더 깊이 꼬이게 할 뿐'이라고 생각하는 사람들로, 어느 일에든 관여하고 싶어하지 않는 사람들로 여겨졌다.

비록 뉴욕 사람들이 대중매체에 비쳐진 것처럼 도움을 주는 것에 인색하지는 않다는 사실이 통계적 수치로 증명되고 있다 하더라도, 우호적인 이웃 사회가 사라짐으로써 사람들을 변하게 했다. 우리는 종종 이웃과 인사를 나누거나 그들이 누군지를 아는 것조차 귀찮아한다. 누군가를 배려하는 인간 본능에 따라서 행동하는 대신 우리는 항상 타인을 경계한다. 우리는 자신에게 이렇게 이야기한다. "만약 당신이 그렇게 행동하지 않으면, 사람들이 당신을 이용하려고 할 거예요." 우리는 자신이 보낸 배려에 같은 배려로 보답해주지 않을 것 같은 사람에게 에너지를 소비할까 봐 걱정한다. 우리는 자신이 누군가를 배려할 여유가 없다고 믿는다. 그러나 사실 그 반대가 진실이다. 우리는 남들을 배려하지 않을 이유가 없다.

배려는 강력한 동기를 부여한다. 그것은 심장의 가장 중요한 핵심 감정 중 하나이다. 배려는 우리를 고무시키고, 부드럽게 힘을 북돋워준다. 우리가 안전과 도움을 보장받고 있다고 느끼게 함으로써 다른 사람들과 우리의 관계를 돈독하게 해준다. 그것은 건강을 위해 우리가 할 수 있는 최선의 것일 뿐만 아니라, 우리가 배려를 받고 있든 주고 있든 간에 우리의 기분을 좋게 한다. 누군가에게 혹은 어떤 것에 배려하게 되면 우리의 정신이 재생되고 한 차원 높게 고양되는 효과를 얻는다. 그것을 우리가 실제로 경험하게 되면 직접적으로 우리 심장에 영향을 미친다. 그리고 그 경험은 다른 사람들에게도 전할 수 있다.

우리가 누군가를 배려하는 마음을 가지고 있을 때, 우리는 종종 신체적 접촉을 통해서 우리의 마음을 자연스럽게 표현한다. 우리는 친구를 자연스럽게 껴안거나 그들의 등을 두드리며 격려를 한다. 대화중에도 농담을 나누거나 논점을 강조하기 위해 그들의 팔을 가볍게 터치한다. 우리가 다른 사람들에게 소개되면 비록 낯선 사람이라 하더라도 우리는 그들의 손을 잡고 악수를 한다. 이때가 그들과 우리가 연결되는 순

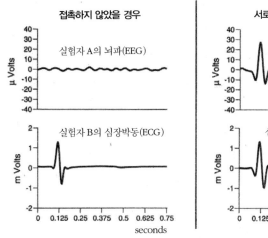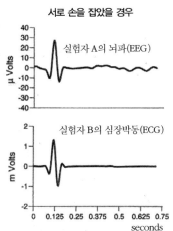

접촉하지 않았을 경우   서로 손을 잡았을 경우

실험자 A의 뇌파(EEG)

실험자 B의 심장박동(ECG)

접촉전기

그림 8-1 두 사람들이 서로 접촉되어 있을 때 한 사람(A)의 심장에 의해 발생된 전기적인 에너지(ECG에 자동기록된)가 전이되어 다른 사람(B)의 뇌파(EEG를 통해)에서 발견되었다. ⓒ 1998 하트매스연구소

간이다.

  하트매스연구소의 연구원들은, 접촉이 우리가 생각하는 것보다 훨씬 더 심오하다는 것을 발견했다. 만약 우리가 누군가와 접촉을 한다면 우리의 심장에서 나온 전기적인 에너지는 다른 사람의 뇌에 전해진다. 그리고 반대의 경우도 마찬가지이다. 만약 그 두 사람이 접촉된 상태에서 그들을 모니터에 연결할 수 있다면, 우리는 아마 한 사람의 심장의 전기적 신호(ECG[1])에 나타난 그래프와 같이)가 다른 사람의 뇌파(EEG[2])에 나타난 그래프와 같이)에도 나타나는 것을 볼 수 있을 것이다.[1, 2]

  우리가 하는 말을 이해하기 위해서는 그림 8-1을 보라. 두 실험 대상

---

1) Electrocardiogram의 약자로서, 심장의 박동을 활동전류의 곡선으로 표시한 심전도(心電圖)를 말한다. 심장병의 진단을 위해 쓰인다.
2) Electroencephalogram의 약자로서, 두뇌의 활동에서 발생한 전류를 증폭하여 곡선으로 기록한 뇌전도(腦電圖)를 말한다. 두뇌의 활동상태(예를 들면 잠자는 상태인지, 활발하게 활동하는 상태인지)를 알 수 있다.

자가 서로 손을 잡고 있을 때, 어떻게 B라는 사람에게서 나타난 심장의 신호가 A라는 사람의 뇌파에 분명히 반영되었는지를 두 실험 대상자들이 실제적인 접촉 없이 단지 서로 가까이 서 있을 때에도 우리는 비슷한 결과를 발견할 수 있었다.[1, 2] 이 결과들은 다른 실험에서도 확인되었다.[3]

이 흥미로운 결과는 우리가 다른 누군가와 신체적으로 접촉했을 때 심장에서 뇌로 전자기적 에너지의 교환이 이루어진다는 것을 보여준다. 우리가 그때에 깨닫든 그렇지 않든, 우리의 심장은 우리 자신의 경험에 영향을 미칠 뿐만 아니라 우리 주변의 사람들에도 영향을 끼친다. 그리고 우리도 다른 사람이 보낸 신호에 영향을 받는다. 우리는 그들이 우리의 에너지와 공명하듯이 우리도 그들의 에너지와 공명하기 위해 변화한다. 우리는 물론 의식으로 이 과정을 알아채지 못한다. 그러나 이 현상은 당연하게 일어난다.

3장에서 우리는 다른 정서상태일 때 심장의 전자기장 주파수 구조가 극적으로 변하는 것을 배웠다. 낙담하는 것은 비통일성을 띤 신호를 발생시킨다. 반면 감사의 감정은 조화롭고 통일성을 띤 신호를 발생시킨다. 스트레스가 가득할 때 심장은 비통일성을 띠게 되지만, 심장의 핵심 감정 중에서도 배려하는 감정을 가질 때는 통일성을 보인다.[4] 이로 인해 발생된 에너지는 우리의 몸을 통해서 전달된다. 그리고 그 에너지가 우리의 몸 밖으로 방사된다는 사실 역시 대단한 사회적 의미를 준다.

만약 우리와 접촉을 하고 있거나 또는 가까이 있는 사람이 (엘리베이터 또는 지하철, 백화점에서) 심장의 전자기적 신호를 그들의 뇌에서 인지할 수 있다면, 우리는 자신의 정서적인 상태를 항상 전달하면서 그들에게 영향을 끼치고 있는 것이다.(그리고 우리도 다른 사람들의 신호를 받는다.)

물론 우리는 다른 방법으로도 정서적 상태를 전달할 수 있다. 우리는 복잡한 암시로부터 서로서로의 마음을 읽는 법을 배운다. 우리는 감정을 종종 신체언어만으로도 쉽게 알아차릴 수 있다. 그러나 신체언어가 없이도, 부가적인 암시조차 없이도 우리는 미묘한 신호를 전송한다. 우리는 그 신호가 외부로 전송되는 것을 막을 수 없다. 우리 대부분은 가장 기초적인 전자기적 수준에서 서로에게 영향을 미치기 때문이다.

이것은 쇼핑몰의 계산대 앞에 줄지어 계산을 기다리면서 당신이 집에 있는 자신의 어머니를 걱정하게 되면 당신 옆에 서 있는 사람이 우리가 생각하는 것보다 더 많은 영향을 받을 수 있다는 것을 의미한다. 그리고 어느 집회나 록 콘서트에 몰려든 많은 군중들 사이에 오가는 그 모든 신호들을 생각해보라. 그 의미란 대단한 것이다.

우리는 이제 막 사람들 사이의 복잡한 관계를 이해하기 시작했을 뿐이다. 그러나 만약 우리가 배려와 같은 감정을 가지고 누군가와 접촉한다면 우리는 잠재적으로 자신과 접촉하고 있는 사람의 건강과 행복을 촉진시키는 신호를 보내고 있다는 것은 이미 분명하다.[1]

많은 의사, 간호사, 물리치료사들은 신체적인 접촉의 힘을 인지하고 있다. 또한 배려하는 접촉의 유익성에 대한 과학적 증거들은 점점 증가하고 있다.[5] 마이애미 의과대학에 있는 접촉연구소(Touch Research Institute)의 티파니 필드 박사에 의하면 접촉치료 또는 안마는 유아나 아이들에게 식생활과 수면만큼이나 중요하다고 한다.[6]

의학적인 연구에 의하면, 접촉은 생리적인 변화를 유발한다고 한다. 접촉은 천식에 걸린 어린아이의 호흡기능도 개선되도록 돕는다는 사실이 밝혀졌다. 그리고 당뇨병에 걸린 아이가 치료에 잘 따르게 하고, 불면증을 겪는 아이가 적은 어려움을 겪으며 잠을 이루도록 도와준다는 것이 증명되었다.[7] 배려하는 접촉은 또한 성인들의 건강과 행복에도 유용하다.[8, 9] 몇몇 경우에는 그 효과가 결정적이다.

과학잡지인 〈미세 에너지(Subtle Energies)〉 최근호에서, 주디스 그린과 로버트 쉘렌버거는 심장마비로 사경을 헤매던 나이 든 어느 여성에 대해 이야기했다. 그녀의 주치의는 더 이상 그녀를 위해 자신이 해줄 것이 없음을 깨달았고, 마지막 임종을 위해 그녀의 가족들을 불렀다. 놀랍게도 가족들이 그녀와 접촉하는 순간 그녀의 심장은 정상 리듬으로 다시 뛰기 시작하였다. 30분이 지나자 그녀는 정신을 차리고 침대에서 일어나 앉았다.[10]

비록 관심어린 접촉으로 모든 사람들이 회복을 경험하지는 않지만 심장과 뇌는 여전히 그 신호를 받는다. 이 나이 든 여성의 회복을 설명해줄 수 있는 다른 (회복에 도움을 준) 요소도 존재할 수 있다. 그러나 접촉의 전기적 반응에 관한 우리의 연구는 그녀의 가족들과 나눈 배려하는 감정이 뚜렷한 생리학적인 효과를 낳았음을 확신하게끔 해준다. 배려는 그녀의 심장에 힘을 불어넣기에 충분히 강력한 정서였다.

배려는 강력한 회복 에너지이다

관심이 사라지면 삶의 빛도 사라져버린다. 사람들이 단지 더 이상 관심을 가지지 않을 때, 우리는 그들의 얼굴과 걷는 모습에서 그들의 신체를 건강하게 유지하는 데 필요한 활기가 부족함을 알 수 있다. 우리는 심지어 그들의 음성을 통해서도 그것을 느낄 수 있다. 그들의 인체 시스템을 통해 흐르는 배려라고 하는 강력한 회복 에너지가 없다면 그들의 육체는 자신을 유지하기 위한 어떠한 동기도 가지지 못한다. 말 그대로 (육체만으로는) 더 이상 살 이유가 없다는 뜻이다.

반대로 배려는 그 육체에 균일하고 가시적인 효과를 준다. 즉 걸음걸이에 힘이 들어가거나 눈에 빛이 나고, 삶의 덧없는 순간을 굉장한 즐거움으로 받아들이는 것 등이다. 건강과 활력은 배려와 같은 심장에 기초한 감정으로부터 나온다. 그리고 비록 그 증거가 분명하지 않을지라도 우리는 실험실에서 배려에 관한 많은 생리학적 효과들을 측정할 수 있었다.

심지어 동물에 대한 배려의 경험조차도 나이 든 사람이나 양로원에 있는 노인들의 사기를 향상시키고 건강을 촉진시키는 것으로 드러났다. 애완동물에 대한 배려가 건강에 유익하다는 것을 지지하는 연구는, 사회적 상호 관계를 향상하는 데 도움이 되었다는 것에서부터 애완동물이 심혈관계 반응에 유익했다는 것에까지 퍼져 있다.[11, 12]

펜실베이니아 대학과 메릴랜드 대학의 연구자들은 심장병으로 일 년 이상 병원에 입원한 후 애완동물을 기른 환자의 사망률이 그렇지 않은 환자의 사망률의 3분의 1에 지나지 않았음을 발견하였다.[12] 애완동물들은 수많은 사람들의 삶에 활력을 불어넣어준다.

애완동물은 또한 어린아이들이 배려하는 마음을 가지도록 배우는 것을 돕는다. 연구에 의하면, 애완동물을 기르는 아이들이 다른 아이에 비해서 타인에 대한 높은 수준의 공감능력을 가지고 있다고 한다.[14] 그러나 증가된 공감능력은 애완동물에 기인한 것이 아니라 애완동물이 끌어낸 진실된 배려에 기인하고 있음을 주목하는 것이 중요하다. 애완동물은 우려(지나친 관심)나 스트레스의 잠재적 원인이 되기도 한다. 어느 것이 원인이었느냐에 따라 사람들이 원기를 회복하기도 하고 소모하기도 한다.

분노는 면역체계를 손상시킨다

19 80년대에 하버드 대학교의 심리학자인 데이비드 맥클리랜드 박사는 한 그룹의 피실험자에게 테레사 수녀에 관한 비디오를 보여주었다. 그녀가 가난하고 궁핍한 사람들 사이에서 일할 때 그녀는 정말로 배려와 연민을 느끼고 있었다.

이 대리 경험이 피실험자들에게 어떤 영향을 미치는지를 확인하기 위해서 맥클리랜드 박사는 그들의 면역 시스템을 조사하였다. 우리는 분비성 IgA[3]라 불리는 항체를 침과 신체의 모든 부분에 가지고 있다. 병원균에 대항하는 첫 번째 방어선인 이것은 면역체계의 건강을 유지하는 중요한 수치이다. 그 그룹이 테레사 수녀의 감동적 비디오를 시청한 후 실험해보았더니 분비성 IgA 수치가 즉각적으로 상승해 있었다. 다른 말로 하면 비디오를 시청함으로써 그들에게 일어난 배려와 연민의 정서는 그들의 면역 체계에 매우 중요한 영향을 끼쳤다.[15]

스스로 유도한 배려가 대리적 배려와 같은 효과를 가지는지를 밝히는 데 관심을 가지고 있었기 때문에 하트매스연구소의 롤린 맥크래티와 그의 팀은 맥클리랜드 박사의 연구를 재현함으로써 그 연구를 시작했다. 그들은 매우 유사한 결과를 얻었다. 비디오를 시청한 직후 피실험자들은 IgA 수치에서 17퍼센트의 증가를 보였다.

그때 롤린과 그의 연구팀은 자신들의 연구를 몇 단계 더 발전시켰다. 그들은 외부적인 자극이 없는 상태에서 스스로 배려하는 마음을 가지는 것이 효과를 더 크게 하는지 또는 더 적게 하는지를 알고 싶었다. 그렇다면 다른 감정들은 어떠한가? 예를 들면, 배려와 비교했을 때 분노는 어떠한 영향을 미치는가? 게다가 그들은 오랫동안 자기 유도된 IgA 수치의 증가가 우리의 몸에 어떤 영향을 미치는지를 밝히는 것에 관심을 가졌었다.

피실험자들은 프리즈-프레임 기술을 교육받은 후 5분 동안 배려와 연민의 정서를 불러일으키도록 요청받았다. 며칠 후 똑같은 피실험자에게 그들의 삶에서 그들을 분노케 했던 경험 또는 상황을 기억하게 하고, 가능한 한 그 감정을 다시 떠올림으로써 스스로 유도된 분노를 약 5분 동안 느끼도록 하였다. 두 경우 모두에서 IgA 샘플을 실험 직후에 채취하였으며, 그런 후 매 6시간마다 다시 샘플을 채취하였다. 그림 8-2는 그 결과를 설명해준다.

---

3) 혈장에 함유된 면역인자이며, 강력하고 광범위한 바이러스에 대항하는 바이러스성 항체이다.

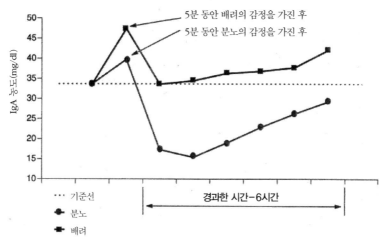

5분 동안 배려의 감정을 가진 후
5분 동안 분노의 감정을 가진 후

··· 기준선
●— 분노
■— 배려

경과한 시간−6시간

면역체계에 대한 분노와 배려의 영향

그림 8-2 이 그래프는 5분 동안의 배려 경험이 면역 항체인 분비성 IgA에 미친 효과와 5분 동안의 상기된 분노 경험이 이 항체에 미친 효과를 6시간 동안 비교한 것이다. 피실험자들이 5분 동안 분노의 감정을 상기했을 때 IgA 수치는 처음에 약간 증가하였으나, 곧 극적으로 하락하였다. 그리고 떨어진 수치는 다음 6시간 동안 그대로 있었다(그래프의 아래 부분). 대조적으로 피실험자가 5분 동안 프리즈−프레임을 실시하고 진실된 배려의 감정에 집중했을 때 IgA 수치는 상당한 증가를 보였다. 그리고 이것은 한 시간 후에 다시 기준선으로 되돌아오지만 그후 다시 서서히 증가하는 경향을 보였다. 이것은 실험이 끝난 후에도 그대로 지속되었다(그래프의 윗부분).
ⓒ 1998 하트매스연구소

5분 동안 배려와 연민을 느낀 후에 피실험자들의 IgA 수치는 평균 41 퍼센트 상승하였다. 한 시간 후에 그들의 IgA 수치는 다시 원상태대로 돌아왔다. 그러나 그후 6시간 동안 천천히 다시 증가하였다. 롤린은 자기유도된 배려가 실제로 테레사 수녀의 비디오를 시청하였을 때 생성된 대리적 배려의 감정보다 IgA 수치에서 더 큰 증가를 보인다는 것을 관찰하였다. 몇몇 사람들은 프리즈−프레임을 실시한 후에 그들의 IgA 수치가 즉각적으로 240퍼센트까지 상승하였다.

피실험자들은 분노를 느꼈을 때 또한 IgA 수치에서 18퍼센트의 즉각적인 상승을 보였다. 그러나 한 시간 후에 그들의 IgA 수치는 그들이 화를 내기 전 수치의 약 절반 가량으로 떨어졌다. 그후 6시간이 지나도 그

들의 IgA 수치는 여전히 정상으로 돌아오지 않았다.[16]

(실제가 아닌) 상기된 분노도 단 한 번으로 우리 면역체계에 무려 6시간 동안이나 손상을 끼쳤다. 분명히 우리의 면역체계는 한번 분노가 침입하면 다시 균형을 잡는 데 오랜 시간이 걸린다. 그런데도 아직까지 우리는 매일 얼마나 자주 분노를 일으킬 가능성이 있는 상황을 직면하고 있는가? 만약 분노의 감정을 기억하기만 해도 면역체계에 지대한 영향을 미칠 수 있다면, 실제로 분노를 폭발시켰을 때를 한번 상상해보라.

맥클리랜드의 연구를 더욱 발전시킴으로써 롤린은 분노의 감정이 면역체계를 약화시키는 반면, 스스로 유도된 배려의 감정은 면역력을 상당히 증가시킨다는 것을 발견했다.

배려의 감정에 의도적으로 우리가 집중할 때의 효과가 감동적인 영화를 보았을 때의 효과보다 훨씬 더 크다는 것을 이해하는 것은 유익하다. 그러나 우리가 배려의 감정에 집중하지 않는다면 우리는 의식적으로 그 효과를 얻을 수 없다. 우리는 하루 중 얼마나 자주 배려하는 정서를 가지려고 노력하는가? 한 번, 두 번, 아마 세 번쯤? 그리고 대조적으로 우리는 얼마나 자주 걱정하고 염려하는가? 한 번 혹은 두 번 이상? 걱정과 근심은 배려라는 깨끗한 물을 흐리게 하는 미꾸라지와 같다. 그것이 바로 연구자들이 우려라고 부르는 빗나간 관심이다.

우려는 에너지를 소진시킨다

여기 매우 흥미로운 사실이 있다. 웹스터 사전에 찾아보면 배려(Care)[4]의 첫 번째 정의는 '불안한 마음상태', 마음의 고통, 비통, 부담스런 책임감, 걱정, 염려 등이다. 이 어떤 단어들도 갓 태어난 아기를 안고 있는 어머니의 감정을 표현하지 못한다. 그렇지 않은가?

웹스터 사전의 정의는 아마 '배려'라는 말의 가장 중요한 의미를 놓친 것 같다. 그것은 바로 부양하고 사랑하는 감정이다. 우리가 보기에는 사전에 정의된 '부담스러운 정의'는 '우려'의 정의에 더 가깝다. 심장으로부터의 배려가 하찮은 걱정, 근심, 짐작과 두뇌의 추측에 의해 무차별적 공격을 받게 되면, 그 배려의 감정은 도움보다 유해한 경험으로 격하될 수 있다.

우려는 가장 큰 에너지 손실원이다. 그리고 그것은 걱정, 두려움, 우울함 등의 많은 불편한 감정들의 뿌리이다. 우려에는 여러 형태가 있다. 어떤 것은 분명하고, 어떤 것들은 미묘하다. 지나친 동일성, 집착, 걱정, 근심은 단지 우려가 구체화된 것에 불과하다. 그리고 우려가 다양한 모습으로 종종 우리의 배우자, 자녀, 친구들과의 관계에서 나타나면, 그것은 우리의 생각과 관념과의 관계를 동시에 물들일 수 있다. 예를 들어 그것은 어떤 문제, 태도, 장소, 물건, 생각에 대해 지나치게 동일시하거나 또는 집착하게 한다. 그것들은 환경, 정치, 업무수행 성과, 물질적 소유, 애완동물, 건강, 미래 또는 과거에 관한 것이 될 수 있다.

우려는 배려로부터 발생되기 때문에, 우려와 배려는 분간하기가 어려울 수 있다. 배려와 우려를 구분하는 것은, 우려와 함께 동반되는 것은 부담되고, 스트레스를 주는 감정이다. 진실된 관심은 유익한 정서를 동반하는 반면, 우려는 유익하지 못한 정서를 동반한다. 걱정을 하고 관심을 가지는 것은 무척이나 중요하다. 그러나 만약 그것이 우려로 그 선을 넘었을 때 우리가 느끼는 것은 걱정과 스트레스이다. 우리 자신에게 물어야 할 좋은 질문은, 우리의 배려가 그 배려를 주는 사람과 받는 사람 모두에게 유익한가 하는 것이다. 만약 배려하는 의도가 우리의 에

---

4) Care는 '사랑'에서 '돌봄', '우려', '걱정'까지 다양한 강도의 의미를 지니기 때문에 문맥상에서 잘 판단해야 한다. 그러나 주로 부정문에서 정의에서와 같은 부정적인 의미로 쓰인다. 예를 들어 "I don't Care"라고 하면 "나는 상관하지 않는다"는 의미가 되지만, "I want to feel being Cared"라고 하면 "나는 사랑받고 있다는 사실을 느끼고 싶다"는 의미가 된다. 한편 Overcare는 부정적인 의미(지나친 관심이나 걱정)를 지닌다.

너지 은행계좌에 더해지기는커녕 다른 사람들에게도 힘을 실어 주는 방식으로 영향을 미치는 것 같지 않다면, 우리는 우려의 영역에 있을 확률이 높다.

우려는 의도된 배려의 힘을 약화시키고 그 효과를 줄인다. 걱정을 하거나 화를 내는 것은 어떤 것에도, 또 누구에게도 도움이 되지 않는다. 심지어 우리가 관심을 가지고 있기 때문에 걱정을 한다 하더라도 그것은 아무런 도움이 되지 않는다. 우리가 가진 문제들은 걱정을 할 때 해결되는 것이 아니라 명료함과 통일성을 얻을 때 해결된다. 사실 우려는 문제를 더욱 심각하게 만들 수 있다. 예를 들면, 우리가 사랑하는 사람을 대할 때 우려와 걱정으로 숨 막히게 하는 것은 마음을 끌리게 하는 것이 아니라 불쾌감만 안겨주는 경향이 있다. 아무도 오랜 기간 동안 누군가에게 걱정거리가 되거나 성가신 대상이 되는 것을 좋아하지 않는다.

성직자와 남들을 배려해야 하는 (사랑을 베풀어야 하는) 직업을 가진 사람들을 (심적으로) 탈진시키는 주된 이유 중 하나는 바로 우려(지나친 걱정)이다. 그러나 은행원이나 가정주부, 정원사들도 탈진한다는 것이 어떠한 느낌인지 안다. 그것은 우리가 모든 것을 다 소모해버려 고갈된 느낌을 받게 한다. 예를 들어 병원, 요양소, 호스피스 그리고 회복기 환자들을 위한 요양소 같은 몇몇 시설에서는 우려가 주로 진실한 배려를 대신한다. 왜 그런가 하면, 이러한 시설에서 일하는 사람들의 심장에서 나온 배려라는 당초 의도는 통제되지 않은 마음에 의해 종종 소모되어 버리기 때문이다. 그리고 정서적인 불화를 가진 비통일적인 에너지와 함께 융합된다.

다른 사람들과 함께 정서적으로 도전받는 상황에서 일하는 사람들이 능률을 유지하기 위해서는 균형상태를 유지하는 것이 매우 중요하다. 예를 들어, 간호사가 모든 아픈 환자들의 상태를 지나치게 자신과 동일시하는 그런 위험에 빠진다면 그녀는 집에까지 그녀의 일을 가지고 가는 것이 되며, 집에서도 편안히 쉬지 못하고 자신의 병동에 있는 환자들을 걱정하며, 그 환자들의 건강 문제에 대해 너무나 많은 책임을 떠안으려 할 것이다. 즉 우려가 그녀의 에너지를 점점 약화시킬 것이다.

곧 그녀는 자신이 정서적으로 탈진하는 것을 막기 위해 보통 때 환자들과의 거리를 두어야 한다는 것을 느끼게 될 것이다. 그러나 그 거리는 그녀를 자신의 심장에서부터 단절되게 한다. 그리고 심장의 도움 없이는, 그녀는 자신의 직업을 완전히 즐길 수 없다. 그녀는 왜 자신이 처음에 간호사가 되었는지를 잊는다. 그런 이유 때문에 그녀가 더 이상 배려할 여유가 없을 때는 그녀는 자신을 도움을 주는 사람으로 여기지 않게 된다.

그녀가 깨닫지 못한 것은 또 다른 선택이 존재한다는 것이다. 그것은 그녀의 심장에 머무르면서 우려 없이 계속해서 자신의 환자를 돌보는 것이다. 테레사 수녀에게 진정한 배려와 우려의 차이를 이해하는 위대한 심장이 없었더라면 그녀는 아마 그 수많은 시간들을 전 세계에 있는 아파하는 사람들과 가난한 사람들과 함께 나눌 수 없었을 것이다.

하트매스의 건강 프로그램 본부의 이사인 제리 카이서는 전에 폭풍이나 홍수, 화재 그리고 다른 재해의 희생자들을 지원하는 구제활동을 하는 기관에서 일을 했다. 그는 이런 이야기를 들려주었다. "지원팀이 도착하면 신입대원은 한눈에 알아볼 수 있죠. 그들은 항상 '오, 저 불쌍한 사람들 좀 보세요' 하며 즉각적으로 우려의 감정에 빠집니다. 우리 중 이미 경험을 가진 분들은 고개를 저을 겁니다. 우리는 그 수준으로 정서를 소모시키면 좋은 의도를 가진 지원자라 하더라도 아무에게도 도움이 되지 않음을 알고 있기 때문입니다. 하루 이틀 후 그 초보자는 완전히 탈진하게 되고, 결국 우리는 그를 집으로 돌려보내야만 합니다."

만약 우리가 정서의 저장분을 소모한다는 사실에 주의한다면 우리는 모든 것에 다 관심을 가지거나 우리의 에너지를 소모하지 않는다. 우려

는 탈진하는 가장 빠른 방법이다. 그리고 일단 탈진하고 나면 아무에게
도 배려를 베풀 수 없다.

우려를 제거하는 법

우려로 인한 에너지 소모를 없애기 위해서는 먼저 우려하는 패턴
에 대해서 알아야만 한다. 우리 모두는 서로 다르다. 우리들 중
몇몇은 신체적인 외모, 직위 또는 생각과 같은 요소와 사람을 지나치게
동일시한다.(이것 또한 우려이기도 하다.) 그리고 우리 중 다른 사람들은
사람, 돈, 물건 또는 과제에 집착한다. 이런 상황에서 우려의 영향을 받
게 되면, 우리는 걱정, 근심, 분노 또는 두려움에 더 쉽게 굴복할 가능
성이 있다. 당신을 약하게 만드는 것이 무엇인지 하나 골라보라. 우리
모두는 다 하나씩 선호하는 것이 있다.

운이 좋게도 우리는 심장지능에 귀를 기울이는 것이 비능률적인 에
너지 소모를 발견하는 가장 좋은 방법이라는 것을 안다. 우리는 이 지
능을 더욱 개발시킴으로써 자연스럽게 우리의 우려에 대해 더 많이 알
게 될 것이다.

만약 당신이 아직 작성해본 경험이 없다면 당신의 주된 우려를 지금
당장 표로 작성해볼 수 있다. 무엇이 당신을 걱정하게 하거나 근심스럽
게 하는가? 당신은 무엇에 집착하고, 지나친 동일시를 하는가? 우려는
당신 삶의 거의 모든 영역에 존재할 수 있음을 명심하라. 그것은 사람,
애완동물, 물건, 믿음, 시간압박 또는 문제들이 될 수도 있다. 그것은 분
명하게 발견될 수도 있고, 미묘하게 보일 수도 있다. 당신이 주의해야
할 우려의 감정은 근심, 두려움, 우울함, 걱정, 낙담, 죄책감, 질투, 스트
레스를 포함한다. 이 모든 것들은 그 강도에 있어서 가벼운 것에서부터
심한 것까지 있을 수 있다.

당신의 우려하는 마음을 객관적으로 바라보기 위해 몇 분간 시간을 내어보라. 그리고 그것을 다음에 있는 '우려사항 조사표'에 적어보라. 이 훈련은 당신에게 경종을 울리기 위해 만들어진 것이 아니다. 만약 당신 자신이 '우려'라는 주제에 대해 너무 지나치게 관심을 쏟고 있다면, 편안한 마음을 가지고 심장 주변으로 마음을 집중시켜라. 그런 다음 심장의 핵심 감정을 찾아라. 심장에 접근함으로써 당신이 가지고 있을지 모르는 근심을 완화시키도록 노력하라.

프리즈-프레임으로 우려를 관리할 수 있다

당신 자신이 우려를 하고 있다면 당신이 할 수 있는 최선의 길은 당신 심장의 힘에 접근하여 균형 잡힌 배려의 정서를 찾는 것이다. 이 과정은 당신이 현안 문제들의 중요성을 낮추고 당신이 거기에 쏟는 정서적 에너지를 줄일 것을 요구한다. 당신이 상상한 대로 프리즈-프레임은 우려를 관리하는 데 매우 효과적일 수 있다. 당신은 다음 장에서 또 다른 기술을 배우게 될 것이다. 그것은 컷-스루이다. 이것은 너무 많은 에너지를 소모하는 우려를 없애는 데 더 효과적이다.

지금 다음 쪽에 있는 프리즈-프레임 실행일지를 채워보고(4장에서 당신이 작성한 용지와 동일하다), 프리즈-프레임 실행일지 다음에 있는 '우려사항 조사표'에서 긴급한 문제 하나를 골라서 하라. 그리고 그것을 '상황'란에다 쓰고 그 다음 '머리의 반응'란에 당신이 그 상황을 어떻게 인지했으며, 그것이 당신에게 어떤 기분을 들게 했는지 적어라.

이 단계를 다 마쳤다면 이제 프리즈-프레임 기술을 적용하라. 그리고 당신의 심장에게 '어떻게 하면 우려에서 다시 진실한 배려로 되돌아

프리즈-프레임 실행일지

여기 프리즈-프레임 기법의 5단계가 있다.

1. 스트레스를 받고 있는 감정을 인정하고, 모든 것을 잠시 중단하고 시간을 내라.
2. 당신 생각의 초점을 분주한 마음 또는 혼란스러운 정서로부터 심장 부위로 이동하여 집중하기 위해 노력하라. 당신의 초점을 심장 부위에 집중하는 것을 돕기 위해 당신이 심장으로 숨을 쉰다고 생각하라. 주의의 초점을 10초 이상 계속해서 그곳에 집중하라.
3. 당신이 살아오면서 경험했던 긍정적이고 유쾌한 감정 또는 시간들을 회상하고 그것을 다시 경험하려고 노력하라.
4. 이제 당신의 직관과 상식, 성심을 다하여 '이 상황에서 무엇이 더 효과적인 반응인지, 무엇이 미래의 스트레스를 최소화할 것인지'를 당신의 심장에게 물어보라.
5. 당신의 질문에 대한 심장이 대답을 들어라.(반사적인 마음과 정서에 고삐를 죄고 상식적인 해결책을 내부의 원천에서 찾아라.)

상 황 _____

머리의 반응 _____

_____

_____

_____

프리즈-프레임 실시

심장의 직관적 반응 _____

_____

_____

_____

_____

프리즈-프레임을 실시하는 동안 나는(내 정서는) _____ 에서 _____ 으로 전환하였다.

우려사항 대조표

우려는 통제되지 않은 머리와 세포 단위의 기억들로 비롯되어 우리의 힘을 소모시키게 된다. 우려를 식별해내는 것이 그 늪에서 빠져나가는 첫 걸음이다.

우려의 감정에 포함되는 것들
- 불편함
- 혼란스럽거나 불안정한 감정
- 두려움
- 걱정
- 질투

다음 예에서와 같이 당신의 삶에서 에너지를 소모시키는 우려사항을 기입하라.
- 누군가가 당신을 어떻게 생각할까 걱정하는 것
- 대인관계의 불안함
- 금전적인 문제
- 건강상의 문제
- 업무수행 성과에 대한 고민
- 특정한 사람이나 과제, 상황 등 삶에 대한 불편한 감정

갈 수 있는지'를 물어보라. 심장이 전하는 것을 잘 듣고, 심장이 전하는 메시지를 심장의 직관적 반응 아래에 적어라. 이전의 시각과 이것을 행한 후의 시각을 비교해보라. 당신이 당신의 상황을 다루기 위해 더 효과적인 방법을 결정했는지를 살펴보라. 즉 당신이 가지고 있는 몇 가지 우려를 제거하고 균형 잡힌 배려의 정서를 다시 가질 수 있도록 하는 효과적 방법을 찾았는지를 확인하라. 가장 중요한 것은 당신의 심장이 당신에게 주는 충고대로 계속해서 따르는 것이다.

걱정하지 말라. 누구나 어느 정도의 우려는 경험한다. 그것을 제거하기 위해 분별하고 노력함으로써 당신은 큰 발전을 이루게 될 것이다. 그리고 당신이 계속해서 앞으로 나아감에 따라, 당신은 더 유익한 삶에 방해 요소가 되는, 뒤에 감추어진 수많은 스트레스원의 중심에 이르게 될 것이다.

우려와 공포의 정서

우려는 우리에게 가장 바람직하지 못한 정서상태를 내포하고 있을 뿐만 아니라 그것을 야기시킨다. 우리가 보았듯이 낙담, 죄책감, 걱정, 시기심 같은 정서들은 다른 많은 정서들과 함께 종종 우려로부터 온다. 두려움과 불안감도 그러하다. 이것들이 해결되지 않은 채 있다면 우리 내면에 쌓여 점점 커지게 된다. 흥미로운 사실은 만약 심장에서부터 우려를 다룬다면, 우리는 다른 많은 정서적 문제들도 동시에 제거할 수 있다는 것이다.

우려를 통제하지 않으면 결국 그것은 먹구름처럼 우리 삶의 모든 부분을 낮은 수준의 공포로 뒤덮게 된다. 그리고 그것을 저지하지 않는다면 점점 증가하여 결국은 공포 또는 공황의 수준으로 발전한다. 우리도 모르는 사이에 두려움은 우리를 지배하여 스스로 커져간다. 우리는 이러한 우려를 초기에 통제함으로써 많은 다른 정서적 행동을 제어할 수 있다.

우려를 잡으려면 먼저 그것을 인식해야 하기 때문에, 일반적 형태의 몇 가지를 좀더 심층적으로 살펴보자.

행동에서 나타나는 우려

보편화된 근심과 두려움에 기초한 정서들

두려움에 대해 먼저 시작해보자. 대부분의 우리들은 매일의 삶에서 높은 수준의 두려움을 경험하지는 않을지라도 근심, 걱정, 공황, 불안과 같은 근본적으로 두려움에 기초한 정서를 느낀다.

보편화된 근심은 두려움에 기초한 정서들 중에서 가장 일반적인 것 중의 하나이다. 그리고 우리는 종종 아무런 분명한 이유 없이 그것을 느낀다. 그러나 어디엔가 숨어 있어 보이지 않지만 이유가 있다. 그것은 아마 우리가 특정한 문제에 너무 지나친 관심을 쏟거나 또는 그것의 예상결과에 집착하는 것이 원인일 수 있다. 그리고 거기에는 결과가 따르는데, 그것은 습관적이거나 지속적인 근심이 불안을 조장한다는 것이다. 만약 그것을 해결되지 않은 채로 두면 두려움과 공황이 된다.

당신에게 열 살짜리 아들 하나가 있다고 하자. 그 아들은 여름캠프를 위해 방금 떠났다. 아이는 전에 한 번도 일 주일 이상 어디를 가본 적이 없다. 그러면 당신은 겉으로 나타내려 하지 않아도 불안감을 감출 수 없다. 당신의 심장은 캠프의 지도교사가 아이를 잘 돌봐줄 것이라 알고 있다. 그러나 당신이 그것에 대해 더 생각하면 할수록 더 걱정이 된다. 결국 아이는 당신에게 아무 힘없는 어린 소년일 뿐이다. 당신이 그곳에 없다면 아이는 나무에서 떨어져 목이 다치거나 호수에 빠질 수도 있다. 어떤 일이든 일어날 수 있지 않은가!

아이의 안전문제에 관한 당신의 근심은 걱정으로, 다시 두려움으로,

공황으로 매우 빠르게 진행된다. 그러나 만약 당신이 초기에 근심을 제거하는 법을 배운다면, 스트레스를 주는 호르몬으로부터 몇 시간 동안이나 포격을 당하지 않고 당신 자신을 구할 수 있을 것이다. 무엇보다도 가장 좋은 것은 당신이 불안하거나 무섭게 느끼는 것을 완전히 피하는 것이다.

업무성과에 대한 근심

우리가 자주 보아왔듯이 근심은 직접적으로 어떤 종류의 우려와 연관되어 있다. 업무수행 성과를 높이고자 하는 행동에 대한 우리의 근심은 좋은 예이다. 자신과 타인들의 기대를 충족시킬 수 있을까 하는 것에 대한 우려가 바로 그것이다. 예를 들면, 어떻게 해야 하는가? 모든 것이 잘 될까? 다른 사람들은 어떻게 생각할까? 등이 있다.

이 모든 감정과 생각들은 우리 자신의 이미지에 대한 우려 또는 개인적이거나 사회적인 기준에 부합하는지에 대한 우려로부터 왔다. 일을 잘하는 것에 대해 관심을 가지는 것은 물론 중요하다. 그러나 우리가 지나친 우려로 그 선을 넘었을 때 최초의 관심은 스트레스로 인해 손상된다. 그때 그것은 자신을 무너뜨리는 것이 된다. 왜냐하면 그것은 성과를 내기 위해 유용하게 쓰일 에너지를 소모시키기 때문이다.

경쟁이 치열한 직장에서는, 남보다 뛰어나기 위해 노력하면서 더 열심히, 더 오랫동안 일할수록 성과를 내기 위한 근심은 극에 달하게 된다. 시간의 압박, 마감시간, 의사소통의 문제, 그리고 정보관리에 관한 근심은 어디에서든 넘쳐나고, 직위, 신분, 봉급과 복리후생, 임금인상, 근무평점도 마찬가지이다.

최고 수준의 운동선수들 중에도 수행성과에 대한 근심은 매우 일반적인 문제여서 많은 심리학자들이 이러한 문제를 다루는(치료하는) 것을 업으로 삼고 있다. 스키선수들이 연습하는 눈 덮인 산 정상에서부터 메이저리그의 슈퍼스타들이 뛰는 운동장에 이르기까지 스포츠 심리학자들은 그들의 고객 곁에 함께 서 있다. 그리고 그들에게 긴장을 풀고, 집중을 하고, 운동 이외의 다른 모든 것은 마음에서 지워버리라고 상기시킨다. 그 운동선수들은 자신의 성과를 걱정하는 것[5]이 오직 운동성과를 망치는 최대의 적임을 너무나 잘 알고 있다.

높은 목표를 설정하는 것은 그것을 달성하려고 열심히 노력하는 것만큼 존경할 만하다. 그러나 그것에 대해 걱정하는 것은 에너지를 소모시켜 쇠약케 한다. 그것이 바로 우려이다.

완벽주의

완벽주의도 같은 방식으로 작용한다. 그것은 결국 낙담, 스스로에 대한 판단, 죄책감 같은 비능률적인 감정을 가지게 한다. 단순히 좋거나 예외적으로 좋은 것만으로는 마음에 차지 않는다. 그것은 완벽해야 한다. B+학점을 받는 것만으로는 충분치 않다. 왜냐하면 당신은 A학점을 원하기 때문이다. 당신이 남편이나 아내로서 사랑받고, 성공하고, 남들에게 인정을 받는 것엔 별 관심이 없다. 그저 당신은 작은 흠 하나 없이 완벽해야 한다. 완벽주의도 지나치면 우려가 된다.

당신이 어머니를 위한 생신잔치를 계획하고 있다고 하자. 당신의 어머니는 곧 80세 생신을 맞이할 것이다. 그리고 당신은 모든 것을 완벽히 준비하기를 원한다. 왜냐하면 당신은 언제나 완벽한 자식이 되기 위해 노력해왔기 때문이다. 아마 지난 몇십 년 동안에 당신은 완벽해야 한다는 가르침을 받았을 것이고, 언제나 가장 높은 기준을 충족시켜야 한다는 무의식적 우려 속에 살면서 그 목표를 이루어냈을 것이다.

당신은 언제나와 같이 우려를 하면서 잔치계획을 세운다. 그러면서 당신은 여러 가지 걱정을 한다. 레스토랑에 요청한 좋은 테이블을 얻을

---

5) 지나친 걱정은 흔히 "과연 내가 그런 기록을 낼 수 있을까?" 하는 자기제한(Self-imposed Limitation)을 만들어내고, 이것이 최대의 성과를 위해 도전하게 하기보다는 주저하게 만들어서 성과를 떨어뜨린다.

수 있을까? 항상 모임에 늦는 것으로 악명이 높은 오빠나 형님이 이번에는 제시간에 나타날까? 어머니가 즐거운 시간을 가지실까? 완벽한 생신 잔치를 준비했다는 칭찬과 감사를 들을 수 있을까? 당신은 점점 더 많은 걱정을 하고, 모든 세부사항들을 잊지 않고 신경써왔는지를 생각한다. 모든 것은 당신이 계획한 대로 정확히 진행되어야만 한다. 그렇지 않으면 잔치는 실패한 것이 되고 만다.

우려한 대로 당신의 오빠나 형님은 늦게 도착한다. 당신이 쏟은 지나칠 정도의 관심은 그의 시간관념에 아무런 영향을 미치지 못한다. 그가 겨우 일 분을 늦었을 때 당신은 화가 나고 그를 판단하기 시작했다. 당신은 규정 속도보다 차를 빨리 몰지만 레스토랑에는 예약시간보다 늦게 도착한다. 그리고 당신은 자신이 예약한 테이블은 이미 누군가가 차지한 것을 발견한다. 당신은 이것이 너무나 일상적인 일이라 생각한다.

그렇지만 당신의 어머니는 좋아 보인다. 그녀는 아이들과 즐거운 시간을 보내고, 모두가 그녀에게 특별한 밤을 선사하기 위해 많은 신경을 써준 것에 감사를 느낀다. 그녀는 자신이 어떤 의자에 앉을지에 대해서도 지나치게 신경을 쓰지 않는다. 그러나 당신은 실망과 낙담을 느낀다. 이 특별한 날에 당신의 어머니에게 줄 풍부한 사랑이라는 꽃다발 대신 당신은 오직 성실한 의도의 잔재만을 가지고 있다. 그리고 그것들은 지금 실망과 분노로 뒤범벅되어 있다.

당신의 배려는 자신의 우려 때문에 의도된 효과를 얻지 못하고 완벽주의의 그늘 아래 묻히고 만다. 그리고 당신은 에너지를 소모시킨다. 만약 심장이 주는 안도와 유연성, 정서적 균형을 좀더 가졌더라면 당신은 그런 식으로 자신에게 해를 입히지는 않았을 것이다.

지나친 집착

집착은 우리의 균형 잡힌 시각을 잃게 할 정도로 어떠한 사람, 장소, 물건 또는 생각에 우리를 속박하는 감정이다. 어머니란 존재는 자식들에게 당연히 집착이란 감정을 가지게 한다. 그러나 만약 그녀가 자신의 자식들과 떨어지는 것을 견딜 수 없다는 점에 집착한다면, 그녀의 집착은 의존성을 가중시키고, 자신과 자녀의 불안감과 불행을 촉진하는 종속관계를 조장한다.

배우자와 사랑하는 사람은 서로에게 자연스런 집착을 가지고 있다. 우리의 배우자가 우리 안에서 타오르게 하는 감정, 그 또는 그녀가 주는 마음의 후원과 안도감, 이런 것들은 굉장히 큰 자산이 될 수 있다. 그러나 만약 우리가 이러한 집착에 의존적이 된다면, 우리는 힘의 중심을 잃게 된다. 다른 사람이 하는 (혹은 하지 않는) 모든 것은 안정감 (혹은 불안정의) 원천이 된다. 이 바람직하지 않은 근거를 가지고 있는 안정은 우리 자신과 우리의 배우자에 대한 인식을 왜곡시킨다. 그것은 잘못된 안전의식이다. 비교, 질투, 손해에 대한 두려움, 그리고 실질적인 손해는 대부분 이것들의 결과이다. 우려에 이끌린 집착으로는 대인관계가 발전하지 못한다.

우리는 태도와 습관에 대해서도 집착을 가질 수 있다. 예를 들면 이른 아침 모닝커피를 마시는 습관에 빠져 있거나, 옷을 특정한 방향으로 개거나, 또는 우리의 의견을 너무나 완고하게 고집하기 때문에 양보하는 것을 싫어한다. 만약 어떤 것이 우리의 일상적인 일에 끼어들면, 우리는 그것이 결국 정당화될 만한 두려움에 우리를 내던지는 것을 허락하게 된다. 바로 그때 우리는 자신의 방식에 고착되기 때문에 건전한 유연성을 상실한다. 그러나 우리 모두는 결국 유연성은 아무것도 파괴하지 않는다는 것을 안다. 우리의 태도와 일상에 집착하는 것은 혼란이 일어나기만을 기다리는 것과 같다.

비즈니스 세계에서 기업들은 요즘 수백만 달러를 들여 직원들에게 '틀에 박힌 사고에서 벗어나도록 하는 훈련'을 실시하고 있다. 여기에서 '틀'이라는 것은 융통성 없이 굳어진 마음과 인식의 범위를 확대시킬 수 없는 무능력으로 이루어져 있다. 생각이나 일 처리 방식에서 어느 것에 집착하는 것은 새로운 가능성을 제한시키고, 마치 우리를 어떤 틀 안에 가두는 것과 같은 느낌을 줄 수 있다. 그 틀에서 빨리 빠져나오는 방법은 심장과 머리가 협동해서 일하도록 개발함으로써 가능해진다.

기대되는 결과나 성과에 집착하는 것 또한 지나친 우려의 상징이다. 우리가 기대에 집착할수록 우리 자신을 낙담시킨다. 만약 삶이 우리에게 어떻게 긴장을 푸는지를 가르치려는 의도라면 이것이 완벽한 기회가 될 수 있을 것이다. 기대를 충족시키지 못하는 것의 좋은 점은 그것이 우리의 집착에 대해 다시 생각하게끔 만든다는 점이다.

우리가 우려를 식별한 후에 진실한 배려의 감정을 되찾으러 내면의 조절을 한다면, 우리는 소모적인 감정을 지지하는 기초를 제거할 수 있다. 이 하나의 행동만으로도 우리를 균형의 상태로 되돌려놓는다. 그것은 정서관리의 효과적인 접근법이다. 왜냐하면 그것은 많은 정서적인 문제들의 근본원인으로 우리를 인도해주기 때문이다.

가끔 당신이 정서적으로 균형을 벗어났다고 느낄 때 자신의 부조화를 이루는 감정 뒤에 숨어 있을 법한 어떤 우려를 찾아내기 위해 자신의 신체 시스템을 점검하라. 일단 당신이 어떤 모습으로든 우려를 발견했다면 당신의 심장으로 가서 우려에 대해 무엇인가를 하라.

우려의 부산물들

걱정과 근심, 불안감은 분명 자제력을 잃은 배려의 결과이다. 비록 이 감정들이 우리 자신도 모르게 다가올지라도 우리는 일반적으로 그것들이 거기에 있다는 것을 안다. 그러나 많은 우려 중에서 미묘한 것들은 우리도 모르는 사이에 우리의 관념세계로 들어간다.

대부분의 사람들은 예상과 기대, 비교를 우려로 생각하지 않기 때문에 관리가 필요한 것으로 생각하지 않는다. 이러한 형태의 정신적인 우려들은 좀더 두드러진 불쾌한 감정들의 배후에 숨어 있는 범인들이다. 결국에는 그것들이 우리 신체에서 큰 에너지 소모를 일으키고, 우리 신체를 고장 나게 한다. 마크 트웨인이 말하기를 "나의 삶에는 많은 비극들이 예상되어 있었다. 그러나 그것의 절반만이 실제로 일어났다"라고 했는데, 그가 말한 비극이란 관리되지 않은 예상이 우리에게 가져올 수 있는 비극을 말한다.

미래에 대한 예상

우리는 미래에 대한 자신의 생각이나 심상(心像)을 묘사하기 위해 '예상'[6]이라는 용어를 사용한다. 우리는 매일 미래에 대한 수천 가지의 생각을 한다. 그것은 한 주간 동안의 쇼핑 리스트 작성에서부터 다음 주에 가질 비즈니스 미팅의 계획까지 다양하다. 삶을 지속하는 데 더없이 소중한 우리의 장기 목표는 필연적으로 우리의 미래에 투영된다. 희망과 꿈은 우리가 미래에 대해 열정적인 자세를 유지시켜준다. 그러나 우리의 예상에 두려움과 근심이 동반되어 있다면 그것은 전혀 다른 무엇이 되어버린다.

예상은 막대한 감정의 소비를 일으킨다. 그러나 우리는 일반적으로 그러한 감정들의 에너지 소모가 얼마나 심한지 알지 못한다. 예상에 관한 가장 큰 문제는 그것들의 축적되는 영향력이다. 우리 중 대부분이 예상을 문제로 인식하지 않는다. 결국에는 미래에 자신의 생각을 투입한다. 그것들은 우리가 긍정적인 미래를 창조하기 위해 필요한 에너지를 한 방울씩 소모한다. 결과적으로, 우리는 자신의 질적인 삶을 영위

---

6) Projection을 말하며, 여기서는 심리학적인 용어가 아니고 일반적인 용어로 단지 미래에 대한 예측, 예상, 전망을 말한다. 심리학에서 Projection은 투사를 의미하며, 자신의 생각이나 느낌, 충동, 특성을 다른 사람에게 귀인시키는 과정을 말한다. 예를 들면 공격적인 사람은 다른 사람들이 자신에게 공격적이라고 생각하기 쉽다.

하는 데 충분한 에너지를 가지지 못한다. 외관상으로는 모든 것이 다 괜찮아 보이지만, 무언가는 여전히 결여되어 있다.

만약 우리가 구멍이 생긴 통에 물을 가득 채워서 사막을 건넌다면, 물이 필요할 때는 마실 수 있는 물이 조금도 남아 있지 않을 것이다. 구멍이 더 많을수록 물은 더 빨리 고갈된다. 그러나 하나의 작은 구멍으로도 물이 다 빠져버릴 수 있다. 열댓 걸음이나 십여 리도 못 가서 물동이가 바닥나게 할 그러한 구멍은 바로 '예상'일 수 있다.

대부분의 우리들은 하루 종일 낮은 수준의 예상을 하며 살아간다. 비록 물통 안의 작은 구멍들처럼 개별적으로는 그것이 큰 문제가 아닌 것처럼 보이지만, 그 물통의 물이 빠져 마르게 하는 데는 오직 하나의 구멍이면 충분하다는 것을 기억하라.

에너지의 변환에는 이유가 있어야 한다는 것은 물리학이다. 여기서도 같다. 우리가 자신의 두려움과 불안함을 미래에 투입함으로써 불안과 두려움을 확대해갈 때, 더 큰 에너지 소모를 일으키는 더 많은 두려움이 우리에게 밀려오도록 촉진하는 것이다. 만약 이 두려움들을 믿는다면 우리는 가장 두려워하는 것을 스스로 창조하도록 실제로 돕는 것이나 마찬가지다.

한번 생각해보기 바란다. 얼마나 많은 에너지가 "어떻게 일이 될 것인가?"를 걱정하는 데 소모되는지? 얼마나 자주 우리는 "시간이 충분히 있을까?" "중요한 마감일을 맞출 수 있을까?" "누군가와 대화가 불가능하게 되지 않을까?"라는 예상을 하는가? 이 예상과 우려가 얼마나 많은 것을 우리에게 요구하는가? 이러한 에너지의 소모는 일단 시작되면 스스로는 멈출 수 없다. 그것들을 발견하고 멈추는 것은 우리에게 달려 있다.

당신이 여행을 가기 위해 집을 떠나 1킬로미터를 달린 후 갑자기 가스레인지를 껐는지 그렇지 않은지에 관해 걱정하기 시작한 경험이 있지 않은가? 당신은 그것에 대해 거의 확신을 가지고 있다. 그렇지만 만약 그것이 아직 켜져 있다면……? 만약 당신이 정말로 가스레인지를 켜고 나왔다고 생각할 만한 이유가 있다면 그에 대한 행동을 취하는 것이 적절한 반응이다. 차를 멈추고 이웃에게 전화라도 해서 봐달라고 할 수 있다. 이것이 무리가 없고 책임감 있는 행동이다. 그러나 만약 당신이 구체화되지도 않은 '예상'을 기초로 당신 집 전체가 불에 타서 쓰러져가는 것을 상상하고 있다면, 당신은 지나친 예상을 하고 있는 것이다. 그리고 당신을 초조하게 하고 걱정스럽게 하는 것은 당신 내면의 자산/손실대조표에 손실로 등록될 것이다.

우리는 또한 삶의 성공이나 성취감을 얻는 것, 좋은 배우자를 만나는 것, 좋은 직장을 얻는 것, 잘 순응하도록 아이를 기르는 것과 같은 장기적 문제들에 대해서도 예상할 수 있다. 우리의 미래를 생각하는 것만으로도 충분하다. 단지 그 생각이 우려나 (자신과 타인의 안전에 관한) 두려움으로 변하지 않는 범위 내에서이다. 이런 종류의 예상은 자신뿐만 아니라 누구에게도 아무런 도움이 되지 못한다.

여기 또 다른 흥미로운 예가 있다. 우리는 이것을 '지레짐작'이라 부르길 좋아한다. 당신은 한 번이라도 "내 장래는 당연히 잘 풀릴 거야. 그런데 나는 언제 이러한 상황이 끝날지, 언제 안 좋게 변할지 걱정이 많아"라고 생각하는 자신을 발견한 적이 있는가?

우리가 좋은 시절을 보내고 있는 중에도 아무런 실제적 근거 없이 무엇이 일어날지에 대해 우려하거나 또는 예측함으로써 고의로 우리의 행복을 파괴할 수 있다. 불운을 기다리는 생각과 감정들은 빠른 속도로 우리의 마음을 통해서 전파된다. 무엇이 우리를 건드렸는지 알지도 못한다. 그것을 깨닫지 않고서는 우리의 생각이 현재상황에 대해 최대한으로 감사할 수 있는 능력을 방해한다.

이상적인 예상은 어떠한가? 우리는 아주 멋진 새로운 직업이나 환상적인 휴가를 상상한다. 그리고 우리의 희망과 에너지를 그곳에 모두 투자한다. 그런 다음 현실이 우리의 예측과 일치하지 않는다면 우리는 결국 황폐화된다.

대부분의 사람들에게, 결과에 대한 예상은 무의식적인 반응이다. 사실 모두가 정도는 다르지만 이러한 행동을 한다. 그것이 그렇게 나쁘지는 않지만 당신의 예상을 관리하는 법을 배우는 것이 더 현명한 행동이다.

장래에 관한 생각과 감정은 미묘한 것이므로 당신의 심장에게 '그것들을 제대로 볼 수 있도록 도와달라'고 요청하라. 그것을 관찰하면서 그것들과 동일시[7]하지 않도록 노력하라.

중립을 지키고 당신의 심장지능이 자신에게 다른 시각을 보여주도록 허락하라. 예상이 일어날 때 그것을 멈추기 위해서는 미세하게 조정된 정서관리가 필요하다. 그런 다음 실제로 일어날지 혹은 일어나지 않을지도 모르는 미래의 일에 대해 예상을 하거나 또는 걱정을 하지 않으면 당신은 현재의 삶을 감사할 수 있게 된다.

기대는 슬럼프로 이어진다

우리는 일반적으로 가족이나 동료, 심지어 레스토랑의 웨이터로부터도 존경과 좋은 매너로 대우를 받게 될 것이라고 당연히 기대한다. 사람들이 실제로 우리를 좋게 혹은 그렇지 않게 대하는 것과 상관없이 우리 모두는 기대를 가지고 있다. 우리는 또한 우리의 노력으로부터 예상 가능한 결과를 기대한다. 우리는 회의가 제시간에 시작될 것이라 예상한다. 우리는 사람들이 자신들이 말한 대로 행동할 것이라 예상한다. 그리고 일이 잘못되었을 때 우리는 스트레스를 느낄 권리가 있다고 느낀다. 그리고 우리 모두는 너무 자주 이런 다양한 예상에 지배를 받는다.

우리가 '삶이 우리의 기대에 순응할까' 하는 걱정을 너무 많이 할 때 우리는 자신을 낙담시키기 시작한다. 우리 모두가 알듯이 삶은 단

---

7) Identification을 말한다. 즉, 자신보다 우월하거나 강한 타인의 특질을 자신의 것으로 내면화함으로써 자신의 나약함을 은폐하려는 것을 말한다.

순히 그렇게 불평거리가 아니다. 현실은 결국에는 종종 우리의 기대를 저버린다. 우리가 느끼는 낙담은 우리를 절망하게 만든다. 이것은 그후 슬럼프가 된다. 마치 우리가 피해자인 것처럼 느낀다. 이 모든 것은 우리의 육체의 대가를 요구하고, 부정적으로 우리의 수명에 영향을 미친다.

기대는 또한 비난으로 이어지게 된다. 이것은 많은 에너지를 소비하고 어떤 것도 고치지 못한다. 그것은 문제를 계속해서 더욱 악화시킬 뿐이다. 비난은 비난하는 자를 지치게 한다. 가장 큰 소모를 가져오는 것은 비난받았다는 생각이 아니라, 비난을 정당화하는 정서적 에너지와 비난에 부여하는 의미이다.[8]

수십 년 전 내가(다) 학교를 졸업하고 가구 공장에 취직한 적이 있다. 어느 날 차가 고장이 나서 몇 주간 나는 다른 사람과 함께 출근해야 했다.

내가 우리집 사이로 내려가는 골목길 중간에 있으면 그가 나를 시간에 맞춰 태워주기로 약속했다. 나는 내 차를 고치는 동안 그에게 의지할 수 있다는 것에 기뻤다.

비가 쏟아지는 어느 날 아침 나는 그가 나를 태우러 오기를 기다리며 진흙이 튀기는 도로를 따라 터벅터벅 걷고 있었다. 나는 비에 조금씩 옷이 젖으면서도 그가 나타나기를 기대하며 걷고 있었다. 그는 그날 내가 그를 기다리고 있는 것을 알고 있으면서도 결국 나타나지 않았다. 나는 그를 믿을 수가 없었다. 나는 너무나 실망해서 혼란스러웠다.

히치하이킹을 하려는 시도도 실패로 끝나고 나는 결국 낯선 이의 집 문을 두드렸다. 나는 비에 젖어 물을 뚝뚝 흘리면서 전화로 콜택시를 불렀다. 그리고 나는 그날 이후로 택시를 타기로 마음을 바꾸었다. 나는 그 일 때문에 그에게 메시지를 남겼지만 그는 아무 설명도 해주지 않았다.

---

8) 비난받은 (객관적인) 사실에 대한 생각이 아니라 비난을 어느 정도 심각하게 받아들이느냐 하는 (주관적인) 인식이 중요하다는 뜻이다.

내가 마침 나의 차를 다시 찾았을 때 그를 우연히 만났고, 그에게 속마음을 털어놓았다. 내가 그에게 이야기했던 말 중 어느 것도 그가 나를 실망시키기 전, 잠시 동안 아무 실수 없이 나를 태워주었던 사실에 대한 감사는 없었다.

그는 비 오는 그날 아침 타이어가 펑크 나서 나에게 알려주기 위해 전화를 했었다고 말해주었다. 우리 사이의 틀어진 관계를 바로잡기 위해 그는 나에게 심지어 그가 갈아낀 새 타이어의 영수증도 보여주었다. 나는 너무나 오랫동안 그에 대한 원망을 가지고 있던 내가 얼마나 어리석었는지를 깨달았다. 삶의 예상치 못한 일들에 대해 충분히 고려하지도 않고 나의 이상적인 기대 때문에 나는 참된 친구를 잃을 뻔했다.

당신의 기대가 얼마나 이상적으로 흐를 수 있는지를 생각할 때 그것은 뜻밖의 것이 된다. 그것은 삶이 당신이 원하는 대로 되리라는 것에 대한 환상일 뿐 그 이상은 아무것도 아니다. 우리는 모든 것이 어떻게 밝혀질지 통제할 수 없다. 그리고 심지어 모든 것이 잘되어가고 있을 때도 때로는 우리 스스로 일을 망치곤 한다. 어떻게 우리가 다른 사람들에게 자기 자신에게보다 더 높은 기준을 적용시킬 수 있는가?

기대가 주는 긍정적인 힘은 심장을 통해서 발견된다. 그러나 그 기대의 긍정적인 힘은 설령 그 기대가 성취되지 못했고, 더 새롭고 더 실제적인 시각을 가지지도 못했고, 손실을 줄이지도 못했다고 하더라도 당신의 기대를 낮출 수[9] 있는 능력만큼의 긍정적인 효과를 얻는다.

비교는 올바른 시각을 잃게 한다

여기에서 말하는 비교란 우리 자신을 다른 사람들과 저울질하는 것을 의미한다. 그것은 우리 자신이 누구인지, 자신이 무엇을 가지고 있는지, 자신이 어떠한 존재인지를 다른 사람들과 비교하고 저울질 하는

---

9) 기대가 크면 실망도 크고, 기대가 현실적인 만큼 만족도도 높아지므로 지나친 기대를 없애는 것이 중요하고, 이것은 심장의 도움으로 가능해진다는 의미이다.

것이다.

비교를 하게 되면 우리 자신의 불안함과 연약함이 정서적인 스트레스를 일으킨다. 예를 들면, 우리는 다른 사람들처럼 똑똑한지 또는 아름다운지, 또는 그렇지 않은지에 관해 지나친 우려를 하고, 우리 자신의 좋은 재능을 보는 시각을 잃게 된다. 우리는 다른 사람들이 가진 것과 그들의 성취들, 즉 그들의 자동차, 가족, 집, 직업 등을 시기할 수 있다. 그리고 만약 우리가 비교하는 것을 멈춘다면 우리도 자신의 삶에서 행복할 수 있다는 것을 까마득히 잊을 수 있다. 이런 종류의 비교를 느끼는 것은 매우 성공적인 역할 모델을 가지거나 다른 사람들에게 건강한 존경심을 가지는 것과는 매우 다르다.

지위와 신분은 일반적으로 비교대상이 되는 것들이다. "나는 그가 가지고 있는 만큼의 돈과 명성을 가지고 있는가?" "우리 아들이 우리 이웃의 딸처럼 좋은 대학교에 갈 수 있을까?" "나도 내 동료처럼 코너의 사무실[10]을 가질 가치가 있지 않은가?" "내가 하는 일이 나의 친구의 일만큼 중요하지 않은가?" 이 모든 의문들이 '우리가 가지고 있는 것'과 '다른 사람들이 가지고 있는 것'을 비교하고 우려함으로써 생겨난다.

만약 우리가 이전 단계의 훈련에서 진실한 조사를 해봤다면 우리는 아마 지금 우리가 가졌다고 생각한 것보다 더 많은 것들을 가지고 있다는 것을 알 것이다. 그래도 여전히 우리는 더 많은 것을 원하고, 더 많은 것들을 가질 권리가 있다고 생각한다. 이것은 부분적으로 성장과 성취를 위한 동기부여가 된다. 그러나 비교는 올바른 시각을 잃게 만들고, 우리가 가지고 있는 모든 것에 대한 감사를 멈추게 한다.

어머니가 돌아가셨을 때 상당한 양의 재산과 주식, 동산을 물려받은 친구가 있었다. 그의 동생도 같은 가치를 상속받았다. 그러나 그 동생은 어머니의 결혼 다이아몬드 반지도 받았다. 형이 그것에 대해 알았을

---

10) 구석에 위치한 (그래서 양면이 창문으로 된) 사무실과 지정된 주차 공간, 지정된 비서가 지위의 상징으로 여겨진다.

때 형은 기분이 좋지 않았다. 그는 왜 동생이 그 결혼반지를 받게 되었는지에 대해 망상에 사로잡히기 시작했다. 그것은 어머니에게 너무나 소중한 반지였다. 그렇다면 어머니가 그보다 그의 동생을 더 좋아했다는 것을 의미하는 것일까? 그는 극심한 혼란상태에서 유산에 대한 의문을 품기 시작했다. 그리고 어머니의 결정에 대해서도 의문을 품기 시작하였다. "내 동생에게는 농장을 물려줬는데, 왜 나에게는 집을 물려줬지? 농장이 더 좋은 것인가? 어머니가 무얼 말하려고 했지?"

우려가 그의 시각을 왜곡했기 때문에, 그는 아무 악의가 없는 것을 자기 의도대로 보았다. 즉 모든 풍부한 유산을 잠재적인 고통의 근원으로 보기 시작했다. 비참한 몇 주가 지난 후, 그는 점차 이러한 인식을 버리고 어머니의 결정을 편안하게 받아들였다. 그는 어머니의 사랑을 정말로 의심하지 않았음을 깨달았다. 그리고 사실 그는 그것이 반지든 아니든 상관없이 굉장히 좋은 것들을 어머니로부터 물려받았다.

만약 비교로 인해 우리가 자제력을 잃게 된다면, 우리는 질투와 시기를 느끼게 된다. 그것은 비난, 분노, 심지어 증오와 같은 다른 해로운 감정이 자라날 비옥한 토양이 된다. 이렇게 생각해보자. 우리는 무엇인가에, 그리고 누군가에 관심을 가질 수 있다. 그러나 단 하나의 시기심으로 인해 우리는 결국 분로를 느끼게 되거나 자신이나 무엇인가를, 심지어는 사람을 증오할 수 있다. 바로 이것이 통제되지 않은 우려가 가지고 있는 잠재적 해악이다.

우려 때문에 우리의 관심은 다른 사람과 비교해서 우리가 무엇을 가지지 못했는가에 초점이 맞추어지게 된다. 우려는 우리가 가지고 있는 것에 대한 감사를 감소시킬 뿐만 아니라 우리의 자존심과 스스로에게 감사하는 마음을 심각하게 떨어뜨린다. 물론 해결책은 더욱 강한 내면의 안정감을 기르는 것이다. 이대 심장지능이 안정감을 이루도록 도와준다. 그러나 그것은 하루 만에 이루어지는 것은 아니다.

만약 당신이 자신과 다른 사람들 사이에서 바람직하지 못한 비교를 하는 버릇이 있다면, 당신은 자신을 너무나 엄격하게 바라보는 버릇이 있다. 당신이 아는 모든 사람들보다 당신이 모든 면에서 더 나쁜 경우는 있을 수 없다. 그래서 당신이 비교해온 우려의 대상에 대해 변화를 꾀하려고 마음먹은 순간부터 긍정적으로 변하는 것이 중요하다. 당신 자신에게 관심을 더 가져라. 비교를 멈추는 최고의 방법은 점진적으로 그렇게 하는 것이다. 우리의 가족, 학교, 사회로부터의 사회적 프로그래밍[11]이 우려를 낳게 한다는 것을 깨닫는 것이 중요하다. 즉각적인 성공을 기대하는 대신에 점차 나아가면서 얻는 진보에 대해 자신에게 감사함을 느껴라.

예상, 기대, 비교에 대처하는 법

우리의 우려가 지혜 및 심장의 배려와 균형을 이루며, 예상, 기대, 비교를 처음부터 억제하였을 때, 우리는 인간의 연약성에 대한 생각의 여지와 삶다워야 할 삶에 대한 생각의 여지를 남긴다. 성숙해진다는 것은 모든 것이 우리의 기대에 부합될 것이라고 기대하지 않는 것을 말한다. 그 깨달음은 우리가 우려로 빠지지 않고 본질에 대해 진심으로 관심을 가지도록 돕는다.

여기에 예상, 기대, 비교를 배제하는 데 도움을 줄 5가지 팁이 있다.

1. 당신의 생각과 느낌들을 주의 깊게 지켜보고, 어느 부분에서 규칙적으로 당신이 우려를 경험하는 경향이 있는지를 찾기 위해 진실로 노력하라.
2. 당신 자신이 건강하지 못한 예상, 기대 또는 비교를 경험하고 있음

---

11) 사회적으로 어떤 한 집단에 속하게 되면, 그 집단의 규범에 영향을 받아 그 집단이 기대하는 바람직한 방향대로 행동하려는 경향을 말한다.

을 발견했을 때, 이 에너지 적자들은 당신의 비축된 에너지를 소모
시키는 것임을 기억하라. 이러한 자각은 그것들을 뛰어넘기 위해
필요한 동기를 당신에게 부여한다.

3. 당신의 시각에서 예상하고, 기대하고, 비교하는 생각과 정서들의
중요성들을 조금 낮추려고 노력하여라. 그것들은 일반적으로 보이
는 것처럼 그렇게 중요하지 않다.

4. 당신 자신이 어떠한 우려를 경험하고 있는 것을 발견하였을 때, 그
것을 멈추려고 노력하고 간단한 프리즈-프레임을 하여라. 그리고
어떻게 우려를 진실한 관심으로 변환시키는지를 보여달라고 당신
의 심장에게 요청하라. 당신의 심장지능과 연결되면 당신이 겪는
문제들을 더 광범위한 시각으로 바라보도록 허락할 것이며, 당신이
관심을 가져야 할 새로운 방향을 제공할 것이다.

5. 감사라는 심장의 핵심 감정을 활성화하라. 상황 또는 문제들을 자
신과 지나치게 동일시하는 대신 그것을 있는 그대로 평가하라. 그
리고 이러한 발견하기 힘든 우려와 관심을 발견할 지각을 가진 것
에 대해 자신에게 감사하라.

자신과 다른 사람들을 더 배려하는 법을 배우는 것은 결코 완벽해지
거나 우려를 경험하지 않으려는 것이 아니다. 그 배려는 즉각적으로 이
루어져 영원히 지속되는 것도 아니다. 당신의 삶에서 우려를 제거하기
위해서는 시간이 필요하다. 그리고 그 과정은 계속 진행되는 것이다.
그러나 우려를 찾기 시작하면서부터 그것으로부터 당신 자신을 자유롭
게 하기 시작한다는 것은 실제로 흥미롭다.

당신의 심장지능에 더 쉽게 접근이 가능할수록 당신은 자신의 생각
과 감정으로부터 모든 우려의 가능성을 찾지 않아도 된다. 심장으로부
터의 신호는 더욱 분명하고, 당신을 자극하지 않으면서 당신의 배려가
언제 우려로 변했는지를 알게 해준다. 매번 당신이 우려를 제거하였을

때 그것이 사라진 안도감은 매우 대단할 것이다. 그리고 당신은 다음번에 우려를 더 쉽게 다루게 해줄 힘을 비축하게 될 것이다.

곧 당신은 우려를 진실된 배려로 변환시키는 것이 자신이 경험할 수 있는 가장 가치 있고 반복되는 성취 중 하나임을 발견할 것이다. 우려를 없애는 것은 당신이 상상하지 못했던 방식으로 당신 삶의 가치를 높여주는 자조적 행동이다. 그것은 또한 당신이 중요한 사람과 사회적 문제들을 총명하게 다루기 위해 필요한 능력을 높여준다.

종종 세미나를 열 때면 우리는 자신을 배려하는 법을 익히는 이야기를 한다. 대부분의 참가자들은 그 개념을 좋아한다. 단지 그 아이디어는 우리의 영혼에 유익하고 영양을 공급하는 것처럼 느껴진다. 우리 중 대부분은 우리 자신에게는 인색하고 엄격해야 한다고 가르침을 받았다. 우리 자신을 걱정하기 위해 시간을 할애한다는 것은 사치스럽게 보인다.

경험의 부족 때문에 자신에 대한 배려로 처음으로 떠오르는 생각은 매우 간단하다. "내 애완견을 끌어안은 것은 나를 너무나 기분 좋게 만들어서 난 그것을 더 자주 할 거야" 하고 말하거나, "나는 초에 불을 붙이고 욕조에 뜨거운 물을 받아서 오랫동안 목욕을 할 거야" 하고 말할 것이다. 그러나 자기 자신을 배려하는 것은 이것보다 더 깊은 의미를 지닌다.

하루 동안 아무 이유 없이, 자신을 위한 사랑을 일깨우기에 충분할 정도로 당신 자신에게 관심을 가지고 있음을 당신의 심장에 강한 메시지를 보내보라. 일단 심장이 당신에게 무슨 일이 일어났는지를 알게 되면, 심장은 당신이 사랑을 일깨우는 것을 도와주기 시작할 것이다. 이것은 자기중심주의가 아니다. 이것은 자신의 건강을 지키기 위한 것이다. 마음의 시끄러운 소음으로부터 한 발 뒤로 물러나는 것, 그리고 자신을 향한 더 깊은 배려로 당신 자신에게 동기를 부여하는 것은 우려와 다른 에너지의 소비원의 제거를 더 빠르고 고통 없이 하게 해준다. 자신을 향한 배려를 가지고 있으면 당신은 자신을 배려하는 능력을 배가하게 될 것이고, 결국 그것은 당신 자신에게, 당신이 사랑하는 사람들에게, 또 당신 주변의 세상 모두에게 자연스럽게 흘러갈 때까지 증강할 것이다.

사랑과 관심으로 돌아오라

배려는 사람들이 깨닫고 있는 것보다 훨씬 귀중하고 필수적인 자원이다. 그것은 인간의 시스템을 진정시키는 강장제처럼 당신과 당신의 행동에 원기를 회복시켜준다.

그런데도 사람들은 그들이 배려할 에너지를 우려로 탕진한다. 그후 그들은 지치게 되고 결국 무관심해지게 된다. 많은 개인적인, 대인간적인, 그리고 사회적인 문제들은 인류가 더 많이 성숙된 배려라는 감각을 개발함으로써 해결될 것이다. 가장 낮은 수준에서 사람들이 열망하는 것은 사랑과 관심이다. 이러한 것들을 사람들에게 주라. 그러면 당신은 그것들을 받게 될 것이다. 당신이 다른 이에게 배려하는 행동과 활동들을 통해서 당신은 진실로 세상으로부터 명성을 얻게 될 것이다.

대부분의 사람들이 남에게 배려하지 못하는 것은 우려 때문이다. 우려는 왔다가 사라졌다가 할 것이다. 그러나 우려의 감정으로 들어가기 위해서는 우리는 우선 배려하는 감정을 가져야 한다는 것을 기억하는 것이 중요하다. 그것은 가는 로프 위를 걷는 것과 같이 균형유지에 관한 것이다. 그리고 심장은 우리가 그 균형을 유지하도록 도와준다. 그리고 심장의 배려가 우리에게 주는 '원기를 회복시키는 따뜻함'과 '위안을 주는 힘'이 사라지지 않게 우리의 배려를 표현할 수 있도록 허락해준다.

오늘날의 문화에선 우리 자신을 위하거나 문제들을 해결하기 위한 무의식적인 우려가 너무나 무성해서 사회 문제가 되었다. 그것은 스트레스를 대량으로 일으키며 사람들과 사회에서 너무나 많은 비통일성을 일으키기 때문에 인간의 에너지 소모를 촉진하는 목록 중 최고의 자리를 차지하고 있다. 이 스트레스 요인을 제거하는 중요성은 아무리 강조해도 지나치지 않다.

배려는 직관으로 인도한다. 그때 우려가 나타나 우리가 가야 할 길도 남겨놓지 않고 배려가 닦아놓은 길을 다 망쳐버린 채 우리를 떠난다. 바로 이것이 우려로 인해 지치면 아무것도 할 수 없는 이유이다. 배려는 우리의 사회생활 가운데에서 우리 영혼의 표현 통로를 제공한다. 우리가 더 많은 진실된 배려를 가질수록 우리는 우리 자신과 타인에 대해 더 많이 알게 될 것이다. 배려는 우리의 잠재력을 발견하게 하고, 그것을 실현시키는 열쇠를 제공한다. 우리의 실제 모습과 우리가 될 수 있는 모습 사이를 연결해주는 다리는 바로 심장이다. 그곳에서 우리는 분명하게 표시되어 있는 '배려'라는 다리를 찾을 수 있다.

기억해야 할 키포인트

···› 배려는 매우 강력한 동기부여자이다. 그것은 우리에게 활기를 주고, 부드럽게 안심시킨다. 관심은 주거나 받거나 기분 좋은 것이다.

···› 연구에 의하면 배려라는 감정은 면역 시스템을 증강시킨다. 반대로 분노라는 감정은 면역 시스템을 매우 약하게 한다.

···› 걱정, 근심, 미래에 대한 예상 그리고 기대로부터 집중적인 공격을 받으면 심장으로부터 나온 배려는 우려로 가치가 떨어진다.

···› 우려는 배려가 주는 힘을 빼앗고 그것의 효과를 떨어뜨린다. 문제들은 걱정을 통해서가 아니라 우리가 더 많은 명료함과 통일성을 얻을 때 해결된다.

···› 수많은 사람들이 우려로 인한 고갈과 피로감으로 괴로워하고 있다. 그들은 너무나 많이 배려하였고, 그래서 더 이상 관심을 가질 수 없다고 느낀다.

···› 저지되지 않은 우려는 결국 당신 삶 전체 위로 먹구름처럼 드리울 낮은 수준의 두려움을 일으킨다.

···› 심장의 신호는 만약 당신이 기꺼이 그 신호를 듣는다면 당신의 배려가 언제

우려로 변하는지를 알게 해준다. 매번 당신이 우려를 제거할 때마다 그 고통으로부터의 해방감은 굉장하며, 당신은 다음번의 우려와의 싸움을 수월하게 해줄 힘을 축적하게 된다.

···▶ 우려를 확인하고 그런 다음 그것을 제거하기 위해 노력함으로써 당신은 더 가치 있는 삶을 방해하는 많은 감추어진 스트레스원의 중심부로 다가간다. 우려를 제거하는 것은 당신이 상상하지 못했던 방식으로 당신의 삶의 가치를 높여줄 자기 배려의 행동이다.

···▶ 배려는 인간의 삶의 한가운데에서 당신의 영혼의 표현을 위한 통로를 제공한다. 더 많은 진실된 배려를 가질수록, 당신은 자신과 다른 사람들에 대해 더 많이 알게 된다.

···▶ 배려로 복귀하는 것은 우리 사회에서 필요한 것 중 가장 중요한 것이다.

9

컷-스루 기법을 이용하라

오마하에 있는 최첨단 컴퓨터 회사의 사장인 케롤 맥도날드는 보통 사람들이 일 년 동안에 직면하는 것보다 더 많은 스트레스를 한 주일에 다룬다. 그녀는 장애물을 극복하는 도전을 좋아한다. 그리고 그녀는 분명히 그것을 잘하고 있다. 그러나 알코올 중독 증세가 있는 그녀 아버지를 다급하게 대처해야 한다는 소식을 들었을 때 그녀의 정서적인 균형은 시험받게 되었다.

"우리는 그를 침대 아래에서 발견했습니다. 그는 아이처럼 몸을 웅크리고 쓰러져 있었고, 소변으로 흠뻑 젖어 있었습니다. 그의 눈 아랫부분은 검게 멍들어 있었고, 코와 관자놀이 부분은 만취된 상태로 몸을 가누지 못하고 넘어지면서 화장실 세면기에 부딪쳐 찢어져 있었습니다. 그는 두 병 반의 스카치위스키조차도 달래주지 못했던 고통스러운 과거의 순간들을 회상하면서 통곡하며 비명을 질렀습니다. 나이 때문이 아니라 술 때문에 그의 얼굴은 너무나 창백했고, 75세를 훨씬 넘은 듯이 부어 있었습니다. 그리고 그는 술이 그의 뇌를 위축시키고 치매로 망쳐놓기 시작하기 전까지 십 년이 넘도록 많은 술을 마셨습니다. 그가 원하던 술의 마취 효과가 나름대로 결국에는 발휘됐다고 생각했습니다.

나와 남편은 아버지를 붙잡고 똑바로 옮긴 다음, 해독시키는 치료를 실시하도록 의지를 되찾는 데 도움을 주려고 그를 우리 집으로 옮겼습니다. 이 과정들은 실은 만성적인 알코올중독을 받아들일 수 없던 사람에게는 전향적인 것이었습니다. 그리고 의사의 지시가 있기까지는 그에게 술을 빼앗았습니다. 대신 희망을 가지고 술의 섭취를 엄격히 제한함으로써 술 먹는 습관을 통제해야 했습니다. 즉 알코올중독치료센터의 의료진들이 아버지를 치료하기 전까지 아버지를 돌보아야 했습니다.

비록 우리가 술병을 숨겨도 그는 가끔 여전히 그것들을 찾곤 했습니다. 그래서 나는 일을 마치고 집으로 돌아와 그가 술에 취해 멍하게 바보처럼 있는 것을 보곤 했습니다. 그는 한때 내 전체 삶을 이루게 했던 아버지의 껍데기만 가진 사람이 되었습니다.

나는 화가 났습니다. 그리고 분노했습니다. 그리고 그의 측은한 모습을 판단하기 시작했습니다. 오랫동안 나는 너무 많은 신경을 썼습니다. 나는 그것이 내가 수용할 수 있는 능력보다 더 커질까 봐 걱정하느라 숨이 막혔습니다. 나의 판단과 분노가 목을 조여오고 연민을 억누르기 시작했을 때, 나는 테라스에 나가 컷-스루 기술을 훈련하곤 했었습니다. 때로는 근심으로 철망을 친 창문을 통해 시원한 바람이 부는 것과 같이 근심이 내 몸을 지나갈 때까지 계속해서 했습니다.

그가 여름 동안 우리 집에 머무르는 동안 컷-스루의 효과는 나의 아버지에게 매일, 매순간에 필요한 사랑과 지지를 주게 해주었습니다. 나의 심장의 힘은 그에 대한 나의 진실된 수용을 재조정하며, 내 자신을 지나친 관심으로 죽이지 않으면서 그에 대한 나의 관심을 지속하게끔 해주었습니다. 그리고 그 힘은 나의 마음과 육체 모두를 통해 잔잔히

전해졌습니다. 나는 컷-스루가 나의 삶을 구해준 도구라는 것을 마음 깊이 새기고 있습니다."

컷-스루 기법을 통해 문제의 핵심으로 접근할 수 있다

컷-스루의 목적은 사람들이 잠재적인 정서적 기억통로를 인식하고 그것을 오랜 기간의 강화를 통해 재프로그램하여 우리의 지각에 영향을 주고자 하는 것이고, 하루하루의 생각과 정서에 영향을 끼쳐 미래의 상황에 대한 우리의 반응을 조절하는 것을 돕는 것이다.

과학자들은 정서적 회로망이 다른 기억의 흔적과 같이 여러 면의 강화에 민감한 것을 발견하였다.[1] 컷-스루 기술은 당신이 좋아하지 않는 감정들을 몰아내고 당신이 원하는 정서들을 강화시켜 당신의 신경 구조를 바꾸는 데 믿을 만한 방법들을 제공한다. 그것은 많은 영역들을 담당한다. 만약 당신이 대부분의 사람들과 같다면, 당신이 필요하지 않는 많은 감정들, 그리고 더 자주 경험하고자 소망하는 다른 감정들이 있을 것이다. 정서의 관리는 새로운 차원의 정서의 자유로 들어가는 열쇠이다. 그리고 만약 당신이 새로운 수준의 지각과 내면의 안전을 원하고 있다면 그것은 꼭 필요한 것이다.

우리가 지적했듯이, 정서는 매우 복잡하고 정서의 패턴은 쉽게 변하지 않을 수 있다. 프리즈-프레임은 많은 감정과 감정에 대한 반응을 관리하기 위한 신뢰할 만한 도구들을 제공해준다. 그러나 가끔 우리가 프리즈-프레임을 할 때 문제를 어떻게 더 잘 다룰 수 있는지를 분명하게 볼 수 있지만, 우리는 완벽히 그 문제로부터 정서적으로 자유로움을 느끼지 못할 때가 있다. 깊이 뿌리박혀 있는 감정의 문제의 경우에는 그것들을 뛰어넘기 위해서 프리즈-프레임과 같이 즉석에서 하는 기술 이상의 것이 필요하다. 왜냐하면 심장지능의 더 깊은 영역으로 들어가는 것이 필요하기 때문이다. 바로 이때에 우리는 컷-스루를 사용한다.

'컷-스루'는 "문제의 핵심에 접근하다"라는 의미이다. 아마 여러분은 한 문제를 해결하기 위해서 여러 사람들과 함께 고민한 경험이 있을 것이다. 아무 결론 없는 토론이 방향을 잡지 못한 채 계속 진행된 후에, 결국 누군가는 "자, 관계없는 문제의 주변만 맴도는 것을 그만두고 문제의 본질을 보자"고 이야기할 것이다. 중요한 사항에 다시 집중하기 위해 멈추는 일은 본질을 벗어난 것들이 다시 제자리로 돌아가게 해준다.

이것은 그리스 신화에 나타난 고르디우스의 매듭[1]에 관한 이야기와 비슷하다. 프리지아의 왕인 고르디우스가 매듭을 묶었을 때 그것은 너무나 꼬여 있어서 어느 누구도 그 매듭을 풀지 못했다. 그때 그는 그 매듭풀기에 그의 모든 것을 걸었다. 만약 누군가 그것을 풀 수 있다면 아시아 모든 땅의 왕으로 만들어주겠다고 약속하였다. 이 소식은 아시아의 통치자가 되는 것에 무척이나 관심을 가지고 있던 알렉산드로스 대왕의 마음을 끌었다. 그의 지혜로 간단히 왕을 뛰어넘어 그를 이용할 수 있다면 그는 수천의 사람들과 전쟁을 할 필요도 없었다. 알렉산드로스는 그 매듭을 한 번 보더니 그 매듭이 풀릴 수 없다고 추측하였다. 그러나 그는 그것을 문제로 삼지 않았다. 그는 검을 꺼냈다. 그리고 한번 칼을 휘두름으로 그 고르디우스의 매듭을 잘라(Cut Through)버렸다. 그리하여 그는 아시아의 통치자가 되었다.

당신의 감정을 풀려고 노력하는 것은 어떤 매듭을 풀려고 분투하는 것과 같을 수 있다. 때로 그 투쟁은 감정을 더 악화시키기도 한다. 컷-스루는 고르디우스의 매듭처럼, 당신의 감정문제를 잘라내는 것을 돕도록 설계되었다. 그것은 당신이 더 빠르게 감정의 늪에서 해답의 장으

---

1) 프리지아(Phrygia)의 고르디우스(Gordius) 왕에 의해 매어졌으며, 이를 푸는 사람은 아시아를 지배하게 된다고 예언된 매듭이다. 알렉산드로스(Alexander) 대왕이 검으로 이를 양단함으로써 문제를 풀었다고 한다.

로 헤쳐 나갈 수 있게 도와준다.

그 과정중에서 당신 개인의 불만이나 시각들을 해방시키고, 감정에 빠져 허둥거릴 필요가 없게 한다. 당신이 그것들을 느끼지 않는다는 것이 아니다. 물론 당신은 그것들을 느낀다. 그러나 당신 자신이 그것을 스스로 초월하도록 한다. 당신에게는 정서관리의 다음 단계로 자신을 이동시킬 수 있도록 선택하는 것만 남아 있다.

어린 아이들이 어느 정도로 감정에 좌우되는지를 생각해보라. 아기에게서 장난감을 빼앗으면 아기는 실망에 휩싸여 울음을 터트리고 만다. 아이들이 신체적으로 성숙해지면, 그들은 자신의 감정에 대해 더 많은 통제력을 행사하는 선택을 개발한다. 곧 그들은 그 장난감을 다시 되돌려주라고 요구할 수 있거나 또는 단순히 일어나서 가지고 올 수 있음을 깨닫는다. 나이 든 아이들이 그렇게 성과를 얻을 수 있다는 것을 알면, 적어도 행동을 취할 수 있을 정도로 충분히 긴 시간 동안 고통의 감정을 피할 수 있게 된다.

우리들 대부분이 바로 이 수준에 머물러 있다. 우리는 자연적으로 신체가 성장하는 과정에서 어느 정도의 감정관리를 배운다. 그리고 그것을 다루는 데 성공한다. 그러나 올바른 도구를 가지고 있으면, 당신은 자신의 정서를 신중하고 효과적으로 관리할 수 있다. 당신이 무엇을 해야 할지 생각하면서 감정을 막으려고 무리하는 대신에, 또는 문제의 요점에 도달하기 위해 복잡한 감정의 고리를 풀려고 끊임없이 노력하는 대신에 당신은 감정적인 소용돌이에서 벗어나 안정되고 평화롭고 분명한 정서의 통일상태로 이동하는 법을 배울 수 있다. 당신은 심장의 통일성을 통해서 감정의 통일성을 이룰 수 있다. 이것은 당신의 감정이 당신의 깊은 심장과 한 방향으로 정렬되어 있을 때 이루어지는 안정된 상태이다. 이러한 종류의 명쾌함을 가졌을 때에 종종 문제의 실행 가능한 대안들이 빠르게 나온다.

컷-스루는 정서의 통일성을 촉진한다. 당신을 복잡하게 만들고, 스트레스를 주는 감정들을 평화와 쇄신의 감정으로 변환시켜준다. 그리고 당신은 합리화나 억압에 의하지 않고서 그렇게 할 수 있다.

연구소의 연구결과가 이것이 강력하고 효과적인 기술임을 증명한다 할지라도, 이것은 마술이 아님을 깨닫는 것이 중요하다. 컷-스루를 좋아하는 어떤 사람은 이 컷-스루를 '소동을 일으키는 감정을 털어버리기 위한 즉각적인 해법'이라고 한다. 그렇지만 컷-스루가 모든 문제를 한번에 해결해주는 해법은 아니다.

비록 누구나 감정의 정글을 헤쳐 나가는 길을 깨끗이 하기 위해 컷-스루를 사용할 수 있다 하더라도, 그것은 다른 것과 마찬가지로 스스로 문제를 해결해야 하는 그림의 떡이 아니다. 만약 당신 자신에게 정직하다면, 당신은 자신의 감정을 관리한다는 것이 지독하게 어렵다는 것을 안다. 인간으로서 우리는 우리의 마음을 닦아왔지만 우리의 감정들은 무시해왔다. 가장 위대한 지성인들조차도 종종 그들의 감정을 운에 맡기었다. 그들은 자신들의 삶을 편안하고 덜 헛되게 만들어줄 수 있는 감정의 관리에 의식적으로 관심조차 가지지 않았다.

이 과정을 진행하면서 당신은, 어떤 감정은 매우 빨리 변환된다는 것을 발견하게 될 것이다. 반면에 더 해묵은 감정은 더 오랜 시간이 걸린다는 것도 알게 된다. 몇 년 동안이나 (혹은 몇십 년 동안) 강화된 부정적인 감정의 패턴은 당신의 뇌로 통하는, 비교적 잘 허물어지는 신경 통로를 만들었다는 것을 기억하라. 만약 당신이 이러한 통로를 따라 이동하는 것을 멈춘다면, 이 통로들은 곧 당신이 만들어내는 새로운 통로에 굴복하여 허물어지고 만다. 그러나 이것은 반복을 요구한다. 당신의 생체가 당신의 간섭에 반응할 것이라는 것은 틀림없으니 당신은 안심할 수 있다.

적절하게 사용한다면 컷-스루는 상당히 대단한 수준의 정서관리법을 제공해줄 수 있다. 그러나 이 기술을 가지고 어떤 진정한 깊이 있는 목표를 이루기 위해서는 진실된 적용과 성숙된 생각을 요구한다. 그 태도에 관해, 그리고 각 단계마다 의도된 감정의 변화에 대해 상세히 묘사한 것을 쭉 읽은 다음 다시 돌아가서 각 단계를 연습하라. 컷-스루의 각 모습을 주의 깊게 탐구하는 데 시간을 들이는 것은 그 가치가 있다.

컷-스루의 6단계

1. 현재의 문제에 대해 당신이 어떻게 **느끼는지**를 알라.
2. **심장**과 **명치** 부근에 집중을 하고, 당신의 집중이 흐트러지지 않게 돕기 위해 그곳으로 10초 이상 숨을 쉬면서 사랑과 감사가 들어간다고 생각하라.
3. 그 문제나 감정이 마치 제3자의 것인 양 **객관적**으로 보라.
4. **중립자세**를 취하고, 당신의 **이성적이고 성숙한 심장**에 의지하라.
5. 불안하거나 혼란한 감정을 심장의 연민에 **푹 담그고 풀어라**. 그러면서 한 번에 조금씩 그 **중요성**을 용해시켜라. 시간제한이 없기 때문에 단계를 진행하면서 충분한 시간을 가져라. 당신의 에너지를 소모하는 것은 그 문제가 아니라 그 문제에 자신이 주관적으로 부여한 중요성이라는 점을 명심하라.
6. 당신이 할 수 있는 한 **중요성**을 낮춘 후에 당신의 **깊은 심장**에서 오는 진실되고 적절한 지도와 통찰력을 회복하라. 만약 당신이 해답을 얻지 못한다면, 잠시 동안 **감사할 어떤 것을 찾아라**. 어떤 것에 대한 것이든 감사는 종종 당신이 계속 고민하고 있는 문제에 대한 직관적인 명료함을 촉진시킨다.

필요한 만큼 위의 단계들을 반복하라. 어떤 문제들은 다른 문제들보다 새로운 이해와 해방감으로 들어가기까지 더 많은 시간을 심장에 집중할 것을 요구한다.

당신은 아마 이 단계들에서 사용한 몇몇 어휘가 프리즈-프레임을 묘사할 때 썼던 것보다 더 추상적임을 발견했을 것이다. 왜냐하면 컷-스루는 매우 복잡한 과정을 다루기 때문이다. 그것은 깊게 저장되어 있는 비통일적인 감정의 패턴을 찾아 심장의 통일성을 띤 패턴으로 변환하는 복잡한 과정이다. 그것은 그렇게 쉽게 간단히 표현될 수가 없다. 여기에서 선택된 단어들은 당신이 필요한 태도나 감정의 변환을 이루기 위해 조심스럽게 선택된 것들이다. 이 여섯 단계에서 굵은 체로 쓴 단어에 주목하라. 그것들은 각 단계의 핵심 단어이다.

일단 당신이 컷-스루를 몇 번 연습하고 나면 당신은 그 과정에 대해 더 잘 이해할 것이다. 이와 같이 더 깊은 이해를 가지고 있다면 당신은 이 단계가 따라가기에 더 간단하다는 것을 발견하게 될 것이다. 그리고 당신은 단지 위에 표시해 놓은 중요단어를 이용해서 한 과정에서 다음 과정으로 옮길 수 있을 것이다. (또는 당신이 창조한 당신만의 단어를 이용할 수도 있다.) 이 단순화는 이 단계들을 더 기억하기 쉽게 만들어줄 것이다.

그렇다면 각 단계들을 주의 깊게 살펴보자.

1단계

현재의 문제에 대해 당신이 어떻게 느끼는지를 알라.

우리가 어떤 문제에 대해 어떻게 느끼는지는 자명한 것처럼 보인다. 그리고 우리는 종종 화를 내거나, 걱정을 하거나, 근심하거나, 또는 압박을 느끼는 때 그것을 안다. 그러나 우리는 생각하는 것보다 훨씬 더 적게 감정과 교류한다. 우리를 지치게 하는 감정을 밀어내버리는 것, 또는 우리가 무엇인지 인식하지 못하는 감정에 너무나 사로잡혀 있는 것은 매우 흔한 일이다.

아마 당신은 기분이 좋지 않아서 당신의 배우자와 말다툼을 한 적이 있을 것이다. 그것이 당신을 화나게 했다. 그러나 몇 분 후에는 그 사건의 강도는 감소한다. 그러나 당신의 일을 하면서도 그 감정은 여전히 남아 있다. 당신은 매우 신경이 예민하고 몇 시간 동안이나 불쾌해하고 있다. 비록 당신이 부인과 말다툼한 것이 감정의 불균형을 일으켰다는 것을 깨닫기 위해 잠시 멈추어 생각하지 않아도, 당신은 꾸준한 감정의 소모가 당신의 하루를 망쳐 놓았다는 것을 안다.

그렇게 중요성이 낮추어진 상태에서부터 문제는 더 흐려지기 시작한다. 사무실에 있는 누군가가 실수를 하였다. 그리고 당신은 정말로 심하게 그를 꾸중하였다. 그러나 만약 당신이 멈추어서 정말로 그의 실수에 관해 어떻게 느끼는지를 알려고 한다면, 당신은 그에 대해 그렇게 진지하게 느끼지 않았음을 깨달을 것이다. 누구나 똑같은 실수를 저지를 수 있다. 당신이 정말로 반응했던 것은 당신의 배우자와 함께했던 싸움에 관한 것이다.(그리고 그 싸움 이전에 이미 뒤틀려버린 당신의 심기에 반응했던 것이다.)

이따금 우리는 어떤 것이 별로 기분이 좋지 않음을 느끼지만 그것이 너무 미묘하기 때문에 우리는 그것에 대해 아무것도 하지 않고 그것을 받아들인다. 우려가 좋은 예라 할 수 있다. 우리는 언제 우리가 진실한 배려에서 소모적이고 역효과를 초래하는 우려의 상태로 그 선을 넘는지 좀처럼 분간하지 못한다. 지적인 관점에서 사람은 누구나 다르고, 그래서 배려와 우려도 구분하기가 미묘하고 어렵다. 그러나 심장의 시각에서 그것은 구분하기 어려운 것은 아니다. 왜냐하면 우려는 그리 좋은 기분이 아니기 때문이다. 당신은 그 걱정되는 감정을 인식하는 것을 배울 수 있다. 그리고 현장에서 컷-스루를 이용해 안정된 관심을 회복하는 것을 배울 수 있다.

우려와 같이 오래된 문제는 당신을 계속해서 감정의 혼란 속으로 몰아넣을 수 있다. 만약 당신이 삶을 효과적으로 살기를 원한다면, 분노를 지속하는 것, 풀리지 않는 죄책감, 또는 다른 오래된 감정의 상처들은 다스릴 필요가 있는 에너지 소모 원인들이다.

어떤 문제들이 과거나 현재에 나타났을 때 당신의 감정을 더 가까이 관찰하는 법을 배워라. 만약 당신이 정서적으로 불안정하다고 느끼고 있다면, 바로 이때가 더 편안하고 유익한 상태로 전환할 수 있는 때라는 것과 그런 다음 새로운 변화를 시작할 때라는 것을 깨달아라. 물론 당신은 처음에 프리즈-프레임을 시도할 수도 있다. 이 기술은 당신의 감정에 균형을 회복하는 데 매우 유용하다. 그리고 당신은 그것이 정서와 정신의 소모를 멈추는 데 얼마나 효과적인지를 알게 되면 놀라게 될 것이다. 그러나 만약 당신이 어떤 주어진 상황에서 프리즈-프레임을 한 후에 중요한 정서의 변화를 느끼지 못한다면 컷-스루 단계를 연습하기 시작하라.

2단계

심장과 **명치** 부근에 집중을 하고, 당신의 집중이 흐트러지지 않게 돕기 위해 그곳으로 10초 이상 숨을 쉬면서 사랑과 감사가 들어간다고 생각하라.

이 단계에서 당신은 자신의 가슴에서 당신의 가슴과 위 사이(명치)를 통해 천천히 숨을 쉴 것이다. 당신의 호흡이 몸의 그 영역을 통해 들어가고 나온다고 상상하여라. 당신이 호흡을 하면서 사랑과 감사를 느끼는 것은 심장의 통일성을 촉진하는 데 도움을 준다. 당신의 가슴 바로 아래에 있는 명치 부분은 횡경막이 가슴의 다른 근육과 연결되어 있는 곳이다. 위대한 오페라 가수들과 무대에서 공연하는 가수들은 목소리를 내는 힘을 얻기 위해 그들의 명치를 통해서 호흡하는 법을 배운다.

2단계는 당신이 더 균형 잡히고 안정된 상태를 얻을 수 있게 하기 위해 당신의 감정들을 진정시키는 과정을 시작한다. 심장과 명치 끝을 통해 호흡하는 법은 당신의 정서적 에너지를 집중하게 하고, 그 에너지가 흐트러지지 않게 하는 데 도움을 줄 것이다.

종종 우리는 명치에서 강한 감정들을 느낀다. 우리는 그 이유를 이제야 이해할 수 있다. 그 이유는 명치끝 신경이 항상 중요한 뉴런(신경세포)들과 신경 전달물질들을 포함하고 있기 때문이다. 심장과 같이 그것들은 자신만의 작은 뇌를 가지고 있다. 강한 감정들은 이 작은 뇌에 강한 영향을 준다. 바로 이것이 왜 우리가 화가 나거나 걱정을 하고 있을 때 위 주변이 무언가로 꽉 막힌 듯한 느낌을 받는지를 설명해준다.

1996년 〈뉴욕타임스〉 기사에서, 뉴욕에 있는 콜롬비아 장로교 메디컬센터의 해부학과 세포생물학 교수인 미첼 거슨 박사는 이렇게 말하였다.

"뇌의 중앙부가 위험한 상황을 감지하였을 때, 그것은 우리의 몸이 도망을 가거나 싸우기 위해 준비할 수 있도록 스트레스 호르몬을 방출합니다. 위장은 많은 화학적 물질의 갑작스런 상승에 자극을 받는 많은 감각 신경을 가지고 있습니다. 그래서 우리는 이럴 때 두근거림을 느낍니다."

명치의 신경계는 우리의 원시적인 본능을 통제하고 활성화하는 뇌의 낮은 부분[2]과 직접적으로 교신한다고 한다. 그리하여 배짱반응[3]이라는 단어가 생겼다. 미첼 거슨 박사는 또 이렇게 이야기했다. "뇌의 중심부가 장에 영향을 미치는 것과 같이 장의 뇌는 역으로 우리의 뇌에 영향을 끼칠 수 있습니다."

왕립 런던 병원의 컨설턴트이자 런던 대학의 위장과학과 교수인 데이비드 윈게이트 박사는 이렇게 덧붙였다. "거의 모든 위장으로부터 인식되어 지각하는 느낌들은 고통, 복부 팽창과 같은 부정적인 것들입니다. 우리는 장으로부터 어떤 좋은 것들을 기대하지는 않습니다. 그러나 그렇다고 신호들이 없다는 것을 의미하는 것은 아닙니다."[2]

자, 이제 심장이 우리의 몸에서 가장 강한 리듬을 가진 생체 전기의

---

2) 생명유지 활동(혈압, 맥박, 호흡, 소화)과 생리적이고 반사적인 반응을 관장하는 연수(延髓, Medulla)를 말한다.

3) '배'라는 장기로 구성된 우리말로는 '배짱반응'이라고 할 수 있고 '본능적인 반응'이라는 의미이다. 영어에서 것(Gut)은 소화기관인 장을 표현하기도 하지만 '본능적', '근본적'이라는 뜻도 있다. 그래서 영어에서는 Gut-Feeling은 본능적인 감정, 직관적인 감정, 즉 '직감'이된다.

근원임을 기억해보라. 그것은 당신에게 가장 지배적인 진동자이다. 그리고 그것의 강력한 리듬은 다른 생물학적 진동자의 사이클을 끌어당겨 하나로 일치시켜 동조시킬 수 있다. 당신이 호흡을 통해 사랑과 감사를 흡수한다고 상상하라. 그리고 심장과 명치 두 부분에 집중함으로써 당신은 장에 있는 뇌를 심장에 있는 뇌에 동조시킨다. 즉 심장의 생물학적 사이클에 동조를 시키는 것이다. 심장은 그들 사이의 통신을 자동적으로 조화시킬 것이다.

당신은 이 심장과 명치, 뇌 사이의 상호 작용이 더 많은 확실한 감정을 준다는 것을 발견할 것이다. 감정의 바다에서 표류하는 대신에 당신은 더 안정됨을 느끼게 될 것이다. 배는 닻을 내렸을 때도 한 방향으로 또는 다른 방향으로 조금씩 밀려간다. 그러나 그 배는 닻을 내린 곳에서 그렇게 멀리 떠내려갈 수가 없다. 그것처럼 감정도 안정되고 동요되지 않는다.

감정의 닻을 내리는 것은 새로운 의미를 제공한다. 그것은 당신이 감정적인 부조화에 시달리고 있을 때 당신이 다시 감정의 균형으로 돌아오기까지 그리 오랜 시간을 소비하지 않아도 되는 것을 의미하고, 또는 다시 회복하기 위해 힘들여 노력하지 않아도 된다는 의미이다. 당신이 감정의 닻을 내리게 되면 더 활기찬 기분을 느낄 것이다. 더 많은 힘과 통일성이 당신의 시스템을 통해 흐르게 될 것이다. 이것은 당신이 감정의 왜곡을 뛰어넘기 위해 필요한 더 많은 능력을 부여해줄 것이다.

3단계
그 문제나 감정이 마치 제3자의 것인 양 객관적으로 보라.

어떤 문제들을 에워싸고 있는 감정에 당신이 사로잡혀 있을 때 당신은 객관적이 될 수 없다. 당신이 그 감정에 너무나 빠져 있어서 전체적인 시각을 잃어버린 동안에 당신은 얼마나 많은 비이성적이고 피해를 주는 결정을 내렸는가?

객관성이 없으면 문제는 실제의 크기보다 더 큰 것처럼 보일 수 있다. 이것은 증가된 감정적 반발과 지나친 동일시를 가져온다. 대부분 감정의 문제들은 첫째로 지나친 동일시에 기인한다. 바꾸어 말하면, 당신의 머리가 당신의 심장보다 먼저 반응에 뛰어든다는 것이다. 당신이 더 감정적으로 될수록, 당신은 더 객관성을 잃게 된다. 당신이 비객관적일수록 당신은 더 감정적이 된다. 그리고 이러한 순환은 당신의 감정적 에너지가 다 고갈되어 눈물을 흘리며 주저앉거나 화를 폭발하기 전까지 계속된다. 그때 당신은 부서지거나 폭발한 당신의 감정의 조각들을 주워야만 한다. 당신이 이 감정의 소용돌이에서 자유로워지기 위해서는 이 순환 고리를 그 과정의 어느 순간에 끊어야만 한다.

불화를 중재하는 결혼상담가나 중재자들은 상대편을 한 발 물러서게 해서 문제를 더 객관적으로 보도록 노력하는 데 그들 시간의 약 80퍼센트를 보낸다. 오직 그들 시간의 약 20퍼센트가 특정한 해결책을 찾는 데 소모된다. 해결책들은 바로 문제를 객관적으로 보는 데에 있다. 그곳에서 당사자들이 기꺼이 화해하고자 할 때만 해결책들은 선택되고 사용될 수 있다. 그러나 서로를 비난하기에 바쁘고 논쟁에서 서로 이기려고 기를 쓰는 동안 화해조차도 생각할 수 없게 된다.

이것은 우리가 나와 자기 자신 사이의 다툼을 중재할 때에도 똑같은 사실로 드러난다. 당신의 마음이 이미 결정되어 있다면 당신은 결코 어느 곳에도 다다를 수 없을 것이다. 만약 당신이 누군가를 비난하려고 마음먹었다면, 그리고 어떤 희생을 치르더라도 당신이 옳다고 생각하는 것을 하려 한다면, 문제들을 객관적으로 볼 수 있는 방법은 존재하지 않는다.

"콩을 콩이라고 해도 나는 믿지 않아. 내 마음은 이미 정해졌어"라는 말도 이러한 상황에서 나왔다. 우리 모두는 이러한 경험을 한 적이 있다. 우리가 어떤 결과를 얻기까지 쏟은 관심에 집중하고 있는 한, 우리는 너무나 개인적으로 깊이 관여되어 있어서 편견을 가지지 않을 수 없다.

'객관성을 가지는 것'은 당신을 괴롭히는 감정이나 문제로부터 해방하기 위해 완전함을 찾는 것을 의미한다. 그러나 당신 자신을 '해방이라는 방'에 넣는 것은 쉽지가 않다. 그래서 사실 3단계는 가장 어려운 단계일 수 있다.

특히 그 문제가 감정적으로 일촉즉발의 상황이라면 더욱 그러하다. 한 사람이 이야기했다. "만약 내가 저항을 느끼고 내 에너지를 그 감정 으로부터 끌어내지 못한다면, 나는 백기를 흔들어 마음으로부터 그 감 정을 중단할 거야."

당신이 어렸을 때 좋아했던 카우보이와 인디언이 나오는 오래된 영 화들을 기억하는가? 언덕 한편에 카우보이는 덮개로 덮여 있는 사륜마 차와 함께 서 있고, 아이들은 그곳에서 뛰어놀고 있다. 그리고 인디언 들은 언덕의 다른 편에서 그들의 말 위에 앉아 전투를 기다리고 있다. 당신은 등장인물들을 알고 있어서 어느 누구도 죽지 않도록 해달라고 자비를 바라면서 초조한 마음으로 영화를 본다. 그때 한쪽에서 백기를 흔들고, 당신은 영화에서 긴장이 멈추는 것을 느낀다. 그들이 잠시 동 안 그들의 감정을 죽이고 협상할 기회가 생긴다. 그리고 그들은 타협하 게 된다. 이러한 영화에서와 같이, 당신이 감정의 소용돌이 한가운데에 서 그것들을 객관적으로 다룰 수 있게 하기 위해서 감정을 잠시 동안 중지하는 것은 당신을 구해줄 수 있다.

우리 자신을 마치 다른 사람인 것처럼 관찰하기 위해 비동일시 (Disidentify)하는 것을 배우는 것은 형태치료(Gestalt therapy)[4]의 핵심 성 공 요소 중 하나이다. 그러나 만약 우리가 정말로 화가 났고, 문제와 동 일시한다면, 뒤로 한 발짝 물러서는 것은 마음이 가장 하기 싫어하는 것

---

4) 게슈탈트 치료는 독일 출생의 유대계 정신과 의사 프릿츠 퍼얼스에 의해 창안된 심리치료이 다. 독일어인 Gestalt는 영어 단어 한 단어로는 쉽게 번역되지 않는다. Gestalt는 모양, 패턴, 전 체적인 형태와 같은 폭넓은 개념을 포함한다. 각 부분을 합한 것보다 훨씬 더 많은 것, 다른 것 모두를 포함하고 있다. Gestalt적 접근의 목적은 사람들이 자신의 모양, 패턴, 전체를 발견하 고, 탐험하고, 경험하게 하기 위한 것이다. 분석이 과정의 한 부분은 될 수 있지만, 목적은 갈라 진 모두의 통합이다. 이런 방식들 속에서 사람들은 자신이 무엇인지, 잠재적으로 무엇이 될 수 있는지에 대해 총체적으로 자신들을 볼 수 있게 한다. 이런 경험의 통합은 그들의 삶 속에서 또 어떤 순간의 경험에서도 활용 가능할 수 있다.

이다. 정말 일리가 있는 얘기다. 그렇지 않은가? 그리고 그 순간 우리 마음에는 전에 우리가 여러 번 주장한 바가 있다고 하더라도 그것이 세상에서 가장 중요한 일인 것처럼 보인다. "삶은 불공평해" 또는 "사람들은 무감각해" 또는 "그 여자는 매번 저런단 말이야!"와 같이 우리의 논지를 반복하는 것에 우리가 질릴 것 같지만 우리 자신은 그렇지 않다.

다음번에 당신이 어떤 문제를 자신의 것으로 인식하는 것을 느낄 때 자신의 논지를 펼치는 대신에 3단계를 시행해보라. 당신 자신에게 '나는 그 문제로부터 자유로워질 것이다' 라고 말하라. 그런 다음 백기를 흔들고 당신의 감정 또는 문제를 다른 사람의 것처럼 관찰하도록 시도하라. 당신이 아니라 이 문제를 다루고 있는 다른 사람을 당신이 보고 있다고 흉내내는 것이다. 멀리 떨어져서 자신의 문제를 보았을 때 그것은 어떻게 보일까? 인식의 변화는 놀라운 것이 될 수 있다.

우리가 다른 사람들에게 어떤 좋은 충고를 줄 수 있는지는 놀랄 만하다. 그것이 당신의 문제인 대신에 다른 사람들의 문제일 때 우리는 놀라울 정도로 성숙되고 또 객관적으로 반응한다. 당신이 특정한 문제에 관해 3단계를 실행하려고 노력하면서, 당신이 자신의 상황에 있는 가상의 누군가에게 어떻게 충고를 해야 하는지를 생각해보라. 당신은 가상의 그 또는 그녀가 어떻게 그 상황을 다루도록 제안할 것인가? 당신이 목격하고 있는 감정적인 반응은 적절한 것인가? 그 사람이 정말로 그러한 방식으로 느낄 필요가 있는가?

3단계에서 당신은 무대에서 내려와 무엇이 일어나고 있는지를 관찰하기 위해 노력한다. 당신은 그 무대의 주연이 되는 대신에 관객 중 한 사람이 되는 것이다. 당신이 일단 감정의 집착을 없애기만 하면, 당신은 자신에게 얼마나 좋은 충고를 할 수 있는지를 알고 아마 놀랄 것이다.

객관성을 유지하는 것은 당신이 어떤 문제와 동일시하는 것을 줄여준다. 이것은 당신이 그 문제에 쏟아 붓는 감정적 에너지의 양을 줄여준다. 당신이 문제에 부과한 중요성의 부담을 크게 줄임으로써 당신은 감정적인 통일성을 다시 얻기 시작한다.

4단계

중립자세를 취하고, 당신의 이성적이고 성숙한 심장에 의지하라.

일단 3단계가 당신을 상대적인 객관성에 이르게만 하면, 당신은 더 중립적이 되고 당신이 당면하고 있는 문제에 이성적이고 성숙한 감정적 반응을 보이기 시작한다. 즉 당신은 심장의 지능에 기초한 반응을 보이기 시작한다.

우리가 보았듯이, 중립상태는 새로운 가능성들이 떠오를 수 있는 기회를 제공한다. 중립상태가 되는 것은 당신이 어떤 것을 받아들여야 하거나 또는 어떤 것을 해야 하는 것을 의미하지 않는다. 그것은 새로운 가능성들을 고려하는 편견이 없는 상태이다. 만약 감정의 폭풍이 몰아치는 동안 당신이 쉴 수 있는 중립의 영역을 찾을 수 있다면, 당신은 빨리 당신의 태도와 감정을 바꿀 것이다. 그리고 그러한 변화는 지각에 관련된 것이 아니라 실제적인 것이 될 것이다. 다른 말로 바꾸어 말하면, 당신은 쉽게 당신의 생각을 바꾸지 않는다. 그러나 당신의 마음을 당신의 깊은 심장에 맡김으로써 당신은 확연히 다른 태도와 감정들을 느끼게 될 것이다. 이 컷-스루 단계에서 중립의 상태로 휴식을 취하고 평화로움을 찾고 당신의 심장지능과 연결하라.

당신의 '이성적이고 성숙한 심장'은 당신 가슴 내부에서 이성적인 평가를 맡은 영역이다. 심장지능의 이러한 모습은 무엇이 당신의 정서와 웰비잉을 위해 최고로 중요한 것인지 생각하게 해주는 시각과 감정들을 제공한다. 그것은 당신의 태도 변화를 더 쉽게 해주고, 더 안정적이고 유익한 감정을 찾는 길을 쉽게 해줄 이해를 제공한다.

오늘날 쓰이는 가장 효과적인 치료의 접근법 중 많은 것들이 소위 '인지 재구성'이라고 부르는 것을 포함하는 것이 많다. 즉 삶의 사건들을 더 실제적이고 긍정적인 방향으로 해석하기 위해 생각의 방향을 바꾸는 것이다. 연구소의 연구결과는 만약 인지적인 변화가 일어난다면 심장은 반드시 거기에 관여한다는 것을 보여주고 있다. 만약 그렇지 않으면 인지의 방향 전환은 감정의 변화를 일으키기에는 너무나 적은 힘을 가지는 지적 활동에 불과하게 된다.

이성적이고 성숙한 심장은 그 마음을 계속 유지하는 것을 도와줄 수 있는 새로운 방향을 제공한다. 이것은 감정의 변화를 일으키는 당신의 능력을 제한하는 유연하지 못한 태도로부터 마음이 자유로워지도록 돕는다. 심장의 깊은 곳에서 무엇이 변해야 되고, 왜 그래야 되는지를 알 수 있다.

정서적인 긴장이라는 사건 한가운데에서 당신은 아마 감정의 구김을 펴주는 균형과 능력을 갈망했을 것이다. 그러한 갈망은 무엇인가 균형 잡혀야 할 필요가 있다고 당신에게 말하는 심장의 목소리다. 비록 당신이 그 목소리를 듣는다고 하더라도, 당신은 아마 감정의 부조화 사이에 끼여 있을 수 있다. 1단계에서 4단계까지가 당신에게 남아 있는 어떤 불편함이나 부조화로운 감정을 말끔히 제거하는 것을 돕는 단계라면 다음의 컷-스루 두 단계를 통해서 당신은 자신의 균형과 정서적 통일성을 되찾을 수 있다.

5단계
어떤 불안하거나 혼란한 감정을 심장의 연민에 **푹 담그고 풀어라.** 그러면서 한 번에 조금씩 그 중요성을 용해시켜라. 시간제한이 없기 때문에 단계를 진행하면서 충분한 시간을 가져라. 당신의 에너지를 소모하는 것은 그 문제가 아니라 그 문제에 자신이 주관적으로 부여한 중요성이라는 점을 명심하라.

우리가 앞에서 보았듯이, 정서는 행동의 에너지원이다. 당신이 무엇에 관해 화가 났을 때를 생각해보라. 당신을 불편하게 만드는 것은 실제상의 문제가 아니다. 당신을 불편하게 만드는 것은 당신이 그 문제에 부과했던 중요성이다. "사실은 없다. 다만 해석만 있을 뿐이다"라고 니체가 이야기했듯이, 주어진 문제에 관해 화를 내는 것은 당신의 해석에 의해 추가되었다. 그것은 완전히 주관적이다. 문제를 다른 시각에서 보는 사람은 완전히 다른 결론을 끌어낼 수도 있다.

문제에 관한 진실을 팽개친다는 두려움 없이도 당신은 그 문제의 중요성을 버릴 수 있다. 당신이 팽개치는 것은 진실이 아니다. 그것은 그 문제의 중요성 안에 있는, 당신의 믿음에 의해서 강화된 비통일적인 에너지일 뿐이다. 바로 그것이 불편한 감정을 일으키는 것이다.

5단계에서 당신은 자신이 그 문제에 쏟은 에너지 또는 무게를 낮추기 위해 심장의 통일된 힘을 사용한다. 그럼으로 그것의 중요성을 줄인다. 1단계에서부터 4단계까지를 함으로써 당신은 자신의 심장 더 깊은 곳에 접근했다. 그리고 당신은 지금 감정의 잔재를 제거하기 위한 준비가 되었다. 그리고 심장의 힘이 당신을 위해 나머지 일을 처리하게 맡겨라.

당신의 심장 주변 영역에 집중하고 불편하거나 또는 불안한 감정을 심장에 맡겨라. 그리고 그것들의 중요성을 용해시키기 위해 심장에 그 감정들을 푹 담그라. 비록 여기서 표현하는 언어가 추상적이라도 이 단계는 시행하기에 그리 어렵지 않다. 그것이 요구하는 것은 당신이 느끼고 있는 정서와 자신을 동일시하는 것을 버리는 것이다. 그런 다음 심장의 통일적 에너지에 그것을 담그는 것이다. 당신이 이것을 하면서 연민을 느끼는 것은 통일성을 증가시키는 것을 돕는다.

더러운 접시, 얼룩진 옷, 더러워진 은그릇이든 상관없이 당신은 담그는 것에 관해 안다. 만약 당신이 심하게 얼룩진 것을 밤새 용해제에 담근다면 당신은 실제 세탁을 할 때는 더 쉽게 할 수 있다. 왜냐하면 처음의 얼룩은 농도가 줄어들었기 때문이다. 아마 당신은 여전히 그것을 세탁기에 넣어서 처리하고 문질러 빨아야 할 것이다. 또는 그것을 섬유유연제로 부드럽게 처리해야 할 것이다. 그러나 그때 즈음 잘 지지 않는 얼룩 또는 얼룩으로 인한 뻣뻣함은 사라진다.

당신이 심장에 접근하였을 때 당신의 정서의 문제들도 위와 같은 방법으로 다루어질 수 있다. 당신의 심장은 당신의 피의 흐름을 조절한다. 그러나 만약 당신이 허락한다면, 심장은 당신의 감정의 흐름 또한 조절한다. 당신은 진실되어야 한다. 그리고 당신 내부에 있는 자기 안전의 원천이자 내적 자양분의 원천인 심장이 당신 감정의 문제에서 그 중요성을 낮추고 그 불편한 감정으로 인해 축적된 해악을 제거하도록 도울 수 있다는 것을 깨달아야 한다.

종종 당신을 계속 당혹하게 하는 것은 당신 내면의 오래되고 무의식적인 당신의 정체성이다. 당신은 심지어 그것이 무엇인지도 모를 수 있다. 5단계에서 당신은 불편한 정서적 에너지를 제거하고 변화시키기 위해 심장의 힘을 사용한다. 당신은 그 불편한 감정을 심장 안에 있는 용해제인 사랑과 연민에 푹 담근다. 그런 다음 그 불안과 근심을 당신 안에서 몰아내는 것이다.

캐롤 맥도날드가 그녀의 아버지를 돕는데 소모된 감정적 에너지를 다루기 위해 컷-스루를 훈련했을 때 그녀는 이렇게 그때의 감정을 표현했다. "마치 방충망을 친 문을 바람이 통과하는 것처럼 근심이 몸을 통해 곧바로 지나갔다." 근심, 걱정, 우려와 같은 감정들을 심장 안에 담그면 밀도가 낮아진다. 한번 진 얼룩도 빨기 전에 세제에 담그면 얼룩이 쉽게 가듯이, 이렇게 밀도가 높은 감정들도 그 밀도가 옅어지기만 하면 당신은 심장을 통해서 심지어 미묘한 긴장의 느낌도 처리할 수 있다. 더 중요한 것은 심장이 당신을 돌보고자 하는 감정이 당신을 통해 쉽게 흘러갈 수 있다는 것이며, 가볍고 명료한 감정이 결과적으로 따라온다는 것이다.

이 단계는 충분히 시간을 가지고 하라. 당신이 심장 안에서 휴식을 취하고 그 안에 담금으로써 많은 중요한 일이 처리될 수 있다. 가장 오래된 패턴들은 우리가 보았듯이 당신의 신경회로에 깊게 새겨져 있다. 당신이 그 순간에 어떻게 느끼는가에, 그 감정이 얼마나 깊게 그리고 강한지에 따라 당신은 많은 에너지를 방출하고 소모할 수 있다. 만약 그러하다면 당신에게 약간의 연민과 자애를 베풀어라. 이것으로 당신의 내면 시스템은 다시 초기화할 수 있다. 심장에 당신의 마음을 담글 때 사랑, 배려 또는 배려의 정서를 느끼는 것에 관해, 거기서 해답을 얻는 것에 관해, 당신이 이 기술을 제대로 이용하고 있는지 그렇지 않은지에 관해, 또는 그런 종류의 어떤 것에 관해서도 걱정하지 말라. 단지 심장의 따뜻함 속에 있는 불편한 감정들이 편안히 방출되도록 당신이 편안함을 느낄 때까지 노력하라. 그것들을 부드럽게 몰아내고 심장의 통일성이 당신을 위해 일하게 하라.

심장에 당신의 마음을 담그는 것이 항상 문제를 사라지게 해주지는 않는다. 그러나 만약 당신의 노력이 진실하다면, 이 과정은 당신 세포 안의 기억에서 문제의 밀도를 충분히 낮추어주어 당신이 같은 문제를 다시 맞게 되었을 때 더 이성적으로 다룰 수 있게 된다. 게다가 그 문제는 전과 같이 지나친 힘을 가지지 않게 되어서 이젠 그 문제에 의해 당신이 지배되는 것이 아니라 당신이 그 문제를 지배할 수 있게 된다.

6단계

당신이 할 수 있는 한 **중요성**을 낮춘 후에 당신의 **깊은 심장**에서 오는 진실되고 적절한 지도와 통찰력을 **부탁**하라. 만약 당신이 해답을 얻지 못한다면, 잠시 동안 **감사**할 어떤 것을 **찾아라**. 어떤 것에 대한 것이든 **감사**는 종종 당신이 계속 고민하고 있는 문제에 대한 직관적인 명료함을 촉진시킨다.

지금 당신은 오래되고 불편한 감정을 방출하기 위해 심장을 사용하기 때문에, 당신은 더 쉽게 심장지능의 직관적인 음성을 들을 수 있게 될 것이다. 진지하게 당신의 심장에게 새로운 이해와 방향을 요청하라. 그러나 심장은 네온사인의 섬광처럼 순간에 해답을 주지 않음을 깨닫는 성숙한 마음을 가지고 임하여라. 당신이 컷-스루 또는 프리즈-프레임의 단계를 이용할 때, 당신은 즉시 또는 한두 시간 안에 해답을 얻을 수는 없을 것이다. 때로 그 해답은 다음날 또는 심지어 일주일 후에 나타난다. 당신은 그 해답이 나오기까지 인내심을 가지고 기다려야만 한다.

심장은 주로 미묘한 직관적인 감정을 통해 또는 미묘한 이해를 통해 답을 준다. 그러나 심장을 분명하게 대답할 수 있다. 지고간과 이해 모두를 존중하라. 그리고 지각이 심장에 귀 기울이는 것을 배우는 과정은 시간이 필요하다는 것도 알아야 한다.

만약 당신이 즉시 해답을 얻지 못했다면, 당신이 1단계에서부터 6단계를 함으로써 얻은 명료함, 해방감을 당신이 감사할 어떤 것을 찾기 위해 사용하라. 이것에는 여러 이유가 있다. 첫째로, 감사는 심장의 강한 핵심 감정이기 때문에 불안한 감정의 방출을 종료하도록 도와줄 수 있다. 두 번째로, 감사의 감정을 활성화하는 것은 당신의 태도를 빠르게 바꾸도록 도와줄 수 있고, 당신이 어떤 문제를 정서적으로 동일시하는 늪에 빠지는 것을 막아준다. 세 번째로, 잠시 동안 감사를 느끼는 것은 당신이 작업하고 있는 다른 문제에 관한 직관적인 명료함을 종종 활성화시킨다. 그래서 당신이 심장으로부터 분명한 지시를 얻을 때까지 감사할 어떤 것을 찾기 위해 노력하라. 그런 다음 그 지시가 왔을 때 그것을 따르라.

컷-스루의 단계를 필요한 만큼 반복하라. 어떤 감정은 빠르게 잘라낼 수 있지만 다른 것들은 시간과 반복이 필요하다. 만약 불편한 감정이 계속 생각난다면, 인내심을 가지고 다시, 그리고 또다시 시도하라. 어떤 패턴들은 몇 년 동안 강화되었다는 것을 기억하라. 그러므로 한 번 또는 두 번의 컷-스루의 이행으로 사라질 것이라고 기대하지 말라. 집의 테라스에 앉아 컷-스루를 반복하고 계속 반복했던 캐롤처럼 당신은 당신의 주된 감정과 태도의 변화가 나타날 때까지 이 단계를 반복할 수 있다. 이것은 상황이 아무리 절망적인 것처럼 보일지라도 할 수 있다.

컷-스루는 새로운 감정과 태도로 변환시킬 수 있다

우 리의 태도들은 뇌에 있는 신경 회로를 형성한다. 만약 우리가 습
관적으로 특정한 태도를 유지한다면 뇌는 정말로 그 태도를 쉽
게 하기 위해 스스로 회로의 배선을 바꾼다. 바꾸어 말하면 뇌는 특정
한 태도에 익숙하게 된다.

당신 고유의 특성이라고 생각되는 많은 것들은 당신이 반복적으로
취한 특정한 행동에 의해 창조된 신경 통로에 불과하다. 우리는 어떤
사람의 정신상태가 강화되었을 때 특징을 낳는다고 말할 수 있다. 당신
이 누구인지, 무엇을 좋아하는지, 그리고 당신이 어떻게 반응해왔는지
는 당신의 습관에 의해 뇌 안에 구조화되었다. 지금은 당신의 뇌에 이
특징들이 강하게 배선되어 있기 때문에 이것이 어떤 의미에서는 다른
사람들과 구별할 수 있는 '나' 라는 특징이다. 그러나 그 특징들은 그렇
게 '나' 라는 특징을 드러내지 않아도 되고, 그러한 방식으로 지속되지
않아도 된다.

그 이유 때문에 당신이 심장의 깊은 영역에 마침내 이르게 되었되면
당신이 진실되게 요청할 수 있는 가장 유익한 것 중 하나가 태도를 변
화시킬 수 있는 힘(만약 그것이 필요하다면)이다. 이것은 용기가 필요하다.
왜냐하면 성숙한 태도 변화는 때로 마음이 가지 않으려는 방향으로 우
리를 이끌어야 하기 때문이다. 마음은 특정한 태도로 프로그램되었다.
그리고 비록 당신이 직관적으로 그 태도들이 당신에게 좋지 않은 것이
라고 알아도 마음은 그것을 포기하는 것을 원치 않는 구조로 프로그램
되었다. 그리고 그 태도가 심장의 방향대로 간다면 앞으로 무엇이 나타
날지 알지 못하는 마음은 위험을 두려워한다. 그래서 심장을 따르는 것
을 배우는 것은 때로 어렵다.

가끔 문제의 해결법은 우리 바로 앞에 있다. 그러나 그것들은 부정적
인 정서 또는 오래된 태도로 인해 가려진다. 만약 우리가 해법을 얻고

자 한다면, 모든 문제들이 태도의 변화를 요구하는 것은 아니다. 그러나 우리를 손상시키는 주요한 문제들은 태도의 변화를 필요로 한다. 이러한 경우에는, 태도의 변화는 종종 확실한 해결책을 위한 길을 분명하게 해준다. 그러나 만약 우리가 태도의 변화를 일으키기 위한 대가를 치르지 않고자 한다면, 우리는 가능한 해결책과 명확함을 저지당한다.

때로 사람들은 불평할 수 있는 마음의 권리를 보존하기 위하여 특정한 태도로부터 변환하는 것을 스스로 저지한다. 사람들은 화가 나거나 또는 정당하다고 느낄 때 뒤틀린 생각으로 불평하기를 좋아한다. 그러나 마음이 정한 이러한 원칙을 버리기보다는 불평하기를 택하기 때문에 종종 해결책이나 통찰력은 저지된다. 그러므로 불만을 가득 품은 구체화된 태도는 당신 자신과 다른 사람들을 위해 가장 좋은 모습으로 변하는 것을 방해한다.

컷-스루는 당신이 새로운 감정과 태도로 움직일 수 있도록 해준다. 컷-스루는 또한 당신이 불평과 비효율적인 감정, 그리고 불안감에 사로잡히는 것을 뛰어넘는 더 큰 계획을 보여준다. 그러므로 문제의 중요성을 낮추려는 당신의 열성에 계속해서 자부심을 가져라. 그리고 감정으로 인한 에너지 소모를 줄여라.

컷-스루 연습하기

컷-스루의 6단계를 연구하고 적용하는 데에 약간의 시간을 투자하라. 당신이 연습을 하게 되면 한 단계에서 그 다음 단계로 쉽게 넘어가기 시작한다는 것을 발견하게 될 것이다. 이 과정은 매우 짧은 시간 안에 더 쉬워질 것이다. 우리가 언급했듯이, 당신은 자신이 만든 (자신만의) 통용어를 개발하거나 또는 각 단계의 (하이라이트 된) 핵심 단어로 자신의 기억을 되살릴 수 있다.

각 단계를 배우는 가장 쉬운 방법은 당신이 이것을 읽으면서 각 단계를 연습하는 것이다. 처음에는 눈을 감는 것이 편하다면 눈을 감고 연습을 한다. 당신이 내면에서 일어나는 이 과정에 익숙해지게 되면, 당신은 눈을 뜨고서도 그것을 빠르게 할 수 있을 것이다. 잠시 후에 각 단계가 자동적으로 진척되어 당신은 그것을 일상생활에서, 즉 샤워를 하거나 운전을 하면서 회의를 하면서도 할 수 있다. 즉 당신은 어느 곳에서나 이 단계를 실행할 수 있다.

당신은 또한 컷-스루를 음악에 맞추어 할 수 있다. 당신이 심장과 연결된 것처럼 느끼게 해주는 음악을 사용하라. 자극적인 음악은 적당하지 않다. 그러나 너무 부드럽거나 또는 조용한 음악 또한 적당하지 않다. 경쾌한 음악과 약간은 졸린 듯한 음악[5] 중간의 기악이 가장 적당하다. 적당한 음악이 함께하였을 때, 컷-스루 기술은 더 강력해질 수 있다. 당신에게 가장 효과적이고 적합한 음악 스타일 또는 종류를 찾을 때까지 여러 음악들로 시험을 하라. 그러나 이 컷-스루의 효과는 어떤 방식으로든 음악에 의해 좌우되지는 않는다. 그것이 음악으로 인해 강화가 되든 그렇지 않든, 컷-스루로부터 효과를 얻을 수 있는 가장 유익한 방법은 그 기술을 진지하게 배우고 적용하는 것이다.(내면을 다루는 일에 있어서 음악의 사용에 관해 더 많은 것을 알기 위해서는 10장을 보라.)

컷-스루 기술에 익숙해지기 위해서 다음 쪽에 있는 작업표의 도움을 받아 훈련을 하라. 당신은 7장과 8장을 읽으면서 자신에게서 반복적으로 발견되는 어떠한 정서적 손실이나 우려도 저지할 수 있다. 당신은 아래에 열거한 바와 같이 가장 일반적인 감정의 소모를 일으키는 감정 중 몇몇을 제거하는 시도도 할 수 있다. 컷-스루는 어떻게 이 감정들이 작동하고 활동이 촉진되는지 당신이 이해하도록 도와준다.

---

5) 그러한 목적을 가진 음악을 하트매스연구소에서 제작하여 배포하고 있다.

긴장	날카로운 신경	고통
분노	죄책감	압도당한 느낌
무관심	상처	슬픔
낮은 에너지/피로	비탄	분개, 원한
걱정	화	조바심
자책	우울함	공포

시간의 압박

우리의 훈련프로그램에서 대부분의 사람들은 '압도당한 느낌'이 가장 어렵게 하는 느낌이라고 한다. 그 감정은 신경의 예민함, 불안 그리고 에너지가 부족한 피로감으로 연결된다. 의사들은 그들의 병원에 오는 새 환자 중 30퍼센트에 달하는 사람들이 비정상적이거나 에너지가 부족한 피로감을 호소한다고 한다. 이 증상은 대개 만성적으로 무언가에 압도되는 느낌과 함께 동반된다. 이러한 느낌의 가장 일반적인 이유는 시간의 압박이다.

그러나 우리는 정말로 시간의 속박이 주는 압박감을 줄이기 위해 컷-스루 기술을 이용할 수 있을까? 결국 시간의 압박은 너무나 외적인 문제로 우리의 통제를 벗어난 문제로 보여진다. 과중한 업무량, 아이들, 교회의 성가대일, 자원봉사 활동, 이 모든 것들은 우리의 시간을 무자비하게 요구한다.

그럼, 이렇게 생각해보자. 당신의 기분이 좋지 않고 시간이 촉박할 때, 그것은 단지 우리가 압박감을 느끼는 것이 아니다. 왜냐하면 우리의 신경은 매우 날카로워졌기 때문이다. 그리고 우리의 신경이 날카로울 때 우리는 종종 하지 말아야 할 말이나 행동을 한다. 그럴 때에 우리는 다시 원점으로 돌아가 우리가 실수한 일들을 수습해야만 한다. 그것

컷-스루 실행일지

여기에 컷-스루 기술의 6단계가 있다.

1단계 현재의 문제에 대해 당신이 어떻게 느끼는지를 알라.

2단계 심장과 명치 부근에 집중을 하고, 당신의 집중이 흐트러지지 않게 돕기 위해 그곳으로 10초 이상 숨을 쉬면서 사랑과 감사가 들어간다고 생각하라.

3단계 그 문제나 감정이 마치 제3자의 것인 양 객관적으로 보라.

4단계 중립자세를 취하고, 당신의 이성적이고 성숙한 심장에 의지하라.

5단계 어떤 불안하거나 혼란한 감정을 심장의 연민에 푹 담그고 풀어라. 그러면서 한번에 조금씩 그 중요성을 용해시켜라. 시간제한이 없기 때문에 단계를 진행하면서 충분한 시간을 가져라. 당신의 에너지를 소모하는 것은 그 문제가 아니라 그 문제에 자신이 주관적으로 부여한 중요성이라는 점을 명심하라.

6단계 당신이 할 수 있는 한 중요성을 낮춘 후에 당신의 깊은 심장에서 오는 진실되고 적절한 지도와 통찰력을 부탁하라. 만약 당신이 해답을 얻지 못한다면, 잠시 동안 감사할 어떤 것을 찾아라. 어떤 것에 대한 것이든 감사는 종종 당신이 계속 고민하고 있는 문제에 대한 직관적인 명료함을 촉진시킨다.

정서적 과제 _____

정서적 반응 _____

_____

_____

_____

컷-스루 실시

컷-스루를 하고 나서의 반응 _____

_____

_____

_____

_____

은 시간 낭비이다.

당신이 그러한 감정을 인식하자마자 압박감, 신경의 예민함과 같은 감정들을 잘라냄으로써 당신은 다시 감정의 균형상태로 돌아온다. 그리고 그것은 당신에게 시간의 변화를 일으킨다. 바꾸어 말하면, 당신은 우울한 감정의 모든 비효율적 결과를 겪지 않아도 되기 때문에 시간의 낭비를 줄일 수 있다. 당신은 컷-스루를 이용하여 짧은 시간에, 순간적으로, 즉시 자신을 관리할 수 있다.

우리가 앞장에서 본 아침에 좋지 않은 기분으로 잠자리에서 일어난 사람에 관한 예에서처럼, 만약 당신이 배우자와 아침에 말다툼한 후유증을 인지한 후 곧바로 컷-스루를 실시했었다면 당신은 이후 그 기분으로 인한 모든 부정적인 정신과 정서를 사무실에서 표출하지 않고 다른 것으로 전환했었을 것이다. (그리고 저녁에 부인과의 다툼 또한 피할 수 있었을 것이다.) 이것은 많은 시간과 에너지를 절약하게 해준다. 당신이 어떻게 그 시간을 다르게 사용할 수 있었을지를 생각해보라.

당신의 감정을 변화시키기 위해, 그리고 어느 때에나 당신의 심장과 정렬하기 위해 컷-스루를 사용하는 것은 시간의 변화를 일으킨다. 왜냐하면 그것은 시간의 낭비로 귀착되는 연쇄 반응들을 멈추게 하기 때문이다. 당신은 효과성이라는 새로운 시간과 에너지의 영역 안으로 이동하게 된다. 만약 당신이 즉각적으로 컷-스루 하는 것을 잊었다고 해서 그 기회를 완전히 놓쳤다고 생각하지는 말라. 어느 순간에도 컷-스루를 이행하는 것은 시간과 에너지의 손실을 막아준다. 당신이 이 기술을 반복적으로 연습함으로써 이 과정은 연쇄 반응의 초기 단계 때 당신의 기억에서 떠오르게 될 것이다.

몇 가지 예를 살펴보자. 당신이 시간의 압박을 느끼고 특정한 시간까지 어떤 업무를 마치려고 노력하고 있을 때에는 못해도 4단계는 실시해야 한다. 즉 불안한 감정에 휩싸여 허둥대거나, 또는 그런 감정이 낮은 수준의 열병처럼 당신에게 영향을 미치도록 두는 대신에 그 상황의 몇

몇 중요성을 줄여라. 그리고 자신을 불편하게 하는 어떤 말을 하거나, 또는 당신이 회의에 참석하고 있을 때는 5단계를 시행하여라. 즉 불안한 감정을 회의의 나머지 시간 동안 담가두도록 심장에게 양도하는 노력을 하라. 당신이 훈련의 노력을 실현할 때마다 당신은 몇몇 에너지의 소모를 멈추고 시간의 변화를 일으킨다. 당신이 시간의 변화를 쌓아올릴수록 당신은 새로운 감정의 쾌활함과 지구력을 쌓게 된다.

2년 전 나는(하워드) 컷-스루를 적용하기 위한 흥미로운 기회를 가졌다. 나는 그 기술을 실시함으로써 굉장한 시간과 에너지의 손실이 될 수 있었던 것을 막고 변화를 일으킬 수 있었다.

우리 직원 중 어려운 시간을 겪었던 한 명이 계속해서 사람들을 판단하고 비난하며 그의 주변에 있는 사람들을 속이기도 하였다. 이 버릇은 그를 비참하게 만들 뿐만 아니라 그의 일과 그의 동료들과의 관계에도 영향을 미치기 시작하였다.

그가 유별나게 화를 낸 회의가 끝나고 나서, 나는 잠시 멈추고 우려라는 나의 감정을 극복하였다. 그런 다음 나는 그의 태도에 관해 그와 솔직한 대화를 시작하였다. 나는 그가 그러한 것을 극복하도록 돕고자 노력한 것이었다. 그러나 그는 내 말에 강하게 부정적으로 반응하면서, 그가 얼마나 나의 시각에 관해 분개하는지를 이야기했었다.

며칠이 지난 후, 그는 잠시 빌딩 바깥에서 보자고 나를 불러냈다. 그리고는 나를 연민이나 감수성도 없는 사람으로 몰아붙였고, 내가 그의 문제에 중요한 기여를 했다고 비난하면서 분노를 터트리기 시작하였다. 그의 분노가 더해갈수록 그는 나를 신체적으로 위협하기 시작했다. 중립의 상태로 어떻게든 가기 위해, 나의 입장을 포기하지는 않았다. 그리고 그의 분노가 식도록 내가 할 수 있는 한 최선을 다했다.

그의 분노가 다 식자마자 나는 사무실로 들어가 문을 닫았다. 비록 안정된 상태로 있기 위해 모든 노력을 다했을지라도, 나는 다소 흔들리고 있었다. 이 사건으로 인해 감정적으로 긴장된 생각들이 내 안을 휘

젓고 있었다.

무슨 일이 일어났었는지를 깨달았을 때 나는 모든 것을 멈추고 진실하게 컷-스루를 하기로 결심했다. 나는 컷-스루의 단계를 여러 번 반복했다. 새로운 시각을 얻으면서, 중요성을 논하면서, 그리고 나의 상처받기 쉬운 감정을 내 심장에 담그면서 그 몇 가지 단계로 움직였다.

나의 이성적이고 성숙한 심장의 도움으로 이 동료가 정말로 힘든 시간을 보냈음을 이해할 수 있었다. 비록 몇몇 직원들은 그를 해고하는 것이 적절하다고 말했지만, 나는 그가 진심으로 헌신적인 직원임을 알고 있었다. 나는 해답을 얻기 위해 계속 노력하기로 결심했다.

그날 컷-스루를 잠시 연습한 후에 나는 겨우 약간의 안도감을 찾았다. 시간이 흘러 해는 저물었지만, 나는 여전히 불안한 느낌을 가지고 있었다. 그래서 나는 내 감정이 다시 안정을 찾도록 남은 불안을 심장에 담그었다. 그것은 효과가 있었다.

나는 우리의 다툼을 해결하려고 그에게 말을 걸기 위해 계속 노력하였다. 그리고 결국 우리는 그 문제를 해결했다. 이번에는 그가 하트매스 솔루션의 도구와 기술들을 사용했다. 그리고 그는 다시 그의 심장과 교류하기 시작했다. 나는 그의 그러한 행동에 감탄하지 않을 수 없었다. 지금 그는 회사에서 중요한 기여를 하는 매우 가치 있는 동료이다.

컷-스루를 사용함으로 얻는 이익은 매우 많다. 당신이 이 기술을 훈련함으로 목격하게 될 첫 번째 이득 중 하나는 당신이 자신의 감정의 수용 능력을 기르고, 자기 동기부여를 증진하게 된다는 것이다. 게다가 당신은 이로 인해 더 빠른 속도로 일을 하기 때문에 덜 늑장을 부리고, 더 감수성이 살아나고, 다른 사람들을 더 잘 이해하게 된다.(이것은 대인 관계의 증가된 의사소통 능력을 가져온다.) 그리고 당신은 자신이 가능한 한 가장 빠른 속도로 삶을 헤쳐 나가기 시작한다. 그것은 균형을 유지할 수 있는 속도이다.

사실상 당신은 당신 자신과 삶에 관련되는 것에 새로운 격자무늬의

획을 긋고 있다. 당신은 자신의 감정 에너지를 취해 생산적인 방향으로 전환한다. 컷-스루를 일 주일 동안 해보고, 그로 인해 어떤 변화가 생기는지를 확인해보라. 변하는 않는 것이 어떤 것인지도 살펴보라. 더 많은 시간이 걸리는 정서의 패턴들에는 인내심을 가져라. 몇 년 동안 강화된 감정의 문제를 해결하기 위해 심지어 한 달이 필요하다면, 그것 역시 당신을 감정의 자유로 인도하는 지름길이다.

컷-스루를 훈련할 때 저지르는 일반적 실수들

사람들이 컷-스루를 훈련할 때 일반적으로 두 가지 실수를 저지른다.

실수 1 "나는 당신이 무엇을 말하고 있는지 이해합니다. 그러나 나의 두려움과 걱정은 정말로 다른 사람들의 것과는 너무나 다릅니다." 사람들은 누구의 잘못이 더 심한가를 입증하기 위해 노력하면서 며칠 동안이라도 싸울 수 있다. 당신이 이 컷-스루를 시도하지 않는 한 당신은 이 기술이 당신에게 효과가 있는지 아닌지도 알 수가 없다.

실수 2 "나의 문제는 너무나 깊어서 어떤 기술로도 도울 방법이 없어. 난 그 모든 걸 다 해봤다고." 수천의 사람들이 그들의 감정의 세계를 위해 스스로 하는 훈련, 종교 그리고 치료를 통해서 조정하려고 노력했었다. 그리고 그것은 종종 긴 시간을 필요로 하는 과정이었다. 사람들은 그들이 (자의적으로) 감정을 가지고, 생각도 하고, 태도도 바꿀 수 있다고 믿는다. 그러나 감정의 세계에서 변화에는 심장의 통일성이 필요하다. 그것들은 또한 일관되고 진실된 훈련을 요구한다. 왜냐하면 우리의 많은 지각, 태도 그리고 감정적 반응의 너무나 많은 것들이 세포의 패턴을 이루는 데 깊게 배어 있기 때문이다.[3] 이것은 과거 감정적인 경험의 풀리지 않는 미스터리들을 계속해서 우리의 신경과 신경들이 형성하는 회로 안에 갇혀 있게 한다. 우리의 신경 세포들은 실제로 과거로부터 축적된 것과 감정적으로 격했던 현재의 사건 기억들을 보유하고 저장한다.[1]

기억은 어떻게 형성되는가

기억에 관한 실험적인 연구는 어떻게 새로운 정보들이 기억창고에 저장되는지를 연구하기 위해 허만 에빙하우스[6]가 일련의 실험을 실시했던 1885년으로 거슬러 올라간다. 그는 새로운 정보가 만들어지고 있음을 확신하기 위해서는 피실험자들에게 제공되는 자료와 그들의 과거 기억 사이에는 아무런 연관 관계가 없음을 확실히 해야 할 필요가 있다고 추론하였다.

피실험자들에게 새로운 기억을 형성하게 하기 위해, 그는 피실험자들이 너무나 생소하여 이전의 어떤 기억과도 연관이 없는 말로 이루어진 자료를 제공해야 한다는 생각을 떠올렸다. 그는 아무 의미가 없는 한 개의 모음과 두 개의 자음으로 이루어진 임의의 음절을 창조했다(예를 들어 WUX, JEK, ZUP). 에빙하우스는 이러한 2,300여 개의 음절을 만들었다. 그리고 그것을 각각의 메모 용지에 적었다. 그리고 7장에서 36장까지의 메모카드를 불규칙하게 뽑아서 연속적으로 기억하게 될 음절의 리스트를 만들었다.

이 간단한 실험으로부터 그는 두 가지 기본적인 법칙을 발견했다. 첫

---

6) 독학으로 역사학, 언어학, 철학, 심리학까지 연구하였고, 베를린 대학, 브레슬라우 대학, 할레 대학 등에서 교수로 있었다. 기억실험(記憶實驗)의 결과인 『기억에 관하여』(1885)를 발표하였고, 기억실험의 결과 망각률(忘却率)은 습득 직후가 가장 높고, 파지량(把持量)은 처음 9시간 동안 급격히 감소하다가 그 뒤에는 서서히 준다는 것을 발견하였다. '에빙하우스의 망각곡선'은 이 연구에서 얻어진 것이며, 이러한 그의 연구결과는 그후의 기억, 학습연구의 원형(原型)으로서 인정받고 있다.

번째로 그가 발견한 것은, 기억은 등급이 매겨진다는 것이다. 두 번째로 반복의 횟수와 기억의 보유량은 비례관계라는 것이다.

에빙하우스는 또한 망각에 대해서도 연구를 했다. 그가 초기에 학습했던 리스트를 재학습했을 때에는 기억에 초기보다 더 적은 시도와 시간이 걸림을 발견했다. 그는 또한 망각이 적어도 두 가지 구성요소를 가지고 있음을 발견했다. 그것은 한 시간 안에 일어나는 초기의 빠른 기억의 감소, 그리고 그 다음으로 약 한 달 동안 지속되는 더 점진적인 기억의 감소이다.[4]

이 연구는 뇌가 적어도 기억에 관해 다른 두 가지 과정을 사용한다는 새로운 이해에 대한 기초를 제공했다. 이 과정을 현재 일반적으로 단기기억과 장기기억이라도 부른다. 단기기억이 일어났을 때는 뉴런의 연결 부위 사이에 위치한 시냅스의 세기가 일시적으로 변경된다. 그리고 만약 우리가 행동 또는 태도를 반복한다면 그 연결은 더 강하게 된다.

행동과정에 대한 장기기억이 만들어지기 위해서는 신경세포가 두 가지 부가적인 것을 해야 한다. 첫째, 신경세포들은 신경세포의 DNA 안에 포함된 특정한 유전자를 자극하는 어떤 분자를 생성하기 위해 일련의 복잡한 화학작용을 겪어야만 한다. 둘째, 신경세포는 구조적으로 자라고 변해야 한다. 신경세포 안의 이러한 구조적인 변화 안에서 (그리고 그것들이 형성한 회로 안에서) 반복된 태도, 정서적인 반응, 그리고 행동들은 각인된다.[5]

기억은 뇌의 지각과 반응 시스템 안의 누적된 변화를 허용하고, 새로운 기술, 무의식적 정서 반응 패턴의 점진적 발전을 설명해준다. 그것은 우리의 과거 기억이 현재 행동에 영향을 미치게 하며, 심지어 우리가 의식적으로 그런 경험들을 수집하지 않았을 때에도 무의식적인 과거의 기억이 현재 행동에 영향을 미치게 한다.[6]

한번 기억이 형성되면, 우리의 무의식적 기억들은 우리의 현재 순간의 지각에 영향을 미친다. 다음으로 이것은 우리 몸의 화학작용과 호르몬 생산에 영향을 미친다. 컷-스루를 사용하여 감정적 에너지 소모를 빠르게 처리함으로써 당신은 새로운 세포의 구조적 변화를 창조하고 강화하기 위해, 그리고 세포 수준의 영역에 남아 있는 감정 세계의 찌꺼기들을 제거하기 위해 심장의 통일성의 힘을 사용할 수 있다.[3]

컷-스루는 호르몬에 대한 영향을 변화시킬 수 있다

정서와 호르몬은 밀접한 관계에 있다. 우리의 지각과 정서는 우리 몸의 화학작용에 영향을 미치고, 다음으로 우리의 화학작용은 다시 우리의 기분과 행동에 여향을 끼친다.[7]

왜 사람들은 케네디 대통령이 암살당했을 때, 그들이 어디 있었는지는 기억하면서도 그 전날 어느 곳에서 점심을 먹었는지는 기억하지 못할까? 그것은 케네디 대통령의 죽음에 대한 그들의 정서적 반응이 그들이 점심을 먹었을 때의 것보다 훨씬 더 강하기 때문이다.

강한 감정적 자극에 의해 방출되는 호르몬과 신경 전달 물질은 우리의 신경 회로 안에 그 감정적인 것을 강하게 고정시키는 것을 도와준다. 우리는 기억을 할 때, 그것이 우리에게 얼마나 중요한지와 관련하여 기억한다. 그리고 우리는 강한 긍정적인 것보다 강한 부정적인 감정들을 더 많이 기억하는 경향이 있다.

과거에는 강한 부정적 감정과 긍정적 감정의 각인이 생존을 위해 중요한 역할을 했지만, 우리가 삶의 질을 높이기를 희망한다면, 인간 진화의 다음 국면에서 우리는 더 많은 감정의 통제를 필요로 할 것이다. 그리고 그 결과로 우리 호르몬의 반응에 대해서도 더 많은 통제가 필요할 것이다.

컷-스루가 호르몬의 통제의 대한 해답을 제공하는가? 연구소 과학자들은 규칙적인 컷-스루 기술의 훈련이 우리 몸의 중요한 두 가지 호르몬인 DHEA와 코티솔의 수치를 바꿀 수 있는지 혹은 그렇지 않은지를 발견하기 위해 오랫동안 관심을 가져왔다.

부정적인 감정의 반복적인 경험이 코티솔 수치의 만성적인 증가로 이어질 수 있다는 것은 의료계에서는 잘 알려진 일이다. 이 증가된 코티솔의 수치는 DHEA의 수치를 낮추면서 뇌세포를 파괴한다. 우리가 3장에서 언급했듯이, 만성적인 코티솔의 증가는 또한 골밀도의 저하, 지방축적의 증가(특히 허리와 둔부 주변)를 초래하며, 나아가 기억의 손상 및 뇌세포의 파괴로 이어진다. 과학자들은 또한 DHEA의 낮은 수치와 많은 심신의 부조화를 연결시켰다. 그것은 피로감, 면역 장애, PMS, 폐경기 장애, 알츠하이머 병, 비만, 심장병, 당뇨병을 포함한다. 또한 이 연구에서 중요한 징후를 찾았는데, 그것은 증가된 DHEA의 수치는 우울증, 근심, 기억의 손실, 심혈관 질환을 감소시킨다는 것이다. 최근 샌디에고에 있는 캘리포니아 대학에서 행한 의학적 실험은 증가된 DHEA의 수치가 행복감, 에너지, 활기의 증가를 보여준다고 한다.[3, 8-12]

컷-스루의 연습이 이 호르몬들의 수치를 유익한 방향으로 바꿀 것이라는 가정으로부터 출발해, 연구소는 30명의 남녀를 대상으로 실험을 하였다. 그 실험의 피실험자는 컷-스루 기술을 훈련받았으며, 균형의 속도라고 불리는 음악 테이프를 들었다. 그 음악은 정서적인 균형을 촉진하기 위해 과학적으로 설계된 음악을 담고 있다.[13] 피실험자들은 컷-스루 기술을 음악을 들으면서 일 주일에 다섯 번 훈련했다. 또한 그들이 우려나 고민을 느낄 때마다 컷-스루를 사용하였다. DHEA 수치와 코티솔 수치를 측정하기 위해 실험을 하기 한 달 전, 그리고 한 달 후 모두 타액 표본을 채취했다.

이 연구는 컷-스루의 초기 버전을 이용하면서 마무리를 지었다. 그 기본적인 원리는 같으나 다른 말로 설명되었다. 몇 년이 넘게 컷-스루를 훈련하는 사람들로부터 풍부하고 실제적이고 실용적인 지식을 얻었다. 그 기술들을 더 세련된 버전으로 통합한 것이 여기에 소개된 것들이다. 우리는 컷-스루를 가지고 계속 실험을 하였다. 그러나 당신이 보게 될 것처럼, 심지어 그 기술의 초기 버전조차도 우리의 호르몬 균형에 매우 극적이고 긍정적인 영향을 끼쳤다.

훈련이 시작한 지 꼭 한 달 뒤에, 피실험자들은 그들의 DHEA 수치에 100퍼센트의 평균적인 증가를 보여주었다. 그리고 그들의 코티솔 수치의 23퍼센트의 평균적인 하락을 보여주었다(그림 9-1참조). 어떤 피실험자들은 한 달 안에 3배, 심지어 4배의 DHEA 수치 증가를 보여주었다.[3]

당신에게 이것이 얼마나 대단한 발견인지 이야기해주겠다. 독립된 외부 연구소 소장은 호르몬의 분석을 하고 나서, 비록 DHEA 보충재나 다른 처방들이 DHEA의 수치를 높이는 것을 이 분야에서 수년 동안 보았지만, 수치를 2배 이상 높이는 것은 거의 본적이 없다고 그가 이야기하였다.

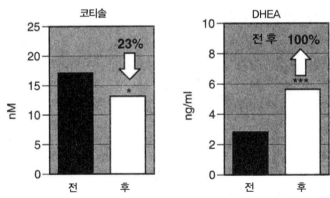

호르몬의 균형에 컷-스루가 미치는 영향

그림 9-1 이 그래프들은 컷-스루 기술을 배우고 훈련한 그룹에서 나타난 코티솔과 DHEA의 호르몬의 수치를 보여준다. 컷-스루를 한 달 동안 훈련한 후에 피실험자들은 평균적으로 23%의 코티솔의 감소와 100%의 DHEA 증가를 보였다.
ⓒ1998 하트매스연구소

스스로 호소하는 스트레스와 고민, 그리고 코티솔 수치 사이의 관계를 실험하기 위해 추가적인 분석이 행해졌다. 결과는 걱정과 스트레스를 덜 호소할수록, 더 낮은 코티솔 수치를 보여주었다. 이것은 이 연구에서 코티솔과 스트레스와의 관계에 대한 확실성을 확증하는 것이었다. 피실험자들은 그 달에 컷-스루와 균형의 속도라는 음악을 듣는 것을 제외하고서는 다른 음식, 운동, 또는 삶의 양식의 변화를 보고하지 않았다. 과학자들은 오랜 시간 지속된 규칙적인 연습은 더 큰 결과도 나타낼 수 있다고 하였다.[3]

이 연구는 특별히 중요하다. 그것은 사람들이 DHEA의 수치를 높이기 위해, 그리고 코티솔의 수치를 낮추기 위해 다른 어떤 약 또는 보충재를 섭취하지 않고서도 호르몬의 균형을 변화하는 능력을 가지고 있음을 확증하는 것이다. 이 사실에 대한 요점은 호르몬의 패턴은 우리의 지각과 감정의 변화에 잘 반응한다는 것이다. 그리고 이 인상적인 결과들은 단지 한 달이라는 기간의 컷-스루 훈련 후에 나온 것임을 기억하라.

컷-스루가 정서에 미치는 영향

그 연구의 다른 단계에서 하트매스연구소의 과학자들은 규칙적인 컷-스루의 훈련이 부정적인 감정과 스트레스를 상당히 줄일 수 있는지와 긍정적 감정과 행복감을 상당히 증가시킬 수 있는지를 알고 싶어했다. 참가자들은 전처럼 일 주일에 5일을 컷-스루를 훈련받았다. (음악을 들으면서) 그들에게 우려와 근심, 고통을 일으키는 어떤 자극이나 흥분이 있을 때, 이 기술을 훈련하도록 교육받았다. 15명에 달하는 통제 그룹의 사람들 또한 심리 검사를 받았다. 그렇지만 그들은 컷-스루를 훈련하지 않았다.

결과는 한 달 후 컷-스루를 훈련한 그룹에서 배려라는 긍정적인 정

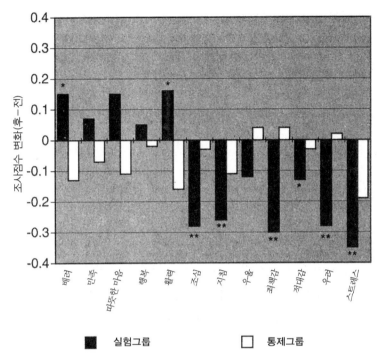

컷-스루 훈련을 통한 정서 균형 변화

그림 9-2 한 달 동안 컷-스루를 훈련한 후에 피실험자들은 스트레스, 우려, 부정적인 감정의 상당한 감소를 경험하였다. 그리고 활력, 긍정적인 감정(검은 막대)의 증가도 경험하였다. 컷-스루를 사용하지 않은 대조 그룹은 어떤 특기할 만한 심리적 변화도 보이지 않았다(흰색 막대). *P-.05, **P-.01.

ⓒ1998 하트매스연구소

서의 상당한 증가와 따뜻한 마음(감사, 친절, 사랑, 용서, 용납, 조화, 연민), 활기 그리고 만족과 행복감이 실제적으로 더 많이 증가한 것을 보여주었다. 그 그룹은 또한 근심의 감소, 지침, 우울, 죄책감, 적대감, 일반적인 우려 그리고 일반적인 스트레스의 감소를 경험하였다(그림 9-2 참조). 통제그룹에서는 반대로 긍정적 또는 부정적 감정에서도 어떤 기대할 만한 변화도 보이지 않았다.[14]

게다가 그 연구에 참여한 여성들은 실험이 시작되기 한 달 전에, 그리고 실험이 끝나고 두 달 동안 그들의 생리기간 동안 감정의 부조화를 개별적인 상태 기록부에 매일 기록하였다. 그 결과 감정의 부조화에 주목할 만한 감소, 즉 우울 등 생리기간 동안 겪는 피로감의 상당한 감소를 보였다.[14]

이 연구들은 컷-스루를 사용하는 것이 우리의 신체적·정신적 웰비잉에 역동적인 영향을 끼칠 수 있음을 설명한다.

일상생활에서 컷-스루 사용하기

이 연구 결과들은 실제로 고무적인 것이다. 그러나 정말로 우리에게 좋은 소식은 컷-스루가 우리 자신의 일상 삶에도 상당히 긍정적인 영향을 끼친다는 것이다. 그리고 그것의 효과는 당신의 연습과 헌신의 정도에 따라 함께 증가하게 된다.

감정의 변환을 원할 때 컷-스루를 사용하라

당신이 한 감정상태에서 또 다른 감정상태로 변환하기를 원할 때마다 컷-스루를 사용하라. 당신이 이 기술에 더 숙달이 된 후에는 감정의 소모를 멈출 수 있게 될 것이다. 그리고 당신의 의지대로 더 이상적인 감정의 상태로 이동할 수 있을 것이다. 오래 지속된 강한 감정의 패턴들을 당신의 의지대로 바꾸기 위해서는 높은 수준의 숙달이 필요하게 될 것이다. 그러나 많은 일반 정서적인 영역은 빨리 해결될 수 있다.

당신이 불안함을 느끼고 있다고 가정해보라, 아마 일련의 성가신 일들이 당신을 괴롭혔을 것이다. 그러나 당신이 지적할 수 있는 뭐 그리 큰 일이 있는 것은 아니다. 그러나 당신은 내내 화가 나 있고, 신경이 예민해 있다. 당신은 프리즈-프레임을 하려고 생각해보았지만, 당신의 정서상태는 실제적으로 완벽한 변화가 필요함을 인식하고, 대신에 컷-

스루 단계를 따르기로 결정하였다.

그 단계를 다 끝낸 후 당신은 감정적인 두려움과 걱정으로부터 자유롭게 되었음을 발견한다. 그리고 몇 분 안에 당신은 오늘 하루의 일과에 대해, 경험에 대해 풍부한 감사의 정서를 느낀다. 왜냐하면 중요한 것은 아무것도 잘못되지 않았고, 당신은 이제 모든 것을 제자리에 들어가게 할 흐름의 방향을 찾았기 때문이다.(매일의 삶이 이와 같지 않기 때문에 이것은 정말로 감사해야 할 일이다.) 당신이 일반적인 불쾌감을 제거할 때 증가된 감사의 정서는 당신의 지각 안에 매우 자연스럽게 일어난다.

감정의 균형을 빨리 회복할 때 컷-스루를 사용하라

당신의 감정이 심하게 균형을 벗어났을 때, 그때는 당신이 무엇을 하든지 그것을 멈추고 반드시 컷-스루를 실시해야 할 때이다. 당신은 아마 심장의 핵심 감정을 활성화시키기 위해 먼저 프리즈-프레임하기를 원할 것이다. 그런 다음 컷-스루 기술을 실시할 것이다. 프리즈-프레임은 매우 다양한 당신의 시스템을 안정된 상태로 이끌도록 도울 것이다. 그러므로 컷-스루를 쉽고 더 효과적으로 사용할 수 있게끔 할 것이다. 프리즈-프레임은 당신을 정신이 명료하고 균형 잡힌 상태, 즉 안정의 상태로 빠르게 되돌려준다. 그런 다음 컷-스루는 당신의 감정을 심장과 통일되게 이끌어줄 수 있다. 이 두 과정들은 밀접하게 연관되어 있다. 프리즈-프레임을 하면서 당신이 자신의 심장에게 무엇이 심장이 추천하는 효과적이고 스트레스를 줄이는 행동 방향인지 물었을 때, 당신은 왜곡된 감정을 말끔히 지우기 위해 컷-스루를 사용할 필요가 있음을 심장으로부터 들을 것이다.

컷-스루는 자신의 감정이 심감하게 균형을 잃었을 때마다 사용되어야 한다고 제안했을 때, 당신은 어떤 경우를 생각하고 있었는가? 분명히 당신이 화가 많이 났을 때, 즉 서로 화를 주고받고 있을 때, 또는 모든 것이 끝났을 때(그러나 여전히 화가 풀리지 않아 당신의 에너지가 소모되고 있을 때)를 생각했을 것이다. 그리고 예를 들어 분명히 강한 우려의 손아귀에서 벗어나지 못하고 있을 때도 생각했을 것이다. 당신이 이것을 읽을 때에도 전 세계에 있는 사람들은 "이 (어떤 문제든) 문제는 나를 죽도록 괴롭혀!" 라고 말할 것이다. 그들이 농담으로 이 말을 하지는 않았을 것이다.

어떤 종류의 강한 감정에 사로잡혔을 때, 컷-스루는 당신을 균형과 안정의 상태로 되돌릴 수 있다. 그리고 당신이 더 빨리 원래의 상태를 회복할수록, 당신은 더 많은 에너지를 비축할 수 있다. 당신이 반드시 기억해야 할 것이 있는데, 그것은 '자신에게 힘을 부여'[7]하는 훈련을 해야 한다는 것이고, 그것을 하기 위해 당신 자신의 삶에서 조금은 여유를 찾아야 한다는 것이다.

당신이 변화를 느낄 때까지 컷-스루의 단계를 실행하라. 그리고 즉각적으로 당신이 굉장히 좋은 기분을 느끼지 못할 수 있다는 것도 명심하라. 그러나 당신은 계속된 컷-스루의 훈련을 통해 당신을 괴롭히고 있는 감정 또는 문제에서 중요성과 문제의 비중을 낮춤으로써 다시 안정을 찾을 것이다. 짧은 기간 안에 당신의 정서세계는 큰 변화를 일으킬 것이다.

어떤 문제들은 분명한 해결책이 없다. 만약 당신이 비행기를 놓쳐서 사업상의 거래에서 실패하게 되었다면 그것을 되돌릴 수 없다. 그러나 당신은 그 감정의 수준에서 당신이 부과한 중요성은 낮출 수 있다. 그리고 당신이 다시 안정을 찾아서 일을 진행할 수 있게 해준다. 만약 당신이 컷-스루를 진지하게 적용한다면, 이러한 상황에 정말로 도움을 줄 수 있다. 그것은 당신을 바로 감정적인 균형에 이르게 한다. 즉 머리에서 심장으로, 혼돈에서 통일성으로 당신을 이르게 한다.

---

7) Self-empowerment를 말한다. 자신에게 권한과 동기를 부여하여 자신감과 성취도를 높이기 위한 것이다.

감정의 장애물을 제거할 때 컷-스루를 사용하라

오래 된 감정적 문제는 일반적으로 우리가 큰 성취감을 느끼지 못하도록 막는 주된 장애물이다. 당신이 대인관계에서 깊이 상처를 입었다고 가정해보자. 당신이 느끼는 오래 지속하는 고통은 당신이 사랑을 표현하도록 허락하지 않을 것이며, 당신이 계속해서 불안한 마음을 가지고 경계하는 모습을 가지도록 한다. 이 감정들을 당신의 심장에 가져가라. 그것은 더 이상 당신에게 고통을 일으키는 특정한 문제가 아님을 기억하라. 당신에게 고통을 안겨주는 것은 오래 전 당신이 그 문제에 부과한 감정적인 중요성이다. 그리고 그것은 그후 지금까지 수년 동안 강화된 것이다. 지금에 이르러서 고통은 단지 당신의 사랑을 표현하는데 자유로울 수 있게 하기 위해 변형되어야 할 에너지이다.

당신의 기억 속에 깊게 저장된 감정들을 뛰어넘는다는 것은 어려울 수 있다는 것을 우리는 이해한다. 그러나 만약 우리가 정말로 이러한 감정적인 한계들을 뛰어넘어 앞으로 나아가기를 원한다면, 당신이 자신의 주된 감정적인 장애물이라고 인식되었던 것에 대해 컷-스루를 사용하기 위한 시간을 따로 가져야 한다. 일단 당신이 그것들을 목표로 삼았다면, 컷-스루 6단계 각각을 훈련하는 데 전념하라. 당신이 그렇게 전념함으로써 자신을 혁신하고 자신을 파괴하는 감정의 패턴들을 제거할 수 있을 것이다. 당신 자신의 문제를 다루는 것이 쉬워지므로 당신이 필요한 통찰력을 가져다줄 심장이 눈을 뜨게 될 것이다. 컷-스루를 훈련하면서 당신은 생각한 것보다 더 빨리 자유, 평안, 해방감을 느낄 것이다. 꼭 한 달 동안 실험에 참가한 사람들이 그러했듯이, 몇 년 동안 당신에게 영향을 주었던 감정적 장애물을 다루기 위해 일주일에 며칠은 30분 정도 컷-스루를 함으로써 얼마나 많을 것을 얻을 수 있는지를 생각해보라.

당신만의 행복을 창출하라

컷-스루는 당신의 감정을 회복시키고 평화로운 것들에 집중하게 하면서 스트레스가 가득 찬 상황에서 당신을 구해주는 기술이기 때문에, 어떤 의미에서는 당신이 행복을 찾는 것을 도와주기 위해 설계된 것이다.

우리 모두는 행복함을 느끼기 원한다. 그러나 행복은 우리에게 꼭 필요하지만 매우 귀하고 드문 것이 되었다. 우리는 단순히 우리가 원하는 대로 행복이 존재하게 할 수는 없다. 바깥세상 또한 의지할 만한 행복의 근원이 되지는 못한다. 왜냐하면 만약 당신을 행복하게 해줄 사건, 그리고 환경들을 당신이 마냥 기다린다면, 그 기다림은 종종 오랜 기다림, 당신을 낙담시키는 기다림이 될 것이기 때문이다.

최선의, 가장 의지할 만한 행복은 마음과 심장 사이의 안정된 협상에서 온다. 그 협상에는 노력과 결심이 필요하다. 외로움, 시기 또는 두려움으로 인해 당신의 에너지가 소모되었을 때, 당신의 행복을 유지해줄 감정의 연료는 남아 있지 않다. 물론 행복감은 잠깐 동안 생길 수 있지만 그것은 오래 지속되지 않는다. 통제되지 않은 감정은 행복을 흡수하여 고갈시키고, 우리의 에너지 비축분을 고갈시킨다.

당신의 감정을 관리하는 것은 내면의 작업이다. 바로 이것이 태도의 변화를 일으키기 위해 기술을 배우는 것이 왜 중요한지에 대한 이유이다. 당신은 그때 당신의 감정을 더 효과적으로 지휘하고 감독할 수 있다. 행복은 심장에 의해 자격을 인정받은 감정을 통해서 발생한다. 컷-스루의 가장 기초적인 목적은 심장지능의 깊은 영역에서부터 감정을 관리하고 당신의 행복의 가치를 떨어뜨리는 감정을 빠르게 저지하는 것이다. 컷-스루는 당신을 왜곡된 감정의 반대편으로 데려다 준다. 그래서 그 새로운 시각에서 당신은 더 큰 그림을 볼 수 있고, 더 큰 행복과 내면의 안전을 경험할 수 있다.

당신의 심장이 당신에게 무언가를 다르게 하기 위해 어떤 것에 대한 통찰력을 줄 때, 그것을 듣고 따르는 것은 중요하다. 당신은 자신의 심장이 당신에게 말하는 것을 실천함으로써 정서적인 능력을 강화한다. 직관적인 듣기에는 반드시 직관적인 행동이 따라와야 한다. 당신의 행복은 그것에 좌우된다.

기억해야 할 키포인트

- ···▶ 컷-스루는 정서적인 통일성을 촉진하고, 당신이 원하지 않는 감정을 새롭고, 원래의 회복가능한 상태로 복원해준다. 그리고 그것은 합리화 또는 억압에 의존하지 않는다.
- ···▶ 컷-스루는 지나치게 간략화된 자조(Self-help) 기술이 아니다. 그것은 깊이를 가지고 있다. 그리고 성숙된 반응과 숙고를 요구한다.
- ···▶ 당신의 에너지를 고갈시키는 감정에서 벗어나기 위해 컷-스루를 사용하라. 그리고 감정의 균형을 찾고 오랫동안 지속된 감정의 문제들을 제거하라.
- ···▶ 오늘날 사람들이 불평하는 가장 부정적인 감정상태는 압도당하는 듯한 느낌이다. 그것의 기본적인 원인은 시간의 압박이다. 압도당하는 듯한 감정을 발견하자마자 빠르게 처리함으로써 당신은 정서의 안정을 되찾는다. 그리고 그것은 시간의 변환을 일으킨다.
- ···▶ 컷-스루를 사용하여 당신의 감정을 관리하는 것은 먼저 당신이 어떤 감정을 느끼는지에 대해 인식하는 것이 필요하다. 심장을 통해, 명치 끝을 통해 호흡하는 것은 당신의 감정을 고정시키는 것을 돕는다. 객관성을 취하는 것은 정서적인 성숙으로 인도한다.
- ···▶ 당신의 심장이 조화롭지 못한 감정의 에너지를 제거하도록 두어라. 말썽을 일으키는 것은 특별한 문제로 인한 것이 아니다. 말썽을 일으키는 것은 당신이 그 문제에 부과한 감정적인 에너지이다. 그 문제로부터 중요성을 제거하고, 그것을 심장에 담는 것은 저장된 에너지를 방출하는 것이고, 새로운 통찰력을 가져오는 것이다.
- ···▶ 종종 오래된 정체성들은 우리가 곤경에 빠져 있는 것처럼 계속 느끼게 한다. 당신은 그것들이 무엇인지조차도 알지 못할 것이다. 컷-스루를 적용함으로써 당신은 무의식적 기억 안에, 그리고 신경의 회로에 있는 비생산적인 감정의 패턴을 지울 수 있다.
- ···▶ 감정과 호르몬은 밀접한 관계를 가지고 있다. 우리의 지각과 감정은 우리 신체의 생화학적 특성에 영향을 미친다. 그리고 다음으로 우리 인체의 생화학 특성은 우리의 정서와 행동에 영향을 미친다.

⋯▸ 당신이 컷–스루 기법을 사용함으로 얻게 될 유익은 크다. 당신이 목격하게 될 처음의 것 중 하나는 당신의 감정적 수용력을 강화하게 되는 것이다. 게다가 자기 동기부여(Self-motivation)는 증가할 것이다. 그리고 당신은 더 빠른 속도를 유지하기 때문에 늑장을 덜 부리게 될 것이다. 또 당신은 더 민감하게 다른 사람들의 감정을 이해하고 공감하게 될 것이다.(이것은 대인관계에 있어서 발달된 의사소통 능력과 관계있다.) 그리고 당신은 가능한 가장 효과적인 속도로 삶을 헤쳐나가기 시작할 것이다. 그것은 바로 균형의 속도이다.

10

하트 로크-인을 생활화하자

만약 당신이 자신에게 생기를 회복시킬 에너지를 주입시켜주는 기계에 들어갈 수 있다면 굉장히 멋지지 않을까? 또는 산속 높은 곳 어디엔가 에너지를 공급해주는 특별한 공간이 있다면, 또는 열대우림 깊은 곳에 그런 특별한 공간이 있다면, 그래서 그곳에서 당신의 통찰력, 의식, 활력의 다음 단계에 이르게 된다면?

하트매스에 대해 배우기 전 생물공학 회사에서 성공한 중역인 데보라는 몇 달마다 사막으로 또는 바다를 바라보고 있는 가톨릭 수도원 요양소로 가서 새로운 의미의 평화와 영감을 얻고, 마음을 새롭게 하기 위해 여행을 떠나곤 했다. 그녀는 이러한 조용하고 기분 좋게 하는 시간을 가지는 것을 좋아했다. 이 시간들은 그녀 자신을 재충전하기 위한 귀중한 자원을 제공했다. 그러나 대부분의 사람들처럼 데보라는 다시 그녀의 바쁜 생활로 다시 뛰어들었다. 그리고 나면 그 감정은 며칠 안에 사라지곤 했다.

데보라가 하트 로크-인 기술을 배우고 훈련한 후 그녀는 새롭게 되는 느낌 즉 소생의 감정을 얻을 수 있었다는 것에, 그리고 그녀가 자신의 심장과의 연결에 의해 얻은 것이 휴양을 통해서 발견한 것과 비슷하다는 것에 놀라게 되었다. 데보라는 이야기했다.

"어떤 것도 내 심장과 연결하는 것보다 더 나를 만족시키지 못했어요. 난 나 자신과 시간을 보낼 수 있는 곳으로 멀리 여행을 떠나는 것을 좋아합니다. 그렇지만 그 여행은 항상 실제적 도움이 되는 건 아니에요. 하트 로크-인은 내가 심장과 동조를 이끌어내기 위해 15분 안에 내가 할 수 있는 것입니다. 거기서 얻은 감정을 나의 삶을 지속하기 위해 필요한 것입니다. 나는 더 이상 일상의 삶에서 멀리 떠나고자 하는 필요를 느끼지 않습니다. 나는 지금 내가 어디에 있든지 나의 심장 안에 있는 그 휴양소를 발견할 수 있습니다."

당신이 자신의 심장과 깊게 연결되었을 때, 그것은 당신이 당신을 새롭게 하기 위해 기다리고 있는 내면의 열대우림, 해양, 또는 산 정상을 발견하는 것과 같다. 우리를 새롭게 해줄 것이 그곳에 있는 줄 안다. 그곳은 우리가 휴가를 떠나거나 또는 자연 속에서 산책을 할 때 우리가 찾기를 바라는 우리 내면의 공간이다.

일단 당신이 규칙적으로 프리즈-프레임과 컷-스루 기술을 사용하기 시작하면, 매일의 삶에서 겪는 스트레스로부터 큰 해방감을 경험할 것이다. 당신이 자신의 삶의 행로를 따라 다니던 몇몇 장애물들을 제거한 후에는, 세상이 더 좋아 보이기 시작할 것이다. 당신은 자연스럽게 더 감사함을 느끼고, 더 많은 용서를, 더 적은 판단을 하게 될 것이다. 문제들이 너무 극복하기 어려운 것처럼 보이지 않게 될 것이다. 당신의 심장의 지성은 더 활동적이고 쉽게 사용이 가능할 것이다. 당신은 더 큰 그림을 보게 될 것이다. 그리고 바로 그것이 희망을 불러오는 것이다.

당신의 심장과 뇌 사이의 커뮤니케이션을 개선시키는 프리즈-프레임을 쓰면 당신의 정신을 맑게, 빠르게 생각하고 보는 능력은 증가할 것이다. 당신이 컷-스루를 훈련함으로써 당신의 감정을 안정의 상태로 되돌리게 될 것이다. 그리고 오래 된 감정의 장애물을 제거함으로써 당신이 새로운 직관적 지능에 접근하도록 돕게 될 것이다. 이 두 도구를 함께 사용하는 것은 현저하게 당신의 에너지 손실을 감소시킬 것이다. 그리고 당신이 믿을 수 있는 에너지 자산을 강화하도록 도와줄 것이다.

비록 그것이 당신의 원래 의도가 아니었더라도 당신은 당신 자신을 더욱 좋아하게 될 것이다. 그것은 당신 자신과의 관계가 개선될 것이라는 것을 의미한다. 당신 심장의 핵심 가치들이 더 많이 활동할수록 당신은 더욱 놀랄 것이다. "다른 무엇이 존재하는가?" "그 밖의 다른 방법으로 어떻게 내가 배우고 발전할 수 있는가?" 당신의 새롭고, 충성스럽고, 따뜻한 마음을 가진 시각은 어떤 다른 방법들이 다른 사람들을 도와줄 수 있는지, 그리고 어떤 다른 방법들이 당신을 계속 성장시킬 수 있는지를 질문하게끔 한다.

하트 로크-인은 심장 내부의 깊은 곳에 존재하는 더 풍부하고 확장된 의식에 도달하기 위해 탐험해야 할 곳이다. 하트 로크-인은 이와 같이 심장의 더 깊은 부분을 탐험하기 위해 사용되는 기술이다. 하트 로크-인은 특별한 문제를 해결하기 위해 사용되기보다는 오히려 기쁨과 원기를 회복시키는 경험을 제공하고, 심장의 직관적 이성에 더 큰 종합적 접근법을 제공하는 데 사용된다. 이 점에 있어서 하트 로크-인은 프리즈-프레임 또는 컷-스루와는 다른 것이다. 이 후자의 기술들은 문제를 해결하는 것 이상으로 사용될 수 있는 동시에 어떤 주제에 관해 창조성과 인식을 증가시키기 위한 통일성을 증진시키는 데 유용하다. 예를 들면 우리가 해답을 찾기를 원할 때, 또는 덜 최적화된 마음의 상태에서 좀더 통일성을 가지고 효과적인 마음의 상태로 전환이 필요할 때, 우리는 그것들을 종종 사용한다. 반대로 하트 로크-인은 더 깊은 휴식, 재생, 의식을 위해 사용되며 다른 하트매스 도구와 기술들의 효과를 증진하기 위해 사용된다.

만약 당신이 당신 안에 새롭게 시작하는 이 지성과 중요한 관계를 이루고 싶다면, 당신은 그 관계를 더 개발시키는 데에 시간을 바쳐야 한다. 다른 관계와 마찬가지로 자신의 커뮤니케이션을 방해하는 문제들을 다루고 해결해야 한다. 그러나 가장 중요한 것은 중단하지 않는 것이다.

하트 로크-인 기술은 한 번의 시행에 5분에서 15분 동안 질적인 시간을 당신의 심장과 함께하기를 요구한다. 그것은 당신 하루 전체의 기분을 미리 설정할 수 있기 때문에, 아침에 제일 먼저 일로 훈련하는 것이 좋다. 바로 이것이 그날의 혼란이 끼어들기 전에 올바르게 당신과 하루를 시작하는 방법이다.

프리즈 프레임과 컷-스루는 비통일성을 말끔히 제거하는데 놀랄 만한 성과를 보인다. 정원을 비유로 들면 하트 로크-인은 정원의 토양을 기름지게 하는 것이고, 컷-스루와 프리즈-프레임은 마치 정원의 잡초를 뽑는 기계와 같은 것이다. 이 기술은 당신이 심장과 한층 더 풍부한 관계를 계발하는 것을 돕기 위해 설계되었다. 이것은 당신의 삶에서 가장 중요한 관계를 깊게 하기를 원할 때 언제나 사용할 수 있는 강력한 기술이다.[1]

당신의 가장 깊은 심장

하트 로크-인 기술은 당신의 심장의 힘과 사랑의 힘을 증폭시키는 것을 돕기 위해 설계되었다. 당신이 당신 안에 있는 심장의 불가사의한 영역을 개발함으로써 당신은 자신의 삶을 신체적으로, 정신적으로, 정서적으로, 그리고 영적으로 다시 활기차게 재생할 수 있다. 당신의 삶은 새로운 에너지에 반응하기 시작한다.

어느 세미나에서 참가자는 과정중에 이렇게 이야기했다. "그건 표현하기 힘들어요. 그렇지만 지금 내가 느끼는 감정은 더 풍부해진 것 같고, 더 부드러워진 것 같아요. 그리고 때때로 평온함을 느끼고, 최근 몇 년보다 더 많이 편안해졌어요. 그렇지만 동시에 더 날카롭게 나의 환경에 대해 인식을 하게 되었죠."

하트 로크-인 기술에서는 5분에서 15분 정도(당신이 좋다면 더 해도 무방하다) 당신의 심장 안에 당신의 에너지를 집중한다. 그것은 프리즈-프레임의 2단계와 매우 비슷하다. 그렇지만 이번에는 그 영역에 더 부드럽게 집중을 한다. 당신이 오랜 시간 동안 심장에 집중을 유지할수록 당신은 더 많은 유익함을 얻고 더 오랫동안 심장과 지속되는 관계를 만들어낸다.

마음을 조용하게 하고 심장과의 굳건한 관계를 유지하는 것, 즉 심장의 내부에 잠겨져 있는 힘은 당신 몸 전체 시스템에 쾌활하게 하고, 재생시키는 에너지를 더해준다. 우리가 전에 이야기했던 심장의 리듬과 동조된 상태를 유지하기 위해 당신이 통일성을 띤 자신의 심장 리듬에 지배받음으로써 당신은 자신의 신경 시스템을 유지하거나 재프로그램하고, 당신의 세포, 기관, 전기적 시스템을 재구성하면서, 심장으로부터 나오는 에너지를 정제하기 시작한다. 훈련을 통해서 동조는 당신에게 자연스런 상태가 된다. 이것을 지금 시도해보는 것이 어떻겠는가?

하트 로크-인 연습하기

하트 로크-인은 어떻게 실시하는가.

1. 조용한 장소를 찾아서 눈을 감고, 긴장을 풀어라.
2. 당신의 주의를 마음 또는 머리에서 벗어나 심장의 영역에 집중하라. 그리고 10초 또는 15초 정도 천천히 당신이 심장을 통해 숨을

쉰다고 생각하라.

3. 당신이 사랑의 감정을 느끼기 쉬운 누군가에 대한 사랑과 배려의 감정을 기억하라. 또는 당신의 삶에서 긍정적인 어떤 것 또는 사람에 대한 감사의 감정에 집중하여라. 5분에서 15분 시간 정도 그 감정을 유지하기 위해 노력하라.

4. 그 사랑, 배려 또는 감사의 감정을 당신 자신에게 또는 다른 사람에게 부드럽게 보내라.

5. 머리에 여러 생각들이 방해를 할 때, 다시 심장 주변의 영역에 부드럽게 집중을 하라. 만약 에너지가 너무 강하게 느껴지거나 또는 그것이 장애물에 가로막혀 있다고 느껴진다면, 심장 안의 부드러움을 느끼기 위해, 그리고 편안한 마음을 먹기 위해 노력하라.

6. 당신이 이것을 마친 후, 가능하다면 당신 내면의 깨달음이나 평온함을 동반하는 어떤 직관적인 감정 또는 생각에 대해 적어보아라. 이 단계는 떠오른 직관적인 감정 또는 생각에 따라 당신이 행동하는 것을 잊지 않도록 도와준다.

우리가 이전에 언급했듯이 하트 로크-인은 프리즈-프레임과는 다르게 특정한 질문을 하거나 해결책을 찾으려고 하지 않는다. 대신 당신은 진실한 감사, 배려, 연민 또는 사랑과 같은 심장의 핵심 감정을 찾고 집중하며, 그 상태를 유지하는 데 집중한다. 그러나 어떻게 해서든 당신은 직관적인 해답을 종종 얻을 것이다. 즉 당신은 하트 로크-인 상태에서 자신의 심장을 진단하지만 당신이 해답을 찾는 대신 해답이 당신을 찾게 하는 것이다.

심장의 핵심 감정을 내보내는 길은 인체를 통해 그리고 세포를 통해 발산하는 것, 또는 심장의 핵심 감정을 다른 사람 또는 문제들에 방사하는 것이다. 심장의 핵심 감정을 보내는 것은 당신이 그 감정의 상태에 (그러므로 통일된 상태에) 더 오랫동안 머무르게 도와준다. 약간의 훈련을 거치면, 당신은 마음을 진정시킬 수 있을 것이며, 심장의 핵심 감정으로 이르는 방법을 더 **빠르게** 찾을 것이다. 그것은 당신 자신을 억지로 또는 의지대로 떠미는 그런 것이 아닌, 서두르지 않는 과정이다.

몇 년 전 유행했었던 입체 사진 홀로그래피[1]를 기억하는가? 당신이 처음에 그것을 보았을 때 볼 수 있는 것이라고는 무수한 색색의 점뿐이었을 것이다. 그때 당신이 긴장을 풀고 당신의 시야를 약간 움직임으로써 장대하고 섬세한 그림이 점들 사이에서 그 모양을 드러내었다. 그 그림이 점들 사이에서 떠오르게 하는 핵심은 긴장을 풀어야 한다는 것, 그리고 그 그림을 보기 위해 너무 지나치게 노력하지 말아야 한다는 것이다. 마찬가지로 당신의 하트 로크-인 경험을 극대화하기 위한 한 가지 핵심은 긴장을 풀고 너무 지나치게 집중하지 말아야 하는 것이다.

긴장을 풀고 하트 로크-인 상태로 들어가는 능력을 얻게 되면 당신이 적절한 감정을 찾게 되고, 새로운 경험, 통찰력, 시각으로 나아갈 수있게 된다. 이러한 목적을 달성하는 당신의 기술은 당신의 진실한 노력에 따라 자연스럽게 계발된다.

그러나 이 훈련을 열심히 하지 않고서는 분명히 그 이득을 얻을 수없다

첫 번째 단계는 매일 하트 로크-인을 하기 위한 시간을 할애하는 것이다. 우리가 오직 5분에서 15분 정도를 이야기하고 있는 것을 명심하라. 다음으로 당신은 자신의 에너지 비축분을 쌓을 것이며, 직관을 깊게 그리고 직관의 흐름에 더 오랫동안 머무를 것이다.

직관은 매우 실질적인 모습으로 드러날 수 있다. 비록 직관을 이루는

---

1) 빛의 간섭을 이용해서 일상적으로 볼 수 있는 삼차원의 영상을 사진으로 재현하는 기술을 말하며, 이렇게 재현된 3차원 사진을 홀로그램이라고 한다. 홀로그래피 이론은 1947년 데니스 가보(Dennis Gabor)가 만들었고, 그로 인해 노벨상을 받았다.

구성 요소가 이해하기 힘든 신비로운 것이지만 하트 로트-인은 본래 이해하기 힘든 신비로운 경험이 아니다. 왜냐하면 그 과정과 결과 모두가 실질적인 것이기 때문이다. 그것은 많은 상식적 이점을 제공해 준다. 고등학교 선생인 제니퍼 웨일은 하트 로크-인 기술이 어떻게 그녀 반의 영어 우수자들이 중요한 시험에서 그들의 실력을 발휘할 수 있을 것이란 확신을 도왔는지에 대해 이야기했다.

제니퍼 반의 21명의 고등학생들은 영어 우수자를 위한 배치 시험을 보기 위해 어느 더운 오후에 모였었다. 그들이 자신들에게 주어진 논술 과제(에세이)를 완성하는데 한 시간이 주어졌다. 그러나 제니퍼는 시험 전 그 귀중한 5분 이상의 시간을 그들과 함께 하트 로크-인을 하며 보냈다. 제니퍼가 이야기했다.

"시험 시간 동안 나는 몇몇 아이들이 그들의 눈을 감고서 잠시 그들의 손을 심장에 얹는 것을 지켜보았습니다. 그런 후에 그들은 다시 에세이를 쓰기 시작했습니다. 모든 학생들은 조용히 편안하게 에세이를 마쳤습니다. 그리고 그날 오후 그들 중 노력을 적게 한 단 한 명을 제외하곤 모두가 영어 교육 우수자 프로그램에 선택되었습니다."

심장의 에너지를 느낀다는 것은 무엇인가

하트 로크-인으로 사랑, 배려, 감사와 같은 심장의 핵심 감정을 내보내는 것을 훈련하게 되면 많은 유익한 효과를 가져온다. 하트 로크-인은 인체와 (대인)관계의 치유를 위한 기초가 되는 심장과의 동조 상태를 유지하도록 도와준다. 당신의 심장 리듬은 오랜 시간 동안 통일성을 띠게 된다. 그것은 우리 인체의 모든 시스템 즉 정신적·감정적·영적·전기적 세포 시스템의 통일성이 증가하는 것을 도와준다. 통일성을 유지하는 것은 당신의 더 깊은 그리고 성숙한 심장과 정렬되게 한다. 그리고 이것으로 당신 자신의 영혼의 근원과 따뜻한 조우를 하게 된다.

사람들이 심장의 핵심 감정을 밖으로 내보낼 때, 그들은 종종 실제로 심장의 에너지를 느낄 수 있다고 말한다. 그것은 마치 심장 주변에 있는 따뜻한 기운, 사랑, 배려 또는 감사의 강처럼 액체의 느낌이 들며, 심장 주변에서 뻗어 나오는 원형의 에너지 파장 안에서 진동이 일어나는 듯한 느낌과 같다.

사람들이 다른 사람들이나 삶에 심장의 핵심 감정을 계속 방사함으로써 그들은 사랑, 배려 또는 감사와 같은 에너지를 자연히 느끼고, 사람과 연결시켜주는 실제적 에너지를 느낀다. 그 연결은 감정, 마음 그리고 육체를 진정시켜주는 굉장한 느낌이다.

게다가 대인관계에서 문제를 품고 있는 누군가에게 사랑과 배려를 보내었을 때, 그 관계는 종종 개선된다.[2] 보내는 사람이 태도의 변화를 일으켜서인지 또는 받는 사람이 생각 또는 감정의 변화를 일으켜서인지에 관한 것은 아마 언젠가 양자물리학이 설명할 문제이다. 그 이유가 무엇일지라도 사람들 또는 문제에 더 많은 사랑과 배려를 내보내면 당신의 영혼은 사람들과 더 많이 정렬되며, 더 많은 직관력이 생기게 된다.

8개월 동안 케롤라인이 새로운 직장에서 일한 후에 그녀는 개인적인 사유로 가까운 시일 내에 도시를 떠나야 할 것이라는 사실을 알았다. 그녀가 자신을 여전히 교육시키고 있던 린다에게 말을 꺼냈을 때 그들의 관계는 매우 예민해졌다. 케롤라인은 죄책감을 느꼈지만 그녀는 그것에 관해 무엇을 할 수 있을지 알지 못했다.

며칠이 지나도 여전히 기분이 불쾌하자 그녀는 하트 로크-인을 해야겠다고 기억을 되살렸다. 그녀가 린다를 향한 사랑과 배려를 방사하며

---

2) 심장의 전자기장은 가까이 있는 사람에게는 쉽게 감지가 되므로 긍정적인 정서를 보내면 상대방도 같이 동조될 수 있다.

그들 사이의 더 깊은 관계를 회복하기를 소망했다. 하트 로크-인을 하는 동안 그녀는 린다에게 그녀의 감정을 표현하는 편지를 쓰자는 생각이 떠올랐다.

다음에 일어난 것은 그녀를 놀라게 하였다. "바로 다음날 내가 그녀에게 편지를 쓸 기회가 있기 전, 린다는 내 사무실에 들렀습니다. 그리고 우리는 따뜻한 대화를 나누었지요. 우리는 삶에서 서로 비슷한 경험을 더러 가지고 있다는 것을 발견했지요. 그리고 린다는 내가 보스턴으로 이사 갈 때 내 행복을 빌어주겠다고 말했어요. 그때 나는 이제 나의 마음을 표현할 때라고 생각하고, 그녀를 이러한 상황으로 몰고 간 것에 대해 용서를 구했죠. 그리고 그녀는 진심으로 나에게 감사해했습니다. 그것은 내가 얼마나 진심으로 그녀에게 감사함을 느끼는지 말할 수 있는 기회를 주었습니다. 나의 편지에서 이야기하려 했던 모든 것을 자연스럽게 그녀에게 말했습니다."

케롤라인이 하트 로크-인을 통해서 심장의 핵심 감정을 키웠기 때문에 그녀는 그 순간에 진심으로 린다와 마음이 연결되는 기회를 인식하였고, 그 기회를 이용할 준비가 되어 있었다. 케롤라인은 전에는 그러한 정도의 대화를 회사 동료와 결코 해본 적이 없다고 말했으며, 그 경험을 통해 케롤라인, 린다 두 여자 모두 유익을 얻었다고 이야기했었다.

건강한 자아는 육체와 정신의 통합에서

우리의 가치관과 믿음은 삶에서 성공과 실패를 결정한다. 그러나 그것들이 우리의 건강까지도 결정할 수 있을까?

많은 연구들이 믿음과 개인적인 가치 그리고 치료 사이의 상관관계를 밝혀주고 있다. 그리고 의료계는 '영적문제'를 다루기를 꺼려하는 의료계의 저항이 아마 공중보건을 해칠 수 있다는 것을 인식하기 시작했다.

1980년대의 미국 공중위생국 장관이었던 에버렛 쿱은 "영성에 대한 의료계의 입장은 이제 분명해졌다"라고 이야기했다. 60년 전에 그가 처음 의학에 입문했을 때 의사는 환자들을 치료하는 것을 돕기 위해 환자의 믿음을 이용하라고 가르침을 받았었다. 1950년대와 1960년대에 이르러서 믿음과 영성은 완전히 터부시되어왔다. 지금은 마음과 육체를 관련짓는 의학이 대중에게 많이 보편화되어 있어서 의료계에서는 다시 그 영성, 믿음, 기도의 원리를 다시 한 번 환영하고 있다.[2]

정확히 어떤 영성이 존재하는가에 대한 의문은 해결해야 할 문제의 한 부분이다. 사람들은 종교적이지 않지만 영적일 수 있고, 혹은 종교적이지만 영성을 가지지 않을 수도 있다. 많은 사람들은 영성이란 삶에 대한 목적의식을 가지는 것을 포함하며, 이밖에도 개인적 가치 시스템을 가지고 있고, 자신과 다른 사람이 더 강한 힘 또는 지성의 어떤 형태인 영감과 깊이 연결된 느낌을 가지는 것을 포함한다는 데 동의한다. 만약 건강을 총체적인 입장에서 본다면, 우리는 완전하고 건강한 자아를 위해 육체와 정신, 정서와 영혼을 통합해서 생각해야 한다.

심장질환을 치료하는 데 있어서 어느 누구도 따라올 수 없는 방법을 개발하고 연구한 것으로 유명한 딘 오니쉬 박사는 심장질환은 재발할 수 있으며, 몇몇의 경우에 환자가 식생활과 운동에서의 큰 변화를 보였을 때, 그리고 그들의 스트레스를 경감시키기는 것을 돕기 위해 명상을 하거나 운동·약물과 지원그룹3)을 이용할 때 호전되는 것은 물론 이전보다 오히려 더 튼튼해질 수도 있음을 발견하였다.

그 치료 방법에 관한 책을 집필하고 가르치면서 몇 년을 보낸 오니쉬

---

3) 지원그룹(Support Group)은 알코올 중독자나 가족이 사망한 사람들을 도와주거나 위로하기 위해서 정기적인 모임을 갖고 서로 지원하는 친목 및 상조그룹을 말한다. 세계에는 다양한 종류의 지원그룹이 존재한다.

박사는 그의 최근의 책『사랑 그리고 생존(love and survival)』에서 심장 질환을 가진 환자들이 그들의 스트레스를 굉장히 덜어주고 치료에 유익한 영향을 주는 지원그룹 안에서 친밀하게 그들의 마음을 열고 느꼈던 것은 바로 '사랑'이었다고 결론을 내렸다.[3]

베스트셀러에 오른 19권의 책들 중에서 대중적인 많은 책들이 영성, 영혼, 사랑, 정신과 육체 사이의 관계를 다루었다. 여론조사는 5명 중 4명의 미국인은 영성이 건강과 서로 관계가 있다고 믿는다.[4] 허버트 벤슨 박사의 책『영원한 치료(Timeless Healing)』에서 그는 '우리의 육체가 유전적으로 풍부한 내면의 핵심 정서들, 즉 믿음, 가치, 생각들로부터의 유익을 얻도록 프로그램되었다'는 것을 어떻게 그의 치료활동을 통해서 확신하게 되었는지를 설명한다. 그리고 그가 겉으로 보기엔 실체가 없는 이런 인간만의 고유한 특성을 어떻게 연구하였는지에 대해 설명하고 있다.[5]

벤슨은 사람들이 자기 스스로를 진정시키고 그들의 건강을 증진하는 것을 돕기 위해 이완반응[4]이라 불리는 기술을 개발했었다. 이 기술에서 환자들은 자신의 눈을 감고, 그들의 긴장을 이완시키고, 그들의 마음이 평온해지도록 돕기 위해 선택한 하나 또는 짧은 단어를 반복 암송한다. 그 단어는 그것이 기도 또는 심지어 단순한 단어인 '하나(one)'[5]이든지에 상관없이 그들의 가치를 반영하는 마음을 이완시킬 수 있는 것이면 된다. 결과적으로 그가 질문했던 사람 중 25퍼센트가 더 영적인 느낌을 받았다고 응답했다. 그들은 그 경험을 그들 자신을 뛰어넘는 에너지, 강한 힘의 출현으로 묘사했었다. 그리고 그들은 그 느낌이 그들 가까이에 있는 것으로 느껴진다고 하였다.

---

4) 1975년에 허버트 벤슨 박사가 쓴 책 이완반응(Relaxation Response)과 1979년의 책 정신신체효과(The Mind/Body Effect)는 모두 이완반응을 다루고 있으며, 이완반응은 명상과 요가의 기본이 된다. 이완반응은 교감신경의 반응을 완화시킨다는 점에서 이를 오히려 활성화 시키는 하트매스 솔루션과 접근법이 다르다.

5) 이러한 단순한 말을 '만트라(Mantra)'라고 하며 호흡을 내쉴 때 반복한다.

레리 도시 박사는 오랜 기간 동안 진료 경험을 쌓은 후에 기도의 치료 효과를 증명하는 과학적 근거를 발견하고는 매우 놀랐었다. 이것에 흥미를 느낀 그녀는 기도와 치료 사이의 관계에 관한 연구를 10년 동안 했었다. 그녀의 책『치료의 말(healing words)』에서 도시 박사는 어떤 방법의 기도가 치료에 가장 큰 가능성을 보여주는지 조사하였다. 그가 모든 종류의 기도가 도움을 준다는 것을 발견하였고, 어떤 특별한 결과를 마음에 두지 않고 하는 기도들, 가령 '주님 뜻대로 하옵소서'와 같은 기도가 크게 2배의 과학적 결과를 나타냈음을 보여주었다.[6]

도시의 책은 직관적으로 최상의 기분을 느끼게 해주는 기도의 방법을 고르고, 마음을 드러내는 중요성에 관해 이야기했다. 그녀는 오랜 연구를 이 말로 종합하였다. "우리가 기도의 힘에 대한 경험상의 증거를 이해함으로써 우리는 우리 자신이 더 많은 감사의 기도를, 그리고 더 적은 간청의 기도를 드리게 될 것이다. 그리고 우리는 최근까지 우리가 생각했던 것보다 더 세상이 영광스럽고, 인정이 많고, 더 정겹다는 것을 깨닫게 될 것이다."

균형—개인적 선택의 문제

하트 로크-인 기술을 개발하기 전에, 나는(다) 몇 년 동안 일 주일에 5일을 하루에 적어도 5시간씩 기도와 명상을 훈련하였다. 다양한 기술들에 대한 나의 연구와 함께 이 규칙적 훈련을 통해 나는 새로운 발견을 하게 되었다. 그것이 결국에 하트매스 솔루션으로 발전하게 되었다. 나는 내 연구와 훈련을 하면서 기도 또는 명상 둘 중 어느 것의 방법을 재발명하려고 노력하기보다는 추상적인 것을 일반적 (구체성)인 것으로 만들기 위해 노력했다.

내가 성장했던 남부에서는 침례교의 부흥집회나 기도 집회는 삶의 일부분이었다. 어린 나이 때부터 나는 영감을 얻고 조언을 구하기 위해 기도를 하곤 했다. 후에 내가 기도의 효과에 대해 연구하기로 결정하였을 때, 나는 많은 종류의 기도와, 그리고 기도와 상대적으로 밀접한 관계인 명상을 훈련하였다. 나는 사람들이 기도와 명상이 무엇인지 그들만의 해석을 가지고 있음을 깨달았다. 그러나 나는 또 여기에 몇 가지 일반적인 요소가 있음을 또한 깨달았다.

심지어 기도가 일반적인 남부 문화에서조차도 대부분의 사람들이 기도 또는 명상을 통해서 얻은 통찰력을 그들의 일상에 적용하는 데에 어려움을 겪고 있다는 사실이 나를 혼란스럽게 했다. 나는 그것을 가장 성공적으로 하는 사람들은 감정의 관리를 무척이나 잘하고 균형 잡힌 삶을 사는 사람들이었다는 것을 깨닫기 시작했다. 기도가 문제가 아니었던 것이다. 문제는 그것을 훈련하는 사람들의 정서상태인 것이다. 그래서 나는 도움이 되는 방법들을 찾기 시작했다.

나는 스트레스는 우리 사회에서 극적으로 증가할 것이라고 예견했다. 그리고 수많은 사람들은 의례적인 명상 기술들도 알지 못한다는 것을, 그리고 아마도 그것을 훈련하지도 않았다는 것을 깨달았다. 그러나 정신적이고 정서적인 스트레스를 줄이기 위해, 그리고 더 강한 내면의 행복감을 주기 위해 그들에게 매우 실제적인 어떤 도움이 필요함을 느꼈다.

하트매스 솔루션은 사람들이 이런 도전들을 극복하는 것을 돕는 새로운 방법들을 제공하기 위해 만들어졌다. 나는 하트 로크-인이 일상의 삶에서 심장의 지능을 더 많이 활용할 수 있도록 해준다는 것을 알았기 때문에, 특히 사람들이 균형적이고 안정된 상태를 유지하도록 돕기 위해 하트 로크-인을 설계했다. 나의 동기는 언제나 사람들이 그들의 종교, 믿음, 그리고 그들의 영적인 훈련이 어떤 것인지에 관계없이 사랑의 모습으로 살며 서로 더 사랑하도록 돕는 데에 있었다.

나는 하트 로크-인을 '유익한 촉진자'라고 부르기를 좋아한다. 그것은 경쟁적이지 않고 자신의 내면을 향한 누구의 믿음 또는 접근도 손상시키지 않는다. 내가 이 기술을 개발하면서 많은 현존하는 기술들이 매우 유용하다는 것을 알게 되었다. 나는 많은 다양한 종류의 명상기술과 내면의 다른 훈련을 통해 많은 개인적인 유익함을 얻었었다.

하트 로크-인은 내가 사용했었던 그 다양한 훈련들과 기술들을 대신한 것이 아니라 그것을 더욱 질적으로 향상시킨 것이다. 그것은 내가 더욱 진실하게 기도를 하게끔, 그리고 나의 통찰력을 행동에 옮길 수 있게끔, 나의 능력을 더욱 강화시켜주었다. 일단 내가 내 내면의 하트 로크-인 상태를 연마한다면 그것은 내가 다른 훈련들로부터 얻어왔던 것들의 정수를 나에게 제공해준다는 것을 발견하였다. 하트 로크-인을 나의 내면의 작업의 중심에 놓고, 그리고 몇몇 다른 훈련들의 이점을 포기함으로써 나는 나의 연구와 강도 높은 일을 지속하기 위한 더 많은 시간을 얻었다. 가장 중요한 것은, 이 접근법은 내가 균형 잡힌 삶을 살도록 도와주었다는 점이다.

균형은 (대인) 관계, 식사, 운동, 잠, 독서, 기도, 명상 등의 삶의 어느 영역에서나 우리의 목표를 이루는데 있어서 가장 중요한 요소이다. 그러나 어느 한 사람에게는 균형적인 것이 다른 사람에게는 불균형적인 것이 될 수도 있다. 그리고 오늘 누군가에게 균형적인 것은 5년 전 그것의 모습, 그리고 그것의 내년의 모습과는 다를 수 있다. 하트매스의 많은 직원들은 수년 동안 여러 번 그들의 식습관과 운동 프로그램을 바꾸어왔다. 예를 들어 우리 중 몇몇은 10년 또는 15년 동안 채식주의자였지만, 지금 그들은 육식과 채식, 곡식을 균형 있게 섭취하는 식습관이 더 적합하다는 것을 알게 되었다. 전에는 다른 프로그램들이 적합했었지만 우리 삶의 이 시점에서는 이 폭넓은 프로그램이 우리에게 적합하다.

실용적인 삶이란 개인적으로 당신에게 무엇이 균형적인 것인지를 아는 것을 의미한다. 모든 사람은 서로 다르다. 당신의 심장에 귀를 기울임으로써 당신은 자신만의 균형을 찾을 수 있다. 하트 로트-인은 식습관, 운동, 내면의 훈련기술, 그리고 얼마나 일해야 하고 얼마나 놀아야 하는지 등 당신 삶의 모든 영역에서 당신이 균형을 찾기 위해 당신의 심장과 상담하는 뛰어난 방법을 제공한다.

하트 로크-인을 하는 것의 목적은 당신이 심장과 뇌 사이의 커뮤니케이션을 강화하는 것을 돕고, 오랜 시간 동안 뇌와 심장의 동조와 통일성을 유지하는 것을 돕기 위한 것임을 잊지 말라. 하트 로크-인을 하면 당신의 뇌가 심장과 연결되는 시간을 증가시켜준다. 그리고 로크-인을 하는 것은 심장의 핵심 감정을 활성화하는 것을 더 쉽게 해주고, 프리즈-프레임 또는 컷-스루(또는 당신이 즐기는 다른 훈련들)를 더 쉽게 사용하게 해준다.

음악은 하트 로크-인 효과를 증대시킨다

우리는 음악이 우리의 정서와 태도를 바꿀 수 있음을 안다. 빠른 페이스의 댄스 음악이 배경음악으로 틀어진 파티에서 갑자기 누군가가 오래된 블루스 음악을 틀었던 그러한 순간을 경험한 적이 있는가? 흥분시키고 자극적인 리듬으로 가득하던 장소는 갑자기 느리고 우울한 리듬으로 바뀌었다. 그리고 애처로운 목소리를 가진 누군가가 노래를 부르기 시작한다. 방 안에 어떤 일이 벌어질까? 춤의 스텝은 그 새로운 음악과 맞추기 위해 변한다. 그때 당신 주변 사람들의 모든 감정 또한 변한다.

음악은 당신을 흥분시키거나 긴장을 완화시키고 당신을 행복하게 또는 향수에 젖게 만들 수 있다. 그것은 심지어 드라마틱한 기억을 불러일으킬 수도 있다. 예로써 영화 사운드트랙에 관해 생각해보라. 하트매스에서 우리는 음악을 분위기 조절장치로서 사용한다. 그것은 심장(의 미세한 메시지를)을 느끼는 것을 더 쉽게 해주는 분위기를 만들어낸다.[7-9]

음악과 함께 하트 로크-인을 하는 것은 경험의 효과를 높이는 최선의 방법 중 하나이다. 당신에게 적합하다고 느껴지는 음악을 찾아라. 음악을 들으며 컷-스루를 할 때와 마찬가지로 활기찬 것과 평화로운 것의 중간 정도에 해당하는 기악을 사용할 것을 추천하다. 당신이 자신의 마음을 열고 내면의 균형을 증진시키는데 도움이 된다고 느끼는 음악을 사용하라. 그러나 당신을 졸리게 하거나 멍하게 하는 음악은 사용하지 말라. 하트 로크-인은 당신에게 긴장을 푼, 그렇지만 고도로 깨어 있는 의식을 경험하게 하고자 설계되었다.

하트 로크-인은 비타민과 같다

하트 로크-인은 당신의 면역 시스템을 위한 비타민과 같다. 연구소의 연구 중 하나는 면역 항체로 알려진 '분비 면역 글로불린 항체'(Immunoglobulin A)인 IgA의 변화에 초점을 맞추고 있다. 이 실험에서 피실험자들은 음악과 혹은 음악 없이 하트 로크-인을 했다. 우리가 6장에서 언급했듯이, 분비 면역 글로불린 항체(IgA)는 우리 몸에 침입하는 병원균에 대항하는 육체의 첫 번째 방어선이다. 그것이 육체의 내부 점막을 통해 발견되었기 때문에, 그것은 면역 시스템 건강의 중요한 척도이다.[10]

이 실험의 첫 번째 단계에서 연구 참가자들의 IgA 수치는 실험 전과 실험 후에 측정이 되었다. 실험을 할 때에는 피실험자들은 진실한 감사를 느끼기 위해 시도하면서 15분 동안 하트 로크-인을 하였다. 하트 로크-인을 한 후에, 면역 시스템을 이루는 이 중요한 항체가 평균적으로 그룹 안에서 50퍼센트까지 큰 수치의 증가를 보였다. 이 실험의 두 번째 단계는 며칠 후 이루어졌다. 이번에는 실험 참가자들이 내면의 통일성을 촉진하기 위해 과학적으로 설계된 하트-존이라는 음악을 들으면서 감사의 감정을 느끼기 위해 시도하면서 15분간의 하트 로크-인을 하도록 교육받았다.[11] 놀랍게도 그 그룹은 141퍼센트의 IgA 수치의 증가를 보여 주었다.[7] (그림 10-1 참조)

이 두 단계의 실험 동안 연구자들은 각 실험 참가자들의 자율신경계를 검사했었다. 모든 참가자들에게서 총체적인 자율신경계 활동의 증가가 발견되었다. 그 연구결과는 하트 로크-인 기술이 증가된 자율신경의 활동에 의해 조정되는 면역력을 강화시키는 효과를 발생시킨다는 것이었다. 그리고 그 면역력을 강화시키는 효과는 실험 참가자들이 하트-존 음악을 들으면서 하트 로크-인을 훈련했을 때 증가되었다.

당신이 하트 로크-인을 음악과 함께 혹은 음악 없이 하는지에 상관없이 이 기술은 하트매스 솔루션의 중요한 부분이다. 더 깊은 심장의 감정에 붙들려 있기 위해(Lock-In하기 위해) 당신이 할 수 있는 한 자주 5분에서 15분의 시간을 내는 것은 진정으로 자신을 사랑하는 행동이다. 적합한 음악과 함께하는 하트 로크-인은 당신이 가장 선호하는 기술이 될 것이다. 그러나 당신에게 그것이 효과를 나타내기 위해서 음악이 꼭 필요하다고는 느끼지 말라. 심장은 스스로도 그 역할을 할 수 있다.

하트 로크-인은 내면을 향한 깊이를 느끼게 한다

사람들이 하트 로크-인을 훈련할 때 우리가 목격한 재미있는 것은 그들은 종종 광대한 감정이 머릿속으로 향하도록 놓아두기를 원하는 경향이 있다는 것이다. 예를 들면, 창조적 시각화와 몇몇 명상의 형태와 같이 너무나 많은 기술들이 이미 사람들의 머릿속에서 확대된 의식에서 나온 감정을 창조하라고 가르친다. 이것은 자극적일 수 있지만, 그것은 당신에게 자신의 내면에 연결되지 않은 불안정한 느낌 또한 남길 수 있다. 하트 로크-인의 목적은 머리가 아닌 심장에 집중한 상태를 유지하는 것이다. 그래서 당신은 균형 잡힌 안정된 상태를 유지할 수 있다.

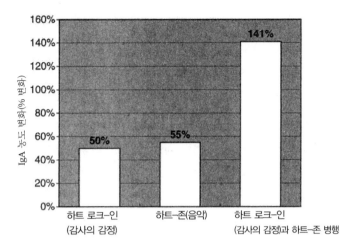

면역 시스템에 대한 하트 로크-인의 효과

그림 10-1 이 그래프는 하트 로크-인을 하고난 그룹과 정신적 · 정서적 균형을 촉진하기 위
해 과학적으로 설계된 음악인 하트-존을 들은 그룹의 IgA 수치의 평균적인 변화를 나타낸 것
이다. 그리고 마지막 그래프는 하트 로크-인을 용이하게 해주는 하트-존 음악과 함께 하트 로
크-인을 한 후 그 그룹의 평균적인 IgA 수치변화를 나타낸다. 이 세 가지 상황 모두 과학적으
로 IgA 수치를 증가시킨다. 그러나 가장 면역력을 많이 증가시킨 것은 하트 로크-인 기술과
함께 하트-존 음악을 함께 사용했을 때 일어났다.
ⓒ1998년 하트매스연구소

머리로 향하는 것은 고치기 어려운 습관이 될 수 있다. 결국 눈을 감
고 일상의 생각의 잡음을 걸러내기 시작할 때, 당신은 초연함과 마음이
넓어지는 듯한 유쾌한 감정을 느낄 것이다. 이 넓혀진 감각은 거대한
생각과 창조적 아이디어를 생산할 수 있다. 한 아이디어는 틀림없이 또
다른 아이디어를 만들어낸다.

라울은 몇 년 동안 착실한 명상가였다. 그는 그 자신만의 일상 반복
적인 명상을 개발하였다. 그리고 지금에 이르러서 그는 몇 분의 명상
후에는 깊은 휴식을 경험할 수 있다. 문제는 만약 전화가 울린다거나
또는 누군가가 그의 문을 두드린다면, 그 내면의 세계에서 그가 명상하
는 동안 경험한 것들로부터 다시 현실의 세계로 돌아오는데 어려움을
겪는다는 것이다.

그는 그의 내면의 기반과 안정되게 정착되어 있지 않았기 때문에 그 자신을 (내면으로부터) 현실세계로 전환하는 것이, 그리고 방해를 받는 상황을 다루는 것이 그에게 매우 신경 거슬리는 일이란 것을 알게 되었다.

　하트 로크-인의 목표는 먼저 심장에 깊게 들어가도록 노력하는 것이다. 그곳에서 당신은 균형적이고 안정된 상태를 유지하면서 확장된 의식을 경험할 수 있다. 만약 어떤 것이 당신을 방해한다면, 분명히 당신은 약간의 조정을 할 필요가 있다. 그러나 당신은 멍한 상태에 있지 않기 때문에 더 유연한 자세를 취할 수 있고, 더 빨리 그 상황을 조절할 수 있다. 우선 당신이 해야 할 일을 한 후에 다시 하트 로크-인의 상태로 되돌아가면 된다. 하트 로크-인 상태에서 당신이 방해를 받았을 때에도 여전히 효과는 사라지지 않는다. 핵심은 최대한으로 지금 현실에서 안정된 기반을 유지하며, 동시에 확장된 의식상태를 동시에 유지하는 것이다.

　하트 로크-인을 할 때 당신이 대부분의 사람들과 같다면, 당신은 폭넓은 영감을 주는 생각과 아이디어를 얻을 것이다. 이것은 유쾌하고 즐거운 동시에 이따금 계몽적인 것이 될 수 있다. 이런 생각에는 아무 문제가 없으나 이러한 생각들 속에서 방향을 잃지 않도록 노력하라. 방향을 잃지 않기 위한 비결은 이러한 생각들이 떠올랐을 때, 그 생각들 또는 이미지들을 인정하고 잠시 동안 그것들을 즐기는 것이다. 그런 다음 다시 부드럽게 심장의 핵심 감정에 자신의 주의를 집중시키는 것이다. 당신은 심장에 관한 개념들 안에만 갇혀 있기를 원하지 않을 것이다. 당신은 심장의 정서적 특질에 머무르기를 원할 것이다.[6] 이것은 당신의 마음과 심장이 계속 균형적 상태에 있도록 도와준다.

　이와 같이 하트 로크-인을 통해 당신 내면을 향한 깊이를 유지하면서 여러 가지 것들을 처리할 수 있으면 당신이 단순한 명상을 할 때처

---

6) 심장이 중심이 된 도구들은 그것에 관해서 아는 것만으로는 아무런 유익함을 줄 수 없고 직접 느껴보아야 안다는 것을 의미한다.

럼 마음속에서 표류하지 않고 정신적 · 정서적 · 신체적 시스템에 더 많은 힘을 더해준다. 마음을 심장에 맡길 때에는, 당신은 어떤 것도 포기할 필요가 없다. 당신의 심장에 깊게 들어가는 것은 하트 로크-인으로 얻은 기쁨을 빼앗아가지 않을 것이다. 당신이 하트 로크-인을 마친 후에는 당신의 모든 계획, 창조적인 아이디어, 그리고 통찰력은 여전히 그곳에 있을 것이다. 하트 로크-인이 끝난 후 당신은 로크-인이 끝난 남은 하루 동안 지속될 수 있는 당신과 심장 사이의 연결상태가 존재함을 발견할 것이다.

당신 자신을 위하여

당신이 하트 로크-인을 할 때 일어나는 것의 깊이를 과소평가하지 말라. 그것은 모든 관계 중 가장 중요한 관계인 당신과 당신 자신 사이의 관계를 발전시킨다. 당신 스스로 자신을 위한 과학자가 되어서 그것을 실험해보라.

일 주일에 3회에서 5회, 15분 동안 하트 로크-인을 하도록 노력하라. 만약 당신이 자신에게 적합한 음악을 찾을 수 있다면, 로크-인을 하는 동안 그 음악을 들어라. 만약 시험을 준비하기 위해 진정할 필요가 있다면(전에 예를 든 영어 시험을 준비했던 고등학생들처럼), 논쟁이 일어날 것 같은 회의를 준비할 필요가 있다면, 또는 하루 동안 활기차게 힘을 낼 필요가 있다면, 그리고 몇 분간의 시간을 낼 수 있다면, 하트 로크-인을 행하라.

당신의 심장과 깊이 연결하라. 그리고 당신 삶의 어느 부분에나 당신 신체에 대한 사랑과 배려를 보내라. 일반적으로든 또는 몸의 특정한 기관이나 시스템에 보내든 모두 좋다. 그런 다음 문제들이 더 잘 풀리는지 그렇지 않은지를 확인하라.

당신이 머리에서 심장으로 중심을 옮기면 시간이 흐른 후 당신은 마치 당신이 심장 안에서 살고 있는 것처럼 느낄 것이다. 당신은 자신의 마음 안에 안정되고 정착된, 그렇지만 관대한, 즉 열려진 마음 상태에서 당신의 일과 모든 활동, 그리고 (대인)관계들을 다루게 될 것이다. 심장과 당신의 연결은 그 정도는 변하지만 항상 하루 종일 존재할 것이다. 사실 심장과 당신의 연결은 이미 존재한다. 하트 로크-인 기술을 사용하는 것은 어떻게 그 연결 상태에서 더 많은 시간을 보낼지를 배우는 것에 관한 것이다. 그래도 어떤 지점 이후부터는 하트 로크-인을 통해 그 연결된 상태가 마치 당신 자신의 원래 상태인 것처럼 자연스럽게 느껴지기 시작한다. 당신이 그 지점에 이를 때 하트 로크-인은 어떤 지점에 이르려고 노력하는 것처럼 느껴지지 않게 된다. 하트 로크-인은 당신이 이미 있는 곳으로 가는 쉬운 방법이 될 것이다. 당신 내면을 발견하는 감정으로 향하게 하는 것은 당연한 것이다. 그것은 당신 삶의 모든 영역에 유익함을 가져다줄 뿐만 아니라, 당신의 기분을 매우 즐겁게 한다. 그러나 그것에도 비밀은 있다. 그것은 아무도 다른 사람이 당신을 대신해서 그것을 하지 못한다는 것이다. 다른 어느 누구도 당신의 노력 없이 그것을 대신해서 편하게 해주지 못한다. 당신의 안전은 당신이 발견해주기를 기다리면서 당신 내면에 위치하고 있다.

기억해야 할 키포인트

···› 하트 로크-인 기술은 당신의 내면에 당신 자신만의 쇄신의 원천을 가지고 있다는 것을 당신이 발견하도록 돕는다.

···› 마음을 평온하게 하고, 심장과의 굳건한 연결관계를 유지하는 것, 즉 심장의 힘에 스스로를 가두는 것은 당신 몸 전체의 시스템에 쾌활함을 더해주고, 그리고 재생시키는 에너지를 더해준다.

···› 심장의 핵심 감정이 더 많이 활동할수록, 애정이 있고 열려진 마음의 시각으로부터 얼마나 많은 것들을 얻을 수 있는지를 깨닫게 된다.

···› 하트 로크-인의 상태에서 사랑, 배려, 감사와 같은 심장의 핵심 감정을 내보

내는 훈련은 많은 유익한 효과를 가지고 온다. 하트 로크-인은 당신이 동조의 상태로 들어가도록, 그리고 그 상태를 유지하도록 돕는다. 이것은 신체와 (대인)관계의 회복을 위한 토대를 마련한다.

⋯→ 연구들은 하트 로크-인의 기술이 증가된 자율신경계의 활동에 의해 조정되는 면역력 증가 효과를 일으킴을 보여준다. 그리고 그 면역력 증가 효과는 피실험자가 하트-존이라는 음악을 들으면서 하트 로크-인을 훈련했을 때 배가 되었다.

⋯→ 하트 로크-인은 우리 모든 신체 시스템의 통일성을 증가하도록 돕는다. 즉 우리 신체의 영적 · 정신적 · 정서적 · 전기적 세포 단위의 통일성을 증가시킨다. 통일성은 당신을 더 깊고 성숙한 심장과 정렬하게끔 한다. (일직선 상태를 이루게 한다.)

PART 4

심장의 지능을 우리 사회에 적용하려면

하트매스 솔루션의 제1부에서부터 제3부까지, 당신이 자신의 심장을 따르도록 돕기 위한 기술과 도구를 제공하려고 우리는 노력하였다. 우리의 경험은 이 도구들과 기술들을 일관되게 적용한 사람들은 그들의 개인적인 삶의 모습에서 대단한 진보를 얻게 된다는 것을 우리에게 말해준다. 그러나 하트매스 솔루션의 적용은 개인적인 유익을 뛰어넘는다.

이 책을 통해서 심장의 지능이 사용되었을 때 그것이 주는 힘을 설명하는 과학, 연구 사례들, 개인적인 경험들, 그리고 일화들을 소개하였다. 제4부에서는 이 적용들을 더 진전시킬 것이다.

첫 번째로, 우리는 어떻게 심장이 우리의 가족, 업무, 지역 사회, 그리고 사회에 적용될 수 있는지(그리고 이미 적용되고 있는지)를 보여줄 것이다. 우리는 가족, 그리고 교육 시스템에서의 향상에 대해 이야기할 것이다. 가장 희망적이고, 극적인 결과 중 몇몇은 부모들과 교육자들이 아이들과 하트매스를 사용했을 때 드러났다.

우리 중 대부분은 어떤 회사 또는 조직에서 일을 한다. 하트매스 솔루션의 초기 응용 예들 중 하나는 일터에서 업무 만족도를 증가시키기 위해, 그리고 생산성을 향상시키기 위해 사용되었다. 우리는 조직에서 이 도구들, 그리고 기술들을 적용하는 것의 효과를 보여주는 정보를 지속적으로 제공할 것이다.

최종적으로 우리는 심장지능의 출현이 전체적으로 사회와 세상에 어떤 의미를 주는지 논의할 것이다. 빠른 변화, 그리고 새로운 도전들은 세상의 모든 사람들에게 충격을 주고 있다. 우리는 지구촌의 현재 상태에 대한 우리의 시각을 제공할 것이고, 도전을 극복하기 위해, 변화를 다루기 위해, 새로운 지성과 애정을 필요로 하는 세상에 가치 있는 기여를 하기 위해, 하트매스 솔루션을 어떻게 적용할 것인지에 대한 방법을 제안할 것이다.

제4부에서 당신은 :

···▶ 어떻게 하트매스 솔루션 기술들과 도구들이 아이들에게 사용될 수 있는 지를 볼 것이다.

···▶ 조직에서 그리고 지역 사회를 개선하고자 하는 노력으로 심장지능을 적용하는 것의 효과에 대해 깨닫게 될 것이다.

···▶ 빠른 속도로 변화하는 현 시대를 더 잘 이해하게 될 것이다. 그리고 어떻게 그 변화 한가운데에서 균형을 유지할지에 대해 더 잘 파악할 것이다.

11

가족과 어린이를 위한 하트매스 솔루션

만약 우리가 우리의 가족과 지역사회의 미래를 향해 희망과 낙관에서 안전과 안정을 보장해준다면 그것이 얼마나 좋을지 상상해보라. 만약 우리 주변의 사람들이 심지어 변화의 한가운데에서나 그들의 삶에서 훌륭한 균형을 유지하고 삶을 통제할 수 있다면 어떠할까? 이 앞장에서 우리는 심장의 지능을 사용하기 위해, 그리고 우리 내면에 더 많은 통일된 상태를 만들어내기 위해 프리즈-프레임을 어떻게 사용하는지를 배웠고, 심장의 강력한 도구인 컷-스루와 하트 로크-인의 사용 방법을 배웠다. 우리가 심장의 통일된 상태를 우리 주변의 사람들과 문제에 적용한다면, 우리는 문제에 대한 해답을 더 쉽게 찾을 수 있고, 사람들과의 관계도 더 수월해짐을 발견할 것이다. 하트매스 솔루션은 우리가 가족, 일터, 사회적인 문제들을 다루는 방법을 변화시킬 것이다.

가족의 가치는 가장 중요하다

가족은 심장의 특질들을 발달시킬 수 있는 기본적인 사회구성 단위이다. 진정한 가족은 함께 삶을 헤쳐 나가고 성장한다. 그들은 서로의 마음속에 (심장 안에) 서로를 분리할 수 없는 끈을 가지고 있다. 심장의 파동으로 일어난 동조현상 때문에, 그리고 서로를 돌보기 위한 이유로 서로에게 관심을 가지는 사람들이 생물학적 의미의 가족이든 확대가족[1]이든 간에 '가족'이라는 단어는 따뜻함을 의미하며, 심장의 핵심 감정이 자양분을 받고 자랄 수 있는 장소를 의미한다.

가족의 가치관은 부모와 가족 구성원들이 자부심을 가지고 지켜야 할 가족의 안녕에 대한 핵심 가치들과 가이드라인을 의미한다. 진실한 가족적 감정은 심장의 핵심 감정이다. 즉 진실한 가족적 감정은 진실한 가족적 가치의 기초이다. 우리는 서로간에 차이를 지니고 있지만, 서로 간에 심장의 연결에 의해 가족이라는 구성체를 이어간다. 가족은 필요한 안전과 자원을 제공한다. 그리고 외부의 문제들에 대해 완충지대로서의 역할을 한다. 안정된 사람들로 구성된 가족은 문제를 해결할 수 있는 매력적인 힘을 만들어낸다. 그들은 스트레스로 가득 찬 세상에서 진정한 안전을 위한 희망이다.

불행하게도 오늘날 많은 가족들이 우리가 그러했으면 하고 바랐던 모습처럼 안전한 모습을 지니고 있지 않다. 많은 사람들은 증가된 가족의 불안정성과 가족적 가치의 하락으로 인해 현대의 가족은 위태롭고 거의 절명의 위기에 처했다고 믿고 있다. 가족적 구조는 1970년대 이후로 극적으로 변해왔다.[1] 가족들은 더 규모가 작아졌고, 더 많이 분열되었다. 더 많은 가족들이 예전처럼 부모와 조부모가 같이 살던 대가족의 구조가 아니고, 한 부모에 의해, 또는 한 조부모 또는 양부모에 의해

---

1) 핵가족에 대칭되는 개념으로서 핵가족이 부모와 자식으로 구성되는 반면, 확대가족은 할아버지와 그 위, 손자와 그 아래를 포함한 확장된 범위의 가족으로 구성된다.

이끌려진다.

1992년 매사추세츠 상호생명보험 회사가 1,050명의 성인을 대상으로 한 조사에 따르면, 가족의 가치관은 대부분의 부모들에게는 중요한 것으로 인식되어 있다. '가족의 가치관을 전함'이라는 제목이 붙은 보고서에서 매사추세츠 상호생명보험회사는 미국 사람들이 가장 중요하게 생각하는 세 가지 가족 가치관을 정의내렸다고 언급한다. 그것은 '자신의 행동에 책임지기', '다른 사람들을 있는 모습 그대로 존중하기', '가족 구성원들을 위한 정서적 부양을 제공하기'로 구성되었다. 그들에게 가족의 가치는 먼저 좋은 본을 보이는 부모로부터 가르침을 받는 것이다. 가족 구성원을 정서적으로 지원해야 한다는 것은 가정에서 부모가 행동으로 가르쳐야 한다는 것을 강조하는 것이다. 사실, 모든 아이들은 우리를 본보기로 따른다. 그러나 그 미래의 희망인 아이들은 지금 우리의 모습처럼 스트레스로 지친, 그리고 원하는 것을 성취하지 못하여 불행한, 그런 모습이 되는 법을 배우고 있다.[2]

우리가 알지 못하는 것을 가르칠 수 없다는 것은 진리이다. 우리는 아이들이 존중, 충성, 감사, 그리고 정서적 도움과 같은 심장의 핵심 감정을 표현하기를 원한다고 말한다. 그러나 우리는 아이들이 그러한 특질들을 그들 스스로 기르기를 기대하는 것 같다. 아이들은 그러한 것들의 가치를 우리의 말이나 표어로서가 아니라 우리의 삶을 통해서, 즉 우리가 어떻게 살아가는지 그 모습을 통해서 직접 가르쳐야 한다.

부모와 아이들은 정서적으로 통제되지 않아 반발적이고, 우울하고, 불안할 때 그들의 관계는 곤경에 처하게 된다. 거기에 대응해서 부모는 아이들에게 감정의 관리를 요구한다. 그러나 부모는 그 감정의 관리를 그들 스스로 배우지 않았다. 즉 부모는 아이들의 본보기로서 가족의 가치관을 가르치지 않으면서 아이들에게 그러하기를 요구한다. 이것은 그들 사이에서 끝없는 논쟁을 영속시킬 뿐이고, 부모와 자식간의 대화와 가족의 화합을 방해하는 것이다. 이러한 결과는 걱정, 두려움의 예상, 불안정, 지속되는 감정의 단절로 이어진다.

오늘날의 아이들은 인류 역사상 처음으로 성인의 간섭 없이 직접적으로 대중매체로부터 정보를 얻을 수 있다. 부모들은 걱정을 할 정도로 현명하다. 부모의 간섭 없이 아이들은 음악에서, 텔레비전에서, 영화에서 받아들이는 가치를 아무 여과 없이 흡수한다. 십중팔구 이 대중매체들은 자극적이고 호기심을 돋우고, 또는 종종 섹스와 피, 폭력과 같은 금기시된 것에 그들의 가치를 둔다.[3]

하트매스의 교육과 가족과 관련된 일을 담당하는 부서의 부장인 제프 지오리츠가 지적했듯이, "아이들에게 신화는 그들의 부모나 친척을 통해서가 아니라 매스미디어를 움직이는 거대 복합기업에서부터 온다. 아이들은 이 세상에서 항해를 하는 데 숙련되어 있지 못하다. 그러나 이 아이들은 스스로 나쁜 것에서 좋은 것을 걸러내고 그 의미를 부여하려고 노력하고 있다."

피츠버그 의과 대학의 소아정신과 부교수인 리처드 달에 따르면, 아이들은 평균 하루 3시간을 텔레비전 앞에서 보낸다. 그것은 일 주일 동안이면 21시간이나 된다. 대조적으로 아이들은 대략 일 주일에 30시간을 학교에서 보낸다. 아이들이 그들의 부모와 보내는 시간은 더욱 적다. 일 주일 전체를 통틀어 의미 있는 대화를 나누는 시간이 그들의 아버지와는 오직 8분 그리고 어머니와는 11분이다.[4]

이렇게 아이들이 그들의 부모와 함께 보내는 질적인 시간이 턱없이 부족하기 때문에 부모들이 아이들에게 미치는 영향이 굉장히 미미하다고 느끼게 되는 것은 당연한 것이다. 심지어는 십대의 자녀들이 음주, 흡연, 폭력과 같은 높은 위험을 띤 행동에 관계하고 있는 것을 걱정한다고 해도, 그들은 걱정을 어떻게 다루어야 하는지 알지 못한다.

청소년들은 종종 그들의 부모가 말하고 행동하는 것이 그들의 삶에 아무 영향도 끼치지 못한다는 메시지를 전하는 데 매우 능숙하다. 그리고 많은 부모들은 그들의 아이들이 건강한 삶을 살도록 돕는 그들의 노력이 미미하고, 그리고 아이들이 자신들의 말을 무시한다고 느끼고 있으면서, 아이들의 그런 메시지들을 믿는다. 그러나 미네소타 대학의 사회학자인 마이클 레스닉에 의해 행해진 최근의 연구는 아이들이 고등학교 때까지 부모는 진정 아이들의 삶에 진정한 변화를 계속 일으킬 수 있다는 강한 증거를 제공한다. 전국적으로 행해진 연구에 따르면, 레스닉과 그의 동료들은 십대들의 건강과 행복은 대부분 그들의 부모에 의해 관심과 배려를 받는 느낌에 달려 있다는 것을 발견하였다. 그들의 부모에 의해 사랑을 받는 아이들은 부모의 사회적인 또는 경제적인 지위에 상관없이 빠른 성경험, 흡연, 음주, 약물남용, 폭력, 자살 등을 포함한 위험한 행동을 피하는데 전체적으로 앞장선다는 것을 보여주었다.

아동 발달에서 심장의 역할

사랑을 받고 있다는 감정은 아이들에게, 그리고 아이들을 위해, 다른 어느 것보다 더 중요한 것이다. 하버드 대학교에서 행한 조사에서 흥미로운 연구결과를 보여주었는데, 그것은 아동기 때 사랑을 받고 있다고 느끼지 못했던 성인은 사랑을 경험했던 사람들보다 훨씬 더 높은 질병 발생률을 겪고 있다는 것이다. 이것이 의미하는 것은 사랑은 건강한 삶을 위해 필수적인 것이지 선택적인 것이 아니라는 점이다.[6]

아이가 태어난 순간부터, 사랑은 아이의 건강과 생존에 물질적인 영양공급만큼이나 필수적인 것이다. 비록 감정을 관리하기 위한 기초적인 뇌의 구조와 신경망들은 아이가 태어나기 전에 잘 구성되어 있지만, 가장 중요한 것은 아이가 생의 초기 때 가지는 경험이다. 아이들이 노출되는 정서적인 환경은 아이의 정서회로의 발달에 영향을 미친다.[7]

정서적인 상태는 전염성이 있다. 부모가 아기에게 미소를 지으면 아기도 미소를 지으며 그 미소에 답하는 것과 같다. 그리고 부모가 화를 내면, 아이는 울기 시작한다. 우리가 앞전에 보았듯이, 심장의 전자기장은 육체라는 범위를 뛰어넘어 뻗어 있다. 그리고 그것은 감정적 상태에 관한 정보를 우리 주변의 사람들에게 전달한다. 어떤 부모가 진실한 사랑과 관심을 느낄 때, 조화로운 통일성을 지닌 심장 리듬은 부모의 아이에게 전달된다. 부모가 스트레스를 받는 불안하거나 화내는 상태에 있을 때, 부조화롭고 비통일적인 심장 리듬 패턴이 전달된다. 우리가 이 앞장에서 보았듯이(예로 우리가 8장에서 논의한 접촉으로 인한 전기현상에서) 우리의 심장으로부터의 전자기적인 통신은 육체 외부로 방사된다. 그리고 그것은 다른 사람들에 의해 감지된다.

부모가 불안해하거나 화가 나거나 스트레스를 받을 때에는 아이들에게 이야기하거나 글을 읽어주는 것은 역효과를 낼 수 있다. 어머니 또는 아버지가 불안하거나 또는 감정적으로 화난 상태에 있을 때 만약 어머니 또는 아버지가 아이에게 좋게 보이려고 노력하거나 또는 글을 읽어주려고 노력한다면 부모의 심장에서 생성된 그 전자기적 영역은 다소 덜 통일적인 모습을 띤다. 그리고 아이의 신경 시스템은 그 비통일적인 상태를 감지한다.

만성적인 근심 또는 우울함을 그들의 아이 주변에서 표현하는 부모들이 있는데, 그런 부모의 행동들은 아이들이 광범위한 정신적 또는 정서적 문제로 나중에 어려움을 겪을 가능성을 증가시킨다. 우울증, 불안장애증, 우울증과 불안장애의 복합증상을 치료했던 경험이 있는 사람을 부모로 둔 일곱 살에서 열세 살을 포함한 한 연구에서 불안한 부모를 둔 아이들 중 36퍼센트가 근심을 가지고 있고, 우울증 증세가 있는 부모를 둔 아이의 38퍼센트가 우울증을, 그리고 우울증과 불안장애를 복합적으로 가지고 있는 사람을 부모로 둔 아이의 45퍼센트가 결국은 같은 병으로 진단을 받았었다.[8]

남가주 대학(찰스톤) 의대에 있는 연구원 데보라 비델에 따르면, 이 발견들은 불안과 다른 장애들이 특정한 유전자와 관련이 없다는 것을 의미한다. 즉 학습 그리고 어떤 모델을 본받는 것이 자신의 행동을 습득하는데 가장 강력한 방법일 수 있다는 것이다.

주양육자[2]가 아이의 감정에 자신의 마음을 맞추고 그 아이의 감정에 적절하게 반응했을 때, 아이의 신경회로들은 긍정적인 방향으로 강화된다. 그러나 만약 아이의 감정이 반복적으로 무관심한 또는 부정적인 반응을 얻으면, 그 아이의 신경회로는 더 혼란스러워질 수 있다. 그 약화된 연결들은 아이들이 열 살 또는 열두 살 때 일어나는 신경회로의 가지치기를 견디어낼 정도로 충분히 강하지 않을 수 있다. 그리고 종종 그런 무관심과 부정적인 반응으로 약화된 신경회로는 종종 사라져 없어진다. 결합하지 못하거나 발달한 신경회로들을 만들지 못한 신경은 가지치기[3]를 당하고, 다른 신경 구조가 성장하도록 기회를 제공하기 위해 뇌척수액(cerebro-spinal fluid) 주변으로 용해된다. 그러나 심지어 부모로부터 자신의 역할을 무시당하고, 감정적이고 정신적인 스트레스를 겪었던 아이가 수양부모의 또는 멘토의 참된 사랑이나 배려로 인해 그 문제가 극복되었던 많은 예가 존재한다.[7]

뇌의 적응력은 어느 나이에서나 희망을 줄 수 있기 때문에, 긍정적인 강화와 자신의 감정을 조절하기 위한 기술들을 아이들과 성인들에게 가르침으로써 정서의 회로는 재교육을 받을 수 있다.

아이들은 자신의 감정을 조절하는 기술들에(심지어 어린 나이에도) 놀랍게도 마음이 열려져 있다. 그것은 신경의 정서적인 회복력 때문이다.

---

2) Primary Caregiver이며 현실적으로 양육을 책임진 사람, 보통 엄마를 말한다.
3) 신경의 가지치기(Prune)는 신경세포들 간의 연결이 퇴화하는 것을 말한다. 여기에는 '용불용설'이 적용된다. 즉 쓰면 발달하고 안 쓰면 퇴화한다는 것이다. 캘리포니아 대학 로스앤젤레스(UCLA)의 신경 촬영 실험실의 엘리자베스 소웰이 이끄는 신경과학자들은 MRI를 통해 12세에서 16세까지의 뇌를 촬영해서 20대 초반 젊은이의 뇌와 비교했더니 고급 정서관리 기능을 담당하는 전두엽이 사춘기와 성년(成年) 초기 사이에 가장 큰 변화를 겪는다는 사실이 밝혀졌다. 전두엽은 정서발달이 활발한 사춘기(10~12세)에 급격히 커진 후 20대에 들어서면 불필요한 신경가지들이 가지치기를 당하면서 위축된다고 하였다.

그러나 연구자들은 회복력과 유연성은 청소년기 때 감소곡선처럼 하향하기 시작하는 것을 알고 있다. 만약 아이들이 자신의 감정을 관리하는 기술을 배우지 못했다면, 그들이 십대가 되었을 때 그들은 미래에는 정서적으로 스스로 통제되지 않는 성인이 될 것이다.

제프 지오리츠와 같은 교육자들은 이 아이들이 학교를 졸업하고 사회로 뛰어들게 되면 이 빠른 속도로 움직이는 세상은 상당한 자기의존성과 매우 빠른 직관력을 요구할 것이라고 내다보고 있다. 그리고 그 경쟁은 더 격렬해질 것이다. 물론 정신적인 재능은 언제나 가치 있는 것이다. 그러나 미래는 다른 어느 때보다 더 많이 창조성과 적응력을 요구할 것이다. 사람들과 어울리고 세련된 대인관계를 위한, 그리고 사회성을 위한 기술들은 필수적인 것이 될 것이다. 바로 이 부분에서 우리는 심장의 지능이 필요하다.

프리즈-프레임 기술을 같이 사용함으로 부모들과 그들의 아이들은 가정의 질서, 책임, 대화, 가족 활동들과 같은 가족의 문제에 관해 새로운 시각들을 얻기 시작한다. 그들은 감정적으로 매우 격해진 일련의 사건으로부터 해결책을 찾고, 그 사건으로부터 자유롭기 위해 컷-스루를 사용할 수 있다. 그리고 그들은 서로서로 사랑을 전하기 위해 하트 로크-인을 사용할 수 있다. 아마 이것은 가족이 나눌 수 있는 가장 즐거운 경험 중 하나일 것이다. 즉 가족을 위해 이 기술들을 사용하는 것은 가족의 통일성과 긴밀한 유대관계를 증가시킬 뿐만 아니라, 가정이라는 사랑이 넘치고 안정적인 곳 안에서 함께 질적인 시간을 맞이할 기초를 굳건히 해준다.

조안나는 그녀의 남편과 두 어린 아이들과 함께 매일 저녁식사를 하기 전에 함께 하트 로크-인을 한다. "그건 마치 우리 가족을 위한 강장제 같아요"라고 조안나는 이야기했다. "우리는 각자 누구에게 사랑을 보낼까 선택을 합니다. 당신은 그 사랑의 에너지가 움직이는 것을 느낄 수 있을 거예요. 그 시간은 우리가 진정으로 함께하는 유일한 시간입니다. 그리고 그 시간이 우리에게 큰 변화를 가져다주었습니다."

심장의 핵심 정서를 살려주는 가정환경을 만드는 것, 부모 자식들 사이 진정한 관심을 만들어내는 것이 모든 부모들의 우선순위가 되어야 한다. 자신의 자녀와 더 강력한 직관적인 긴밀한 유대관계를 만드는 것은 아이들에게 조언을 주고 지도를 하기 위한 첫 번째 단계이다. 이런 조언과 지도는 아이들이 경청하게 될 것이다. 그리고 이것은 아이들의 존경심을 발달시키고, 아이들의 훈육의 어려움들을 덜어준다. 감정적인 관리의 기술을 계발하는 것은 삶에 필연적으로 나타나는 고난과 장애물들을 성공적으로 극복하기 위해 더 폭넓은 지성을 계발하는데 있어서 필수적이다.

교육에서의 하트매스

삶에 대한 아이들의 가치, 특징, 시각은 학교와 같은 곳에서 선생님에 의해, 또 친구들에 의해 강하게 영향을 받는다. 하트매스의 가장 중요하고 가치 있는 사용 예는 지역의 학교교실에서 찾을 수 있다. 현재 127명의 교사와 카운슬러들이 하트매스의 개념과 기술을 교실에서 가르칠 수 있는 공식자격증을 받았다. 게다가 사립학교와 공립학교를 포함한 많은 학교들이 그들의 교과과정에 하트매스를 넣고 있다.

1996년에 플로리다에 있는 데이드 카운티의 팜 스프링스 중학교는 7학년 학생들을 위한 하트매스를 학교생활에 적용하는 프로그램을 시작하였다. 학생들 중 많은 수가 주로 스페인어를 사용면서 영어를 제2국어로 사용하였다. 그리고 몇몇의 학생들은 가정환경이 어려웠다. 이 프로그램은 학습에 의한 스트레스의 영향을 줄이면서 회복의 기술과 긍정적인 시민의식을 강화하는 것에 목표를 두었다.

그 결과는 대단했다. 헌신적인 교사들이 하트매스의 직원들과 함께 그 프로그램을 평가하기 위해 사용했던 성취도 측정 도구의 주요 변수 중 모든 부분에서 명확한 변화가 있었음을 목격하였다. 하트매스 솔루션의 기술과 도구를 사용한 결과로 인해, 학교에서 더 많은 학습의욕을 느꼈던 학생들은 학교 수업에 더 집중하게 되었다. 그리고 학교와 집 모두에서 시간을 더 잘 관리하고 계획할 수 있게 되었음을 느꼈다. 그들의 리더십과 커뮤니케이션 기술은 개선되었으며, 위험하거나 해로운 행동은 현저하게 줄어들었다. 그 학생들은 가족과 친구들에게서 더 많은 지지를 받고 있음을 느꼈다. 그리고 자신들에게, 그들의 선생님들에게도 더 많은 편안함을 느꼈으며, 그들의 친구를 향해서는 더 많은 연민을 보여주었다. 게다가 그 학생들은 그들의 의사 결정에서도 더 독립적이고 단호하게 되었으며, 친구들로부터의 압력에서는 더 많은 저항력을 가졌으며, 자신의 스트레스와 분노와 자기 비판도 더 잘 통제할 수 있었다. 본질적으로 그 학생들은 친구들과 함께할 때나, 그들의 가족과 함께 있을 때나 증가된 만족감을 얻었고, 그들의 삶에 대한 증가된 통제력을 보여주었다.

이 프로그램은 너무나 성공적이어서 1997년에는 팜스프링에서 '상급학생 멘토링 프로그램'[4]을 위해 근처 초등학교에서 15명의 학생이 선택되었다. 그곳에서 그 학생들은 55명의 초등학교 2학년과 3학년 학생들에게 하트매스의 기술과 도구를 가르쳤다. 그해 이후 그 프로그램은 중학교 학생들을 대상으로 2년간 지속되는 '하트 스마트'라고 불리는 선택과목으로 발전하였다. 그 하트 스마트 교과과정은 학생들이 스트레스를 줄이고, 학업에 집중하며, 커뮤니케이션 기술을 증진시키고, 친구나 선생님이나 가족간의 관계를 강화하는 것을 돕기 위한 일련의 기

---

4) 상급학생이 선배로서 하급생을 지도하는 교과외 교육과정의 일종. 멘토링은 교과 내용보다는 학교생활에 적응하는 문제나 교우관계의 고민 해결, 개인적인 생활관리 등에서 눈높이가 가까운 선배가 지도해줌으로써 선배와 후배가 동시에 배우게 되는 일종의 상호 교육프로그램이다.

술과 전략들을 제공했다.

　더 많은 '상급학생 멘토링 프로그램'이 데이드 주에 있는 초등학교와 중학교에서 진행중이다. 그리고 이 학교들은 앞으로 4년 동안 1,500명 이상의 학생들에게 하트매스를 교육시킬 계획이다.

　팜 스프링스 중학교는 청각장애가 있는 학생과 완전히 귀가 먼 학생에게 프리즈-프레임을 가르치는 그 프로그램의 성공 후에 더 많은 선례를 남기기 위해 팜 스프링스 중학교 또한 그 프로그램을 확장시키는 중이다. 이 학생들 중 많은 수는 언어 발달이 늦기 때문에 그들은 청각장애가 없는 친구들보다 2배 때로는 3배 이상 노력을 해야만 한다. 그러나 그들은 상당한 열정을 가지고 프리즈-프레임에 숙달하였다.

　이 학교들에서 진행되었던 프로그램과 관련하여 하트매스 연구소는 마이애미 심장연구소 팀들과 함께 하트매스 솔루션의 기술들과 도구들이 중학교 학생들의 심혈관계 건강에 미치는 효과를 측정하기 위한 연구에 참여하게 되었다. 처음의 결과는 아무 훈련도 받지 않은 대조군의 학생과 비교해볼 때 하트매스를 훈련하는 학생에게서 심박변화율의 통일성에 큰 변화를 보여주었다.

　이 연구의 최종분석은 아직 나오지 않았다. 그러니 계속 관심을 가지고 지켜봐주기 바란다. 그러나 이 어린 아이들에게도 심혈관계의 개선된 건강상태를 보였다는 것은 유망한 결과 이상의 것이다.

　하트매스 솔루션의 기술과 도구들이 제공하는 삶의 지혜를 소개하기에 우리의 희망둥이들이 다니는 학교보다 더 좋은 곳이 어디 있는가? 불행하게도 많은 학교의 시스템은 재정적인 문제나 훈육상 또는 학원의 내부 문제로 많은 부담을 안고 있다. 이 문제들은 대부분의 교육자와 학교교육위원회가 당면하고 있는 교과과정의 어려움과 함께 학생들에게 그들이 삶을 사는데 필요한 기술을 가르칠 수 있는 그들의 능력을 제한시킨다. 데이드 카운티 학교에 있는 교육자들은 학교 시스템에 있어서도 용기와 헌신만 가지고 있다면, 관심과 요구가 충분히 크다면,

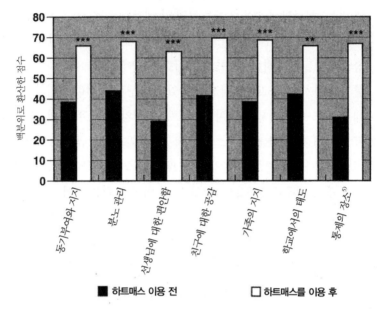

성취도 측정 결과

(세로축) 백분위로 환산한 점수

(가로축 항목)
- 동기부여와 지지
- 분노 관리
- 선생님에 대한 편안함
- 친구에 대한 공감
- 가족의 지지
- 학교에서의 태도
- 통제의 장소[5]

■ 하트매스 이용 전　　□ 하트매스를 이용 후

학생들에게 하트매스 솔루션의 도구와 기술을 적용한 효과

그림 11-1　하트매스 도구와 기술들을 학습한 후 대도시 지역에 있는 중1학년 학생들의 학업 수행과 관련된 기술, 태도, 정서의 자기관리 능력에서 큰 개선을 보였다. 이 도구들을 훈련한 결과로 학업에서나 선생님, 친구, 가족, 그리고 자기 자신에 대한 관계마저도 상당히 개선되었다. 이 그래프는 연구 결과를 부분적으로 요약해준다. **p-.01, ***p-.001.
ⓒ 1998 하트매스연구소

하트매스와 같은 교육은 제공될 수 있다는 것을 증명하였다.

데이드 카운티에 사는 열네 살의 소년이 이렇게 편지를 보냈다.

"나는 하트매스를 즐겼어요. 그들은 어떻게 마음을 올바른 방향으로 향하게 하는지를 우리에게 가르쳐주었어요. 그리고 만약 나쁜 태도를 가졌다면 그것을 다른 사람에게 쏟아버리는 대신에 어떻게 더 성숙한

---

5) 통제의 장소(Locus of Control)는 통제권을 가진 장소와 정도에 따라 행복의 수준이 달라진다는 이론이다. 예를 들면 자신의 생활을 스스로 선택하고 통제한다면 같은 일을 해도 긍정적이되고 적극적이 되며, 스트레스도 덜 받는다. 반면에 타율적으로 정해진 것만 따른다면 수동적이고 부정적이 되며 더 많은 스트레스를 받게 된다. 이것은 어디까지나 자신의 인식 문제이기 때문에 자신에 대한 통제권은 스스로 확대해가는 것이 필요하다.

방향으로 통제하는지도 가르쳐주었어요. 모든 사람이 우리가 배웠던 것들 중 몇몇 태도를 가져야만 해요. 왜냐하면 만약 모든 사람이 훌륭하고 새로운 태도를 가졌다면 더 이상 우리 주변에서 일어나는 싸움은 없을 거예요. 그리고 그들은 아마 서로를 더 많이 사랑할 거예요."

아이들은 어떻게 심장의 도구에 반응하는가

우리의 직원들이 전국의 학교에 하트매스 솔루션을 도입시키게 되면 우리는 새롭고 고무적인 모습의 심장의 힘을 볼 수 있을 것이다. 그리고 아이들은 이 도구를 즉시 좋아하기 시작할 것이다. 아이들은 답을 찾기 위해 성인들보다 더 많이 자신들의 심장에 의지하는 경향이 있다. 그들의 심장이 그들에게 하는 말을 분명히 믿는다.

도전적이고 경쟁적인 오늘날의 세상에서, 젊은이들의 유순하고 감상적인 마음의 특성은 거의 두각을 나타내지 못한다. 그러나 이 도구들은 아이들을 더 강하게, 더 자존적이 되도록 도와준다. 그들이 이 세상에서 자신이 가지고 있는 심장의 지능을 사용했을 때에는, 충동적인 선택을 하기보다는 이성적인 선택을 할 수 있게 된다. 그리고 그들에게 관심과 협력의 느낌을 주는 것 외에도 심장은 그들에게 더 큰 존경심을 심어준다.

학교에서 그들이 정서관리 기술을 배웠을 때 아이들의 기강 또한 개선되었다. 하트매스 솔루션의 도구와 기술을 배운 선생님들 중 주디스 카터는 '타임-인(time-in)'이라고 불리는 방법을 통해서 시간과 에너지를 절감했다. 만약 내가 아이들에게 타임-인을 하라고 요구하면, 그들은 하트 로크-인을 하고, 그런 다음 더 나은 행동의 선택을 찾을 수 있는지를 알아보는 것을 의미한다. 카터 선생은 그것이 매우 효과가 좋으며, 아이들에게 그들의 감정을 관리하도록 도움을 준다고 했다.

"나는 교실의 타임-인을 하는 영역에 모래시계를 가지고 있습니다. 이것으로 아이들은 하트 로크-인 하는 시간을 맞출 수 있습니다. 어느 날 어린 학생 하나가 나에게 타임-인을 해도 좋은지 물어보았지요. 그 아이는 그 타임-인 영역에 가서 앉은 다음 그녀의 얼굴에 큰 미소를 띠며 하트 로크-인을 하였습니다. 나는 그 아이가 자신의 감정을 관리할 수 있다는 것이 너무나 자랑스러웠습니다. 그 아이는 아버지에게도 어떻게 하트 로크-인을 하는지를 가르쳐주었다고 나에게 자랑했습니다."

그 기술들은 운동장에서 하는 게임 또는 운동과 같은 육체적 활동 중에 특히 효과를 잘 나타낸다. 지난 여름, 하트매스의 공인된 트레이너인 베스 맥나미는 뉴욕에서 축구 캠프에 참석한 일곱 살에서 열네 살에 이르는 60명의 아이들에게 프리즈-프레임을 가르쳤다. 아이들이 프리즈-프레임을 하는 것을 배우자마자 베스는 아이들에게 충분히 스트레스를 주는 상황을 훈련하도록 하였다.

아이들은 두 팀으로 나뉘었다. 그리고 특정한 패턴으로 축구공을 차라고 주문받았다. 아이들이 그 패턴을 연습하면서 불평을 하는 것을 베스는 들었다. "이공은 너무 딱딱해.""난 더 이상 못 하겠어.""가로막지 말고 저리 비키란 말이야.", "너 공을 잘못 차고 있잖아!" 한 낙담한 팀은 심지어 자기 팀에 있는 한 명의 선수에게 대항하기도 하였다. 그리고 그에게 모든 잘못을 책임지우기도 하였다.

그 훈련이 끝났을 때, 베스는 그들의 느낌이 어떠했는지를 물어보았다. 연달아 그들은 좌절감, 분노, 패배, 그리고 자신들에 대한 실망을 표현하였다. 비록 그것이 게임이었을지라도, 그들은 어떤 즐거움도 가지지 못하였다.

몇 분간의 프리즈-프레임은 아이들이 다시 그들의 심장에 집중할 수 있도록 도와주었다. 그들은 서로를 비판하거나 축구공을 차는 패턴을 완벽하게 만드는 것에 가장 큰 가치를 두는 대신에, 그들의 시각이 변화 되었다. 심장의 가치와 연결된 상태에서 그들은 더욱 따뜻하고 열려진 마음과 시각을 가지게 되었다.

갑자기 아이들이 훈련중에 그들이 했던 부당한 행위를 깨닫기 시작하더니, 그들의 실수에 관해 한 소년을 비난했던 팀의 멤버들이 그들의 행위에 대해 사과를 하였으며, 그것에 대해 서로 책임을 공유하였다. 두 그룹이 더 자유로이 협력하기 시작했다. 그들이 어떻게 곤경에 빠졌는가에 관심을 두기보다는 그들은 새로운 해결책들을 내놓기 시작하였다.

각 팀이 분리된 개인들로 구성된 그룹이 아닌 단일체로서 노력을 했을 때, 그 전체의 힘은 시너지가 만들어지고, 더 효과적이 된다. 그들의 심장의 지혜는 그들이 개인으로서, 그리고 하나의 팀으로서 최상의 모습을 보여줄 수 있도록 해주었다.

우리는 하트매스 도구와 기술들이 아이들이 현재 축구를 하고 있든 또는 미래에 이 분야에서 경쟁을 하게 되든 아이들에게 도움이 될 기술들을 아이들이 발달시킬 수 있도록 도와준다. 프리즈-프레임만을 사용해서도 아이들은 자신들의 뛰어난 판단력을 사용할 수 있으며, 사람들과 더 잘 어울리고, 의사소통도 더 잘하기 시작한다.

그러나 대조적으로 아이들이 그들의 심장의 핵심 가치와 연결되지 않았을 때에는 아이들의 세상도 실망스럽고 스트레스가 가득 찬 세상이 되어버린다. 적어도 그들의 부모들은 자신의 아이들만큼은 이러한 상황을 피하기를 바랄 것이다.

혜택 받지 못한 아이들을 돕기

아이들의 발달에 있어 매우 중요한 시기인 유년기 때 진정한 사랑의 부족으로 인해 발생한 손실은 너무나 크기 때문에 어떠한 것도 이 손실에 비교될 수 없다. 이렇게 사랑의 부족으로 혜택을 입지 못한 아이들은 사랑, 배려, 감사와 같은 심장의 핵심 감정이 그들과 가족의 삶에서 사라짐으로써 가장 큰 해를 입게 된다. 특히 도시의 가정에서는 가정환경이 너무나 부모가 아이들의 심장 핵심 감정을 계발시키도록 돕는 것이 쉽지 않다.

도심에 거주하는 부모들을 위한 양육 훈련을 시행한 후에, 하트매스의 전문강사인 에디 프리츠는 다음과 같은 이야기를 하였다. 부모가 아이를 양육할 수 없어서 자신의 손녀를 양육하고 있는 한 할머니가 에디에게 이렇게 질문하였다. "어떻게 당신은 아이들이 감사하도록 가르칠수 있나요? 이 아이들은 감사할 것이 너무나 적어요." 에디가 대답하였다. "감사는 아이들 내면의 근육을 키우도록 도와주는 것과 같습니다. 그 근육은 아이를 강하게 만들어서 앞으로 아이들이 어떤 일이 부닥치더라도 쉽게 포기하지 않고 일어서게 하지요. 아이들이 감사하는 것을 멈추었을 때, 그들은 희망도 함께 잃습니다. 바로 그때 아이들은 마약을 시도하거나 갱단과 어울리기 시작하지요."

에디는 그때 그녀가 담당했던 도심 빈민가에 거주하는 학생 두 명의 불행에 관해 이야기를 했다. "그들은 삶에서 감사할 어떤 것이라도 찾기 위해 분투하는 소년 소녀였어요. 그러던 어느 날 그 소녀는 자신의 어머니가 그날 아침 미소를 지었던 사실을 기억해냈어요. 그것이 그 소녀가 찾은 유일한 감사할 대상이었던 것입니다. 그리고 소년은 교실에 장미를 가지고 왔었습니다. 그는 매일 아침 학교에 등교하는 길에 장미 덤불 옆을 걸어온다고 설명하였습니다. 그날 그 덤불의 장미들이 꽃을 피웠습니다. 그 개화한 장미가 소년의 감사할 제목이었기 때문에 소년은 장미를 가지고 왔었습니다. 아이들이 일단 감사가 어떠한 것인지에 대해 마음을 열기 시작하면, 아이들은 모든 부분에서, 심지어 아주 작은 것에서도 감사할 제목을 찾기 시작합니다. 바로 이때에 당신은 학급에서 아이들의 행동과 학습에서 중요한 변화를 목격하기 시작합니다."

많은 아이들에게 가장 나쁜 스트레스 요인 중 하나는 '벼랑 끝에선 아이' 또는 '보호대상자'라는 딱지가 붙여지는 것이다. 이것은 아마 그들의 삶에서 평생 동안 지속될 것 같은 소외감과 불안감만 증가시킨다. 이것은 특히 이주자의 아이들에게서 더욱 그렇다. LA카운티의 제10구역 이주자 교육과에 카운슬러로서 일하는 아멜리아 모레노와 자격을 갖춘 행정관, 선생님들, 멘토의 역할을 하는 부모들이 한 팀이 되어 거의 13,000명의 이주자 가정들을 위해 봉사한다.

비록 이주자들이 극도로 가난하고, 정착하지 않고 이동하며, 거의 모든 아이들이 그들의 모국어인 스페인어를 사용한다는 사실에도 불구하고, 그들의 주된 목표는 유아에서부터 스물한 살까지의 아이들이 다른 모든 아이들과 같이 교육적으로 성취할 수 있도록 돕는 것이다.

그들은 농업, 어업, 물품 출하업의 영역에서 일을 하고, 특정한 계절에만 일을 하는 색다른 직업을 가지고 있기 때문에, 이 가족들은 몇 년 이상 한 곳에 머무르지를 않는다. 그들이 너무 자주 이동을 하기 때문에, 아이들은 불규칙한 교육을 받을 수 있다. 이주 노동자들이 그들 모국 문화의 전통적인 삶의 방식을 유지하려 더 노력하면서, 또한 빠르게 변화하는 미국의 문화를 따라잡기 위해 동시에 노력하기 때문에, 가족에 대한 그들의 스트레스도 증가할 수 있다.

아멜리아는 '동시출발(Even Start)'이라는 이주자 가족 영어 교육 프로그램에서 'Corazon Contento' 영어로는 '행복한 마음'이라고 불리는 스페인어로 된 하트매스 교육과정을 사용한다.

작년에 (그리고 그전 4년 동안) 그녀의 프로그램은 LA 카운티 주변의 14개의 유아원 교육장에서 300명의 이주 노동자 가족을 교육하였다. 이 프로그램의 한 부분으로, 미취학 아동에 대한 교육과 동시에 그들의 부모들 교육을 아이들의 바로 옆 교실에서 진행하였다. 아이들이 유치원 교육을 준비하기 위한 교육을 받는 동안, 그들의 부모들은 제2국어로서 영어를 공부하고, 그들의 읽고 쓰는 기술과 부모로서의 아이들 양육기술에 대해 배운다. 부모들이 그들의 아이들과 같이 스페인어로 번역된 『아이들에게 사랑하는 법을 가르치기(Teaching Children to Love)』[9]라는 책으로부터 교육에 관련된 게임과 활동과 함께 프리즈-프레임 기술을 배우면서 하트매스는 여기서 이주 노동자 가족들에게 전환점의 역할을 한다. 아멜리아는 이 가족들에게 심장의 가치를 강화하는 것은 그들이 문맹에서 벗어나기 위한 교육을 계속 함께하도록 도와준다고 말한다. 다음은 아멜리아가 한 말이다.

"나는 28년 동안 교육에 몸담았었죠. 그러면서 나는 사람들이 잘될 수 있도록 돕기 위한, 그리고 그들 주변의 사람들의 노력을 강화하기 위한 도구가 필요하다는 것을 알게 되었어요. 우리는 아이들에게 아이들이 가지고 있는 대단한 잠재력이 오직 자신에 대한 믿음 부족에 기인한다는 사실을 강조해주고 싶었어요. 그래서 우리는 가족들에게 모범이 되기 위해 강하고 올바른 방향으로 움직이는 우리 자신이 되어야만 해요. 그로 인해 가족들은 희망적인 느낌을 지속할 수 있지요."

"그것은 농업에서도 마찬가지지요. 즉 농사를 지을 때도 당신은 거름을 준비해야 하지요. 우리는 이주 노동자들의 지성에 자양분을 공급함으로써 그들의 가족들이 평생교육을 계속하도록 돕습니다. 그래서 그들은 언젠가 좋은 결과를 얻게 될 것입니다. 바로 이것이 그들의 삶에 활기를 주고 그들에게 중요한 역할을 하는 도구들을 사용하는 이유입니다. 그들이 우리가 가진 풍부한 문화에 감사하도록 도와줍니다. 그리고 우리가 가지지 못한 것에 신경을 쓰기보다는 우리의 미래에 기대할 수 있도록 도와주지요."

"삶의 질, 즉 사랑을 하고 사랑을 받을 수 있는 능력, 이것은 모든 역경을 밝힐 빛나는 빛입니다. 이것은 궁극적으로 가장 중요한 가치입니다. 이런 식으로, 희망은 모든 문화에서 삶의 원천으로서 그 역할을 합니다."

우리의 사회와 세상을 개선시키기 위해서 우리는 기본으로 돌아가야 한다. 그것은 삶을 살 가치가 있게 만드는 심장의 핵심 가치를 개발하고 그리고 자양분을 공급받도록 되어 있는 우리의 가정으로 돌아가는 것이다.

만약 우리의 가정이 이 역할을 다하지 못한다면 우리의 학교, 교회, 병원, 직장, 그리고 지역사회, 봉사 단체들이 이 역할을 완수해야 한다. 즉 이것은 해야 하나 말아야 하는 택일의 문제가 아니다. 만약 사람들이 심장을 중심으로 한 양육의 역할을 이행하기 위해 간섭하지 않고, 문제해결을 위해 노력하지도 않는다면, 우리는 우리 사회의 미래에 튼튼한 토대를 제공하는 희망을 포기한 것과 같다.

하트매스 솔루션은 개개인, 가족, 아이들, 학교, 그리고 지역사회가 심장의 지능을 이용하고 그를 통해서 새로운 해결책을 얻도록 돕는 만큼 하트매스 솔루션의 역할을 다 한다. 개인이든 조직이든, 젊든지 나이가 많든지 상관없이 누구든 그들의 심장의 지능을 계발한다면 그들은 미래의 희망이 된다.

기억해야 할 키포인트

〈집에서〉

···» 가족들 간에 서로 함께하는 시간을 가지려 할 때, 저녁 식사시간 또는 잠자리에 들기 전에 당신의 아이들과 하트 로크-인을 하라.

···» 아이들에게 충고를 하거나 가르칠 때, 아이들과 함께 프리즈-프레임을 하라. 그러면 당신은 아이들과 더 통일성 있게 의사소통을 할 수 있고, 그리고 아이들은 당신의 말에 더 잘 집중할 수 있게 된다.

···» 만약 아이들이 화가 났다면, 아이들의 감정을 진정시키기 위해 아이들이 프리즈-프레임 또는 컷-스루를 하도록 도와주어라.

···» 당신의 아이들에게 심장의 핵심 감정에 대해 가르쳐라. 그리고 언제 아이들이 감사함과 배려의 감정을 느끼고, 사람들을 판단하지 않고 있는 그대로 바라보는지, 그리고 언제 아이들이 그렇게 행동하지 못하는지를 지적해주어라.

···» 가능한 자주 심장에 중심을 둔 정서관리 능력을 길러라. 하트매스 도구와 기술들을 활용하기 위해, 그리고 가족의 심장의 힘을 기르기 위해, 그 도구와 기술들을 사용하라. 그 훈련은 미래에 당신의 가족과 아이들에게 큰 유익으로 돌아올 것이다.

〈학교에서〉

…→ 학교에서 일어나는 충돌을 더 성숙한 시각으로 해결할 수 있도록 하기 위해, 아이들이 자신의 심장에 의지하도록 격려하라. 아이들이 서로 다툴 때, 서로 의 차이를 극복하기 위한 새로운 해결책들을 찾기 위해 그들에게 프리즈-프 레임을 하도록 요구함으로써 스스로에 대한 책임감을 기르도록 격려하라.

…→ 어느 운동에서나 아이들의 수행능력 또는 활동이 그들의 낙담이나 좌절에 의해 방해받을 때 운동하고 있는 아이들 전체가 프리즈-프레임을 하도록 하 라. 아이들의 목표를 분명하게 하기 위해, 의욕을 증가시키고 결과를 평가하 기 위해, 운동 전과 후에 프리즈-프레임을 실시하라.

…→ 학교 수업을 들을 때 정신의 명료함을 증가시키기 위해, 그리고 더 넓은 시 각을 가지기 위해 심장을 활용하라. 만약 학생들이 심장의 지성을 이해한다 면, 예를 들어 만약 역사적인 사건과 관련된 사람들이 하트매스 도구와 기술 을 사용했었다면, 그 사건들이 어떻게 달라질 수 있었을까를 아이들에게 물 어보라.

…→ 아이들이 학습을 준비하는 하루의 시작점에서 하트 로크-인을 사용하여라.

…→ 아이들이 '타임-인'를 하는 동안 감정의 균형을 맞추고 관리하는 것에 도움 이 되도록 하트 로크-인을 하도록 요구하여라.

…→ 만약 아이들이 지나치게 흥분해 있거나 또는 집중할 수 없으면 휴식 후에 하 트 로크-인을 하도록 시켜라.

12

직장생활을 위한 하트매스 솔루션

우리가 자기 자신과 가족에 대해 더 많은 배려를 경험하기 시작하면 심장의 핵심 감정을 표현하기 위한 우리의 역량은 더욱 개발될 것이다. 우리가 그때 우리의 일터와 사회를 향해 그 배려를 넓힐 방법을 찾게 될 것이라는 것은 정말 자연스런 것이다. 그러나 우리는 다른 이들에게 관심을 가지고 영향을 끼치기 위해 박애주의자가 되거나 또는 사회운동에 참여하지 않아도 될 것이다. 만약 우리가 매일 겪는 삶에 심장의 지능을 적용한다면 우리는 다른 이들을 향해 관심을 가지는 새로운 방법을 자연스럽게 발견할 것이다.

캘리포니아에 있는 건강 관련 단체(Mission Effectiveness & Community Outreach for Citrus Valley Health Partner)의 부회장인 톰 맥귀니스는 언제나 그의 일에 사명감을 가지고 있었다. 마음으로부터 오는 정서적 자극에 따라 그는 건강에 대한 서비스나 정보를 얻을 여유가 없는, 또는 얻기가 어려운 사람들을 위해 주민들의 요구를 처리해왔다. 그가 하트매스 솔루션의 도구와 기술들을 소개받기 오래 전부터 톰은 우리는 지금 더 많은 애정(심장)이 필요한 세상 속에 살고 있음을 너무나 잘 이해했다. 자신의 삶을 다른 이들을 위해 헌신하는 다른 많은 사람들처럼 톰은 그의 지역사회에 강한 책임감을 느끼며, 또한 그곳을 모든 사람들이 살고 일하기에 더 좋은 곳으로 만드는 것에 전념했다.

톰과 같이 지역사회에 헌신하는 공무원의 삶은 우리 모두에게 교훈을 준다. 심장이 지닌 지능의 인도에 따라 우리는 다른 사람들의 삶을 증진하는 것을 도울 수 있는 방법들을 찾을 수 있다. 우리가 내면의 통일성을 증가시킬수록 우리는 지역사회의 필요에 대해 더 이성적으로 인식할 것이다. 그리고 우리 주변 사람들의 행복에 기여하고자 하는 마음과 에너지를 더 많이 가질 것이다.

우리의 지역사회는 사람들의 삶에 영향을 주는 조직들로 구성되어 있다. 예를 들어, 조직들은 우리가 구입하는 물품, 우리가 필요로 하는 서비스, 우리 사회의 하부구조, 학교, 의료보호, 그리고 더 많은 것들을 책임지고 있다.

하트매스 솔루션은 조직 안에서의 정신적 · 정서적인 통일성을 증진시키는 데 매우 능률적이다. 조직 안에서 하트매스 도구와 기술들을 훈련받은 사람들은 더 행복하고, 건강하고, 그리고 더 생산적이다. 그로 인해 소비자의 만족도는 증가하고 우리의 지역사회들은 결과적으로 강해진다. 하트매스 솔루션이 회사, 정부기관, 교회, 병원, 그리고 다른 시설에 적용되었을 때, 우리는 몇몇 인상적이고 만족스러운 결과들을 보았다.

회사에 적용하기

많은 회사들은 오늘날 빠르게 변하는 비즈니스 환경 속에서 구조조정을 하거나 또는 재배치를 하는 등 수익성을 증가시키기 위해 분투하며 어려운 도전들과 맞서고 있다. 구조조정 정책들이 실행되었을 때, 그들은 종종 관련된 사람들을 전혀 고려하지 않은 갑작스러운 인원 축소를 수반한다. 가장 적은 희생으로 통일성을 지닌 조직으로 전환되기 위해서는 많은 스트레스 유발 요인들을 감소시키기 위한 충분한 배려와 함께 문제를 해결하기 위한 행동이 수반된 변화정책이 이행될 필요가 있다.

더 많이 이익을 내기 위해 업무에 과중한 부담을 지우고 압력을 증가시키는 것은 오늘날 일반적인 스트레스 요인이다. 게다가 노동자들은 그들 미래에 대한 불확실성, 늘어난 업무시간, 줄어드는 직무의 만족도, 커뮤니케이션 능력의 부족, 그리고 조직에 충성심을 바치지만 조직을 믿을 수 없어 불안해한다.[1] 미국의 노동청에 따르면, 우리의 직업과 수입에 상관없이 우리가 일하는 장소 즉 직장이 단일 요소로서 가장 스트레스를 많이 유발하는 곳이다.[1]

이렇게 스트레스를 가장 많이 일으키는 오늘날의 직장에서 고도로 숙련된 정서관리를 하지 않는다면, 오늘날 직장에서의 증가하는 압력은 간부들과 관리자들과 개인과 가족들의 삶을 희생시키면서 그들의 에너지를 고갈시키고, 그들에게 큰 피해를 입힌다. 오늘날 더 많은 사람들이 더 적은 월급을 받거나 승진 기회를 포기하더라도 더 유연한 근무시간[2]이나 적어진 압력, 그리고 아이들과 친밀해질 수 있는 더 많은 시간과 맞바꾸려고 한다.

많은 사람들의 이러한 생각은 다음과 같은 질문으로 귀결된다. 이렇게 결정함으로써 근무시간 중 심부름을 할 수 있고, 당신 아들의 축구 시합에 참관할 수 있으며, 그리고 밤에 잠을 잘 잘 수 있는 것이 나에게

---

1) 적대적인 인수합병이 가능해지면서 조직이 자의가 아니게 경영권을 박탈당할 수도 있기 때문에, 과거와 같이 조직에 대한 신뢰와 의지는 약화될 수밖에 없다.
2) 정해진 획일적인 근무시간(예: 9시에서 6시)이 아니라 자신의 편의에 맞게 근무시간을 조정해서(예: 10시에서 7시) 일할 수 있는 변형근로시간제. 혜택이 될 수도 있지만 그렇지 않을 수도 있다.

얼마나 만족을 줄 것인가?

비즈니스의 관점에서는 유연한 근무시간을 제공하는 것은 언제나 가능한 것이 아니다. 그러나 직업 만족을 개선시키기 위해서 회사가 할 수 있는 일들은 많다. 고용자들을 관심과 배려 없이 대우하는 것은 장기적으로 보았을 때 이익을 감소시키는 일이다. 이러한 접근의 결과는 여러 번 생산성과 수익성의 꾸준한 감소를 가져왔다. 중요한 사람들이 아프거나 또는 직장을 떠나고, 그리고 직장을 떠나지 않는 사람들은 직원들을 배려하지 않는(직원을 돌보지 않는) 근무 환경에서 직장을 향해 냉소적인 자세를 가지게 되고 일의 의욕을 잃어버린다.

역으로, 직원들이 그들의 일과 삶을 더 효과적으로 관리할 수 있도록 그들에게 기술과 기회를 충분히 주기 위해 관심을 가지고 신경을 쓴 회사들은 뛰어난 적응력과 열정을 지니고 있고 회사에 충성도가 높은 직원을 얻는다. 그들은 변화 속에서도 더 강한 신속한 복원력과 독창성을 지니게 된다. 업무수행 능력도 개선된다. 기업환경에 있어서 직원들의 일과 삶이 균형을 이루고, 정신적 · 정서적 자기관리를 하도록 돕는 것에 회사의 자원을 할당하는 것은 좋은 비즈니스 투자이다.

1998년 〈월스트리트 저널〉은 시어스와 로벅에 의해 실행되었던 연구에 관해 기사를 실었다. 그 연구의 결과는 800개의 가게를 상대로 행한 조사에서 가게에서 일하는 종업원이 자신의 근무 환경에 만족하는 경우 그들은 그 가게에서 계속 일할 뿐만 아니라 대가를 받지 않고 자신이 일하는 곳의 상품을 다른 사람들에게 추천하는 것을 통해 구전광고(입소문 광고)를 한다는 사실을 보여주었다. 직원들의 회사와 자신의 업무에 대한 태도가 단지 5퍼센트 개선되었을 때, 소비자 만족도는 1.3퍼센트 오른다는 것을 시어스는 발견했다. 이것은 회사 수입의 0.5퍼센트의 상승으로 이어진다. 이 결과는 이 크기의 회사에게는 상당한 수익이다.

MCI의 전무이사인 브라이언 맥퀴드는 다음과 같은 내용을 같이 실었다. "우리는 직원의 만족이 정말 직원들의 생산성과 소비자의 만족을 증가시킨다는 것을 안다." 그러나 더욱이 MCI에서는 능률에 5퍼센트 차이도 회사의 연간 수입에서 2백만 달러의 차이를 만든다. 그러므로 직원들이 계속 만족을 느낄 수 있도록 해주고, 회사의 환경 안에서 자신의 역량을 다 펼칠 수 있도록 해주는 것은 정말 좋은 사업 센스이다.[2]

현재 그리고 가까운 미래에 더 많은 기업들이 그들 직원들의 집합적인 내면의 특성 차이에 기초하여 성장하거나 도태하여 사라질 것이다. 즉 직원들에게 또는 함께 일하는 사람들에게 무관심했던 기업이나 법인의 시대는 이제 끝이 났다. 이것을 깨달은 회사들과 적절한 행동을 취한 회사들은 이 시대에 성장하고 성공할 가능성이 높다.

심장의 힘을 기업에 적용하기

언뜻 보기에는 비즈니스 환경에서 심장에 집중한다는 것이 다소 어울리지 않는 것처럼 보일 수 있다. "사업은 사업이다." 그리고 직장에서는 감정이라는 것이 끼어들 자리가 없다는 믿음은 여전히 많은 집단에 만연해 있다. 그것이 그렇게 놀라워 보이는 것처럼 우리 하트매스의 트레이너들이 고객사 간부들로부터 "그들에게는 그런 '부드러운' 기술이 필요하지 않아"라고 불평하는 것을 듣는 것은 드문 일이 아니다.

그러나 대부분의 경우 하트매스의 실용적인 관점은 회사에 의해 잘 수용된다. 그 이유는 하트매스의 실용적인 관점이 심장이 본래 가지고 있는 생물의학적 관점과 심장의 기능을 통해 어떠한 결과를 얻으려 하는 의도가 결합되기 때문이다. 심장의 지능을 증가시키는 심장의 핵심 가치와 새로운 방법들이 직장에 도입될 때, 빠르고 극적으로 긍정적인 변화가 일어난다.

하트매스의 글로벌 비즈니스 부사장인 부르스 크라이어는 전국에 있는 회사와 함께 심장에 기초한 기술들을 가르쳤다. 그리고 그 기술들의 효과를 처음으로 목격했다. 부르스에게는 회사 안에서 심장의 필요성은 당연한 것이다. "모든 조직들은 생각하고 느끼는 사람들로 구성된 생명이 있는 시스템입니다"라고 부르스는 이야기했다. "각 조직은 정말로 크고 복잡한 유기체입니다. 그 유기체의 건강과 회복력은 개인의 건강과 균형을 결정짓는 요소 같은 많은 요소들에 의해 결정됩니다. 현명한 조직은 현명한 사람처럼 그들에게 효과가 있는 요소들뿐만 아니라 불균형인 요소들 또한 인식하고 평가하기 위해 노력할 것입니다."

1994년에 부르스는 그의 팀을 이끌고 직원들의 업무 능력을 향상시키기 위한 목표를 가지고 모토롤라에 갔었다. 그 회사는 이미 제품 혁신에 대해 세계적인 명성을 가지고 있었다. 그 회사가 그 부분에 있어 세계적인 명성을 가지고 있는 이유는 어느 정도는 그 회사가 항상 소비자의 필요에 강한 관심을 기울인 이유 때문이다. 그러나 증가된 경쟁은 많은 수익을 얻게도 하고 많은 손실을 입힐 수 있는 위험부담도 증가시켰다. 스트레스는 평소보다 더 높아졌다. 전형적인 모토롤라의 방식대로라면 경영자는 걱정을 하고 행동을 취했었다.

하트매스 팀은 생산성, 팀워크, 커뮤니케이션 스킬, 스트레스, 건강, 독창성, 그리고 혁신의 문제를 다루어달라고 요청을 받았었다. 부르스와 그의 팀은 모토롤라 직원들에게 하트매스 솔루션을 가르쳤다. 그리고 어떤 변화가 있었는지를 측정하기 위해 교육 전과 후에 평가를 하였다. 하트매스의 도구와 기술을 훈련하는 6개월이 지난 후, 참가자들은 그들의 업무수행 능력에서 극적인 발전을 보여주었다.

- 93퍼센트가 생산성을 향상시켰다.
- 90퍼센트가 팀워크을 개선하였다.
- 93퍼센트가 자신에게서 어떤 강함 힘이 부여된 느낌을 느꼈다.
- 93퍼센트가 더 건강해졌음을 느꼈다.

훈련받은 직원 그룹들 중에서 생산라인 근로자들은 두드러지게 더 많은 에너지와 활기를 느꼈다고 보고하였다. 그들은 긴장을 덜 느끼게 되었고, 6개월의 기간 동안 신체적으로 더 건강해졌음을 알았다. 그리고 그들은 그 훈련이 끝날 때까지 그들의 업무에서 더 큰 개인적 · 직업적인 만족감을 느꼈다.

모토롤라는 또한 그들 직원들의 심혈관의 건강, 일에서 그들의 효율성 사이의 관계에 대해 관심을 가졌다. 그 회사는 미국 성인 중 28퍼센트가 고혈압을 가지고 있음을 인식하고 있었다. 심장질환과 심장마비의 주요한 위험 요소가 단지 건강문제뿐만 아니라 상당히 심각하게 업무수행 능력과 생산성을 방해할 수 있다.

비록 하트매스팀이 모토롤라의 생산성 향상에 집중을 했었지만, 긴장의 감소나 스트레스의 감소라는 뚜렷한 건강상의 이득 역시 가져왔다. 초기 6개월 동안 초반에는 중역, 행정직, 기술 부문에 있는 직원들의 28퍼센트가 국가 평균과 같은 수치로 고혈압을 지녔었다. 나중에 하트매스 솔루션의 기술과 도구들을 훈련했던 모든 사람들은 정상적인 혈압 수치를 다시 되찾았다.[4]

사람들은 객관적으로나 주관적으로 모두 낮아진 스트레스의 경험을 체험하였다. 한 직원은 이렇게 말했다. "나는 이젠 걱정을 많이 하지 않고도 우리 가족의 생활을 더 잘 다루고 있어요. 그리고 오랫동안 끌었던 많은 문제들도 해결했어요. 나는 다른 사람들의 이야기를 주의 깊게 들을 수 있고, 다른 사람들에게 마음을 열고 다가설 수도 있으며, 나의 동료들을 기꺼이 훈련시킬 수 있으며, 그리고 행복한 기분으로 직장에 오고, 언제든지 일할 준비가 되어 있어요."

그 프로그램의 참가자들은 32퍼센트의 만족도 상승과 함께 근심의 감소, 26퍼센트의 지치고 피로한 느낌 감소, 그리고 20퍼센트의 적대감 감소를 보였다. 전체적으로 그들은 불면증, 가슴 두근거림, 부정맥, 두통, 가슴앓이, 그리고 떨림을 포함하는 36퍼센트의 스트레스 증상의 완화를 나타냈다.

그 시간 이후로, 천 명이 넘는 모토롤라 직원들이 하트매스의 기업
용 훈련 프로그램을 위와 비슷한 결과를 보이며 수료하였다. 그리고
이 과정은 일리노이주 샴버그에 있는 모토롤라 대학교의 주된 스트레
스 관리 프로그램으로 채택되었다. 모토롤라의 경험은 심장의 지능을
사용하는 것은 직접적으로 회사의 수익에도 영향을 미칠 수 있음을 증
명한다.

심장의 힘을 일터에 적용하기

하트매스 솔루션을 회사에 적용할 때 우리는 '업무성과를 향상시키
는 힘(Power to Change performance)' 또는 'IQM(Inner Quality
Managemet)'이라 부른다. 우리가 이 책에서 배운 기본도구 및 기술들과
함께 몇 개의 다른 기술과 도구들이 다음 네 가지의 뚜렷한 목표하에서
사용된다.

- 내면적인 자기관리를 향상
- 통일성 있는 커뮤니케이션
- 조직의 분위기 쇄신
- 전략적인 과정들과 쇄신, 개혁을 용이하게 하기

내면적인 자기 관리는 개인의 효율성과 생산성을 위한 새로운 토대
를 제공한다. 통일성 있는 커뮤니케이션은 팀 빌딩에 있어서 중요한 역
할을 한다. 건설적이고 협력적인 조직의 분위기는 결국에는 매우 성공
적인 조직의 운영에 필요한 비옥한 토양을 제공한다. 전략적인 쇄신,
개혁은 전체의 운영이 계속 활기차도록 해주고, 기업의 자원들이 계속
적으로 다시 채워지도록 보증해준다.

기업들이 이러한 목표들을 이룰 수 있도록 돕기 위해서 하트매스의
트레이너들은 스트레스를 줄이고, 정신의 명료함을 증가시키기 위한

목적으로 프리즈-프레임을 가르친다. 직원들은 그들의 에너지 자산과 손실을 평가하는 법을 배운다. 상급자 코스에서는 감정의 균형을 더 향상시키기 위한 컷-스루가 소개된다. 일을 한 후 또는 일하기 전, 휴식시간 중 몸의 기능을 다시 회복시키기 위해, 많은 직원들이 하트 로크-인 기술 또한 사용한다.

영국에 있는 로얄 더치 쉘에서 하트매스 컨설턴트들은 150명의 중간 관리자들과 고급관리자를 훈련시켜 상당한 향상을 목격하였는데, 특히 가장 높은 스트레스 레벨을 가지고 있는 그룹에서 가장 큰 향상이 있었다. 이 훈련을 통해 이들에게서는 65퍼센트의 긴장의 감소, 87퍼센트의 피로감 해소, 65퍼센트의 분노의 감소, 그리고 44퍼센트가 직장을 떠나고자 하는 사직의사의 감소를 보였다. 이 중대한 변화들은 단지 6주 안에 일어났다. 직원들의 하트매스 도구와 기술의 수용 정도를 측정하기 위해 그 컨설턴트들은 6개월 후에 다시 추적 평가를 하였다. 그 참가자들은 그때까지 배운 기술들을 완전케 하기 위한 충분한 시간을 가졌으므로 그 결과를 보여주었다. 테스트 한 모든 영역에서 스트레스를 나타내는 수치는 계속 감소하였다.

이 연구들은 직장에서 심장의 통일성을 계발한다는 것이 얼마나 강력한 것이 될 수 있는지를 설명한다. 우리 중 대부분은 우리가 가지고 있는 시간 중 대부분을 직장에서 보낸다. 그리고 우리 모두는 어떻게든 회사와 서로 영향을 끼치고, 그들의 물품과 서비스에 의지한다. 간부들과 관리자들이 일터에서 심장지능의 실질적인 이득을 인식하고 그것의 발전을 장려함으로써, 그들은 회사의 주주들, 직원들, 소비자들, 그리고 지역사회에 굉장한 서비스를 제공하게 된다.

정부기관에 적용하기

여러 해 동안 하트매스의 단체 프로그램 담당 이사인 조셉 선드람은 매우 다양한 정부기관에 우리의 프로그램을 도입했다. 이 경험은 공무원, 군인, 매우 위험한 상황에 노출되는 경찰관, 그리고 지방이나 주의 기반시설에서 근무하는 다른 공무원들, 그리고 연방 정부 조직들에게 하트매스 솔루션이 적용이 되었을 때 무슨 일이 일어날지 관찰할 수 있는 흔하지 않는 기회를 가졌다.

공무원들은 민영부분에서 그들과 비슷한 분야의 사람들이 겪는 것과 같은 많은 스트레스와 어려움들을 겪는다. 그러나 그들은 또한 오직 공공부문에서만 겪는 어려움도 겪는다.

시작부터 정부의 일은 민간 부분에서 지금은 거의 사라진 것들을 직원들에게 제공한다. 그것은 바로 그들이 규칙에 따라 움직인다면 주어지는 평생직장이라는 방패이다. 일관된 경영을 하기 위한 공무의 수칙, 규정 등은 고용, 승진, 해고에 있어서의 공정성을 확보하기 위한 기반을 만든다. 그러나 만약 당신이 관리자들에게 그 규칙들이 어떻게 정말로 적용되고 있는지를 묻는다면 그들의 좌절감의 정도는 갑자기 높이 치솟을 것이다. 그 평생직장 규칙으로 인해 발생된 의도되지 않은 결과 중 하나는 충분히 받아들일 만한 성과를 내지 못하는 사람을 해고하는 데도 어려움을 겪고 있다는 사실이다. 이것에 대해 조셉은 이렇게 설명했다.

"회사에서는 만약 당신이 일을 계속적으로 형편없이 한다면 당신은 해고당할 것입니다. 그러나 공무의 보호 때문에 만약 누군가가 일을 형편없이 한다고 해도, 그 사람을 그 위치에서 해고시키는 데에는 2년이나 3년이 걸릴 것입니다. 종종 개인의 문제는 쉽게 옮아가기 때문에, 그것은 정부조직 전체의 문제가 되어버립니다."

회사와는 다르게, 많은 정부기관들은 독점회사의 형태를 띠고 있다.

이것이 몇몇 공무원들에게 특유의 고정관념을 만들었다. 현상유지에 치중한 불균형적인 가치 때문에 배려, 유연성이라는 심장의 특징과 우수함은 부적절한 것이 될 수 있다. 그러나 대부분의 경우에, 시스템 자체의 경직성과 소수 개인들의 무관심한 업무처리가 많은 대다수 사람들의 명예를 더럽히는 것이다.

정부기관에서의 변화란 필연적으로 관료주의라는 천천히 돌아가는 저단기어의 영향을 받는다. 그러나 이미 발생한 심각한 변화들은 공무원들이 언제나 의지하고 있는 안전을 위협하고 있다. 군기지는 축소되거나 폐쇄되었다. 즉 군대에서의 평생직장에 대한 기대는 더 이상 당연한 것으로 여겨질 수가 없다. 군에서는 무장한 병력들이 더 최적화되고 더 많이 과학기술에 기반을 두게 되기 때문에, 더 적은 수의, 더 다재다능한, 그리고 더 나은 교육을 받은 사람들이 출세하기에 좋은 기회를 가진다. 최근 몇 년 사이에는 수천 명의 군인들이 해고되어 새로운 직업을 찾아야만 했다.

그러나 조셉에 따르면, 이런 외부의 압력들을 겪기 전에도 많은 정부기관들은 그들이 변해야만 한다는 것을 알았다. 정보의 팽창은 종이에 기반을 둔 환경에서 컴퓨터에 기반을 둔 더 효율적인 경영정보 시스템으로 이행하기 위한 새로운 과학 기술들, 그리고 정보기술을 요구하고 있다. 도덕성의 문제도 대두가 되고 있다. 소비자에 대한 서비스 불만은 쌓여만 가고 있다. 관심의 부족은 소비자가 그들 자신들에게 그랬던 것처럼 직원들과 조직원들에 큰 손해를 끼치고 있었던 것이다. 북아메리카에 전기를 생산하고 공급하는 캐나다의 전력회사가 부딪혔던 도전들을 생각해보라. 미국에서 전력에 대한 규제가 철폐되었을 때, 이 캐나다의 독립된 회사는 경쟁력을 얻고 생존하기 위해 자신을 다시 디자인할 수밖에 없었다. 만약 그 회사가 적합하게 변화하지 않았더라면, 그 회사는 시장에서 자신의 생명을 잃을 수도 있었을 것이며, 그리고 수많은 사람들이 일자리를 잃게 되고, 국가와 지역사회의 긍지까지도 잃을 수 있었을 것이다.

　공기업으로 설립되었고, 몇십 년 동안 공기업으로 운영되었지만 그 회사는 최근에 3개의 공기업과 민간기업으로 분리되었다. 오랜 기간 사업을 하고 고객을 대하는 방법은 심지어 그들이 공기업으로서 가지고 있던 정체성도 바꾸도록 하는 것이다. 정부가 소유한 독점의 부분으로 인해 한때 안전한 미래를 보장받았던 그들은 이제 비효용과 경쟁, 그리고 고객관리라는 언어를 배워야 한다. 이 사실은 변화 아니면 사멸이라는 분명한 메시지를 우리에게 주고 있다.

　그것은 쉬운 변화가 아니었다. 1998년 하트매스 연구소에 의해 행해진 한 연구는 IQM(Inner Quality Managemet) 프로그램을 받은 실험군에서 태도, 수행능력, 그리고 건강에 있어서 상당한 변화를 보였음을 보여준다. (아무 훈련을 받지 않은 대조군의 사람들과 비교했을 때) 심리적인 테스트가 훈련 하루 전에, 그리고 훈련이 끝난 12주 후에 다시 시행되었다.

　대조군에서 불면증이 15퍼센트 증가한 반면, 실험군에서는 11퍼센트나 떨어졌다. 동료간의 협조 의식에서 드러나는 사회적 지원은 대조 그룹이 단지 3퍼센트의 증가를 보인 반면, 실험그룹에서는 13퍼센트가 개선되었다. 걱정, 근심은 대조그룹에서는 3퍼센트의 하락을 보인 반면, 실험그룹에서는 13퍼센트나 감소하였다. 직업 만족도는 대조군에서 1퍼센트의 하락을 보인 반면, 실험그룹에서는 13퍼센트나 향상되었다. 이 격동하는 조직의 변화가 일어나는 동안 생산성에서 실험군에서 1퍼센트의 증가를 유지한 반면, 대조군에서는 5퍼센트의 하락을 보였다(그림 12-1 참조).

　이 결과들이 내포하는 것은 단지 직원들을 기분 좋게 만드는 것보다 훨씬 더 큰 의미를 가진다. 조셉은 다음과 같이 지적했다. "배려는 생물학적인 인지와 조직의 수준, 서비스 수준을 더 수월하게 해주는 윤활유의 역할을 한다. 즉 배려로 인해 우리의 생물학적인 기능, 인지기능, 조

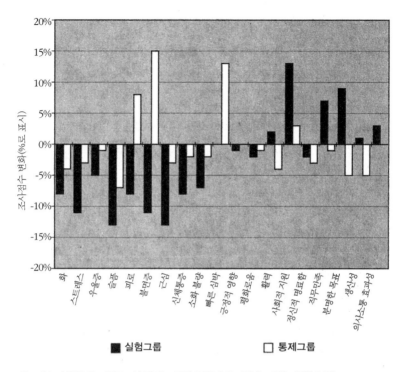

실험그룹 ■   □ 통제그룹

하트매스 솔루션의 도구와 기술들이 조직의 건강과 효과성에 미치는 영향 분석

그림 12-1 소용돌이치는 조직변화 속에서 캐나다의 대규모 전력회사 구성원들 중 하트매스 기술을 훈련받은 사람들은 정서적 균형, 신체적 건강, 업무 효과성 등에서 많은 향상을 보였다. 하트매스 도구를 사용하지 않은 통제그룹은 많은 항목에서 반대방향으로 (악화)되는 경향을 보여준다.

ⓒ1998 하트매스연구소

직의 통일성, 서비스의 수준이 높아지게 된다. 이전에 이야기했던 추시계와 같이 공진함으로 통일성을 띤 것과 같이 동조된 개인으로 이루어진 동조를 이룬 조직 즉 통일성을 띤 조직은 더 많은 능률적인, 그리고 효과적인 시스템을 만든다. 그들은 더 빨리 그리고 깊이 학습한다. 그리고 그들은 업무의 환경이 바뀔 때 그것에 더 잘 적응할 수 있다. 그들은 그들 자신에게나 그들의 동료, 그리고 다른 사람들에게 진정으로 도움을 준다는 큰 행복과 만족감을 느낀다." 정부기관들은 공공의 서비스를 위해 디자인되었기 때문에, 통일된 상태를 향한 그들의 변화는 개개인과 조직 모두가 그들의 사명에 더 충실할 수 있도록 해준다.

우리는 많은 국가기관 및 공기업과 함께 일을 하는데, 하트매스를 훈련시킬 기회가 있었던 직원들의 신체적 · 정서적인 건강이 지속적으로 개선되는 모습을 보여주는 자료들을 보는 것은 우리에게 힘을 실어준다. 이것은 개인이나 조직이 직면하게 되는 어려움들을 극복하기 위해 심장의 지능을 이용하는 효과가 크다는 우리의 믿음을 새확인시켜준다.

전쟁터와 같은 도시생활에 적용하기

기업 또는 정부기관에서 일하는 사람들은 많은 어려움과 스트레스를 주는 상황들에 직면한다. 그러나 다른 어떤 집단의 사람들도 법을 집행하는 영역에서 일하는 사람들만큼 스트레스가 일어날 가능성들을 많이 직면하지는 않는다. 우리 도시의 거리에서 경찰관들은 매우 위험한 일을 한다. 위험에 뛰어들어야 하는 것이 그들 직업의 특징이다. 경찰들이 다른 어떤 직업보다도 강요된 퇴직, 치명적인 병, 그리고 요절에 대해 가장 심한 기록을 차지하고 있는 것은 놀랄 만한 일이 아니다. 매일 그들은 별로 심하지 않은 스트레스와 극도의 스트레스가 끊이지 않고 쌓이는 것을 경험한다. 최근 몇 년간 몇몇의 경찰 사이에서 일어난 경찰에 의한 잔혹행위에 대한 고소는 이렇게 높은 스트레스를 받는 환경에서 일하는 직업을 가진 그들에게는 거의 피할 수 없는 것처럼 보인다.

한번 당신이 경찰이라고 상상해 보라. 하루 종일 당신은 위험하고 목숨에 위협을 끼칠 가능성 있는 상황들을 계속해서 마주치게 된다. 속도위반하는 차량을 잡기 위해 근무하고 있는데 근무 교대시간이 가까워서 속도위반한 차량이 도망가고 만다. 그러면 당신은 그 운전자를 45분 동안 추격한다. 그 추격의 긴장감으로 인해 당신 몸 시스템 안에서 아드레날린 수치는 계속해서 증가한다. 일을 마치고 경찰관으로서 겪는 세상이 아닌 민간인의 세상, 즉 평범한 세상을 향해 집으로 간다. 경찰관으로서 겪은 스트레스와 긴장감을 벗어나서 평범한 세상에 적합하게 행동하기 위해, 당신은 당신의 생물학적인 방위반응을 재조정해야 한다. 왜냐하면 경찰관으로서 겪는 세상과 당신이 돌아가게 되는 평범한 세상은 다른 환경을 지녔기 때문이다. 그러나 이렇게 방위반응을 재조정하려는 시도는 굉장한 수준의 자기관리를 요구한다.

이제 자동차 추격에 대해 다시 생각해보라. 만약 당신이 스트레스가 가득한 상황에서 분노의 감정과 적대적인 감정에 압도당한다면, 당신 신체의 다른 근육들의 움직임을 통제하여 각 근육들이 자연스럽게 공동으로 움직이게 하는 능력은 증가된다. 그러나 당신의 정신작용과 육체의 움직임에 있어서는 불일치가 일어날 것이다. 결과적으로 대뇌피질의 기능(당신이 도덕적인 선택을 포함하는 모든 종류의 결정을 할 수 있도록 해주는 뇌의 부분)은 손상될 것이다. 차의 추격과 같이 긴장된 순간의 흥분 속에서 뇌의 더 많은 원시적 부분이 활발하게 움직인다.[5] 그러한 흥분을 진정시키려는 뇌의 더 복잡한 영역의 자극이 없다면, 흥분한 상태에서 그 도주 용의자를 차에서 끌어내어 흠씬 두들겨패주는 것을 당신은 너무나 당연하게 여길지도 모른다.

그 용의자를 다루기 전에 심장으로 이동하는 것은 당신에게 굉장한 이점을 줄 것이다. 당신은 분노, 낙담, 차를 추격하는 동안 당신이 느끼는 비난으로부터 다소 벗어날 수 있다. 그리고 당신은 더욱 객관적이고 중립적인 자세를 취할 수 있다. 당신 정신의 명료함과 의사결정의 능력은 증가하게 될 것이며, 당신의 반응 속도와 근육을 공동으로 움직이기 위해 각 신체의 근육을 통제하는 능력도 개선될 것이다. 그러면 심지어 무력을 사용해야 할 필요가 있는 상황에서도 당신은 특정한 상황에 맞는 적절한 수준의 무력을 사용할 수 있을 것이다. 너무나 거센 무력은 용의자와 사건, 그리고 당신의 경력을 해할 수도 있고, 심지어 지역사회 전반적으로 폭력이 만연하는 상황을 일으킬 수도 있다. 바꾸어 말하면, 너무나 적은 무력은 안전을 위태롭게 할 수 있고, 부상 또는 무고한 시민과 당신 자신, 동료를 죽음으로 몰고 갈 수 있다. 만약 당신의 심장이 자신의 의사결정에 관여한다면, 당신의 생물학적 시스템은 그것이 기능하는 최상의 능력과 동조하게 된다. 그리고 당신은 더 큰 시각에서 당신의 행동을 볼 수 있게 된다.

1998년 일곱 명의 경찰국장의 후원으로 된 연구에서 하트매스 연구소는 대도시 지역에 있는 일곱 개의 경찰국에 소속되어 있는 경찰들이 '시나리오'라고 불리는 훈련을 하는 것을 함께 동행하였다. 경찰의 도움을 필요로 하는 이 모의실험 훈련은 실험에 참가한 경찰들 그리고 참가자들에게 해를 주지 않는 탄환을 장전한 채 행해졌다.

특별히 디자인된 창고 시설 밖에서 경찰관들은 그 시나리오에 대해 간결하게 설명을 듣는다. 그들은 이 창고에 어떤 침입이 있었을 것이라고 설명을 듣는다. 늘 닫혀 있던 문에 약간 열려 있는 것은 어떤 말썽이 일어날 것에 대한 미심스러운 느낌을 뒷받침해준다. 그 안에는 사람이 여전히 있을 수도 혹은 없을 수도 있다. 만약 거기에 사람이 있다면, 그 사람은 범죄자 또는 직원들일지 (혹은 둘 다일지) 알 수가 없다. 그리고 그들은 무장을 했는지 또는 하지 않았는지도 알 수 없다. 그림 12-2는 시뮬레이션을 경험한 한 경찰의 생리적인 반응을 보여준다.

비록 그 경찰관이 이것은 단지 모의실험 훈련임을 알았을지라도, 그가 준비하라는 말을 들었을 때부터 우리는 그에게 일어난 방위반응의 시작을 분명히 볼 수 있다. 그의 심장박동수는 증가하기 시작하고, 심장 리듬은 불규칙적으로 변한다. 일단 집합장소로 이동하자(그곳에서 그는 설명을 듣고 마지막 준비를 갖춘다), 그의 흥분된 교감신경계로부터 급격한 동요가 일어난다. 그리고 그 흥분된 교감신경으로부터의 동요는 그의 심장박동을 더욱 더 증가시켜 심박 리듬 곡선에 갑작스런 상승을 일으킨다. 그가 총을 꺼낸 다음 그는 그 건물에 조심스럽게 들어간다. 그

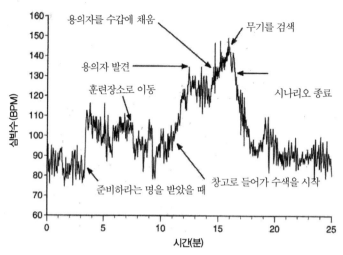

경찰출동을 가상한 모의 실험훈련 동안 경찰들의 심장 리듬

그림 12-2 이 그래프는 무장했을지도 모르는 용의자를 찾는 모의수색훈련 동안에 경찰의 심장박동 변화율을 보여준다. 경찰이 그 건물에 들어갔을 때 그의 심장박동은 빠르고 크게 증가한 것에 주목하라. 그는 용의자가 숨겨진 무기를 가지고 있고 그것을 찾으려고 시도한다고 생각한다. 그러나 그는 그것을 찾을 수 없다. 그의 심장박동은 이 시점에서 최고조에 달한다. 이 모의훈련이 끝난 후 경찰관은 시나리오 중 바로 이 부분에서 가장 스트레스를 많이 받았다고 말할 것이다.

ⓒ 1998 하트매스연구소

런 다음 그는 범죄자가 은신 가능한 건물 내부 공간 주변에 쌓여 있는 상자들과 물건 주위를 자세히 살핀다. 그렇게 하는 동안, 그의 심장박동은 또다시 급격히 오른다. 그의 심장은 1초에 두 번 박동하는 것보다 빠르게 뛰고 있다.

갑자기 그는 건물 내부 멀리 있는 구석에서 누군가를 발견한다. 그는 갑자기 소리를 지른다. "경찰이다. 손을 들고 앞으로 나오라." 이때가 되자 그의 심장은 거의 1초에 세 번 뛰기 시작하며(그리고 그 리듬은 매우 들쭉날쭉하다), 그의 혈압이 높은 수준으로 빠르게 상승했으며, 아드레날린과 코티솔이 다량으로 그의 인체 시스템 안으로 밀려들어오고 있다. 이 모의실험은 더 이상 그의 인체에게는 가상훈련이 아니다. 이 모의실험에서 그의 인체는 실제와 같은 반응을 보인 것이다.

이후 혼란스러운 순간에 그 침입자는 자신이 직원이라고 주장했다. 그리고 신분증을 꺼내려고 그의 재킷 안쪽으로 손을 넣는다. 그 경찰관이 침입자에게 다음 명령을 하는데 그의 목소리는 날카롭고 단호하였다. "바닥에 엎드려, 어서! 지금 엎드리라고!" 그후 몇 분쯤 지나서 그 경찰관은 그 용의자에게 수갑을 채움으로써 그를 제압하였다. 거기에서 그 시뮬레이션은 끝이 났다.

당신이 그래프에서 볼 수 있듯이, 이 모의훈련은 거대한 방위반응을 일으켰다. 이 상태에서 재조정의 처음 단계까지는 급격한 하락을 보였지만, 이 실험에 참가했던 경찰관들이 그 시뮬레이션의 경험으로부터 확실히 진정하는 데까지는 10분 또는 그 이상의 시간이 걸렸다. 그 시간 동안 그의 심장은 여전히 빨리 뛰고 있으며, 심지어 그 훈련이 다 끝이 난 후에도 그는 모의실험훈련을 시작한 때보다 더 높은 맥박을 유지했다.

일곱 명의 경찰서장들이 70개의 경찰서에 있는 경찰들을 위해 우리 하트매스와 공동훈련을 지원한 이유 중 하나는 경찰업무처럼 높은 스트레스를 유발하는 상황에서도 하트매스의 도구와 기술을 이용하여 그들의 업무수행 능력을 신장시키기 위해서이다. 그리고 다른 하나는 경찰관들이 현장에서 자신의 감정을 빠르게 재조정하는 것을 돕기 위해서다.

이 조직들이 심장의 기술을 개발하기 위해 하트매스 솔루션 도구를 사용하고 있는 데에는 또 다른 개인적 이유가 있다. 사회의 좋지 않은 모습을 다루는 데 8시간 또는 그 이상의 시간을 보낸 후에는, 그들이 겪었던 그러한 경험을 잊고 집으로 가서 사랑스런 아버지/어머니, 남편/부인 또는 아들/딸의 역할을 한다는 것은 경찰관들에겐 너무나도 힘든 일이다. 때로 경찰관들은 사람들이 섬뜩함이나 결국 죽음을 겪었던 범죄 또는 사고현장에 감응한다. 그 순간에 그들이 일을 처리하기 위해 만들어낸 이미지들, 그리고 감정들은 억압되거나 또는 약해진다.

그러나 그러한 장면들은 그 이후 오랜 시간 동안 경찰관들을 쫓아다니며 괴롭힐 수 있다. 그들이 인간 행동의 더 어두운 모습을 보았을 때에도, 그들의 시각이 균형상태로 유지하는 것을 배운다는 것은 쉬운 일이 아니다.

하트매스 솔루션은 경찰관들에게 그리고 높은 스트레스를 겪는 다른 누구에든지 그들의 의지대로 스트레스를 떨쳐버리고 다시 심장에 집중함으로 심장의 순기능을 되찾기 위해 필요한 도구를 제공한다. 위기의 순간에 이 기술을 사용하는 사람들은 그들이 모을 수 있는 모든 자원들이 필요한 때에도 최상의 상태에서 뛰어나게 그들의 일을 수행할 가능성이 많다.

하트매스 솔루션은 다양한 경찰관의 역할을 하는 경찰관들의 삶에 큰 변화를 일으킬 수 있다. 실험그룹에 참가한 30명의 경찰관들은 4주에 걸쳐서 일정 시간 동안 세 번의 하트매스 훈련을 받았다. 반면에 대조 그룹들은 같은 기간 동안 아무런 훈련도 받지 못했다. 그들은 그 프로그램이 시작되기 전에 테스트를 받았으며, 훈련이 끝나고 4주 뒤에 다시 테스트를 또 받았다.

그림 12-3에서 볼 수 있듯이, 우울증은 16주의 기간 동안 대조그룹 사이에서 17퍼센트가 증가되었다. 같은 기간 동안 훈련을 받은 경찰관들 사이에서는 우울증의 수치가 13퍼센트나 감소하였다. 그리고 고민, 걱정이 대조그룹 사이에서는 1퍼센트 감소한 반면에, 실험그룹에서는 악성 스트레스를 나타내는 수치에서 20퍼센트 감소를 경험하였다. 피로감은 훈련받은 그룹 사이에서는 18퍼센트가 감소하였으며, 하트매스에서 훈련받지 못한 그룹에 있는 사람들은 피로감에 있어서 1퍼센트의 감소만 보여주었다.

경찰국에서 일하는 남녀경찰들은 지역사회와 국가를 위해 큰 희생을 치른다. 최소의 스트레스와 최소의 고통을 겪으면서 일을 하기 위한 기술과 정서를 쉽게 전환하는 방법을 제공하는 것은 그들이 효과적으로

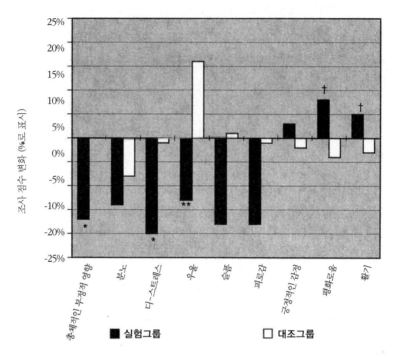

하트매스 솔루션 도구와 기술을 훈련한 경찰들의 스트레스 내성 향상

그림 12-3 하트매스 솔루션의 도구와 기술을 연마한 경찰관들은 스트레스와 부정적인 감정, 스트레스의 신체적인 증상(검은 막대)에서 상당히 큰 감소를 보였다. 결과는 훈련을 받지 않은 대조그룹과(하얀 막대) 비교된 것이다. +<1,*p<.05, **p<.01.

ⓒ 1998 하트매스연구소

근무할 수 있도록 해준다. 그리고 다음으로 그들이 매일 집에 갔을 때, 그들의 가족들과 질적 시간을 즐길 수 있도록 해준다. 그것은 또한 현저하게 높은 비율의 심혈관질환과 경찰들 사이에서 존재한다고 알려진 은퇴 후 사망으로 인도하는 누적적인 스트레스의 축적을 막아준다. 그들의 사심 없는 공무에 비하면, 그들은 이 훈련을 받는 것 그 이상의 것을 받을 가치가 있다. 심장의 지능을 사용하는 법을 배우는 것은, 그들이 질적인 삶이라고 하는 통일된 흐름을 즐길 수 있도록 도와준다.

최고의 배려는 섬김

하트매스 훈련이 많은 다른 종류의 조직에서 너무나 효과적으로 수용되는 가장 큰 이유는 조직은 함께 일하는 개인들로 구성되어 있다는 점이다. 서로 협력하려는 노력을 통해서만 심장의 지능이 사회를 위해 큰 영향력을 발휘될 것이다.

우리 중 누구든 사회를 위해 할 수 있는 가장 최선의 것은 우선 우리 자신과 함께 시작하는 것이다. 심장의 지능을 이용해 효과적으로 사는 것을 통해서 주변 사람들을 위한 삶의 모델을 제시할 수 있다. 즉 우리의 모습은 주변 사람들도 자신의 삶을 위해 우리와 같은 심장의 지능을 익히도록 촉진하는 역할을 한다. 당신이 당신의 심장에 귀를 기울이면, 심장의 직관적인 목소리가 주변 사람들을 돕는 데 당신이 필요한 통찰력을 제공할 것이며, 길잡이 역할을 할 것이다.

다른 사람을 섬기는 데 있어서 어떻게 당신 심장의 지능을 가장 잘 표현하는가를 결정하는 한 가지 중요한 요소는 당신이 무엇을 하려고, 그리고 얼마나 많은 것을 하려는지 결정할 때 항상 '배려'와 '우려'를 구별하는 것이다. 많은 좋은 의도들은 배려라는 명분으로, 우려가 에너지를 소모하게끔 허락함으로, 원래 의도된 수준에 이르지 못하게 된다. 좋은 의도가 가장 효과적인 것을 행하는 것을 방해하지 않도록 하는 것은 중요하다. 어느 곳에 시간과 에너지를 투자할 것인지 결정하기 위해서는 흥분한 당신의 머리가 아니라 심장의 분별력을 사용하라.

심장 지능이 향상되면, 당신은 무엇이 진정한 보살핌인지에 대해 성숙한 이해를 하게 된다. 그 성숙한 이해는 여전히 사랑에 관한 것이지만, 그 사랑이란 실질적으로 가장 중요한 에너지를 (에너지의 소모를 방지함으로써) 효과적으로 관리하도록 도와주는 중요한 기초이다.

당신이 계속 하트매스 도구와 기술을 훈련할수록, 즉 에너지 자산을 늘리고 에너지 적자를 줄일수록, 당신은 더 봉사정신을 기를 뿐만 아니라, 당신이 섬기고자 하는 영역에서 생산적인 힘도 기를 것이다. 당신 자신의 심장과의 연결을 더 강하게 하기 위해 노력하라. 그러면 당신의 마음을 다른 사람들과 함께 나누기 위한 기회가 뜻있는 모습으로 당신을 찾을 것이다.

이 책을 통해서 우리는 실용적인 도구, 기술, 그리고 당신의 삶을 개선하기 위해 사용할 수 있는 개념들을 신보였다. 우리는 또한 심장의 지능과 힘의 더 큰 이해를 돕기 위해 생물의학의 연구, 개인의 이야기들, 그리고 조직에서의 적용 등을 이야기했다. 마지막 장에서는 이 주제와 약간은 벗어난 이야기를 전개할 것이다. 우리는 현 세계의 상태를 어떻게 바라보아야 하는가에 대한 시각을 당신에게 제공할 것이다. 그리고 심장지능의 미래에 대한 전망에 대해서, 그리고 개인과 집단 통일성이 현재와 미래의 사건에 영향을 끼칠지에 대한 이론적인 모델을 이야기할 것이다. 13장은 흥미롭고 새로운 가능성, 심장지능이 가지고 있는 잠재력에 대한 더 폭넓은 시각을 가지도록 하기 위한 의도를 지니고 있다.

그러나 이 가능성들을 이루어내기 위해 가장 중요한 것은 이전 장들에서 배운 것들을 적용하기 위해 지금 진실한 노력을 기울이는 것이다. 우리가 1장에서 말했듯이, 하트매스 솔루션의 마지막 과정은 당신이 아는 것을 실천하는 것이다.

13

21세기의 심장

　우리는 여러 분야에서 학교와 법집행기관, 의료분야, 그리고 정부조직을 포함한 많은 다양한 사람들과 함께 일을 하였다. 그 일을 통해서 우리는 사람들이 당면하고 있는 어려움들에 대한 상당히 포괄적인 시각을 얻게 되었다. 대부분의 사람들은 현재에 그리고 미래에 대한 불확실성에 많은 부담감을 느끼는 것처럼 보인다. 너무나 많은 어려움들(문제들)이 동시에 일어나기 때문에 그 모든 어려움들이 어떤 방향으로 진전되는지 파악하는 것은 쉽지가 않다. 우리가 열었던 세미나에 참석한 어느 컴퓨터 회사 중역이 자신이 일하고 있는 회사에 관해 다음과 같은 이야기를 들려주었다. 이 이야기가 불확실성에 대한 설명을 대신해준다.

　"우리 회사는 다른 회사와 합병을 하고 있습니다. 두 회사 사이의 인수와 합병은 자원과 기술의 통합을 요구합니다. 직원들에게 그 일은 굉장히 스트레스가 쌓이는 일이지요. 왜냐하면 우리는 다른 일들과 함께 자신의 일을 두 배나 더 열심히 해야만 하니까요. 그 다른 일이란 다른 일처리 방식을 가졌고, 다른 기업문화를 가진 회사를 인수 합병함에 따라 발생된 일이지요. 종종 사람들은 어떻게 될지 모른다는 불안감에 휩싸이게 됩니다. 새로운 상사를 만날 수도 있고, 자신의 자리가 사라질 수도 있지요. 혹은 다른 부서 또는 지역으로 이동해야 할지도 모르지요. 혹은 해고를 당할 수도 있고요.

그 무엇보다도 중요한 것은, 우리 회사가 인수합병을 준비하는 동시에 식스시그마[1]를 위시한 프로세스 혁명을 추진한다는 것입니다. 수십억의 비용을 들여서 진행하는 이 문제에 대응할 수 있는 충분한 전문가가 부족하기 때문에 언제 문제가 생길지 모릅니다. 모든 사람들이 너무 바쁘게 뛰어다니고 있습니다. 그런데 문제는 변화의 속도가 점점 가속화되고 우리의 패배는 충분치 못하다는 데 있습니다. 단지 변화를 따라가려 노력하는 것만으로도 충분한 스트레스를 받습니다. 그런데 미래를 내다보았을 때, 내가 지금 하는 일이 미래에 어떤 발전을 가져다줄까 하는 의구심도 생깁니다."

기술적인 진보, 사업에 있어서의 세계화, 방송과 인터넷을 통한 세계화는 너무나 빠르게 우리를 전례 없는 기회와 위협들로 인도하고 있다.

통신 인공위성에서부터 휴대폰 그리고 은행의 거래에까지 전 세계적으로 전산화된 시스템은 더욱 더 서로 연결되고 상호 의존적인 모습을 띤다. 한 영역에서의 문제는 세계 곳곳에 연쇄반응을 일으킬 수 있다. 우리 모두는 가장 침착한 사람조차도 걱정하게 만드는 미래에 일어날 가능성이 있는 시나리오를 들어보았다. 위와 같이 고도로 연결된 모습을 가진 지구촌 사회에서 우리는 현재의 안전과 후손들의 삶에 영향을 미칠 중요한 결정들을 빠르게 내려야 한다. 세계가 당면하고 있는 문제들은 그것들이 더 나아지기 전에 더 나빠질 수 있다. 그러나 이 시대의 다양한 도전 과제들은 우리들에게 변화를 수용하고 선도하도록 요구하고 있다.

---

1) 식스시그마는 품질혁신운동이다. 100만 개의 제품당 불량이 3 · 4개 나온다는 수준이다.

우리는 새롭고 지적인 해결책의 중요성이 강조되는 단계에 들어서 있다. 이 해결책은 분열과 다툼보다는 통일성과 정렬을 촉진시킬 것이다. 하트매스에서는 모든 사람들 내면에 존재하지만 대개 사용하지 못하고 잠자고 있는 심장지능의 계발을 통해 통일성을 이루기 위해 우리의 가장 강력한 동력인 내면의 심장에 눈을 돌린다.

세계적인 스트레스 모멘텀[2]

이 지구상의 60억에 이르는 사람들의 감정, 생각 그리고 태도로부터 발생한 집단적 에너지는 어떤 '분위기' 또는 '의식[3] 분위기'를 만든다. 우리가 숨쉬는 주변을 둘러싼 공기처럼, 이 의식 분위기는 가장 강하게 우리의 감정과 정서의 수준에 영향을 끼친다.

통일된 생각과 감정의 증가는 의식 분위기 안에서 우리가 더욱 행복하게 그리고 희망을 가지게끔 해주는 힘을 발생시킨다. 바꾸어 말하면, 많은 음악 또는 노이즈가 라디오 전파를 통해서 전달되는 것처럼 통일성 또는 비통일성은 의식 환경을 통해서 전파된다. 어느 곳에서나 사람들이 경험하고 있는 집단적인 스트레스는 먼 곳까지 전달되는 내면의 노이즈와 전파장애를 일으킨다. 스트레스는 먼저 학교, 집, 사무실, 그리고 거리에서, 사람에게로, 또 사람에게로 전해진다. 그런 다음 텔레비전, 라디오, 인쇄매체를 통해서 증폭되고 더욱 강해진 스트레스

---

2) 모멘텀은 물리에서 쓰이는 용어로 변수가 같은 방향으로 변동하려는 경향 즉, 가속률을 의미한다. 즉 어떠한 운동을 계속 움직이게끔 해주는 추진력이라고도 말할 수 있다. 여기서 모멘텀은 스트레스를 계속 일으키고 유지해주는 원인으로서의 힘을 의미한다.

3) 의식이란 사회적·역사적 영향을 받아서 형성되는 감정, 견해, 사상, 이론 따위를 총체적으로 이르는 말이다. 또한 분위기는 어떤 환경이나 장소에서 감도는 느낌이다. 그렇다면 여기서 쓴 '의식 분위기'라는 말의 뜻은 여러 의식이 모여 만들어진 하나의 분위기라는 뜻이다. 이 책에서 저자는 분위기가 개개인들의 의식이 모여 이루어졌다는 뜻에서 '의식 분위기'라는 용어를 사용하였다.

모멘텀이 수십 억 사람들의 일상에 영향을 끼치면서 전 세계적으로 전파된다.

폭탄 테러와 같은 사건이 수백 명의 무고한 목숨을 앗아갈 때, 예측할 수 없는 이라크 전쟁에서 파병을 요구할 때, 전 세계의 사람들은 파병을 하지 않는 나라라도 이 사건들에 영향을 받게 된다. 심지어 그들이 직접적으로 이 사건들에 영향을 받지 않아도 그들은 이 불안한 상황들이 가져다주는 갑작스런 긴장감을 느낀다. 지진, 홍수, 허리케인, 폭설, 화재와 같은 수많은 피해를 가져다준 자연재해에 대한 보고를 듣고서도 위와 유사한 감정을 느낀다.

양자물리학에서는 '비국소성'[4]이라고 불리는 특징을 통해서 정보는 거의 즉시에 교환될 수 있다고 증명한다. 물리학자들은 두 분자가 한번 접촉되면, 어떠한 방식으로 이 두 물체가 서로 영원히 연결된 상태로 남게 되는지를 보여주는 실험들을 한 적이 있다. 한 분자를 변화시키면, 현재 1마일이나 떨어진 곳에 있는 다른 한 분자 또한 동시에 변화한다. 우리의 생각과 기분에 영향을 주는 방송을 텔레비전에서 보았을 때, 우리는 그 정보와 계속 연결된 상태로 있게 된다.

양자물리학자인 데이비드 봄과 그리고 베실 힐리는 그들의 책『우주는 하나(The Undivided Universe)』에서 멀리 떨어진 물체와 일체가 되게 하는 이 비국소적인 연결을 설명하였다. 그들은 이렇게 말하였다. "잠깐만 생각해본다면 이 비국소적 연결은 한층 더 직접적으로, 한층 더 분명하게 우리의 의식에 적용될 것이라는 것을 이해할 수 있습니다. 그리고 이 비국소적 연결을 통해 지극히 미미한 생각, 감정, 욕구, 충동은 우리의 의식에 영향을 미칠 것입니다. 이 모든 것들은 각 사람이 지니고 있는 의식으로 흘러들어가고 다시 흘러나옵니다." 그들이 공통적으로 가지고 있는 것은 변함없는 일체성이다.

---

4) 비국소성이란 어느 한 곳에 제한받지 않는 특성을 말한다.

이 물리학자들이 시사하고 있는 것은 사람들의 생각과 감정들은 전에 사람들이 생각했던 것보다 훨씬 더 많이 서로서로 연결되어 있다는 것이다. 판단, 예상, 우려, 통제되지 않는 감정, 완고한 사고방식을 따르는 우리의 성향은 사람들을 비통일의 상태에 동조시키는 의식 분위기를 만들었다.

스트레스의 감정이 발생되었을 때 우리의 감정은 이 비통일적 에너지를 만난다. 심지어 이 감정이 지나간 후에도, 그 감정의 후유증은 오랫동안 남게 된다. 만약 당신이 끔찍한 지진을 겪고 그 속에서 살아남았던 경험이 있다면, 당신은 며칠 동안 당신의 내면에 노이즈를 일으키는 에너지가 당신의 신체 안에서 오랫동안 지속되는 것을 느꼈을 것이다. 정서적인 스트레스로 인해 발생한 강한 감정은 이와 비슷한 방식으로 전 세계에 영향을 끼칠 수 있다. 매우 큰 두려움, 그리고 걱정을 일으키는 일이 발생했을 때, 우리 모두는 어느 정도의 스트레스를 경험한다. 의식의 수준에서는 우리 모두가 이 스트레스를 함께 겪고 있는 것이다.

우리가 집단적 의식의 물리적 현상을 보았을 때, 비통일성과 통일성의 특성은 점점 더 중요해진다. 우리 자신의 감정관리 또한 매우 중요하다. 우리 자신이 어떻게 자신을 관리하는지에 따라서 우리는 스트레스의 영향이 우리를 비껴가게 할 수도 있다. 그러나 여전히 주변 세상에서 증가하는 스트레스 빈도에 취약하다. 그 스트레스 빈도의 증가는 우리 정신의 과잉처리와 감정적인 반발을 증폭시키며, 인내심의 한계를 넘어서게 우리를 압박한다.

통일성 모멘텀

세계적인 스트레스 모멘텀은 분명하다. 그러나 그것에 대항하는 똑같이 강력한 힘이 있다. 비록 스트레스와 비통일성의 감정이 증가할지라도 그 반대편에는 이 시대에 우리가 변화하려는 모습인 통일성의 역동적 에너지가 우리에게 유리하도록 작용한다.

빠르게 증가하는 스트레스 한복판에서 그 스트레스에 대항하여 통일성을 향해 발전하는 새로운 모멘텀이 만들어진다. 그러나 우리는 아직 많은 사회가 필요로 하는 기술인 정서관리와 균형을 통해서만 그것에 동조되고 그것을 실현할 수 있다. 만약 우리가 걱정, 두려움, 체념 또는 변화하기를 꺼려하는 마음에 붙들려 있다면, 멈추시 않고 빠르게 가속되며 움직이는 이 시대는 우리에게 계속해서 극복해야 할 도전만을 제공할 것이다. 우리의 내면에서 심장의 모멘텀을 찾는 것은 우리 자신과 다른 사람들이 이 변화의 세상을 헤쳐 나가도록 돕는 최선의 방법이다.

비록 지금 이 시간에 통일성보다 더 많은 비통일성이 대중의 의식 안으로 전달되지만, 우리는 상당히 많은 통일성 모멘텀의 흔적을 본다. 더욱 더 많은 사람들이 그들의 마음(심장)을 따르며, 그리고 그들의 감사, 연민, 그리고 개인적인 균형을 높이기 위해 노력하면서 서로에게 심장으로 이야기한다. 리처드 칼슨 박사가 쓴 『사소한 것에 신경 쓰지 마(Don't Sweat the Small Stuff)』와 사라 반 브리스나치가 쓴 『단순한 풍요(Simple Abundance)』와 같은 베스트셀러는 우리가 삶에서 감사와 기쁨을 찾아야 할 이유를 상기시켜준다.

많은 사람들은 그들의 우선순위와 가치가 변하는 것을 경험하는 중이다. 그들은 야망과 기초적인 생존을 위한 삶을 이때까지 충분히 경험했었다. 영성에 있어서, 그리고 모든 종류의 종교적 훈련에 대한 관심의 증가는 사람들이 지금 다른 더 뛰어난 무언가를 찾고 있음을 보여준다. 그들은 생각하는 최선의 방법인 자신의 내면으로 다가가면서 그들 삶의 의미와 목적을 추구하고 찾고 있다. 이 모든 예들은 사람들이 더 뛰어난 마음을 열망하며 정신과의 연결을 희망하고 있다는 것을 보여준다.

한 사람이 자기 내면의 깊은 부분과 접촉하기 위해 노력할 때, 그 사람이 그의 감정을 안정시키기 위해 그리고 스트레스 모멘텀을 피하기 위해 노력할 때, 다른 사람들은 이득을 얻는다. 더 많은 사람들이 그들의 균형과 안정을 유지하는 법을 배우고, 그들 주변에 비통일성이 더해지는 것을 막음으로써 그들은 스트레스의 주파수를 상쇄시킬 수 있다. 이것은 아직 변화를 기피하는 사람들이 변화의 물결에 의해 쓰러지는 것 대신에 변화의 물결을 타는 것을 더 쉽게 해준다. 이 통일성의 모멘텀은 사회가 극복해야 할 도전을 위한 새로운 자각과 새로운 해결책들이 세계적으로 나타나도록 하는 것을 더 수월하게 해준다.

인간은 인류의 진화에 있어서 심장의 지능이 정말 필요한 시점인 현재 이르렀다. 가까운 미래에는 감정의 균형이 그것이 지금 그러는 것처럼 선택의 요소로 보이지 않을 것이다. 그것은 필수적인 요소가 될 것이다. 심장의 지능을 사용하는 것은 감정의 균형을 촉진시킨다. 그리고 우리가 통일성의 모멘텀과 동조하게 한다. 그러한 능력의 강점을 통해서 심장의 지능은 세계적 도전과제들을 해결하는 데 필요한 새로운 해결책들을 우리에게 제공해줄 것이다. 그것은 또한 우리 생각과 감정에 관한 사이버네틱스[5]와 같은 우리 내면에 대한 과학기술을 우리에게 드러낼 것이다.

심장의 지능에 관한 경험을 통해서 우리는 내면에 대한 기술의 진보가 지난 백 년 동안 이룬 외부의 (여기서는 내면과 반대의 뜻) 기술의 진보보다 훨씬 더 빠르게 일어날 것이라고 예측한다. 우리는 이것이 대단한 주장이라는 것을 안다. 그러나 이러한 주장을 아무 근거 없이 내세우는 것은 아니다. 그것은 통일성이 비통일성보다 더 고도로 조직화되었고 더 강하다는 사실에 근거를 둔 것이다. 이전에 했던 비유를 기억해보라. 레이저의 집중된, 즉 통일된 힘은 형광등의 불빛이 보이는 힘보다 훨씬 더 강하다. 인간의 시스템에 있어서 비통일성은 스트레스와 혼란을 일으킨다. 우리 사회는 지금까지 지나칠 정도로 이러한 혼란과 스트레스

---

5) cybernetics는 생물학적인 시스템과 기계적 또는 전자적 시스템에서 특히 생물과 인공시스템 간의 비교에 초점을 두고 제어 및 커뮤니케이션 과정을 연구하는 학문을 말한다.

를 겪어왔다. 이제는 통일성의 가능성을 탐구할 때이다.

심장의 지능으로의 변화는 우리 인류가 중세시대에서 르네상스 시대로, 과학적인 대변혁의 시대 또는 지난 세기의 산업혁명 시대에서 정보화시대로의 변화보다 더 큰 의미를 지닌다. 그것은 인간의 의식 차원의 변화를 나타낸다. 그리고 이것은 이미 시작되었다.

과학과 영혼

많은 고대 의학에서는 우리의 육체가 생기론[6]적인 정신, 생명체만이 지니는 힘, 또는 '유도장'을 가지고 있다고 믿었다. 중국 의학은 우리 생명을 이끄는 힘을 묘사하기 위해 기(氣)라는 용어를 사용한다. 생기론은 우리가 생명체에 대해 완전히 이해하기 전에 어떤 비물리적인 힘 또는 장이 반드시 물리학과 화학의 법칙에 부가되어야 한다고 주장한다.[2]

생기론을 구성하고 있는 몇몇 부분들은 비실체적인 '형태발생 장(Morphogenetic Fields)' 존재를 주장한 루퍼트 쉘드레이크를 포함한 많은 현대 과학자들에 의해 다시 재현되었다.[3] 이 '비물리적인 장(field)'은 왜 기도를 포함한 대체의학의 많은 방법들이 효과가 있을 수 있는지를 설명하는 것을 도와준다. 비록 과학적으로 그것들을 측정하기에 충분히 민감한 장비가 아직 없을지라도, 미묘한 어떤 형태를 지닌 에너지 또는 '비물리적인 장'이 연관된 것처럼 보인다.

지난 10여 년간 미국과 서방세계에서는 대체건강운동(Alternative Health Movement)[7]의 폭발적 성장이 일어났다. 그 이유는 사람들이 이

---

6) 살아있는 모든 생명체의 생명현상의 본질에 대한 이론으로써 물리학적인 또는 물질적인 자연법칙으로는 설명 될 수 없는 생명체 특유의 원리인 생기(生氣)에 의해서 지배당하고 있다는 이론과 주장.

제 새로운 접근법을 요구했기 때문이다. 그들은 새로운 보고서를 읽거나 또는 그들의 친구들이 대체치료를 통해 도움을 얻는 것을 보았다. 그리고 이 방법들이 자신에게도 많은 도움이 될 것임을 직관적으로 느꼈다. 몇 년 동안 국립보건원(National Institute Of Health)과 다른 의료 단체에서는 침술과 기치료와 같은 대체의학의 효과가 증명이 불가능하므로 설득력이 없다고 그 접근법을 격하했었다. 그러나 결국 의회의 결정에 의해 국립보건원은 이 영역을 다루어야 하게 되었다. 왜냐하면 수백만 명의 사람들이 전통적인 서양의학을 피하면서 새로운 대체의학을 추구하고 있었고, 여기서 큰 이득을 얻고 있었기 때문이다. 현재 국립보건원은 비록 이 대체의학의 접근법들이 과학적으로는 설명되지 않는 부분이 있다 하더라도 가장 효과적이라는 대안적 접근들을 연구하고 증명하기 위해 국립보건원 안의 대체의학과에 자금지원을 한다.

물리학계에서는 시공을 포함한 모든 우주가 나왔다고 할 '선-우주(Pre-Space)'라는 개념에 대한 논의가 있다. 물리학자인 로저 펜로스는 제안하기를 우주란 양자의 각 운동량이 마치 역동적인 거미줄과 같이 얽혀 짜여져 있다고 했다.[8] 이러한 각 운동량으로 형성된 망이 진화하는 기하학적 분량(Spin)의 배열을 만들어내고, 이것이 다시 공간-시간(Space-Time)을 정립하고 형성했다고 주장한다.[4] 펜로스는 지금 거미줄처럼 얽힌 각 운동량들이 어떻게 생명체의 생물학적 시스템에 영향을 주는지를 알아내기 위해 스튜어트 하메로프 의사와 공동으로 연구하고 있다. 하메로프는 생기론의 개념을 소개하였는데, 그는 생기론을

---

7) 대체의학을 포함한 건강관련 비의학적 또는 보조적인 접근법. 운동요법과 여러 종류의 세라피를 포함한다.

8) 물질과 에너지에 관한 통일장이론을 연구하는 이론물리학자들은 모든 물리적 실체는 애초에 하나의 근원에서 출발하였고, 결국 서로서로 연동되어 영향을 미치고 있다고 믿고 있다. 이들 입자와 입자를 연결하는 것을 파동이라고 한다. 게리 주카프(Gary Jukav)는 1979년 『춤추는 우 리 마스터(The Dancing Wu Li Masters)』란 자신의 저서에서 '우주의 다양한 미립자와 파동은 서로 연결되어 있다'는 J. S. Bell의 주장을 이어받아 '모든 존재는 상호 작용을 하고 있다'고 주장하였다.

우주에 존재하는 가장 원초적인 수준의 조직화 과정이라고 소개하였다. 그는 바로 그곳에서 우리의 삶이 시작되었고, 우리의 삶이 그것과 밀접하게 연결되어 있다고 보았다.[5] 이 두 사람이 의식과 생물학이 (또는 정신과 물질이라고 말할 수 있는 것이) 어떻게 함께할 수 있는지를 과학적으로 설명할 수 있기를 희망한다.

과학자들이 심장의 지능과 다른 특징들을 연구조사함으로써 언젠가는 미묘한 에너지 또는 형태 발생 장(Field)에 대한 과학적 설명법을 발견하게 될 것이라는 것이 우리의 견해이다. 하트매스 연구소는 심장이 발생시키는 전자기장은 우리 몸의 한계를 넘어서까지 영향을 미친다는 것을 보여주었다. 그러나 아직까지 우리가 가지고 있는 기계들은 우리의 몸에서 심장이 발생하는 전자기장을 2.4~3미터까지만 측정가능하다.[9] 그러나 드러난 많은 사실들은 심장이 발생하는 에너지가 시간과 공간을 뛰어넘어 한 지역에 국한되지 않는 비지역적 장임을 말해주고 있다. 물리학자 윌리엄 고우와 로버트 셰클렛[6]뿐만 아니라 윌리엄 타일러[7]는 전자기장 이론을 홀로그래픽 이론[10]하에 움직이는 본질적으로 비선형적이고 비지역적인 다차원의 영역과 이어주는 모델을 제시하였다. 비록 이것이 아직 증명되지 않았지만 이 모델들은 앞으로 어떻게 심장의 전자기장이 수마일, 어쩌면 전 세계에 이르러 영향을 미칠 수 있는지를 설명해줄지도 모른다.

통일성은 심장에서 시작되고, 다음으로 우리의 뇌와 육체에 전달 된다는 것을 설명하는 하트매스의 발견에 기초할 때, 심장은 정신(spirit)이 인간의 시스템으로 들어가는 데 사용되는 주요한 통로라는 것이 우리의 주장이다. 정신의 특성 즉 사랑, 열정, 배려, 감사, 인내, 관용 등

---

9) 심장의 전자기장도 6미터까지는 영향을 미치는 것으로 알려져 있는데, 이러한 측정도구로부터 3미터 이상은 측정을 할 수 없다.

10) 홀로그래픽 이론이란 동양에서 인체를 소우주로 보거나, 한의학에서 귀나 손에 인체의 모든 장부가 다 담겨 있다고 보는 것처럼 한 부분에 전체가 내재되어 있다고 보는 이론이다.

이 모든 것은 증가된 통일성과 규칙적인 심장 리듬 패턴을 만든다. 사람들이 더 통일성을 띤 심장 리듬으로 이동할수록 그들은 더 높은 지성을 얻게 될 것이다. 그리고 그들의 시각은 더 유익해지고, 더 많이 전체를 바라보게 될 것이다. 우리는 정신이 인성과 융합될 때 통일성이 나타난다고 생각한다.

사람들은 그들이 다른 것들을 조직화하고 체계화하는 심장의 지성과 접촉을 시작하기 전에, 과학이 우리의 의식 또는 정신이 존재함을 증명할 때까지 기다릴 필요는 없다. 만약 충분한 수의 사람들이 심장의 힘을 사용하기 위해 계속해서 작은 노력이라도 한다면, 우리의 지구촌 사회는 통일성을 띤 새로운 차원의 삶을 경험하게 발전할 수 있다. 이 노력들은 결국 우리의 관심이 지성에서 심장으로 이동하는 결과를 낳을 것이다. 각 사람들이 이렇게 이동하기 위해서는 선택을 해야 한다. 그러나 그 선택으로 인한 이득은 매우 실제적으로 드러날 수 있다. 더 많은 사람들이 심장을 선택할수록, 그들은 자신과 꼭 같은 행동을 하고 있는 이들의 심장의 주파수와 동조될 것이다. 이것은 그들이 스트레스를 일으키는 모멘텀의 파고와 전 세계적인 변화의 파고를 새로운 편안함과 우아함으로 타고 넘을 수 있도록 도와줄 것이다.

사회적인 통일성

등록한 서포트 그룹의 증가에서 우리는 사회적인 통일성이 증가하고 있음을 볼 수 있다. 그들은 공통의 어려움들을 나누기 위한 사람들로 구성되었든, 또는 개인의 발전 및 연구 목표를 나누기 위한 사람들로 구성되었든 간에, 이 소그룹은 그들에게 2차적인 가족과 같은 도움을 준다. 그들은 서로서로를 이해하고 감싸주며, 그들의 감정적 사회적인 지지를 강하게 해준다. 서포트 그룹은 사람들이 직장에서 겪는 어려움들과 가정에서 겪는 어려움들로 인한 스트레스에서 벗어나도록 도와준다. 그 그룹들이 함께하면서 서로 교환한 배려와 사랑, 가정에서 각 멤버 개개인이 심장을 향한 노력이 협동을 촉진시켜주고, 사람들을 스트레스와 정서적 소용돌이에서 오는 충격으로부터 보호하도록 돕는 통일된 지각의 파장에 기여한다.

심지어 지구적인 스트레스 모멘텀도 득이 되는 짐이 있나. 스트레스는 종종 사람들이 해결책을 찾기 위해 그들의 심장에 의존하도록 만든다. 그리고 그것은 사람들이 서로 함께 협력하도록 만든다. 지역적인 위기가 닥치면 우리는, 적어도 당분간은 기본적으로 문화적 · 경제적 · 인종적 차이는 뒤로 제쳐두고 지역사회 전체의 선을 위해 함께 일한다. 그후 우리는 종종 그 진심어린 순간을 우리 삶에서 가장 숭고한 순간으로 기억한다.

8장에서 언급한 '접촉을 통해 일어나는 전기적 현상'에 관한 우리의 실험에 의하면, 심장의 전기적 신호는 우리가 접촉한 또는 근접한 사람의 뇌파에서도 나타나는 것이 증명되었다. 하트매스의 실험은 또한 심장에 의해 발생되는 전자기적 에너지가 우리 몸 바깥으로도 발산됨을 보여주었다. 우리가 더 많은 사랑, 배려, 감사를 가질수록 심장은 다른 사람들이 그들의 심장과 연동하는 것을 더 쉽게 해주는 주파수 또는 파동을 사람들 사이에 퍼뜨린다.

감사는 그 자체로 강력한 통일된 주파수이다. 감사는 실제적으로 통일성을 증폭시키고, 우리가 진실한 자신과 만날 수 있도록 해준다. 그것은 우리를 지구적인 심장 그리고 더 심오한 목적과 이어준다. 우리 삶에서 감사, 배려, 연민, 사랑과 같은 심장의 특질을 실현함으로써 우리는 이 지구의 지각의 장에 통일성의 모멘텀을 추가하는 것을 돕는다.

우리는 통일성의 모멘텀이 결국에는 임계물량[11]에 도달하고 새 천년

---

11) 임계량이란 우라늄이나 플루토늄이 핵분열 연쇄반응을 일으키기 위해서는 최소량(520Kg정도) 이상이 모여야 되는데 이 최소량을 임계량이라고 한다. 이 개념은 물리학 이외에도 많이

의 평화와 새로운 지성에 기초한 번영을 창조하게 될 것이라고 예상한다. 인간성은 결국에는 비통일성에서 통일성으로의 급작스런 변화를 일으킬 것이다. 이렇게 되면 모든 사람들이 어느 곳에서나 더 쉽게 개인적으로 그리고 집단적으로 균형을 잡고 서로를 배려하며 더불어 행복할 수 있게 된다.

개인의 책임

전 세계에 축적된 스트레스가 증가할수록 왜곡된 우리의 정서는 정신적인 과부하와 정서적 과민반응에 편승하여 우리에게 나쁜 영향을 끼칠 수 있다. 과부하는 우리가 부자든 가난한 사람이든, 교육받은 사람이든 그렇지 못한 사람이든 간에, 우리 모두가 현재 일어나고 있는 모든 것을 지나치게 동일시(Overidentity)[12] 하여 우리를 그것에 구속시킨다. 그것은 우리의 삶을 생존을 위한 수준의 삶으로 영속시키게 하는 수면상태에 비유된다.

개인적인 책임 면에서 정서적 균형을 찾고, 스트레스 모멘텀을 더하지 않도록 노력하는 것은 중요하다. 우려나 걱정은 아무 도움도 되지 않는다. 변화에도 아랑곳하지 말고 어려움을 받아들이고, 감정의 유연성을 유지하기 위해 노력하라. 그 어려움에 굴복하지 말라. 우리는 심장으로 우리의 마음과 감정을 다룸으로써 혼돈과 과부하된 감정을 모

쓰이는데, 여기서는 심장에 대해 무관심하던 사람이 하트매스를 알고 나서 이를 실천하게 되었다면 하트매스의 공부는 그 사람의 새로운 행동의 경계를 넘어서게 한 임계물량이 된 것이다. 또한 이런 사람들이 모이게 되면 마치 핵폭발 때처럼 사회적으로 연쇄효과를 일으키게 될 것을 말한다.

12) 동일시는 자신을 타인과 동일시함으로써 자신이 가지고 있지 않은 점을 대리만족시키는 것을 말하며, 이것은 자신의 잘못을 타인에게 귀인시키는 투사(Projection)와 반대개념이다. 여기서는 동일시가 정도를 지나친 것을 말하므로 결국 투사와 같은 개념이 된다. 즉 스트레스 요인에 대해 공동책임이 있다고 믿게 된다.

두 뛰어넘을 수 있으며, 우리 내면에 있는 새로운 의미의 자신 본래의 모습을 찾을 수 있다. 이 과정은 희망을 낳으며 우리의 더 많은 정신 (sprit)에 접근하게 해준다.

심장의 통일성으로 변환하는 것은 이전처럼 그렇게 어렵지 않다. 사실 더욱 더 많은 사람들이 그들의 심장에 관심을 가지고 방향을 돌리기 때문에 현재 사람들은 전보다 더 쉽게 그들의 심장에 접근한다. 결과적으로 한계를 뛰어넘기 위한 우리의 능력과 성취를 맛보기 위한 우리의 능력은 크게 증대되었다. 우리가 심장에 따르는 훈련을 할수록 우리는 개인적이고 사회적인 문제를 다루기 위해 필요한 능력과 통찰력을 발전시킬 것이다.

요즘에는 심장과 마음을 정렬시킴으로써 우리는 많은 통찰력을 얻게 된다. 우리가 이 정렬을 이룸으로써 얻는 새로운 지각은 우리가 마치 만질 수 있을 것 같은 생생한 실체로 다가올 것이다. 바로 지금이 심장을 향한 그 약속을 이룰 때이다. 그러나 통찰력을 가지는 것은 그것을 따르는 것과는 다른 것이다. 우리는 반드시 심장에 따라야 한다. 그리고 우리 자신을 위해, 공동체 전체를 위해, 더 나은 세상을 만들어야 한다.

안정을 위한 변화 관리

나의(딸) 의도는, 모든 사람들이 언제나 서로를 사랑하고, 그로 해서 사랑의 원천과 심장에 있는 안정감을 직접 경험하도록 돕는 데 있다. 하트매스 솔루션은 심장의 잠재력을 실현화시키는 유일한 접근은 아니나 정말 효과 있는 접근법이다.(우리는 다양한 사회적 상황에서 행했던 연구를 통해서 그것의 효과를 보여주었다.)

하트매스 솔루션의 도구와 기술들은 희망을 키워준다. 그들 자신의 심장지능을 개발할수록 새로운 희망이 그들의 내면에서 솟아난다. 그 희망은 그들의 삶에서 평화, 행복, 만족을 느낄 수 있다는 것이다. 다시 말해 그 희망은 그들이 스트레스 모멘텀에 사로잡히지 않고, 대신에 그들이 자신들의 심장지능의 발전에 소중한 기여를 할 것이라는 희망이다. 그러나 희망은 혼돈에 의해 빛이 가려질 수 있다. 당신의 희망이 혼돈에 휩싸이려 할 때, 그것은 종종 그 희망이 더 나은 것을 향해 고쳐지고 변환되는 과정중에 있기 때문이라는 것을 기억하라.

즉각적인 결과들을 기대하려는 경향을 경계하라. 특히 당신을 오래 괴롭혔던 정신적 · 감정적인 문제들을 다룰 때에는 더욱 그러하다. 우리는 노력할 때 종종 진심을 다하지 않는다. 그런 다음 우리는 모든 것이 즉각적으로 좋아지지 않을 때 실망을 하게 된다. 심장을 통해서 정신과 정서의 왜곡을 짧은 시간 내에 변형시킬 수 있다. 그러나 솔직히 즉효약이라는 것은 없다. 분명히 하트매스 솔루션은 즉효약이 아니다. 그러나 그것은 우리가 진실함을 가지고 접근했을 때 문제들을 빠르게 고칠 수 있는 방법이다.

문제가 더 이상 좋아지지 않을 것 같다거나 "나는 노력했지만 아무 소용이 없을 거야"라고 자신에게 말하는 감정의 함정에 빠지지 말라. 변화하기 위한 노력을 하는 기간, 그리고 실제로 그 결과가 나타나는 기간 사이의 시차에 대부분의 사람들이 실족하여 넘어지고 다시 그들의 오랜 습관적 행동으로 돌아가게 된다.

하트매스 솔루션의 어떤 부분을 적용할 때에도 당신의 훈련에 인내를 가지고 임하라. 그리고 하룻밤에 기적이 일어날 것이라는 기대는 하지 말라. 이 개념들과 기술들을 적용하는데 있어서 당신이 할 수 있는 한 일관된 자세를 취하려고 노력하라. 그러면 때가 되면 당신은 그로 인한 유익을 발견하게 될 것이다.

새로운 시대를 위하여

한 가지는 분명하다. 그것은 당신이 일단 머리에서 심장으로 자신
의 패러다임을 변화시킨다면, 당신의 삶은 훨씬 더 즐거워질 것
이라는 것이다. 그 변화는 당신 내면 상태를 하나하나 변화시키는 지속
적인 과정이다. 당신이 지각과 태도에 변화를 일으킴에 따라서 당신 외
부의 삶은 그에 따라 반응하기 시작한다. 그리고 증가된 성취감이 보답
으로 당신에게 주어질 것이다.

성취는 내면에서 먼저 일어난다. 그것은 당신 내면의 감정이다. 물론
외부적인 이득은 한 개인의 성취할 수 있는 것의 한 부분이다. 그러나
외부적인 것은 지속적인 만족감을 주지 못한다. 세상은 '부자가 되는
것이 자신에게 성취를 맛보게 해줄 것'이라고 생각하는 사람들로 가득
차 있다. 그러나 심지어 막대한 돈을 가진 후에도 그들의 삶은 여전히
비참하다는 것을 발견할 뿐이다.

성취를 향한 출입구는 당신 심장 안에 존재한다. 당신이 지각을 변화
시키고 감정 흐름의 방향을 바꾸기 위해 심장의 지능을 사용할 때, 당
신은 당신 자신의 성취를 일으키고 끌어들이는 능력을 가진다. 결국 당
신의 이러한 소망은 감사로 변하게 된다.

일단 당신이 심장지능과의 연결을 견고하게 하면, 당신은 생각하고,
느끼고 사는데 있어서 당신에게 적합한 방법으로 많은 안정감과 자유
를 얻게 될 것이다. 새로운 성숙함은 여전히 다른 사람들을 민감하게
고려하면서 당신이 옳다고 생각하는 것에 대해 두려움 없이 선택을 하
도록 해줄 것이다.

삶은 여전히 예측 불가능한 것이다. 그러나 우리의 삶은 긴장감과 저
항이 줄어들면서 더 풍성해질 것이다. 당신은 당신 자신에 대해 긴장을
풀고 느긋한 마음을 가지는 능력을 얻게 될 것이다. 그리고 당신의 일
상은 더 밝아질 것이고, 더 많은 희망으로 가득 차고, 더 자유로워질 것

이다. 실질적인 방법으로 충분히 이해되는 직관적인 통찰력은 마치 숨 쉬는 것과 같이 당신에게 자연스러워질 것이다. 정신이 인성과 하나가 됨으로써 당신은 삶에서 상호 창조적인 과정에 전적으로 참여할 수 있다는 확신을 가지게 된다.

새 시대에는 임계량에 달하는 사람들이 심장의 지능을 살리는 방향으로 일단 변환하면, 삶은 모든 사람에게 매우 다른 모습으로 다가올 것이다. 이 모든 유익함과 그 이상의 혜택들은 당신이 심장에 집중하여 귀 기울이며 그에 따르는 법을 조직적으로 배울 때에 획득된다.

DHEA 부신에서 생산되는 필수적인 호르몬의 종류이다. 이것은 노화 방지 특성을 가지고 있기 때문에 생기를 가져다주는 호르몬으로 알려져 있다. 신체의 코티솔을 포함하고 있는 집합인 글루코코루티코이드의 자연적인 적대자로 DHEA는 과도한 스트레스로 인한 좋지 않은 생리적인 많은 영향을 바꾸어버린다. 이것은 성 호르몬인 에스트로겐(여성 호르몬) 그리고 테스토스테론(남성 호르몬)의 선구 물질이다. 그리고 그것의 다양한 기능은 면역력을 증강시키고, 콜레스테롤 수치를 낮추고, 뼈와 근육의 성장을 포함한다. 주요 질병을 가지고 있는 환자에게선 낮은 수치의 DHEA가 보고되었다.

DNA 신체의 모든 세포 안에서 발견된 복잡한 분자. 이것은 개개인의 선천적인 특징들을 결정하는 유전적인 정보 또는 설계도를 지니고 있다. 모든 살아 있는 물체가 가지고 있는 필수적 구성요소(그리고 염색체의 주요 구성요소)이기 때문에 DNA는 이중 나선형 구조로 꼬여 있는 뉴클레오티드(핵산의 기본단위)의 긴 두 체인으로 구성된 핵산이다.

감사(Appreciation) 고마워하는 질과 크기에 관해 분명히 지각하고 인식하고 있는 사람에게 일어나는 활동적인 정서상태. 감사는 심혈관계와 면역 시스템에서 측정되는 생리학적인 개선과 균형에 이르게 한다.

교감신경(Sympathetic) 자율신경의 한 부분으로서 활발하게 행동하도록 우리 신체기능을 가속화하여 준비시키는 기능을 한다. 그래서 스트레스에 대한 신체의 방위반응으로서 교감신경이 활성화된다. 그 결과 심장박동의 증가, 호흡 및 신체 반응의 활성화, 혈관의 수축작용 등을 일으킨다. 이 자율신경의 부분은 자동차에서 가속 페달과 같은 역할을 한다.

균형(Balance) 안정, 평형상태, 또는 수직 축을 기준으로 한 무게의 균형 있는 분배. 이 용어는 또한 정신과 정서, 호르몬의 균형을 나타내기 위해서 사용되었다.

내면의 통일성(Internal Coherence) 내면의 깊은 자기 관리 상태. 이 상태에서 사람은 신체적 · 정신적 시스템의 증가되고 질서 있는 조화를 얻게 된다. 이 상태에서는 심혈관, 면역, 호르몬 그리고 신경 시스템의 능률이 높아지므로 효율적이다. 내면의 통일성에 도달하면 감정적 반발은 감소하고, 정신적 명료함과 독창성 · 적응성 · 유연성은 오히려 높여준다.

내적 자기관리(Internal Self-Management) 사건 또는 상황들에 지배되어 피해를 입는 대신 자동적으로 일어나는 정신적 · 감정적 반응을 의식적으로 줄이고 중립상태로 유지하는 활동이나 과정.

뉴런(Neuron) 신경 시스템을 이루는 하나 이상의 수상돌기와 하나의 축색돌기와 핵을 가지고 있는 신경전달 물질을 구성하는 세포체. 뉴런은 신경조직의 중요한 구조이자 기능적인 단위이다.

대뇌피질(Cerebral Cortex) 대뇌 중 가장 발달된 부분. 언어, 창조성, 그리고 문제해결과 같은 인간만이 가지고 있는 고차원의 능력 모두를 총괄한다. 이 피질은 다른 뇌의 부분과 마찬가지로 한 개인의 삶 동안 새로운 신경회로 또는 망들을 계속해서 개발해나간다.

동조(Entrainment) 자연적으로 드러난 어떤 현상. 무엇에 의해 시스템 또는 생물체가 주기적이고 동시성을 띠며, 같은 주파수와 위상을 가지고 진동하는 현상. 이 현상의 일반적인 예는 두 개 또는 그 이상 서로 가까이 위치한 회중시계의 동조를 들 수 있다. 인간에서도, 다르게 진동하는 생물학적인 시스템이 심장의 주요 주파수에 동조하는 현상이 긍정적인 감정의 상태에서 종종 관찰

된다. 우리의 신체가 매우 능률적인 상태에서 작동하며 동조상태를 보일 때는 높아진 명료함, 쾌활함, 그리고 내면의 평화가 생긴다. 조직의 경우에는 서로 동조된 팀은 높은 수준의 일치, 능률, 통일성을 지닌 커뮤니케이션을 가능하게 한다.

머리(Head) 일반적으로 두뇌와 사고(mind)를 말하며 심장과 대조적으로 썼다. 머리는 우리 시성의 원천으로 선형적이고, 논리적인 방법으로 사고한다. 머리의 주요 기능은 우리의 감각으로부터 들어온 메시지와 과거의 경험을 분석하고, 기억하고, 계산하고, 비교하고, 분류하는 것이다. 그리고 그것은 지각, 생각, 감정으로 변환된다.

면역 시스템(Immune System) 기관, 세포조직, 세포 그리고 항생제와 같은 세포의 산물로서 통합된 신체 시스템의 한 부분이다. 신체 안에서 생성된 '자가면역'과 외부에서 주입된 '타가면역'으로 구분된다. 그리고 병을 일으키는 잠재적인 병원성생물체 또는 물질을 중화시킨다. 사회 조직에서는 면역 시스템이 내부에 스며들어 능률과 통일성을 파괴할 수 있는 정서적 바이러스를 제거한다. 이 조직적 면역 시스템은 조직의 가치관에 기초하여 형성되고, 개인의 성취와 행복을 증진시키기는 것으로 알려진다.

명치(Solar Plexus) 흉골 바로 아래 복부 사이에 위치한 큰 신경망. 신경 섬유가 빛줄기 같은 패턴을 띠고 있기 때문에 이런 이름이 붙여졌다. 이 신경 네트워크는 식도, 위, 장 그리고 대장에 방사선 모양으로 세포조직과 연결되어 있다. 그리고 이 신경 네트워크는 가끔 '장(enteric)의 신경 시스템' 또는 '장의 두뇌(gut-brain)'라고 불린다.

배려(Care) 관심, 돌봄, 걱정 등 문맥에 따라 다양하게 번역할 수 있으나 통일되게 배려로 하였다. 의무감 또는 결과에 집착함이 없이 도움을 주고자 하는 진실한 감정 또는 내면의 태도. 진실한 배려는 관심을 주고받는 사람 모두의 원기를 회복시켜 준다.

변연계(Limbic System) 피질과 피질 아래에서 감정처리와 특정한 양상의 기억에 관계한 두뇌의 부분. 이 부분은 시상하부, 시상, 해마, 리고 편도체 등으로 구성된다.

부교감신경(Parasympathetic) 신체의 기능을 느리게 또는 완화해주는 자율신경계의 한 부분이다. 이 신경 시스템의 부분은 자동차에서 브레이크와 비슷한 역할을 한다. 알려진 많은 질병과 장애는 부교감신경의 기능적 퇴화와 연관이 있다.

세포(Cell) 독립적으로 기능을 수행할 수 있는 능력이 있는 가장 작은 생물체의 구조적 집합. 세포는 일반적으로 핵, 세포질, 그리고 그것을 감싸고 있는 얇은 막을 가지고 있는 복잡한 원형질의 집합이다.

세포로 이루어진(Cellular) 세포로 이루어진 것 또는 세포들을 포함하고 있는 것.

스트레스(Stress) 사건 또는 상황에 대한 우리의 인식과 반응으로부터 나온 압박, 긴장, 또는 내면의 혼란스런 감각. 주변 환경 또는 상황에 기인한 불쾌함 또는 걱정이 부정적인 감정과 자극을 유발시키는 것을 말함.

시간 변환(Time Shift) 비능률적인 정신 또는 감정의 반응에서 벗어나 더 능률적인 선택을 할 수 있을 때 저축되는 시간을 설명하기 위해 사용되었다. 시간변환은 시간과 에너지를 소모시키는 연쇄반응을 중지시킨다. 그리고 사람들에게 매우 큰 에너지 효율과 성취를 맛볼 수 있게 하고, 새로운 차원의 시간관리를 가능하게 한다.

신경 시스템(Nervous System) 내부와 외부의 자극에 대한 신체의 반응을 조정하고 통제하는 세포, 조직, 그리고 기관의 시스템. 척추동물에게서 신경 시스템은 수용체 그리고 작동체(신경 종말기관)에 포함된 척수, 신경, 신경절, 그리고 신경센터로 이루어져 있다.

신경회로(Neural Circuit) 신경 통로는 뇌와 신체 안에 있는 서로 연결된 뉴런으로 구성되어 있다. 그 통로를 통해서 특정한 정보가 처리된다. 연구결과에 의하면, 우리가 가진 경험과 자극의 종류에 따라 유년시절에 활발한 신경발달이 이루어진다. 이와 마찬가지로, 시간이 지난 후에도 신경 회로는 얼마나 자주 그것들을 사용하는지에 따라 강화되거나 또는 쇠퇴할 수 있다. 특정한 회로는 반복된 행동에 의해 만들어지고 강화된다. 그리고 이러한 방식으로 신체적 · 정서적 반응은 우리의 시스템에 프로그램(자동적인 반응)된다.

심방나트륨이뇨인자(Atrial Natriuretic Factor) ANF. 혈압과 신체의 분비액 정체, 그리고 전해질 항상성을 조절하는 호르몬이다. 이것은 '균형 호르몬(balance hormone)'이라는 별명을 가지고 있다. 이 호르몬은 혈관, 신장, 부신, 그리고 이의 관리를 맡고 있는 뇌에 많은 영역에 영향을 미친다.

심장(Heart) 두뇌와 대칭적인 개념으로 쓰였다. 척추동물에서만 볼 수 있는 속이 빈 근육을 가진 기관으로 리드미컬한 수축과 확장을 통해 몸 전체에 혈액을 공급한다. 신체의 중심이자 가장 강력한 에너지 발생 장치이다. 리듬을 가진 진동체인 심장은 신경, 호르몬, 리듬 그리고 맥파 메시지를 계속해서 뇌에 전송하며, 자기 스스로도 국소적인 작은 뇌를 가지고 있는, 복잡하면서도 스스로 관리되는(self-organized) 정보처리기관이다.

심장과 뇌의 동조(Heart/Brain Entrainment) 매우 낮은 뇌의 주파수와 심장 리듬이 주파수로 동조된 상태. 이 현상은 지각과 높아진 직관적 의식에 중대한 변화를 일으킨다.

심장박동 변이성(Heart Rate Variability, HRV) 보통 심장의 박동에서 박동주기가 변하는 것을 말한다. HRV의 분석은 자율신경 시스템의 균형과 기능을 분석하기 위해 사용되는 중요한 지표이다. HRV는 노화, 심장의 건강, 그리고 전체적인 행복의 중요한 지표로 여겨진다.

심장의 통일성(Cardiac Coherence) 심장 기능의 한 방식이다. 이 기능에서 심장의 리듬과 전기적 출력은 높은 규칙성을 띠고 있다. 하트매스 연구소는 사랑, 관심, 그리고 감사와 같은 긍정적인 감정은 리듬을 가진 심장박동 패턴의 통일성을 증가시킴을 보여주었다. 심장이 통일성의 상태인 동안 뇌파의 패턴은 심장박동 변화 패턴과 동조됨을 보여주었다. 게다가 신경 시스템의 균형과 면역기능도 증가되었다. 전체적으로 신체의 기능은 증가된 조화와 능률을 보였다.

심장의 핵심 감정(Core Heart Feeling) 일반적으로 심장과 관련된 심리적인 특징들. 이 특징들은 가장 유익하고 생산적인 인간의 가치, 특징 중 몇몇을 대표한다. 사랑, 연민, 판단하지 않음, 용기, 인내, 용서, 감사, 배려 등을 포함하는 많은 심장의 핵심 감정들이 있다.

심장의 핵심 도구(Heart Power Tool) 심장의 지능을 활성화하기 위해, 그리고 에너지 적자를 줄이고 에너지 자산을 늘리기 위해, 적용될 수 있는 심장의 핵심 정서나 감정들.

심장지능(Heart Intelligence) 정서와 정신의 시스템 모두가 균형에 이르고, 통일성을 가지도록 이끄는 힘을 가진 지능적인 시스템으로서의 심장을 표현하기 위해 만들어진 단어.

심혈관계(Cardiovascular System) 심장과 혈관들로 구성된 인체 안에 있는 시스템.

양자이론(Quantum Theory) 물리적인 시스템의 움직임을 설명하는 수학적인 이론이다. 이 이론은 특히 원자보다 작은 수준에서의 물질이 갖는 에너지의 특징을 연구하는 데 매우 유용하다. 양자이론의 핵심 이론 중 하나는 우리가 단지 실체를 관찰하기만 하는 것이 아니라, 우리의 관찰을 통해서 실체에도 영향을 주고 있다는 것이다. (이것은 우주상의 모든 실존하는 물질은 서로 연동되어 있어서 상호 영향을 미친다는 이론이다.)

우려(Overcare) 배려와 같은 의도에서 출발하나 정도가 지나쳐서 극단으로 향하는 관심. 우려는 개인과 조직의 회복력을 방해하는 대표적인 것이다. 우려는 관심에서 나온 것이기 때문에 사람들은 그것을 겪고 있다는 것을 모를 때에는 매우 자연스러운 배려로 착각할 수 있다. 개개인이 그들 자신의 우려로 인해 발생한 시스템의 에너지 누수를 확인하고 막음으로써 개인이나 조직의 에너지 효율성을 높일 수 있다.

자산/손실 대차대조표(Asset/Deficit Balance Sheet) 어떤 사람이 어떻게 자신의 정서적 에너지를 사용하는지에 관해 자산과 손실로 나누어 분석하고 측정하기 위한 하트매스 솔루션의 도구. 프리즈-프레임과 함께 자산/손실 대차대조표는 개인적·직업적 문제에 대한 놀라운 통찰력과 명료함을 가져다 준다.

자율신경계(Autonomic Nervous System) 보통일 때 심장의 심박, 위장관의 움직임, 많은 선(腺)의 분비액 같은 신체의 무의식적(불수의) 기능 대부분을 조절하는 신경 시스템의 부분이다. 부교감신경과 교감신경의 두 가지로 구성되었기 때문에, 자율신경계는 육체 기능의 90퍼센트 이상을 통제한다. 심장 그리고 뇌, 면역, 호르몬, 호흡기, 소화 시스템은 모두 이 신경들의 망에 의해 연결되어 있다.

전자기적 신호(Electromagnetic Signal) 물리학에서 파동은 전기적 충전에 의해 발생된 전기적·자기적 장을 진동시킴으로써 공간 또는 물질을 통해서 전파된다. 인간 신체의 경우, 심장은 가장 강력한 전자기장을 일으키는 원천이다.

정서/감정(Emotion) 정서는 긍정적이면서도 집합적이고, 감정은 부정적이면서 개별적이다. 그래서 문맥에 따라서 둘 모두를 사용하였다. 강한 느낌을 말한다. 정서/감정은 정신, 신체 표현 모두와의 어떤 다양하고 복잡한 반응을 포함한다. 사랑, 기쁨, 슬픔, 노여움 등이 있다. 정서 에너지는 본래 중립적인 것이지만 긍정적 또는 부정적 생각과 만나서 특성 감정의 형태를 지니게 된다.

정서관리(Emotional Management) 사람이 자신의 감정과 정서적인 반응을 제어하기 위하여 의식적으로 태도를 선택하는 것이다.

조직의 비통일성(Organizational Incoherence) 축적된 내부의 소음, 혼

란, 압력 그리고 조직을 이루는 개개인 사이의 이해충돌의 결과로 생긴 혼란상태. 이 상태는 왜곡된 지각, 높은 수준의 감정적 반발, 그리고 감소된 능률과 협동, 생산성과 같은 특징을 보인다.

주파수 (Frequency) 어떤 행동이나 사건이 주어진 시간 안에 반복되는 수를 말한다. 물리학에서는 주파수를 주기적인 진동, 떨림 또는 시간 단위마다의 파동의 수를 말한다. 일반적으로 1초 동안 반복되는 주기로 표현된다. 인간의 지능은 넓은 주파수의 대역폭을 가진다.

중립(Neutral) 물리학에서 전기 전하가 0인 상태를 나타낸다. 기계에서는 기어가 풀린 상태를 이야기한다. 인간이 중립의 상태로 가는 것은 더 넓은 시각을 얻기 위해 의식적으로 어떤 상황 또는 문제에 대한 자율적 정신과 감정적 반응을 배제하는 것이다.

지각(Perception) 감각을 통해서 이해하는 능력이나 행동. 개인은 지각을 통해서 상황 또는 사건을 본다. 우리가 사건 또는 문제를 어떻게 받아들이는지는 우리가 어떻게 생각하고 느끼며, 사건이나 또는 문제에 반응하는지를 결정한다. 우리의 지각의 수준은 사건에 대한 우리 초기 인식과 유용한 자료로부터 의미를 도출하는 능력 모두를 결정한다. 연구결과는 사고의 논리성과 지능이 심장의 직관적인 지능과 조화롭게 통합되었을 때, 우리는 상황에 대한 폭넓은 지각을 가지고 새로운 가능성을 보며 뜻있게 변화한다고 한다.

직관(Intuition) 논리적이고 선형적인 인식의 과정을 뛰어넘는 지식과 이해. 의식적 추론 없이 본능에 의해서 직접적으로 알게 되는 능력. 직관의 특징은 순수하고, 배움을 통해서 얻을 수 없고, 날카롭고 빠른 통찰력과 밀접한 관계가 있는 메타 인지 능력의 일종이다.

직관적인 지능(Intuitive Intelligence) 인지적 과정과는 다른 지능의 한 종류. 이것은 한 사람이 일관되게 자신의 직관을 사용하고 응용함으로 생겨난다. 연구결과에 따르면, 삶의 어려움들에 유연하고 부드럽게 대처하는 능력을 말하며 지식 · 논리 · 이성에만 의존할 수 없다. 직관적인 능력은 직관적인 의사

결정 능력을 포함한다. 하트매스연구소는 인간은 훈련과 교육을 통해서 사용 가능한 높은 수준의 직관적인 지식을 개발할 수 있다고 한다.

코티솔(Cortisiol) 스트레스를 받는 상황에서 부신에서 생산되는 호르몬의 일종이다. 일반적으로 스트레스 호르몬이라고 알려져 있다. 과도한 코티솔은 신체에 많은 유해한 영향을 끼친다. 그리고 학습, 기억과 관련 있는 뇌의 영역인 해마에 있는 뇌세포를 파괴할 수 있다.

통일성(Coherence) 원어는 문맥에 따라 응집성, 일관성, 연동성 등 다양한 번역이 가능하나 심장과 관련해서는 문맥상 의미에 충실하여 '통일성'이라고 번역하였다. 논리적인 연결성, 내면의 질서 또는 시스템을 구성하는 요소 간의 조화. 이 용어는 시스템 사이의 정보 흐름 또는 시스템의 정보를 가진 내용에 있어서 증가된 규칙을 지향하는 경향이라고 이야기할 수 있다. 물리학에서 위상이 함께 일치된 둘 또는 더 많은 파동의 형태를 통일성으로 이야기한다. (그래서 그 에너지는 구조적 형태를 띠게 된다.) 통일성은 또한 단일 파동의 형태의 특징을 가지고 있다고 할 수 있다. 이러한 단일 파동의 경우에는 그것은 에너지 용량의 규칙적 또는 구조적 분포를 나타낸다. 최근에는 생체 시스템에 있어서 과학적 관심이 증가하고 있다. 어떤 시스템이 통일성을 가질 때, 내부기관 사이의 동기화로 인하여 실질적으로 아무 에너지도 소모되지 않는다. 조직에서 증가된 통일성은 새로운 수준의 창조성, 협동, 생산성의 향상을 가능케 하고, 모든 측면에서 질을 향상시킨다.

통찰력(Insight) 내면의 특징 또는 숨겨진 진실을 간파하고 어떤 것의 본질을 이해하는 능력. 명확한 이해 또는 깨달음.

판단(Judgments) 종종 불완전한 그리고 편견적인 정보에 기초하여 강하게 가지게 되는 주로 부정적인 태도와 견해. 이것이 모든 커뮤니케이션과 대인관계를 해치는 근본원인이다.

편도체(Amygdala) 소뇌편도라고도 한다. 대뇌피질 아래에 있는 뇌의 중추. 외부 환경의 위협에 대한 행동, 신경, 면역, 그리고 호르몬의 반응을 조절한다.

이것은 또한 뇌 안의 정서적인 기억의 저장 창고 역할을 한다. 이것의 외부 환경으로부터 들어오는 신호를 저장된 정서적인 기억과 비교하는 기능을 가지고 있다. 이러한 방식으로 편도체는 들어오는 감각 중추의 정보의 위협 정도를 즉각적으로 결정한다. 그것은 시상하부와 다른 자율신경계의 중추에 광범위하게 연결되기 때문에 편도체는 더 발달된 뇌의 중추가 감각 중추의 정보를 받기 전에 자율신경계와 감정의 반응을 촉진시킬 수 있다.

프리즈-프레임(Freeze-Frame) 사람의 외면 또는 내면을 향한 정신적 · 감정적 반응에서 의식적으로 해방되기 위하여 사랑, 감사와 같은 긍정적인 감정에 정신을 집중하면서 마음과 감정에서 심장 주변 신체로 주의를 옮기는 기술이다. 이를 도와주는 소프트웨어를 프리즈-프레이머라고 한다. 이 도구는 순간의 비능률적인 감정의 반응을 멈춤으로써 스트레스를 예방하고 해소한 후에 새롭고 직관적인 시각을 가지기 위한 기회를 제공하기 위해 설계되었다. 프리즈-프레임 기법은 전체적인 건강과 행복을 개선시킬 뿐만 아니라, 창조적인 생각과, 혁신, 계획 등과 같은 집중적인 사고활동에 이용할 수 있다.

피질 억제(Cortical Inhibition) 피질 활동의 감소 또는 비동기화. 이것은 스트레스나 부정적인 정서의 상태 동안 나타나는 불규칙한 심장의 리듬과 그 결과로 나타나는 심장과 뇌 간에 전해지는 신경 신호에 기인한다고 믿어진다. 이 상태는 불충분한 또는 근시안적 결정, 비능률적 또는 충동적 대화, 그리고 신체적 협동의 감소를 일으키는 덜 능률적 의사결정으로 나타난다.

하트 로크-인(Heart Lock-IN) 마음을 편안하게 하기 위해, 그리고 심장과의 단단한 연결을 유지하기 위해 (심장의 힘에 로크인 하기 위해) 사용되는 중요한 기술. 하트 로크-인은 사람의 신체 시스템에 활기를 더해주고 에너지 재생을 도와준다.

호르몬 시스템(Hormonal System) 많은 신진대사 기능과 호르몬을 생산하는 세포와 기관, 조직을 통제하기 위해 우리 신체를 통해서 작용 및 상호 작용을 하는 많은 호르몬으로 구성된다. (호르몬은 신체 분비액으로 순환하며, 살아 있는 세포에 의해 생성되는 물질이다. 이것은 본래 발생한 곳에서 멀리 떨어진 세포의 활동에 특히 영향을 미친다.)

혼돈(Chaos) 거대한 불균형 또는 혼돈 또는 비통일성. 이 용어는 '형태가 없
는 물질'을 의미하는 그리스어 단어 'khaos'로부터 왔다. 카오스는 우주가 무
질서한 상태 이전에 존재한 불규칙적인 상태이다.

■참고문헌

1 : 심장은 지적이고 강력하다

1. Dossey, L. *Space, Time & Medicine*. Boston: Shambhala, 1985; p. 11.

2. Saint-Exupery, A. de. *The Little Prince*. San Diego: Harcourt Brace Jovanovich, 1943; quote p. 70.

2a. Carr, S., The Heart as Monarch, The prime Meridian, Winter 1996; p. 1-13.

3. Schiefelbein, S. The powerful river. In: Poole, R., ed. *The Incredible Machine*. Washington, D. C .: The National Geographic Society, 1986.

4. Armour, J., and Ardell, J., eds. *Neurocardiology*. New York : Oxford University Press, 1984.

5. LeDoux, J. *The Emotional Brain : The Mysterious Underpinnings of Emotional Life*. New York: Simon & Schuster, 1996.

6. Lacey, J., and Lacey, B. Some autonomic-central nervous system interrelationships. In: Black, P., *Physiological Correlates of Emotion*. New York: Academic Press, 1970:205-227.

7. Frysinger, R. C., and Harper, R. M. Cardiac and respiratory correlations with unit discharge in epileptic human temporal lobe. *Epilepsia*. 1990;31(2):162-171.

8. Schandry, R., Sparrer, B., and Weitkunat, R. From the heart to the brain: a study of heartbeat contingent scalp potentials. *International Journal of Neuroscience*. 1986;30:261-275.

9. McCraty, R., Tiller, W. A., and Atkinson, M. Head-heart entrainment: A preliminary survey. In: *Proceedings of the Brain-Mind Applied Neurophysiology EEG Neurofeedback Meeting*. Key West, FL, 1996.

10. Rosenfeld, S. A. *Conversations Between Heart and Brain.* Rockville, MD: National Institute of Mental Health, 1977;quote p. ii.

11. Goleman, D. *Emotional Intelligence.* NY: Bantam Books, 1995; quote p. 47.

12. Gardner, H. *Frames of Mind.* New York: Basic Books, 1985.

13. Mayer, J., and Salovey, P. Emotional intelligence. *Applied and Preventive Psychology.* 1995;4(3):197-208.

14. Bar-On, R. The era of the "EQ" : Defining and assessing emotional intelligence. Presented at the 104th Annual Convention of the American Psychological Association, Toronto, 1996.

15. McCraty, R., Atkinson, M., Tiller, W. A., and others. The effects of emotions on short-term heart rate variability using power spectrum analysis. *American Journal of Cardiology.* 1995;76:1089-1093.

16. McCraty, R., Atkinson, M., and Tiller, W. A. New electrophysiological correlates associated with intentional heart focus. *Subtle Energies.* 1995;4(3):251-268.

17. Tiller, W., McCraty, R., and Atkinsn, M. Cardiac coherence: A new non-invasive measure of autonomic system order. *Alternative Therapies in Health and Medicine.* 1996;2(1):52-65

18. McCraty, R., Barrios-Choplin, B., Rozman, D., and others. The impact of a new emotional self-management program on stress, emotions, heart rate variability, DHEA, and cortisol. *Integrative Physiological and Behavioral Science.* 1998;33(2):151-170.

19. Rein,. G., Atkinson, M., and McCraty, R. The physiological and psychological effects of compassion and anger. *Journal of Advancement in Medicine.* 1995;8(2):87-105.

20. Medalie, J. H., and Goldbourt, U. Angina pectoris among 10,000 men. II. Psychosocial and other risk factors as evidenced by a multivariate analysis of a five-year incidence study. *American Journal of Medicine.* 1976;60(6):910-921.

21. Medalie, J. H,. Stange, K. G., Zyzanski, S. J., and others. The importance of biopsychosocial factors in the development of duodenal ulcer in a cohort of middle-aged men. *American Journal of Epidemiology.* 1992;136(10):1280-

1287.

22. House, J.S., Robbins, C., and Metzner, H. L. The association of social relationships and activities with mortality: prospective evidence from the Tecumseh Community Health Study. *American Journal of Epidemiology.* 1982;116(1):123-140.

23. Russek, L., and Schwartz, G. E. Perceptions of parental love and caring predict health status in midlife: A 35-year follow-up of the Harvard mastery of stress study. *Psychosomatic Medicine.* 1997;59(2):144-149.

24. Ornish, D. *Love and Survival: The Scientific Basis for the Healing Power of Intimacy.* New York: HarperCollins, 1998.

25. Barrios-Choplin, B., McCraty, R., and Cryer, B. A new approach to reducing stress and improving physical and emotional well being at work. Stress Medicine. 1997;13:193-201.

26. McCraty, R., and Watkins, A. *Autonomic Assessment Report Interpretation Guide.* Boulder Creek, CA: Institute of HeartMath, 1996.

27. McCraty, R., Rozman, D., and Childre, D., eds. *HeartMath: A New Biobehavioral Intervention for Increasing Health and Personal Effectiveness-Increasing Coherence in the Human System* (working title). Amsterdam: Harwood Academic Publishers, 1999 (fall release).

2 : 심장은 메시지를 보내고 있다

1. LeDoux, J. *The Emotional Brain: The Mysterious Underpinnings of Emotional Life.* New York: Simon & Schuster, 1996.

2. Atkinson, M., *Personal and Organizational Quality Survey Progress Report for CalPERS.* Boulder Creek, CA: HeartMath Research Center, 1998.

3. McCraty, R., Rozman, D., and Childre, D., eds. *HeartMath: A New Biobehavioral Intervention for Increasing Health and Personal Effectiveness-Increasing Coherence in the Human System* (working title). Amsterdam : Harwood Academic Publishers, 1999 (fall release).

4. Armour, J., and Ardell, J., eds. *Neurocardiology.* Oxford University Press: New York, 1994.

5. Armour, J Anatomy and function of the intrathoracic neurons regulating the

mammalian heart. In: Zucker, I., and Gilmore, J., eds. *Reflex Control of the Circulation*. Boca Raton, FL: CRC Press, 1991:1-37.

6. Armour, J. Neurocardiology: Anatomical and functional principles. In: McCraty, R., Rozman, D., and Childre, D., eds. *HeartMath: A New Biobehavioral Intervention for Increasing Health and Personal Effectiveness-Increasing Coherence in the Human System* (working title). Amsterdam : Harwood Academic Publishers, 1999 (fall release).

7. Lacey, J., and Lacey, B. Some autonomic-central nervous system interrelationships. In: Black, P., ed. *Physiological Correlates of Emotion*. New York: Academic Press, 1970:205-227

8. Koriath, J., and Lindholm, E. Cardiac-related cortical inhibition during a fixed foreperiod reaction time task. *International Journal of Psychophysiology*. 1998;4:183-195.

9. Schadry, R., and Montoya, P. Event-related brain potentials and the processing of cardiac activity. *Biological Psychology*. 1996;42:75-85.

10. Frysinger, R. C., and Harper, R. M. Cardiac and respiratory correlations with unit discharge in epileptic human temporal lobe. *Epilepsia*. 1990;31(2):162-171.

11. Turpin, G. Cardiac-respiratory integration: Implications for the analysis and interpretation of phasic cardiac responses. In: Grossman, P., Janssen, K., and Vaitl, D., eds. *Cardiorespiratory and cardiosomatic psychophysiology*. New York: Plenum Press, 1985:139-155.

12. Cantin, M., and Genest, J. The heart as an endocrine gland. *Scientific American*. 1986;254(2):76-81.

13. Kellner, M., Wiedemann, K., and Holsboer, F. Atrial natriuretic factor inhibits the CRH-stimulated secretion of ACTH and cortisol in man. *Life Sciences*. 1992;50(24):1835-1842.

14. Kentsch, M., Lawrenz, R., Ball, P., and others. Effects of atrial natriuretic factor on anterior pituitary hormone secretion in normal man. *Clinical Investigator*. 1992;70:549-555.

15. Vollmar, A., Lang. R., Hanze, J., and others. A possible linkage of atrial natriuretic peptide to the immune system. *American Journal of Hypertension*.

1990;3(5 pt. 1):408-411.

16. Telegdy, G. The action of ANP, BNP, and related peptides on motivated behavior in rats. *Reviews in the Neurosciences.* 1994;5(4):309-315.

17. Huang, M., Friend, D., Sunday, M., and others. Identification of novel catecholamine-containing cells not associated with sympathetic neurons in cardiac muscle. *Circulation.* 1995;92(8):1-59.

18. Pert, C. *Molecules of Emotion.* New York Scribner, 1997.

19. Langhorst, P., Schulz, G., and Lambertz, M. Oscillating neuronal network of the "common brainstem system." In: Miyakawa, K., Koepchen, H., and Polosa, C., eds. *Mechanisms of Blood Pressure Waves.* Tokyo: Japan Scientific Societies Press, 1984:257-275.

20. Song, L., Schwartz, G., and Russek, L. Heart-focused attention and heart-brain synchronization: Energetic and physiological mechanisms. *Alternative Therapies in Health and Medicine.* 1998;4(5):44-62.

21. McCraty, R., Tiller, W.A., and Atkinson, M. Head-heart entrainment: A preliminary survey. In: *Proceedings of the Brain-Mind Applied Neurophysiology EEG Neurofeedback Meeting.* Key West., FL, 1996.

22. McCraty, R., Atkinson, M., Tomasino, D., and others. The electricity of touch: Detection and measurement of cardiac energy exchange between people. In: *Pribram, K., ed. Brain and Values: Is a Biological Science of Values Possible?* Mahwah, NJ: Lawrence Erlbaum Associates, 1998:359-379.

23. Dekker, J. M., Schouten, E. G., Klootwijk, P., and others. Heart rate variability from short electrocardiographic recordings predicts mortality from all causes in middle-aged and elderly men. The Zutphen Study. *American Journal of Epidemiology.* 1997;145(10):899-908.

24. Umetani, K., Singer, D. H., McCraty, R., and others. Twenty-four-hour time domain heart rate variability and heart rate : Relations to age and gender over nine decades. *Journal of the American College of Cardiology.* 1998;31(3):593-601.

25. McCraty, R., Atkinson, M., and Tiller, W. A., and others. The effects of emotions on short-term heart rate variability using power spectrum analysis. *American Journal of Cardiology.* 1995;76:1089-1093.

26. Tiller, W., McCraty, R., And Atkinson, M. Cardiac coherence: A new, noninvasive measure of autonomic nervous system order. *Alternative Therapies in Health and Medicine.* 1996;2(1):52-65.

27. American Heart Association. *1998 Heart and Stroke Statistical Update.* Dallas, Tx: American Heart Association, 1997.

28. Rein, G., Atkinson, M., and McCraty, R. The physiological and psychological effects of compassion and anger. *Journal of Advancement in Medicine.* 1995;8(2):87-105.

29. McCraty, R., Atkinson, M., Rein, G., and others. Music enhances the effect of positive emotional states on salivary IgA, *Stress Medicine.* 1996;12:167-175.

30. McCraty, R., Barrios-Choplin, B., Rozman, D., and others. The impact of a new emotional self-management program on stress, emotions, heart rate variability, DHEA, and cortisol. *Integrative Physiological and Behavioral Science.* 1998;33(2):151-170.

31. Strogaz, S. H., and Stewart, I. Coupled oscillator and biological synchronization. *Scientific America.* 1993;269(6):102-109.

32. Geroge, quoted in: Marquis, J. Our emotions: Why we feel the way we do; New advances are opening our subjective inner worlds to objective study. Discoveries are upsetting longheld notions. *Los Angeles Times,* Oct. 14,1996, home ed., p. A-1.

3 : 스트레스와 내면의 통일성과의 관계

1. Childre, D., and Cryer, B. *From Chaos to Coherence: Advancing Emotional and Organizational Intelligence Through Inner Quality Management.* Boston: Butterworth-Heinnemann, 1998.

2. McCraty, R., Tiller, W. A., and Atkinson, M. Head-heart entrainment: A preliminary survey. In: *Proceedings of the Brain-Mind Applied Neurophysiology EEG Neurofeeback Meeting.* Key West., FL, 1996.

3. Cooper, C. *Handbook of Stress, Medicine, and Health.* Boca Raton, FL: CRC Press, 1996.

4. Hafen, B., Frandsen, K., Karren, K., and others. *The Health Effects of Attitudes, Emotions, and Relationships.* Provo, UT: EMS Associates, 1992.

5. Sterling, P., and Eyer, J. Biological basis of stress-related mortality. *Social Science and medicine.* 1981;15E:3-42.

6. Rosch, P, Job stress.: America's leading adult health problem. *USA Today,* May 1991, pp. 42-44.

7. Wayne, D. Reactions to stress. In: *Identifying Stress,* a series offered by the Health-Net & Stress Management Web site, Feb. 1998.

8. Rosenman, R. The independent roles of diet and serum lipids in the 20th-century rise and decline of coronary heart disease mortality. *Integrative Physiological and Behavioral Science.* 1993;28(1):84-98.

9. Eysenck, H. J. Personality, stress and cancer: prediction and prophylaxis. *British Journal of Medical Psychology.* 1998;61(Pt 1):57-75.

10. Mittleman, M. A., Maclure, M., Sherwood, J. B., and others. Triggering of acute myocardial infarction onset by episodes of anger. *Circulation.* 1995;92(7):1720-1725.

11. Kubzansky, L. D., Kawachi, I., Spiro, A., III, and others. Is worrying bad for your heart? A prospective study of worry and coronary heart disease in the Normative Aging Study. *Circulation.* 1997;95(4):818-824.

12. Dixon, J., Dixon, J., and Spinner, J. Tensions between career and interpersonal commitments as a risk factor for cardiovascular disease among women. *Women and Health.* 1991;17:33-57.

13. Penninx, B, W., van Tilburg, T., Kriegsman, D. M., and others. Effects of social support and personal coping resources on mortality in older aged: "The Longitudinal Aging Study Amsterdam." *American Journal of Epidemiology.* 1997;146(6):510-519.

14. Allison, T. G., Williams, D. E., miller, T. D., and others. Medical and economic costs of psychologic distress in patients with coronary artery disease. *Mayo Clinic Proceedings.* 1995;70(8):734-742.

15. Gullette, E., Blumenthal, J., Babyak, M., and others. Effects of mental stress on myocaridal ischemia during daily life. *Journal of the American Medical Association.* 1997;277:1521-1526.

16. Mittleman, M., and Maclure, M. Mental stress during daily life triggers myocardial ischemia(editorial; comment). *Journal of the American Medical*

Association. 1997;277:1558-1559;quote p. 1558.

17. Hiemke, C. Circadian variations in antigen-specific proliferation of human T lymphocytes and correlation to cortisol production. *Psychoneuroendocrinology.* 1994;20:335-342.

18. DeFeo, P. Contribution of cortisol to glucose counterregulation in humans. *American Journal of Physiology.* 1989;257:E35-E42.

19. Manolagas, S. C. Adrenal steroids and the development of osteoporosis in the oophorectomized women. *Lancet.* 1979;2:597.

20. Berne, R. *Physiology* (3rd ed.). St. Louis: Mosby, 1993.

21. Marin, P. Cortisol secretion in relation to body fat distribution in obese premenopausal women. *Metabolism.* 1992;41:882-886.

22. Kerr, D. D., Campbell , L. W., Applegate, M. D., And others. Chronic stress-induced acceleration of electrophysiologic and morphometirc biomarkers of hippocampal aging. *Society of Neuroscience.* 1991;11(5):1316-1317.

23. Sapolsky, R. *Stress, the Aging Brain, and the Mechanisms of Neuron Death.* Cambridge, MA: MIT Press, 1992.

24. Nixon, P., and King, J. Ischemic heart disease: Homeostasis and the heart. In: Watkins, A., *Mind-Body Medicine: A Clinician's Guide to Psychoneuroimmunology.* New York: Churchill Livingstone, 1997:41-73.

25. Temoshok, L., and Dreher, H. *The Type C Connection: The Behavioral Links to Cancer and Your Health.* New York: Random House, 1992.

26. Carroll, D., Smith, G., Willemsen, G., and others. Blood pressure reactions to the cold pressor test and the prediction of ischemic heart disease : Data from the Caerphilly Study. *Journal of Epidemiology and Community Health.* Sept. 1998:528.

27. Siegman, A. W., Townsend, S. T., Blumenthal, R. S., and others. Dimensions of anger and CHD in men and women: Self-ratings versus spouse ratings. *Journal of Behavioral medicine.* 1998;21(4):315-336.

28. Vest, J., and Cohen, W. Road rage. U.S. *News & World Report,* May 25, 1997, pp. 24-30.

29. Pearsall, P. The Heart's Code, New York: Broadway Books, 1998.

30. Williams, R. *Anger Kills.* New York: Times Books, 1993.

31. Tiller, W., McCraty, R., and Atkinson, M. Cardiac coherence: A New non-invasive measure of autonomic system order. *Alternative Therapies in Health and Medicine.* 1996;(2):52-65.

32. McCraty, R., Atkinson, M., and Tiller, W. A. New electrophysiological correlates associated with intentional heart focus. *Subtile Energies.* 1995;4(3):251-268.

33. Burrows, G. Stress in the professional. In: *Seventh International Congress on Stress.* Montreux, Switzerland: The American Institute of Stress, 1995

4 : 프리즈-프레임이란 무엇인가

1. Thomson, B. Change of heart. *Natural Health,* Sept./Oct. 1997:98-103.

2. Children, D. *FREEZE-FRAME®: A Scientifically Proven Technique for Clear Decision Making and Improved Health.* Boulder Creek, CA: Planetary Publications, 1998.

3. McCraty, R., Atkinson, M., and Tiller, W. A., and others. The effects of emotions on short-term heart rate variability using power spectrum analysis, *American Journal of Cardiology.* 1995;76:1089-1093.

4. McCraty, R., Tiller, W. A., and Atkinson, M. Head-heart entrainment: A preliminary survey. In: *Proceedings of the Brain-Mind Applied Neurophysiology EEG Neurofeeback Meeting.* Key West., FL, 1996.

5. McCraty, R., Atkinson, M., and Tiller, W. A. New electrophysiological correlates associated with intentional heart focus. *Subtile Energies.* 1995;4(3):251-268.

6. Tiller, W., McCraty, R., and Atkinson, M, Cardiac coherence: A New non-invasive measure of autonomic system order. Alternative Therapies in Health and Medicine. 1996;(2)52-65.

7. McCraty, R., Atkinson, M., Rein, G., and others. Music enhances the effect of positive emotional states on salivary IgA, *Stress Medicine.* 1996;12:167-175.

8. Rein, G., Atkinson, M., and McCraty, R. The physiological and psychological effects of compassion and anger. *Journal of Advancement in Medicine.* 1995;8(2):87-105.

9. Raschke, F. The hierarchical order of cardiovascular-respiratory coupling. In:

Grossman, P., Janssen, K. H. L., and Vaitl, D., eds. *Cardiorespiratory and crdiosomatic psychophysiology.* New York: Plenum Press, 1985:207-217.

5 : 삶은 곧 에너지이다

1. Sterling, P., and Eyer, J. Biological basis of stress-related mortality. *Social Science and Medicine.* 1981;15E:3-42.

2. Kiecolt-Glaser, J. K., Stephens, R. E., Lipetz, P. D., and others. Distress and DNA repair in human lymphocytes. *Journal of Behavioral Medicine.* 1985;8(4):311-320.

3. Sapolsky, R. Stress, the Aging Brain, and the Mechanisms of Neuron Death. Cambridge, MA: MIT Press, 1992.

4. Tiller, W., McCraty, R., and Atkinson, M, Cardiac cohernce: A New non-invasive measure of autonomic system order. *Alternative Therapies in Health and Medicine.* 1996;2(1):52-65.

5. Atkinson, M., *Personal and Organizational Quality Survey Progress Report for CalPERS.* Boulder Creek, CA: HeartMath Research Center, 1998.

6. Atkinson, M. *Personal and Organizational Quality Survey Progress Report for Department of Justice, Workers compensation Study.* Boulder Creek, CA: HeartMath Research Venter, 1997.

7. Atkinson, M., *Personal and Organizational Quality Survey Progress Report for Internal Revenue Service.* Boulder Creek, CA: HeartMath Research Center, 1997.

8. McCraty, R.,Barrios-Choplin, B., Rozman, D., and others. The impact of a new emotional self-management program on stress, emotions, heart rate variability, DHEA, and cortisol. *Integrative Physiological and Behavioral Science.* 1998;33(2):151-170.

9. McCraty, R.,Barrios-Choplin, B., Atkinson, M., and others. The effects of different types of music on mood, tension, and mental clarity,. *Alternative Therapies in Health and Medicine.* 1998;4(1):75-84.

10. Kiecolt-Glaser, J. K., Malarkey. W. B., Chee, M., and others. Negative behavior during marital conflict is associated with immunological down-regulation. *Psychosomatic Medicine.* 1993;55(5):395-409.

11. Kiecolt-Glaser, J. K., Glaser, R., Cacioppo, J. T., and others. Marital stress: Immunologic, neuroendocrine, and autonomic correlates. *Annals of the New York Academy of Sciences.* 1998;840:656-663.

12. Malarkey, W. B., Kiecolt-Glaser, J. K., Pearl, D., and others. Hostile behavior during marital conflict alters pituitary and adrenal hormones. *Psychosomatic Medicine.* 1994;56(1):41-51.

13. Rosenman R.H., Brand, R. J., Jenkins, D., and others. Coronary heart disease in Western Collaborative Group Sutdy. Final follow-up experience of 8 1/2 years. *JAMA.* 1975;233(8):872-877.

14. Barefoot, J. C., Dahlstrom, W. G., and Williams, R. B., Jr. Hostility, CHD incidence, and total mortality: a 25 year follow-up study of 255 physicians. *Psychosomatic Medicine.* 1983;45(1):59-63.

15. Rein,. G., Atkinson, M., and McCraty, R., The physiological and psychological effects of compassion and anger. *Journal of Advancement in Medicine.* 1995;8(2):87-105.

6 : 삶을 움직이는 핵심 감정들

1. Cathcart, J. *The Acorn Principle.* New York: St. Martin's Press, 1998;quote p. 179.

7 : 정서의 신비

1. *Stedman's Medical Dictionary,* 25th ed. Baltimore: Willians & Wilkins. 1990

2. LeDoux, J. E. Emotion, memory, and the brain. *Scientific American.* 1994;270(6):50-57.

3. Benson, H. *Timeless Healing.* New York: Scribner, 1996.

4. *The Random House College Dictionary.* New York: Random House, 1995.

5. LeDoux, J. *The emotional Brain:* The Mysterious Underpinnings of Emotional Life. New York: Simon & Schuster, 1996.

6. LeDoux, J. E. Emotional memory systems in the brain. *Behavioural Brain Research.* 1993;58(1-2):69-79.

7. Oppenheimer, S., and Hopkins, D. Suprabulbar neuronal regulation of the heart. In: Armour, J. A., and Ardell, J. L., eds. *Neurocardiology.* New York:

Oxford University Press, 1994:309-341.

8. Pibram, K. H. *Brain and Perception: Holonomy and Structure in Figural Processing.* Hislladale, NJ: Lawrence Erlbaum Associates, 1991.

9. Pert, C. *Molecules of Emotion.* New York: Scribner, 1997.

10. Frysinger, R. C., and Harper, R. M. Cardiac and respiratory correlations with unit discharge in epileptic human temporal lobe. Epilepsia. 1990;31(2):162-171.

11. McCraty, R., Barrios-Choplin, B., Rozman, D., and others. The impact of a new emotional self-management program on stress, emotions, heart rate variability, DHEA, and cortisol. *Integrative Physiological and Behavioral Science.* 1998;33(2):151-170.

12. McCraty, R., Atkinson, M., and Tiller, W. A. New electrophysiological correlates associated with intentional heart focus. *Subtile Energies.* 1995;4(3):251-268.

13. McCraty, R., Tiller, W. A., and Atkinson, M. Head-heart entrainment: A preliminary survey, In: *Proceedings of the Brain-Mind Applied Neurophysiology EEG Neurofeedback Meeting.* Key West, FL, 1996.

14. Tiller, W., McCraty, R., and Atkinson, M. Cardiac coherence: A new non-invasive measure of autonomic system order. *Alternative Therapies in Health and Medicine.* 1996;2(1):52-65.

15. Lessmeier, T. J., Gamperling, D., Johnson-Liddon, V., and others. Unrecognized paroxysmal supraventricular tachycardia: Potential for misdiagnosis as panic disorder. *Archives of Internal Medicine.* 1997;157:537-543.

16. Goleman, D. *Emotional Intelligence.* NY: Bantam Books, 1995.

8 : 배려와 우려의 정서

1. McCraty, R., Atkinson, M., Tomasino, D., and others. The electricity of touch: Detection and measurement of cardiac energy exchange between people. In: Pinbram, K., ed. *Brain and Values: Is a Biological Science of Values Possible?* Mahwah, NJ: Lawrence Erlbaum Associates, 1998:359-379.

2. McCraty, R., Rozman, D., and Childre, D., eds. *HeartMath: A New*

Biobehavioral Intervention for Increasing Health and Personal Effectiveness-Increasing Coherence in the Human System (working title). Amsterdam : Harwood Academic Publishers, 1999(fall release).

3. Russek, L., and Schwartz, G. Interpersonal heat-brain registration and the perception of parental love: A 42 year follow-up the Harvard Mastery of Stress Study. *Subtle Energies.* 1994;5(3):195-208.

4. Tiller, W., McCraty, R., and Atkinson, M. Cardiac coherence: A new non-invasive measure of autonomic system order. *Alternative Therapies in Health and Medicine.* 1996;2(1):52-65.

5. Quinn, J. Building a body of knowledge: Research on Therapeutic Touch 1947-1986. *Journal of Holistic Nursing.* 1998;6(1):37-45.

6. The human touch researchers at the University of Miami have drawn nationwide attention for their studies showing the powerful benefits of massage for premature infants, fullterm babies, and children. *(Ft. Lauderdale) Sun-Sentinel,* Jan. 18, 1998.

7. Field, T. Massage therapy for infants and children. *Journal of Developmental Behavioral Pediatrics.* 1995;16(2):105-111.

8. Ironson, G., Field, T., Scafidi, F., and others. Massage therapy is associated with enhancement of the immune system's cytotoxic capacity. *International Journal of Neuroscience.* 1996;84(1-4):205-217.

9. Field, T., Ironson, G., Scafidi F., and others. Massage therapy reduces anxiety and enhances EEG pattern of alertness and math computations. *International Journal of Neuroscience.*

10. Green, J., and Shellenberger, R. The subtle energy of love. *Subtle Energies.* 1993;4(1):31-55.

11. Hafen, B., Frandsen, K., Karren, K., and others. *The Health Effects of Attitudes, Emotions, and Relationships.* Provo, UT: EMS Associates, 1992.

12. Ornish, D. *Love and Survival: The scientific Basis for the Healing Power of Intimacy.* New York: HarperCollins, 1998.

13. Friedmann, E., and Thomas, S. A. Pet ownership, social support, and one-year survival after acute myocardial infarction in the Cardiac Arrhythmia Suppression Trial (CAST). *American Journal of Cardiology.* 1995;76(17):1213-

1217.

14. Melson, G., Peet, S., and Sparks, C. Children's attachment to their pets: Links to socio-emotional development. *Children's Environments Quarterly.* 1991;8(2):55-65.

15. McClelland, D. C., and Kirshnit, C. The effects of motivational arousal through films on salivary immunogobulin A. *Psychological Health.* 1988;2:31-52.

16. Rein, G., Atkinson, M., and McCraty, R. The physiological and psychological effects of compassion and anger. *Journal of Advancement in Medicine.* 1995;8(2):87-105.

9 : 컷–스루 기법을 이용하라

1. LeDoux, J. *The Emotional Brain: The Mysterious Underpinnings of Emotional Life.* New York: Simon & Schuster, 1996.

2. Blakeslee, S. Complex and hidden brain in the gut makes stomachaches and butterflies. *New York Times,* Jan. 23, 1996; quote p. C-3.

3. McCraty, R., Barrios-Choplin, B., Rozman, D., and others. The impact of a new emotional self-management program on stress, emotions, heart rate variability, DHEA, and cortisol. *Integrative Physiological and Behavioral Science.* 1998;33(2):151-170.

4. Ebbinghaus, H. *Memory: A Contribution to Experimental Psychology.* New York: Dover, 1963(repr.), 1885.

5. Kandel, E. Genes, nerve cells, and the remembrance of things past. *Journal of Neuropsychiatry.* 1989;1(2):103-105.

6. Schacter, D. Memory and awareness. *Science.* 1998;280(3):59-60.

7. Pert, C. *Molecules of Emotion.* New York: Scribner, 1997.

8. Compound being tested could ease aches of aging. *San Jose (CA) Mercury News,* Sept. 3, 1995.

9. Shealy, N. A review of dehydroepiandrosterone (DHEA). *Integrative Physiological and Behavioral Science.* 1995;30(4):308-313.

10. Kerr D. S., Campbell, L. W., Applegate, M. D., and others. Chronic stress-induced acceleration of electrophysiologic and morphometric biomarkers of

hippocampal aging. *Society of Neuroscience.* 1991;11(5):1316-1317.

11. Marin, P. Cortisol secretion in relation to body fat distribution in obese premenopausal women. *Metabolism.* 1992;41:882-886.

12. Namiki, M. Biological markers of aging. *Nippon Ronen Igakkai Zasshi.* 1994;31:85-95.

13. Childre, D. L. *Speed of Balance: A Musical Adventure for Emotional and Mental Regeneration.* Boulder Creek, CA: Planetary Publications, 1995.

14. Childre, D. L. CUT-THRU. Boulder Creek, CA: Planetary Publications, 1996.

10 : 하트 로크-인을 생활화하자

1. Paddison, S. *The Hidden Power of the Heart.* Boulder Creek. CA: Planetary Publications, 1992.

2. Kauffman, D. Race to face : Interview with Everett Koop. *Science & Spirit.* 1997 ; 9(3):9.

3. Ornish, D. *Love and Survival: The Scientific Basis for the Healing Power of Intimacy.* New York: HarperCollins, 1998.

4. Myers, D., Psychology, applied spirituality, and health: Do they relate? *Science & Spirit.* 1998;9(3):30.

5. Benson, H. *Timeless Healing.* New York: Scribner, 1996.

6. Dossey, L. *Healing Words.* San Francisco: HarperCollins, 1993; quote p. 97

7. McCraty, R., Atkinson, M., Rein, G., and others. Music enhances the effect of positive emotional states on salivary IgA, *Stress Medicine.* 1996;12:167-175.

8. McCraty, R., Barrios-Choplin, B., Rozman, D., and others. The Effects of different types of music on mood, tension, and mental clarity. *Alternative Therapies in Health and Medicine.* 1998;4(1):75-84.

9. McCraty, R., Barrios-Choplin, B., Rozman, D., and others. The impact of a new emotional self-management program on stress, emotions, heart rate variability, DHEA, and cortisol. *Integrative Physiological and Behavioral Science.* 1998;33(2):151-170.

10. Tomasi, T. *The Immune System of Secretions.* New Jersey: Pretice-Hall, 1976.

11. Childre, D.L. *Heart Zones.* Boulder Creek, CA: Planetary Publications, 1991.

11 : 가족과 어린이를 위한 하트매스 솔루션

1. Childre, D. L. A *Parenting Manual.* Boulder Creek, CA: Planetary Publications, 1995.

2. *National Survey on Communicating Family Values,* sponsored by Massachusetts Mutual Insurance Company, Dec. 1992 ; quote p. 4.

3. Balancing work and family. *Business Week,* Sept. 16, 1996.

4. Sacks, M. Sensory overload : Many hours in the fast lane render '90s kids bored, restless. *San Jose (CA) Mercury News,* Mar.10, 1998.

5. Resnick, M. D., Bearman, P. S., Blum, R. W., and others. Protecting adolescents from harm. Findings from the National Longitudinal Study on Adolescent Health. *Journal of the American Medical Association.* 1997;278(10):823-832.

6. Russek, L., and Schwartz, G. E. Perceptions of parental love and caring predict health status in midlife: A 35-year follow-up the Harvard mastery of stress study. *Psychosomatic Medicine.* 1997;59(2):144-149.

7. Brownlee, S. Invincible kids, U.S. *News & World Report,* Nov. 11, 1996.

8. Beidel, D. C., and Turner, S. M. At risk for anxiety: I. Psychopathology in the offspring of anxious parents. *Journal of the American Academy of Child and Adolescent Psychiatry.* 1997;36(7):918-924.

9. Childre, D. *Teaching Children to Love.* Boulder Creek, CA : Planetary Publications, 1996.

12 : 직장생활을 위한 하트매스 솔루션

1. Taking the stress out of being stressed out. *Business Week Health Wire,* Mar. 20, 1997.

2. Rucci, A. J., Kirn, S. P., and Quinn, R. T. The employee-customer-profit chain at Sears. *Harvard Business Review.* 1998; Jan/Feb:82.

3. Childre, D., and Cryer, B. *From Chaos to Coherence: Advancing Emotional and Organizational Intelligence Through Inner Quality Management.* Boston: Butterworth-Heinnemann, 1998;quote p. 4.

4. Barrios-Choplin, B., McCraty, R., and Cryer, B. A new approach to reducing stress and improving physical and emotional well being at work. *Stress*

Medicine. 1997;13:193-201.

5. Arnsten, A. The biology of bing frazzled. *Science*. 1998;280(5370):1711-1712.

13 : 21세기의 심장

1. Bohm, D., and Hiley, B. J. *The Undivided Universe*. London: Routledge, 1993; quote p. 382.

2. McCraty, R., Rozman, D., and Childre, D., eds. *HeartMath: A New Biobehavioral Intervention for Increasing Health and Personal Effectiveness-Increasing Coherence in the Human System* (working title). Amsterdam: Harwood Academic Publishers ,1999 (fall release).

3. Sheldrake, T. *A New Science of Life*. Los Angeles: Tarcher,1981.

4. Penrose, R. *Shadows of the Mind: A Search for the Missing Science of Consciousness*. Oxford : Oxford University Press, 1994.

5. Hameroff, S. R. "More neural than thou" : Reply to Patricia Churland's "Brainshy." In: Hameroff, S., Kaszniak, A., and Scott, A. C., eds. *Toward a Science of Consciousness* II. Cambridge, MA : MIT Press, 1998.

6. Gough, W. C., and Shacklett, R .L. The science of Connectiveness; Part III: the human experience. *Subtle Energies*. 1993;4(3):187-214.

7. Tiller, W. A. *Science and Human Transformation*. Walnut Creek, CA: Pavior Publishing, 1997.

■감사의 말

하트매스 솔루션의 창조과정은 시작부터 끝까지 대단한 경험이었다. 하트매스의 특성에 관한 책들은 이미 여러 권 나왔지만 이 책은 그 특성들을 한 곳에 집대성하고, 지난 5, 6년 사이에 발생한 정보와 적용 사례, 경험까지 모두 담기 위하여 쓰여졌다. 이러한 목표를 이루고 하트매스에 관한 바이블 같은 책을 만들기 위해 우리는 많은 사람들의 도움을 받았다.

내 친구들과 동료들은 개인적으로나 업무적으로 하트매스 시스템을 개발하고 발전시키기 위해 수년 동안 헌신하고 봉사하였다. 그리고 그들 중 몇 명은 이 책을 쓰는데 있어서 귀중한 도움도 주었다. 또한 그들은 의심할 여지없이 하트매스의 성공에 물심양면으로 기여할 것이다. 우리는 그분들에게 고마운 마음을 전한다.

하트매스연구소의 회장인 사라 페디슨의 끊임없는 헌신과 지도, 방향제시, 그리고 하트매스 프로젝트에 형언할 수 없는 도움을 준 데 대해 감사를 드린다.

하트매스 LLC의 수석부사장인 데보라 로즈만도 이 책을 쓰는데 큰 도움을 주었다. 그녀의 심리학적 배경과 비즈니스 기술, 리더십, 폭넓은 대인관계에 힘입어 하트매스를 외부에 알리는 데 결정적으로 기여하였다. 하트매스연구소의 연구담당 이사인 롤린 멕크라티와 그의 동료들은 심장을 어떻게 볼 것인지에 대해 연구해주었다. 수많은 사람들의 건강증진을 위한 새로운 과학적 모델을 연구해준 데 대해 그들에게 감사를 표한다.

하트매스 LLC의 국제사업개발 담당 부사장인 브루스 크라이어와 그의 팀원들이 이 솔루션을 능숙하고 효과적으로 세계의 기업과 단체에 전파시킨 데 대해서도 감사를 드린다.

하트매스 프로그램을 국가기관과 군부대, 도움이 절실히 필요한 지체 부자유자들에게 전파하기 위해 헌신한 조셉 선드람에게 감사를 드린다.

교육과 아동 발전에 크게 기여한 제프 겔리즈와 스테파니 헤르조그에게 감사드린다.

하트매스를 여러 종교 단체에 보급시킨 데이비드 맥아더에게도 감사드린다.

건강관리 분야의 종사자들과 건강에 위협을 받고 있는 사람들과 함께 일해온 제리 키이저와 로버트 메시의 선구자적인 역할에 감사드린다.

그리고 이 책이 완성되기까지 세심한 부분에까지 신경을 써준 케스린 맥아더, 다나 토마시노, 웬디 리커르트, 마이크 에트킨슨에게 감사드린다.

감사해야 할 사람들은 끝이 없다. 관계된 많은 분들의 도움과 깊은 우정에 감사를 드린다.

하트매스연구소와 하트매스 LLC의 모든 직원들과 전 세계에 있는 우리의 파트너들과 동료들에게 사랑과 존경을 보낸다.

마지막으로 하퍼 샌프란시스코 출판사의 직원들이 보여준 하트매스에 대한 믿음과 지원에 대해 감사를 표한다. 이 책을 집필하는 과정에서 즐겁게 협력해준 작가 도나 비치에게 감사드리며, 우리의 대리인인 엔드류 블로너에게는 '가장 성실한 저자 대리인 상'이 있다면 수여하고 싶다.

닥 췰드리, 하워드 마틴

인사담당 중역으로 오래 일해 온 나는 스트레스가 업무성과와 개인의 건강에 얼마나 큰 영향을 끼치는지를 잘 알고 있었다. 경영자의 선발에서 '스트레스내성(Stress Tolerance)'을 가장 중요한 덕목의 하나로 다루는 것도 같은 이유에서다.

스트레스란 외부의 자극에 대한 주관적인 반응이기 때문에, 이를 관리한다는 것은 바로 스트레스의 수용능력을 기르는 것을 의미한다. 그런데 이 수용능력은 사람마다 다르다. 중요한 것은 체계적인 도움만 받으면 누구나 이 능력을 기를 수 있다는 것이다. 내가 하트매스 솔루션을 접했을 때 나는 이 프로그램이야말로 변혁의 시대를 살아가는 우리들에게 꼭 필요한 선물이라고 생각했다. 기독교인인 나는 개인적으로 성서의 가르침과도 가장 일치하는 내용들이라는 것을 알 수 있었다.

이 책에서 제시하는 기법의 매력은 놀라울 정도로 단순하고, 적용하기가 쉽다는 데 있다. 그러면서도 독창성이 있다. 실행하기 위해서 별다른 시간과 장소, 노력을 요구하지도 않는다. 하루에 10분 이내의 시간만 투자한다면 누구나 쉽게 따라할 수 있는 방법을 제시하고 있다.

이 책의 번역을 의뢰받았을 때 나는 이 프로그램을 가르치는 전문강사로서 편역을 하면 어떻겠느냐는 제안을 했다. 그것이 어렵다는 것을 알고, 나는 이 프로그램을 직접 가르치면서 얻은 여러 가지 소중한 정보들을 역자주(각주)를 통해서 보충하기로 하였다.

이 책에 담고 있는 내용은 다음과 같은 점에서 다른 대중적인 스트레스 대책들과 차별화가 된다.

1. 즉시성
사후 처방이 아니라 스트레스를 받는 상황에서 즉시 사용할 수 있다. 스트레스를 받을 상황이 예상된다면 예방책으로도 사용할 수 있다.

2. 현장성
따로 조용한 장소나 별도의 시설을 이용하지 않아도 된다. 스트레스를 주는 현장에서 이를 관리하고 해소할 수도 있다.

3. 속효성
누적적인 효과도 있지만, 기법을 활용하는 즉시 피로도 감소, 정신 집중도 향상, 창의성 증가 등의 효과가 나타난다.

4. 효율성
가장 적은 노력이나 비용으로 큰 효과를 얻을 수 있다. 이는 오랜 기간의 누적적인 수련을 요구하지 않기 때문이다.

5. 과학적
효과를 과학적으로 수치화하여 측정할 수 있고, 그 효과는 문화권이나 사람에 따른 개인차가 거의 없다.

이 책을 접하는 모든 독자들이 여기서 제안하는 손쉬운 기법들을 실천하여 일과 삶의 균형을 회복하고, 삶의 질을 높이는 계기가 되기를 바란다.

하영목 박사

하트매스에 대해 좀더 알고 싶은 분들을 위해

하트메스연구소는 미국 캘리포니아의 보울더 크리크에 본사를 두고 있으며, www.heartmath.com으로 접속이 가능합니다.

하트매스의 교육프로그램과 FreezeFramer(HRV모니터)는 한국에서는 하트웨어그룹이 라이센스를 가지고 있으며, 라이센스를 받은 전문 퍼실리테이터들에 의해 보급되고 있습니다.
하트매스의 교육프로그램은 스트레스 관리, 변화관리, 성과관리 등의 목적으로 한국어와 영어로 보급되며, 일일 워크숍으로 구성됩니다.
기업이나 조직단위 교육이 있고 공개강좌가 있습니다.
프로그램 문의는 www.heartwaregroup.com로 가능합니다.

책의 내용을 실생활에 적용하면서 얻은 소중한 경험을
www.heartwaregroup.com 사이트로 공유하여 주시면 감사하겠습니다.
내용은 책에도 반영될 수 있으나, 프라이버시를 어기며 내용을 공개하지는 않을 것입니다.